U0615378

跟我的前妻谈恋爱

Fall in love with my ex-wife

李唯 | 著

中国青年出版社

第 1 章

马勇是一离婚之人。马勇离异之后又找了一个对象谈着,叫赵慧。赵慧漂亮又能干,而且是妇联的干部。如果说社会各阶层的分布是一棵从上到下的树,作为国家机关的妇联在一般民众心目中是长在高处的树丫,何况妇联还是妇女的领袖,在妇女界地位崇高,马勇能把妇联拿下,把妇联给办了,有一种自豪的得意。这一日,太阳红得很好,国家和人民也都很好,马勇的心情也很好,于是就兴趣高涨地把赵慧约到了自己住的屋子来。赵慧来了之后,马勇急切地想和赵慧办事,但赵慧不同意。赵慧不同意的理由是:现在窗外艳阳高照,正是上班时间,同志们都在为工作忙碌着,我们两个怎么能在这儿那个呢?不像话!赵慧是个原则性很强的干部。赵慧最后只同意穿着衣服和马勇在床上躺一会儿,亲热一小下,这还是因为马勇下乡去采访,去了有半个多月,俩人许久不见了,才破例在上班期间出来让马勇啃两口,算是工作中间休息,做了一把工间操吧。马勇无奈,只好隔着衣服和赵慧在床上腻乎。

马勇躺在床上,却并不老实,他盯着赵慧的脖颈处,突然面露惊慌,喊道:"哎哟!"这一声喊得屋里的空气都颤颤悠悠的。偎偎在马勇怀里的赵慧理所当然地吓了一跳,她也叫起来:"怎么了?!怎么了?!"马勇说:"有个老大的虫子从你衣领里钻进去了!这虫子真色情啊,看,它直奔你的青藏高原去了!这虫子绝对是个男的!快快,我给你掏出来!"说着,他就去解了赵慧的衣扣,而后手就朝赵慧胸前的突起处伸去。赵慧醒悟过来,一掌打掉马勇猴上来的手,喝道:"干吗?那虫子怕就是你吧?是你想钻进来吧?"马勇被揭穿,却并不显出惭意来,嬉皮笑脸地说:"你们妇联真是火眼金睛啊,一眼就能看出谁是坏男人。"赵慧又嗔道:"对,一眼就看出你是坏人,你是最坏的人。"她坚决地把马勇的手拿开,放在他自己的胸脯上，让他去摸他自己，"你这是四川盆地。"赵慧也调侃地说。

马勇首战失利，但他毫不气馁更不生气，相反，马勇是喜欢女人有些把持的，一把就拿下的女人没什么劲儿。马勇的名言是：螃蟹就是要一点一点慢慢吃的，那才叫海鲜！马勇亲昵地贴近赵慧，把声调拉成了蜜糖音："慧慧，我下乡采访，有半个月咱俩没见了，我特想你，我想你都想出胃窦炎来了——"赵慧打断他，说："马勇，一听你就是满嘴跑火车，没一句真话，想人怎么能想出胃窦炎来呢？"马勇一脸真诚地说："真的！我想你都想得吃不下饭，就像民歌里唱的：想你想你真想你，三天我吃了一粒米。你想，三天才吃了一粒米，那能不得胃窦炎吗？"赵慧扑哧一声笑了。这就是马勇的本事，他常常能让严肃认真的赵慧忍俊不禁地笑起来，这也是赵慧喜欢马勇的地方。赵慧笑着说："马勇你就会哄我。"马勇于是乘机更亲昵地贴近赵慧，手更是乘机向刚才偷袭未遂的地方再次伸去，说："慧慧，咱们来劳动一下吧。"赵慧警惕地捉住了马勇的手："别动！你说清楚，劳动什么？"马勇赖皮地冲赵慧笑："就是做做四肢运动，劳动一下嘛。"他还比画了一个姿势，那姿势很像螃蟹乱爬。赵慧绷住笑，正色地说："不行。我已经说了，大白天的，大家都在工作，你想什么呢？你思想真是成问题。"马勇央求地说："我们报社的老王同志思想好，可他有五个孩子，他那孩子肯定不是从石头缝里蹦出来的吧？所以说思想好的同志也是要劳动的嘛，你说对不对？慧慧，求求你了，咱俩来劳动吧，劳动是光荣的！"赵慧又让马勇逗得笑，她有些犹豫了，一瞬间她想和马勇来一下算了，但她转念一想，最后还是拒绝了马勇，说："不行。大白天的，我不习惯。大白天做我有心理障碍。"她又一次把马勇的手放回他的胸脯上，让他去摸他自己的"四川盆地"。

马勇二战又告负，他依旧不气馁也不生气，一转眼的工夫，他从兜里掏出个物件朝赵慧晃悠着，说："当哩个当！慧慧，你看！"

赵慧看不明白那是什么："这是什么呀？"

马勇说："眼罩。"

赵慧更不明白了："你弄个眼罩来干什么呀？你从哪弄来的这么个玩意儿？"

马勇说："我这次到山区农村采访，看到驴拉磨，那拉磨的驴全戴眼罩，戴上就分不清白天黑夜，就一个劲地干活，我就替你要了一个来。来来，你也戴上。你戴上天也就黑了，心理障碍也就没了。"

赵慧愤然地叫起来："好呀，马勇你把我当驴啊！"

马勇却是一脸冤屈,也叫道:"哪里!我这是爱你!我是觉得,你们妇联,那是多好的同志啊!只要太阳还没落山,那满脑子想的都是革命的工作,一点都没想过要那个!可我是多想能让你们在工作中间放松一下啊,你们太累了,祖国也希望你们能够放松一下啊!为了能让你解除心理障碍来放松一下,我连这动物世界的招儿我都用上了,我是因为爱你我才这样做的啊,同志!"

赵慧又咯咯地笑了,笑得喷饭,笑道:"马勇你真能瞎掰!你想那个你就说你想那个呗,你瞎扯什么革命啊、祖国啊,你真能胡说八道啊你这个二流子!"

马勇就像个二流子一样赖皮地笑,乘机给赵慧戴上眼罩,说:"同志,咱们行动吧!"

赵慧依旧拒绝。但她此时的拒绝已像一团棉花一样地绵软,她嘴里嘟嘟囔囔地说她不,说她还是不干,但这与其说是拒绝还莫如说是撒娇了。后来在马勇连续不断地亲吻和啃咬之下,她连这表面上的嘟嘟囔囔的拒绝也没有了,吱咛一下就钻进马勇的怀里去,贴紧了他,娇嗔地说:"马勇,我跟你谈恋爱以来我都学坏了!"马勇紧着忙乎地去脱赵慧的衣服,嘴里说道:"就是要让妇联的同志学坏,就是要让妇联的同志学坏……"

就在马勇在卧室里火急火燎脱下赵慧衣服的时候,他的前妻俞晓红已经打开房门来到了卧室外面的客厅里,俞晓红有房子的钥匙。俞晓红是来拿她的鞋的。俞晓红和马勇离婚后住到了她姐姐家去,但她的鞋和一些衣物还放在这里,隔三差五就会回来取用。俞晓红对马勇的解释是:她姐姐家的壁橱和鞋柜都满了,暂时放不下这些东西。而马勇认为俞晓红这是狡辩,是成心,真要想放,那么大个家,哪还能找不到个地方塞下这鞋呀袜的?马勇认为离婚后的俞晓红纯属心理变态,她就是成心不想让他马勇舒服和痛快了。

俞晓红用钥匙开了门径直走进客厅,径直走向墙角,拉开墙上的一扇门,门后是镶嵌在墙上的一个挺大的鞋柜,里面放满了一双双盛在一只只鞋盒子里的鞋子,堆积如山。现在中国尤其是都市妇女的集体特征之一就是鞋多,除过截肢的,每个女人即使没有百八十双鞋也有几十双鞋,中国富裕起来的象征之一就是体现在这些中华女儿的脚丫子上,所以俞晓红的鞋柜里就是这波澜壮阔的一大堆中国富了的证明。俞晓红一面在码放得密密麻麻的鞋柜里翻找着她今天想穿的鞋,那是一双黄色的带祥儿的皮凉鞋,一面高腔地叫了一声:"马勇!"她这是跟马勇打个招呼告知一声她来了。俞晓红还一点都不知道马勇此时正在卧室里把一名妇女按将在床上。俞晓红喊过之后没听见有回应传来,见马勇并没有回答她,便一面继续翻找着鞋,一面又笑着高声说:"马勇,你是睡着了还是心肌梗死过去了,没法说话?"俞晓红和马勇这对冤家夫妻,说话历来就是这样的浑不吝,且彼此出言都犀利无比,一张口都恨不得把对方拿话戳死。

卧室里,马勇和赵慧正惊吓地从床上翻身坐起来。赵慧这时已让马勇扒得上身全裸赤着,胸前波澜壮阔的"青藏高原"沐浴在从窗外透进来的阳光下。马勇急忙给赵慧裹上毛巾被,遮掩住她。赵慧裹着毛巾被依旧惊吓得瑟瑟发抖,一时不知所措,戴着的眼罩也忘了要取下来。马勇低声地宽慰她:"没事,是我前妻,我去看看,让她赶紧走!"他穿一条小三角短裤情急地翻身下床。赵慧回过神来,皱着眉头极小声地抱怨道:"你前妻……她怎么这么说话啊!"马勇说:"嗨,她就这么个品种。要不我怎么跟她离呢。宝贝你等着我啊。"他拖鞋都顾不上穿,就光脚走出卧室去。

俞晓红还在头也不回地翻找着鞋,而且翻找出气来了,嘟嘟囔囔地说:"马勇,你又乱动我的鞋!我的鞋都是按次序放好的,这都让你翻乱了,你还让我怎么找?!你拿完你的鞋,你顺手把这儿整理好不行吗?你这个人就是自私,永远自私,光顾你自己……"俞晓红和马勇从过去到现在不停地在吵架,这鞋柜是其中的一个激发点,起因是马勇。马勇一是鞋少,二是乱放,他过去经常就是为了找他的鞋而把鞋柜翻得乱七八糟,跟俞晓红离婚以后更是无所顾忌,完了也不收拾。俞晓红过去一见她的宝贝鞋子像被贼偷过一样地凌乱就要跟马勇吵,讥讽之言像黄河之水滔滔不绝,尖厉地数落着马勇:"马勇你就是个农民!你就不配穿鞋,你就应该一辈子光脚踩在牛粪里!你说你本来就是个农民嘛,你还非要假充斯文跑到城里来当什么记者,就像人家现在都说你们老家农村的人,硬充时尚,穿的是西装,背的是粪筐,打的是领带,种的是白菜,拿的是手机,养的是土鸡……"而马勇这时每每就会被俞晓红说急了,就会说:"俞晓红,不就一双鞋嘛,你扯上我们老家农村人干啥?你说你这人事儿不事儿啊?"而俞晓红会说:"我就这么事儿!谁让你把我的鞋翻乱了也不收拾?"而马勇就会骂她:"真他妈是个事儿妈!"而俞晓红就会反击:"马勇你嘴巴放干净点啊!你嫌我事儿妈你当初为什么还要跟我结婚?你当初为什么不找你们村里的张桂兰刘桂花去？"然后马勇就会冷笑地说："那是我当初感冒我却吃了避孕药，我糊涂了，我吃错药了！"然后俞晓红会痛恨地说："马勇你说这话真无耻！你臭德行！"然后马勇会说："胡长清德行好你跟他过去，可惜他让我们伟大的祖国枪毙了。俞晓红你要想重新嫁人，记着临走别忘了带上你的太太口服液，你内分泌不太好！"然后俞晓红会无比痛恨地说："马勇你真是无耻至极……"再然后俩人就会吵得天翻地覆，天昏地暗，日月无光，若干日内俩人不说话，同时若干日内俩人不再同床过性生活。就这样一直吵到了离婚。离婚之后为了这鞋子还在吵。

但马勇这次没有和俞晓红吵，因为赵慧在，而且还光着身子等他哩。于是马勇从卧室里出来，站在俞晓红的身后，听着她嚷嚷，压着火气说："你嚷什么？你别嚷行吗？"

俞晓红闻声一回头，看见马勇穿个小裤头站在那里，裆部鼓突出来一块，俞晓红过去也是看惯了的，但此时她皱着眉头道："哎，哎，我说兄弟啊，你遮着点儿，遮着点儿！咱们俩人已经离婚了，已经不是夫妻了，你再这样就是调戏妇女，就是对我进行性骚扰！"

马勇低头一看自己的样儿，醒悟过来，也有些不大自然，他急忙四下看，想找件衣物穿上，但客厅里没有什么衣物，他看见餐桌上铺着的花格餐桌布，连忙扯过来系在腰间，这使他就像个苏格兰人。马勇系好后对俞晓红说："这行了吧？"

俞晓红一看，咯咯地笑了，说："行，像本·拉登的部下，基地组织分子。"

马勇则不笑，板着脸道："找着你的鞋了吗？找着了就请忙你的去吧，你老人家挺忙的。"

俞晓红偏不着急，她偏要慢悠悠地寻找着，说："你急什么，你让我慢慢找呗。再说你把我的鞋翻这么乱，我一时半会儿怎么找得着！你屋里藏着什么呀，你着急要撵我走？"

马勇无可奈何，皱着眉咬着牙，叉着腰瞪眼站在俞晓红身后，且不时焦急地回身看卧室的门，他担心那里面的赵慧。卧室里，赵慧仍旧坐在床上裹着毛巾被，她已经摘下了眼罩，眼罩一端的系绳挂在一只耳朵上，她紧张得都顾不上全取下来，就这么晃晃荡荡地吊在下巴颏上，紧张慌乱地侧耳听着外面的动静，唯恐俞晓红一下就推门进来。

俞晓红此时还丝毫没有想到要进卧室里来，她还丝毫没有想到卧室里还躺着另外一个女人，她的注意力完全还在她的鞋子上。又过了好一会儿，俞晓红终于找着了她要穿的鞋，拿在手里，她却又开始骂马勇："马勇你说你浑蛋不浑蛋，我就是去商场现买双鞋我这阵儿都早买回来了，你耽误我这半天工夫！"马勇则顾不上反唇相讥，赶忙过来拽她，往门口拽，说："好，好，奶奶，找着了就请赶紧走，多保重啊，不送。"俞晓红却挣脱开马勇，道："你干吗?！我还得把这儿整理好啊，你看这乱的！而且，我把这儿整理好，我还得把这些鞋都打一遍油，这鞋都一个冬天没穿了，得保养。要不，马勇，等我把鞋整理好，你帮我擦一遍鞋油好吗?我一会儿得去采访。"她说着，对马勇龇牙一乐。

马勇气恼地吼道："我给你擦点人油！"一吼之下，他系在腰间的花格餐桌布震落于地，又露出他只穿着小三角内裤的肉体来，他急忙捡起又系在腰间，重新做回了苏格兰人。他想了想，又压下火气，而且又赔上笑脸对俞晓红道："好好，你的鞋我给你整理，等我闲了，我给你把所有的鞋都打一遍鞋油，我保证你的每一双鞋都油汪汪的像油条一样。你快走吧，啊，多谢。"马勇这样一说，俞晓红不禁怀疑起来，说："你真这么着急撵我走啊?你卧室里，是不是还睡着个什么人?"马勇一惊，掩饰地说："没，没有。"俞晓红就又蹲下来开始慢悠悠收拾鞋柜，说："这不结了嘛，你急什么?你还怕我一时性起，把你拽过来把你奸污了呀?我告诉你马勇，我现在对你一点兴趣都没有了。我现在就对奥巴马有兴趣。"她又顽劣地逗弄马勇。马勇频频扭头看卧室，卧室的门依旧紧闭着，悄无声息，里面的赵慧不知道怎么样了，这让马勇焦急且又无奈，最后，他深吸一口气，心一横，对俞晓红道："俞晓红，我跟你实话实说吧，我也是人，是男人，发育，你也知道，是正常的，日子久了，时间长了，眼下，我卧室里还真睡了一个人，是……是一位妇女。"

轮到俞晓红一惊了。惊讶之后，俞晓红皱眉道："是街上找来的小姐吧?马勇你真恶心！"

马勇辩白道："你把我看成什么人了?！是我找的对象！"

俞晓红根本不信，她冷冷一笑，不屑地说："你就吹吧。我说我昨晚跟本·拉登一块去蹦迪了你相信吗?"

马勇说："俞晓红你说这话儿是什么意思?你不相信我能找上对象?"

俞晓红说："你要能找上对象，我就能跟本·拉登一块去蹦迪。像你这样的人，又懒，又脏，脾气又坏，又不体贴人，睡觉你还磨牙，磨得像汶川地震，地动山摇，除了我稀里糊涂当年让你骗了，哪个女的能看上你?你找小姐就找小姐呗，马勇你放心，怎么说咱俩也夫妻过一次，我不会到公安局去告你,但是,马勇,我藐视你的下半身!"

马勇又让俞晓红说急了,他索性把俞晓红拉到卧室门口,朝里面喊道:"哎,亲爱的,我说,你咳嗽一声,大声点儿咳嗽,让她听听!"

马勇如此一来,俞晓红也含糊了,她甚至有点相信了,竖起耳朵听着,等着那声咳嗽。

卧室却并无半点响动传来,被门隔断的里间静悄悄的。

俞晓红鄙夷地笑了起来,说:"马勇啊,你不就是想在我面前显示你离了我你照样能找到对象嘛!你想给我显示,你想气我,你至少得真找一个来呀,你哪怕花钱真雇一个鸡来哩!马勇,你这一招儿可太拙劣了。"

马勇说:"她真的在里面!你快走吧!"

俞晓红索性抓住卧室的门把手要推门进去:"那我进去看看。"

马勇急忙拦住她:"你别进去!不方便!"

俞晓红追问道:"怎么个不方便?"

马勇噎住了,他索性无耻地一笑,说:"她,光着,像可爱的小天鹅。"

"呸,还小天鹅哩!"俞晓红朝地上啐道,而后,她转向卧室门,提高了嗓音,说:"哎,我说小天鹅呀——"

马勇又紧急地拦住她:"俞晓红你瞎嚷嚷什么!你吓着人家!你赶紧走吧你!"

俞晓红偏不走,她偏要高耸了嗓音对着卧室门继续说道:"我说小天鹅呀,你跟马勇交往你可要当心了,马勇这人,又懒,又脏,又不讲理,又不体贴人,他还特没良心,无论你对他怎么好,你对他再好都没有用!过去,我对他那么好,结果怎么样,我现在肠子都快悔青了!而且,小天鹅呀,如果有一天马勇突然对你特别好,比如说主动给你削个苹果突然特体贴你什么的,那你就要特别注意了,他那是对你别有企图,用他自己的话说,他是想跟你劳动了,他想办你——"

马勇脸赤红,慌乱地急忙上前去捂俞晓红的嘴,使劲捂着,不让她再往下说。

俞晓红挣扎地掰开马勇捂住她嘴的手,她真生气了,气愤地嚷起来:"马勇你要捂死我呀!你还越演越来劲你还成真的了!真好像里面有个人似的!是不是我说的让你也觉得自己特恶劣,你无地自容,你恼羞成怒了,所以你想杀人灭口——"她突然顿住,讶然地望着卧室的门,愣呆呆地,一句话也说不出来了。

赵慧悄无声息地出现在卧室门口。她衣着已经穿戴齐整,看上去已经全然没有了刚从床上爬起来的凌乱感,那种含有色情暗示的感觉在此时是很尴尬的,赵慧在极短的时间内就将那些痕迹都抹去了,她是个很顾及自身形象的干部。赵慧看一眼马勇,而后就看着俞晓红,她本能地想礼貌地打个招呼,但还是尴尬得说不出话来,就拘谨地呆站在那里。

马勇黑着脸介绍:"赵慧,市妇联的。"他没好气地瞪了一眼俞晓红,又说:"这可不是从街上拉来的哦,你可看好了哦!"

俞晓红也很尴尬,尴尬地对赵慧说:"对,对不起,我以为屋子里没人,我是对马勇有气,想找个话碴说说他,我,我没想到,我……"她一时也不知对赵慧说什么好了。

赵慧更不知说什么好,尴尬拘束中,她匆匆对马勇道:"马勇,我先走了。"然后拉开房间门匆匆离去。马勇"哎——"地叫了一声,抬脚想去追,低头一看自己只裹着餐桌布,只好先作罢,赶紧奔到卧室去穿衣服裤子。

俞晓红跟到卧室去,不无歉意地对马勇说:"马勇,对不起啊,你爱信不信,反正我真不是故意要破坏你的好事。"马勇把长裤套在他的两条光腿上,他没能成就和赵慧的好事,被俞晓红冲撞散了,心里憋了一肚子的火,冷笑一声,讥讽俞晓红道:"没什么,我这个人,又懒,又脏,又不讲理,又不体贴人,可就是有人死去活来地爱我这我也没有办法,你越这么表扬我的优点,她就愈发地爱我!昨天,我脸上这儿冒出一粉刺来,我一照镜子,说:'哎哟,我得上医院抹点儿药把它除了去!这多难看啊!'她赶紧说:'别!留着!我喜欢!'俞晓红你听听,她连我脸上长粉刺都喜欢!"俞晓红本来对马勇怀有一丝歉意,听马勇这么一说,歉意荡然无存,也冷冷一笑,反唇相讥道:"喜欢粉刺的那是螨虫!每一颗粉刺下面都有一条螨虫,在那儿趴着,专门热爱粉刺,你找了一虫子!不过,你这条小虫子倒是蛮年轻漂亮的。"马勇跟着也反唇相讥说:"也就一般化个人吧。不过我好些个朋友都跟我说:'马勇,要跟你以前的爱人相比,你这回找的对象,你算是开始学会正确的审美了。'俞晓红,你不会为这么个很一般的人儿吃醋吧?"

俞晓红让马勇说气了,在吵架斗嘴中,她总是比马勇先沉不住气,说着说着就急了。俞晓红气急败坏地说:"马勇你别来劲啊!你少在我跟前得瑟!我会吃她的醋?!"

马勇笑了。马勇一占便宜就笑。马勇笑着说:"好好,你没吃醋,你就是喝了点酱油。"而后他换了严肃一些的口气又道:"咱不说这个了,咱说正事,俞晓红,你放在我这儿的你的鞋呀,还有衣柜里你的那些衣服,你什么时候拿走啊?"

俞晓红气恨未消,瞪着眼儿道:"我就不拿走!这房子我也掏了钱的,这房子也有我一份儿!我东西就放这儿,还要随时来取,你别不耐烦!"

马勇急了,嗓门也拔了起来,高腔大嗓地说:"俞晓红,我们都离婚了,你不能无限期地放在这儿了吧?!好嘛,我正……正跟我对象激情澎湃着,你不知道啥时候冷不丁儿就进来了,你吓得我——俞晓红,你这样是要把我吓出病来的,你要把我吓成太监的你知道吗?!"

俞晓红见马勇急了就又笑了,她也是一占便宜就笑,也像小孩似的,何况马勇说得还这么有趣。俞晓红咯咯地一笑,说:"那好啊,太监现在可是稀缺之物,隆重推出新中国最后一位太监:马勇同志!"

马勇说:"你少胡扯!你说正经的,你说个期限,什么时候搬走?"

俞晓红说:"等我嫁了人,有了自己的房子,我自然会搬走。"

马勇说:"这可是你自己说的,你嫁了人就得搬走!"

俞晓红说:"那当然!"

马勇说:"那你什么时候嫁人?"

俞晓红说:"也可能是明天,也可能是十年八年以后,总之,兄弟啊,麻烦你先等着,啊。"俞晓红说着,又对马勇龇牙一乐,那又是吵架斗嘴占了便宜后不无得意的笑。

马勇气得直朝天花板翻白眼儿。马勇常常都斗不过俞晓红,常常都是这样让俞晓红弄得直往天上翻白眼儿。马勇生气且无奈地翻完了他的白眼后恨恨地对俞晓红说:"鞋柜收拾好了你赶紧走啊,我对象还回来哩,我还用房子哩,我说了我可是发育正常的男人,你自觉点啊!"而后他穿好了裤子匆匆出门离去,他还要去追他的赵慧。

赵慧在大街的人行道上慢慢地走着,她就是要等着马勇追上来。在一间卖成人用品的店铺门口,赵慧来来回回慢腾腾地走过了三次,惹得老板以为她想买但又不好意思,忙殷勤地迎出店铺想给她做做思想工作好让她打消顾虑掏钱买货。赵慧瞪了老板一眼,又慢腾腾地磨蹭着接着溜达,直到看见马勇远远地从后面追了上来,才加快脚步快快地向前走,仿佛很生气很伤心的样子,这一套女人都用的小把戏,作为妇联干部的赵慧也是会用的。

马勇却不知道这是把戏。男人一般都看不出来这是把戏,所以女人才频频使用。马勇看见赵慧低头快步向前走,以为她伤心欲绝,要去跳河,或者想不开一头就朝公共汽车撞过去,他忙像有狗在后面撵一样更加飞快地蹿过来,一把攥住了赵慧,气喘吁吁地说:"慧慧,你生这么大的气呀?你走这么快,小心让车撞着!"

赵慧含着醋意神情幽幽地说:"你还来追我干什么?你们俩在一块待着就行了呗。"马勇叫起来:"嗨,你在这儿等着喝醋呢!我向毛主席保证,我现在心中只有你!我——"他像希特勒的党徒一样向天空伸出一只手,郑重地宣誓:"我热爱妇联!"赵慧笑了。马勇的幽默或者说是耍贫嘴又一次成功地把赵慧的幽怨逗得消退了去。赵慧笑着说:"你又贫!"马勇乘机笑着去拉扯赵慧,说:"咱俩先找个上岛咖啡喝点饮料,估计我前妻那阵儿也走了,你跟我再回去吧。"赵慧说:"还回去干吗?"马勇更亲昵地凑近赵慧,赖叽叽地低声笑着:"回去,咱俩接着劳动呗。"赵慧沉下脸来,拒绝道:"不,我不回去。"马勇央求她说:"哎呀,咱俩都这么长时间没见面了,你刚把我的劳动积极性充分调动了起来,你又说不劳动了,你,你,你要让劳动人民急死啊!小慧,你跟我回去吧,啊!"

赵慧断然拒绝,毫无商量的余地:"不,我不去。我以后也再不上你那里去了!"

马勇真的急了:"哎,你怎么说永远都不去我那里了呢?!你真不再去了?!"

赵慧很受伤地说:"马勇,我还去你那里呀?!你前妻不知道什么时候一下就开门闯进来了,搞得我都吓死了。我一个妇联领导,这个样子让人看见,我什么形象啊?传出去,我以后还怎么工作?去你那儿,我提心吊胆忐忑不安的,你说,我哪还有那情绪呀!"

马勇不得不承认赵慧说的是事实,但他无可奈何,他不能保证俞晓红不会再随时闯进来把他的赵妇联吓得情绪全无,他只有沉默不语。沉默中,马勇发泄地大喊一声:"啊——"赵慧冷不防被吓了一跳:"你怎么了?!"马勇说:"憋的,喊一嗓子。"而后他重重地喘了一口粗气,沮丧地说:"行了,不勉强你了,你回去上班吧。你说得也对,咱俩又不是驴,即使有人或有其他的驴在旁边看着,也一样能干传宗接代的事儿。你走吧。"

赵慧却不走,她拖延着,脚在地上一下一下地蹭着。

马勇不明白地问:"你怎么不走?是不是走累了?我给你叫个车?"

赵慧说:"不用。"她的脚继续在地上一下一下地蹭着,而且神情慢慢露出羞意来,说:"我是在想,我想……"她抬头看了马勇一眼,脸红了,说:"我想你那个眼罩挺好玩的。"

马勇顿时明白了,欣喜地说:"噢,你是不是也想——"

赵慧羞涩地去打马勇:"你还说!"

马勇喜笑颜开地说:"不说不说,明白明白,妇联的同志也是人嘛。"

赵慧更加羞臊,更加使劲地捶打马勇,嗔道:"我这都是跟你学坏的!"

马勇重新又斗志昂扬了,兴致勃勃地呵呵笑,但他继而又有些发愁,问赵慧:"那咱去哪儿呢?我那里你不去,去你那里,你儿子又在家。"赵慧娇羞地说:"咱们……咱们去宾馆吧?只要不让人看见就行。"

"好!"马勇像要去杀人似的大喝一声,欢呼雀跃。可他又想了想,脸沉了下来,又说:"不行,上宾馆不行,上宾馆开房间好像显得咱挺不正经的,像要背着人偷偷摸摸去通奸一样,我不喜欢那种感觉,那种感觉我也做不痛快,没劲。"赵慧也沮丧地说:"那宾馆也不能去,那……那怎么办呢?"马勇不再嬉闹了,他发泄地长长地大喊一声:"啊……"咬着牙道:"那,今天,就算了吧,就当今天我那儿骨折了,我休息。"赵慧没有笑,她心里也不痛快,她也是被调动了起来却又让闪了,女人若被荡漾了起来却又不能酣畅淋漓,那更是难受,她阴着脸半天都不说话。马勇见状又赶紧劝慰赵慧:"慧慧,你放心,这事儿要不了多久就能彻底解决,俞晓红自己也说了,等她结了婚,有了自己的家,她就会把东西全部拿走再也不来了,那时候咱俩在屋里就踏踏实实的了。我得想办法让她赶紧嫁人。"

赵慧根本不相信,说:"你说让她嫁人她就嫁人啊?"

马勇不说话,他知道现在跟赵慧说什么也没用。他脑子飞快地转着,决心要立刻实施这一计划,无论怎样都要让俞晓红赶紧找对象嫁人。他决心要动用一切手段通过一切途径来完成这一计划。他首先想到晚上要先去找俞晓红的姐姐俞晓梅,他过去的大姨子……

傍晚的时候,俞晓梅正把又一盘炒好的菜端上餐桌,餐桌上有一大盘蒸螃蟹,蟹壳红彤彤的散发着胆固醇的光芒,还有一盆红烧蹄髈,也红彤彤的散发着高血脂的光芒;现在日子富裕了,人们天天都抢劫似的把各种致病的源泉吞下肚去,好像巴不得要早点去世。俞晓梅是一个吃到身体大大发福的中年妇女,她的脸蛋儿跟妹妹俞晓红很相像,都是那种鸭蛋形的俏丽,但身材迥然不同,俞晓红的身材曼妙,周身线条凸凹玲珑有致,而俞晓梅则是一个大梨形。因为体型的大大丰腴和松垮,红颜已不再,俞晓梅现在生活的重要内容之一就是盯紧自己的丈夫杨永德。

马勇在俞晓梅端菜上桌的时候,拎着一个果篮推门进来了,亲热地喊道:"大姐!"

俞晓梅一回头,看见了马勇,立刻露出亲热的笑脸:"哟,马勇啊,少见!"她甩着梨形的身子奔过来,拉马勇坐下,给马勇倒水,又给马勇拿水果,不知怎样招待马勇才好了,俞晓梅打心眼里喜欢这个昔日的妹夫。俞晓梅说:"马勇,从你和晓红离婚以后,大姐这儿你就很少来。今儿怎么想到要来了? 你快先坐下,坐下!"

马勇坐下,说:"来看看大姐。我姐夫呢?"俞晓梅说:"去西安了。"马勇又随口搭讪地问:"去西安干吗?"俞晓梅说:"去西安找他的二奶了。你姐夫在陕西找了个杨贵妃。"马勇一惊:"真的?!"俞晓梅咧嘴一笑:"假的,单位让他去西安签份合同。"马勇大喘了一口气:"我说嘛,我姐夫要敢找二奶,你还不把他当陕西羊肉泡馍给吃了!"俞晓梅一脸满不在乎地说:"我才欢迎他找二奶哩!你姐夫要真找个二奶,我向人民政府发誓,我要给你姐夫开庆功会哩! 省得他一天到晚缠着我,都烦死我了!"她嘴里嚷着烦,神情却是丈夫全然离不开她的暗示。马勇做过俞晓梅多年的妹夫,他知道俞晓梅的这个毛病,就顺着她的意思说:"那没办法,我姐夫他就单喜欢你呗,满天下的女人,他就看你是杨贵妃!"俞晓梅爱听这话儿,喜滋滋地乐,转了话题,说:"马勇,是来找晓红的吧? 我让她出去买把香菜,再做个汤,她就快回来了。一会儿你就在这儿吃饭。"

马勇说:"不,我不吃饭,我也不找她,我就是来看看大姐。"他把果篮推到俞晓梅面前。

俞晓梅看看果篮,又看看马勇,没做声,稍停,道:"马勇,跟姐姐你别来虚的,说,什么事?"还没等马勇回答,俞晓梅性急地凑近马勇,万分有兴致的,且眼睛里都迫不及待地闪着光亮,又道:"马勇,你是不是想跟晓红复婚,想让姐姐我当个中间人给你们说合说合? 没问题呀,姐给你说去! 用不着你给姐买水果!"

马勇见俞晓梅误会了,慌忙摆手,说:"不不! 我来,确实是跟婚姻有关,但不是我跟她!"他顿了一下,有些迟疑,毕竟说要给自己的前妻找对象是有点儿尴尬的,不太好启齿。但马勇短暂地停顿了一下之后还是毅然挑明了话题,说:"大姐呀,俞晓红她年龄也不小了,我想她离婚以后,一个人过,也挺难的,是吧?她的婚姻问题,你这个当大姐的,就不说给她考虑考虑? 应该考虑一下了嘛!"

俞晓梅眼睛里的光芒更加炽热,望着马勇,说:"考虑了,人也早给她找好了一个。"

马勇一喜,急切地凑近俞晓梅:"真的?!太好了!那人我认识吗?"

俞晓梅说:"认识。"

马勇更加急切地凑近俞晓梅:"谁呀?"

俞晓梅说:"就是你。你能不认识你自个儿吗?"

马勇顿时彻底泄了气,说:"大姐你跟我打什么镲呀!"

俞晓梅认真地说:"我没打镲,我看上的还就是你!当初,你们俩结婚我就觉得合适,现在,我还是看你俩合适!好好的,你说你俩离的什么婚呢!马勇,你别跟姐姐我来虚的,说什么来看我果篮是送给我的,你心里明明还有晓红你别不承认!要不然,你平时从来不登门,你早不来晚不来,今天晓红生日,你带个果篮上家来了?马勇,你心里还有晓红,姐姐我高兴啊!你用不着跟我还藏着掖着的!"

马勇这才想起今天是俞晓红的生日,自从离婚以后,他已经都快彻底忘了,过去每年的这个日子,对马勇来说都相当于共和国开国大典。马勇想这才是阴差阳错呢,怎么还有这么赶巧的事儿!他噎住了,望着果篮,那些熟甜的果实在篮子里姹紫嫣红着,他一时不知向俞晓梅说什么好。

俞晓梅见马勇沉默,以为他默认了,便欣喜地说:"你今天来了就别走了,一会儿晓红来了,你就明说这果篮是你给她买的,你就明说你今天是特地来看她给她过生日的,她肯定高兴!一会儿我走,你们俩在这儿好好聊,今晚你就睡在这儿,晓红那屋里是双人床。你们俩又不是没睡过。"

马勇彻底慌了,站起来,说:"不,不,我不能跟她睡!大姐,你要这样的话,那我走了。"俞晓梅也慌忙拽着马勇,说:"马勇,你别走!你不能走!"马勇竭力挣脱着:"不,我得走!"俞晓梅执拗地拽着马勇,坚决不让他走:"你不能走!姐不让你走!"马勇则使劲挣脱开俞晓梅,坚决要走:"姐,我走了,我真走了,再见啊——"

俞晓梅见拽不住马勇,叫起来:"马勇!俞晓红她不想活了,她想自杀!"

马勇闻言不由惊愕住,站下了,惊愕地望着俞晓梅。

俞晓梅哭了起来,她梨形的胖乎乎的身子哭得抽抽噎噎颤颤悠悠的,她哭着说:"马勇啊,你别看俞晓红表面上嘻嘻哈哈无所谓,其实离婚以后她心里特痛苦,她好几次都给我流露出她觉得活得没劲,她想死!要不她过个生日，我给她搞这么多菜干啥呀？我这是想宽慰宽慰她！马勇，别说你们还做过好多年的夫妻，就是单位里一般同志关系，人到了这种时候，你不能帮她一把吗？你别走，好好陪陪她，你对她说点儿甜言蜜语什么的，哄她高兴，让她开心，这不是你的强项吗，过去你不是常把她哄得眉开眼笑的吗？"

马勇不说话了，也不再坚持要马上走了，他觉得俞晓红果然是都要想自杀了的话，那他留下来安慰安慰她也是应该的，俞晓梅说的也没错。马勇决定可以留下来一会儿陪陪俞晓红，必要时也可以甜腻一些，哄女人嘛，当然觉是不能再睡的。但马勇又为难地说："大姐，我们已经离婚了，再说那种甜言蜜语，我，我说不出来呀！"

俞晓梅不哭了，把桌上的一瓶红酒推到马勇面前，果断地说："你喝酒！一喝酒你就什么都敢说了就什么都敢做了。酒壮尿人胆！"

马勇则望着那酒更为难地说："大姐，你知道我不能喝酒的。我从来不喝酒。一喝酒我就控制不住，你知道我——"他对俞晓梅苦笑一声，说："我的革命意志是很薄弱的呀大姐！"

俞晓梅斩钉截铁地说："要的就是你革命意志薄弱！你控制什么呀？在街上看见漂亮的小姑娘，那你是得要控制，不控制你犯法。可俞晓红是谁？那是你媳妇儿！一会儿你喝了酒，你来劲儿了，你该干什么就干什么呗！你该下手你下手啊！这又不是迎接外宾你跟谁客气啊？你下手！"

"不行不行不行！"马勇又彻底慌乱了，像得了脑血栓后遗症似的连连摆手，"大姐，我们已经不是夫妻了，这，这，这不合适！"

俞晓梅不由分说地去开启那瓶酒，同时说："现在不是夫妻，一会儿你们一拍即合干点儿什么事儿，那就又是了！什么不合适那就全部又都合适了！我看我也别在这儿了，反正菜都烧好了，我现在就走，给你们腾地方。一会儿晓红回来了，马勇你好好待她啊，你多说点甜言蜜语哄哄她，你就说你爱她，你还想着她，你就当救人一命吧！你喝酒，喝酒！"她将红酒倒满一大酒杯，硬塞给马勇，而后真的就出门离去了。

马勇无奈地捧着一大杯酒，只好坐着，等着俞晓红。

俞晓梅走出家门，却没有走多远，她家门前有一片小树林，早晨和傍晚，小区的居民都来这儿晨练和休憩，算是小区里一个自然的活动中心。俞晓梅就来到小树林，坐在一条石凳上，她要在这儿等俞晓红。她已经成功地稳住和说服了马勇，她还要在俞晓红买香菜回家之前先在这儿截住她，不管是骗还是哄，也要再把妹妹说服了，同意回家去和马勇破镜重圆。俞晓梅就这一个妹妹,一颗心,平时一半在丈夫身上,一半就在俞晓红身上,她不能看着妹妹离婚耍单过得凄凄凉凉的。

大约两分钟后,俞晓梅没有等来俞晓红,却先等来了她的丈夫。一个消瘦内向的中年男人拎着旅行包低头匆匆从俞晓梅面前走过,俞晓梅一眼看见,叫道:"杨永德!"杨永德闻声站下一回头,看见了自己的胖夫人。俞晓梅诧异地迎过来:"杨永德,你不是去机场坐飞机上西安了吗,怎么又回来了?"杨永德说:"飞机故障,要明天才飞,我就回来过一夜。你怎么坐这儿?"俞晓梅神秘地凑近杨永德,看看四周,俞晓红还没现身,她低声说:"马勇来了,在屋里坐着,我想撮合他和晓红复婚。晓红去买香菜了,马上回来,你先别回家,你跟我在这儿先待着,你让他俩单独处一会儿。"

杨永德对此不禁表示怀疑:"这行吗?俩人打得天昏地暗的,现在能好好说个话都难!"

俞晓梅不无得意地说:"你放心吧,马勇这回绝对会好好对待晓红。因为我刚才跟马勇说了,我说晓红想自杀!我让他马勇想不关心想不管晓红都不行!"

杨永德皱着眉头道:"你这不是胡说八道嘛!"

俞晓梅:"我不管!我就是想让他俩复婚!你就给我坐这儿等着!"她强拽杨永德也在石凳上坐下。杨永德于是闷声不响了,他又一次习惯性地服从了俞晓梅,他总是习惯性地顺从着这个圆胖泼辣的胖夫人,他从兜里摸出香烟来想吸。

俞晓梅却霸道地拿过丈夫刚取出的香烟,说:"杨永德,你先别抽烟。你跟我说实话,你在外面到底找二奶了没有?"

杨永德眉头皱得更深地嘟囔道:"你天天都这么问我,你不烦啊?我告诉你:没有。"

俞晓梅带点撒娇央求道:"永德,德德,我求你了,你就找一个二奶嘛,啊!"

杨永德说:"你干吗?你还盼着我找二奶呀?"

俞晓梅:"我是关心你呀,我想让你永远保持对生活的新鲜感,因为一个人要是对生活没有了新鲜感没有了兴趣会很快衰老的,我是关心你我才这样的。永德,德德,我向咱人民政府发誓,我绝对不生你的气,我绝对想得开!"

杨永德却说:"你得了吧,我要是今天晚上假如说九点找了二奶,要让你知道了,不到十点我就让你阉了。"

"绝对不会!"俞晓梅信誓旦旦地说,"我绝对让你活得好好的!我绝对比以前对你更好!我对你的二奶也会很好的,我会关心她,帮助她,要是你不小心让她怀上了,没关系,你不方便出面,我带她上医院做人流,要是她年龄太小,我就说我是她姨妈。你放心,我一定会把你的二奶也照顾得周周道道的!"

杨永德乐了,说:"真的?"

俞晓梅紧盯着丈夫的脸:"真的!你说实话,你找了吗?是陕西的?河南的?还是安徽的?要不,是新疆的?"

杨永德望着妻子的胖脸,审视地望着她。

俞晓梅不由得紧张起来,紧张地盯望着丈夫,等待他回答。

杨永德瞪了她一眼,说:"我找的是个美国的!我再一次告诉你:没有!"

俞晓梅暗暗松了一口气,乐了,她这是试探,她时常这样试探一下杨永德,丈夫的回答让她心里蛮高兴的,但她脸上还是绷着,假装生气的模样,痛心疾首地说:"杨永德你真没用啊!现在哪个干部没有二奶啊,怎么人家都能找上二奶怎么你就找不上呢?你还有没有一点儿出息?!你太让我没面子了!你真让人烦,我都烦死你了,你就会整天缠着我一个人!"她嘴里絮叨着,手里却把香烟递还给丈夫,并亲自用打火机给他点着,同时关切地叮嘱道:"你少抽点烟,对你的嗓子不好。明天我买盒润喉糖来你每天也含上一片。你真让人烦。"

于是杨永德挺幸福地乐滋滋地抽他的烟。

俞晓红这时拿着买来的香菜等物品走过来了,准备穿过小树林回姐姐家去,却看见了坐在石凳上的姐姐和姐夫,"你俩怎么坐这儿呀?"俞晓红诧异地问,她尤其诧异姐夫也坐在这儿,"姐夫你不是出差走了吗?"杨永德站起来说:"飞机故障要明天才飞,我先回家再住一晚。"俞晓梅一脸神秘地凑过来,又放低了声音,道:"晓红,马勇来了,在屋里坐着。"俞晓红不由得有一些小小的惊讶:"他来干吗?上午我们刚见完面,又吵了一架,他又来干什么?"俞晓梅说:"他来,想跟你好好聊聊。"俞晓红则一脸痛恨地说:"聊什么?又想让我搬东西给他和那个女人腾地方?我不聊!他来,我走!"她把香菜等物品往俞晓梅怀里一放,转身要走。俞晓梅急忙拽住俞晓红:"晓红,他晚上来不是这个意思!你就跟他聊聊吧!"俞晓红挣脱着:"我不聊!我懒得理他!"俞晓梅拽着妹妹不放手:"晓红你就跟马勇再聊聊吧!怎么说你们也是夫妻一场!"俞晓红则使劲挣脱开姐姐,坚决要走:"姐,我说了我不想跟他再聊,什么狗屁夫妻一场!我走了——"

俞晓梅见拽不住俞晓红,又叫起来:"晓红,马勇想自杀!他说他不想活了!"

俞晓红闻言不由得本能地惊愣住,本能地站下,不动了。

杨永德对妻子的喊叫惊讶地张大着嘴,想说什么,俞晓梅暗暗狠掐了他一把,杨永德疼得龇牙咧嘴,忍着,不敢再说话了。

俞晓红充满狐疑地望着姐姐:"马勇想自杀?就他那人,他……他会自杀?"

俞晓梅又哭了,她梨形的身子再一次哭得抽抽噎噎颤颤抖抖的,她又哭着说:"马勇,再怎么说他也是做过我妹夫的,怎么样也有点儿感情,我听说他要自杀,我这心里……晓红,你别看马勇表面上嘻嘻哈哈的好像满不在乎,他刚才跟我说,其实他离婚以后心里特痛苦,他几次都不想活了!他说:天底下的女人,他心里只有你!你知道他以前从不喝酒的,可他今天喝酒了,大口大口地喝啊!"

"真的?!"俞晓红闻言又是一惊,"他真喝酒了?!"

俞晓梅说:"你自己去看看吧!跟灌凉水一样地灌啊!他真是痛苦极了!晓红,别说你们做过那么多年的夫妻,就是单位里一般同志关系,他到了这个时候,你不得帮他一把啊?你就去跟他好好聊聊,宽慰宽慰他,体贴体贴他,关心关心他,啊!"

俞晓红开始有一点相信了,因为马勇过去确实是不喝酒的,可以说是滴酒不沾,如今要是真是这样大口地灌那确实可能是心里很痛苦。她回头望着亮灯的姐姐家,思忖迟疑着,在斟酌要不要过去跟马勇聊聊,去安慰安慰他。

俞晓梅则一个劲儿地催促她:"你快去呀晓红!你快去快去快去!"

俞晓红终于下了决心,抬脚朝姐姐家走去。

俞晓梅不无得意地对杨永德一笑。

杨永德嘟囔地说:"你就又胡说八道乱吧你。"

俞晓梅说:"你少管!我说了我就是要让他俩复婚!为了这个,我什么手段都用!"

杨永德只有再次无可奈何地翻了翻眼,他根本就管不了俞晓梅。

当俞晓红推开房门走进来的时候,她果然就看见马勇坐在餐桌前大口地喝着酒杯里那暗红色的液汁。在灯光的映照下,他的脸看上去似乎也是泛起了一层油亮的绯红。俞晓红心里颤了一下，有一种解恨解气且又夹着酸楚的复杂心绪，想着你马勇你不是嘴硬嘛你也有今天你也有此刻啊！俞晓红就站在门边，立着，也不过去，以那种复杂的心绪盯视着马勇。

马勇脸色红扑扑地一回头看见了俞晓红，他本能地愣了一下，接着又迟疑了一下，而后柔声地跟俞晓红招呼："晓红，你回来了？来，坐这儿。"

这柔柔的一声使俞晓红眼泪差点儿夺眶而出，马勇已经太久太久没有用这种语调跟她说过话了，那已经遥远得像上一个世纪的事儿了。俞晓红想抗拒不过去的，在一瞬间，她又想起了马勇这些年里太多太多跟她恶腔恶调说话斗嘴的架势，就是今天白天他还凶神恶煞地跟她吵架来着，于是俞晓红又恨起来了。但俞晓红转而又想起了姐姐刚才说的，就又像有一根线牵动她似的，慢慢地挪过来，也在餐桌边坐下了。

马勇喝着杯中物，他脑子里此刻全是俞晓梅反反复复再三叮嘱他的话，于是他边喝边斟酌着词句，道："晓红，你别看我今天白天跟你吵，你别看这些年我老跟你吵跟你掐，其实我，我，我今天是喝酒了才对你说心里话，我这心里其实对你——"

"你别说了！"俞晓红此刻满脑子也是姐姐一再跟她交代的话，于是她突然伸手就捂住了马勇的嘴，异常柔情地说："你什么都别说，你的意思我全明白。"

马勇被俞晓红突然的柔情乍现弄得颇不适应，一个劲儿地眨巴着眼睛。

俞晓红抚摸着马勇的头，道："你看你都喝出汗来了，我去打盆热水来给你擦擦。"她起身朝卫生间走去。这使马勇愈发地惊愕，他惊愕地望着俞晓红走进卫生间去的背影，俞晓红的这种柔情对于马勇已经遥远得像上一个世纪的事儿，马勇于是有一点恍如隔世的感觉。俞晓红从卫生间打了一盆热水且拿了一条毛巾过来，给马勇擦头和脸面。她柔柔细细地擦，从前胸一直擦到马勇的后背。马勇很有些不知所措，慌乱地说："哎哟妈呀，我感觉今天太阳从西边出来了！"

俞晓红就抿着嘴笑。擦拭完，俞晓红更加柔声地说："马勇，你别光喝呀，你吃点菜，你吃点我今天做的鱼，这鱼可是我做的，你好久没吃我做的饭了，你今天多吃点儿。"

马勇感激涕零。他感激涕零地依言夹了一大块鱼肉要往嘴里塞。

俞晓红突然又道:"你等等。"

马勇停止了动作:"干吗?"

俞晓红说:"这肉里有刺,我给你弄掉。"她用公筷夹过鱼肉,放至小碟,将鱼刺仔细剔去,而后将净肉端到马勇面前,喂给他吃,像喂一个婴儿:"马勇,你吃吧。"

马勇快要傻了,连连地叫唤:"啊呀,啊呀,我感觉今天太阳从东南西北一块出来了!"

俞晓红冲马勇嫣然一笑:"这叫贤惠。女人第一就是要贤惠。"停了停,她问马勇:"马勇你觉得我比那个女人怎么样?"

马勇嘴里嚼着鱼肉,说:"哪,哪个女人?"

俞晓红说:"你说哪个女人?我说美国国务卿赖斯你够得着人家吗?"

马勇明白了:"哦,你说赵慧啊,那当然,当然你……你比她强很多。"

俞晓红又是嫣然一笑,更为甜美,说:"你看就这一阵儿工夫,你浑身又都出汗了。你坐到沙发上去,把T恤也脱了,我给你好好擦擦。"马勇又慌乱起来:"这,这,这不合适!这我怎么好意思呢!"俞晓红说:"这有什么不合适有什么不好意思的,我愿意伺候你,我愿意对你好!"她拉着马勇坐到沙发上去,给他脱去T恤,用热水热毛巾给他再次更周全地擦拭着身子。马勇开始哆嗦,哆嗦地说:"俞晓红,你这样,我,我,我会有想法的。"俞晓红笑着,妩媚不语,继续动作,柔情地给马勇擦拭着胸脯,着重擦拭他胸脯上的乳突点。马勇忍不住叫起来:"别,别,俞晓红,那是我的敏感点!"俞晓红继续给马勇擦拭,柔情且又俏皮地:"我呀,用书面语言来说,我这叫风情万千,用老百姓的俗话来说呢,这叫骚。一个好女人,第一要贤惠能干,第二要风情万种,也就是要骚,兼而有之,那才是好女人!你觉得我好吗?你觉得我比你那妇联的阿姨怎么样?"马勇此时再顾不上别的,一叠声地说:"你比她强,比她强!行了吧?你别擦了——"他想要推开俞晓红。俞晓红却按住他,不让他动:"你别动,还没擦好哩。你怕什么呀?这屋子里现在又没有别人。"马勇说:"俞晓红,你这样,你可别让我控制不住犯什么错误啊!"俞晓红却柔声地说:"你干吗要控制?你想犯错误,你就犯呗。"马勇脸赤红,看那样子,真是再也忍受不了,他叫道:"毛主席呀,我向您发誓,这可实在不怨我呀——"他一把抱住俞晓红,要去亲她,就像他多少年前经常对俞晓红做的那样。

俞晓红这时却抓住了马勇,使劲抵住马勇不让他亲,说:"你先等等!"

马勇着急万分："你又干吗？"

俞晓红说："你来劲了？"

马勇承认："是，我来劲了。"

俞晓红又说："是不是觉得我好？"

马勇又承认："是，觉得你好。"

俞晓红甜甜地笑："是不是觉得我比任何一个女人都好，你特想再得到我？"

马勇全都承认："当然，当然想再得到你。"

俞晓红却在一瞬间就翻脸了。她一把推开马勇，猛然拉下脸来，顿时变得冷若冰霜，道："可我不想！你想再得到我那是做梦！你想也白想！"

马勇一下愣住了，他没想到正温柔着的俞晓红会突然翻脸，又变成了那个这些年没少跟他吵架斗嘴恶狠狠的俞晓红。他不禁愕然地望着这个翻手为云覆手为雨的俞晓红。

俞晓红抹去了刚才佯装的娇柔，恨恨地说："马勇，你现在知道痛苦了？你平时的骄傲到哪去了？你的蛮不讲理到哪去了？你以前对我根本不管不顾的那个劲儿到哪去了？你今天上午在我面前的臭显又到哪去了?! 你今天喝酒了，你借酒浇愁，好啊，我就是要让你尝尝痛苦！我要让你加深痛苦！你不深切地体会体会痛苦你就记不住！你要真是痛苦到想自杀的地步那说明你这个人就算有救了！喝呀，接着喝，好好地喝！"

马勇渐渐从惊愕和愣怔中平复过来，他居然还露齿一笑。

俞晓红更是恨恨地说："你笑什么？你这时候还有脸笑！"

马勇此时不跟她唇枪舌剑，只是把手中的酒杯递过去，说："你看看我喝的是什么。"

俞晓红狐疑地接过酒杯抿了一小点，顿时也面露意外地怔住了。

马勇哈哈大笑，道："是可乐！没想到吧？你以为我真喝酒啊？你以为我真喝多了把持不住自己了啊？你以为我真是酒后吐真言啊？你以为我是真痛苦啊?是你姐姐说你痛苦得想自杀，不想活了，我才做样子宽慰宽慰你的，我就当挽救一失足女青年了！"

"你才是失足青年！"俞晓红眼睛又瞪得溜圆，又是要跟马勇干仗的架势，她一点都不相信马勇的话："是我姐说我想自杀?!"

马勇说："当然！要不我对你那么含情脉脉？我花痴呀我？"

俞晓红说："那你刚才哼哼叽叽像叫春的驴干什么？"

马勇说："文明点啊，什么叫驴？就算是畜生，先生我至少也是个熊猫！我那是给你秀一把,让你感觉你魅力无穷,让你觉得男人都爱你,让你恢复你做女人的自信,让你不至于去自杀！我是上半身假装激动,下半身根本不动！我时刻都在提醒我自己,绝不再掉进你那万恶的旧社会里去！"

俞晓红气得呼呼的。马勇也气得呼呼的。于是俩人又吵得天昏地暗日月无光。

俞晓红说:"马勇你才是万恶的旧社会！"

马勇说:"俞晓红你才是万恶的旧社会！"

俞晓红为了压倒马勇,连珠炮般一叠声地嚷:"马勇你是万恶的旧社会！马勇你是万恶的旧社会！马勇你是万恶的旧社会——"

马勇在俞晓红连珠炮的嚷叫中地震一样地吼道:"俞晓红你比旧社会还要万恶！"

俞晓红一时噎住了,说不出新词来,只能怒视着马勇。

马勇得意地哈哈笑:"你没话说了吧?一比零,本人暂时领先,再见。"

马勇潇洒地穿上 T 恤出门离去。

俞晓红醒悟过来,气得连连砸桌子,喊:"马勇你是个浑蛋!你是个大浑蛋……"

马勇从俞晓梅家走出来,俞晓红叫嚷的声音还在后面像子弹一样地追着他。马勇向小树林走去,因为他看见俞晓梅了。远远地,他看见小区路灯的光亮射过来,映照着仍然坐在石凳上苦苦等候的俞晓梅,这让马勇有些感动,都说可怜天下父母心,现在这是可怜天下姐姐心,所以他想无论怎样都要去跟俞晓梅交代一下再走,同时他还意外地看见了石凳上还坐着姐夫杨永德,杨永德过去一直都对他挺好,所以他也是必须要去跟杨永德打一声招呼的。

俞晓梅看见了走过来的马勇,急切地迎过去:"马勇,怎么样?你怎么走啊? 不住下了？"

马勇先跟杨永德打了招呼,而后没好气地对俞晓梅说:"姐呀,拜托你以后说话把舌头勒紧点儿好吗？就你那妹妹,她会自杀?本·拉登都自杀了她都不会自杀！"

俞晓梅承认她刚才是说谎了,但她酸楚地说:"马勇啊,姐姐我说话是夸张了一些,可我妹妹她心里痛苦是真的!离婚以后,她成宿成宿睡不着觉,安眠药是大把大把地吃。我父母都没了,我就这么一个亲妹妹,看她成了这样,我背地里都哭过好几次！我怕她出事,把安眠药都藏起来了，真的，马勇，我不骗你，你看药瓶还在我兜里呐！"她从兜里掏出药瓶给马勇看。

马勇看着药瓶半信半疑，说："大姐，你不是又跟我做藏秘排油广告吧？"

杨永德这时开口道："马勇，你大姐这话没撒谎。晓红离婚以来确实是痛苦郁闷，我亲眼看见的，早上起来，她在卫生间梳头，头发是大把大把地掉，一梳子就能将下来一撮儿，长期这样下去，她会出事的！"

俞晓梅慌忙说："你看，你看，你姐夫都这么说！马勇，你姐姐我说话可能有时候不着四六，可你姐夫从来不说谎，他说话一句就是一句！"

马勇相信了，他还想起了白天在他屋里看到的一个细节，当时因为赵慧躺在卧室里，俞晓红又在那儿叨叨叨，他也是一派慌乱，所以当时没有太多去想这个细节，那就是俞晓红化妆了！俞晓红用化妆在遮掩她的憔悴。俞晓红表面看上去绝不憔悴，她精心地化了妆，眉眼和嘴唇都精心地描绘过，这使她在满街的行人中显得很鲜亮，而且她还春风得意地微笑着，于是马勇知道俞晓红这就是憔悴了。俞晓红过去从来不这么精益求精地化妆，而且她也从来不随便对人微笑，她总是素面朝天带着她一贯的冷傲行来走去，那是她对自己充满了自信，不屑于用化妆和微笑来修饰自己。现在俞晓红化妆并且对人微笑了，于是马勇便知道俞晓红独自一人过得不好，她在精心修饰和遮掩她的苍凉。俞晓红同时又是个死撑的人，她的性格会让她在人前傲然地绷住，在表面上显得若无其事，她只会在没人的时候躲在某个角落里悄悄地掉泪。马勇一想到过去那么骄傲的俞晓红如今独自凄凉，心里也不无酸涩。

杨永德又说："马勇，再坚强再独立的女人她也是弱者，很多时候，她需要身边有个人能帮她撑起一片天来。有句话很俗但也说得很对：你想让这个女人幸福吗？那说到底还是要给这个女人爱情，只有爱情才能让女人真正雨露滋润起来。"

俞晓梅太兴奋了，她太高兴了，她认为她的杨永德说得太有水平了，说到了她永远也不可能说到的点子上，这简直就是省长的水平啊！她抱住杨永德就啃了他一口，贴住他的耳朵亲热地低声说："杨永德，今天晚上我让你随便弄。"

杨永德不禁惧怕地抖了一下，他害怕俞晓梅这样开恩于他，他宁可俞晓梅让他整夜拖地，或者去刷墙。但他更不敢对俞晓梅说出他真实的想法，于是尴尬地转了话题说："马勇，所以我建议你还是认真考虑一下你和晓红的事儿。"

俞晓梅也急切迎合杨永德道:"是呀,马勇,我觉得你俩——"

"大姐,姐夫!"马勇打断这俩人的话,说:"我和俞晓红,我们俩不合适,要合适我们俩就不会离婚了。但对俞晓红,我不会不管她的,我不说一日夫妻百日恩,百日夫妻似海深,我哪怕只看在她给我做了七年饭的份儿上,我也会帮她帮到底的!我会想办法给她介绍个好对象,找个好人陪伴着她,让她快乐起来。"

马勇说着,回头望着不远处亮着灯的俞晓梅家。他远远地看见俞晓红的身影就投在窗户上,一团黑黑的孤独的剪影,透出一股不可名状的凄冷来,这让马勇心里的酸涩更加浓重。马勇决心要实现他刚才的诺言,要安排好俞晓红未来的婚姻生活。马勇想他确实要认真地给俞晓红找一个适合她的好男人,他会郑重地去跟那个男人说:请跟我的前妻谈恋爱吧!

第 2 章

马勇思前想后,最终选定了张琪来做俞晓红的男朋友,继而去做她的丈夫。

张琪和马勇同在日报社记者部当记者,俩人是哥们儿,马勇认为张琪比较合适。首先,张琪和马勇同岁,也就是说,张琪跟俞晓红也岁数相当。其二,张琪未婚,从理论上来讲还是处男,但马勇估计张琪在漫漫的革命人生征途上早就破了身了,现在的人没有那么老实的,现在即便是梁山伯和祝英台,只要在城市里待的时间长了,都会有外遇和别人上床的,何况张琪这一俗人。但马勇认为一个已经破了身的未婚男人反而更好,他既没有老处男的那种隔涩怪异难以相处,同时又因为未婚而在投入恋爱时就避免了很多的麻烦,譬如张琪就绝没有前妻和孩子的拖累与搅和,那样都是很麻烦的。最重要的一点是张琪的性格好,张琪比较柔顺随和,不像马勇和俞晓红,俩人都强硬得要命,于是就互相掐,于是就掐到了离婚散伙,而张琪会顺着俞晓红,张琪是一贴膏药,会把家庭里特别容易僵硬撕裂的日子柔软地贴合起来。另外张琪还自己有辆车,是一辆二手的"捷达",别管是不是二手车,张琪毕竟也算是城市有车阶级了,马勇不想给俞晓红找个经济贫寒的,现在是市场经济,连去火车站的公共厕所撒泡尿都要先交五角钱的撒尿费,马勇认为在爱情的经济基础上也要对得起俞晓红。因此马勇觉得张琪在各方面都对俞晓红挺合适的。马勇决定郑重地去跟张琪说:请跟我的前妻谈恋爱吧!

又一日,太阳还是很红,国家和人民也都挺好的,马勇的心情也很好,于是他兴致勃勃地来找张琪。马勇来到他和张琪共同的记者部大办公室。记者部大厅被隔断成许多小格子,每一个格子都是一位记者的办公区域,马勇远远地看到身为摄影记者的张琪正坐在自己的方格区域里,翻看着一堆洗好的照片,他对其中的几张露出痴迷欣赏的神色,边欣赏着边吃一口放在一旁的盒饭。突然他听到有脚步声朝这边走过来,有人来了,急忙把正欣赏的那几张照片快速藏进办公桌的抽屉里,而后假装翻看其他照片,同时若无其事地捧起盒饭吃着。

马勇不动声色地走过来,拍拍张琪的肩膀:"嗨,哥们儿,干吗呢?"

张琪掩饰地翻动着桌上的照片说:"这不,拍了一组公交的照片,准备再挑一张发四版。我刚选了一张发今天二版的。"

马勇意味深长地望着张琪说:"仅仅是在拍公交战线的照片吗?"

张琪冲马勇龇牙一笑,说:"当然不是,我还拍了一组本市公共厕所分布图的照片,准备作为国家机密卖给美国,每张卖一万美元,就看美国要不要了。"说着,脸一沉,异常生气的样子,道:"你干吗?审贼呀?我除了拍工作照我还能拍什么照片?我可是咱们记者部的十大杰出青年!"

马勇笑骂道:"你滚蛋吧,记者部一共八个青年,那两个你到公墓去找啊?"

这时旁边格子里一个女编辑站起来朝这边说:"马勇,张琪,你们俩又在那儿瞎贫什么呢?俩人一对活宝,整天斗嘴!张琪,别贫了,你快过来看看你要发二版的照片,标题是叫这个吗?"

张琪急忙过去和那位发稿编辑订对新闻照片的标题和说明,让马勇先等着。

马勇却并不老实地等着,他的手悄悄伸到下面,拉开张琪的办公桌抽屉,拿出张琪刚刚藏在里面的那几张照片,待看清了内容,他悄然地笑了,悄悄将照片塞进了自己的裤兜。

张琪完事后走回来,拿起没吃完的盒饭继续吃,吃着,说:"马勇,兄弟,你先等着啊,我肯定给你剩一口,不会都吃完了,我怎么着也得给你留块排骨啊。"马勇抓起张琪的盒饭就给他扔到一旁的字纸篓里去,笑骂道:"滚你的蛋吧!走,穷鬼,我请你去吃海鲜!"

张琪又龇牙乐了,叫道:"马勇,你才是十大杰出青年啊!"

两人来到报社旁边的"牛车水"海鲜大酒楼,马勇要了蒸螃蟹,还有其他菜肴,以及一瓶红酒。马勇给张琪拿过一个掰开的肥硕的蒸螃蟹,招呼张琪:"来,吃!"

张琪却不动手了,而是充满警惕地望着马勇,说:"马勇,青天白日太阳红,天天都有各种坏人被抓出来,一切阴谋诡计在阳光下最后都是要被戳穿的,冷不丁你请我吃什么海鲜,你不会是有什么猫腻吧?"

马勇说:"没什么猫腻。"

张琪说:"真没什么猫腻?"

马勇发誓地说:"真没有!"

张琪想了想,说:"也是的,我这个人,论官儿,我也不是官;论钱,我也没钱;论色,你也不是同性恋。这世界上,我觉得也就是蚊子对我还有点企图。那,马勇,我开吃了啊?"

马勇说:"你吃啊,就是专门请你来吃的。"

张琪疑疑惑惑地吃起了螃蟹,吃得不十分踏实,边吃还边审视地瞧着马勇的脸,唯恐一不小心就让马勇涮了。马勇一脸笑眯眯地看着张琪,像丈母娘看女婿,说:"张琪,最近婚姻方面,是不是还闲搁着?"

张琪说:"什么叫'还闲搁着'?"

马勇说:"就是一直也没瞄上什么对象。"

张琪说:"那倒是。就一直闲搁着,可惜这资源了。"

马勇说:"已经不是处男了吧?"

张琪仿佛受了多大屈辱似的叫起来:"马勇,你这么问我你这不是骂我嘛,我能是处男吗?追求我的世界各国妇女都排着长队,这么多年里,我怎么也得助人为乐儿回吧?我告诉你马勇,我都能教你怎么避孕!"说着,他收起调侃,挺认真地又涨红了脸说:"马勇,我这个人就是嘴上的功夫,在这方面我还是挺严谨的,我决不乱来的,你信不信?"

马勇笑了。马勇不信。马勇知道张琪这样死气白赖地涨红脸想辩白自己就是经历过男女之道了,有可能还不止一次,张琪只要一认真严肃地想说明他是个正经人儿就说明他办过事儿了。马勇得到了证实,便放心了，知道张琪不会是一个生理有毛病的人，或者是性心理有毛病的人，否则那样就坑了俞晓红了。马勇说："那我给你介绍个对象吧。"

张琪又开始胡说八道："好啊，你就照张曼玉那样的给我往来招呼吧，那样的品种，我就给你马勇一个面子，朕就勉强笑纳了。"他说着又冲马勇龇牙一乐，又是一副赖皮的样子。他和马勇见面就乱开玩笑，他根本就不相信马勇能跟他说什么正经的。

马勇说："我不跟你开玩笑。我知道你对俞晓红，就是我前妻，一直都有想法，对吧？"

张琪脸刷地一下红了，他的玩笑不见了，那种口若悬河幽默机智的调侃也荡然无存，而变得气急败坏。张琪气急败坏地叫道："马勇你胡说八道什么呀！没有的事儿！"

马勇则笑眯眯地看着张琪发急："真没有吗？"

张琪斩钉截铁地说："没有！！"

马勇便索性把刚才的照片从兜里掏出来放在餐桌上，说："那你自己看吧。"

照片照的是俞晓红。照片上的俞晓红站着，坐着，靠着，卧着，每一张的俞晓红都是长发飘飘，明眸皓齿，风姿绰约。这是有一年俞晓红过生日，马勇让张琪来家给俞晓红照的。张琪照完照片后自己偷偷洗印了一套留着，藏在办公桌里，时常就拿出来独自欣赏。这照片便是铁证，铁证如山地说明张琪一直在惦记着朋友的老婆。

张琪瞠目结舌，脸更红了，简直就是面红耳赤，"这这这这这这……"张琪口吃起来，他口吃地想跟马勇解释点什么，但口吃了半天，还是一句囫囵的话都说不出来。

马勇则依旧笑眯眯地，不疾不徐地："兄弟，别急别急，慢慢说，咱这不是公安局审案。"

张琪最后终于能说完整的话儿了，他说："事情嘛，确实，确实，有，但是，马勇，我也就是仅限于此！人家说，朋友妻，不可欺，除非朋友出差去。可你马勇放心，既然咱们是朋友是哥们儿，那么无论你是出差还是在家，是结婚还是离婚了，我都对贵老婆，绝对没干别的事儿！我是偷偷在看贵老婆的照片，但每次看，我都跟看挂历一样，虽然漂亮，我都当那是纸人儿。我还看过章子怡的挂历呐，难道我还想把章子怡怎么着啊？所以我跟你说马勇，我不会做那些不哥们儿的事儿！"

马勇继续在眯眯笑，说："别解释，别解释，我丝毫都没有怪你的意思，老实说，我也是经常看着别人的老婆好，但我也是都在当挂历看。你跟我一样，都是有所心动但决不行动，这就叫够朋友！所以说这么多年我一直都把你当哥们儿看。"

张琪松了一口气，但又狐疑地说："那你还说这事儿干吗？"

马勇不光是认真而且严肃地说："张琪，我跟你说正经的，既然你喜欢俞晓红，那我就想把俞晓红介绍给你。张琪，我老婆那人挺好的，你跟她谈对象吧。"

张琪大吃一惊，惊愣了半晌，道："兄弟，你没病吧？"

马勇说："干吗？我没病，我好好的。"

张琪说："没病你胡说八道！马勇，戏过了啊，老婆你也拿来乱开玩笑！"

马勇纠正强调地："是前妻！"

张琪说："前妻也是妻！难道你能喊她大嫂吗？你这人，什么你都拿来开涮！马勇，有些事情是不能胡乱开涮的！"

马勇有些急了，高声道："张琪，我真不是拿你开涮真不是跟你开玩笑！我真的是要把俞晓红介绍给你！我真的是想让俞晓红做你的妻子！"

张琪相信了。张琪相信了之后反而更加良久地审视着马勇，更加充满了狐疑，说："那要这样的话，马勇，你老婆……不会有什么问题吧，你要塞给我？马勇，兄弟一场，你给我说实话，贵老婆，没有什么胃下垂肾积水或者是心肌梗死什么的吧？"

马勇说："你滚蛋吧，心肌梗死那是骨灰了！我老婆什么病都没有！"

张琪依旧怀疑："没病那总有点什么问题。要不就是精神方面的？你老婆有精神——"

马勇叫起来："我老婆会有什么问题？我老婆那人多好啊！形象好，气质好，条儿也好，你看她那身材，走在大街上，我不敢说是鹤立鸡群，起码也是一模特的样儿，亭亭玉立！我老婆才学也很好，她能看法文原版罗曼·罗兰的《约翰·克利斯朵夫》，咱们总编都看不了！我老婆还会做饭！一般的白领妇女现在谁还给男人天天做饭？可我老婆的饭做得好着哩！我老婆的干煸豆角做得特好！我老婆还有很多的优点！张琪，你要真娶了她，你小子福气大了，你没事偷着乐去吧你！"

"对呀！"张琪说，"你老婆这么好，你自己怎么不要呢？"

马勇一下语塞，一时不知道该说什么，眨巴着眼睛望着张琪。

张琪逮着了理，更加理直气壮地说："你说是不是，贵老婆这么出色，你自己为什么不留着使用呢？"

　　马勇是一时让张琪说蒙了，他重新理清了思路，又诚恳地说："张琪，我确实不跟你开玩笑，我确实是想撮合你和俞晓红。我跟俞晓红不合适，所以我俩离了，再优秀的人他得合适了才行。你比如说宋祖英，形象好，歌也唱得好，你说宋祖英优秀不优秀？你再比如说比尔·盖茨，比尔·盖茨优秀不优秀？可宋祖英和比尔·盖茨就是不合适！这是一个道理。张琪，咱俩是朋友是哥们儿，我才把俞晓红这么好的人介绍给你的！"

　　张琪不语了，眨巴着他的小眼睛，思忖着。他开始相信马勇的诚意了，马勇虽然是一贯的满嘴跑火车没一句是正经的，但这回应该是所言不虚。张琪相信了之后脸又开始红涨，然后张琪就有一点匪夷所思地笑了起来，他怎么想都怎么觉得这事儿有点太文学化了，像是假的一样，这事儿好像不是生活的正常逻辑所能发生的，怎么就摊到他身上了呢？对俞晓红，他确实是一直十分向往的，俞晓红确实如马勇所说：形象好，气质好，条儿也好！马勇还有一点没有说：俞晓红的手也长得好。张琪和俞晓红握过一次手，是在马勇家里，那真是一双纤纤细手，握在男人的大手掌心里柔弱无骨，张琪当时想这双手的爱抚会是怎样的风情万千啊！张琪曾经对马勇咬牙切齿地说："马勇，这块肥肉怎么让你这个狗给吃了！"说得马勇当时得意地哈哈大笑。但张琪过去虽然对俞晓红有过想法，也在偷看俞晓红的照片，但并没有想过真会怎么着，那是朋友之妻，即使离婚了那也曾经是朋友之妻，那根本就是一件不可能怎么着的事。可现在，突然，一下子，特像文学似的，俞晓红就要轻扬着那双风情万千的手朝他飘飘地过来了，就真的要怎么着了，所以张琪就觉得是很有一点匪夷所思，那种突如其来的幸福飘飘忽忽的，像清晨湖面上的薄雾，仿佛很不真实。

　　马勇催促道："哎，行不行你说句话呀！我告诉你，惦记俞晓红的，不光是你，那多了去了！昨天我去她姐姐家，她姐姐告诉我，前天，有个中年男人亲自上门来向俞晓红求婚，掏出名片一亮，你猜怎么着？副部长！中央国家部委的！至于是哪个部，我只能告诉你不是国防部，其他的我就不能再说了！"马勇说完，忙背过身去自己都捂着嘴偷偷笑，而且还不敢让张琪看见他在偷笑，他觉得自己这牛吹得太大了，简直就是中华神吹，绝对属于坑蒙骗，尽管他的目的只是催促张琪赶紧接受俞晓红。

　　张琪却相信了。张琪沉浸在突如其来飘飘忽忽的幸福里，此刻对马勇说的一切都相信。张琪相信了之后就很有些着急，他不能让那位除了国防部有可能是任何部的副部长抢了先去。张琪极其不好意思但着急地说:"那,那,那,马勇,那我可真上了啊?"

马勇乐了,一拍张琪的瘦膀道:"兄弟,行动吧!"

马勇成功地说服了张琪,但接下来说服俞晓红接受张琪,却费了老劲儿了。

马勇首先进行了充分的准备,他买了一堆的水果和蔬菜,能榨汁的蔬菜,西红柿、胡萝卜、青瓜等,然后分门别类榨汁,榨好后,将汁液倒进一个个玻璃杯里,比如说西瓜是一杯,苹果是一杯,梨子是一杯,番茄则又一杯。俞晓红是学法国文学的,永远在追逐浪漫和时尚,她绝不喝任何眼下市面上掺有防腐剂的饮料,对于中国茶也少有问津,她爱喝这种时尚人士喝的天然有机蔬果榨汁。而马勇是农民的儿子,马勇渴了常常就喝家里的自来水,这让俞晓红深恶痛绝,认为马勇这完全是农民的恶习,而马勇则认为俞晓红太他妈矫情,认为应该把这种矫情的人强迫下放农村一年,就像"文革"中把城里的知识分子都下放到农村去,到时候她就什么水都喝了! 俩人过去为这事也吵得天昏地暗日月无光,也吵到俞晓红不给马勇做饭,也吵到俩人有一段时间不说话也不再同床过性生活。而现在,马勇殷勤地为俞晓红精心准备着她的爱好,而且决心要把俞晓红的喜好做到极致,做到辉煌灿烂,就是说把市面上能买到的能榨汁的玩意儿全他妈买来,全他妈给它榨了,让俞晓红酣畅淋漓地喝!当俞晓红又拿了钥匙开门走进来的时候,马勇已经倒好了有十几玻璃杯的榨汁,五颜六色五彩缤纷地全放在厨房里。

俞晓红看见了那五颜六色五彩缤纷的一堆,惊讶不已。她最初以为马勇是在做什么实验。

马勇把所有榨好的蔬果汁都放在一个大托盘里,而后端着,笑眯眯,像和煦的春风一样朝俞晓红迎了过去,说:"俞晓红,你坐下,喝点儿果汁。这是我特地为你今天来现榨的,有苹果、梨、西瓜、番茄,什么都有,你喝什么? 要不你各样都尝点儿? "

俞晓红惊讶地说:"马勇,今天是不是星期八呀? "

马勇说:"什么意思? "

俞晓红说:"就是说今天太不正常了呀。根据我对你的了解,从星期一到星期七,你过去是绝不可能做这种事的,那除非今天是星期八。马勇你不会又是演戏给我看吧?你不会是别有用心吧?对了,你今天把我特地叫来,到底有什么事?"

马勇嘿嘿地笑,把果汁给俞晓红放在茶几上,让她在沙发上惬意地享用,自己则拿个小板凳坐到墙角的鞋柜那里去,把俞晓红的鞋子都搬出来,并且把鞋油和刷子也找了出来,要给俞晓红这么多的鞋子统统擦鞋油,同时认真地说:"俞晓红,那天你来,我跟你又吵架,是我错了,我今天是想跟你承认错误的。我不光认错,今天还要把你所有的鞋都打一遍鞋油,绝对给你保养得好好的!另外,俞晓红,你扇我一个耳光。"

俞晓红愕然地说:"好好的,我扇你一个耳光干什么?"

马勇说:"因为那天你骂我骂得对,我骨子里就是个农民。毛主席说:严重的问题在于教育农民!我这个人一般的教育手段不管用,你得扇我,你不扇我我记不住!"

俞晓红扑哧一声笑起来。马勇又一次成功地把俞晓红逗笑了,成功地先缓解了俞晓红对他的抵触情绪,这是谈事儿的前提和关键。俞晓红和赵慧都喜欢马勇这股赖皮的幽默,女人似乎都喜欢男人赖一点儿,坏一点儿。俞晓红笑着说:"马勇啊,你常爱说怎么今天太阳从东南西北一块儿升起来了,我说今天你就像太阳一样升起来了!马勇你今天态度怎么这么好啊?过去我一说你,你就跟我吵,你今天怎么不跟我吵了?"

马勇更是笑眯眯的,说:"现在咱俩关系不同了,现在咱俩离婚了不再是夫妻而是同志的关系了。比如说,我要在街上碰到一个我们单位的同志,我能动不动就跟人家吵架吗?再比如说你,你在你们单位能动不动就跟人家说翻脸就翻脸说骂人就骂人吗?那成什么人了!咱们都得要克制要有礼貌要尊重对方,对不对?既然是同志关系,那么同志之间,要有意见,就得好好说话,心平气和地相互商量。俞晓红,你想想我说得对不对?"

俞晓红望着马勇,沉默不语了。沉默了一会儿,她开口道:"那,马勇,那你要这样说话,那作为同志,马勇,我先给你提个意见行吗?"

马勇说:"请!"

俞晓红说:"你每次找你的鞋,你都把我的鞋子翻得这么乱,事后又不整理好,你太不注意生活小节,也不懂得尊重别人,这个缺点你得改,你自己也想想我说得对不对?"

马勇鸡啄米般地连连点头:"对,对,你说得对,你说的每一个字都对,你比新华字典都对!我改,我一定改!"

俞晓红又是咯咯地笑,笑够了,说:"马勇,你要是这个态度的话,那我也承认我也有不对的地方,我动不动就跟你急,话说得不好听,对你不够礼貌,是我的错,我保证以后好好跟你说话。"停停,她又感慨地说:"马勇,你说你以前要是也这样,我干吗要跟你吵架啊?我就那么喜欢跟人吵架呀?"而后,她手一挥,爽快地说:"马勇你今天找我来肯定是有事,说吧,什么事儿?能办的本妇女都帮你办!"

马勇于是便成功地为和俞晓红会谈开启了一个良好的平台,底下的话就好说一些了。马勇脸上笑嘻嘻地给俞晓红的鞋子打着鞋油,脑子却在紧张地飞快地转动着,想着下面怎么开口跟俞晓红说要给她找男人的事儿,这是一个很难说的话题。

俞晓红就等着马勇开口。她也搬个小板凳坐了下来,也拿过一双鞋子来擦油,一边擦,一边望着在迟疑踌躇的马勇,等着他。俞晓红不知道马勇要跟她说什么,她脑子里猜想马勇大概是要找她借钱,看他那反复斟酌且在那儿来回掂量话该怎么说的难受劲儿,她估计是。俞晓红决定马勇只要开口向她借钱,她一把就把钱夹里的银行卡当场拍给他:拿去,本妇女给你了!俞晓红是个爽快的女人,另外她了解马勇,马勇只要开口向女人借钱,那必定是碰到迈不过去的坎儿了,他又不好去向赵慧借钱,正谈恋爱的男人总是要充一点大尾巴狼的。俞晓红尽管已经和马勇离了,尽管俩人分手时打得像布什和萨达姆似的,但她在骨子里还是不愿意看见马勇过得潦倒。

马勇开口了,他擦着鞋开口道:"俞晓红,看见这鞋了吗?"

俞晓红不明白,说:"看见了,怎么了?"

马勇说:"你这鞋,我给你擦得亮不亮?"

俞晓红仍然不明白马勇想要说什么:"亮啊。你手艺不错。希望你以后经常为本妇女贡献这门手艺。不过,你什么意思?擦得亮又怎么了?"

马勇笑眯眯地说:"我昨天打的,那出租车司机说了一句话把我笑喷了,他说:皮鞋擦得亮,爱情有方向!你别说他这话还挺有逻辑性的。你想,尤其是谈恋爱的人,都会把皮鞋擦得油光锃亮。你这鞋擦得这么亮,我估计啊,你新的爱情马上就要来到了。"

俞晓红哈哈大笑:"是吗?那你说我新的爱情又在什么方向呢?是不是有个小狼狗似的帅哥现在就在外面的巷子口等着我呢?不过我喜欢潘基文。"

马勇这次一时没听明白:"谁?"

俞晓红一本正经地说:"潘基文,联合国现任秘书长,大韩民国之人。"说完,她又咯咯地笑,为自己的话忍俊不禁,笑个不停。

马勇则不笑,他严肃认真地说:"俞晓红,我不跟你开玩笑,说真的,我觉得你也应该找一个了,我给你介绍个实实在在的好男人吧,真的俞晓红,我想给你介绍个男朋友。"

俞晓红不笑了,她没想到马勇找她来要跟她说的竟是这个!她审视着马勇,充满警惕地说:"马勇,你什么意思?你可怜我吗?我自己找不到男人吗?我找男人还需要你来给我介绍?你是不是觉得我的东西放在你这儿,你烦死我了,你想赶快找个主儿把我打发走?马勇,你要是这么算计的话,我还告诉你,我的这些鞋子还有那些衣服,这么说吧,你不是喜欢足球吗,过去你天天跟我抢电视看你那破球赛,那你就等到你的中国男足什么时候拿世界冠军了,我肯定来拿走!"

马勇苦笑地说:"俞晓红,你这不是抬杠嘛!中国男足,有一天世界人民都不吃粮食每天都改吃足球了,它都没戏。"

俞晓红蛮不讲理地说:"那没办法,你就祈祷中国男足有一天能把巴西踢个十五比零吧!"

马勇不禁又恨得暗暗咬牙,他竭力忍着,忍着,恶狠狠地擦着皮鞋。俞晓红也不说话地擦着皮鞋,脸色也冷下来。屋里刚刚和谐融洽的气氛又冰凉起来。过去俩人到了这种时候,那就是又一场大战的前奏,俩人都屏着声息,都等待着,等着谁再挑动一下,像把一粒火星投到已灌满汽油的盆里,然后另一方就会扑将上去厮打,一场战火就此熊熊燃起。俞晓红此时就暗暗等待着,她等着马勇如果再暴露出一点企图,狼子野心毕露,然后还想跟她吵架的话,哪怕有一点点对她出言不逊,恶语相向,她立刻就向他开战!谁怕谁啊!

马勇突然把手里的鞋一摔,大喝一声:"俞晓红!!"

俞晓红立刻就毫不退让地跳起来:"马勇你朝我嚷什么你——"

马勇不等俞晓红说完就连珠炮般地说:"我就是朝你嚷了怎么着!俞晓红,你如果要这么跟我较劲儿,你如果要这么想我,那我也没有办法,你说我可怜你,说对了!我就是可怜你!我非常非常地可怜你!"

俞晓红怒不可遏,也连珠炮般地说:"你凭什么可怜我?!我有什么让你可怜的?你凭什么要可怜我要羞辱我——"

马勇吼道:"我可怜你是因为你太不可怜你自己了!你太不珍惜自己了!"

俞晓红正要进一步发作,一下愣住了,她听着马勇的话,似乎不是要羞辱她的意思哦,涌到嗓子口的话又咽了回去,一时愣愣地看着马勇。

马勇这时脸上涌起酸楚来,说:"俞晓红,你看看自从单身以来你都成什么样儿了!你饭也不好好吃,你都没心思做饭,一根黄瓜你都能对付一天,你现在都不是瘦的问题,你是枯萎!你都枯萎了你知道吗?!"

俞晓红听着更发怔了,马勇根本不是要羞辱她啊,而是,而是……而是似乎在关心她,似乎在很为她的憔悴和凋零而难过。这是马勇吗?这是那个跟她吵架打架伤透了她的心的马勇吗?他说的是真的还是假的呀?俞晓红狐疑地看着马勇,神态更加愣愣地。

马勇进一步语重心长地说:"所以说,俞晓红,我就觉得你身边得有一个男人,你需要一个男人!男人对于女人是什么?不一定这个男人就得每天做饭洗衣服擦皮鞋伺候女人,女人才高兴。一个家,有个男人在屋里晃着,对于女人就有了一种生活的动力,就像家里养条狗,你说这狗又能给人解决什么实际生活困难呢?但你就有了兴趣和动力,起码你每天得喂狗吧?你哪怕每天喂狗,你就得把自己发动起来,每天忙活起来,每天充实起来,这个家对于你就有了内容。有个男人在屋里晃着跟有条狗在屋里晃着是一个道理。"

俞晓红扑哧一声笑了,觉得马勇这个混账家伙说的还真有意思,但她马上又绷住,她觉得自己这时候不能笑,她刚刚拉下脸声嘶力竭地要跟马勇开战,她不能那么快就向他缴械投降,那样就显得她太没分量了。俞晓红常常要在马勇面前保持她的面子,矜持着,于是她继续冷着脸看着马勇,听他说。

马勇更为诚恳地说:"所以说俞晓红啊,我是觉得你应该再找个让你生活重新充满兴趣和动力的伴儿,我是不想让你再枯萎下去!你找男人当然不需要别人介绍,要说你没男人要,得像现在什么丰乳霜保暖内衣似的满世界去推销自己,那我还不乐意哩!这不是说我马勇当初不开眼找了个残次品吗?这还伤我自尊哩!我给你介绍男朋友,是想给你多提供一些选择的对象,就像老百姓说的:树上有枣没枣你都打三竿子嘛!你不是喜欢智慧型的男人吗,万一这颗最后掉下来的枣儿是个爱因斯坦呢?或者是你刚才说的那什么潘基文,那韩国哥们,万一以后一不留神也发展成为联合国秘书长呢?我是一番好意,可你认为我是狼子野心,那我还有什么可说的!"马勇慷慨激昂地一口气说完,而后做出无限伤悲的样子,伤悲地靠在沙发上,竭力压制着情绪,呼呼地喘粗气,同时靠近光线亮一点的地方,以便让俞晓红更清楚地看到他的表情。

俞晓红看着马勇气呼呼委屈的样儿,也柔软了起来,被打动了,她不再矜持,脸上不加掩饰地露出歉疚来,歉意地望着受到她伤害的马勇,开口说:"马勇,你生气了?"

马勇继续保持受伤的样子,沉默不语,继续又坐到小板凳上,去给俞晓红擦鞋油。他要加码做给俞晓红看:他受了委屈还要默默地给她擦鞋,他在忍辱负重。

俞晓红果然更加为之打动,脸上的歉意也更为浓重了,且神态中都透出一股久违了的柔情的痛怜来,她痛怜马勇地说:"马勇,你别生气了。那你说吧,你想给我介绍谁呀?你说的这个爱因斯坦,我认识吗?"

马勇一乐,心里高兴得直想欢呼,知道这便就是把俞晓红牵进来了。女人一般来说是比较好哄的,只要你把话说到位了,同时把表情做到位了,所以说做男人的技巧就是得会说话且富有表情。但马勇表面上绝不敢露出一丝得意,同时也不再开一句玩笑,马勇知道这个关键时候一点玩笑就可能穿帮而前功尽弃,所以马勇无比诚恳无比实在地说:"爱因斯坦那是跟你说笑话,但这个人的素质也是不错的。这个人你也认识,他还给你拍过照片,就是我们日报社记者部的张琪。张琪那人不错,我觉得你可以和他交往。"

俞晓红闻言很有些意外,她没想到是张琪!这就像一个熟熟的人,已经固定成了你生活中的某类角色,譬如说是你固定的牌友或者是固定给你每天送报纸的,突然有一天有人告诉你,这个牌友或是送报纸的还应该是你的丈夫,那么就让人猛然会有一些怪怪的感觉。俞晓红就感觉有些怪怪地沉默着,开始思忖马勇的这个提议。

马勇见俞晓红不说话,很有些着急,便极力地向俞晓红述说张琪的诸多好处来,什么张琪到现在都没结婚,独身,这不光是没有任何生活拖累,而且说明该同志对感情是多么认真,决不胡来,他都有可能到现在还是处男哩!你想,在这样物欲横流的社会里,一个还是处男的男人,他的思想品德得多好啊!他得多坚贞不屈才能把处男当到今天啊!这说明张琪这个男人多靠得住!另外张琪的经济条件也不错,张琪在报社是副高职称,工资不低,张琪还有辆捷达车,新的,刚买的!马勇没说张琪的车是二手的。马勇重点介绍张琪的脾气好,因为俞晓红就是因为马勇的脾气不好俩人打打闹闹离了婚,她从此对男人心存惧怕了,所以马勇就重点突出张琪的脾气,说:"张琪那人对人特好,他不像我,他脾气好,尤其对女同志,特别细致,体贴周到,在我们日报社他有个外号,大家都叫他妇女用品——"

俞晓红忍不住扑哧一声笑了。

马勇见俞晓红笑了,抓住时机,进一步煽动地说:"我就知道你喜欢细致体贴周到的男人,我才把张琪介绍给你的。还有,我知道你喜欢智慧而且幽默的男人,幽默是最高的智慧,张琪就具备这样的品质。张琪那人特幽默,出口妙语成章,这一点我决不骗你!我们记者部的主任刚开了刀住院,张琪去看他,把主任逗得前仰后合,笑得哈哈地,把痛都忘了,最后一看肚子,坏了,刀口绷开了!"

俞晓红不禁哈哈大笑,乐不可支,她开始有一点让马勇说动了。

马勇情绪昂然地说:"怎么样,先和张琪交往着?"

俞晓红想了想,却摇头说:"不。"

马勇顿时又急了:"为什么呀?"

俞晓红说出了她还不太情愿的理由:张琪太邋遢。她说:"我见他几次,给我感觉他衣服老也不换,穿在身上油渍麻花的,头发也乱乱的蓬蓬的,我老觉得那头发里不定什么时候就能钻出一条蚯蚓来,他那脑袋简直就是一庄稼地!"

马勇无比着急,他竭力为张琪寻找着理由,说:"张琪是摄影记者,也是摄影家协会会员,也算半个艺术家了,艺术家啊,不修边幅,这是他的风格!"

俞晓红却固执地不听,同时伤感起来,伤感地说:"不,我不跟他交往。马勇你知道为什么吗?因为我跟你过日子的时候,你就很邋遢!你不洗澡,衣服嘛到处乱扔,袜子脱下来就往沙发垫子下面一塞,有时候忘了半年都找不着。知道咱们家为啥没老鼠吗?都让你那袜子给熏得纷纷去世了!我忙前忙后跟着你的脚收拾,给你收拾了那么多年,我摊上你是因为没有办法,我好不容易现在终于解放了,我不能才出虎穴又进狼窝!"

马勇眼看本来已有一个良好开端的事儿转眼又要黄,着急得不得了,信誓旦旦地说:"俞晓红,张琪跟我绝不一样!你见他的那几次,恰好是他下乡采访回来,没来得及洗澡换衣服。也真是巧了,他偶尔那么几次的邋遢样儿偏偏都让你碰上了!张琪平时把自己里里外外收拾得可整洁了,平时他天天冲澡,有时一天冲好几遍,就跟那冲水马桶似的。要不我哪天把他领来你再好好看看?俞晓红,你怎么也得先见见张琪再说吧!"

马勇死气白赖地说服着俞晓红,锲而不舍地说服着俞晓红,晓之以理动之以情地说服着俞晓红,一直说到俞晓红把那十几杯鲜榨的蔬果汁全部喝完,说到马勇把俞晓红的鞋全部擦亮,俞晓红看着锃光瓦亮堆积如山的鞋,再次被感动,同时也感动马勇说得喉炎都要犯了,于是同意明天晚上跟张琪见个面,见完面再考虑要不要交往。

马勇长长吁了一口气,累瘫在了板凳上。

翌日,马勇在白天就把张琪硬拽到家里来,把张琪按在浴缸里,给他洗澡,尤其是洗头。因为俞晓红说了张琪的头像庄稼地,尘土飞扬的。马勇给张琪洗了一遍又一遍,反复抓挠揉搓着,把张琪的头当成了水球比赛的用球。

张琪嘟嘟囔囔地说:"不就是晚上去见个面嘛,你都给我洗八遍了还洗!你老婆是武则天啊?我得先沐浴熏香才能去晋见皇上?"

马勇继续使劲搓着张琪的头皮,道:"宝贝,别嚷,乖乖的,让爹给你洗。我不是都告诉你了吗,俞晓红嫌你邋遢!俞晓红那人特爱干净,她看男人是先闻气味,她喜欢男人散发出像青草地一样干爽清新的味道,你说你这头像青草地吗?你整个一沼泽地,臭死了!"

张琪不服地说:"那我看你过去跟俞晓红在一起过日子的时候,你那头不也像沼泽地吗?也乱蓬蓬臭烘烘的!你那阵儿怎么不天天洗头呢?"

马勇说:"我跟俞晓红谈恋爱的时候,我是天天洗头,后来结婚了,我就不耐烦再洗了。男人结婚以后都不耐烦再伪装自己,一个个本来面目都暴露出来了,这叫婚姻疲劳征。所以俞晓红后来就不待见我了,知道了吗?"

张琪又说:"那花十来块钱在街头发廊洗洗就完了,还费这个劲儿!"

马勇说:"街上洗的有我给你洗得这么干净彻底吗?再说洗完以后我还要给你吹头哩,只有我知道俞晓红喜欢男人留什么样的发型。你说你找对象,我给你洗头,给你捯饬,你还嘟嘟囔囔的,你这个儿子一点都不乖!乖乖的啊,别再嘟囔了!"

马勇给张琪洗完了头,然后又拿电吹风机来给他吹头发,吹成左分头,还特地让一缕头发从额头上搭垂下来,形成一种飘逸潇洒感,弄好后,拿镜子给张琪照着看,然后给张琪解释:"俞晓红她就喜欢男人留这个发式。俞晓红喜欢男人留左分头,她从小最喜欢的一本书,就是我给你说过的法国作家罗曼·罗兰写的《约翰·克利斯朵夫》,那里面的约翰·克利斯朵夫就留左分头。男人一般都留右分头,留左分头的人少,就显得很特立独行,俞晓红喜欢男人有个性。俞晓红还喜欢男人有一缕头发像这样不经意地从额头上搭下来,她觉得男人这样显得飘逸潇洒。你记住了,以后自己就这么捯饬。我跟俞晓红谈恋爱的时候,我就梳这个发式,我就天天这么捯饬。"

张琪说:"那我看你结婚以后怎么不留这个发型了呢?你怎么不捯饬了?你头发乱蓬蓬的,像得了禽流感的鸡。你原先额头上的那一撮儿鸡毛又上哪儿去了?"

马勇笑骂道:"你小子才是得了禽流感的鸡!"笑骂后,又不无严肃认真地说:"我不是跟你说了男人结婚以后都不耐烦再伪装自己了嘛。每天洗头吹风麻烦不麻烦啊。咱们男人就是这么个品种,想着,都结婚了,老婆都从生米做成了熟饭,又从熟饭做成了蛋炒饭,熟得不能再熟了,我还再费那个煤气干什么?我还捯饬什么呀我还给谁捯饬啊!我当时就是这么想的也是这么做的,所以俞晓红后来就跟我……后来的事儿你都知道了。"他有些伤感,停下话语,缄默地去收拾电吹风和洗头膏。停了一会儿,他感伤地开口对张琪道:"所以我跟你说啊张琪,我是个婚姻的失败者,你要决定跟俞晓红好,首先的一条,你别跟我学!从恋爱到婚姻,你都得永远好好经营,恋爱和婚姻都是需要好好经营的,你得记住!"

张琪从来没见过马勇这样严肃过,马勇的严肃把他震慑住了,他也严肃地朝马勇点点头。

马勇又嬉闹起来,本性不改,他抚摸着张琪额前垂下来的那缕头发,打趣地说:"你得让这撮猪鬃永远这样迎风飘扬!"

张琪笑着去打马勇:"你丫才是猪!"

马勇把张琪洗干净了,发式也给他梳理成了约翰·克利斯朵夫型,然后又拽着张琪去商场买衣服。张琪很不情愿,一脸的不高兴,在商场里又嘟嘟囔囔发飙了,说:"你老婆太牛叉了!谱儿太大了!我去见她,我还要买衣服啊?我不干了!我走!"他拔腿要走。马勇死活拽住张琪不让他走,从衣架上取下一件看好的休闲夹克衫往他身上套,同时嘴里苦口婆心地开导他:"张琪啊,兄弟啊,你说杨贵妃谱儿大不大?吃一颗荔枝都得让人从广东骑马送到陕西来!所以说,你要找美人当对象,你就得忍着点儿。是俞晓红说你穿的衣服油渍麻花的!再说你澡也洗了,头也吹了,如果你这衣服穿得还像个放驴的,这也不配套啊!来来来,兄弟,穿上穿上,你让我看看怎么样!"

张琪只好穿上马勇硬给他套上的夹克衫,走到穿衣镜前去照着,让马勇打量。

马勇看着镜子里焕然一新的张琪，很满意，觉得这夹克衫真是不错。因为换了上衣，马勇觉得张琪的裤子也要换，于是又拉着张琪到卖裤子的地方去挑选。马勇最后选中了一条浅蓝色的牛仔裤，又跟张琪到试衣间里去，像帮着小朋友拉屎一样地帮张琪褪下裤子，给他套上新裤子让他试穿。马勇一边干着这活儿，一边嘴里嘟嘟囔囔地，说："张琪，我怎么觉得我真像你爸爸哦，在给儿子张罗着娶媳妇儿，我还得给你丫穿裤子，你丫两岁啊……"在嘟嘟囔囔中，马勇又给张琪配好了下半身。走出试衣间，马勇打量着上下都焕然一新的张琪，分外满意，说："行了，今晚上就是这行头了！"然后他让张琪掏钱买单。

售货小姐过来说：连衣服带裤子，打完折，一共一千二百四。

张琪一摸钱包，说："我没钱。我这月工资就剩五十了。"停停，他望着马勇，龇牙一乐，说："要不，马勇，哥们儿，你给我买单得了。我把我那MP4给你抵账。"

马勇叫起来："哎，小子，这是你找对象耶！你那MP4才八百多块钱！"

张琪赖赖地说："这是你老婆，是你要介绍给我的，反正我没钱，要不就算了。"说着，他去脱衣服扒裤子，要走。马勇急忙拽住他，无可奈何地说："好好好，我给你小子买！"他掏出银行卡来交给售货员去刷卡交费，嘴里又开始嘟嘟囔囔，说："张琪，我欠你的呀？我真是你爸爸啊？这一千多块钱呐！这要买烧鸡，我都能吃出胃下垂来了……"

张琪听了就乐，又对马勇道："马勇，好像，我还得再买双新鞋吧？"

马勇怒吼道："我再给你买包卫生巾！"

马勇笑着去打张琪，张琪也笑，笑着抱头躲，两个好友在商场里追逐打闹着。最后，张琪站住，不闹了，去了玩笑，一脸的严肃认真，神情中还多了一种审视马勇的锐利，说："马勇，你跟我说实话，我觉得我也就是个一般人儿，以俞晓红那样的条件，你为什么选择我？你那么着急地要把我介绍给俞晓红，又给我捯饬，又给我垫钱买衣服裤子，你这个媒人也太好了，为什么呀？你是不是想利用我赶紧把俞晓红这个麻烦给甩了？"

马勇望着张琪，不说话，他伸手到张琪的口袋里就把他的钱包掏了出来，而后当场翻开钱包给他看：钱包里赫然有一叠钱，大约三千元，而不是像张琪刚才说的他只有五十元。马勇说："我就因为你这个选择了你。"

张琪顿时面红耳赤，结巴起来："我，我，我不是存心有钱不想买单啊,我是,我……"

马勇又笑眯眯地说:"别解释,我全知道,在红旗路三十四号友缘养老院住着一个跟你同姓的老头,你每个季度都得去给老头交一次生活费护理费什么的,今天是四月一号,又到了你交钱的日子了。你什么都别说了,完了你赶紧把这钱给人交了去。"

张琪惊愕得瞠目结舌,又结巴起来:"马勇你怎么知道我、我……我还得抚养我二叔?"

马勇瞅着张琪深邃地一笑:"我是介绍人,对被介绍人的情况方方面面我自然都得了解。"

张琪脸红红的,对马勇解释道:"我,我是没办法,我要不管我这二叔吧,我老家的那些亲戚就得骂死我,他们还会欺负我爹,拔我爹种的烟叶。我爹种了五亩烟叶呐!"

马勇却戳穿他,说:"编,编!照一百集电视剧那么瞎编!你爹还种烟叶,你怎么不说你爹种大烟呢?你爹大前年就死了,他在阴间给萨达姆种烟叶啊?萨达姆生前倒是也抽烟。"

张琪再次尴尬地怔住:"怎么马勇你连这都知道?"

马勇说:"你什么事儿我都知道,包括你前列腺肥大的事儿。"

张琪讪讪地说:"马勇你别逗笑了。不过这老头确实是我亲戚,我得管他,这没错。"

马勇说:"得了,张琪你别再装了。这老头虽然也姓张但跟你张琪一点亲戚关系都没有!他是你的小学老师。你读小学时家庭很困难,张老师替你交了三年的学费,等你老师老了,无儿无女,孤苦伶仃,你就把他接来住进养老院,你每月的工资都要拿出一千多块来存下,攒三个月给你老师交费用。你这是在做好事嘛,你干吗要瞒我呢?"

张琪彻底没话了,一时低头沉默着。

马勇凝望着张琪,真心地说:"张琪,你人不错,你这人挺有良心的。"

张琪却躲闪着马勇不无钦佩地凝望着他的目光,说:"什么人不错,什么挺有良心,我没那么高的觉悟!我告诉你马勇,我这是在做秀哩!我等着媒体来发现我,给我来个震撼报道,我一下就火了,名啊利啊全都有了。我没你想的那么好,马勇,咱俩是哥们儿我才跟你说实话,我其实是个鸡贼,我这是工于心计!"

马勇苦笑地:"张琪你干吗要不承认呢?把自己说得跟个流氓似的!"

张琪依旧硬拗着不承认,像个十足的政治流氓似的说道:"我就是工于心计！我是在给自己制造一个机会，我想当官！我没点儿突出表现怎么能当上官呢？我这辈子，我怎么也得当个处长吧？我还告诉你马勇，中国有正直廉洁的好干部，但我还决心不当好的那一种，我只要当上官，我立马就贪污，我要不贪污一千万我对不起这个处级干部指标——"

马勇一把抓住张琪，硬硬把他扳过来，让他的目光对着他的目光，俩人双目直对，马勇高声地说："张琪你别再糟蹋自己硬贬低自己了！你做了好事，但你不声张，你还坚决不承认在做好事，你不想从中得到一丝一毫的好处，你从头到尾只要对得起自己的良心！虽然连咱们报社的领导都不待见你，觉得你一天到晚没个正经，油腔滑调的，迄今为止连个股长都没让你当，但我马勇很待见你！你是个好人！你心眼儿好！我要是哪一天有权了，张琪，兄弟，我绝对提拔你当股长！"

张琪望着马勇，委屈的眼泪渐渐涌了出来，嘴一咧，哭了，哭哭啼啼地说："马勇你别跟我逗了，这时候你还跟我逗……"

马勇给迄今为止也没当上股长的张琪揩着眼泪，去了玩笑和嬉闹，不无动情地说："好好，我不跟你逗了。你问我为什么会选择你，我是想，你对帮助过你的老师都这样，你对你爱的人还能不好吗？我给俞晓红介绍你，确实有我的私心在，我想赶紧找个人把她领走，她太闹了，但我更希望她能跟一个好人过日子！俞晓红跟我做了七年的夫妻，我不想让她碰上个恶人从此日子泡在眼泪里过！张琪，你得答应我，你必须要对俞晓红好，你必须要像对你老师那样地对俞晓红好！我算把俞晓红托付给你了！"

张琪眼泪又想动情地涌出来，但他绷住，又以不屑的口气痞里痞气地说："马勇你别给我说这么高尚的事儿，你说了我也不干，你跟我说咱到哪儿去泡个妞啊，咱去哪儿喝个酒啊，要不去哪儿耍个牌赌博一把，你跟我说这些吃喝嫖赌的事儿还差不多。"

马勇于是什么都不说了，他知道张琪这样就是郑重地应诺了。

傍晚的时候，马勇领着穿戴装扮焕然一新的张琪准时来到了牛车水海鲜大酒楼。俞晓红已经风姿绰约地站在门口等着了。马勇对俞晓红介绍张琪道："重新认识一下，张琪先生。"

俞晓红意外和惊讶地望着和她记忆中全然不同的张琪，她不禁"哟"地叫出了声，出声后，在人前一贯很有教养和风度的她立刻觉得这很不礼貌，马上抿住嘴，脸不由红了。张琪更脸红。他尴尬、拘束和紧张，那新的夹克衫，新的裤子，还有马勇给他捯饬的新的发型，让他浑身不自在。

俞晓红"哟"的一声，让他更是心虚，觉得自己就像个偷儿，顶着偷来的龙袍站在这儿。马勇看出了张琪的窘迫和不安，忙解围道："张琪，你先到里面去占个座儿，我跟俞晓红说点事，我们马上就来。"张琪马上如释重负地应了一声，像逃似的快步走进餐馆里去。

门前只剩下了马勇和俞晓红。马勇笑眯眯地凑近俞晓红，说："这品种怎么样？"

俞晓红则不说话，含着意味淡笑着望着马勇。

马勇说："你这么色迷迷地看着我干什么？我长得像避孕套吗？"

"去，少贫啊！"俞晓红喝道，而后，责问马勇："马勇，你还记得洗头吹头发啊？你以前的那些手艺还没忘啊？"

马勇说："你什么意思？"

俞晓红说："什么意思你自己明白！我问你：那为什么咱俩过的时候，我一喊你洗头洗澡你就不耐烦？我把洗头膏洗发水还有换洗的衣服都给你放好了，就等皇上您老人家亲自来入浴，你就是不洗，你说你天生就这脏样儿，说你就是这大老爷们味儿，你还说我看谁干净找谁去，那时候你怎么不这样把自己弄整洁了？"

马勇说："你的意思是说，张琪这么整洁是我给他收拾的？你错了，人家张琪本来就是这样儿，人家张琪是天生丽质，跟我一点关系都没有。反正，不管怎么样吧，你就看张琪现在这人，你觉得行不行吧？"

俞晓红绷着脸说："我觉得不行。"

马勇急了："还不行啊？！那要咋样你才行啊？！你还真要找那什么联合国秘书长啊？！"

俞晓红禁不住扑哧一声又笑了，其实她觉得行。尽管她看出来张琪是马勇帮着他捯饬的，尤其是额前那一缕随意荡漾下来的头发，那完全就是过去马勇的风格，但这正是她喜欢的男人的类型，她觉得很舒心。俞晓红喜欢男人首先就是要清洁，而后是绝不能刻意，就是绝不能头发油亮西装笔挺，那种男人她觉得其实都傻得厉害，她觉得男人就要像一枝风中的芦花，那样随随意意地荡漾着，却透出一种天然的洁雅来，而这些，眼前的张琪都做到了，因此俞晓红就觉得很舒心。俞晓红感到舒心了之后就相信马勇是认真的，真是当回事地来给她操办这桩大事，至少在认真地考虑她的喜好，在考虑她今后的幸福，并没有随便找个男人来糊弄她，敷衍她。

俞晓红相信了之后眼圈便红了，对马勇说："马勇你还知道关心我啊……"话语中开始有了一些幽幽酸酸的意思。马勇赶紧说:"夫妻一场,夫妻一场,我关心你是应该的。"马勇这么一说俞晓红的眼圈愈发地红湿,眼泪开始慢慢地渗出,马勇知道接下来俞晓红就会从小包里掏出一些纸巾来,做好在较长时间里擦拭眼泪的准备,然后会说:"你以前怎么不这样——"往下便又开始了陈年往事的数落。马勇过去每次和俞晓红吵架,事后想补歉地对她好一些,俞晓红便都是这样一套程序的轮回。果然俞晓红就从小包里掏出纸巾来了,果然俞晓红就幽怨地说:"你以前怎么不这样……"马勇原本晴好的脸渐渐就拉长了下来,接下来按照以往的惯例马勇会烦,原本想补歉的心情会一下荡然无存,会很烦地挥手叫俞晓红别说了,会说:"你老说这些你烦不烦呐你!"然后俞晓红会反击,然后马勇会接着反击,再然后便是争吵升级,又一轮家庭大战上演。但这次马勇没有烦,马勇很耐烦,他拉长下来的脸又慢慢拉回了原状,并且马勇又浮起了微笑,坚决准备不和俞晓红计较,坚决准备很耐烦地听俞晓红对他痛说革命家史。马勇这样俞晓红却不说了,俞晓红说完"你以前怎么不这样"后发现马勇并没有惯常地很不耐烦地挥手,便有些不习惯的异样,说:"马勇,你如今真是不一样了,你什么时候学得这么绅士了呀?"马勇微笑地说:"我说了咱俩现在不是夫妻而是朋友关系了,朋友之间相处,至少我得有礼貌得有点包容吧,我想你也应该是这样的对不对?"马勇这么一说俞晓红也有些不好意思了,想到马勇现在是作为一个朋友在给她帮忙,自己再要那样小肚鸡肠没完没了地絮絮叨叨,一是没有道理,二是也显得低俗了。俞晓红历来认为自己不是一个低俗的人,而是一个大气的人。俞晓红换位思考的角度一改变,于是她说:"马勇,那我谢谢你了。那就按你说的办吧。"

马勇笑了,说:"你愿意了?其实我刚才看你一笑就知道你愿意了,你那叫心花怒放!"

俞晓红让马勇说羞了,带点娇嗔地抢白马勇道:"我就心花怒放了!你不是说我看谁干净就找谁去吗?我就找他,我气死你!"

马勇自己心花怒放地说:"对对对,你气死我,你把我气出乳腺增生来。你请!"

马勇把俞晓红请进了酒楼里去,他开始为他的前妻正式介绍新夫。

第 3 章

在酒楼的包厢里,俞晓红和张琪坐在了餐桌的两端,中间相隔着螃蟹、王八和马勇。

马勇觉得自己应该先说点什么,介绍人在这种场合似乎都是要先说点什么的,于是马勇便干咳了一声,打破场面的拘谨和矜持,说道:"张琪,俞晓红,你们两个人以前也都认识,我也不用多作介绍了,反正,反正,反正就是毛主席说过的那句话:你们从五湖四海走到一起来了。从今天起吧,你们,你们就不是一般的朋友了。我要说的是,希望你们俩人好好相处,互相帮助,互敬互谅,这个,增进了解,培养感情,发展——"马勇说到这里说不下去了,他觉得自己说这些话就像个干部,同时他看见俞晓红在笑。

俞晓红把手埋在掌心里竭力忍着不让自己笑出声音来。

马勇讪讪地说:"俞晓红你笑什么?我是不是有点太正儿八经假模假式的?"

俞晓红笑着说:"马勇你想想,你刚才的那些话是谁曾经说过的?"

马勇想不起来:"谁呀?"

俞晓红说:"你好好想想。"

马勇实在想不起来,就猜了一个:"是毛主席?"

俞晓红大笑起来,道:"马勇你傻不傻呀!你忘了当初介绍人介绍咱俩认识的时候,就是这么说的,你把那些话又全都端到这儿来了!马勇你想起那介绍人来了没?"

马勇想起来了,也乐了,说:"对,那大爷姓李,是你爸的老战友,也是山东沂蒙人!"

俞晓红笑道:"李大爷特逗,你还记得吧,就那次,他跟我说啊——"俞晓红开始学说那介绍人的山东话,她从小山东话就说得很好,跟她那祖籍山东沂蒙的老爸学的,"'小红啊,结婚的时候,别跟你婆家要东西,要两床被子要辆自行车儿就行了,要艰苦朴素。最多再要个尿盆儿,天冷的时候,晚上你俩解手不用出屋子上厕所。'他以为我们结婚还跟他家一样住平房,屋里没厕所,他让咱俩使尿盆哩!"

马勇也笑道:"对对,那李大爷是挺逗的,那次他还跟我说——"马勇也学起了山东话,他的山东话是结婚以后在被窝里跟俞晓红学的,他学得半瓶子醋,说得不像山东话倒像是河南话,他操着那四不像的山东话道:"'小马呀,结婚以后,你别打小红啊!你要实在气不过,你就跟叔叔我学,我要实在生气,我就朝你阿姨腚上打,你也朝小红腚上拍几巴掌就行了,别狠打。'俞晓红,他让我朝你腚上打!你听听,'腚'!山东人民真朴实。"

俞晓红乐不可支,说:"对对,他是说了!他还说我们有了孩子也往腚上打,别打头。"

马勇也乐不可支,说:"是是,他说别把革命接班人打傻了。他说:'本来是咱们的革命接班人,你打头,把他打傻了,他转个弯儿反革命去了!'"

俞晓红咯咯地笑,她想起了更多的和马勇在一起的往事,兴趣盎然且快乐无穷,抢着说:"可乐的事儿多了!还有一件事——"突然她顿住话题,看到了坐在对面的张琪,便不笑了,意识到自己说这些话的不合时宜,她是来跟张琪相亲的啊,怎么跟马勇说得热火朝天的,还尿盆啊腚啊地胡乱说!俞晓红脸红起来,嗫嚅地说:"马勇把当初介绍人的那些话又拿到这儿来说,马勇真傻。"

张琪也脸红了,他跟俞晓红一照面就脸红,刚才他被晾在一旁,听着俩人在那儿起劲地说,不免尴尬和难堪,心里有了一点点的别扭。

马勇醒悟过来,也是颇为尴尬,万分歉意地说:"张琪,还有俞晓红,对不起啊,我没当过介绍人,介绍人我这辈子也就当年见过那么一位李大爷,一不留神就把他的话给说了,我也不知道还应该怎么说,让你们俩笑话了也别扭了,对不起。"

张琪不自然地笑笑,说:"没什么。"而后,他调侃马勇道:"不过,马勇,我也觉得你那些话说得恶心了点,你怎么说得像个科长似的?你平时不这么说话呀!"

俞晓红也笑着说:"对!他一正经,我就觉得特喜剧,我就想笑。"

马勇哈哈大笑,说:"好了,那我就别装干部了,我说句人话吧:反正,我是把你们俩拉扯到一块儿了,你们就好好地处吧。我呢,也别在这儿慎着了,我现在就去买单走人,你们俩往下发展。"马勇说着站起来,张琪却一把拉住他,坚持说这顿饭必须由他结账,并且很大丈夫似的说:"哥们儿你要结账你这不是骂我吗?"马勇执意要由自己来买单,他暗暗捅捅张琪,示意他兜里的钱还要给他的老师去交生活费和护理费哩。张琪感激地不再声响了,而后马勇看着俞晓红又说:"再说,俞晓红给我做了七年的饭,我请她一顿还不应该吗?"马勇这么一说,俞晓红的眼圈又有些要红湿的迹象,她又想起了往事。这弄得张琪也是又一阵地难堪和尴尬。马勇懊悔地在心里连连咬牙,心想自己原是好意,可真他妈不会说话!于是马勇什么都不再说,赶紧到前台先买了单,走了。

马勇是个魁梧的人。马勇很魁梧但心却很细,他走出酒楼却没有离去,而是靠在酒楼门前的暗影里偷偷观察里面的张琪和俞晓红,果然就看到了让他不放心的一幕。马勇事先就估计到张琪和俞晓红可能会彼此拘谨,无法顺利发展,可看到的比估计的还要糟糕一些:张琪和俞晓红都僵硬地低头坐着,谁也不先开口说话,俩人身后不远有个酒楼请来的演奏小姐正在用二胡演奏《江河水》,声调凄婉,烘托得俩人愈发不像是来相亲的倒像是来商量一块儿自杀的,这让马勇又是一阵暗自咬牙。于是马勇掏出手机来给张琪打电话,待看到那头张琪被骤然而响的铃声所惊动也拿出手机来接听的时候,马勇赶紧说:"张琪,别出声,是我,马勇,你听着就行。你现在跟俞晓红说你要去一趟卫生间,然后你拿着电话去那儿给我拨过来,我有话跟你说!"马勇放下电话,他看见那边张琪站了起来,对俞晓红说他要去趟卫生间,而后离座走了。马勇便等着。一会儿,张琪的电话拨了过来,马勇拿着手机劈头盖脸便斥责道:"张琪你怎么回事?你不是挺能说的吗?你怎么不说话?俩人就呆坐在那儿,像俩痰盂似的!你打算就这样像痰盂似的一直坐到餐厅关门吗?"张琪在电话里也着急地说:"我也着急呀!我不知道说什么呀,我见你们家俞晓红就紧张。"马勇先纠正张琪:"什么叫'我们家的俞晓红'?俞晓红现在是大家的,就像太太口服液,属于全体消费者。"而后接着训张琪:"你紧张什么?俞晓红又不是皇上,你也不是民女!你别紧张,你就跟俞晓红说话,交流。"张琪还是哆嗦,嘟嘟囔囔地说:"我,我,我还是紧张。要不,我不说了,我就陪她吃饭得了。"马勇苦口婆心地劝说张琪:"张琪,你听我说,你以后是要跟俞晓红结婚的,在夫妻之间,说话是什么?是抚摸!双方哪怕说些鸡毛蒜皮的小事,你都会觉得有一双手在慢慢地在彼此抚摸着,于是这个家就有了温暖。所以说张琪你必须要学会跟俞晓红说话、交流,从现在开始!"张琪不服地说:"马勇你总结得倒深刻,那我看你过去跟俞晓红,你几天都不跟她说一句话。"马勇进一步苦口婆心地说:"我不是跟你说过我结婚以后慢慢就没那个耐心了嘛。老婆婆回了家,时间长了,慢慢地,老婆就成了屋里的一件老家具,你就会觉得跟屋里的家具有什么可说的呢?只要每天回家看见那家具还在,没让贼偷走,就让它在那儿放着去呗。所以好多男人宁肯跟单位的人说话,宁肯跟大街上的陌生人说话,都不跟自己老婆说话,双方离散伙也就快了,这家具哪一天就真让哪个贼给偷走了。所以我跟你说过,张琪,你要跟俞晓红好,你就别学我!"张琪不再声响了,说:"那我跟俞晓红说什么呢?你教教我!"马勇于是又指导张琪,说:"说什么都行,重要的是交流。比如你可以问问俞晓红现在看什么书啊,俞晓红喜欢看书;再比如你可以说说你自己,你不是专管国际新闻的吗,你说说中东局势什么的,对了,你还去过约旦,都到了伊拉克边境了,你就讲讲内幕什么的,俞晓红也爱听这些,这不就交流起来了嘛。再没有什么可说的你就说你们家有蟑螂!你们家总有几个蟑螂吧?"张琪说:"马勇你这时候别开玩笑,我都紧张死了!那我就说中东局势吧。可我还是……我还是紧张啊!"他又哀恳地求教马勇:"马勇你说我是慷慨激昂地说,显得我挺有激情的好呢,我还是平稳地娓娓道来地说,显得我比较成熟稳健的好?我应该以什么语气说?我应该给她留下个什么样的印象?你再教教我!"马勇有些气了,喝道:"这也要我教你啊!我再教你饭前便后要洗手好吗!我再教你尿尿应该拿手扶着好吗!"马勇直训得张琪彻底不敢再声响了,讪讪地答应回去和俞晓红说话、交流。

马勇便又再次耐心地等着。

马勇等了一会儿,看见张琪从酒楼卫生间里慢慢走出来,嘴里嘀嘀咕咕的,似乎是在斟酌着词句,在推敲如何向俞晓红开口,表情严肃得像外交部的新闻发言人慢慢走向讲台将面对世界各国发表声明。马勇就远远看着张琪这样走过去,坐下,对俞晓红拘谨地紧张地一笑,而后将一只蒸螃蟹夹到俞晓红面前的小碟里,声音因紧张依旧像还憋着尿一样哆嗦地说:"俞晓红你吃螃蟹。最近中东的局势你知道吗?"

俞晓红也拘谨地说:"谢谢。中东的局势我知道一点,上回说本·拉登死了那是谣言。"

张琪说:"你,你蘸点醋吃。那年我去约旦采访拍照,我都到了伊拉克边境了。"

俞晓红果然来了兴致:"是吗?你都到了约伊边境了?"

张琪说:"你,你吃啊。我还在伊拉克的部队里吃了一顿饭哩!"

俞晓红愈发地有了兴致:"是啊?你还在他们部队里吃饭了?他们吃什么呀?"

张琪开始发挥了:"吃得挺好的,吃的是大饼卷鸡蛋,一人一碗汤……"

马勇在这边听得清清楚楚,不由哈哈地笑了,笑骂道:"这小子又开始编了!萨达姆的军队吃大饼卷鸡蛋,你当是你们河北农村呐,完了还一人一碗疙瘩汤!"一旁的酒楼柜台的结账小姐不知马勇在说什么,一边说还一边笑,问他:"先生,您说什么?"马勇绷住笑,他不敢让那边的俞晓红听见了,说:"没,没什么。"然后指着远处比画着正跟俞晓红说着的张琪,低声对柜台小姐说:"小姐,看见那男的了吗,那是记者,记者就是那样的一个品种,你就知道有些新闻是怎么制造出来的了,所以说新闻别都信,再见。"马勇见张琪已经开始充分发挥,心想:行,战斗打响了。马勇便放心地笑着走出酒楼去,他先要回家去拿点钱,他兜里的钱刚才都给张琪和俞晓红买单了,拿了钱后他要去妇联接赵慧,准备和赵慧去幽会。和女人幽会兜里没钱是不行的,即使是妇联的也不行。他已经事先和赵慧说好,今晚要和她团结在一起战斗在一起。马勇卸下了一块心病,他可以放心地去经营他自己的爱情了。

此时已是黄昏,月上柳梢头,正是大家谈情说爱的好时光。

就在马勇向他的家奔去的时候,他家门前的小街上,正在发生着一件和马勇今后的命运颇有关联的事儿。这件事情最初是以暴力的方式展开的。

小街上有个小包子铺,包子铺里,两个街面上的十八九岁的坏小子正在打一个负责揉面做包子的伙计。那小伙计是从农村来城里打工的,脸膛红黑红黑的很健康,敦实而粗壮,穿一件廉价的化纤布西装,商标还贴在袖子上没有剪了去,西装皱巴巴的,沾着面粉。他挨了城里人的打,不敢还手,只是捂着脸哭兮兮地说:"你们吃包子不给钱,还打俺,你们等着!"而后他扭头朝街上声嘶力竭地喊起来:"王建军!王建军!王建军——"

两个坏小子并不惧怕,其中胖一点的又抽了这叫嚷的小伙计一巴掌,说:"你喊人来啊?那什么王建军是你老大?好,我们哥儿俩等着他!"另一个则抓过一个包子来,啪地拍在了案板上,把包子拍成了扁扁一坨,说:"鸡巴王建军来也把他打得像这包子一样!"

须臾,一个茁壮丰满的小姑娘噔噔噔地从外面冲进包子铺来。她正在外面的街上拿个水盆洗头,头发湿淋淋的,穿的小褂也洇湿了,贴在身上,一些部位就勾勒凸现了出来,她也不管,就那么显山露水波涛汹涌着,冲着那叫嚷的小伙计道:"刘婉香,你喊我干啥?咋的了?"她说的是山东即墨县那一带的话,有一股红高粱的味道。

　　两个坏小子望着小姑娘一时都愣住了:这是那……王建军吗?

　　那叫刘婉香的脸膛红黑红黑的小伙子,委屈地向小姑娘告状道:"王建军,就是这俩,吃包子不给钱还打人!"

　　两个坏小子立时觉得这太好笑了,实在是好笑,笑着说:"你俩,你叫王建军,他叫刘婉香?我操,你们俩,谁站着尿谁蹲着尿啊?你们俩谁长着那个……"他们俩又说了一句很猥亵的话,而后就疯了一样地笑。

　　叫王建军的小姑娘望着嘲笑她还调戏她的两个坏小子,怒目圆瞪道:"操你妈!"

　　两个坏小子猛然愣住了,笑声像被掐断了电门一样地戛然而止。这小姑娘竟敢骂人,而且竟骂得比男爷们儿还野!但还没等他们发作,王建军就一头撞了过来,这一头就撞在了那胖一点的胸口上,把他冷不防撞憋过气去,半天气都喘不上来,脸都紫了,软软地瘫靠在了墙上。另一个在一旁看傻了,少顷,他醒悟过来,上前一脚就把王建军踹了个跟头:"我他妈踹死你!"王建军不屈不挠地从地上爬起来,又一头朝他撞了过去。她的动作准确、迅速而凶猛,看出她是经常对来犯的强敌施展这一手,战术异常娴熟。果然这一头又准确地把另一个也撞得憋过气去,软软地靠在墙上,也动不了了。而后,王建军,小姑娘,伸出两只手去,一手一个,分别捏住了两个坏小子的裆,捏着他们生儿育女的地方,说:"给钱!"

　　两个坏小子好半天喘过气来,但却被王建军捏住了裆,又疼得不能动,只能骂道:"你一个小丫头,你捏男人的卵蛋,你要不要脸啊!哎哟,你他妈松不松手啊……"

　　王建军只管捏住,且加大了捏的力度,又说:"给钱!"

　　两个坏小子疼得嗷嗷叫,只好给钱。而后,他们想反击王建军,但无奈被王建军捏得浑身冒冷汗,浑身酸软得没有了力气,只能先靠在墙上喘息。

　　王建军拿到了包子钱,不无得意,笑了,教育她的伙计刘婉香道:"刘婉香,看见了吧,他打你,你就跟他打!打不过,你就拿头撞!再打不过,你就抓他的裆!反正就是不能老实巴交地让他们欺负俺们农村人!你记住了吗？"

刘婉香无限敬佩地望着他的小老板王建军，说："俺记住了。"

马勇就在这个时候转过了街角，走进了小街，朝这边走了过来，他是回家去拿钱的。王建军一眼看见了马勇，立刻换了一副样子，迅即从勇猛变成了柔弱，可怜兮兮哼哼唧唧地呻吟道："哎哟，哎哟，哎哟……"马勇听见王建军在痛楚地呻唤，赶紧跑进包子铺，急切地问："怎么了，小王？这怎么回事？"马勇经常来这包子铺吃早点，有时中饭和晚饭也来这里吃两笼包子喝一碗粥凑合了事，和这包子铺很熟了。王建军此时完全是一副娇弱无力的样儿，她倚靠着马勇，拉着他的胳膊，撒娇地告状道："马哥，就这俩不要脸的货，吃包子不给钱还打我，打得我都疼死了。我现在一点劲儿都没有了，我这都让他们打青了，马哥你看嘛，你看嘛，你看嘛，哎哟……"王建军呻吟地让马勇看她的胳膊，胳膊上有一小块她去社区卫生所打针落下没消退的淤青。

一旁的刘婉香看着王建军向马勇演戏撒娇，脸立刻就吊了下来。他一点也不会掩饰自己，就拿眼瞪过去，但他不瞪在他心中如女神般的王建军，他认为这都是马勇招惹的，于是他便恶狠狠地瞪着马勇。

马勇没有看到刘婉香在瞪他，他更不会想到就在一瞬间他在那个脸膛红黑红黑的小伙计的心中已成了一个招蜂惹蝶的大坏蛋。他的注意力全都在王建军身上。他对那两个坏小子公然跑来欺负农民工不禁火冒三丈，撸起袖子上前抓住两个还在喘息的小家伙，要拉着他们上派出所去，说："青天白日太阳红，大白天欺负人，还欺负到我们居民小区里来了！走，跟我上派出所去！"两个坏小子面对魁梧的马勇急忙告饶，同时冤屈地说："大哥呀，我们俩跟这个姐姐，还不知道是谁打谁呢！说句不好听的，她把我们俩的蛋儿都快捏烂了！"王建军更加娇弱了，她拉着马勇的膀子，满脸都是无比羞臊的样子，说："羞死了，羞死了，简直把人都要羞死了！马哥，你想，我一个小女孩家，我能打他们吗？我能……我能碰他们那儿吗？羞都羞死人了！马哥你看，他们打我还说我说得这么难听！"马勇于是绝对相信王建军作为一个小姑娘是冰清玉洁娇弱无力的，他瞪着那两个坏小子厉声道："人家一个小女孩儿能抓你们那儿吗？！你们两个真不要脸！"马勇说这次就算了，让他们滚，警告道："下次要再这样，就你们俩，我倒点儿醋，就把你们俩当包子给吃了！"两个坏小子无法跟王建军辩得清楚，又惧怕马勇，只有哭丧着脸，不申辩了，撑着身子站起来，灰灰地要走。王建军得意地笑了，得意地朝那两个灰头灰脑的坏小子挤了挤眼,而后她亲热地依偎着马勇,毫不掩饰对马勇的爱,说:"马哥你真厉害!马哥我就喜欢你!"说得马勇脸倒红了,说:"小女孩家别胡说。"而王建军则吊着马勇的膀子不撒手,天真无邪地说:"马哥我没胡说,我喜欢你就是喜欢你!"

一旁的刘婉香忍无可忍,他红黑红黑的脸膛憋得更加红黑,突然大喊一声:"我打死你!"他呐喊着,朝着两个已经准备要走的坏小子冲过去,狠命地捶打他们,一瞬间变得英勇无比,跟刚才在他们面前的胆怯完全判若两人。两个坏小子猝不及防,一时被打愣住了,且被打得嗷嗷乱叫,他们也不明白这个怯懦的乡下孩子怎么一转眼就变了。刘婉香不能打王建军,他又不敢打马勇,他只有去打他们两个,把无法发泄的怒火都发泄到这两人身上,像只老虎一样凶猛地打着他们。

马勇赶紧过去把刘婉香拉开,他怕刘婉香把这俩打死了,喊道:"刘婉香,人家都认错了你还打他们干什么呀?你怎么了你?!"

刘婉香冲马勇恶狠狠地喊:"不要你管!"说着冲出包子铺,伤心地抱头蹲在地上。

马勇一脸的迷惑不解,问王建军:"小刘他这是怎么了?"

王建军也不明白她这个一贯老实的小伙计是怎么了,说:"也不知道他哪根筋抽了。别理他,他一阵儿就好。"然后她甩下刘婉香完全转向了马勇,让他坐下,继续跟他亲热,说:"马哥,你吃饭没没?我给你盛稀饭拿包子去!"马勇拉住王建军,不让她忙活,说他是回屋来拿钱的,他赶着要请人去吃饭。王建军一听,立刻解开衣衫,又解开内衣口袋上别着的一枚曲别针,从兜里把所有的钱都掏出来,除去毛和分的零头,还有一千一百元的整数,这是她三天卖包子和稀饭的营业额。她习惯地把营业额都藏在内衣兜里,而后小心地拿曲别针别上,这钱是她小包子铺平时的周转金,用来进货买面粉买猪肉买油盐酱醋什么的,现在她把这一千多块全都拍给了马勇,说:"还回家拿的啥钱呀,我这就有钱,全都给你!"马勇想想,也就收下了,说:"那行,我先用,明后天我就还你。"王建军有些娇羞地望着马勇,说:"啥还不还的,你就是不还我,也没啥。我以后挣了钱,你要有用,我全都给你用!"马勇不禁笑了,亲昵地拍拍王建军的脸颊,说:"哎呀,你这个小姑娘,真是个好小姑娘。你比城里的女孩好多了,现在城里的女孩就知道跟男人要钱。我走了啊!"马勇笑笑地离去了。王建军被马勇说得心花怒放,她摸着被马勇拍过的脸颊,感到无比幸福。她就幸福地站在包子铺门口,甜蜜地看着马勇身躯一摇一晃地向小街外走去。她连马勇走路的姿态都喜欢。

刘婉香从地上站了起来，讪讪地走到王建军身边，嘴里嘟嘟囔囔地说："明明厉害得像个母老虎，一看到那姓马的来，就哼啊哈儿地叫，绵得像个猫，你装啥呀装。"

王建军此刻心情很好，不计较刘婉香的态度，笑嘻嘻地吼了他一口，说："呸，你个小孩你不懂。男人不喜欢女娃儿野，像个张飞，男人都喜欢女娃儿乖乖的，柔柔的，绵绵的。"

刘婉香继续攻击她，说："人家有对象。人家的对象是城里的干部。咱一个卖包子的，咱上赶着跟人家骚情啥呀。"

王建军则继续沉浸在她的幸福里，说："呸，马哥刚才说了，他说我比城里的女人好！"

刘婉香却要继续破坏王建军的好心情，锲而不舍地说她："城里人说话那能听吗？城里人到乡下去，都说乡下好，说空气好，说地里的菜也好，说养的鸡也好，但是你见哪个城里人从此就到乡下过日子去了？所以说他的话你别信，你就当是城里人放屁哩。"

王建军生气了，她不愿意别人诋毁她的马勇，瞪起眼睛，很响地说："呸！我就信他！我就是一个卖包子的，可我就是要跟他骚情！我喜欢跟他骚情！你要再跟我叨叨叨我打你哦！赶紧揉你的面去！"

刘婉香不敢说了，又讪讪地回到包子铺去揉面准备接着做包子。他怕王建军。

王建军则继续站着，继续怀着甜蜜和幸福看着马勇渐渐远去。从她一年前从山东即墨乡下来到这座城市的这条小街上做包子卖，她就看上了在这条小街上住着的马勇。她看上马勇是因为马勇是个记者。当然马勇还有其他的优点，譬如说马勇高，而且壮，一看就很有力气，这在乡下人的审美里就叫帅，能干活，像谢霆锋 F4 那样软溜溜的漂亮在农民看来都不当饭吃，马勇还有诸如此类的长项，但主要因为他是记者。王建军从小就对记者有一种敬畏感。在她山东即墨乡下的小山村里，村长是最牛的人，王建军小小的时候就知道，不管是村里谁家养的鸡鸭鹅，村长想捉来宰了下酒就捉来宰了下酒，有时候扔下个一毛两毛钱，更多的时候是不给钱。到王建军再长大一些的时候，对村长她知道的就更多了，她知道不光是鸡鸭鹅，就是村里的婆娘，村长也是想睡谁家的就睡谁家的。村长在村里从来都是仰着头走路，而全村人在村长面前都是低头哈腰恭恭敬敬的。王建军小时候就认为：村长是全天下最大最大顶了天的人！直到有一天，村里来了一个记者，是来调查村里的什么事的，王建军惊讶地看到天下全都反过来了：村长在记者面前点头哈腰的！那个记者不过也是个年轻的娃儿，但他坐着，村长就不敢坐，恭恭敬敬地站着，给记者点烟倒水。到中午吃饭的时候，村长双手端着酒杯，高高举过头，给记者敬上，就像村里过年大家敬祖宗敬神灵一样。王建军从此就知道了：记者要比村长牛！王建军从此就想着以后嫁人要是能嫁个记者就好了。她想当一个记者娘子！王建军那时候想，她要是有一天成了记者娘子，村长就再也不敢来捉她家的鸡鸭鹅去下酒，也不敢再来睡她的四舅妈。村长公然睡王建军的四舅妈已经好些年了。等到王建军再长大一些，等到她进城开始打工做包子卖，她知道了这天下比记者牛的人还有很多很多，记者有时候也要在更牛的人面前点头哈腰，但她从小铭刻的记者情结却没有泯灭，一直萦绕于胸，她还是顽固偏执地喜欢记者。恰好这条街上就住着一个记者，恰好这个叫做马勇的记者常爱到她的包子铺来吃包子，渐渐就跟她很熟了。又恰好这个叫马勇的爱吃她包子的记者跟老婆离婚了，眼下是单身！但王建军对马勇一直还是不敢奢想，她觉得马勇，日报社的大记者，离她这个进城打工做包子的，还是很有些遥远的！直到刚才，马勇亲昵地拍了她的脸颊，亲昵地对她说：你这个小姑娘比城里的女人好！王建军心旌荡漾了起来，如一石击破了一池静水。她久久地站着，看着马勇渐渐走远了去，直到马勇走出了小街看不见她还站着，她幸福而甜蜜地一遍遍回想着马勇的话和他的动作，激荡的心旌像拍岸的浪潮在胸间一波一波地汹涌澎湃着。

就在这个傍晚，王建军下决心真的要做一个记者娘子了，她要做马勇的娘子！

马勇则正和赵慧在幽会。马勇和赵慧的幽会进行到了夜晚十点，其间包括吃饭，饭后的咖啡，情意绵绵地聊天，到了十点钟的时候，两人都有些浓烈得掰不开了，于是俩人都觉得必须要再做点儿什么才能把今晚的爱情进行到底，而后俩人都等着谁先把话说破。

马勇按捺不住，先开口道："慧慧，十点了。"

赵慧明知故问地："十点怎么了？"

马勇更为亲昵和挑逗地说："你说十点怎么了？"

赵慧娇羞地说："我不知道。"

马勇一本正经地说："根据国家五洲调查研究中心的调查研究，晚上十点钟,是一个人特想干点儿什么事儿的钟点。根据调查统计,许多孩子都是在十点钟的时候被播下种子的,因此十点钟也被称为播种的时间。"

赵慧说:"哪个国家五洲调查研究中心?"

马勇龇牙一笑:"我昨天刚成立的。"

赵慧又咯咯地笑了,笑着去捶打马勇,说:"你真坏!你坏死了!"

这就叫做成功的调情,说得含蓄却不含混,话全都明白地说到了位,情欲的闸门顺利地得以往下开启,但又不猥亵下作。马勇乘势捉住赵慧的手,亢奋地说:"慧慧,去我那儿吧!我保证我前妻今晚不会来。"赵慧也亢奋,但她却拒绝了,说:"不,我不去你那儿。我一想到那天你前妻闯进来,我就心有余悸,我就没情绪了,我这劲儿到现在还没过去哩。等她结婚成家把东西搬走彻底不来了吧,我心彻底定了再说。"马勇着急且为难地:"那,那现在怎么办呢?那现在去哪儿呢?"赵慧想了想,毅然地说:"去我家吧。"马勇闻言一惊:"去你家?!你不是一直顾及你孩子在家——?"赵慧又毅然地说:"孩子这时候已经睡了,不管他。"马勇不禁又惊又喜,说:"你这阵儿,怎么,胆子突然就大了?"赵慧娇羞地说:"不是你说的现在已经……已经十点了嘛!"马勇哈哈地笑,笑着拉着赵慧站起来:"十点了!十点钟,连妇联的同志都开始热血沸腾!"他拉着赵慧就奔出咖啡馆去,像晚风一样地飘逸。

两人径直打车就去了赵慧的家。进得门来,马勇和赵慧都已经有些缺氧似的呼吸困难,眼前一片迷蒙,看什么都像眼睛近视了,于是俩人顾不上停顿和小心,直接去了赵慧的卧室。进得卧室来,灯光幽暗,愈加在鼓励透彻,马勇一把抱住赵慧进行了热吻,同时试图去解开赵慧的衣扣,急切地说:"赵慧我爱你。我操,你这扣子怎么解不开呀?"赵慧承接着马勇的吻和马勇对她的宽衣解带,说:"马勇我也爱你。你慢慢解,别着急,心急吃不了热豆腐。"马勇越着急就越解不开那扣子,嘟嘟囔囔地说:"你这扣子怎么这么难解呀!这扣子是他妈哪个孙子设计的呀!"赵慧则娇嗔地说:"吃螃蟹你还得剥壳呢,嫌费事,那你别吃。"

马勇自然是太想吃了,于是他努力地去解那扣子。衣扣终于被幸福地解开,马勇和赵慧拥抱着双双倒在床上,像两块热豆腐似的缠绕。这时候意外发生了,一小桶凉水倏地如天外流星一样地泼浇过来。马勇惊吓地跃然而起,顶着头上的流水看过去,顿时有些犯傻:赵慧的儿子,七岁了,刚上小学一年级,小小人儿却有个伟岸的名字叫陈勇刚,陈勇刚正提着一只家里用来浇花的小塑料桶,桶里还有些水没有泼净,愤怒地瞪着他。

赵慧也惊吓得要死，瞪起眼说："陈勇刚，你干什么呀？"

陈勇刚指着湿淋淋的马勇响亮地说："我拿凉水泼流氓，我让他感冒！"

一年级的小学生陈勇刚义愤填膺地说明着他的行为。马勇正睡在他的爸爸以前睡过的床上，并且还用一只手搂着妈妈(尽管现在已经把手拿下去了)，就像他的爸爸以前经常做的那样，这让陈勇刚十分生气。一年级的小学生陈勇刚生气了。

赵慧笑了起来，耐心地对儿子说："刚刚，他不是流氓他是马勇。你知道的，妈妈和爸爸离婚了，妈妈还年轻，妈妈还要建立新的家庭，所以马勇叔叔就是妈妈的男朋友。朋友总是很要好的嘛，就像妈妈现在和马勇叔叔这样。"赵慧还示范地向马勇身上靠了靠。

一年级的小学生陈勇刚严正地说："那不行！"

赵慧生气了，说："你还管着妈妈了！为什么不行？"

陈勇刚说："妈妈要和爸爸睡觉！"

马勇慈祥地笑了，他觉得自己这个时候有必要笑得慈祥一些。马勇慈祥地笑着更进一步地启发陈勇刚："刚刚，我爱你的妈妈，以后我会和你的妈妈结婚的，那样我也就是你的爸爸了。你说得对，爸爸和妈妈是要在一起睡觉的，所以我就和你的妈妈今晚在一起了。"

一年级的小学生陈勇刚认真地想了一会儿，然后认真地回答说："那不行！我妈妈是和我陈建一爸爸睡觉的！不能和别人睡觉！"陈勇刚的爸爸叫陈建一，陈勇刚只承认陈建一拥有对他妈妈的睡觉权。

陈勇刚坚决地反对除陈建一之外的男人和他的妈妈睡觉，并且气急败坏地哭了起来，又重新提来一桶水要继续朝马勇身上泼去，这让马勇和赵慧一阵手忙脚乱地抱头鼠窜，最后还是赵慧抢夺下了陈勇刚手里的小桶，抱起了哭闹的儿子。赵慧抱着哭闹的陈勇刚对马勇无奈地说："马勇，你还是先走吧。"

马勇很扫兴，叹了口气说："那我就先走吧。"

马勇就走了。

马勇摇晃着他魁梧的身躯出得门来孤单地走在大街上，他觉得很不好受。马勇已经解开了赵慧的扣子却不能把下面的工作进行到底，所以马勇觉得不好受了，周身如火焰焚烧。马勇苦笑地想到要是以后他和赵慧结了婚，难道还要在卧室的大床上撑起一块塑料布来吗？就像塑料蔬菜大棚似的,他和赵慧像两棵白菜躲在里面,以防止不定什么时候就有一桶凉水劈头盖脸地浇下来?那种日子可怎么过啊!由此马勇便想起俞晓红的好来了,起码俞晓红没有一个会朝他泼水的儿子,即使有儿子,那也没关系,那也是他马勇自己的产品,他完全可以把小家伙捉过来,揍他的屁股,然后让他乖乖地回去睡觉。但赵慧的儿子他却是不能打的,那是别人的产品,打不得的,他只有耐心地和一年级的小学生陈勇刚商量,如果一年级的小学生陈勇刚不同意,他只有乖乖地从床上下来穿上衣服走出门去,夜半三更流落街头。

马勇流落在街头又想起了俞晓红的头发卡来了。俞晓红有一个像小梳子一样插在头上的发卡,是象牙的,那是有一年马勇送给俞晓红的生日礼物。马勇和俞晓红闹离婚的时候,俞晓红用一把榔头把发卡砸了,砸得粉碎,象征俩人情断义绝。马勇当时望着碎成了一地的象牙渣子,冷笑着说:"俞晓红你还别不信,我只要跟你离了,我立马就能找个比你好得多的,我立马就是幸福无边,没事我偷着乐!"俞晓红也冷笑地说:"那就离!看谁离了能偷着乐!"于是俩人就离。所有离婚的人其实都是对自己充满了自信,都是觉得一旦脱离了甲方就有无数美妙的乙方在前面等候,自己要做的就是去挑一个更妙的罢了,只有对自己不自信的人才会死气白赖拖着不离,就像米兰·昆德拉说的:生活在别处!所有离婚的人都是相信美好的生活永远是在别处的。马勇孤独难受地走在大街上,想到:看来并不完全是这样。

马勇在深夜的大街上无处可去,他只有再回他自己冷清的家去。

而王建军这时候还在小街上等着马勇。

白天喧闹的小街已经很冷清静谧了,所有的店铺都已经关门,只有王建军的包子铺还没有收摊,王建军正在一个硕大的面盆里和面,准备第二天包子。她就像个男人一样地和着这一大盆的面,雄赳赳的,孔武有力,干得汗流浃背,她一边和面还一边不住地探头往街角望去,看马勇什么时候回来。旁边小食桌上摆着一碗粥和两笼包子,这是她给马勇留的夜宵。自从王建军决定要做马勇的娘子,她同时就决定要天天为马勇备夜宵,不管马勇回来多晚她都要为他备着,她要以实际行动对马勇好,来俘获马勇那颗心。

刘婉香也还没有睡,他也坐在包子铺里,拿着针线,给王建军补一件花衣服。王建军白天跟那两个坏小子厮打,把衣服扯烂了,于是刘婉香就给她缝补。刘婉香一面缝补着衣服,一面对王建军在那里探头探脑地观

跟我的前妻谈恋爱

望,在盼着马勇回来,很有醋意,嘴里就又嘟嘟囔囔地叨叨她:"人家拿你的钱和别的女人相好去了,城里人说话,现在八成已经洗洗睡了,你还望球个啥呀?你还给他留着包子和稀饭,人家早和相好的吃饱了!"

王建军揉着面说:"呸,你管我哩。万一他要回来呢?他又饿了呢?我就给他留着!"

刘婉香不由得恨恨地,他几乎不想给王建军缝衣服了。但他生气了一会儿,最后还是继续给王建军缝衣服,他总是这样甩不下王建军,无法不关心照料她。刘婉香继续缝补着衣服,恨恨地说:"这个姓马的有啥好的?他还离过婚,都是一台旧机器了,照城里人说的,他都是一台二手车了,你好好一个黄花闺女,头一茬苗,你稀罕他啥呀你!再说了,你就是不嫌弃他是个二手车你想跟他好,我早跟你说了,人家有对象!人家的对象是城里的干部!你一个山东乡下妞儿高粱花子,你拿啥跟人家比啊?人家能看上你呀?"

王建军没有生气,她心情还是很好。她今天一天心情都格外地好。她先回答刘婉香关于二手车的问题,说:"二手车我也跟他好!"然后她回答关于马勇现在有对象的问题,说:"没事儿,我等着他!他早晚都能觉出我的好来!"她低头看着自己异常饱满的胸,充满自信地说:"我姥姥说了,我的奶好,在俺们村里,他们都叫我外号,叫我十二斤,说我一边就有六斤重,都说我将来能奶孩子!你看马哥找的这对象,你光看她那个孩子,长得跟豆芽菜似的,一看就知道是打小喂奶粉的,没喂过人奶!前头离的那个老婆,那俞晓红,就更不用说了,给她后脊梁上放两颗大豆,你都分不清她哪是前面哪是后面,她根本就没有奶子!只有我将来能给马哥奶孩子!现在城里人都讲究吃绿色环保天然食品,我这就是绿色天然食品!"

刘婉香又气得呼呼的,他继续打击王建军道:"那他现在也叼着人家对象的奶子睡了,人家也不来叼你的奶,人家也不回来,你白在这儿说!"

王建军生气了,她听不得这个。她操起案板上的一根擀面杖就去打刘婉香,说:"你放狗屁!我打你!马哥才不会去叼别人的奶!他才不会在别人那儿睡!他知道我在等他,他知道我给他留着饭,他就会回来,他就会回来——"突然她停住了叫嚷,也停住了手,大张着嘴,一时愣愣地看着街口的方向。

马勇就在这个时候,像一轮冉冉升起的太阳,从街口那边走回来了。

王建军喜出望外,万分得意地让刘婉香看:"你看!你看!你看!"

刘婉香讪讪地不响了,气哼哼地低头去继续缝衣服。

王建军像鸟儿一样向马勇飞扑过去,喊着:"马哥马哥马哥马哥马哥!"她抓住马勇,又猴在马勇的膊子上,一连声地说:"马哥我在等你哩,马哥我给你留着包子和稀饭哩,马哥你快来吃!"而后她拽着马勇就往她的包子铺里拖。

马勇却无精打采。马勇还沉浸在他方才受挫的沮丧里,对王建军欢快的热情显得懒洋洋的。说马勇像一颗冉冉升起的太阳光彩万丈,那是王建军猛然看见马勇的感觉,马勇此时其实更像云遮雾挡灰蒙蒙的半弯残月。马勇心情灰暗地对王建军说:"谢谢,我不吃。我不饿。我走了。再见。"然后他不管王建军如何热情地拽他,坚决地走了。小街的尽头是日报社的宿舍楼,那是他的家。

王建军望着马勇甩下她离去,一时愣怔地站着。她苦苦等到了马勇回来,马勇却对她的粥和包子、她的苦心以及她引为自豪的胸,都视而不见地走了,这让王建军不免有些难过。

刘婉香高兴地笑了,他笑笑地走过来说:"回是回来了,可人家不搭理你!"

王建军听了又生气。但她没有再拿擀面杖打刘婉香,她这次生气了一会儿就不生气了,她转眼又想开了,她想哪能那么快就把马哥的心转回来呢,这得慢慢来,只要她对马哥好,只要马哥有一天看到了她这个人好,那就啥事都能成!王建军对嘲笑她的刘婉香回击了一句话:留得青山在,不怕没柴烧!而后她挺着自己饱满的胸对刘婉香道:

这就叫青山在!

第二日,清晨,太阳红得不十分好了,灰蒙蒙地悬在天上,但国家和人民还都是挺好的。马勇一觉醒来,心情依旧不爽,昨天夜里陈勇刚的一盆水,这小孩儿搞出来的"泼水门",让俞晓红和张琪谈恋爱的重要性和迫切性更加凸显。马勇觉得他必须尽快拥有这套房子彻底的独立占有权,让俞晓红不会再来搅和,要不他和赵慧的幽会还能老在泼水节里进行吗?马勇于是很早就给张琪打了个电话,询问他今天有没有趁热打铁准备和俞晓红再往下进行什么活动。而张琪在电话里的声音懒洋洋的,说:今天什么活动都没有。昨天他和俞晓红吃完饭,至于下一步要怎么办,俩人谁也没说,就那么散了。张琪说他昨晚在办公室弄了一夜的照片,刚发完稿,他现在人还在办公室呢,他困死了,现在要睡觉,然后张琪就把电话挂了。

马勇一听就急了，赶紧穿衣，脸也不洗，在屋里匆匆拿了一些东西，装在一个大纸袋里，拎着，而后出门打车去了日报社。来到记者部的大办公室里，张琪果然躺在他的椅子上呼呼大睡。马勇二话没说，抓起办公桌上的一个大铁夹子就夹在张琪的鼻子上，他要让张琪出不来气，让这小子再睡！

张琪疼得跳起来，睡意顿时全消。他睁眼见是马勇，气急败坏地叫道："马勇你干吗呀！大礼拜六的你不让人睡会儿觉！"

马勇说："正因为是礼拜六，所以你不能睡觉，快起来干活去！"

张琪说："干什么活呀？今天连社长和总编都不干活，都歇班儿！"

马勇说："不是让你给祖国干活，是让你今天到俞晓红她姐姐家去干活。第一，你必须要赶紧往下继续进行，你光跟俞晓红见个面就完了？第二，你以为俞晓红就那么好追求到手啊？你还得过她姐姐这一关！她爹妈去世得早，她姐姐能做她一半的主，她姐姐现在就等于是你的丈母娘！一到礼拜六，她姐就得在家折腾搞卫生，当年我是每个礼拜六礼拜天都到她姐家去报到，整整干两天的活！"马勇说着，把拎来的纸袋里的东西都倾倒在办公桌上：毛巾，抹布，胶皮手套，刷子，清洁剂，甚至还有一把小铲，用来铲除地上不易扫去的粘着物，譬如说嚼过的口香糖什么的。马勇对张琪说："这都是当年我用过的战斗武器，现在轮到你了。兄弟，拿去接着战斗吧。"

张琪为难地说："我又不会干家务活儿，我去装什么样儿呀，我不去。"

马勇厉声地命令他："你必须得去！"而后，又和颜悦色苦口婆心地开导张琪，说："张琪啊，我跟你说啊，对女人啊，不光要哄，适当的，还要骗。什么叫骗？那就是伪装。所以你就得装。男人要不会适当伪装、要不会骗女人那就不是好男人，骗有时候也是爱的艺术。你就得让她们觉得你特能干，特勤快，觉得你是爱劳动的小蜜蜂，女人就会爱上你，明白吗？"

张琪不服地说："我是明白了，可我不明白你呀，你说得这么清楚，我也没见你过去有多勤快啊！过去，礼拜天，别说去俞晓红她姐家干活，我好多次都看见你宁可跟大街上八竿子打不着的人下一天棋，你连你自个家里的家务活儿都不干！可你现在又让我去干！"

马勇惭愧地笑着，讪讪地说："我，我那不是已经骗到手了嘛，我想我还装什么装呀。"而后他又诚恳地说："所以我婚姻失败我离了。所以我跟你说呀张琪,有时候,装,就是爱!夫妻之间要是都不装了,什么都像洒狗血一样彻底洒开来了,那这个家就快散了。你得接受我的教训,你不能像我这样啊!你得好好表现,你要永远好好地表现下去!快点,听话,乖,拿上这些东西,干活去。"

张琪低头看着那些战斗的武器,过了一会儿,他抬头说:"马勇,我那车没油了。"

马勇一时没有明白,说:"那你赶紧先加油去啊。"

张琪不说话,只是眼巴巴地看着马勇。

马勇明白过来,吼叫道:"你是让我给你刷卡加油啊!我真成了你爹给我儿子找媳妇了!"

张琪说:"那你加不加吧?反正你也知道我这月没钱了。"

马勇叹了口气,拿出银联卡来去给张琪刷卡加油。

俞晓红在礼拜六的早上也在受着姐姐的训导。

俞晓梅穿着一件肥大宽松的居家服,头发像蓬乱糟糟的鸡窝,随便卡在头顶上,在真的如马勇所说打扫着家里的卫生。俞晓梅一边劳作着,一边絮絮叨叨地说着妹妹:"俞晓红啊,俞晓红,你说说你怎么搞的?你连自己的男人也留不住。我这么费心给你们撮合,你们俩这闹的什么妖啊?这个马勇也真知道给我省心,居然能把自己老婆介绍给别人,这是个正常男人能做出的事吗?气死我了!把老婆当二手车,用过期了,就处理掉!"

杨永德坐在一旁的椅子上看着报纸,他插嘴称赞马勇道:"要我看啊,马勇这样才是真正的男人。要换了我啊,我可没他这个气量!"

俞晓梅立刻没好气地瞪着丈夫,把气转而都撒在他身上,叫道:"杨永德!你是不是也盘算着把自己老婆当二手车转让给别人,好早点把你的二奶转正啊?我现在又没拦着你,我整天都鼓励你找二奶哩,你去和你的二奶睡不就完了!说吧,她是谁?在西安还是在长沙?"

杨永德嘟囔地说:"我二奶在美国哩!"他站起来,拿起茶几上的水杯和报纸,说:"你又来了!好好,我不跟你说了。"他到里屋看报去了。

而俞晓红这时也想走,她也想进她的房间去,姐姐一大早起来就絮叨让她也受不了。

俞晓梅却又叫道:"晓红,你给我站住!我这正说你呐你就走。"

俞晓红只好又站下,拿起一把扫帚扫地,继续听姐姐絮叨。

俞晓梅说:"晓红,你还真打算找那个什么张琪啊?我告诉你啊,我不同意!我坚决不同意!妈死的时候,把你托给我管了,我就得管你!我跟你说晓红,你是当局者迷,你和马勇,你们现在还见面就掐,那就说明你们还有感情,要真没一点感情了,根本连话都懒得说了,哪还吵得起来啊?你可别一时冲动,做后悔的事啊!"

俞晓红一脸不屑地说:"我还对马勇有感情?我现在对马桶的感情都比他深!没准我一下决心我还就真找张琪了!不说别的,他至少比马勇讲卫生。人家那指甲什么时候都修得干干净净的,不像马勇那指甲缝里永远跟下水道堵塞一样。而且张琪还细心,顾家,也懂得尊重我。"俞晓红称赞着张琪,她还不知道张琪那指甲就是马勇昨天白天给他剪的。

俞晓梅对妹妹的倾向性着急万分,说:"晓红,你要真彻底失去了马勇,有你哭的时候!"

俞晓红则笑嘻嘻地搂着姐姐,充满自信地说:"我哭?我是谁呀?我一晚报社的首席记者,副教授级,长相也对得起国家和民族吧,有多少同志听说我离婚了,都欢呼雀跃,你还怕我找不着更好的呀?我现在是翻身农奴把歌唱,我哭什么呀我哭!要不,姐,我就跟张琪先练着?什么手艺都要经常练习要不就荒疏了,谈恋爱也是一样。"

俞晓梅又气又恨又无奈,说:"你就耍贫嘴吧!你这都是跟马勇学的!反正我不认张琪这个妹夫,他要来我就不让他进门——"

门铃恰好在这时响了。

俞晓梅住了嘴去开门,张琪提着马勇的那个纸袋站在门口,他还提着一只锡纸包的烧鸡。

俞晓梅不认得张琪,她问:"先生您是——"

张琪一步就跨进门里来,握住俞晓梅的手就热情万分地摇晃着,一叠声地说:"您是姐姐吧?我叫张琪,今天来认个门!今天是礼拜六,休息,我是单身,闲着也是闲着,我就上姐姐您这来看看有啥活儿能帮着干干。姐,我这人特爱干家务活儿,您要不让我干我难受!我什么家务活儿都会干,这么跟您说吧姐姐,您只要把家交给我,您就算是把家交给专职的家政服务员了!而且我是工具自带,姐姐您看——"他说着从纸袋里把那些抹布、刷子、胶皮手套什么的,还有那铲除口香糖残渣的小铲子,一样一样地掏出来给俞晓梅看,也特别让站在俞晓梅旁边的俞晓红看,以此来证明他是个像马勇所说的爱劳动的勤劳的小蜜蜂,然后他又一扬左手提着的那只锡纸包的烧鸡,道:"我顺便还买只鸡,中午我就在咱家吃饭了,我就不跟姐姐客气了。"

马勇此时站在俞晓梅家楼道门洞的暗影里,使劲捂着嘴不让自己笑出声来。马勇是跟张琪一起来的,他不放心。但他不能跟张琪一起敲门进屋,他不能让俞晓红和俞晓梅姐儿俩看到他来,他就躲在门洞的暗处观察。他看到张琪把话说得像哗啦哗啦尿尿一样地流畅,不禁哑然失笑,心想:这孙子行!这孙子居然把谎话说得像本报社论一样地严正。他没白教张琪,孺子可教也。马勇看着张琪的表现,心里说:行,战斗又打响了!马勇放了心,便悄悄地离去,让张琪一个人去尽情表现。

俞晓梅则一时被张琪暴风雨般扑面而来的热情洋溢弄懵了,她醒悟过来后,含着冷讽说道:"嚯,张先生还真不拿自己当外人啊!"

俞晓红却对张琪的表现很满意。她没想到张琪会到这儿来,但对张琪如此这般地来,心里有一种舒坦的惬意,这让她依稀记起了好些年前,也是在每个星期六星期天,马勇也会这样地来干活,那时候的马勇多可爱啊,俞晓红那时候常常会感到被男人的一种想要对她奉献的爱所包裹,周身都暖洋洋地被感动着。俞晓红觉得那种暖洋洋的感动已经遥远得像几个世纪以前的事儿了,在好多年里,马勇在家连油瓶子倒了都不再扶。但现在张琪又让那种感动回来了!俞晓红不禁高兴地对俞晓梅说:"姐,你看张琪不错吧!"

俞晓梅这依旧冷着脸,继续冷冰冰地称呼张琪为张先生,说:"张先生,我家里没什么活儿让您干的。今天家里大扫除,挺乱的,真是不方便留您,您回去吧。"

张琪顿时很尴尬,立在门边,不知说什么好,拎着烧鸡和纸袋,进也不是,走也不是。

俞晓红却上前去拉张琪让他进来,说:"干吗呀,不干活也可以来家坐嘛。张琪你进来。"

张琪松了口气,如释重负地进了门,却一脚踩在了门口俞晓梅刚刚扫成一小堆准备扫到簸箕里去的垃圾上,而且自己丝毫没有感觉,就这样一路把垃圾带进了客厅里,俞晓梅刚拖过的地上又被他踩出了几个脏脚印。

俞晓梅的脸更拉长了。俞晓红也不禁皱着眉头对张琪冲口而出:"哎你——"

张琪却懵头懵脑地毫不知觉,问俞晓红:"啊,怎么了?"

俞晓红尴尬地看一眼姐姐,对张琪说:"你,你踩到垃圾上了。"

张琪看了看自己的脚下粘着块纸片，然而他并没有认为这是个什么事儿，他自己住的屋子里满地都是泡完方便面撕开扔掉的包装纸，还有其他的废纸，他的脚常常就踩到那些纸上。张琪没心没肺地笑笑："哦，没事。"他说着，顺手把脏纸片从鞋上揭下来，又顺手扔到茶几上俞晓梅刚洗干净的烟灰缸里。

俞晓梅看着张琪的举动，朝妹妹冷笑了一下，意思是：看你找的这个人！

俞晓红不禁更为尴尬，立在那里，也不知说什么好。

张琪依旧丝毫没有察觉，继续热情如火地说："我还是帮你们干活吧！"他殷勤地一把抱起俞晓梅刚拆下来堆在地上的窗帘，说："这窗帘是要洗的吧？"他又一眼看见了俞晓梅放在一边的一盆脏衣服，过去端起来，说："这衣服也要洗吧？我都一块给你们洗了！洗衣机在哪？——哦，我看见了，在那儿！"他看见了放在卫生间里的洗衣机，忙抱着窗帘和脏衣服走过去，全部都塞进洗衣机里去，然后倒进去半袋子洗衣粉，要按动按钮开洗。

俞晓红见状急忙奔了过来，把窗帘和衣服急忙都从洗衣机里扒出来，避免了一场灾难。她埋怨张琪道："这窗帘怎么能和内衣放在一起洗呢？这要掉色的，把内衣都染了！还有，怎么能放这么多洗衣粉呢？你没洗过衣服吗？"

张琪无比尴尬，张口结舌。他不能说自己没怎么洗过衣服，他更不能说自己平时的脏衣服都是攒了一堆以后拿到洗衣店去一块洗的。他刚说过他特擅长做家务，说把家交给他就像交给了专职的家政服务员，专职的家政服务员难道能不知道窗帘和内衣不能放在一块洗吗？能不知道应该放多少洗衣粉吗？因此张琪只能张口结舌地哑巴着。

俞晓梅却过来给张琪解了围。俞晓梅意外地换了一副好脸色，笑眯眯地走过来，而且开始称呼张琪为张琪，说："没事，人家张琪平时也没洗过窗帘，谁家经常洗窗帘啊？不懂怎么洗是正常的。"而后又像一家人似的说："张琪，要不，你到厨房去帮着洗洗碗吧，顺便把厨房也收拾收拾，饭正焖着哩，一会儿咱就吃饭。"

张琪顿时如释重负地松了口气，接着又恢复了热情，而且马勇一再叮嘱过他必须要幽默，要风趣，要把这姐俩都逗笑了，按马勇的说法是：女人只要笑了，男人的机会就来了，张琪把那些手段也使用了出来，说："好好好，我就去洗碗和收拾厨房！厨艺我最在行了，我们日报社三八节女同胞搞会餐都找我帮忙,我们报社都叫我太太乐鸡精,嘿嘿!我顺便把这鸡也拿到厨房里热一下。"他抓起放在茶几上的烧鸡,乐呵呵地奔进厨房去。

俞晓红却没有笑,她狐疑地望着姐姐,压低嗓音道:"姐,你明知他不会干家务活儿,你还让他干,你要干吗呀你?"

俞晓梅的脸在一转眼又冰冷了下来,也压低嗓音说:"他不是要表现吗,好,我就让他好好表现!今天姐要让你看清楚你要找的这个男人,是个什么样子的。"

张琪丝毫不知道这是个阴谋,他是个简单的人。张琪走进厨房,先把包着锡纸的烧鸡放进微波炉里,启动按钮加热,然后他去洗碗。他走到泡着一堆碗的水盆边,先煞有介事地从马勇给的纸袋里拿出胶皮手套戴上,他得让她们看见他在很像模像样地干活,这是马勇一再叮嘱他必须要这么做的,张琪照着做了。但是,在张琪准备洗碗,往水盆里倒洗洁精的时候,出现了一个问题:不知道该倒多少洗洁精。张琪一时很犯愁。他拿着那瓶洗洁精嘀咕和斟酌了很久,先往里倒了一点,看看水盆,没起泡沫,按照张琪的生活常识,洗洁精倒进去水里应该是起泡沫的,就像肥皂水倒进去水里会起泡沫一样,张琪认为是倒得不够多,于是他又倒多了一点儿,水里还是没起泡沫,他又倒了更多的洗洁精,还是没有泡沫,最后他索性把整瓶的洗洁精咕咚咕咚地往里倒。他一定要让洗碗水里泛起泡沫来!张琪直到一年以后才知道现在的洗洁精都是不起泡沫的,他从此恨死了生产洗洁精的厂家们。

待洗碗池里的水倒了太多的洗洁精几乎成了油汤,张琪仔细看着水面,感觉水面似乎是起了一点泡沫,于是他开始洗碗。张琪戴着胶皮手套,胶皮本身就滑,他又从油汤般的水里拿出一只大盆子来,更是滑溜溜的,一下没捏住,摔到地上,发出啪的一声炸响,碎了。

俞晓梅和俞晓红均被这一声碎裂招惹得奔进厨房里来,看着一地的碎瓷片。

张琪尴尬地笑,说:"没,没事儿。这回我小心点。"他又从池子里拿出一只大碗来,准备这次好好表现,但还是滑溜溜地捏不住,又摔到地上,又是一地的碎片。

俞晓梅,甚至俞晓红看着张琪的脸,也都拉长了。

张琪呆立着,无比尴尬。

就在张琪无比尴尬的时候,更大的灾难发生了:微波炉咚的一声巨响,爆炸了!

俞晓红急忙奔到微波炉旁,从还蹿着火苗的炉中拿出那只烧鸡,烧鸡已被炸成焦黑一坨。俞晓红看着那烧鸡,凄惨地叫起来:"天哪! 张琪,你烤鸡怎么能不把外面的锡纸剥掉呢? 这还能不爆炸?!"

张琪无地自容。

张琪最后讪讪地说:"那,俞晓红,还有,姐,那我,我先走了。我还有点事儿。"

张琪就逃似的走了。

俞晓红和俞晓梅开始收拾一片狼藉的厨房。俞晓梅反而显得分外高兴,她笑眯眯地对妹妹说:"没事儿,好得很!今天我就是豁出去让小子把厨房给我拆了,我也要让你认清他是个什么人!晓红,这下你认清了吧?"

俞晓红则很不高兴,心情一下变得很坏,特别是她已经感觉到了那久违了的男人对她精心奉献的爱,她甚至都开始为张琪的到来微笑了,没想到突然事情又变成这样,于是她的心绪变得很糟糕。她沉着脸扫着地上的碎瓷片,沉默不语。

俞晓梅却在喋喋不休地说着:"马勇他爹当年是不是失散过一个儿子啊?这个张琪和马勇,就连这没眼力见儿,都一模一样啊。你记不记得,马勇以前来咱家的时候,也经常在刚拖好的地上踩出俩大脚印来。真是人以类聚,马勇还真是把他兄弟介绍给你了。过去你跟马勇,你为了他不干家务活儿、不会干家务活儿没少跟他吵架,这你都没忘吧?"

俞晓红没好气地说:"你少跟我提马勇!"

俞晓梅说:"我还就得给你提马勇!马勇是有毛病,可再怎么说马勇也已经被你调教七年了,好多毛病你已经硬给他掰过来了。现在这个什么张琪,将来你要真跟他结婚了,还得再花七年时间教育他,那还不得累死你!你可以比较比较马勇和张琪这两个人。"

俞晓红不做声了,她开始思考姐姐的这番话。

俞晓梅以为俞晓红动心了,趁热打铁地又劝说妹妹道:"晓红你还是跟马勇好吧!怎么说马勇这个茄子已经让你削过皮了!"

俞晓红却开口道:"姐,你也别说了,反正叫我和马勇复婚,就像马勇自己说的:除非现在伊拉克把美国占领了,本·拉登把奥巴马活捉了!再说人家马勇现在有对象,我乐意人家还不一定乐意哩。让我上赶着去找他复婚?我还有我的自尊呐!不过,姐,你有一点说得也对,看来我跟张琪也不合适。我去找马勇,跟他说这件事儿。"

俞晓梅有些懊丧，她想了想，说："行，你把这个张琪给我先干掉也行！"

于是，俞晓红决定明天就去找马勇，通知他这个介绍人：她不准备和张琪谈了。

第 4 章

又一日，太阳重新又红得很好，但国家和人民不是特别地好了，国家出了一些事儿，各地陆续都发生了禽流感，共和国的鸡死了一些又一些，养鸡的人民因此受到了损失。但马勇的心情却没有受到影响，他依旧心情很好地在睡觉。马勇因此要算一个思想落后的人，他并没有因为祖国的鸡死了那么多而担忧难过得睡不着觉。

俞晓红就在这时候来找马勇谈张琪的事情。

俞晓红用她的钥匙开了门进来，大声地喊："马勇，马勇！"俞晓红之所以这样大声地喊叫是因为她想：万一那赵慧这时候正和马勇在卧室里睡着呢？但卧室里没有人回应她。俞晓红看见客厅里一片狼藉，茶几上的烟灰缸积满了烟头，旁边扔着一些果皮，她不禁又习惯性地皱起眉头嘟囔地埋怨："又把屋子折腾得跟猪圈似的！"而后她再次大声地喊："马勇！马勇！你在不在啊？"卧室里依旧没有人回应她。俞晓红就走到卧室门口，想推开门进去，握住门把手的时候，她又犹豫了一下，这是因为她又想：万一那赵慧在里面睡死了呢？俞晓红于是敲了敲门。里面还是没人应。俞晓红就毅然推开了门走进去，她推门的时候想：反正我也喊了，我也敲过门了，要是你们真的在光屁股睡觉，那尴尬的不是我。

卧室里只有马勇一个人在睡觉。这让俞晓红暗暗松了一口气，她刚才推门的那一瞬间手心都出汗了，她还是很不想看到马勇和别的女人在一起睡觉，尽管她多次跟马勇说过你随便睡，她甚至还关切地叮嘱马勇睡的时候最好使用那种进口的带颗粒的避孕套，她说那样一是安全，二是那种带颗粒的会让女同志感觉好。俞晓红这一点和姐姐俞晓梅很相像,姐妹俩都是在嘴上使很大的劲儿。俞晓红看见她昔日的丈夫正四仰八叉地躺在床上扯呼,衣服随便团成一堆放在一旁的椅子上,床头柜上放了一个盛菜用的青花瓷碟,里面却堆满了烟头,俞晓红便又习惯性地气呼呼地嘟囔马勇:"马勇,你衣服也不随手挂好,挂个衣服就能累死你呀?你又在卧室里抽烟,等哪天把房子点着了,你就不抽了!你真是个脏猪!你听见了吗?"

马勇回答她的是继续山峦起伏般高高低低的扯呼。

俞晓红上前一把掀开马勇的被子:"马勇,都几点了,你还睡呢!这个点儿就真是个猪也该喝下午茶了。你简直比猪还不如,至少猪不抽烟。你快给我起来!"

马勇被俞晓红叫醒了,他睡眼蒙眬中看见是俞晓红,便也习惯性地坐起来气恼地大吼:"叫叫叫叫叫!过去你每天都这么叫,现在离婚了你还来叫,你有瘾啊?你不烦啊?"

俞晓红于是生气了,马勇又把她的好心当成了驴肝肺。俞晓红于是也气恨地高声道:"我每天这么叫,你都还没记住呢!你就是这德行!这就是你爹妈从小把你自由放养的结果,没让你养成一点好习惯!你还用我这么好的瓷碟装垃圾,你怎么不用烟灰缸盛饭吃啊?你这种人,就不配住在屋里,你就应该和你的同伴一块住到圈里去!"

马勇气得从床上跳了下来,光脚站在地上,恶狠狠地瞪着俞晓红。

于是一场家庭大战又开始了,俩人又准备吵得天昏地暗日月无光。

马勇瞪着眼说:"俞晓红,你别来劲啊!什么你的碟子?我们离婚了,分割财产了,这是我的碟子了,我愿意用它来盛烟灰你管得着吗你!"

俞晓红气得说:"行行行,你愿意用它来当尿盆也行。完了你再用它来盛你的鱼香肉丝,你不是爱吃鱼香肉丝吗,那味道多好啊!"

马勇更是气得说:"没准儿!说不定哪天我还就真这么吃了!我还就真喜欢这味道了!还有,俞晓红,你说我就说我,你别每次把我爹妈也扯进来啊!什么屁大点的事,你就唠唠叨叨说个没完没了,你有话痨啊?少说一句能把你憋死啊?你知不知道唠叨也是精神病的一种,你已经到晚期了,你该吃药了!!"

俞晓红气得哆嗦:"马勇,你又露出你的本来面目了!我就说呢,你要是能改好了,就是你自己说的,除非现在伊拉克把美国占领了,本·拉登把奥巴马活捉了!我有精神病也是让你逼的!你好吃懒做你还有理了?每次说到你痛处,你就炝蹶子,你比驴脾气还大。我居然还能相信你会诚心诚意地关心我的终身幸福,人家说人糊涂是脑子被驴踢了,我脑子是被你踢了!马勇,我告诉你,你的奸计得逞不了!我现在通知你,我不打算跟你的那个张琪谈了!你休想让我从这屋里把东西搬走!"

俞晓红气呼呼地摔开卧室门扬长而去。

马勇也气得一时直眨巴着眼睛,但他突然清醒过来,猛拍一下自己脑门叫道:"要命!"他突然想到自己现在正跟俞晓红介绍张琪哩!这不是搬起石头在砸自己的脚吗!刚才他还没睡醒,还是那种迷迷糊糊的状态,他恍恍惚惚中觉得和俞晓红还在婚姻状态中,还没跟她离哩!所以他才那样地肆无忌惮。于是马勇赶紧抓起衣裤,一边穿一边跑出卧室去追赶俞晓红。这时俞晓红已经在客厅拿起了她的包打开了房门要走,马勇一步蹿过去,一手还提着裤子,一条腿还在外面没套进裤腿里,一把拉住俞晓红,死气白赖地央求她别走。

马勇说:"俞晓红你别走!我刚睡醒,脑子不利索,没管住自己的臭嘴!咱们再谈谈。"

俞晓红说:"不谈!你不说我是精神病吗?你跟个精神病有什么好谈的!"

马勇小心翼翼地赔着笑说:"我说错了,我是神经病,我是神经病!"

俞晓红恨恨地说:"你就是神经病!你还说我该吃药了,你才该吃药了!你不是老爱说你跟我结婚是感冒却吃了避孕药你糊涂了吗?我看你就是吃错药了!"

马勇仍旧赔着笑脸说:"对对对,我吃错药了,我不光是感冒却吃了避孕药,我还吃了妇炎洁,我头壳整个坏掉了我!"他胡乱地说着,使劲糟蹋自己,希望能让俞晓红笑,俞晓红只要一笑就好办了。

但俞晓红不笑,她依旧沉浸在自己的愤然中,眼睛恨恨地瞪着马勇。

马勇于是更加小心翼翼地说:"俞晓红,千错万错,都是你鄙前夫我的错,你有气朝我撒。可是你不能说你不跟人家张琪谈了呀,你别任着性子拿自己的终身幸福开玩笑呀!"

马勇这么一说俞晓红却更生气伤心了,说:"我拿我的终身幸福开玩笑?是你随便塞个男人给我!你敷衍我,你搪塞我,是你拿我的终身幸福开玩笑!"

俞晓红这么一说马勇于是急了,他只要一急,平时伶牙俐齿就成了结巴:"你,你,你,你怎么这么说呢?我,我,我,我怎么是敷衍你?搪塞你了?"

俞晓红于是就给马勇历数张琪昨天的种种表现,说张琪一进门就一脚踩在垃圾上,而且顺手就把鞋底上的脏纸揭下来放在茶几的烟灰缸里,说张琪洗碗像浇树一样地倒洗洁精,说张琪摔碗摔碟就像大象走进了瓷器铺那噼里啪啦一连串地碎呀,说张琪居然把包着锡纸的烧鸡放进微波炉里加热,结果微波炉爆炸,烧鸡炸得就像曼德拉那么黑!俞晓红说:"你给我找的这个人就跟你过去一样懒!跟你一样什么都不能干!跟你一样要让人伺候!你这是关心我吗?过去你就对我敷衍了事,现在你还对我敷衍了事!马勇,好歹夫妻一场,你能对我认真点吗?哪怕只是认真一次呢,啊!"

马勇哑口无言,而且瞠目结舌,他万万没想到张琪是这样的弱智!他当时觉得这哥们儿怎么也能比画两下子吧,譬如说,能擦个桌子扫个地吧?所以他当时就没有特别给张琪叮嘱和交代,结果现在弄砸了。马勇无限懊悔!

俞晓红愈发伤感地说:"什么你是想关心我要给我介绍对象,你绝对是和你那哥们儿串通好了,设这么个局,让我往里钻,目的就是为了想赶紧把我打发出这房子!你和你那哥们儿,你们俩对我没一点真的,绝对是在一块算计我!你敢说不是这样?!"

马勇委屈得脸都涨红了,因激动而更加语塞,连结巴都一时结巴不出来了。

俞晓红则更加理直气壮,她见马勇不语,便认为马勇是做贼心虚,理屈词穷,说:"你让我说中了吧?我说到你的痛处了吧?哼,我是谁啊,我是跟你在一个炕头上睡了七年的同志!我还不知道你?用文明点的话说,我一看您老进卫生间的姿势,就知道你是准备去站着方便还是准备去蹲着方便!"

马勇一把攥住俞晓红,说:"你跟我走!"

俞晓红挣脱着,大叫道:"你干吗?!你要我去哪儿?!"

马勇死攥着俞晓红不放,他阴沉着脸,什么话儿都不说,攥着俞晓红就走出家门去。而后他攥着俞晓红走出了小街,在街口,拦下一辆出租车,又攥着俞晓红上了车,驶去。在车里,俞晓红又喊又叫,急得拿脚踢马勇,又掐马勇,但马勇依旧死死攥着俞晓红不撒手,还是不说话,也不还手,任凭俞晓红对他拳脚相加,他只是掏出记者证来给那个一脸狐疑高度紧张的司机看,只解释了一句:"我不是在绑架这个妇女,你好好开你的车。"马勇一直让司机把车开到了日报社大楼前停下,攥着俞晓红下车,走进大楼里去。而后一路拽着俞晓红走进了因礼拜天休息而空无一人的记者部大办公室,又一直将她拽到张琪的办公桌前,从桌上的文件篓中摸出一把钥匙,弯腰打开一个文件柜的门,从里面抱出十几厚本相册,扔到俞晓红面前,这才撒开了一直攥着她的手,说:"这是张琪藏起来的只有我一个人知道的秘密,你自己看吧!"

俞晓红疑疑惑惑地拿起一本相册翻开,只看了一眼就惊讶地怔住了,她又翻着看下去,愈发地惊讶,然后她又拿起其他相册来翻,更是惊讶得不可名状:十几本相册,每一页上都是她的照片,从小到大的照片!

马勇说:"这是从你一岁到你三十一岁的照片,全是张琪收集的。有些是他过去来咱家玩,偷偷从咱们家相册里拿的,有些是他那些年来咱们家给你照的,你都不记得了。七年了!张琪七年来一直在收集保存你的照片,自己一个人默默地,不让别人知道,当然更不让我和你知道。我也是跟你离婚以后,有一次偶尔打开他的这个柜子拿材料才发现的。"

俞晓红继续翻看着相册,几乎可以说是被震撼。她想:即使她的父母现在还活着,老两口也不可能把宝贝女儿的照片收集整理得这样完整!这个男人,这个张琪,他是怀着怎样的一颗心,来把她三十一年来一路上走过的所有脚印,连同那路上的尘土,都小心翼翼地捧到了这里来,串连起了如此的一幅画卷啊!

马勇激动起来,说:"一个男人能对一个女人这样,我说句我特不爱说的酸词儿:那这个男人对这个女人的爱有多么地刻骨铭心!男人对女人能爱到这样,那这个男人,即使他现在不会干家务活儿,即使他现在不知道洗碗该放多少洗洁精,即使他现在不知道用微波炉加热烧鸡要把外面的锡纸剥了,等等,但他会为了这个女人去改变他自己!他这么爱她还有什么毛病不会为她去改变的?!既然是这样,那你现在这么计较,这么矫情张琪会不会洗碗会不会使用你那破微波炉有什么意义呢?!"

俞晓红被撼动,她是崇尚浪漫的,她特相信精神能够变成一切物质,因此她在心里承认马勇说得对。但她不说话,她不能就这么向马勇低头服输了。

马勇愈发激动:"我就是看了这相册才决定把他介绍给你的!你还以为我和张琪一块给你下了个套?你说我对你敷衍了事对你不认真?我这是对你不认真对你不负责吗?!"

俞晓红被更大地撼动了,她听出马勇的话里含着的无限委屈来了,这个男人酸楚的委屈把她的心脉狠狠地揪了一下,让她的心狠狠地疼了一下,男人委屈其实往往要比男人厉害更能收伏女人。但俞晓红还是不说话,她刚刚跟马勇吵了架,她怎么着也得再矜持一会儿。

马勇余怒未息地说:"你说话呀!你到底还要不要跟张琪谈?"

俞晓红开口了,可依旧不认错,也不说要不要跟张琪继续交往,她望着委屈的马勇,声调柔柔地说:"你那屋子太脏了,我给你去打扫打扫吧。"俞晓红这样就是认错了。

俞晓红说完走出办公室去,她要表示歉意地去给马勇整理打扫房间。

马勇笑嘻嘻地跟着她,他知道这便是又有门儿了。

就在马勇和俞晓红走出日报社打车往家里走的时候,赵慧正陪着儿子陈勇刚在逛街,她准备逛完街,把儿子交给他姥姥,她就上马勇那儿去,她想马勇了。自从上次被俞晓红冲撞了以后,她还一次都没跟马勇亲热成哩!赵慧和儿子走过街边的一个公共厕所,条件反射般地勾起了她的内急来,她便要拉着七岁的陈勇刚一块进女厕所去方便。但一年级的小学生陈勇刚死活不进女厕所,这是由于七岁的陈勇刚认为他是个男的,他是不能进女厕所的,这让内急的赵慧很是着急。

赵慧憋着尿,竭力耐心地给儿子做思想工作和讲道理:"刚刚,妈妈要进去上厕所,妈妈必须要和你一起进去,因为妈妈不能让你一个人站在大街上,因为那样你就有可能被坏人拐走,要是你让人拐走那妈妈就不能活了,所以说你要听话,快跟妈妈进去!"

陈勇刚断然地说:"不行!"

赵慧瞪起眼睛:"为什么不行?!"

陈勇刚明确而响亮地说:"因为这是耍流氓!"

赵慧哭笑不得:"屁大点个孩子你知道什么叫耍流氓!"

陈勇刚说:"我就知道!耍流氓就是男人看女人的光屁股!"

赵慧更哭笑不得,于是她决定不和一年级的小学生陈勇刚讲道理了,因为讲不通道理,她决定对陈勇刚实行强制手段,硬拉着儿子往女厕所里走。但陈勇刚耍赖起来,坐在地上,又喊又叫,坚决不进去。赵慧没辙了,内急更甚,情急之下,她从背着的坤包里拿出一条手绢,给陈勇刚绑在眼睛上,然后跟儿子商量,说:"儿子,那咱们这样,你看,妈妈现在把眼睛给你蒙起来了,你什么也看不见了,这就不是耍流氓了,你是不是就可以跟妈妈进去了呢?妈妈一会儿再给你买一个哈根达斯。"

陈勇刚认真地思考了一会儿,最后表示同意,但提出条件道:"我要两个哈根达斯!"

赵慧看在尿急的份儿上同意了儿子的乘机加码。

于是赵慧就牵着用手绢蒙住眼睛的陈勇刚走进女厕所去。赵慧让陈勇刚靠墙根站好,让他不要说话。赵慧怕儿子在厕所里问这问那没完没了会让其他上厕所的女士们笑。陈勇刚不理解,问妈妈:"为什么不让说话?"赵慧不耐烦地说:"国家规定上女厕所不能说话!"陈勇刚便不再问了,严肃地靠墙站好,一言不发。厕所里方便的阿姨大妈们看着这个蒙着眼睛的小小子都哈哈地笑,笑声掺和着各种水声一起飞溅。陈勇刚想:为什么只规定他不能说话而这些女人们就可以随便笑?

赵慧上完厕所后重新拉着陈勇刚在大街上游荡。她从衣兜里摸出手机来,想着要不要现在给马勇打个电话,她想先告诉马勇一声她过一会儿就到,让他等着她。

马勇和俞晓红这时已经回来了,在打扫着凌乱不堪的屋子。

俞晓红拿个扫帚扫着,马勇则捧着那些相册跟在她后面围着她转,他把相册都从日报社带回来了,他想继续让俞晓红看,想继续感动俞晓红,从而进一步说服俞晓红。马勇说:"俞晓红,你给我打扫卫生我谢谢你了,但我不是要你给我打扫卫生,我是要你同意和张琪继续交往发展下去,你说句话呀!"

俞晓红却还矜持着,她一边扫着一边说:"马勇,你没有敷衍我,你在认真地想帮助我,我感谢你,所以我这不是给你在打扫卫生嘛。但这件事儿我还要考虑一下,这又不像地上掉根头发,随便扫一扫帚就扫起来了。"她说着,顺手一扫帚将地上的几根头发扫进簸箕里,突然她又停住,看着簸箕里的头发,本能地皱起了眉,因为这是几根女人的长发,俞晓红皱眉道:"这是谁的头发?真恶心!"

马勇一眼就看出那是赵慧的头发,他唯恐俞晓红会因此不爽而又要坏事儿,便急忙将那几根长发捡起,绕成一小团顺手塞进裤兜里,嬉笑地说:"你就当这是猪鬃!"俞晓红瞪了马勇一眼,倒没有再说什么。她想马勇现在跟她已经没有关系了,马勇现在爱把谁的长发盘起,爱去给谁做嫁衣,那已经是这个混账东西自己的事情了。但俞晓红的心情却不像刚进房间时那样的好了。马勇看出俞晓红的心情变化来了,他赶紧更殷勤地围着俞晓红转,更殷勤地对她翻着相册,竭力地对她做着工作:"你还考虑什么呀？张琪对你多诚心啊！你看这相册,你的每一幅照片旁边,张琪都为你写了一首诗！我都不知道这小子还会写诗,这小子从来只会写检查！"

"是吗？这是真的？"崇尚浪漫爱好文学的俞晓红果然被吸引了,"刚才我没仔细看相册,那上面还有诗啊？他真的还为我写诗？"

马勇赶紧说:"当然！当然！你听我给你念这一首:'我是怎样地爱你？诉不尽万语千言！我爱你的程度是那样地高深和广远,无论是白昼还是夜晚,我爱你不息,像我每日必需的食物,从不能间断！'噢,噢,真酸,真无耻,但这厮感情还真是挺真挚的！"

俞晓红狐疑地说:"这诗是张琪写的？"

马勇说:"绝对！你看这儿写着哩！"他把相册给俞晓红看:"你看在这儿写着:张琪著,写于六月二十三日凌晨三点。俞晓红你想想,凌晨三点,人家都是正在做梦发呓症的时候,而他在给你写诗！嘛叫呕心沥血？这就是。"

俞晓红却淡笑笑,说:"我给你念一下这首诗的原文吧,也让你长点儿见识。"说着,她用流利的英语背诵了起来:"'How do I love thee? Let me count the ways. I love thee to the depth and breadth and height. I love thee to the level of everyday's. Most quiet, by sun and candle-light!'这是英国诗人勃朗宁夫人的诗！"

马勇傻了,半天,才惊呼道:"我操！这都是抄的呀！这小子还写着'张琪著'！"

俞晓红却没有生气或是鄙夷张琪,她反而是被张琪触动,感触地说:"不过他能为我抄这些诗,也不容易。"

马勇多少松了口气,他实在怕俞晓红又要翻脸,这时他的手机响了起来,他掏出来接听,正是赵慧从街上打来的电话,他赶紧掩饰地对俞晓红说:"一个,一个朋友的电话,我到外屋去接一下。"他忙拿着手机走出卧室去。

赵慧的声音在电话那头甜甜地:"喂,在家,还是在外面？"

马勇把声音压得很低,说:"在家。"

赵慧警觉起来:"在家？在家你那么小声干吗？有别人在吧？"

马勇支吾着:"啊,啊,俞晓红在。"

赵慧顿时酸溜溜地:"她怎么又来了？就你们俩在屋子里啊？"

马勇急忙解释道:"哎呀,这事儿妈又闹脾气了,不想跟我那同事谈了，我正给她做思想工作哩，这情绪刚好点儿，正给我打扫房间哩。"

赵慧更有点酸溜溜地："她给你打扫房间？就没有顺便再给你叠叠被子铺铺床什么的？"她想了想，说："那我现在过去了。做思想工作还用得着你？我可是妇联的，天天就给妇女解决思想问题呢！"

马勇慌了，忙说："不不！你现在可别来！刚才她扫地，在地上发现了你的几根头发，她就有点吃味。我怕弄不好她一翻斥又不跟我那同事谈了。我得抓紧赶紧跟她谈。完事了我再给你打电话，啊，宝贝。我先挂了啊！"

马勇挂了电话，赶紧走回卧室去，他看见俞晓红隔着卧室的门已经在狐疑地望他了。

大街这头，赵慧拿着已经被马勇挂断了的手机，脸色阴郁地站着，马勇的话和他的举动让她很不爽快且隐隐地感到忐忑不安。她看看站在一旁的陈勇刚，而陈勇刚正仰头看着她，他还等着妈妈送他去姥姥家哩。赵慧看着儿子，毅然地改变了主意：她现在就去马勇那儿。她不能让马勇和俞晓红单独待在那屋子里。而且，她要带着陈勇刚一块儿去。她要让儿子当着俞晓红的面喊马勇爸爸！

赵慧先带着儿子去了超市，她买了满满一袋子的食品，这是她行动计划一部分，而后她给陈勇刚买了一个玩具，但先藏在一边，先不让陈勇刚看见。在打车去马勇家的路上，赵慧开始跟儿子谈判，说："刚刚，我们现在要去马勇叔叔家。上次妈妈在家已经跟你说了，妈妈现在和马勇叔叔在谈恋爱——你知道什么叫谈恋爱吗？"

陈勇刚说："知道，谈恋爱就是以后要生小人。"

赵慧纠正儿子道："谈恋爱不光是要生小人，妈妈谈恋爱主要是要给你找一个新爸爸，那么，马勇叔叔以后就是你的爸爸，你得管他叫爸爸，知道吗？等会见到马勇叔叔，你就叫他爸爸，而且要大声地叫，让大家都知道他是你爸爸，你听见了吗？"

陈勇刚则对抗地说："我就没听见！"

赵慧又瞪起眼："什么叫没听见？你小孩子家怎么这么不听话呢？！"

陈勇刚义正词严地说："我有爸爸！我的爸爸是陈建一！陈建一！！陈建一！！！"

一年级的小学生陈勇刚说得异常嘹亮，把他亲爸爸的名字说得像一串音符一样，这引得开出租车的司机都忍不住捂着嘴笑。赵慧有些尴尬，但她并没有再生气地朝儿子瞪眼，而是早有准备地把那个新买的玩具拿了出来，这是一个〇八版的变形金刚，赵慧把这个变形金刚亮给儿子看：

"刚刚,你看这是什么?"

陈勇刚眼睛顿时闪闪发亮,喊起来:"给我给我给我给我!"

赵慧提出条件道:"那你一会儿要喊马勇叔叔爸爸。"

陈勇刚说:"我不喊!我喊马勇大坏蛋!"

赵慧威胁儿子道:"你要不喊,那妈妈把这个捐给山区的小朋友去了。"

陈勇刚反过来威胁妈妈道:"你敢!你要是给别人,我就拿剪刀把你的裙子剪烂!我把你的口红扔到水里去!我到冬天,我就不穿毛衣,我就生病,我让你哭!"

赵慧哭笑不得,再次瞪起眼说:"陈勇刚!小小人儿你怎么这么歹毒?还反了你了!我告诉你,你今天不叫马勇叔叔爸爸,我就不给你这个!"

陈勇刚却说:"那我找我陈建一爸爸给我买!"

赵慧真生气了,陈建一是陈勇刚的亲情却是赵慧的悲情,赵慧厉声说:"什么陈建一陈建一的,陈建一都不要我们了,你还说他!妈妈不给你这个了!"她说着,要把玩具收起来。

陈勇刚开始哭了,带着央求地伸手去抢:"你给我!你给我!你给我!"

赵慧则高举着变形金刚不让儿子的手够着,说:"那你一会儿叫不叫马勇叔叔爸爸?"

陈勇刚流着眼泪眼馋地望着,眨巴着眼,不语。

赵慧更为诱惑地将玩具举到儿子眼前,朝他晃着:"你如果叫马勇爸爸,我就给你!"

陈勇刚使劲眨巴着眼望着,开始认真地思考这个重大的问题。

俞晓红这时已经打扫完了马勇的卧室,她拿着拖把在拖客厅的地,同时又在习惯性地絮絮叨叨地指责马勇,说马勇把客厅弄的更像猪窝,说马勇把她的地板弄得都翘起来了,把她的沙发弄得皮都破了一块,还把她的文竹都不浇水弄得都快干死了,俞晓红忘了那些地板、那些沙发、还有那些文竹现在都是马勇的了。而马勇此刻一概好脾气地忍受着俞晓红的絮叨,绝对不还嘴,继续捧着相册围着俞晓红转,央求地问她:"你到底是同意还是不同意啊?"

俞晓红则继续拿着架势矜持着,说:"你总得让我再考虑考虑嘛。"

马勇异常着急地说:"你还考虑什么呀!我说了张琪绝对是真诚的!你再听听这首诗,这首诗绝对是张琪写的——"

俞晓红摆手打断了马勇："你别念了，他都是抄的，他自己能写什么诗啊！"

马勇则坚持要给她念诵："我给你念念！这首诗绝对是张琪的原创！你听啊：'你是西瓜我是皮，你是糖醋我是鱼，你是肯德我是鸡，我俩永远不分离！'——"

俞晓红闻所未闻，听得怔住了："什么？你再念一遍。"

马勇于是又念了一遍。

俞晓红不禁放声大笑，哈哈大笑。

马勇得意而高兴地说："有点意思吧？这才是伟大的诗，跟放屁一样，特顺溜。我认为好诗就得像放屁一样，得让人听得顺溜。这绝对只有张琪才能把这样的好屁放将出来！张琪幽默吧？你跟他在一起每天绝对乐呵呵的！"

俞晓红愈发笑得咯咯的："马勇你别胡扯了，什么好诗就像放屁一样，真能瞎掰！"

马勇很兴奋，他知道俞晓红越是笑得欢畅，那么他离目标就越近了，马勇决心要让俞晓红继续笑得像鸡打鸣那样停不下来，而且他还要乘机进一步鼓吹张琪，于是他把已经说过的张琪的诸种长处又加油添醋地对俞晓红再说一遍："张琪不光幽默，还有很多优点。长得也还行，虽然脸有些扁，像南瓜，可是你当年连我这样的倭瓜都能笑纳了，他就算国色天香了吧。最重要的一点就是，张琪经济实力也不差，你别看他现在没什么大钱，开的也是辆二手捷达，但张琪现在除了在报社挣一份工资以外，他已经准备业余兼职给一家广告公司和一家平面媒体做摄影总监了。俞晓红，今后你要发愁的是，每天早上醒来，你就得想：我今天上街去打醋，我是开我们家的宝马去呢还是开我们家的沃尔沃去？要不，让咱家的飞机飞一趟去？总之，俞晓红，我认为张琪和你真挺合适的！"

俞晓红乐不可支，笑弯了腰，她的矜持让马勇的妙语连珠彻底抹去了，笑呵呵地说："马勇你别再胡扯八扯了！你贫不贫呀，你太贫了！"而后，俞晓红说："好吧，看在你这么卖力为张琪做说客的分上，我就——"她想说同意和张琪继续交往，但突然，她要脱口而出的话和脸上的笑意在一瞬间又全都凝固住了，情绪也随即低落下去。

赵慧就在这个时候拉着儿子陈勇刚推门走了进来。

赵慧以事先设计好的神态，不失礼貌但语气淡淡地跟俞晓红招呼："你好。"

俞晓红则是猝不及防，不免尴尬地对赵慧说："啊，你好。"

马勇犹如五雷轰顶，他着急地把赵慧拉到一边低声怨道："你怎么现在来了？我不是让你别——嗨，你呀！"马勇不知道怎么说赵慧好。而赵慧瞥一眼站在一旁的俞晓红，把儿子陈勇刚拉过来，一直拉到马勇身边，对马勇道："我是不想来，是你儿子，非嚷着要见爸爸，我没办法，只好带他来了。"马勇一时没想明白过来，发愣地说："我儿子？见爸爸？这是……这是在说我吗？"赵慧眼角的余光继续瞄着俞晓红说："可不是说你嘛，可不就是你儿子要见你嘛！"她说得很大声，她就是要让俞晓红很清楚地听见。而后赵慧转向陈勇刚，对儿子说："刚刚，你一路上不是一直在说，我马勇爸爸在哪呢？我想我马勇爸爸了，我要见我马勇爸爸！这见了面，怎么又不说话了？快喊啊，喊爸爸。"

俞晓红的脸阴沉了下来，眼眸里镀上了一层冷光。

马勇看见俞晓红明显不高兴了，心里油煎火燎地着急，但他此刻却只能微笑，他必须要兴高采烈面对陈勇刚，准备喜气洋洋地来接受这个小家伙喊他爸爸，否则赵慧就会不高兴。

陈勇刚望着一脸喜洋洋的马勇，思考地眨巴了一阵眼，最后，他还是不喊，六岁半的陈勇刚决定还是要忠于他的陈建一爸爸。赵慧拿出那个变形金刚，对陈勇刚晃着，催促地说："喊呀，喊爸爸！"陈勇刚眼馋地望着，在民族大义和物质引诱面前激烈地思想斗争着，最后，六岁半的陈勇刚选择了变形金刚而放弃了他的陈建一爸爸，终于抽抽噎噎地对马勇喊出："爸爸！"然后陈勇刚委屈地放声大哭。

马勇此刻只有抱住陈勇刚来抚慰他，说："好，好，好儿子。"说着，他担心地偷偷地瞥一眼俞晓红，看她是不是更生气了。

俞晓红果然是更生气了，她没好气地朝马勇狠狠翻一下眼，将脸转了过去不看这三个人。

赵慧则偷偷笑了，她把玩具给放声哭泣的儿子，以奖励儿子叫得好，说："别哭了，玩去吧。"而后，她又拿过超市的购物袋，把买来的各种食品，火腿肠，卤鸡翅，汉堡，可乐，甚至还有几瓣大蒜，一样一样地往外掏，让马勇平时晚上饿了当消夜，故意说道："你儿子可惦记你了！一路上就跟我说，我马勇爸爸最爱吃这个了，我马勇爸爸最爱吃那个了，非得让我去超市给你买，刚刚现在对你比对我都亲！"

俞晓红的脸色愈发地阴冷，她佯装看着墙上的一幅画，竭力掩饰着情绪。

马勇赶紧对赵慧说:"好,好,我知道了,赶明儿我带刚刚去吃麦当劳。现在你们娘俩要是没事儿,你就——"他用眼神示意赵慧快走。赵慧已经达到了目的,她想俞晓红气成了这样,她现在自然不可能再在这屋里做什么了,于是赵慧轻松地笑着,说:"好,我和儿子走了,不打搅你们谈事了,一会儿回家吃饭啊,我菜都买好了。"她又拉过儿子来,说:"刚刚,对马勇爸爸说:爸爸一会儿回家吃饭。说。"陈勇刚无限委屈地撇着嘴,眼里依旧含着泪,但他已经出卖过一次他的陈建一爸爸了那就再出卖一次吧,看在变形金刚的份儿上,于是陈勇刚无限委屈地对马勇说:"爸爸一会儿回家吃饭。"

俞晓红听在耳朵里,心里一阵颤抖。

赵慧胜利地领着儿子出门离去了。

马勇小心翼翼地转向俞晓红:"俞晓红——"

俞晓红恶狠狠地朝他瞪过来,目光如锥。

马勇更加小心地赔着笑,想再次用说笑来岔过俞晓红的愤怒去:"俞晓红你别这么看着我,我先给你说件事儿,前两天我觉得不舒服,胸闷,我到医院去检查,医生一摸我这儿,说:哎哟,不好,兄弟,你得乳腺增生了——"

俞晓红叫道:"马勇你少给我犯贫!我这阵儿不爱听你说笑话!"

马勇讪讪地笑着,说:"那好,我们说正经的,俞晓红你是不是生气了?"

俞晓红恨得咬牙,说:"我生什么气呀,我为你高兴啊,嚯,儿子,来喊爹了!行啊,马勇,你们两口子是成心还是怎么着,来嘲笑我来损我啊?是损我生不出儿子来吗?!"

马勇赶紧说:"没有!没有的事!"俞晓红则恨恨地说:"就是这么回事!我什么都不说了,再见。"说着,她拔腿就走。马勇赶紧拉住俞晓红,说:"别走啊!咱们还接着得说张琪的事儿哩!"俞晓红说:"没什么可说的,我不跟他谈了!"马勇顿时急了:"哎,你刚才不是都已经同意——"俞晓红断然地说:"刚才是刚才,现在我又不愿意了!刚才成克杰还是副委员长哩,现在成克杰成骨灰了,就是这么回事儿!再见!"

俞晓红气呼呼地甩开马勇走出门去。

马勇怔立了一会儿,赶紧追出门去。

马勇在小街街口的包子铺门前追上了疾步如飞的俞晓红,他一把拉住她,气喘吁吁地说:"俞晓红,别走,咱们,再谈谈!"俞晓红挣脱着马勇:

"我已经说了我不想谈了！"马勇锲而不舍地拉着俞晓红不放手。正在包子铺里揉面的王建军不揉面了，扔下生意关切地走出来看。正在蒸包子的刘婉香也甩下包子跟了过来。马勇拉着俞晓红央求她："俞晓红，咱们一定得谈谈！"俞晓红说："我不谈！你放手！"她使劲掰着马勇的手，咬牙切齿地费着力气，想把马勇的手掰开。

王建军心疼了，过来拉俞晓红，说："你别掰马哥的手！你都把他掰疼了！"

俞晓红闻言不禁愣住了，而后更加生气，说："嚯，这又来一红颜知己！马勇，你什么时候又增添这一相好的？这谁呀？"俞晓红不认识王建军，她前年跟马勇离婚搬去她姐姐家住的时候，这条街上还没有这家包子铺哩，她来来回回地在马勇这儿取鞋拿衣物，也没有注意过这个苗壮得像山东大葱一样的小女孩儿。但王建军却认得俞晓红。王建军对马勇身边的每一个女人都格外地注意。

王建军不生气，她反而十分愿意承认地对俞晓红说："相好又咋了？相好也不是像解放台湾那么难的事儿！"她在村里听老村长说过：中国最难的事儿就是解放台湾，连毛主席都没解放得了。

马勇急得急忙斥责王建军："小王你就不要添乱了！现在还什么解放台湾，连战都到大陆来吃包子了！你就别说话了。"他又对俞晓红解释道："这是新从山东老家来蒸包子卖的小王，你别想歪了。"而后他再次提出："晓红，咱们无论如何得再谈谈张琪的事儿！"

俞晓红瞪了王建军一眼，对马勇说："好，谈吧，就在这儿说，赶紧说完赶紧走人！"

俞晓红余怒未息，她要刁难马勇。

马勇这下子真是为难了，他为难地看看四周，周围除了王建军和刘婉香外，又围过来不少看热闹的街坊邻居。马勇说："这地儿怎么谈呀？要不，再上我那儿去？"俞晓红冷嘲热讽地说："这我哪再敢呐。你和我，孤男寡女，同处一室，要让你的新夫人万一再折回头来撞见了，还以为咱俩通奸哩！"王建军在一旁却又着急了，她异常认真地警告俞晓红说："你们不能通奸！国家不让通奸！通奸国家要管的！"俞晓红又好气又好笑，哭笑不得地对马勇说："你说她一个卖包子的着这个急干什么？她管得着吗？你还让我别把你们想歪了！"马勇又急忙斥责王建军说："行了行了，你就别替咱们国家乱解释法律了。小王，你赶紧忙你的去，啊。"制止了王建军后，马勇想想，又对俞晓红道："那这样，你不是有脚垫常爱做个足疗什么的吗，我请你上洗浴中心做足疗去，那地方大庭广众的，你也不用担心别人误会，那地方还能吃饭，咱们连洗澡带吃饭带足疗再带谈事儿，一条龙都解决了，行吗？"

俞晓红的脸色和缓了下来，去洗浴中心做足疗倒是她的最爱，马勇这倒是挺体贴她的。但俞晓红还是要再矜持一下，她不能就这么快让马勇下了台阶，于是她仍旧冷冷地说："这我也不敢啊，你夫人，还有你那儿子，不是说等你回家吃饭吗？我不敢耽误你全家团圆呐。"

马勇赌咒发誓地说："所有的人我现在都让它玩蛋去！我现在心里只有你，俞晓红！"

俞晓红不禁笑了，又马上矜持地将笑绷住，说："这可是你自己情愿的噢，我可没逼你。"

马勇鸡叨米一样地连连点头："我情愿的，我情愿的，我就像娘娘愿意献身给皇上一样地心甘情愿！"

俞晓红哈哈地笑，这回她不再矜持，就这么畅快地笑，而后她同意现在去洗浴中心。但俞晓红斜瞥了王建军一眼，又对马勇说她刚才走得急，脚崴了一下，她要马勇搀着她去大街上打车。俞晓红是故意的，她想逗逗这个脸蛋红扑扑的山东小丫头儿。马勇不明就里，就搀着俞晓红一步一步向小街外走去。

王建军果然难过了，她难过伤心可也无可奈何地看着她的马哥搀着前妻渐渐走远了去。

刘婉香又很高兴，他高兴地走过来，乐呵呵地说："现在他俩上澡堂子通奸去了！"

王建军回过头来恶狠狠地踢了刘婉香一脚："我踢你！马哥不是那样的人！再说了，那地方叫洗浴中心，不是澡堂子，是高级的地方！那地方全是有文化的人去的，咋会通奸？你真是个农民没知识！"

刘婉香不服地嘟囔："文化人就不通奸？他会尿尿不？俺爹说了，人会尿尿就会通奸……"

洗浴中心的休息大厅里，已经洗浴完穿着浴衣的马勇躺在休息榻上等待着。马勇早就洗完了，他也没心思洗澡，草草擦了两把，就出来等俞晓红了。而俞晓红却像洗了一个世纪那样的漫长，女人有两桩事做起来是像跨世纪工程一样漫长的，一个是逛商场，另一个就是这洗澡，马勇等得心急火燎。终于，俞晓红梳理着湿漉漉的头发，慢悠悠地朝这边走来了。一个世纪的工程终于结束了。

马勇赶忙欠身，赔着笑道："俞大记者，请坐——不，请躺。"

俞晓红便在马勇旁边的休息榻上躺下，她心里其实已经和缓了许多，但脸上仍然挂着冰冷的样子，冷冷地说："马勇，我可以跟你再谈。但是马勇，我要跟你先说好，正因为是你给我介绍的，而且你多次气我，所以，我还要格外慎重地再考虑考虑。我真还不一定会答应这件事儿。"

马勇顿时又急了，叫道："哎！刚才一路上你不是有说有笑的吗？我以为你都没事了！"

俞晓红却再次说："我已经说了，成克杰刚才还是副委员长，现在是骨灰了，所以说这世界上什么事儿都是没准的。"

马勇不禁又恨又气，暗暗咬牙，但他不敢朝俞晓红发作，忍着。

一个做足疗的女服务员拿着用具过来："请问哪位要做足疗？"俞晓红一扫跟马勇要赖、使性子、没好脸色的样子，而变得很有教养和礼貌，彬彬有礼地回答说："是我。谢谢您。"俞晓红在其他人面前都十分地淑女，唯独对马勇例外，她一见到马勇就本能地有气。女服务员对俞晓红说："不用谢。"她坐下要为俞晓红做足疗。马勇这时突然起身阻止了女服务员，说："小姐，你把这些用具给我留下，今天就不麻烦你费力了，你去休息，所有费用我照付。"女服务员很诧异，但还是挺乐意地留下毛巾、油膏等足疗用具，起身离去了。她不用劳动就能挣钱何乐而不为。

俞晓红狐疑地充满警惕戒备地瞪着马勇："马勇你想要干什么？"

马勇捧起俞晓红的脚来给她往脚上涂抹油膏，说："我今天来给你足疗，我给你捏脚。"

俞晓红怔住了："你?!——你不是又想胡闹吧？"

马勇笑嘻嘻地说："我不胡闹，只有我知道你的脚垫和鸡眼长在哪儿，就像我知道猪肝长在猪哪儿一样，你等着看吧，我绝对比服务员给你服务得到位！"

马勇给俞晓红的双脚都细细地涂抹好了一层油膏，这是足疗必要的前奏，使皮肤更加滑润，便于揉搓和按摩，然后马勇从俞晓红的右脚开始为她足疗。他一边捏着脚，一边问俞晓红："这力度可以吗？"俞晓红不说话，她觉得有一股热乎乎的气流从脚心浮起来，让她暖洋洋慵懒地不想说话。她觉得马勇的手像一块海绵又像一根羽毛，依次从她的每个脚指头开始抚摸，继而是脚背、脚底和脚掌，像人含着一口气，轻轻徐徐地一路吹拂过去，让她感到无比惬意。她的心弦也被马勇如此轻柔的触摸而触动,记忆起了那遥远的仿佛已经是尘封多年的过去,她由此而伤感起来,因为伤感,就更不想说话。马勇继续给她捏着脚,依旧关切地询问她:"你说话呀,这么捏行吗?"俞晓红依旧不语,脸上的感伤越来越浓重。马勇诧异地问:"你怎么不说话呀?"俞晓红已经没法说话了,她的伤感变成了抽泣,她开始抽泣起来,然后,抽泣声越来越大,继而她哭出了声音,像个委屈的小女孩似的呜呜地哭。

马勇慌了:"哎,哎,你怎么哭了?是我把你脚捏痛了?"

"不是你把我的脚捏痛了,是你把我的心捏痛了!"俞晓红无限伤感且又无限委屈地哭泣着,"还是在我跟你谈恋爱和刚结婚的时候,你给我捏过脚,你有多少年没给我捏脚了?你说你要是老这么对我,我干吗要一见面就跟你掐呀?我怎么跟别人说话都特有礼貌都特和气,我怎么跟你见面就吵呢?还不都是你惹的我!"

马勇赶紧检讨自己,他这时候绝对要顺着俞晓红不能把她再惹毛了。马勇说:"是是是!离婚以后,我也反思了很多,很多时候都是我的错,比如说像今天这种家里大扫除的事吧,过去你刚把地拖干净,我进门上去就踩俩大脚印儿,你说我,我还嘴犟,我说:家里的地不就是让人踩的嘛,你不让我踩,你让我挂墙上啊?我是腊肉啊?我还跟你强词夺理。我不是个好东西。"

俞晓红哭着委屈地说:"你还知道错啊?"

马勇又像鸡叨米连连点头:"知道,知道,我就像知道汽油还要涨价一样的知道。"

俞晓红说:"你又耍贫嘴!你认错一点都不真诚!"

马勇赶紧换了一副真诚一些的嘴脸,正经地说:"俞晓红,我确实错了,真的错了!"

俞晓红又抽泣地说:"就是你的错!还有就像你在床上躺着抽烟的事,我说过你多少回你就是抽!你说说你都把几条床单烧出窟窿来了?我不是心疼床单,我是怕哪天我不在家,你一不小心真点着火了,烧着自己怎么办?我可能有时候说话太不给你面子,可我也是为你好吧?你也不能就说我是下水道的嘴巴,满嘴恶臭吧?你懂不懂人的心啊?呜呜呜……"她又委屈地放声大哭。

马勇赶忙递上一张纸巾让俞晓红擦眼泪,说:"俞晓红,你骂得对,我不知好歹,我这人有时候真是浑不吝,特不讲理。你擦擦眼泪。"

俞晓红见马勇如此柔顺,一点都不跟她呛火,猛检讨自己,于是她特感动,接过纸巾来擦着眼泪,也开始说自己:"当然我也有不对的地方,我说话太刺,我任性,我不给人留面子,我得理不让人——"

马勇赶紧拦住俞晓红,说:"主要是我不对!过去我老埋怨你不温柔,不知道体谅我,现在我都想明白了,为什么有的女人那么爱发火,脾气那么大呢?都说女人是水,那这男人就是容器嘛,女人有没有脾气,有没有棱角,完全要看这容器长什么样儿了。男人这容器要长得很周正,很圆润,很能包容,那女人肯定柔情似水嘛!要是这容器长得像水槽,那女人这股水肯定横冲直撞嘛!女人好不好,全看男人好不好。所以说,没有坏女人,只有坏男人!就像我,你过去摊上我这容器,摊上我这尿壶,你脾气怎么能好得了呢?你说话肯定味儿很冲嘛!所以说,全怨我!"

俞晓红无限感动地说:"马勇,你过去从来不这么检讨自己!你说你要是老这样,老这么能体谅人,这么谦和,那我为什么老要跟你对着来呢?咱们还有什么事情不能好好谈呢?"

马勇说:"对嘛,所以咱俩要好好谈嘛。咱俩离婚了,有什么前嫌也都过去了,咱俩现在是朋友了,朋友之间有什么事情不能好好商量着办呢?"

俞晓红止住了哭,柔顺地说:"你讲理,那我也讲理,事情是可以好好商量的。"

马勇乘机小心翼翼地提出:"那你再和张琪接着交往吧。张琪是个好容器。"

俞晓红说:"好吧,那我听你的。"

俞晓红同意和张琪继续交往。

马勇把俞晓红的脚一放,长吁了一口气,心想:这媒人当的,比抢劫都累!

第 5 章

这一日,马勇帮张琪约好跟俞晓红去逛商场,这是俞晓红答应和张琪继续交往后两人的第一次约会。马勇帮张琪约好俞晓红后,又打电话给张琪，千叮咛万嘱咐，让他这次一定要好好表现，不能像上次去俞晓红她姐姐家那样再搞砸了；同时特别强调地叮嘱张琪，让他出发之前，一定要洗澡洗头换衣服，要把自己捯饬好了；弄得张琪不耐烦地说："知道了，爹！"他认为马勇絮絮叨叨就像他的父亲一样。马勇放下电话，拿起一本书看，翻了几页后，又把书放下了，他决定还是要到张琪那儿去再实地检查一下。他还是不放心。

在马勇赶到张琪住处的时候，张琪已经沐浴完毕穿戴整齐，正在卫生间里最后对着镜子整理着头发，特意将额头前的一缕头发弯曲下来，梳理成随意而潇洒的样子。这是马勇上次特意教他这么梳的，因为俞晓红喜欢这样玉米穗子耷拉下来一撮的样儿。张琪仔细端详镜子里的自己，比较满意，笑了。而后，他又忽然想起，从兜里掏出一瓶新买的香水，朝自己下巴、耳窝、腋下等地方喷了一气。

马勇闪了进来，说："前列腺肥大者，你都捯饬好了？"马勇称呼张琪为前列腺肥大者，而张琪则称呼马勇为肾虚患者，两人经常这样调侃地称呼对方，亲热地开着玩笑。张琪将自己展示给马勇看，说："怎么样？这产品还行吧？"马勇端详着张琪，尤其看着张琪那一撮玉米穗子耷拉下来，很满意，说："嗯，像个流氓。"而后，他又问："你指甲剪了吗？"张琪不禁笑了，叫道："哎哟，你真成了我爹了！剪没剪指甲你都要问！"马勇则不笑，严肃认真地说："把手伸出来我看看。"张琪只好把手伸出来给马勇看："给，爹，给你看！洗澡的时候就剪了！"马勇看看张琪的双手，果然是剪过了，他满意地点点头，说："俞晓红注意的就是男人的手。她说从男人的一双手就可以看出男人的品行。她说男人如果指甲剪得整整齐齐手干干净净的，那这个男人一定有教养——哎，这什么味儿啊？"马勇这时候闻到了卫生间里的异味，用鼻子四处嗅着。

张琪有些不好意思地笑："嘿嘿，我，我喷了点香水。我特地去商场买了一瓶。这不就是，就是你刚才说的，显得有教养嘛。"

马勇脸拉下来了，瞪着张琪，命令道："把衣服脱了！全脱了！"

张琪不解："干吗？"

马勇催促道："赶紧脱了！没时间了！"

张琪只好脱去刚换上的崭新的 T 恤衫，把长裤也脱了，只穿个小裤头。

马勇提起卫生间墙边的一桶水，"哗"地就朝张琪浇去，把他从头到脚泼浇得水湿。

张琪跳着脚叫起来:"我靠!你干什么呀!我刚好不容易弄好的发型——"

马勇又把张琪拽到水龙头底下,拿起水龙头,打开,给他从头到脚冲浇着,边冲边说:"你还发型呢,你都成人妖了,你还喷香水!你怎么不喷香蕉水啊!赶快赶快,拿香皂,好好洗,全身都好好洗,把这味儿全洗了!"

张琪极其地不理解:"为什么呀?现在不是好多男人都喷香水吗?"

马勇说:"那是好多的傻叉!那是别的男人,而你,是准备要娶俞晓红的男人!我告诉你张琪,一个真正的女人,她最欣赏的男人的气味,就是两个字:清洁。而俞晓红,是真正的女人。所以,一个真正的男人去见一个真正的女人,他身上最应该带去的气味就是一身淡淡的香皂味儿,一股清洁的味道,这才是最自然的香,也是最能打动女人的,你懂了吗?"

"不懂!"张琪不服地说,"那你怎么不这样啊?那我怎么什么时候闻到你都觉得是一股鞋垫味儿呢?又是汗又是烟味儿什么的。那时候你跟俞晓红还在一块儿你就这样,你怎么不清洁呢?"

马勇于是又再次训诫张琪,让他提高思想认识,说:"这我不是已经多次跟你说了嘛,好多男人,把老婆一娶回家了,就没那个耐心再捯饬自己了,确实好多男人从此就像鞋垫一样,就在那儿搁着去了也不经常洗了。我也是啊。所以我婚姻失败了。所以我跟你说你要接受我的教训你千万别学我!再说了,我那么多好的地方你怎么不学呢?"

张琪撇着嘴说:"你有什么好的地方啊?比如说?"

马勇说:"比如说我热爱祖国,比如说我不随地大小便——"

张琪说:"呸!我亲眼看见你在大楼里尿尿,保安过来问是谁尿的,你说是狗尿的!"

马勇哈哈地笑,说:"那是移动公司大楼,我恨他们乱收费!我替全国人民灭他们一道。"

俩人都狂笑。这俩活宝经常是说着说着就又没个正经了。

马勇和张琪疯笑了一阵儿后又恢复了严肃,马勇说:"好了好了,赶紧再拿香皂洗!"张琪只好笨拙地再拿香皂洗头、洗身上,又嘟囔地说:"马勇,跟你老婆谈恋爱确实是够麻烦的。"马勇则看不过去张琪的笨拙,夺过香皂来给张琪洗头,他怕张琪磨磨叽叽把时间耽误了,而俞晓红是最讨厌约会迟到的。张琪乐得马勇伺候他,让别人洗头是一件舒适的事情,要不有那么多的洗头房在祖国大地上林立着。张琪像个首长似的对马勇说:"很好,马勇,你表现很好。"马勇嘟嘟囔囔地骂着张琪,同时辛劳地给他洗头,然后又拿吹风机给他吹干头发,把他那一撮玉米穗子又重新给他曲曲弯弯地耷拉下来,又再给他穿好衣服,把皱褶之处都捋平,最后马勇端详着张琪,看一切细节的地方都妥当了,一拍张琪的瘦肩说:

"行了,兄弟,去继续战斗吧。"

张琪于早上九点整一分不差地走到了商场门口,这让也是准点赶到的俞晓红很满意。

俞晓红说:"嚯,正点!这个习惯好!"

张琪急忙向俞晓红表白自己,说:"我最不能容忍的就是迟到,这是对别人不尊重嘛。尤其是对女士,我更是绝对不能允许自己迟到,男人尤其是要尊重女性!"这是马勇让他这样表白的,他说的都是马勇让他说的话。

俞晓红果然是更为赞赏地说:"好!这一点我们见解很一致。"

张琪兴奋了,继续表白自己:"还有,我这个人最爱干净了。我哪怕能弄到一点水,哪怕我渴死了我不喝,我也要把自己从头到脚洗一洗,让自己清清洁洁的,尤其是你的周围还有女士的时候。我一直认为一个男人能带给一个女人最好的气味,就是两个字:清洁。这是对女士最大的尊重。"他说的全是马勇让他说的,连语气的顿挫都是马勇一遍遍教他的。

俞晓红真是对张琪刮目相看了:"嘿,我们有些地方真还挺一致的!我欣赏清洁的男人。"

旗开得胜!张琪兴奋不已,暗自窃喜,不由无限感激马勇,他想从商场回去的时候应该给这小子买个烧鸡。张琪兴致勃勃地对俞晓红说:"晓红,那咱们进去边逛边聊吧,你会发现咱俩一致的地方还有很多!"

俞晓红欣然地跟着张琪走进商场里去了。

张琪于是便胜利地迈出了马勇为他部署的整个行动的第一步,他兴奋得想歌唱。

俞晓红先去了化妆品区,慢慢地徜徉于各个品牌的柜台间。这是所有女人逛商场都必定要先去的地方,因为几乎所有的商场经营者都颇费心机地把化妆品区放在一楼一进门的地方,引逗着女人们一进来就像飞蛾扑火一样地扑过去,死都要死在这个死要面子的区域里。俞晓红在这区域极有耐心地逛着,拿起各种唇膏、眼影、粉底霜之类的东西一一地看,而后又把它们一一放下,而后再拿起另外一些唇膏、眼影、粉底霜一一地看,又再把它们一一放下。她重复着所有的女人在这里都一再同样重复的动作,女人们为了她们的脸绝不怕麻烦。而张琪跟在俞晓红后面,他觉得很没意思。张琪对于化妆品的概念就是知道有个大宝。但为了俞晓红,张琪还是附和着,也显出饶有兴趣的样子,跟着俞晓红,把俞晓红拿起看过又放下的那些唇膏、眼影、粉底霜也装模作样地拿起来看看又再放下。

俞晓红发觉后笑了,道:"都是些女人的东西,看这些,你会觉得很无聊吧?"

张琪马上表白道:"没有没有没有!相反,我特有兴趣。我平时还爱琢磨这些女士的化妆品,想着,如果哪天我成了家,我能够给我的爱人挑选购买她喜欢的化妆品,那也是我的一种幸福啊!"这话不是马勇教的,这是张琪自己临时发挥的,张琪为自己如此灵巧地发挥而暗自得意。张琪又乘势拿起一管化妆品,进一步发挥道:"就像这支口红,我就觉得它挺好,我觉得它挺适合你抹的。"

俞晓红却笑了,说:"大哥呀,那不是口红那是蓝眼影膏,你想让我抹个蓝嘴唇像云南的猴吗?"有一种滇金丝猴就是蓝嘴唇。

张琪尴尬地噎住,无比沮丧:我靠,没发挥好!

俞晓红却由此而看出了张琪的言不由衷来,不管张琪的感受,直截了当就正色地说:"张琪,很多男人都说,逛商场,是女人的通病,男人的心病。很多男人都很烦陪女人逛商场。你是不是也烦了?你要是烦了你就告诉我,你可不要敷衍我。我最不喜欢男人敷衍我!"

张琪又急忙表白:"没有没有没有! 我特愿意逛!"

张琪继续陪俞晓红逛,但他心里就有了一点芥蒂。

就在张琪开始心里有一点不爽的时候,马勇却心情爽朗地来到了赵慧家。

马勇因为安排好了张琪和俞晓红的约会而轻松愉快,他进门来抱住正在洗鱼择菜准备做中饭的赵慧就亲了个嘴,然后手就很不老实地搭在了赵慧的乳房上,用他的话讲,先占领制高点再说,而后他说:"妥了。搞定了。这俩现在正逛商场哩。我看这回没问题了。可把我累死了!"赵慧打掉了马勇猴上来的手,但她没有生气,对马勇的到来她很高兴,她端起一碗热在炉灶上的蒸鸡蛋羹给马勇,说:"你还没吃早饭吧?我估计你就没吃。你先喝碗鸡蛋羹,垫垫,中午再吃,我一直给你在炉子上热着等你来哩。"

马勇接过鸡蛋羹,感慨地说:"赵慧,说真的,我还就真看中你这会过日子的劲儿了!"

赵慧莞尔一笑,说:"嘴甜。快喝你的鸡蛋羹吧。"

马勇却不喝,端着鸡蛋羹,看着赵慧诡秘地笑。

赵慧说:"你干吗看着我笑?怎么不喝?"

马勇继续不怀好意地笑,说:"先跟你说个故事,也是关于鸡蛋羹的,说有个妇人,很会做鸡蛋羹,也很会疼男人,丈夫出差半年,到回家这一天,妇人蒸好了鸡蛋羹,然后洗了澡,抹得香香的,光着身子,等丈夫一进门,她一手端着碗,一手托着腰,说:'老公,你是想先吃喝啊还是想先亲热?'"

赵慧笑:"你说这个故事你想干吗?又想使坏?"

马勇放下碗抱住赵慧,猴急地说:"慧慧,可把我难受坏了,我到现在还难受着哩!你说这几回,每回我和你正要怎么着了,都有人来捣乱,不是俞晓红就是你儿子!正好现在咱儿子不在家,快走快走!"

赵慧说:"干吗去?还快走?是要地震啊?"

马勇嘿嘿地笑,说:"咱先不吃喝咱先亲热去呀。"

赵慧说:"不行。儿子学钢琴马上就回来了。你现在只能亲不能热。"

马勇无可奈何。赵慧这时偎到了马勇的怀里来。马勇就抱着赵慧站在厨房亲嘴儿。马勇和赵慧一边亲着,一边眼睛还盯着房门口,以防备一年级小学生陈勇刚随时进来俩人好迅即分开。同时赵慧一边和马勇亲嘴,一边手里继续剥着豆角,要不一会儿做中饭就来不及了,弄得马勇说她:"你真是革命生产两不误啊!"

　　俞晓红和张琪这时还在商场里继续逛,一路到了卖鞋的地方。

俞晓红在鞋摊上又沉沦了下来,又不走了,她坐在凳子上兴致勃勃一双一双地试穿着鞋子。女人们永远都对鞋有兴趣,女人永远都觉得鞋柜里还缺一双鞋,很多女人对鞋的热爱都要超过热爱老公。而张琪站在一边,脸上已经没有了最初想歌唱的亢奋,显出很疲惫的样子。他已经陪俞晓红逛了三个多小时了,光在卖鞋这儿就耗了快两个小时,脚酸得都站不住了。他实在不明白一双鞋有什么好翻来覆去地看的,难道这是三级片吗?但他不敢把这意思向俞晓红表达出来。他偷眼看俞晓红正低头试着鞋子,忙偷偷龇牙咧嘴地抱着膝盖蹲下,想乘机缓解一下酸痛的腿脚。俞晓红偶尔一抬头看见张琪像拉屎一样地蹲着,张琪急忙又站起来,又做出精神抖擞的样子,同时对俞晓红亲切地挤出笑容来。

俞晓红说:"你是不是累了不想逛了?那要不然你先回吧!"

张琪又急忙表白:"不不不!我陪你!"

俞晓红便又低了头去面对那鞋子了,她一买鞋就全神贯注于此而忘了周围。

张琪在旁边揉腰扭肩,转动着脑袋,疲乏不堪。他看看表,实在忍不住了,小心翼翼地开口道:"晓红,要不然,你先待着,我到外面抽棵烟?我在外面等你?"

俞晓红顿时有些不高兴,沉默不语,稍顿,她说:"张琪,你怎么也跟马勇一样啊?马勇也是一跟我逛商场就要出去抽烟。而且咱们还是第一次交往,你已经就这样没耐心了?你非要去抽吗?你连这样的一点点牺牲都不肯吗?"

张琪再次急忙表白:"不不不,我跟马勇不一样,我怎么能跟那小子一样呢!我不抽了!"

张琪继续陪俞晓红,但心里的那点不爽的芥蒂渐渐放大了,像一滴墨滴在了宣纸上,又泼上了水,那晕黑便一点一点洇开来。

俞晓红在鞋摊这儿把侍立一旁的卖鞋小姐以及张琪都耗得够呛,最后她一双鞋都没买。女人们经常是逛一天商场而什么东西都不买的。告别了鞋摊,张琪又和俞晓红去了卖女性内衣的地方。俞晓红又在那儿沉沦下去了,又不走了,又把那些花红柳绿的玩意儿拿来一件一件地看,一件一件地挑,又一件一件地在身上比画。女人们对内衣也是永远有兴趣的,女人也是永远觉得衣柜里还缺少一件内衣的,许多女人对内衣的热爱也是要超过热爱老公。而许多男人永远都不明白女人为什么热爱内衣要超过热爱他们,一挑起内衣来会成几小时地把男人甩到一边理都不带理的,男人会不明白地想:她们买这些裤衩胸罩,不都是最后为了让男人给她们脱下来吗?譬如张琪就是这样想的。张琪是个如毛主席所说还没有脱离低级趣味的人。张琪看着俞晓红拿着一件水红色的内衣在身上反复比画着,他索然乏味,同时身心疲惫至极,不住地揉腰揉肩,扭动着脖子和脑袋,看俞晓红的注意力全在那内衣上,又乘机像拉屎一样地蹲下,舒缓一下快要断了一样的腿脚。

俞晓红拿着那红内衣朝张琪扭过身来,她让张琪看:"张琪你觉得这件衣服怎么样?"

张琪急忙立正站好,像看着人民币一样欢欣鼓舞地说:"好!很好!"

俞晓红又拿了一件蓝色的内衣比画着让张琪看:"你觉得这件蓝色的怎么样?"

张琪又说:"好! 很好!"

俞晓红又拿了一件绿色的:"这件绿色的呢?"

张琪已经露出一些不耐烦,但还是做出一脸欢欣鼓舞的样子,再次说:"好! 很好!"

俞晓红彻底不高兴了,冷冷地说:"张琪,你干吗呀?你不愿意陪我就说不愿意呗,你干吗要话不由衷地敷衍我啊?我刚才说了,你要是累了,你要是烦这么逛,你可以先走啊。你现在就可以走啊。"

张琪噎住了,继而忍无可忍,爆发道:"俞晓红你这人怎么这样——"他原本还想说点更厉害更难听的话,但终于没有说出口,气呼呼地甩下俞晓红就朝商场外大步走去。

俞晓红看张琪居然拂袖而去,更加生气,大为光火地连连跺脚。

马勇和赵慧这时依旧在厨房里甜蜜地亲嘴儿。俩人亲得如火如荼,马勇亲着赵慧的嘴,像喂着一根吸管喝着酸奶一样。赵慧被马勇如此用力地亲嘴而受不了了,开始变得呼吸急促,眼光迷离,她突然一把推开正狂热亲她的马勇,这让马勇大吃一惊,说:"是不是你儿子要回来了?!"而赵慧顾不上说话,她呼吸急促地从兜里掏出手机来拨,拨通后,喘了口气,竭力稳定一下情绪,而后在电话里道:"妈,是我,小慧。陈勇刚一会儿学完钢琴,你带着刚刚直接就去你那吧,你们就别回来了,中午就在你那儿吃饭,等下午你再把他送回来……我这阵儿干吗?我,我有事,单位组织刚才来了个电话,让我现在赶过去开个会,挺要紧的会——"

马勇明白了,在一旁捂着嘴乐。

赵慧挂了电话,嗔道:"你笑什么?你是不是笑我一个领导干部还说谎?"

马勇说:"不,这说明领导也有荷尔蒙。"

赵慧拉起马勇:"不许你笑我讽刺我,走。"

马勇明知故问地:"干什么去?"

赵慧娇羞地说:"你说干什么去? 不是你说的咱们先不吃喝……"

马勇哈哈地笑,就和赵慧相牵着走出厨房,到卧室去"开会"。俩人倒在赵慧的大床上又急切地去解对方的衣扣,迫不及待地解开后,又像两块热豆腐似的缠绕。而且俩人这次不用再担心一年级的小学生陈勇刚会猛然拎着一桶水闯进来，因为陈勇刚已经让他的妈妈发配去姥姥家了，以组织上要开会的名义。俩人去了顾忌，都撒了开来，翻云覆雨，汹涌澎湃。

马勇的手机就在这要命的时候要命地响了起来。

马勇极端扫兴地从裤子口袋里掏出手机接听，一听是张琪打来的，不由恼火至极，吼叫道："张琪！我正干坏事哩你来电话！你要明白你这样是要让我得病的！我要成太监的！"

张琪却不管马勇得不得病成不成太监，他的声音在电话里听上去恶狠狠的，说："马勇，我跟你说，我正式决定不跟你们家俞晓红谈了！我就是打个电话来告诉你一声！"

马勇闻言一惊，怒气顿消："什么?!别价！别价！你现在在哪呢?"待

问明张琪此刻正蹲在华联商厦门口抽烟，他已经八个小时没抽烟了，马勇赶紧赔着小心，千叮咛万嘱咐让张琪待在那儿别动，说他马上就过去，让张琪千万等着他！而后马勇挂了手机，对光溜溜的赵慧说："宝贝，对不起，那俩闹矛盾了，要掰，我得赶紧过去一趟。"

赵慧不高兴，因为她已经光溜溜的了，但赵慧对于马勇给俞晓红介绍对象倒是大力支持的，于是赵慧裹起被单对马勇说："那我等你回来啊。"她先不穿衣服。

马勇自己匆匆穿着衣服，他非常不愿意这时候把衣服穿上，一边穿一边火大，极其懊丧地嘟囔道："你说我怎么就这么倒霉呢！怎么我也成了中国足球队了，每次到了临门一脚，我他妈就是射不进去……"

马勇一路嘟嘟囔囔地打车去了华联商厦。

在商场门前的广场上，马勇远远就看见张琪蹲在那儿气呼呼地抽烟，他赶紧下车，快步走了过去。没等马勇开口，张琪劈头盖脸就再次恼怒地强调说："马勇，我不跟你们家俞晓红谈了！"他说得就像喊一样，蕴涵着心中积压的愤然。马勇则是和风细雨，他这时候不能跟正在火头上的张琪争吵，他和风细雨地纠正张琪："张琪，我还要先纠正你，什么叫'我们家的俞晓红'?我跟你说了俞晓红现在是大家的，就像太太口服液，属于全体消费者。以后不许再说我家的俞晓红了。"而后他问张琪，到底怎么了？怎么才一阵儿工夫就不跟俞晓红谈了？难道俞晓红这么一会儿就得红斑狼疮了吗？

张琪气呼呼地说："你们家的这个俞晓红啊！"他这一声就像京剧里的叫板，而后激愤地开始往下唱。他激愤地历数俞晓红方才在商场里的

种种,什么先是看化妆品就看了两个小时(其实是半个小时),然后是看鞋就看了五个小时(其实是两个小时),再然后是看裤衩背心就看了六个小时(其实是二十分钟左右),在如此漫长的时间里,即使是六方会谈第一轮会议都开完了,她还不允许他出去抽棵烟!他谦卑地向她提出要出去抽棵烟,次数总共多达九次(其实只有一次),她都说你不抽烟你会死吗!(其实俞晓红不是这么说的)你这个老婆啊,简直就是个江青啊!张琪愤愤地说:"你说她这样,我能不跟她翻脸吗?"

马勇着急地听着张琪的控诉,着急之下,他没有去细想张琪方才所说的时间,按照张琪所说,他需要在半夜一点就带着俞晓红来逛商场,如果商场在那个钟点儿就开门迎客的话。马勇等张琪激愤而絮叨地说完,说:"张琪你不是脾气还不错嘛,你怎么也说翻就翻呢?"

张琪说:"我脾气再好也架不住她这么矫情啊!我觉得我不是在跟一个女人谈恋爱,我觉得我简直就是跟一手榴弹在谈恋爱,谁知道哪点儿说得不对她就炸了!"

马勇笑了,劝解道:"张琪,你既然选择了俞晓红,俞晓红她就是这么个品种。她是在考验你,她就是时时都要考验男人对她的挚爱有多深,是不是处处想着她,是不是时时都在琢磨她的心思,是不是就像那广告里说的,像那什么卫生巾似的,对妇女们体贴入微。反正你就照琼瑶那戏里的女主角去想象,都是那么神经兮兮的,你就理解了。既然男人应该体贴女人,你就做一回卫生巾呗,你外号不是妇女用品吗?"

张琪没好气地说:"滚蛋! 我现在没心思开玩笑。反正我不想跟她谈了。"

马勇赶紧又劝慰:"别别别!你先消消火,消消火,我找俞晓红说她去。俞晓红呢?"他这才想起半天还没见俞晓红哩。他赶紧朝广场上望去,但广场上并无俞晓红的踪影。他赶紧再问张琪:"哎,你把俞晓红弄哪儿去了?"张琪恨恨地说:"在里边呐。我让她一个人在里头待着!我不搭理她!"马勇顿时急了。他知道俞晓红的脾气,如果张琪现在气得跳脚,那俞晓红气得则要跳楼了,马勇紧迫地对张琪说:"你先在这里待着啊,我得赶紧找她去!"张琪站起身来,说:"那你找她去吧,我走了。"马勇急忙拉住张琪,加重语气又说:"别别别别别!你先抽棵烟,先消消火!"他从兜里掏出自己的烟,先巴结地抽出一棵来递向张琪,然后索性将整盒烟都殷勤地塞到张琪手里,说:"她不是不让你抽吗,你现在好好抽,你抽个够,你抽风一样地抽!你在这儿千万别走,等着我啊!你一定等着我啊!"

马勇安顿好张琪，拔腿朝商场里跑去。他去找俞晓红。

马勇这一趟好找！

马勇跑进商场，先到了一楼大厅，一楼并无俞晓红，他又走滚梯上二楼，走过长廊，而后又急急穿过各个购物区域，四处张望着，而后再走滚梯攀上三楼，再而后是四楼，五楼，六楼！又一一搜索地穿过每层楼的各个购物区域，俞晓红始终像本·拉登那样无影无踪。而马勇因走得太急，眼睛又是只顾四下寻找，不留神一下腿撞到一货架上，顿时抱腿蹲下，疼得龇牙咧嘴，而后，他挣扎地站起，一瘸一拐地继续寻找而去……终于，他看见了俞晓红。

俞晓红坐在卖音响的地方戴耳麦听着 CD，正在独自伤感，眼泪汪汪的。

马勇喘着粗气，一拐一拐地走过来，伸手一把就将俞晓红头上的耳麦拿下来。

俞晓红吃了一惊，抬头看见是马勇，她正没好气，泪眼一瞪就要发作——

马勇却抢先道："又在发神经了是不是？又在听你那听了八百遍的《天鹅之死》了是不是？又在想象自己就是那只美丽又孤独的天鹅了是不是？又在想着自己这么漂亮高贵却没人疼没人爱人人都在欺负你是不是？总之，又提前来更年期了是不是？"

耳麦中果然低低传来《天鹅之死》的提琴协奏曲，马勇果然很了解俞晓红。马勇一看就知道俞晓红又受刺激了，张琪拂袖而去让俞晓红大受刺激，她并不是在乎张琪这个具体的男人，而是伤感于男人们对她的轻视，至少男人没有把她放在一个重要的位置上来对待，这让她很感失落。俞晓红是个心高气傲又很感性的女人，于是俞晓红就听圣桑的《天鹅之死》。马勇知道她一伤感就听圣桑，听着圣桑琴弦下的哭泣，感伤着天鹅美丽孤独的悲凉，顾影自怜着，自己把自己催发得眼泪汪汪。

俞晓红让马勇说中了，她夺过耳麦，翻了马勇一眼："讨厌！你管我哩！"

马勇挨着她坐下，和颜悦色地说："你怎么能对人家张琪发脾气呢，你太不礼貌了吧？"

俞晓红还沉浸在她的感伤中，没好气地说："我就这样儿。他受不了他去找别人！"

马勇不禁恨得暗暗咬起了牙,俞晓红过去就常对他这样,一感伤起来就蛮不讲理,马勇就常跟她吵起来,吵得俞晓红更加感伤,于是就更加蛮不讲理。但这次马勇没有跟俞晓红吵,马勇看到俞晓红精心描绘过的眼窝有一些凹陷,丝丝憔悴从那些粉底霜和眼影膏中遮掩不住地渗透出来,过去俞晓红的眼部从来都是饱满和光洁的,于是马勇也有一点感伤地想:嗨,都离了,她心情也不好,也怪不容易的,还吵什么呀。于是马勇便诚恳地说:"俞晓红你这样可不行,你这样哪个男人会爱你呢?"

俞晓红还是受刺激了,尽管马勇依旧是和颜悦色说的。俞晓红高傲地冷笑一声,说:"哼,那我们等着看好了,我们等着看到底是爱我的人多还爱你马勇的人多!我原来以为你跟我离了你会找个什么样的仙女哩,你不就找了个妇联的大妈吗,要找大妈你也找个高规格的呀,有本事你把美国国务卿赖斯找上,人家也单身,那个时候马勇你再来跟我趾高气扬!"

马勇不由血涌上头,瞪眼咬牙地朝俞晓红逼过去,这是过去俩人要干架的一贯性前奏。

俞晓红也立即不甘示弱地瞪眼逼过来,和马勇眼对眼地瞪视着:"你又来劲了是不是!过去就是这样,我说一句,你马上就朝我咬牙瞪眼,恶狠狠地,像要把我吃了,然后就跟我吵得天翻地覆,一楼的邻居全都听见!你现在又要跟我吵是不是?来呀!吵啊!谁怕谁啊!"

马勇狠狠地瞪着她,但他竭力克制着,慢慢转身朝旁边的餐吧柜台走去,去买了一瓶矿泉水,等他转过身来的时候,脸上恶狠狠的样子不见了,换上了亲切和蔼的微笑,他微笑地走过来,将矿泉水递向俞晓红:"给——哦,等等!"他又把矿泉水拿回来,掏出一包卫生纸,拧开矿泉水瓶的盖,用卫生纸将水瓶的瓶口仔细擦拭,然后再将矿泉水递给俞晓红,让她喝,俞晓红是个讲究的人。过去马勇从来不为俞晓红这么干,认为俞晓红太他妈矫情,但现在马勇像阳光一样灿烂地微笑着为俞晓红这么效劳。马勇并且说:"俞晓红,刚才我拿眼瞪你我错了,我跟你说对不起,你别生气了,你喝点水吧。"

俞晓红极其诧异地接过矿泉水,极其诧异地望着马勇:"怎么,你不跟我吵了?"

马勇更加甜蜜地微笑着:"我这样子像是要跟你吵架吗?"

马勇展现出来的温善让俞晓红的剑拔弩张戛然而止,俞晓红不习惯地愣了一下,绷紧的后脊梁随即也慢慢松懈下来,同时不习惯地说:"马勇,你最近态度怎么这么好啊？"

马勇灿烂地笑着,说:"俞晓红,咱们现在不是夫妻咱们是朋友了,还是那句话,朋友之间,我总得讲谦让和礼貌吧？反过来说,你也得讲礼貌吧？"马勇知道此时必须要把俞晓红角色的位置改变过来,让她理性起来,这样谈话就好谈了。如果还是夫妻那种角色的感觉,她就会耍赖,就会刁蛮,就会死不讲理,好多温文尔雅的知识女性一回到家里就成了泼妇,这是家庭环境的无所顾忌、放松、随意和不加约束让她们放肆了。而她们在办公室里,却会克制自己,都会把自己最好的一面展示出来,会谦和呀,优雅啊,礼貌啊,等等。所以说女人在公共场合远远要比在家里可爱,因为在公共场合的角色身份不同,女人们会收敛和修饰自己。所以马勇一贯认为:为什么有句话说孩子是自己的好而老婆是别人的好呢？为什么男人会觉得老婆是别人的好呢?这是因为他们在办公室里看到的别人的老婆都是伪装的,而回家看到自己的老婆,都是真实的!于是马勇再次强调地说:"所以说,俞晓红,今天,现在,我们谈话,我希望要先定好一个角色关系,我们现在就是同志关系朋友关系,而不是夫妻关系,包括不是前夫妻关系。你不能跟同志和朋友说话也动不动就翻脸吧？"

俞晓红果然就收敛了一些,礼貌了,说:"那好吧,马同志,你说吧。"

马勇便进一步笑眯眯地说:"你想听一个同志和朋友对你提点儿意见吗——"他的手机在兜里响了起来,于是他停下,先掏出手机来接听。电话是张琪在商场外面打来的,他说他要走,现在就走。马勇一听就急了:"张琪你不能走啊！你不能走！你等着我啊,我现在就过去！"他挂了手机,对俞晓红道:"我得去张琪那儿,去说说他,你别走啊,在这儿等我。"

俞晓红却冷冷地站起来,说:"他要走？我还要走哩！都一点多了,我饿了,我得吃饭!"马勇赶忙一把拉住俞晓红,不让她走,一叠声地说:"我请你吃饭！我请你吃饭！作为同志和朋友,我请你吃顿饭还不应该吗！"说着,他硬拉着俞晓红向旁边商场里的麦当劳走去,给她买了汉堡、鸡块、薯条和大杯可乐,满满一托盘,颤巍巍地给她端到面前,然后殷勤地把小袋儿番茄酱的封口给她撕开,也一并摆放在她面前,笑眯眯地说:"俞同志,请吃。"

俞晓红扑哧一声笑了,道:"好吧,看在你这么诚恳的份儿上,我等你。"

马勇安顿好了俞晓红,又拖着碰伤的腿一瘸一拐地走去。他再次去找张琪。

马勇把张琪也拉进了商场的另一家快餐店去,因为张琪要走的理由也是他饿了,他要去吃饭!马勇让张琪在座位上坐下,然后自己一瘸一拐地走到售餐柜台前,给张琪也买了一份丰盛的午餐,连同饮料,端到张琪面前,瞪他一眼:"我越来越真成你爹了,我上辈子欠你的,吃吧,儿子!"

张琪笑嘻嘻地说:"怎么只有一份?你不吃?"

马勇实际上饥肠辘辘,但他只能饿着,说:"我赶紧还得上俞晓红那儿去哩,你吃你的。"

张琪便埋头香甜地吃起来,把个鸡腿在马勇面前啃得咔咔响。

马勇连连咽着唾沫:"张琪,我让你琢磨琢磨怎么继续跟俞晓红相处下去,你琢磨了吗?"

张琪说:"我琢磨了,我呀,还是决定不跟你老婆谈了。马勇,你把你老婆领回去吧!"张琪啃着马勇的鸡腿让马勇把他的老婆领回去。

马勇正色地:"张琪我现在是严肃地跟你谈事儿,你别不认真啊!"

张琪于是放下鸡腿,认真起来,痛苦地说:"说真的,马勇,我跟俞晓红谈,我有点怵了,我真的……想撤。我还是撤了吧!"

马勇一听便慌了,马勇一心想让俞晓红的婚姻有个着落,除了他和赵慧需要那套房子以外,作为男人,马勇深深知道一个漂亮的女人独自在社会上长期耍着单是一件多么危险的事情!多少已婚和未婚的男人都会惦着她,像狼惦记着肉,漂亮的女人与狼共舞,你不知道一不小心就会被哪只狼给撕裂了,所谓红颜薄命就是打这来的。马勇一想到俞晓红最后要落得凄凄惨惨心里就有些发涩,他必须要把俞晓红交到一个他能信赖的男人手里。马勇赶紧再劝张琪道:"别别别,哥们儿,你别这样。谁叫咱们是男人呢?咱们男人就大度一点,就包容一点,就让着女人一点不行吗?你身上的肉该长哪还长哪嘛!你也不会因此多长一条前列腺。"

张琪坚持着自己的自尊,嘟囔地说:"那不行。我今天要向她低头我不是太掉价了吗!"

马勇锲而不舍苦口婆心地说:"张琪,你不能这么想!女人嘛,你就当她们是小猫啊,小狗啊,小鸡啊,小鸡小猫小狗跟你撒个欢儿,急了,还咬你一口,你能跟它们计较啊?你就说现在好多人家养狗,整天把那小狗抱着,给它洗澡,牵它遛弯儿,我还见过有一人给他们家小狗服用脑白金,为了让那狗能睡好觉,跟伺候亲儿子似的。你能说那些养狗的都太掉价了吗？那是爱心！对待女人也是一个理儿，你就当她们是一宠物，咱们男人就宠着她们一点又有什么呀？你就当咱们男人是养狗的！"

张琪笑了："马勇你真能胡掰！什么男人对待女人就像养狗！"

马勇也笑嘻嘻地说："行了，一会儿你进去跟那小狗服个软，哄哄她。对了，她不是要买内衣吗，你就主动买一件送给她，你就买那件水红色的，她第一次让你看的那件，俞晓红喜欢水红色的，她其实特明白她自己要什么，她就是想让你说出来，她要检验这个男人对她琢磨了解体贴入微到什么程度。你有钱吗？没钱我给你。"

张琪说："滚你的！我还缺这点钱了！"

马勇说："那行，那你就买吧，反正这条小狗现在是归你养了。对了，一会儿你买了衣服别这么直不隆咚就给她，你买个草编的篮子，商场工艺品柜台都有卖的，篮子里你再放点花儿，你可千万别买玫瑰花什么的，俞晓红认为那太常规，俗了，你就买一捧向日葵放在草篮子里，俞晓红喜欢那种自然的田园的味道，然后你把水红色的衬衣放在金黄金黄的花上，送给她，她一准儿就得乐。"

张琪说："为什么呀？这多麻烦呀！直接把衣服给她不就完了嘛！"

马勇："我跟你说了俞晓红她就喜欢这个调调儿！俞晓红不是一个贪小的人，她决不在乎一件衣服，她要的是男人把她喜欢的那种情调捧给她，她就是那么个品种。"

张琪感叹地说："马勇还是你了解俞晓红！可是过去我也没见你这么耐心对待过她呀？"

马勇也很感慨，说："这我不是也跟你说了好多遍了嘛，男人只要一结婚就是：他什么都知道，但他什么都不做。你别学我啊！你吃完饭赶快去买，买了赶紧去送给她，我走了。"

马勇再次安顿好了张琪，又一拐一瘸地走了。他还要再次去找俞晓红。

在马勇赶到麦当劳的时候，俞晓红已经吃完了她的汉堡、鸡块和薯条，在优雅轻松地慢慢喝着可乐。马勇尽管饥渴和疲惫不堪，但见俞晓红还在，马勇还是满心欢喜，他长长出了一口气，过来累得一屁股坐下，拿出纸巾来擦拭满头满脖子的汗，说："你吃饱了吗？要不要再来一份甜点儿？"马勇知道俞晓红是喜欢吃西式餐后来点儿甜食的，他知道他过去的老婆是连吃饭都要来点儿法国风格的。过去，农民的儿子马勇对俞晓红的这一套从来都是嗤之以鼻,他认为一个中国人的婆娘,吃完饭,顶多喝口汤就行了,吃的啥甜点,"你怎么不再喝点儿农药啊!"马勇过去经常这样恶狠狠地对饭后要吃甜食的俞晓红说。但现在,马勇却主动殷勤地想为俞晓红再来点儿法国式的服务。

俞晓红却不禁怀疑起马勇如此的好来,马勇最近简直是好得出奇,俞晓红已经不习惯马勇对她好了。俞晓红狐疑地审视着马勇,再次说:"马勇你这么对我,你是不是想早点把我打发了,目的还是为了你和赵慧好在那房子里行方便啊?"

马勇不由火冒三丈,他跑前跑后地忙,俞晓红还这样想他!马勇嚷起来:"俞晓红你又来小心眼了!就算我想行方便,就算我是色情狂吧,就算我欲火焚烧,我不会直接上宾馆开房间吗?我用得着这么劳神费力地撮合你和张琪仅仅是来解决我下三路的问题吗?上宾馆开几回房间,我不至于倾家荡产了吧?我是为你好!也为张琪好!我是千方百计想安抚你和张琪的情绪,我不想你们谈崩了!"

餐吧里就餐的人都被马勇突然爆发的高腔大嗓所影响,目光纷纷投射过来。

马勇看看四周,压低嗓门瞪着俞晓红:"你就是咬了吕洞宾的那只狗,不识好人心!"

俞晓红看着马勇激愤的样子,知道是错怪马勇了,马勇只要一受了委屈,就会这样激动得连耳根都赤红,俞晓红知道马勇这时候肯定连小肚子那儿都红了,他一激动全身皮肤都会红,俞晓红过去好几次扒下马勇的衣裤来看过,用马勇自己的话来说:我这是万山红遍,层林尽染!俞晓红歉然地说:"那我说错了,我跟你道歉。"

马勇愤愤难平地说:"学一声狗叫!"

俞晓红愕然了:"你说什么?!"

马勇认真地说:"道歉要有具体行动,你学一声狗叫。"

俞晓红笑了,她知道马勇这是开玩笑的,她笑着捶了马勇一下:"滚你的!"

马勇也笑了,而后,他去了玩笑,严肃起来,又接着刚才被张琪手机打断的话头说下去:"俞晓红,你想听听一个同志,一个朋友,对你客观的看法吗?今天,我想认真地剖析剖析你,你想听吗?"

俞晓红也严肃起来,说:"那你说吧。"

马勇说:"你得说'请',这是朋友同志之间相处起码的礼貌。"

俞晓红不乐意说："非得这么矫情吗？"

马勇坚持地说："非得这样！要不一恢复到咱俩从前的关系，咱俩又得吵，又得死掐。"

俞晓红只得改口："好吧，那你请说。"

马勇首先说："俞晓红，首先，你确实很漂亮，属于那种漂亮姐儿。"这是马勇的伎俩。马勇明白要让女人先高兴起来，让谈话气氛轻松，你首先就要去夸她们，而最有效果的夸奖就是赞美她们漂亮，即使是一个丑陋粗壮的女人，你都要尽量说她身体不错，一个女人，你只要想夸她，她身上总是有什么地方生长得能对得起国家和民族的，是能让你夸的。

俞晓红果然笑了，不无得意，骄傲地说："那当然！本妇女是优良品种！"

马勇说："你五官啊，脸型啊，腿啊，都挺漂亮的。"

俞晓红伸出手来："还有手呐，我手也挺漂亮的！"

马勇说："对，你手也挺漂亮。"

俞晓红又道："我腰也不错啊，我腰也很漂亮的！"

马勇心里说：屁，你腰都发福变粗了，里头用一块腹带勒着，你以为我不知道啊？但马勇依旧灿烂地笑着说："对，你腰也很漂亮，盈盈一握，这才叫腰！"

俞晓红让马勇说得乐不可支，笑呵呵地说："马勇你今天怎么这么会说话呀！"继而，想起了过去，又幽怨地说："那你过去怎么不夸我漂亮？过去我一让你好好看看我，你就说：看什么呀，咱俩都睡了这些年了，都快睡出老趼来了，就是戴安娜王妃，也看得差不多了。你真没劲！你过去怎么不这么说我呢？"

马勇心里说：过去咱俩天天一起睡着，我天天夸你漂亮，我有病啊？有天天夸枕头漂亮的吗？但马勇不能这么说，这么说俞晓红会恼，刚刚开创的谈话局面又会荡然无存。马勇嬉笑地说："过去，我，我，不是当局者迷嘛。"

俞晓红说："那你承认你过去是瞎了眼了，是吧？"

马勇这时候什么都承认："是，是，我是瞎了眼，你那么漂亮我却看不见，我是色盲。"

俞晓红满意了，说："你承认就好。还有呢？我还有什么优点？"

马勇说："还有，你很聪明。"

俞晓红骄傲地纠正马勇："我不是聪明我是智慧，智慧和聪明是两个档次。"

马勇真心地承认:"对,你是个很有智慧的人。"

俞晓红于是又笑得呵呵的,又问:"还有呢?"

马勇想想,补充道:"还有,你不小气,你不像一般的女人,为了钱啊,人之间的交往啊,在那抠啊,算计啊,相互间翻老婆舌头传闲话啊,你从来不,你挺大气的。"

俞晓红对马勇的这个说法有一点感动了:"马勇,你能这么说,算你还有良心和眼光,也不枉你我夫妻一场。"

马勇这时候把他说这番话的核心意思适时地插入了进来,语调一变,认真严肃地说:"但是,俞晓红,你不可爱。"

俞晓红闻言怔了一下:"你说什么?"

马勇强调地说:"我说你漂亮但不可爱!"

俞晓红脸上生动辉煌的笑被马勇像拉断了电门一样地凝结住了,又像要吵架一样激愤地叫起来:"我怎么不可爱了?我怎么不可爱了?你说,我怎么不可爱了?!"

马勇已经预计到了俞晓红在这句话上会咔嚓咔嚓地向他发作,他沉稳地笑着说:"你看你看,你又急了。俞晓红,我说了咱俩现在是朋友,作为朋友,我是真心想帮助你,你就不能听朋友一句话吗?你不是那种听不进朋友一点意见的人吧?你会那样没风度吗?"

俞晓红习惯性向夫妻角色的转换又被马勇拉了回来,按在了朋友之间的定位上。

果然俞晓红就理智了一些,她理智地忍着不满,保持着风度说:"好,你请说吧。"

马勇于是更深入地说:"俞晓红,不是我说你,你有时候确实不可爱。就因为你漂亮也聪明,所以你就认为男人找了你都应该高兴得拉屎都唱着歌儿,男人就该处处宠着你,一旦宠得你认为不到位,你就不高兴,就要耍脾气,只顾自己不顾别人,时间长了,你的漂亮也看够了,你说哪个男人能待见你?你找八十个男人最后也得跟你离!爱是互动的,你要让男人爱你,你自己就得可爱。今天我是作为朋友真心地跟你说这番话的,我希望你能认真想想。"

俞晓红默不做声了,少顷,讪讪地说:"马勇,我是不是真的挺让人讨厌的?"

马勇说:"是,你有时候确实挺让人讨厌的。"

俞晓红:"那怎么办呢?我就这么个性格,我就这样了。"

马勇于是像长辈一样地说:"得改。俞晓红,这个毛病咱一定得改。一会儿你跟张琪道个歉,就说你错了,以后再不这样了,好不好?张琪不就是想出去抽棵烟嘛,一会儿你索性买条好烟送给他,道歉得要有具体行动,这样才显得你温柔细致体贴,可爱!"

俞晓红叫起来:"我还要给他道歉啊?我还给他买烟?!那不行!我要是服了软,宠坏了他,以后他要给我蹬鼻子上脸怎么办?我不道歉!我更不给他买烟!我讨厌死你们男人抽烟了!你忘了咱俩是怎么离婚的?其中一条就是你整天抽,抽,抽,抽得一屋子都是烟!"

马勇苦口婆心地说:"俞晓红,你不能这么想。男人嘛,你就当他们是小猫啊,小狗啊,小鸡啊,你看现在那些养狗的,整天把狗抱在怀里,给它洗澡,牵它遛弯儿,我还见过有一人给他们家狗服用脑白金,为的是让狗能睡好觉,你能说那些养狗的在狗面前都太下贱了吗?那是爱心!女人对待男人也是这个理儿,男人,你就当他们是一宠物,你就宠着他们一点又有什么呀!不就是宠条小狗吗?你就只当你们女人是养狗的!买条烟,你就只当是给狗买狗食了。你有钱吗?没钱我给你。"

俞晓红又笑得花枝乱颤:"马勇你真能胡掰!好啊,那你就给我钱吧。"

马勇立刻就掏出三百元人民币来,让俞晓红去给张琪买条烟。

俞晓红却没有接钱,刮目相看地望着马勇,眼里的神情怪怪的,说:"马勇,我发现你现在变得真是不错啊!你帮我这个……这个朋友,真是不遗余力啊!你以前怎么不这样呢?你以为我会要你的钱吗?像你说的,不就是宠条小狗吗,只要说得我心甘情愿了,不就是喂狗嘛——"她起身朝餐厅外走去。过了一会儿,她回来了,把一条烟放在马勇面前。

这是一条六百多元的中华香烟!

俞晓红说:"这狗食够档次了吧?"

马勇望着那烟心里颤了一下:我靠,软中华呀,这小女人出手真够大气的!马勇记得结婚七年只有一次他和俞晓红过夫妻生活让她觉得特别满足和甜美,事后才给他买过这么一条中华烟抽。马勇又想起张琪当年羡慕他说过的那句话来了,张琪说:"马勇,俞晓红这块肥肉让你这个狗给吃了!"马勇心想:现在这块肥肉是让张琪这个狗给吃了!

突然马勇和俞晓红一起惊讶地张大了嘴,眼睛朝门口望去。尤其是俞晓红,更为惊愕。

张琪来了。

张琪提着一个草编篮子,篮子里放着金黄的向日葵,向日葵上摆着那件红色的内衣,灿烂的红在金黄上绽放,餐厅里顿时像走过来一块田野,似有风在草尖上吹过,气息淡淡的,青涩着,是青草的味道。张琪羞涩地,紧张地,拘谨地,期期艾艾地,庄重地,一步一步朝俞晓红走过来,像新任大使给国家元首递交国书一样。

马勇偷偷笑了,想:这小子还真听话!

张琪连同篮子一起递给俞晓红,嗫嚅地说:"俞晓红,刚才是我态度不好。我给你买了个礼物,希望你能喜欢。希望你别跟我这混账东西一般见识。"这也是马勇教他说的。

俞晓红惊愕和意外地接过张琪递给她的金黄与嫣红,包括道歉,心情顿时清爽,黯然一扫而光。俞晓红一看就知道这是马勇的点拨和建议,只有马勇才知道她喜欢这些小小的别致的风情,心里不禁涌起一些暖意的感动。俞晓红扭头向马勇望去,马勇却把眼光避开了,掩饰地看着别处。俞晓红也不说破,回身把那条中华烟递给张琪,说:"谢谢你。刚才首先是我态度不好。这个给你。张琪你悠着点儿抽,烟抽多了不好。"

张琪万万没想到,一时不知说什么好,表情就像一只巴伐利亚呆狗。

马勇乘机加油添醋地说张琪,想让俞晓红听着更加舒心:"张琪,你看人家俞晓红,多大度,多细腻,多体贴,你再看看你!俞晓红让你陪着逛商场你还不耐烦,你还跑出去抽烟,你那破烟一会儿不抽你会死呀?!你惭愧不惭愧呀?我要是你,我就把这烟都生嚼了吃了让噎死我!还不好好再给俞晓红道歉!"

张琪让马勇训斥得像狗一样地点头:"是是是!我不对!晓红,我不是个好东西!"

俞晓红却让马勇说得眼圈红湿了,无限委屈地说:"张琪你也别怪我刚才态度不好,我就是想考验考验你,看看你究竟是个什么样的男人,因为我过去是受过伤的。过去我多想让马勇陪陪我呀,说实话,过去马勇能陪我逛一次商场,能忍着一小时不出去抽烟,我就能幸福好几天,好几天我连见了我们晚报看门的大爷我都情不自禁跟人家笑,真的我不骗你张琪!女人嘛,不就是想得到一点温情嘛,可马勇他就吝啬地不给我……马勇我没冤枉你吧?"

马勇赶紧说:"没有没有没有!绝对是真情告白!张琪,过去我是身在福中不知福啊,现在想起来,我整个是一脑瘫晚期,我是傻叉呀!张琪你可绝对不能跟我学。一个好男人,那就应该是女人脚上的鞋,女人走到哪里我们就应该紧跟到哪里！张琪你还不好好陪俞晓红去逛商场,赶紧的呀！"

张琪又连连点头:"是是是！晓红,我陪你去吧！"

俞晓红却道:"我渴了。"

张琪一连声地说:"我去买水！我去买水！"他飞一样地蹿出麦当劳去了。

俞晓红则走到马勇身边,像看大熊猫一样地看着他。

马勇说:"你干吗让张琪去买水？刚才我不是给你买过水了吗？"

俞晓红说:"我不喝水,我就想单独看看你。"

马勇说:"你看我干吗？我长得像毛主席吗,你这么崇拜地看着我？"

俞晓红啐了马勇一下:"呸,又没正经。"而后神情幽幽地说:"马勇,看来你还是蛮懂女人蛮知道怎么体贴女人的嘛,你以前对我怎么不这样做呢？"

马勇知道她指的是什么,长叹一声,说:"此一时彼一时也！"

俞晓红不明白:"什么叫此一时彼一时也？"

马勇说:"彼时咱是夫妻,此时咱是朋友了。"

俞晓红不明白也不满地说:"这有什么区别吗？"

马勇说:"你琢磨去吧,区别大了！"

第 6 章

张琪殷勤地捧着刚买来的水,和俞晓红接着去逛商场了。

马勇坐在麦当劳里,又累又饿,他掏出兜里的钱想去也买点儿汉堡、鸡块、薯条什么的,好好吃一顿,一看墙上表已经三点多了,猛然想起赵慧还光溜溜地在家里等着他呐！他不吃了,这时他看到餐桌上的托盘里有俞晓红吃剩下的小半拉汉堡,还有几根薯条,抓起来便狼吞虎咽地全塞进嘴里, 又将桌子上俞晓红喝剩下的小半瓶可乐也咕嘟咕嘟地喝了,弄得前来收拾餐桌打扫残渣的服务员瞠目结舌地望着他。四周的食客也都瞠目结舌地望着这个吃别人剩饭的大男人。马勇讪笑地望着四周,解释道:"这是我老婆吃剩下的,不是外人。"他本能地又称俞晓红是他老婆。马勇经常在情急之下或是在不经意之间又把自己和俞晓红串联在一起,像冥冥之中永远有一根线把自己和她拴着,譬如小区收煤气费的上门来问,说你们家这煤气管道怎么私自改了?你们经过谁批准了?这按规定得罚款!马勇也不知道煤气管道是怎么回事,一急,便说:"这是我老婆当时装修房子弄的,我得先问问她去!"他这时往往就会忘了他已经和俞晓红离婚她已经不是他老婆了。马勇解释了这些残羹剩饭都是他老婆留下的,又把俞晓红拿来挡了尴尬,而后就蹿一样地走出麦当劳去了。

当马勇赶到赵慧家的时候,赵慧已经不光溜溜的了,也不在床上了,倒是陈勇刚光溜溜的,一年级的小学生陈勇刚已经从姥姥家回来了,光溜溜地坐在一个大水盆里,小鸡鸡在水中矗立,赵慧在给他洗澡。

赵慧问马勇:"都说妥了?"

马勇疲惫地又长吁了一口气,说:"妥了。这回我估计是没问题了。"说着,径直走进厨房去,少顷,他拿个冷馒头嚼着走出来,边嚼边道:"饿死我了!我不停地说,饭都没吃。我觉得我就像个媒婆,两边说合。只是我这个媒婆是个男的,每月不来例假罢了。"

赵慧夺下马勇手里的冷馒头:"这馒头是凉的!"而后她关切地说:"你别吃了,吃凉的胃不好。现在已经四点了,你再忍一会儿,到晚上一块吃。中午你和儿子都不在,我买的鸡呀鱼呀都没做,晚上我好好做给你和儿子吃。"

马勇很感温暖,如果不是陈勇刚在,他会亲赵慧,但一年级的小学生陈勇刚正虎视眈眈地盯着他,而且这个小家伙身边正好有一大盆水。马勇便老实地说:"那我现在干什么呢?"

赵慧刚要开口,却被溅了一脸的水,陈勇刚玩水,在澡盆里又蹦又跳,把水溅得到处都是,也溅到了赵慧脸上。赵慧擦着脸骂儿子:"这个捣蛋孩子!"她想想,索性不给儿子洗了,对马勇说:"这样吧,你现在领着刚刚到澡堂里去洗个澡吧,家里洗也洗不彻底,你看,还弄得一地的水!"而后,又很感慨地说:"都好多年了,家里也没个男人,好多年也没人领他到澡堂里去洗过澡了。马勇你今天领他去好好洗一洗。"

马勇过去一把将陈勇刚从澡盆拎起来,夹在腋下:"走!"

马勇就领着陈勇刚去了街上公共澡堂。

在澡堂里，马勇和陈勇刚除去了身上的每一根布丝，均袒露出刚出生时的模样，而后马勇腰上裹着大浴巾，牵着光溜溜的陈勇刚走进了淋浴大厅。

陈勇刚说："我要尿尿！"

马勇指着淋浴大厅的排水地沟，说："去那儿尿吧。小孩子，去那儿尿没关系。"

陈勇刚便走过去，但却像个小女生一样，蹲着小便。

马勇看得诧异，过去蹲在陈勇刚面前，问他："你怎么蹲着尿尿啊？像个小丫头！"

陈勇刚理直气壮地说："我妈妈就是这么尿尿的！还有我姥姥！"

马勇笑着摇摇头，他隐约觉得这是个问题，但没有细想，就去洗了。

在洗澡的时候，问题进一步地呈现出来：一年级的小学生陈勇刚惊讶地盯着光溜溜的马勇看，他看出了一个严重的现象，就恐怖地叫起来："马勇叔叔，你真不讲卫生！你小鸡鸡这里长这么多头发，你脏死了！"陈勇刚这么批评马勇是有道理的，因为他的小鸡鸡那里是光溜溜的，像白玉一样的洁净，一年级的小学生陈勇刚完全有理由指责马勇的龌龊。

四周赤裸裸的大人们全都像布谷鸟一样地笑起来。

马勇笑得要岔气，笑过之后，他开始觉得这确实是有一点问题了，便问陈勇刚："刚刚，你爸爸，从来就没带你来澡堂洗过澡吗？你从来没见过你爸爸……什么样儿吗？"

陈勇刚果然就没有任何记忆他的陈健一爸爸带他来澡堂洗过澡，爸爸和妈妈已经离婚很多年了，陈勇刚说："我都是在家里妈妈给我洗澡的！"陈勇刚想想，又补充道："姥姥也给我洗澡！"

马勇于是觉得问题有一点严重了，联想到陈勇刚方才像小女孩一样蹲着尿尿，而且他在赵慧家里也看到过陈勇刚这样小便，马勇明白了这是孩子本能地模仿的，包括这孩子连男人长大成熟后的身体形状都不知道，连这常识都不懂，都要大惊小怪，这是单亲家庭，一个全部被女性包围而缺乏男性阴阳调和的单亲家庭而导致的孩子发育畸形，这孩子发育有些不正常了，有些偏女性化了。马勇觉得自己有责任帮助这孩子纠正过来，有必要给这孩子上一堂人体构造生理卫生课。于是，马勇便把自己的身体彻底展露给陈勇刚看，尤其把自己那儿的沟沟坎坎枝枝干干，都让陈勇刚彻底看仔细了。

然后，马勇像个校长一样对一年级的小学生陈勇刚进行教导说：

"陈勇刚,你都看清了吧。这不叫头发,这是毛!这是人的体毛,科学的名称叫耻毛,你长大后也会有的。这是一个男人正常发育长大成人后的自然现象,就像你平时看到叔叔啊伯伯啊会长胡子一样,很正常,你不用大惊小怪的。另外,刚刚,你以后尿尿你要站着尿!你是男孩,再长大你就是男人,男人就要站着尿,这很爷们!你要爷们起来。你都记住了吗?"

陈勇刚点点头,说:"记住了。"

马勇说:"你记住什么了?你说给我听听。"

陈勇刚响亮地:"以后我要站着尿尿!我是爷们!"

马勇说:"对!还有呢?"

陈勇刚又响亮地说:"长大了我会长毛!"

马勇对他的教育成果十分满意,就牵着脸蛋儿洗得红扑扑的陈勇刚回家去了。

赵慧瞧着被马勇搓洗得像剥去了一层壳白鸡蛋般的儿子,心花怒放,感慨地说:"还是家里有个男人好啊!你看今天儿子多高兴啊!"

陈勇刚这时候蹿到沙发上去了,又拿着玩具自顾自地疯玩。

马勇故意愁苦着脸说:"他倒是高兴了,我还不高兴哩。"

赵慧自然会意,娇嗔地说:"又想邪门歪道了?不要脸。"

马勇嬉笑赖皮地凑近赵慧,低声地说:"那你说这不要脸的问题怎么解决呢?"

赵慧也亲昵地凑近马勇,也低声道:"放心吧,我会让你们爷儿俩今天都高兴。一会儿吃完了饭,我给我妈打电话,让姥姥来把刚刚接走,明天再送回来。"

马勇一乐:"那你跟你妈怎么说呀?"

赵慧白他一眼:"怎么说,就说晚上继续开会呗。"

马勇不禁哈哈地乐,愈发乐不可支,说:"妇联的领导同志真是学坏了!"

赵慧娇羞地连连捶打马勇:"你又笑我!不许笑我!不许笑我!"

直到陈勇刚警惕的目光从沙发上投射过来,渐渐变成了义愤填膺,俩人才停止打情骂俏。

一直到了吃晚饭时,马勇和赵慧这亲昵的气氛都一直贯穿着。在餐桌上,赵慧再次幸福地望着油光发亮的儿子,笑眯眯地问:"刚刚,跟马勇叔叔去洗澡好不好啊?"

陈勇刚使劲嚼着一块猪排说:"好。"

赵慧说:"怎么个好啊?"

陈勇刚说:"马勇叔叔都给我讲道理了。"

赵慧更加来了兴趣,惊叹道:"哦!讲什么道理了?说给妈妈听听。你先别吃。"

一年级的小学生陈勇刚便暂时饶过了炸猪排,努力回忆且整理归纳了一下学习收获,说:"以后,我长大,我会发育,然后,我小鸡鸡这里会长毛,这是马勇说的。"

马勇不无得意地笑着朝赵慧扭过脸去,期待能得到赵慧的夸奖。一望之下,怔住了,他看见赵慧的脸阴沉了下来,而且真的就像一个领导干部了,在严厉地瞪着他。

赵慧生气地说:"马勇,这么小的孩子,你怎么给他教这个?!"

马勇蒙了:"这这么了?"

赵慧更生气地说:"还怎么了!这么点大个孩子,你给他教这么下流的东西!"

马勇委屈地叫起来:"这怎么是下流呢?这是人体生理卫生知识,应该让孩子知道!给孩子讲生理卫生知识这是现代科学教育!你知道吗,你的孩子生理发育已经有些不正常了,他都蹲着小便,像小丫头一样!他应该真正像个男孩一样地生活,他应该知道一个男人从小到大是怎么回事,这怎么能说是下流呢?!"

赵慧愈发气恨:"还不下流?!什么那个……毛,这你对孩子都说得出口!"

马勇笑嘻嘻地说:"说不说它都是天然作物,都要自然生长嘛。"

赵慧恨恨地说:"无耻!怪不得人家说你们文艺界的人都乱七八糟的!"

马勇依旧笑着纠正道:"我是新闻界!"

赵慧寒心地说:"都一样!我跟你处对象的时候,好多人都劝我别跟你交往,说你们文化界的人都乱,靠不住,我当时不听,现在看来,还真不是一点道理都没有!我就想,如果以后我们成了家,你这么教孩子,孩子跟着你能学出什么好来?我可就这么一个孩子!"

马勇不笑了,感觉到了事情的严重,叫道:"哎,说着说着还成真的了?!"

赵慧说:"难道我是跟你说笑吗?马勇我告诉你,我可不是你的前妻俞晓红,她很随便,你们文化界的人都很随便,什么事儿都很随便,所以我现在理解为什么当初你们两个能相互看上眼了哩。但是我告诉你马勇,我可不随便,我是有原则的!"

马勇生气了,说:"这跟讲不讲原则有什么关系?难道讲原则就是僵硬死板、非要把人弄得都不是人了、人都不说人话了这才是原则?再说你说我就说我,你又扯上俞晓红干什么?你说的随便就是放荡,就是放浪形骸吧?俞晓红可不是这种人!而且——"他停顿了一下,而后,勇敢地说出:"她在这一点上要比你好,她的思想观念比你先进。"

赵慧愈发气恼地说:"你既然觉得她好,你为什么还要来找我?你为什么……晚上还想着要和我睡觉?"

马勇气得把手里的筷子一放道:"赵慧,你要这么说,这饭我可吃不下去了!"

赵慧正在气头上,也把筷子一放道:"不吃你就走!"

马勇僵住了,他说出去的话覆水难收,只有气呼呼地站起来。

陈勇刚这时候又来推波助澜了一把,马勇刚刚带他去洗澡、背他过马路、给他买冰激凌的种种的好,他转眼便忘了,过来使劲地往外推搡马勇,说:"你走!你走!我妈让你走!"

马勇哭笑不得:"这个小叛徒,一转眼的工夫你就忘恩负义!"他被陈勇刚一直推搡到门口,但还站着不走,他仍心有不甘希望能有所挽回地回头望着赵慧。

赵慧却气恼地扭过脸去不理马勇。

马勇只好讪讪地推门走出去,他的临门一脚依旧没戏。

马勇又形单影只地走在夜晚的大街上,周身又是火烧火燎般地难受着。大街上行人稀少,马路在路灯的照映下显得冷寂。马勇沿着冷寂的长路凄凉走着,他这时又想起俞晓红来了。马勇想到,俞晓红过去天天跟他掐,掐得天昏地暗日月无光,但在这个问题上是绝对不会跟他掐的,俞晓红的知识层面会使她在这个问题上和马勇高度融洽完全一致。马勇想起他和俞晓红曾经共同被一本书所感动,那是美国著名社会小说作家阿瑟·黑利的夫人写的一本回忆录,那书里有这么一段情节:阿瑟·黑利的三个孩子,一个七岁,一个五岁,一个四岁,孩子们不明白他们是怎么来到这人世间的,就一起去问妈妈,于是阿瑟夫人便把孩子们带到了浴室,脱去了衣服让孩子们观察她的身体。阿瑟夫人指着自己的生殖器官对孩子们说:"爸爸和妈妈相爱了,于是就把你们一个一个播种到妈妈的肚子里,过了一段时间,你们成熟了,就像南瓜长熟了,然后你们就一个一个从妈妈这里走出来了,于是我们就有了现在这样一个幸福的家。"俞晓红当时看得无比感动,眼泪汪汪,说:"太美丽了!"而马勇也认为那的确十分美丽,夫妻琴瑟和鸣。所以说,俞晓红决不会因为这个问题,在秋风瑟瑟的凉夜,尤其是在他已经准备要过性生活的时候,把他赶出来,把那份儿已经展开来的甜蜜像拉电门似的戛然而止,让他难受着。

马勇在冷饮摊上一连吃了三份儿刨冰,也没把那一份儿火烧火燎的难受压下去。

王建军还在街口的包子铺里,她一边做生意,一边怀着百分之一的希望等着马勇夜归。万一马哥今晚要是回来呢?她每天晚上总是同样地想。包子铺的几张餐桌上还零星地坐着一些吃消夜的食客。王建军把一碟包子和一碗稀饭端到一位胖食客面前,这是这个操河北口音的外地人刚要的。这时一个声音从王建军的脑后响起:"小王,你这还有包子吗?"王建军回头一看,顿时,红彤彤的太阳在夜晚升起来了!

王建军看见了她已经有好多天没看见了的马勇。

王建军兴奋得声音都劈了:"有有有!马哥,你先坐!"她拉马勇坐下,而后扭头朝包子铺里面喊:"刘婉香,给马哥拿一碟包子来!"

正在里面案板上切咸菜的刘婉香没好气地说:"包子全卖完了!没有了!"

王建军朝刘婉香瞪起眼:"你就跟我找别扭啊!"她自己走过去,掀起炉灶上的大蒸笼看,蒸笼里果然空空如也,一个包子也没有了。王建军着急得要死,下意识地四下看去,她看到刚才那位河北胖哥正用筷子夹起一个包子要往嘴里送,她不假思索地急走过去,伸手从河北胖哥嘴边拿过那个包子,而后又把刚才端给他的那碟包子也端了回来,说:"对不住,老板,这碟包子我不卖了!"

河北胖哥叫起来:"哎哎哎,你们怎么做生意的?!"

王建军说:"老板,对不住,对不住,这碗稀饭给你白喝,不要钱!"她端着包子走过去,放在马勇面前,又给马勇盛了一碗稀饭,笑容灿烂地说:"马哥,你吃!"

刘婉香看在眼里,气恨恨地,他想了想,从案板上的一个盆里,拿出一块卤好的酱牛肉来,切好,并用碟装好,而后端过去放在河北胖哥面前。

河北胖哥诧异地说:"这干吗?我没要酱牛肉啊?"

刘婉香瞥一眼王建军，故意大声地说："这酱牛肉也是送你白吃的，也不要钱！"

河北胖哥高兴地说："好好好！你们这包子铺真不错，我天天来你们这儿吃！"

王建军看见，恨死了，恨得朝刘婉香瞪眼咬牙，但碍于马勇在跟前，不好发作，她准备等马勇走了再收拾刘婉香。她转过脸来，继续陪马勇坐着，看他吃喝。马勇吃得很虎狼，片刻工夫，便风卷残云般地扫荡一光。

王建军惊异地说："马哥，你咋饿成这样啊？"

马勇说："都一整天了，到现在才吃上饭。"停停，他又说："小王，你这有酒吗？我今天想喝点酒。"

王建军于是赶紧去铺子里找酒，找了半天，找出半瓶来，问：料酒行吗？

马勇发狠地说：料酒也行！今天，敌敌畏我都喝！

王建军不敢多问，把酒给马勇倒上，又走到案板前，从盆里拿出一大块酱牛肉来，在案板上切着，准备给马勇下酒。刘婉香在一旁心疼起来了，他主要是不想给马勇吃，嘟囔地说："你把肉都给他吃了，明天就没卖的了。"王建军边切牛肉边拿眼瞪他，低声说："我是老板，你管我呐！刚才你就跟我捣乱，回头我再收拾你！"而后，她把切好的肉全端去给马勇吃，此刻，马哥就是她的太阳，就是她的一切，她根本不管明天铺子里有没有肉卖。

马勇把料酒和牛肉都吃进去了，脸被酒染得姹紫嫣红，并且眼泪汪汪，喝得愈发伤感。

王建军心疼地看着马勇，说："马哥你今天很难过是不？为啥呀？你跟我说说！"

马勇不对她说，他不吭声，依旧泪眼婆娑着，只是使劲忍着，不让那泪珠掉出来。

包子铺的食客已经散尽，包括那个准备明天还来吃的河北胖哥，刘婉香还坐在一旁精神抖擞地盯视着马勇和王建军。他不放心，怕马勇喝得来劲儿了，把王建军当牛肉给吃了。或者是王建军自己来劲儿了，把自个儿当牛肉送给马勇吃。

王建军回头对刘婉香说："刘婉香，到铺子里睡觉去！"

刘婉香坚持地坐着，说："我不睡，我想看会儿星星。"

王建军乘马勇喝得完全沉浸在自己的感伤中，便过去踢了刘婉香一脚,低声骂他:"看你爹的星星！我就是一会儿要和马哥搞哩,我俩要搞,你想咋的?！睡觉去！"

刘婉香又气又恨又无比伤心,又对他的小老板无可奈何,伤心地进包子铺里去睡觉。

马勇全然没有注意到王建军和刘婉香,他仰起脖,把瓶子底还剩的一点儿酒,按现在百姓的说法这叫"福根儿",全喝了,而后凄凉地又长叹一声,对继续坐下来的王建军倾诉:"小王啊,这夫妻关系也好,男女关系也好,有时候啊,这新鞋不一定全都比旧鞋好啊！像俞晓红,她就有地方比赵慧好！"

王建军不爱听这话,说:"那不一定。还是新鞋比旧鞋好。到底是新的比旧的好,要不人啥都要买新的呢？问题是要看马哥你想穿啥样的新鞋了！"她想让马勇明白她比赵慧好,更比俞晓红好。

马勇没明白王建军的话,他还是沉浸在他的情感里,又继续十分凄凉地说:"小王,你没有经历过复杂的感情你不懂啊。像俞晓红,过去她天天跟我掐,我进门不换鞋她也跟我吵,我抽烟把烟灰磕到地上她也跟我吵,反正她逮啥跟我吵啥,但是在今天这个问题上她是绝对不会跟我吵的！俞晓红的知识水平使她在这个问题上跟我的认识完全一致！小王你知道美国有个著名的社会小说作家叫做阿瑟·黑利吗？"

王建军自然不知道。对于全世界的作家王建军只知道一个叫余秋雨的,因为她在电视上老看见这个人,电视上介绍这个永远不停在说话的人是作家,王建军现在对世界的认识基本上来自于电视,她没有在电视上再见过其他叫作家的人。王建军一度以为作家就是整天坐在那儿说话的。

马勇于是向王建军介绍阿瑟·黑利,介绍他的夫人,他的孩子,尤其说了那个故事:孩子们不明白他们是怎么来到这人世间的,就一起去问妈妈,于是阿瑟夫人便把孩子们带到了浴室,脱去了衣服让孩子们观察她的身体,告诉他们人类生殖的过程。马勇感慨万千地说:"小王你知道俞晓红当时看了这个故事以后,她是怎么说的吗？"

王建军说:"那还能咋说?她肯定说:不要脸的婆娘,光腚让娃娃看！"

马勇泪眼再次又婆娑起来,激动地说:"什么呀！俞晓红当时看得无比感动,她说太美丽了！她说她以后有了孩子她也会这样教育自己的孩子。而我,我也认为这故事好,确实太好了！小王你认为这好不好？"

王建军还是认为不好,当爹当娘的,在娃们面前露着腚,这——

好？但王建军崇拜地看着马勇，说："马哥你说好就是好。你说啥我都听你的！"

马勇伤感地摇摇晃晃地站起来："不说了，我要去睡觉了！你也睡吧。"

马勇摇摇晃晃地喷着酒气沿着小街朝他的家走去。

王建军望着马勇的背影，她自顾自地笑了，并且笑出了声音。

刘婉香从包子铺里走出来，他根本就没睡着，说："你笑啥呀？你傻了?!"

王建军兴奋地说："马哥和他对象的矛盾越闹越大了！"

刘婉香说："再闹矛盾也没你啥球事！人家就是不穿那双鞋了也不会来穿你这双鞋！"他在包子铺里的床上把王建军和马勇的对话听得一清二楚，他使劲贬低和揶揄王建军。

王建军沉浸在她的想象中，依旧兴奋地说："你知道个屁，马哥的心思我明白！"

刘婉香撇着嘴："你明白啥呀？"

王建军说："马哥刚才跟我说，说美国有个叫黑啥的，也是作家，马哥刚才跟我说了半天那黑啥的老婆和娃娃，你知道他为啥要突然跟我说起别人的老婆和娃娃吗？"

刘婉香不明白，说："为啥呀？"

王建军愈发为自己的判断而兴奋不已："他是想有自个的娃了！他是看见别人有老婆有娃，日子过得好，他也想要娃了，他才跟人念叨的！可你知道他为啥要专门跟我念叨吗？"

刘婉香没好气地说："他想跟你骚情呗！他拿话撩你！不要脸的东西！"

王建军却并不生气，笑眯眯地说："对了！他就是想跟我骚情，他就是对我有意思了，他想让我给他当老婆！"

刘婉香气恼地叫道："你还当真了！我看你脑子里现在都是包子馅，你卖包子卖傻了！"

王建军依旧不生气，她此刻心情大好，没有再想去踢刘婉香一脚，而是好言好语认真地分析给刘婉香听："我一点儿都不傻！马哥他知道我的好，刚才他是特地把话说给我听的，他就是想让我给他当老婆！"

王建军心情大好地咯咯地笑。她越想越觉得是这样就越笑。

王建军的笑声掺和着韭菜包子的香气，一起在夜空里飘飞。

马勇没能听见王建军的笑,他在他的小屋里心酸地睡着了。马勇一直睡到翌日清早,直到鼻子上突然一阵剧疼,鼻子像被一根铁钩拽着,一下把他拽醒了。马勇疼得翻身坐起,一摸,鼻子上被人夹着一个大铁夹子,再一看,张琪坐在床边。

马勇对张琪怒吼道:"你干吗?!一大清早的!"

张琪笑着从马勇鼻上取下夹子:"你叫我起床就是这样的。我不过以其人之道还治其人之身。"

马勇头开始疼,他揉着头道:"昨天喝多了……一大早你找我干吗?"

张琪不说话,从带来的食品袋里一样一样掏着丰盛的食物,殷勤地说:"哥,吃早点。"

马勇立刻警惕地说:"别别别,先打住,怎么今天太阳从东南西北又一起升起来了,又叫哥,又给我买早点!你先说,你要干什么?"

张琪依旧殷勤地拿起一个蛋挞,剥了外面的纸,送到马勇嘴边:"哥,你先吃。"

马勇依旧保持警惕:"你先说!万一你要让我去强奸张锦秀呢?"张锦秀是马勇和张琪共同认为的日报社最丑的女人,是直接管他们俩的副社长,马勇和张琪共同认为,男人看张锦秀只要不眨眼睛看到第五眼,就会中风。马勇和张琪共同恨着张锦秀,那女人老训他们,老枪毙他俩采写的稿子,还把她在老家村里喂猪的侄女弄到报社食堂来当管理员,那侄女经常是买一车处理的白菜或是糠了的萝卜,一半拉回家里去喂猪,一半拉回报社来喂人,其中包括喂张琪和马勇。

张琪说:"呀呀呸!这种助人为乐的好事你都不积极去做,你算什么新中国的青年!"然后他对马勇浮起笑,又正经地央求道:"哥,帮我出趟差。"

马勇说:"出什么差?帮你去趟美国,帮你去跟奥巴马商谈美国从伊拉克撤军的事儿?"

张琪说:"哥,我跟你说正经的你老跟我打岔开玩笑!社里让我下乡,去王堡乡,采写一篇农村合作医疗的稿子,再拍一组照片,你替我去吧。"

马勇问:"为什么你自己不能去?"

张琪于是脸上有了一点羞色,他羞涩地说:"这个,我不是和俞晓红刚进入情况吗,我得趁热打铁抓紧往前进行啊。我要是一走,我怕又放凉了。哥,你去吧。"

马勇断然地说:"我不去!"

张琪急了:"为什么呀?我白喊你半天哥了!"

马勇说:"你喊我父亲也不行。我自己还一摊子事儿哩。我昨晚和赵慧吵崩了,我还想着怎么去哄她哩。我自己的自留地我还得收拾啊。好,早点,我吃了,我也不谢你了,你赶紧回去拾掇拾掇,赶紧下乡去。"马勇拿起蛋挞来送到嘴边要吃,又挑剔地说:"你怎么不买核桃蛋糕呢?我喜欢吃那个——"

张琪一把夺过蛋挞来,愤然地叫道:"你还要吃核桃蛋糕,你小子什么都别吃!"

马勇笑了:"你看看,哥也不叫了,吃也不让吃了,你小子典型的功利主义!"

张琪委屈地说:"是你拉我上贼船的!现在我鼓足干劲了,你又不管我了!就这我还紧张,我还发憷着呐,我还不知道下一步怎么往下进行呢,你不管我谁管我呀?"

马勇让张琪说得一时语塞了,眼睛眨巴眨巴地看着张琪,沉默不语。

张琪气呼呼地说:"你不去算了!"他拿起那个蛋挞要往自己嘴里塞,他不给马勇吃。

马勇却一把夺过蛋挞塞到自己嘴里,嚼着,道:"买牛奶了没有?"

张琪一时没明白,说:"干吗?"

马勇瞪眼喝道:"你说干吗!"

张琪醒悟过来,顿时喜笑颜开,忙从食品袋中掏出纸盒牛奶,插上吸管殷勤地送到马勇嘴边,说:"有有有!牛奶的有!哥,你喝!你只要答应,你就是让我把奶牛给你牵来都行!"

马勇于是答应替张琪下乡去。待张琪走后,马勇吃了早餐,把笔记本电脑、相机、录音笔、换洗衣服,以及两千多元的现金都装在行囊里,乡下可没有 ATM 银行提款机,没地方刷卡去,必须带现金。马勇是老记者了,这些细节都十分的娴熟。而后马勇背着行囊,出门远行去。走到街口的时候,他想到应该给赵慧打个电话。手机拨通后,赵慧在单位上班,声音在电话里听上去闷闷的,显然还在生气。马勇耐着性子,温声细语地跟赵慧说话,告诉她现在要去下乡采访,等他回来,俩人需要深入地好好地谈一谈。他是不希望两人吹的,觉都睡了,难道能说吹就吹吗?难道能把睡觉看得那么随便,像有些人说的,拔了萝卜地还在,无所谓不在乎吗?马勇的最后几句话打动了赵慧,这符合妇联的精神,不能拔了萝卜就不认账,思想很好!赵慧答应等马勇回来俩人再好好地谈一谈。马勇合上手机,看到了王建军正在包子铺里忙活着,他走过来,从兜里掏出房门钥匙交给她,说:"小王,我下乡去采访,得走个把星期,家里没人,这是我家的钥匙,给你。"

王建军接过钥匙喜出望外,不敢相信地说:"你把你家里的钥匙给我?!"

马勇说:"是啊——"这时他的手机又响了起来,他停下话来接听,正是张锦秀打来的,马勇一边挤眉弄眼地表示着嫌恶,一边语气十分谦恭地说:"哎哟,张社,是您啊!您还亲自打电话给我!对,对,您让张琪到王堡子乡采访我替他去了,他姨父过世了,他得去奔丧。您放心,我一定把稿子写好,再把照片拍回来!您交代的任务,我赴汤蹈火也要完成……"

王建军在旁边等着马勇打完电话,她兴奋地把钥匙给刘婉香看,兴奋而又得意,压低声音说:"看,马哥家的钥匙!他谁都不给,俞晓红他不给,赵慧他也不给,他就把钥匙给我了!他只把我当他的家里人!"

刘婉香于是再次又气又恨又无比伤心,在一旁咬牙切齿。

马勇打完电话,过来说:"小王,要是赵慧晚上或者明后天过来,拜托你把这钥匙给她,你再叮嘱她给我那些花儿浇浇水,我来不及自己把钥匙给她了,拜托你了啊!"

王建军捧着钥匙一下愣住了。

刘婉香也愣了一下,随即心花怒放,哈哈大笑起来,笑个不停。

马勇奇怪地望着乐不可支的刘婉香,说:"你怎么了?笑什么呀?我说什么可笑的了?"

刘婉香抬头望天,还是笑,说:"没啥,我就是想笑。"

马勇觉得他真怪啊,但马勇没工夫细想,他背着行囊向小街外走去。

王建军捧着钥匙沮丧而伤心地望着马勇远去。

刘婉香兴高采烈嬉皮笑脸地凑过来,说:"老板,他还是没把你当他家里人哦!"

王建军没有踢刘婉香一脚,她顾不上,她眼泪正扑簌簌地落下来,她哭了。

王建军再没有心思做包子了,她拿着那把钥匙呆呆地坐在包子铺里,把活儿都让刘婉香去做,她自己心潮起伏着,想东想西。而刘婉香干着活儿,偷偷观察王建军的脸色,看她脸阴沉着,便不敢说话,怕再挨踢。

王建军思想了一会儿,心潮实在难平,最后她站起来,走出包子铺去,拿着钥匙就去了马勇的家。刘婉香也没心思再做包子了,他赶紧把小包子铺锁了门,暂停营业,跟着王建军走去。王建军拿钥匙开了门,像进自己的家一样走进了马勇的家。刘婉香不放心地跟了进来,着急而絮叨地说:"你来人家干啥?人家让你一会儿把钥匙给人家的对象,你等着人家对象来,给她不就完了,你还来人家家里看啥呀看——"

王建军一瞪眼阻止了刘婉香:"你管我哩!"

王建军饶有兴趣地打量着屋内,这是她第一次进马勇的家来,以前她很多次幻想过这里面会是什么样子,有花吗?有金鱼吗?墙上会挂着一把宝剑吗?王建军之前在乡下唯一见过的那个来采访的记者,他就带把宝剑,天天早上起来在村里比比画画锻炼身体。王建军在马勇的家里没有看到宝剑,也没看见花和金鱼,她倒是看见客厅里到处胡乱扔着马勇的衣裤鞋袜,忍不住就过去收拾了起来,边收拾边嘴里叨叨地说:"你看马哥家里没个女人,这屋内乱的,还是要我给他来每天收拾哩!"

刘婉香又开始叨叨:"那是人家大男人的裤衩!你一个闺女你动它干啥?你快放下!"

刘婉香又气,又难过,又不敢说什么。

王建军整理好了客厅,又进到卧室里去。刘婉香更不放心,也跟着王建军进去。王建军打量着卧室,卧室里有一种更暧昧的氛围,她兴致更浓了,扑倒在马勇的床上,在床上连连打滚,又在马勇的枕巾上嗅闻着,马勇留在枕巾上的气味让她脸上露出了深深的陶醉。刘婉香立在床边看着,冷着脸,依旧敢怒不敢言。王建军看到床边的衣架上挂着马勇的睡衣,她兴奋地脱下自己的外衣,拿过睡衣穿上,马勇的睡衣使她穿上像一件袍子,她穿着这袍子般的睡衣下床到穿衣镜子前打量着。刘婉香站在她身后,看着她亢奋的样儿,更加恼火,脸色越加发冷。王建军毫不顾及刘婉香的感受,在镜子前打量完毕,又兴奋地穿着睡衣到床上去,把自己舒适地在床上躺成了一个大八字。

王建军对刘婉香说:"刘婉香,你回铺子里去吧。"

刘婉香一怔:"我回去?那,那你呢?"

王建军说:"我就睡这儿了。"

刘婉香顿时急了,结巴起来:"你,你,你,你咋能睡这儿呢?!"

王建军说:"咋不能?我愿意睡这儿!这几天我都住这儿!"

刘婉香瞠目结舌,一时不知说什么好。

王建军交代道:"回去把面和好,明天等我睡醒了我过去包包子。"

刘婉香恨恨地说:"我,我不走! 我,我也不和面!"

王建军瞪起眼:"你不走,你想干啥?我一个大姑娘在这儿睡觉,你不走,你想强奸妇女啊?你还说不和面了,还反了你了!"她人在床上,没法用脚踢刘婉香,就抓起马勇的枕头朝他砸过去,喝道:"和面去!"

刘婉香挨了一砸,哭丧着脸,仍期期艾艾地不想走,或者是想拉王建军一块儿走。

王建军对刘婉香最后通牒道:"要么回去和面,要么就回山东即墨去! 俺不要你了!"

刘婉香无奈,只好讪讪地转身走出卧室,走出马勇家去。

傍晚的时候,刘婉香哭丧着个脸,在包子铺里用那个很大的铁盆和着面。王建军一直没有回来,看样子她真是要在马勇家过夜了。刘婉香一想到王建军整夜滚在马勇的被窝里,这就跟马勇的媳妇儿是一样的,心里如同刀绞。他真想找马勇去打一架,但他不会去打王建军,他舍不得这个比他小却天天拿脚踢他的小丫头。刘婉香一边和面一边想如何才能让王建军从马勇家回来,或许他可以冒充警察给王建军打个电话,就说要查暂住证,让她这几天待在包子铺里哪儿都不能去,等着警察随时来查?王建军绝对立马就回来!但刘婉香又懊丧地想到他的二百五普通话带着浓浓的即墨味儿,而这个城市的警察都说普通话。

赵慧就在刘婉香左思右想的时候走进已经亮起路灯的小街,朝包子铺走过来。马勇白天在电话里告诉她,家里的钥匙他留给街口包子铺的山东小王了,马勇让她去取来,这几天就顺便帮他照看一下家。赵慧是下班后来拿钥匙的。赵慧走进包子铺,却没看见那个山东小姑娘,她就问正低头和面却想着心思的刘婉香:"小师傅,你们这儿那小姑娘,那小王呢?"

刘婉香抬头一看是赵慧,他认得这是马勇的对象,顿时喜出望外:"你找她来拿钥匙吧?"

赵慧说:"是啊。马勇说把家里的钥匙给她了。她人呢?"

刘婉香急忙道:"我领你去! 我领你去! 她在马勇家! 你赶快把钥匙取走让她回来!"

赵慧却有些诧异,说:"这么晚了,她在马勇家干什么?"

刘婉香几乎脱口要说出她在那儿睡觉,话到嘴边,他突然想到这是不能说的,说了赵慧会对王建军不客气的,他可不愿意王建军被别人踢一脚。刘婉香改口说:"她呀,她晚上在马勇家看书哩!"停停,他又补充道:"她是个爱学习的好青年!"

赵慧于是释然,作为一名领导干部,她喜欢爱学习的好青年。

赵慧于是笑容可掬地跟着刘婉香去马勇家,她认为她有必要也有责任对这个自强自爱积极上进的打工青年显出和蔼可亲来,来鼓励她。

赵慧却没有能在马勇家里看到那个爱学习的好青年,她先走进客厅,客厅里没有人,她又去书房看,书房里依旧没有人,最后她推门走进卧室,怔住了。

跟着赵慧进来的刘婉香也尴尬地怔住了。

王建军舒适地大仰巴叉地躺在马勇的大床上,这正是马勇和赵慧睡过的床,她仍然穿着马勇的睡衣,所不同的是,她已经脱去了白天自己穿的衣服,睡衣下面露出来她赤裸的光洁的腿。刘婉香气恨地想到她裹在睡衣里看不见的上部可能也是赤裸的!她靠在床头上啃吃着马勇的苹果,神态悠闲,像在自己家里一样。她猛然看到赵慧和刘婉香进来,有些讶然,说:"你们咋进来了?"她突然一拍脑门想起来了,叫道:"我没锁门!我是个鳖儿呀!"她用山东即墨话骂自己。

赵慧惊愕望着如此的王建军:"你——你怎么这样睡在马勇的床上?!"

王建军一时语塞,沉默不语。

赵慧忍着气说:"你把钥匙给我吧。穿上你的衣服,回你那儿睡去。"

王建军却不动窝,眼睛直勾勾地望着赵慧。

赵慧生气地提高了声音说:"你快把钥匙给我回去吧!"

王建军开口说:"我不能把钥匙给你,我……我也不走!"

赵慧大大地惊愕了,觉得简直不可思议:"为什么?!这又不是你的钥匙又不是你的家!"

王建军一横心说:"既然你也看见了,事儿也摊在这儿了,我只能跟你说实话了。我和马哥,我俩,我俩犯错误了。"

赵慧顿觉事情可能不好,声音开始哆嗦:"犯,犯什么错误了?"

王建军说:"用你们干部的话讲,我和马哥,我俩通奸了!"

赵慧尽管已有思想准备但还是愕住了:"啊?!"

王建军说:"我俩通奸了好几回。"停停,她又补充地强调说:"昨天我俩还通奸了!"

赵慧不知道说什么好,手和脚都颤抖起来。她气死了。

刘婉香痛苦地叫喊起来："你胡球说哩！我和你天天在一块儿,你们俩通奸,我咋能不知道?!你别听她胡扯八扯!"末一句,他是对气得发抖的赵慧说的。

王建军却说："我没胡扯!我俩的事儿,我俩搞没搞,旁人咋能知道?这种事儿,上个茅房的工夫就能做了。女人要想骚,趴在自个男人的背上,都能朝别的男人飞个眼儿!你天天跟我在一块儿有啥用?再说了,我一个姑娘家,要没这事儿,我能随便说吗?"

刘婉香被击倒了,痛苦不堪地抱着头蹲在地上号啕大哭起来,哇哇地哭。

赵慧气得一摔门走了出去,钥匙不要了。

王建军偷偷笑了,继而绷住笑,对哭泣的刘婉香说："哭啥哭,回去和面去!"

翌日,太阳又红得很好,国家和人民也挺好的,马勇的心情也很好,他心情愉快地拿着相机在乡村卫生院里咔咔咔咔地不停地拍照。马勇的拍摄对象,那个乡村医生,格外卖力地给乡民们诊病,给一位女乡民量血压就一连量了七次,以便让马勇左一个角度右一个角度反复来拍他为人民服务的镜头。马勇不断地拍着照,这时他的手机响了起来,他掏出手机来接听,听着听着,他心情不好了,继而脸色大变,变得铁青。

电话是张琪打来的。张琪边打着手机边从日报社大楼里走出来,他向马勇说了昨天晚上在他家发生的事情,他说是赵慧一大早打电话告诉他的,赵慧现在连电话也不想跟马勇打,连话都不想跟马勇再多说一句,她只想通过马勇的狐朋狗友转告马勇:她不跟他谈了!而王建军现在还在马勇家住着!张琪说："马勇你赶快先回来一趟吧!你这回麻烦大了!我刚赶到报社来替你向张锦秀请了假,我跟张锦秀说你舅舅死了你必须得回来一趟!"

马勇首先对张琪替他请假的理由表示了担忧："我舅舅上个月不是已经死过一回了吗!上回不也是你替我向张锦秀这么请的假这么撒的谎吗?而且我替你请假的时候也说是你姨父死了,哪就这么巧都凑在一块儿死呢?张锦秀能不怀疑吗?"而后他焦急地问："真有这么严重我非得回来吗?我这儿正采访哩!"

张琪也是先懊悔地一拍脑门,表示以后确实需要提高向领导说谎的技能,说："哦,忘了忘了!我这回应该说你舅妈死了!但是哥们你也可以理解我是情急出错，我总不能跟张锦秀说，你把人家小姑娘办了，人家现在赖在你家不走，而你现在的对象，要死要活的！不过还好，我估计张锦秀也忘了，张社整天那么多的事儿，又要审稿，又要训人，她哪还有那心思记得你什么舅舅姨妈谁死谁活着呀！"然后张琪强调地告诉马勇：情况确实严重，你必须赶紧回来处理！

于是马勇终止了采访，向那位无限认真给女乡民一连量了七次血压的村医道歉，说他的领导死了，他必须回去给领导送葬。马勇不愿说他的舅舅死了，故而临时改口。村医很沮丧，但也只能作罢，请马勇节哀顺变，祝他的领导一路走好。马勇说好的，一定把农民朋友的祝愿给领导带到，而后重又背着行囊，风尘仆仆地坐长途汽车又回到了市里来。一下长途车，他顾不上回家，便直接打车奔了妇联，进大门，上楼梯，小跑地穿过走廊，疾步走到赵慧的办公室门前，推门进去，他要先见赵慧解释这件事情。

赵慧却不在。赵科长上茅房去了。

屋里只有一个来妇联告状的中年妇女坐在椅子上等着赵慧回来。

马勇问明那面容憔悴的女人有一肚子的苦水要倒，时间短不了。而妇联干部对告状妇女的开导与抚慰也得说一大通，时间更短不了。马勇很焦急，这赵慧得耗到什么时候啊，何况他今天和赵慧的交谈绝不是三言两语就能解决的！于是马勇立刻决定必须要在赵慧上完厕所回来之前把这位大姐的事儿解决了，让她先走，于是马勇开口道："大姐，您有什么问题您跟我说吧，跟我说也是一样的。"

那妇女狐疑地望着马勇："你也是妇联的吗？"

马勇索性恬不知耻地一脸严肃地说："是的，我刚调到妇联来。"

妇女于是眼泪开始涌出，像一声叫板似的哭诉道："同志啊——"

马勇赶紧说："打住！我都明白了。"

妇女愣了，眼泪也一时愣在了眼窝里，说："我还啥都没说你就明白了？"

马勇说："不就是你男人打你嘛！你男人天天打你，白天打，晚上打，双休日还加班打，难道不是这样吗？"

妇女愣愣地看着马勇，马勇说得很对！妇女问："那，同志，那我该咋办呢？"

马勇说："他打你，你也打他！"

妇女更愣住了："啊?！"她有些不敢相信这是从妇联干部嘴里说出

来的。

马勇继续说："跟他打！谁怕谁啊！"

妇女表示了对这个方案的迟疑，说："那我，我打不过他咋办？"

马勇指导该妇女："那你咬他！再不，你掐他！掐人是我们妇女同志的强项，你要充分发挥这一点。如果掐也不行，你偷偷给他下泻药，你让他拉稀，你让他浑身软得跟面条一样，看他哪还有劲再打你！总之，咬，掐，下药，你全跟他招呼！我最恨男人打女人了，你别跟他客气！"

妇女更加狐疑地看着马勇："同志，你真是妇联的吗？你是干部吗？"

马勇说："怎么了？"

妇女说："我觉得你不像一个干部在讲话。"

马勇说："改革了。现在都这么说话了。对有些个别的浑蛋男人，就得以毒攻毒，就得灭那王八蛋！时间长了，他就不敢再欺负你了。大姐，您先回家试试，要不行，你再过来。"他像医生给病人看病似的说，半搀半拉地把妇女送出门去了。而后他莞尔一笑，看看表，才花了两分钟，又在椅子上坐下，等着赵慧。

赵慧从厕所回来了，一见马勇，愣了一下，脸立即阴沉了下来。

马勇忙赔着笑脸站起来，亲昵地说："慧慧——"

赵慧不吃这一套，冷着脸不理他，一看屋内，诧异地问："那位在这儿等我的女同志呢？"

马勇说："走了，我替你处理了。"

赵慧愕然地说："你替我处理了？！——你怎么处理的？"

马勇说："我，这个，我让她回家，我让她，让她跟她爱人去好好讲道理，我跟她说夫妻之间要和和气气的，什么事儿都要好商好量，怎么能动手打人呢？我看她等得着急，就先跟她谈了，我也是想帮你减轻一点工作量。总之，我完全是按照你的思想、你的境界、你的方式跟她交谈的，这都是你平时教育我的。"马勇诣媚地对赵慧一笑。

赵慧不再说什么了，因为她听马勇说得都对，但她依旧对马勇阴冷着脸，说："你不是去——你还来找我干什么？"

马勇赔着笑说："我一听这事儿，立刻就从乡下回来了，一下车我就先奔你这儿来，我连家都没回，你看我背包都背着哩！"然后他小心翼翼地拉起赵慧的手，温柔地说："走吧。"

赵慧甩开马勇的手："你别碰我！上哪去？我不跟你走！你走！我再不想见到你！"

马勇急了，又上前抓住赵慧的手，并且这次硬攥着不放了，说："上我家去！咱们跟她当面对质去！我就不信她当着我的面，她还敢说跟我通奸了！走！"

在马勇拽着赵慧朝这里奔来的时候，王建军像这个家庭的主妇一样正在全面彻底地打扫着房间。客厅里的所有家具都被挪动了位置，沙发等物件全部被放置在房子中间的地上，王建军蹲在墙角，细致地用小铲子在一点点地铲着墙角地边长年累月粘在上面的污渍，干得汗流满面。她还穿着马勇袍子一样的睡衣，露出两条光腿，腿上也是汗。她感觉到了热，便解开了睡衣，让窗外飘进来的风吹着，她没戴胸罩，农村人都不戴胸罩的，两个袒露的奶像两个小皮球一样，等马勇拉着赵慧推开又没锁的门进来，恰好看见她这副春光外泄的样儿。

马勇和赵慧看傻了。马勇一时不知说什么好，而赵慧更加火冒三丈。

王建军抬头看见了马勇，欣喜地叫道："马哥！"接着看见了跟进来的赵慧，她又闸住了要奔放出来的情愫，掩上睡衣，尴尬地笑笑，说："我又忘了锁门了。我老忘。我们农村都不锁门的。"

马勇愕然地看着被翻动得乱七八糟的房间："小王，你，你这干吗呢？"

王建军又恢复了活跃，她只跟马勇说话，不理赵慧，说："我给咱扫房间呀！马哥，你看你这屋，脏的！墙角，旮儿，全是土，你平常扫地就光扫地中间这一块，人都睡在土堆里了！我不知道你今天回来，马哥你先坐，我把墙角这点脏的铲掉，我就给你烧水，让你洗澡。"她说着，又蹲下去奋力地铲粘在墙角的污渍，更加彰显她已经是这个家庭主妇的意思。

赵慧气得鼓鼓的。

马勇愈发尴尬，唯恐赵慧又摔门而去，他叫道："哎哎哎，小王，你还真进入角色了，还烧水给我洗澡！小王，你先别干，你先起来——"他拉起王建军来，拉她到赵慧面前，正色地说："你当着赵姐再说一次，你跟我，我们俩真有那种事儿吗？"

王建军拿着小铲子低头站着，沉默不语。

马勇催促地说："你说呀！"

赵慧也觉得应该给马勇一个机会，万一马勇是冤枉的呢？于是她忍着气开口说："小王，我希望你从现在起开始说实话，你和马勇，你们到底有没有……那种不正当的关系？"

马勇着急万分地说:"你快说咱俩什么事儿都没有啊!"

王建军却挑战地望着赵慧说:"有!"

马勇再次傻了。赵慧则是要疯了。

王建军进一步对赵慧补充说:"我和马哥,我们俩有关系,但没不正当!马哥不是跟我要一要就完了的,他是要娶我的!"

赵慧更要疯了。

马勇愤然无比也惊愕无比,他简直不认识这个卖包子的圆胖而茁壮的小姑娘了,吼道:"你这个小丫头你胡说八道什么呀你——"

王建军索性不理会马勇的吼叫,她索性放开来对赵慧说下去:"马哥说了,他说我奶好。我能给他奶娃娃。我以后能把娃娃给他奶得白白胖胖的。他想要自个的娃了。只有我能给俺马哥生娃!"

赵慧气得浑身哆嗦,手指着马勇道:"马勇!什么这个奶……你要跟她没那种事儿,她一个农村没结婚的姑娘,这种话她怎么能说得出口!?再联想到上回你跟我儿子,那种话儿你都能教小孩子说,你,你道德败坏是一贯的!你——"她气得说不下去了,果真一摔门就走了。

马勇急得拔腿要追,却被王建军拽住了。

王建军说:"马哥,你别追她了,她走就让她走呗。"

马勇于是站下,愤怒满腔,恶狠狠地逼近王建军。

王建军望着凶神恶煞的马勇,一咧嘴,反而嘿嘿地笑了起来,露出她天性的顽皮。她一见马勇就满心喜欢,她一点都不觉得马勇可怕,她甚至还亲昵地上前去摸了一下马勇咬牙切齿的嘴。

马勇气得大叫:"你还笑——你还摸我!!"

王建军被马勇喝得一哆嗦,见马勇真生气了,不敢笑了,有些胆怯地看着马勇。

马勇厉声地说:"你为什么要说我跟你——我能跟你这么个小孩通奸吗?!"

王建军又低着头不说话。

马勇又吼道:"你想干什么呀你?!你说!"

王建军还是低头不说话。

马勇无奈,喘了一口粗气,停停,忍着气说:"好好,你也是个小姑娘,我也不能把你怎么着,我也不怎么着你了,事情已经过去了。你呢,换上你的衣服,现在就跟我去跟赵慧说,你说这些根本都是没影的事儿,都是你瞎说的。然后,回你的包子铺去,再别来了。"

王建军抬起头，勇敢地说："我不去。我也不对她那么说。我也不回包子铺去——"她顿了一下，深吸了一口气，更勇敢地对马勇说："我以后就住这儿了！"

马勇惊愕得说不出话来了，他像看电视机里长出一颗南瓜来一样看着王建军。

王建军抽抽噎噎地哭了起来，说："我一个姑娘家，我已经说了我跟一个男人……那样了，我就不能改口了，我就得真跟这男人好！这条街上，好多都是我们村里跟我一样来城里干活的，这事儿肯定要传到村里去，我爹我娘都得知道，我要就这么算了，我爹我娘要打死我，我以后还咋嫁人呢！呜呜呜……"她哭得脸都皱在一起，像一个包子。

马勇让王建军哭得心烦意乱："你别哭，你别哭啊——让人听见好像我真把你怎么着了！"

王建军偏要继续大声地哭，希望大家都听见。她哭着，拉住马勇，同时央求地说："马哥，你就跟我好嘛！我以后会对你可好可好！我不要你养活我，我不要你一分钱，你要是有急着花钱的地方，我还给你钱！我有钱！这些年我卖包子，我存了好几万哩！你要，我都给你！以后我还能挣钱！以后成了家，我啥都听你的，我保证不跟你顶嘴，我给你做饭洗衣服，晚上我给你洗脚，我再给你生个娃，我保证把娃给你养得白白胖胖的，就像我卖的小肉包子！马勇哥——"

马勇很有一点被感动了，他想，无论是俞晓红还是赵慧，还是他离婚以后陆续短暂谈过的那些都市知识妇女，没有一个像这山东乡下小姑娘这样的，她居然说还要给我钱，她说天天晚上给我洗脚，她说要把娃娃喂得跟小肉包子一样，尤其她说绝不跟我顶嘴！现在城里还有不跟男人顶嘴的女人吗？应该反过来问：现在城里还剩下多少敢于跟女人顶嘴的男人？还是劳动妇女好啊，爱得多么质朴！但马勇不可能跟王建军好，他想都没想过这件事儿。他一边挣脱着王建军，一边对她说："小王，就是那歌词里唱的：谢谢你对我的爱，我今生今世不忘怀！但这事儿肯定不行，你别胡想了啊！"

王建军却拉着马勇不放手，说："反正我不走！马哥你晚上也别走，你也住这儿！"她停停，羞红了脸，又勇敢地说："咱俩睡！"

马勇吓得瞪大眼，使劲挣脱开王建军，说："我还跟你睡?!我的本·拉登啊！"他防备地跳开到一边去，远一些距离看着锲而不舍决不罢休的王建军。最后，他无可奈何地长叹了一口气，道："好吧，你既然不肯走，那你,你就暂时先住这儿吧,我,我先走好了。"

马勇背起行囊就又走出自己的家去了。

马勇又在夜半时分独自流浪在城市的街上,想着怎么解决这个突如其来的问题!

第 7 章

马勇想了一夜,决定自己来解决王建军的问题。

马勇决定先去找刘婉香,让王建军的这个伙计去劝他的小老板回来。王建军在这个城市没有亲属,刘婉香要算是她最亲近的人了,马勇估计刘婉香的话王建军好歹也会听进去一些。马勇买了一把香蕉,拎着,去了包子铺。包子铺里,硕大的案板上,刘婉香正在用一根很粗的擀面杖擀着包子皮儿。正是午餐时分,包子铺外临街摆着的几张餐桌上,坐满了食客,在吃包子喝粥,刘婉香同时招呼着他们。马勇快步朝刘婉香走过去,先把香蕉放在刘婉香面前,而后笑道:"小刘,刘婉香!"他对刘婉香笑得一脸灿烂。

刘婉香却冷着脸,他只看了那香蕉一眼,不搭理马勇,继续擀着他的包子皮儿。

马勇坐下来,准备跟刘婉香长谈。他凑近刘婉香,声音压得很低,他怕让外面那些食客听见,这种事情总是不好让大家都来听的。马勇像地下工作者接头那样地说:"刘婉香,我今天才明白,为什么你老是对我鼻子不是鼻子眼睛不是眼睛,好像跟我有血海深仇,原来你爱王建军,你是吃我的醋了。你爱王建军对不对?"

刘婉香依旧不说话,继续干活,但眼眶开始潮湿,马勇说到了他的心坎上。

马勇于是开始兴奋,他的谈话抓到了重点有效果了。他进一步急切地表白道:"小刘啊,其实我根本没碍你的事儿!你想我马勇,你们的马哥,我是那种人吗?我有对象!就算我没对象,就算我十几年都没碰过女人了,就算我欲火焚烧,烧得你蒸包子都不用火了,你直接把我放在蒸笼底下就把你这屉包子蒸熟了,我就是憋成那样我都不会干那种缺德事儿!你应该相信我呀!刘婉香,你是相信马哥的是吧?"

刘婉香还是不吭声,但眼眶更加潮湿,并且有泪花开始闪现。

马勇愈发兴奋,他的谈话越来越有效果,看刘婉香都快哭了。马勇兴奋地继续说:"我就知道你相信我,你看你都感动了!小刘,马哥得求你一件事儿,你跟王建军天天在一块儿,你俩熟,你说话她没准还听,你帮我去劝劝她,让她别闹了,赶快从我家搬出来,要不我连个住的地方都没有!哥现在有难,你不帮哥谁帮呀?咱俩是兄弟啊!"

刘婉香干不下去活了,眼泪扑哧哧地掉下来,他拿着擀面杖站着,喘着粗气。

马勇兴奋无比,同时很佩服自己,他终于把刘婉香说哭了!马勇一叠声地说:"别激动别激动!我知道你是为马哥受了冤枉而激动了,你看你眼泪都出来了,真是哥的好兄弟!那,兄弟,你现在就去吧,我帮你看着包子铺。"

刘婉香却不动窝,眼泪愈发汹涌,他紧攥着擀面杖,呼呼地喘粗气,胸膛起伏着。

马勇催促道:"兄弟你快去吧——"

刘婉香突然爆发地发出"啊——"一声大叫,像蓄了许久的堰塞湖溃堤了。

马勇猛然被刘婉香的这一声嘶叫弄得愣住了。

包子铺的食客们也都被刘婉香这一声突如其来的呐喊弄得心惊肉跳,扭过脸来看。

刘婉香抡起擀面杖就朝马勇劈过来,流着眼泪叫喊着:"谁跟你是兄弟!你个流氓!"

马勇抱头躲着刘婉香的擀面杖,急了:"哎哎,你怎么打人!谁是流氓啊——"

刘婉香痛苦不堪,一个大小伙子当街嗷嗷地哭,手里的擀面杖雨点般地朝马勇连连劈去,边打边哭着说:"你把王建军搞了!你们通奸!呜呜呜!国家不让通奸你通奸!你和国家对着干!我非打死你不可!呜呜呜呜……"

食客们明白过来是在痛打一名通奸犯,纷纷叫好。有食客捡起一块石头给刘婉香,让他掷。更多的食客受到启发,纷纷捡来小街上的石块和砖头,拢起一堆,让刘婉香投掷。

马勇于是抱头鼠窜。

马勇只有去找张琪,让张琪来帮忙。

马勇脸上带着伤,坐在张琪那间依旧脏乱不堪的宿舍里,他买来啤酒和小菜,放在张琪的电脑桌上,和张琪对喝。两人都喝得赤头涨脸的。马勇带着酒意,委屈地涨红着脸说:"张琪,别人不相信我你还不相信我?!咱俩这么多年的哥们了!你能相信我真把那小姑娘给办了吗?!我跟你说,我现在是没办法了,你是我哥们儿,铁哥们!你得帮我去劝劝那小姑娘,让她赶紧搬出我家,再跟赵慧去作个解释,我得接着往下生活呀!你挺能说的,你有办法!这关键时候你不帮我谁帮我!你说是不是?"

张琪不说话,只是嘿嘿地笑。

马勇说:"你笑什么?你说话呀!"

张琪还是笑,但他说话了,说:"几次?"

马勇不明白:"什么几次?"

张琪说:"你们那个了几次?弄得人家小姑娘现在要死要活地要跟你?"

马勇抓起一块鸡骨头朝张琪扔过去:"我弄你!"他又抓起鸡骨头和猪骨头,还有啤酒罐,不断朝张琪扔过去,"我弄死你!"他愤怒地说。

张琪抱头躲着,嘿嘿地笑。

马勇不扔了,正色地说:"不闹了。你到底帮不帮我?"

张琪说:"我当然帮你,不帮你能叫哥们儿?"

马勇说:"好!那你别喝了,你赶紧去,现在就去!"

张琪停顿了一下,说:"去,我是不去的。我可以帮你,但我不去。"

马勇不解地皱着眉头说:"你别绕好不好!你把话说清楚了!你不去怎么帮我呀?"

张琪不语,站起来,走过去,从柜子里的一个小抽屉中取出一本存折,回来放在马勇面前,说:"这是我目前所有的存款,八万块钱。密码是我的生日,你知道日子。我知道你现在一下拿不出太多钱来。你拿去吧。"

马勇更是不解:"你干吗呀?给我这么多钱?"

张琪坐下来,沉默了一会儿,开口道:"马勇,我很少这么认真严肃地跟你说话,我首先表态,这事儿我不赞成,我觉得你办的这事儿……不怎么地,有点恶心。你说你又不想跟人家结婚你搞人家干什么?尤其人家一个农村来的小姑娘,把贞操又看得这么重!我这人一贯吊儿郎当,在报社永远属于落后群众,但我觉得在关键的时候做人得有基本原则。当然,我也知道你肯定不是有意的,我估计是小姑娘比较主动,你呢,一下子没控制住,我也可以理解,男人嘛,在那个关键时候荷尔蒙当领导了嘛。现在只有尽可能多给小姑娘一些经济补偿,看人家是不是能原谅你。”

马勇捏着存折看着,默不做声。

张琪认真地说:“哥们儿,这些钱你全拿去用吧!”

马勇感慨地开口道:“八万块,一把都给我了!别看你平时在钱上老跟我抠,但在关键时刻,你还真是哥们儿!我谢谢你!”

张琪不无自豪地说:“你别说这个,兄弟嘛。”

马勇一下把存折摔到张琪脸上,他真生气了,叫道:“但在这件事上,你不是我哥们儿!”

张琪一下愣住,也喊起来:“你疯了你!”

马勇委屈激动地说:“居然连你也不信任我!居然连你也相信我把人小姑娘办了!”

张琪也激动地说:“这事儿叫我怎么相信你?!你要没把人家怎么样,人家一个农村的小姑娘,人家能那么说?人家能赖到你家里不走?!”

马勇一时无话可说,苦笑地说:“好好好,我做人没基本原则,我让荷尔蒙当我的领导了,领导着我大步跨向流氓系列,我是流氓,再见!”

马勇站起来背上行囊要离去。

张琪一把抓住马勇:“你干吗去?不是说好住在我这儿吗?你现在哪有地方住啊!”

马勇怒吼道:“我宁肯睡大街上去!你别跟流氓粘到一块儿啊!”

马勇气恨地挣脱开张琪背着行囊走出门去。

马勇没有睡在大街上,在傍晚的时候,他去找俞晓红了。

马勇坐在街头的露天茶摊上,喝了一下午的菊花茶,期间上了五次卫生间,到第五次从街头厕所出来的时候,他想到,现在也只有去找俞晓红帮忙了。马勇想,在这个城市里,在这么多的男人和女人中间,或许只有俞晓红是相信他不会做这种事情的人。俞晓红曾经和他贴近到就像鞋子和脚的关系一样,她知道这脚可能会长脚气,会得鸡眼,会得灰指甲,会生各种的毛病,但绝不会得痔疮!只有俞晓红清楚地知道他马勇会干什么和不会干什么。马勇一想到茫茫人海,在这种时刻,他所能去寻求信任和帮助的竟然只有这个已经离异的前妻，马勇不禁有一种，类似，近似，相当于，等同于……有一种他说不清楚的怪异的感觉，涩涩的，而后是酸酸的，再而后是久久萦绕挥之不去的怅然。马勇打车去俞晓梅家，一路都被这种怪异的复杂的情绪所缠绕和包裹着。

当俞晓红问明了马勇的来意，她坐在姐姐家的沙发上咯咯地笑。她越想越觉得好笑，就越想笑，笑个不停，笑得没完没了，笑得马勇红头涨脸。

马勇红头涨脸地坐在一旁，尴尬地勉强地赔着俞晓红笑。他此刻能做的表情只有干笑。脚边放着他那个下乡背的行囊，行囊脏了，沾了不少土，他一直背着这个行囊，一直还没找到个地方放置它，这肮脏的背囊显示着他此时的倒霉和落魄。这背囊也让俞晓红笑个不停。

姐姐俞晓梅和姐夫杨永德看出马勇的难受来了，俩人坐在一旁，看着妹妹在笑昔日的妹夫，虽然不是嘲笑，但那种笑也是一种剥离，把马勇的颜面一点点地剥离了去，让他尴尬不已。俞晓梅和杨永德都想帮助马勇，尤其是俞晓梅，对马勇今天登门分外高兴，心里说不出的喜欢，她一直对马勇有一种丈母娘般的情愫，她不能让妹妹把好不容易来的马勇再气跑了。

俞晓梅有一点严厉地对俞晓红说："晓红你别笑了，人家马勇正难受哩！你正经点儿！"

杨永德也插进来道："是啊，晓红你正经点儿。"他平时很少说话，他的话更对小姨子有一点分量。

俞晓红于是止住了笑，打趣地望着马勇："这么说，哥们儿，你让人家小姑娘摆了一道？"

马勇尴尬地笑道："嘿嘿，就……就这意思吧。"

俞晓红继续打趣地说："你真没怎么着人家？不能吧？你机器坏了？"

俞晓梅不满地斥责妹妹："晓红，说什么呢？愈发没个正经！"

马勇举起右手宣誓般地说："不开玩笑，天地良心！"

俞晓红于是也不开玩笑了，正经地说："好，这且不论。就是说，你找了一圈的人，你现在认为只有我是最能理解你的？也是在这件事儿上最能相信你是清清白白的？"

马勇诚恳地说："是。"

俞晓红又说："你想让我帮你？你认为现在唯一能帮助你的人就是我了？"

马勇继续诚恳地说:"是。我想请你去劝劝那小姑娘,你们都是女人,彼此比较好说话。我实在想不出来还有第二个女人能帮我。我总不能去找赵慧去劝她吧?"

俞晓红内心非常满足和得意,尤其是马勇说他不能去找赵慧而只能来找她,但俞晓红表面上冷冰冰的,还露出一点愤然来,道:"你现在需要我知道我的重要了?你当初怎么不这样呢?当初我们离婚的时候,你朝我吼,你居然拿起一把韭菜跟我说,'我现在要上菜市场买把韭菜可能还要费点儿事,起码我得骑车去,但我要马上找个比你强的女人那是随便一个动作,我现在打个电话就来人!'我不如韭菜吗?你现在怎么不认为我不如韭菜了?你不是打个电话就能来人吗?你现在打电话找她去呀!"

马勇尴尬地笑着:"嘿嘿,那是,我当时……我当时不是正便秘嘛,火大,胡说八道。"

俞晓红不依不饶,吊着脸说:"那好,今天我也便秘了,我也火大,我不高兴帮你。"

马勇急忙央求,朝俞晓红作揖:"别别别别!你一定得帮我,我现在真是焦头烂额了!"

俞晓红无限地满足和得意,又笑得咯咯咯的。

俞晓梅见俞晓红笑了,插进来说:"晓红,你别逗马勇了,你还真的帮帮马勇!你帮着赶快把那个农村丫头的事情给解决好。"停停,她又想起来,对俞晓红补充地强调道:"那个赵慧你就别管她了,她爱生气她生气去,她要不想跟马勇谈了,正好!"

杨永德也再次插进来说:"晓红,这事儿你还真得管,你还真得帮帮马勇,这件事情不早点解决好对马勇影响和声誉都不好。另外——"他又转向马勇,说:"马勇你自己和那个小姑娘以后相处也要注意一点,你是不是在言行举止上有不注意的地方,让人家误会了?"

俞晓梅不乐意了,她处处护着马勇,像丈母娘疼女婿,她不愿意丈夫这么指责马勇,她抢白丈夫道:"杨永德,你别这么说人家马勇!那是人家小伙优秀,才能这样招蜂引蝶,像你,只能把蚊子招来!"然后她由此又说起每天都要几乎念叨一遍的"老三篇"来,说:"杨永德,我就奇了怪了,你怎么就不能也给我闹点绯闻出来呢?你怎么还是这样没出息呢?要不,你就是有了,但你藏着掖着不敢让我知道?杨永德,你要有了你就说嘛,我巴不得你也像马勇那样,也有个小妹妹喊你哥,听听,'杨哥',酸得像醋熘白菜,你要这样我高兴死了,我也有面子啊!要不让人说人家的男人都行就你男人是个瘪茄子!你是不是真有了不说啊?你说嘛!"她又审视地盯着杨永德,让他坦白。她心跳得咚咚的,她又害怕丈夫坦白。

杨永德气得又嘟囔道:"你又来了!跟天气预报一样,一天一遍!我让你吓得严重肾亏,我敢有吗?"

俞晓梅满意了,不无得意地说:"我谅你也没有!"

马勇笑着站起来:"俞晓红,这事儿就拜托你了啊。"

俞晓红依旧还拿着架子,不冷不热地说:"我没说要帮你啊,我说我还要考虑考虑。"

马勇太了解俞晓红了,他知道她这样就是答应了,她必须要再矜持一下。马勇一笑,转向俞晓梅和杨永德,同时从地上拿起了那背囊,说:"姐,姐夫,我走了啊——"

俞晓梅急忙拽住马勇的背囊:"你上哪去?你不是没地方住了吗?"

马勇说:"我上办公室,弄张行军床,对付几天。"

俞晓梅不由分说又夺下马勇的行囊,断然地说:"行军床怎么睡啊!你就住家里!正好,晓红一人住一间大屋,你就……你就跟她住一块算了!你俩又不是没在一块儿住过。"

马勇万分尴尬,结巴地说:"这个,这个……"

俞晓红则不说话,她微笑着,饶有兴致地望着马勇。

马勇看俞晓红笑眯眯地看着他,愈发地结巴起来:"这个,这个,这个……"

俞晓红依旧不语,笑得更妩媚了,目不转睛地望着马勇。

马勇躲闪着俞晓红的目光,推辞道:"这个,这个,我,我,我下乡腰扭了一下,我腰闪了,我怕,怕,怕明天一早我起不来床了……"

俞晓梅急得直朝俞晓红使眼色:"晓红,你拉马勇进去!天也不早了,洗洗你们就睡吧,有啥害羞的!"她急切地想让马勇和妹妹生米煮成熟饭。

俞晓红冷下脸来,道:"我尾椎骨还裂了呐!"

俞晓红返身走进她自己的卧室去,哐的一声关上了门。

马勇尴尬地重又提起行囊,出门下楼。

俞晓梅愣了一会儿,扑到窗口朝楼下喊:"马勇,你放心,晓红一准帮你的忙!"她怕马勇生气了,从此再不搭理她这个倔强任性的妹妹。马勇没听见俞晓梅的喊,他搭出租车走了。俞晓梅很是懊丧,她认为已经是水到渠成眼看要瓜熟蒂落的事情,一眨眼就又弄砸了。她不禁恨恨地推门走进俞晓红的卧室里去,她要去骂这个妹妹一顿。

俞晓红已经换上睡衣,坐在梳妆台前对镜梳头,准备就寝。她也是一脸的不高兴。

俞晓梅又爱又恨地戳着俞晓红的额头:"你这个丫头!你咋突然就不高兴了?甩脸子?"

俞晓红没好气地说:"他还拿架子!"接着,她又埋怨俞晓梅道:"姐,你也真是的,你还让我拉他进来,好像我巴不得要爱他,他是我的肝,他是我的肺,他是我的大肠他是我的胃,我离不开他我求他似的!"

俞晓梅说:"那你为啥朝他笑呢?我看你朝他笑,我以为你特愿意哩!"

俞晓红说:"我那是觉得好玩。"

俞晓梅长叹一声:"唉,你们俩真是一对冤家,让我操心死了!"停停,她又操心地说:"不过,晓红,马勇求你的事儿你得帮他,你不能让那个小姑娘把他名声坏了!"

俞晓红没好气地梳着头说:"我不管!他死了我也不管!"

又是一个翌日,又是清晨,天上有一层云霭遮住了天光,太阳还在等云霭散去才能在天空显现,所以还看不出来太阳在今天是不是依旧红得很好,但国家和人民还是挺好的。可是马勇的心情却不好,很糟糕,他面前所有的路都被堵死了,已经无路可走。马勇又想了一夜,最后,在清早上班的时候,马勇再次来到妇联办公大楼外,想最后一次找赵慧再当面解释一下,争取能说动赵慧一块去做王建军的工作,这似乎是他最后能再努力一下的事儿了。马勇在妇联楼前踌躇着,他几次走到楼门口,想进去,几次又折返回来,因为他实在觉得这太没有把握,他几乎可以断定赵慧是不会搭理他的,如果他硬闯进去,结果很可能就是让赵科长把他臭骂一通后又撵出来,他只能自取其辱。最后,马勇决定放弃,他想爱咋咋的吧,天要下雨娘要嫁人,统统都随她们去!难道王建军还能在他的屋里住上十年不成?最多就是赵慧不跟他谈了。马勇最后看了妇联大楼一眼,想着或许今后不会再来这儿了。他有些落寞地转身沿着人行道讪讪地走去,刚走了几步,一抬头,不由怔住了——

他看见俞晓红和张琪居然迎面走了过来!

马勇惊讶地说:"你们俩也……也是上妇联来吗?你们俩上这儿来干吗?"

俞晓红不理睬马勇,似乎隔夜的余气未消,她绷着脸仰头看着天空。

张琪解释道:"晓红一大早就来找我,让我和她一起来找赵慧,去跟你那小王谈谈。晓红觉得如果能拉上赵慧一起去,力量更大,而且一举数得,你俩的矛盾也能一块儿解决。"

马勇喜出望外,像看孔雀开屏一样地看着俞晓红:"你昨晚不是……你又答应帮我了?!"

俞晓红依旧冷着脸说:"我太太口服液喝多了,我内分泌太洋溢了我想多管闲事呗。"

马勇噎住了。马勇尴尬地赔着笑说:"我当时满嘴胡说哩,你就当我内分泌失调了!"

俞晓红还是对马勇冷冷地:"我可告诉你啊,我帮你是帮你,可不一定保证行哦。"

马勇又谄媚地对俞晓红笑着:"没问题!你出马,肯定行!你是谁呀?你要在唐朝,那还有武则天什么事儿啊!你要在美国,那克林顿就不娶希拉里了!"

俞晓红笑了,又矜持地绷住,绷着脸道:"你少拍我马屁!"

张琪把马勇拉到远一点的地方去,躲着俞晓红,偷偷从兜里掏出那个存折,低声道:"我不想来,我觉得这没用,说几句话就能把这么大的事儿平了?是俞晓红非要来。马勇,你看存折我都带来了,还是你把钱取了给那小姑娘送去吧?这比光说管用。要不,我取了我替你送去?我就说你羞愧得不敢见她,你羞愧好几次想自杀,要不是我拦着,你现在已经是骨灰了,你觉得特对不起她,你只有把你现在所有的钱,加上你又去卖血凑的钱,给她作一点补偿,也许这么说能平息一下人家小姑娘的怒火。人家一看你都卖血了也许就算了。马勇你看我这么去替你说行吗?"

马勇听得目瞪口呆。他看看不远处的俞晓红,也压低声音道:"你滚蛋吧。我又没干什么我凭啥要给她钱?我还羞愧得想自杀?我还卖血?你真比美联社还能编!"

张琪着急地说:"这不就是个策略嘛!都这时候了,你干就干了你还死不承认——"

俞晓红这时在不远处催促着张琪,让他快跟她进楼里去,她主要是不满意张琪和马勇背着她在那儿嘀嘀咕咕的。俞晓红不能允许她的男人有什么事儿瞒着她,她希望她的男人一切都要像葵花向着太阳一样对她透明地绽放。张琪只好作罢,揣起存折跟俞晓红匆匆地走进妇联楼里去,去跟赵慧谈。马勇喜滋滋地一笑,心想这下笃定是成了。

然而俞晓红和赵慧的交谈却进行得极为艰难,几乎要谈崩。

俞晓红先让张琪在赵慧办公室外等着,她自己先进去跟赵慧谈,她觉得两个女人之间有些话可以更敞开来说。但赵慧却很冷淡,她神态冷淡地坐在她的办公桌后面,低头垂目,手里转动着一支铅笔,旁边就有一排沙发,她连坐都没让俞晓红坐下。俞晓红便站着,她站着苦口婆心地劝说着赵慧:"赵慧,我是马勇的前妻,我来找你我是有心理障碍的,我现在克服了一切障碍来找你,我能站在这儿我不容易,所以你得听我一句劝!咱们两人一起再去找一下那个小姑娘,再跟她谈谈,该对质还是要跟她对质,把事情真正搞清楚。我请你再给马勇一次机会好吗?你应该明白,我能对你说出这么一句话,这对我是多么的……艰难!"

赵慧却不为所动,依旧冷淡地垂着目,依旧看都不看俞晓红,依旧转动着手中的铅笔,冷淡地说:"我不去。我说了马勇现在已经跟我没有任何关系了!"

俞晓红忍着气,脸上挂着微笑,继续说道:"赵慧你别这样。这同时也是再给你自己一次机会,现在要找个合适的对象也不容易。一起去好吗?"

赵慧强忍着不耐烦说:"我已经说了我不去。俞晓红你还是走吧!"

俞晓红强忍着她的急躁脾气,依旧微笑着:"赵慧你还是和我去一趟吧。"

赵慧的不耐烦爆发了,把手中的铅笔不轻不重地拍在桌子上:"你们两口子这是怎么回事呀?!一个那样伤害我,一个又扮笑脸来劝我,你们到底要干什么呀?!俞晓红,我说句也许不礼貌的话,我一直就觉得你和马勇就没有断,即使表面上断了,但实质上也是藕断丝连!所以你今天来你都让我害怕!我搞不清你们两口子到底是怎么回事想干什么!我不知道这里面是什么猫腻!我是受过伤害的离婚女人我再经不起伤害了!老实说,我怀疑你的动机!"

俞晓红被噎住,而后,她也爆发了,冲门口喊:"张琪,你进来!"

张琪在一秒钟的时间之内便推门冲进来。"来了!"他用带一点表演成分的声调铿锵有力地说。他想让俞晓红知道,他是她的呵护者,随时随地都在听她的召唤。

俞晓红拉过张琪来,挽着他,对赵慧道:"他叫张琪。你即使没有见过他你肯定也知道他。张琪现在是我的男朋友,我现在在跟他谈恋爱,如果发展得好,我是要跟他结婚的!"

张琪激动得要死。这是俞晓红第一次主动地挽张琪,让张琪有一种晕眩般的幸福。张琪幸福而激动地补充和强调俞晓红的话:"这是肯定的!"他说的是结婚。

俞晓红继续挽着张琪道:"我今天之所以要把我男朋友也特地叫来,我是想让你知道,我才是跟马勇没有任何感情关系了!我今天来,是站在第三者的客观立场上,或者说是站在一个清醒的旁观者的立场上,想来给你一个忠告!赵慧,我也说句不礼貌的话,这件事,你是大错特错了!你是个傻瓜,大傻瓜!"

赵慧被俞晓红挽着张琪宣布张琪和她关系的举动,在一瞬间,微妙地消除了她对俞晓红的敌意。女人之间恩情仇怨的纠结和消退有时候就在很细微的一个举止上。同时俞晓红连珠炮般毫不客气的话语也说得她一时怔住,她愣愣地眨巴着眼望着俞晓红,一时不知说什么好。

张琪怕赵慧会恼,担忧地说:"晓红,你别这么说话。你,你柔和点儿。"

俞晓红则不管不顾,依旧激烈地说:"我就要这么说她!"她又对着赵慧道:"赵慧,我这么说你,你挺恨我的是吧?但你恨我我也要说!"

赵慧眼里最初的抵触却已经和缓了许多,她和缓地说:"你说吧。"

俞晓红便继续说:"赵慧,我也是离婚的,我也受过伤害,我为什么离了呢?其中有一条:我冲动!我同时也是自己伤害了自己。陷在感情和婚姻里的人都容易冲动,有一点点不对,就吵,就闹,就打,就掐,然后,就离!就散!好多不该毁灭的感情和婚姻就这么毁灭了。很多男男女女都不懂要给感情和婚姻留出缓冲空间来。而婚姻和感情是必须要留出缓冲空间来的!钢筋水泥大桥还得预留伸缩间隙哩,要不桥就塌了!赵慧,你现在这样,就是不给你的感情留缓冲空间,不先去冷静地思考,不先去冷静地调查了解,到最后你可能会后悔的!"

赵慧坐着,默不做声,思忖着。俞晓红的话又在一个微妙的点上打动了她。

张琪钦佩地长久地望着俞晓红。

张琪说:"我觉得你就像易中天,你不到电视上去说你都可惜了!"

当俞晓红、赵慧和张琪一行三人来到马勇家的时候,王建军正在打扫房间。她更加彻底地像这个家里的主妇了,房间被她收拾得窗明几净,井井有条,连俞晓红看了在惊讶之余都感叹不已,她住在这儿的时候绝没有这么干净。而王建军还嫌不够干净,还在拿着块抹布在角落旮旯里擦拭着,擦拭着最后一点点尘灰,故意要在这两个和马勇有关联的城里女人面前展示她勤劳的强项。而且她也不再穿马勇袍子一样的大睡衣,她给自己买了一件小号的穿着,花色和款式都和马勇的睡衣一样,看上去就像夫妻情侣装。俞晓红和赵慧坐在沙发上,看着这夫妻情侣装一样的睡衣都深深地皱着眉。而王建军根本不搭理他们,视他们而不见,依旧旁若无人地走来走去地擦拭着。

俞晓红忍着气道:"小王,你先别擦了,你先坐下来,我们有话跟你说!"

张琪也附和俞晓红说:"小王,王建军,你别擦了,这又不是你家,你擦这么干净你不是还得走嘛!"

王建军硬邦邦地说:"这就是我家。我就住这儿不走了。我在等我们家老马回来。"

这个称谓说得三人一起愣了,都有些犯傻。

赵慧没听清楚似的问:"谁?你说你在等谁回来?"

王建军勇敢地说:"我们家老马,马勇!"

赵慧气得要死,对俞晓红和张琪道:"你俩听听,这已经是她家的老马了!"

俞晓红也气得直翻眼睛,但她忍着,因为女主角毕竟已经不是她了。

张琪捂着嘴偷偷地笑,他觉得这山东小丫头真敢咧咧,连老马都上来了,马勇要听了得晕死过去!但张琪只偷笑了两下就不敢笑了,他怕俞晓红看见他乐会生气,于是他也做出一副义愤填膺的样子瞪着王建军。

俞晓红继续忍着气,并且她也对王建军浮起微笑来,好言好语地说:"好,小王,你一边干你的活也行,你只要听我们跟你说就行了——你能听我们跟你说吗?"

王建军却不理会俞晓红的和蔼可亲,依旧硬邦邦地说:"你想说你就说呗。"她继续拿屁股对着俞晓红等三人,继续趴在地砖上擦拭那已经根本看不见了的污渍。

俞晓红恨死那屁股了,没人敢用屁股对着她,她很想朝那撅着的苗壮的屁股上踹一脚,但她还是忍下了对这屁股的仇恨,依旧和颜悦色地说:"小王,我知道你爱马勇,爱一个人并没有错,但错的是你这种方式。我希望你不要扭曲你爱的人,不要用这种强行的方式来想强行地获得爱情。我希望你能说出事情的真相,你要让别人也爱你,你就要先做一个真诚坦荡的人,你明白我的意思吗?"

王建军说:"我咋不明白?你有啥话你直说就行了,你说那么多形容词干啥!"她认为俞晓红说的都是形容词,她认为凡不是用口语说话就都是知识分子在说形容词。而后她用她劳动人民的语言继续硬邦邦地说:"你说来说去你不就是想让我说我和马哥我们俩啥也没干吗。我跟你说,我们俩就干了! 我们俩就通奸了!"

俞晓红被噎得直翻眼,但她还是忍着,继续微笑着,继续用"形容词"文明地说:"小王啊,你这么说是很错误的,你要明白,你这么说,不光歪曲了事实真相,你还涉及对马勇名誉的诬陷,严格地说,你这就是违法了,你要好好想想。"

王建军强硬地:"我说了,我们通奸,已经就是犯错误了,再多犯一个又怕啥? 犯一个错误背着,犯两个错误挑着! 我就是爱马勇,坐牢我也不怕!"

俞晓红再次被噎得直翻眼,她再次强忍着还是微笑着说:"小王你听我说——"

王建军不客气地打断她:"你别说了!你再说啥,我俩也是通奸了。你们要爱坐你们就坐着,我卫生间还没扫干净哩。一会儿你们要走,就替我把门带上。"她站起来就走进卫生间去,很重地关上了门。

俞晓红和赵慧都气呼呼地直喘粗气。这个卫生间,俞晓红上过,赵慧也上过,她们都是以主妇的身份使用这卫生间的,都把自己的牙膏牙刷口红粉底霜什么的放在那里过,把那里温馨地布置成自己私密的空间,而现在,这儿却被这个山东小包子理直气壮地霸占了,而且她还很响地摔门给她们看,她有什么资格给她们摔门啊!

赵慧气得凑过来,压低声音道:"俞晓红,算了,别再说了,一个小姑娘,这么强硬坚持,我看她说的可能就是事实。对马勇,你也有不了解他的那一面,你光听他嘴上说得好!我就想起一部电视剧里的台词:你宁可相信这世上有鬼,你都别相信男人那张破嘴!不过,不管怎么说,俞晓红,今天的事儿,我谢谢你了。"

张琪也凑过来压低声音道:"晓红,我也觉得算了,我估计,很有可能,是马勇一时没有能控制住——"

俞晓红断然地说:"不可能! 我相信马勇的基本品德! 我不能保证马勇这一辈子感情绝对不会出轨,但我能保证马勇绝对不会玩弄妇女! 马勇就是跟人上床,也绝对是以爱着这个人要跟她结婚为前提的!你们不相信他我相信他!"她断然地站起来,放开声音对卫生间喊道:"小王,王建军,你出来!"

王建军从卫生间里出来,态度愈发强硬,说:"咋?还想跟我说?"

俞晓红冷冷一笑,不再用"形容词"说话,也很劳动人民地说:"小姑娘,跟我叫板是吧?不就是撒泼吗,那咱们就来撒泼。你别以为知识分子还是过去老旧迂腐文绉绉的书呆子,现在的知识分子都是复合型人才。知道什么是复合型人才吗?就是什么都能操练!"

王建军不明白地眨巴着眼睛:"你,你啥意思?"

俞晓红说:"不就是通奸吗?好,那咱们就说通奸!我跟马勇结婚七年,是我跟他通奸的次数多还是你跟他通奸的次数多?是我更熟悉他在床上的样子还是你更熟悉他在床上的样子?你说你跟他通奸了,好,那我问你,马勇在通奸的时候,他是事先喝一杯水呢,还是完了以后再喝水?"

王建军对这个问题十分紧张,她自然不知道,但她强绷着说:"他,他先喝水!"

俞晓红说:"错!他根本就不喝水!他先抽一棵烟,完了他累了,就再抽一棵烟!"

王建军瞠目结舌,哑口无言。她不知道男人是这样的。

俞晓红厉声道:"你连这也不知道你就敢说啊?"

王建军不说话,额头的汗开始渗出来。

俞晓红继续逼问她:"我再问你,马勇累了,睡觉了,他是打呼呢还不打呼?"

王建军更加紧张,汗更多地渗出来,这个问题她更不知道了,但她还强绷着,猜测了一个,说:"他,他打呼!他累了当然打呼!"因为她在山东即墨乡下的爹睡觉就打呼。

俞晓红说:"你又错!马勇完了根本就不睡觉!如果女方让他心旷神怡,完了他会很兴奋,反而睡不着了!他兴奋得睡不着他干什么呢?他唱歌!他唱《两只蝴蝶》。他就爱听和爱唱这个。什么'亲爱的,你慢慢飞,飞过丛林去找小溪水……'他一直唱。就这么飞呀飞呀,然后,天就亮了。马勇他就是这么一个货,爱说爱唱嗓子永远也没个歇的时候!"

王建军再次瞠目结舌,哑口无言。她不知道马勇是这么一个品种。

赵慧甚至也听得惊愕不已,眨巴着眼睛,显得闻所未闻。她跟马勇在一起的时候,完事之后,马勇从来没有为她唱过歌,赵慧不禁有一点悻悻然,觉得让俞晓红把她比下去了。

张琪也显出匪夷所思的样子,他也不知道马勇还有这个侧面,愕然地瞪大了眼。

俞晓红又逼问王建军道:"你听过马勇唱歌吗?"

王建军毕竟是农村丫头,毕竟老实,她老实地摇头承认她没有听过。她们村几辈子都没听说过这种事情。

俞晓红于是更为厉声地说:"你连马勇唱歌都没听过你就敢说和马勇通奸了?你就敢说马勇已经是你们家的老马了?小姑娘,你这一套是很容易被戳穿的!你还太嫩你知道吗?另外我还要严肃地告诉你,你这是欺诈你知道吗?欺诈是触犯刑律的,你知道吗?!"

王建军低头沉默着,而后,她被吓哭了,哇的一声哭出来,哭着,走进卧室里去。俞晓红、张琪和赵慧都不由得担心地站起来,不知她要干什么。少顷,王建军哭着从卧室里拿着她的衣物走出来,她本来带来的衣物就不多,片刻就收拾好了,她哭着向门口走去,走到门口,又哭着折回,哭着走进卫生间里去。俞晓红、张琪和赵慧又都不解地看着,又都不知道她要干什么。王建军从卫生间出来时,手里拿着一双拖鞋,她哭着对俞晓红等三人声明道:"这是我自己的拖鞋。"表示她不会拿马勇家里的东西。而后,她从兜里掏出钥匙放在茶几上,拿着她的拖鞋和衣物,一路哭着出门离去。

她回她的包子铺去了。

俞晓红长长松了一口气,有些惭意地对赵慧说:"我刚才说话是不是太野了一点?"

身为妇联领导干部的赵慧也骂了一句粗话:"妈的,就得这么操练!"

赵慧对俞晓红分外感激,执意要请俞晓红和张琪吃晚饭。俞晓红和张琪拗不过赵慧,三人便去了一家西餐厅。赵慧做人原则板正僵硬但却是个实心眼的人,为了表现自己的感激,她拼命地点菜,弄得俞晓红和张琪连连制止她,说:"赵慧,够了,够了,吃不完!"赵慧仍不罢休,又点了红酒和饭后的甜点。俞晓红说:"赵慧,酒就算了,不要了!"赵慧则坚持地说:"酒是一定要的!"等红酒端上来后,她亲自给俞晓红斟满酒,端起杯道:"俞晓红,今天这件事情,我确实要谢谢你。我自己在妇联本身就是做妇女工作的,天天处理女人的各种家庭问题,可是当局者迷,遇到自己头上就迷糊了,要不是你,我……就像你说的,我以后可能会后悔的,会很后悔！"

俞晓红让赵慧说得有些不好意思，尤其是赵慧夸她，她有些怪怪的感觉，说："我也就是觉得，爱一个人，就要对他有基本的信任。当然，这只是我个人对马勇的感觉和体会，仅仅供你和他相处时参考。"

赵慧很实心眼地说："你说得很对，我是得要好好想想。"

张琪也笑着举起酒杯："好，今晚是皆大欢喜！来，干杯！"

三人把酒言欢，其乐融融，不亦乐乎。三人都忘了马勇，尤其是张琪，他一颗心此时全在俞晓红身上，一边喝酒，一边看着俞晓红，听她说话，眼角眉梢都幸福地洋溢着笑，完全忘了要给马勇打电话告知他消息。马勇跟张琪说好一有结果马上要给他打电话的。

马勇此时就坐在日报社记者部空无一人的大办公室里等电话。街上的灯光从窗子里透进来，映照在马勇的脸上，显得他的脸斑斑驳驳的。他心神不宁地坐在行军床上，这些天他无家可归都睡在这张行军床上，不时焦急地看着手表，每一分钟都想着电话快来了，电话在下一秒钟就会响起！他全然不知道张琪此刻重色轻友已经把他忘到后脑勺去了。

马勇没有等来张琪的电话，却把有着一张向日葵脸的主管上司张锦秀等来了。张副社长开完会回家，走过走廊，看到这么晚了记者部的办公室里还亮着灯，就推门进来看，结果她就看见了马勇。她看见马勇居然弄张床在办公室里躺着，向日葵一样的硕大圆脸皱起来了，脸上都是黑雀子，就像向日葵圆盘上黑色的星星点点的葵花籽，她就这样张扬着她满脸的葵花籽儿皱着眉头瞪着马勇。

马勇心惊肉跳，慌忙站起，谄媚地说："是张社啊！这么晚了您还没有回家啊？"

张社不予回答马勇的这个问题，领导这么晚了回不回家不是马勇这等小民该问的，她皱着眉说："马勇，你不是有家吗，你怎么睡办公室啊？还弄张床来？"

马勇语塞，更加慌乱，紧张得又结巴起来："这个，这个……"

马勇的紧张和支吾让张锦秀全部都想起来了，她说："对了，马勇，你舅舅不是过世了吗？你不是从乡下回来处理丧事吗？你舅舅已经火化了吧？这么晚了，你不待在家里，怎么还在单位里啊？连床都搬来了！你是在加班吗？"

紧张慌乱中的马勇灵机一动，顺着张锦秀的话说道："啊，对，我舅舅，他老人家，目前躯体尚在人间！"他说了一个含糊的中性的词儿，他不愿意咒他还活着的亲舅舅死,便说躯体尚在人间,张锦秀也可以理解为人还没烧,而后马勇又说:"对对对!我是在加班工作!我想把这次下乡的稿子赶紧写出来。家里不是乱嘛,我就住到单位来写。我想,单位的事再小也是大事,我个人的事儿再大也是小事。张社,作为新中国的青年人,我应该努力工作!"

张锦秀赞赏马勇的态度,眉头舒展了,说:"好,马勇你这种思想和作风很好。"

马勇一脸真诚,继续谄媚地说:"张社,我觉得在您的领导下工作巨幸福!我老在想,在您的领导下,我要不这么拼命地干,我活着还有什么意义呢?我还不如死了算了!张社,我在日记里写了四句话不知合不合适,我念给您听听:'我是报社一块砖,东西南北任你搬,样样工作冲在前,谱写美好的明天!'"这四句顺口溜是马勇和张琪一起从网上抄来的,作为他俩每年写工作总结或是写决心书的备用语,网上现在什么都有,从卖假药到提供写报告的经典常用语汇。

张锦秀喜笑颜开,脸上的每一粒"葵花籽"都闪闪发光,连连说:"好好好!说得好!马勇啊,报社的记者同志都应该向你学习。这样吧,明天我给你们记者部主任打个电话,让派个记者也采访采访你,也给你写篇稿子。我们记者的队伍里也应该树立先进模范人物嘛!"

马勇吓死了,慌忙阻止,因为报社其他人也都从网上抄这样的豪言壮语来写报告和决心书,一表彰他就穿帮了。马勇赶忙说:"别别别!张社,千万别!我晕!我努力工作就行了,表彰的事儿就免了!我的人生宗旨就是:我要做一根蜡烛,燃烧的永远是自己,照亮的永远是别人!不求名利,只为耕耘!"

张锦秀更加欣赏马勇了,说:"好,你这个年轻人不错!那你注意劳逸结合啊。我走了。"

马勇谄媚地把张锦秀搀扶出办公室去:"张社您走好啊!您千万走好!"

马勇送走张锦秀,返身回来,长长出了一口气,擦去满头的汗,心里恶狠狠地骂道:"我叉你们领导的大爷!"而后他重又躺在行军床上,不停地看表,继续等张琪的电话。

张琪和俞晓红、赵慧依旧在吃饭喝酒,他依旧没有想起马勇来。

赵慧脸喝得红扑扑的,话语里也多了几分亲热,去了俞晓红的姓,直接叫她道:"晓红,毕竟你跟马勇比我跟他时间要长得多,你更了解他,你再跟我说说,我跟他相处,除了你刚才说的我应该更信任他之外,我还有什么地方做得不够的?我确实想跟马勇处好!"

俞晓红也喝得红扑扑的,说:"赵慧,我要是话说重了你别介意啊。我觉得你,也许是你机关办公室坐得时间太久了,你从思维到行为,都有点,怎么说呢,有点硬邦邦的。男人不喜欢女人硬邦邦的。"

张琪插进来说:"对,男人喜欢柔情似水。"他眼睛喝得水汪汪地看着俞晓红。

赵慧不理解,说:"我硬邦邦的吗?"

俞晓红说:"是。像上次马勇领你儿子去洗澡,我都听马勇说了,你思维观念就太陈旧,很武断。而且,我估计,你和男性相处,你也硬邦邦的,你不会来事儿。"

赵慧更不理解:"什么叫'会来事儿'?"

俞晓红笑她真是太干部了,爽直地说:"说文化一点,女人,和自己的爱人在一起,就得会风情万千,说通俗一点,就得会骚。这个骚可不是淫贱,而是说要热情如火,你要会把你的爱人融化了。"

赵慧恍悟道:"哦,是这样啊⋯⋯"她又一下想到了唱歌的事儿,心里又有一点悻悻然起来,她想马勇和她睡觉,从来就没有为她兴奋而激情地唱过《两只蝴蝶》,是不是就是因为她不会骚?或是骚了但还骚得不够呢?

俞晓红继续道:"赵慧,我再给你举个例子。像情人之间,夫妻之间,在咱们中国,好些女的,尤其是相处和结婚时间长了的女性,在自己男人面前那就什么风情都不讲了,蓬头垢面,平常就穿个大裤衩子在家里晃,眼屎也不擦。但我看过一份材料,说法国有一位女士,结婚三十一年了,有一次她丈夫出差而她病了,躺在床上,她丈夫坐飞机从一千多里地赶回来,她丈夫一敲门,她一听是她丈夫,就说:'你等等!'她不给她丈夫开门,而是挣扎地爬起来,先去洗浴,然后去化妆,仔仔细细地化妆,然后穿戴好,把自己从头到脚打扮得漂漂亮亮的,再然后才打开门,迎接她的丈夫!她不允许自己有一丝邋遢地出现在丈夫面前,她要永远在丈夫面前保持着风情,她要永远让她的丈夫爱她!"

赵慧听得怔怔地,这些她都是闻所未闻,尽管她是妇联搞妇女工作的。她只教给妇女要争取男女平等,而从来不教如何让男人来永远爱她们。

张琪又是爱慕和钦佩地看着俞晓红,看得痴迷。

跟我的前妻谈恋爱

俞晓红一回头看见了张琪目光炯炯如贼："你老看我干什么？"

张琪臊红了脸，尴尬地笑，说："说真的，晓红，你，你真可爱！"

俞晓红也有些羞了，她突然想起来，岔开话题道："张琪你还不快给马勇打电话！"

张琪闻言猛一拍脑袋，他也想起来了，他想马勇这阵儿肯定恨他恨得咬牙切齿了。但张琪又犹豫地说："这阵儿，咱们饭都快吃完了，还叫他来啊？"

俞晓红笑着看看赵慧，对张琪说："正因为饭吃完了，才更要打电话让他过来呀！"

赵慧不由羞红了脸，不自然地低头笑着。

张琪醒悟过来，大笑，说："好好好，我去打电话！"他跑出餐厅去打电话，告知马勇一声后，就在门口等着马勇来。他之所以要到餐厅门口来打手机，就是为了要等马勇，他有个事情必须要单独问问马勇。

半小时后，马勇从马路对面下了出租车匆匆地跑过来，一脸喜气洋洋。

马勇说："妥了？"

张琪说："妥了。"

马勇又追问一遍："拿下？"

张琪说："拿下。"

马勇愈发地眉开眼笑，拔腿要往咖啡厅里走，却被张琪拉住了，先不让他进去。

张琪说："马勇，我先问你件事儿。"

马勇说："啥事？又是你要把八万块钱给我？好，拿来，我笑纳了。"他伸手就到张琪兜里要掏抢张琪的存折。

张琪打掉马勇的手："你别打岔！我问你，你做那事儿的时候——"

马勇说："哪事儿？"

张琪说："就是那事儿，晚上跟老婆做的那事儿。"

马勇说："嗨，你直接就说做广播体操呗，四肢运动。怎么了？"

张琪说："做完以后，是不是，你就开始唱歌？"

马勇一愣："我唱歌？！"

张琪说："是啊，你兴奋得睡不着，然后你就唱歌，唱《两只蝴蝶》，就是那个'亲爱的，你慢慢飞，飞过丛林去找小溪水……'你不停地唱，一直唱到天亮，是吗？"

马勇叫了起来:"我有病啊?!谁完了以后大晚上还唱歌啊?那是半夜狼叫!完了以后人困乏得只想睡觉,我还唱歌?我还唱到天亮?我还唱《两只蝴蝶》? 我怎么不唱《两只老虎》呢! 是俞晓红她平时喜欢唱《两只蝴蝶》。是谁说的我完事了就唱歌?"

张琪说:"就是说,你没唱歌?"

马勇理直气壮地说:"当然我不唱歌! 我又不傻! "

张琪明白是怎么回事了,他忍不住哈哈笑,而且越想越好笑就越笑,直笑得蹲在地上。

马勇却不明白是怎么回事:"你怎么了? 笑什么呀? 这有什么好笑的?"

张琪好不容易止住了笑,也不解释,他不能把俞晓红卖了。张琪站起来,说:"没什么,没什么,走走,快进去吧。"他拉着马勇走进餐厅去,一直把马勇拉到赵慧面前,说:"赵慧,我把马勇给你押来了啊! 现在,要杀要剐,都由你! "

赵慧羞涩地低着头,只是笑。

马勇看着赵慧柔顺欢愉的样子, 进一步证实暴风雨确实已经过去,他也笑了起来。

俞晓红一脸笑容地说:"好,接着就该你们俩去处理你们的事儿了。"她说着,朝张琪使使眼色。张琪会意,看看表,说:"时间不早了,那咱们撤吧。我去买单。今天我请客。"他向柜台走去。有俞晓红在的时候,张琪总是无限大方。赵慧急忙站起来:"不不! 张琪,这绝对不可以! 说好是我买单的! "她从拎包里掏出钱包,急忙追赶张琪而去。赵慧是实实在在地想要买单。

餐桌这儿就剩下了俞晓红和马勇, 一根没熄完的红蜡烛映照着他们俩。

马勇坐下来,在摇曳的烛光中,看着俞晓红。

俞晓红刚才还笑容满面的脸此刻冷淡下来, 又淡淡地说:"看什么? 我长得像太太口服液吗,你这么渴望地看着我?"

马勇不理会俞晓红又对他报复性的调侃,真诚地说:"俞晓红,谢谢你。在这么多的人里,还是……还是你最能理解我。我谢谢你。"

俞晓红依旧冷淡地说:"你也别谢我,因为你帮了我,我也顺便帮你一把,咱俩扯平。"

马勇说:"但是我还是要谢谢你。不过,俞晓红,我也想问你一句,你别生气——"

俞晓红警惕起来,说:"什么?你嘴里又想吐什么象牙呢?"

马勇严肃地说:"我说正经的。就是,你当初,咱俩没离婚的时候,咱俩还在一块的时候,你……你那时候怎么不对我这样有耐心,这样通情达理呢?"

俞晓红闻言不语,沉默着,蜡烛摇曳的光影在她脸上明明暗暗着。

马勇追问道:"你当初怎么不这样呢?"

俞晓红有些凄凉酸涩地一笑:"其实这个问题你自己已经回答了,你自己不记得了?"

马勇不明白:"我说什么了?"

俞晓红说:"就是我上次跟张琪逛商场,我也问过你,问你当初表现怎么不这样有耐心怎么不这样好呢?你说:'当初咱俩是夫妻,现在咱俩是朋友。'你让我自己琢磨去。现在,我把这句话再还给你:你也自己琢磨去吧。"

马勇想起来了,他确实说过这句话。

马勇也无语了。

第 8 章

马勇和赵慧,俞晓红和张琪,两对关系有点奇特的恋人在餐厅门前互道再见,而后分头行动。俞晓红和张琪沿着大街慢慢向前走,夜色中的大街灯火阑珊,空气中有一种慵懒的味道,让人想到床,想到滑腻甜香的沐浴露,一切都袒露出夜的粉红色的诱惑来。张琪走着,不住地扭脸爱慕地欣赏俞晓红,心里在盘算着该怎样出击,他觉得不能就这么回家去睡觉,他得继续干点什么才行,他跟俞晓红接触了这么久,他还什么都没干哩!张琪盯着俞晓红如天鹅般美丽修长的脖子看,十分的热爱,他脑子里琢磨考虑着,想,如果今晚能够得逞的话,或许应该先从这脖子下手?

俞晓红一扭脸又看见了张琪目光炯炯如贼,打趣地说:"你老这么看我干什么?又觉得我也应该上电视去使劲地侃?完了我也写本书,我也从银行往家搬个三五百万的?"

张琪不由红了脸,做贼心虚地把目光从俞晓红的脖子上移了回来。他在俞晓红面前老不自信,平时那种调侃和幽默都不见了,而变得笨嘴拙舌。他红着脸不自然地笑,一本正经地说:"我那是跟你开玩笑。不过,晓红,我今天对你又有了更深的认识。过去,我就觉得你漂亮,气质好,今天我发现你的内在比你的外在更美,你大度,知识面广,素质好,还机智幽默,你不僵化你很睿智。我能跟你交朋友,我……我备感荣幸。"

俞晓红笑了起来,反过来调侃张琪:"张琪你怎么了? 怎么你说话倒像个科长了? 像是给我作总结评语,或者像是念我的悼词,尽挑好的说了,还文绉绉的,好像生怕别人不知道你起码初中毕业似的。你平时不这么说话啊! 你平时那些幽默调侃洒脱都上哪去了?"

张琪更加地红了脸,心里很是着急自己在关键时候掉链子。他一急,平时的幽默就冒出来了一点,说:"我也不知道。人家都说,天不怕,地不怕,就怕流氓有文化,我一见了你,我就……我就有文化了。"

俞晓红不由得被张琪的这句话逗得哈哈大笑。

张琪见有所斩获,于是进一步行动,乘机挽起俞晓红,亲昵地说:"晓红,咱们看电影去吧? 去看那种通宵电影!"

俞晓红的身子在张琪的臂弯里不易察觉地颤抖了一下,她止住了笑,下意识地扭头向后望去,远处,人行道上,也是在灯火阑珊处,赵慧正挽着马勇,俩人的背影亲昵地沿大街慢慢走去。俞晓红的神情冷淡了下来,淡淡地对张琪说:"我今天有些累了,我想回去了。"

张琪一怔,怅怅然,凉了下来,他松开俞晓红,重又规矩地说:"那好,我送你回去。"

张琪讪讪地去拦出租车,讪讪地送俞晓红回她姐姐家去,结束了今晚的行动。

马勇和赵慧的行动却进行得如火如荼。

在张琪送俞晓红回去睡觉的时候,赵慧却不让马勇回家睡觉,赵慧让马勇去她的家,而且不等马勇表态,也去拦下一辆出租车,拉着马勇就上车驶去。进到家来,赵慧让马勇坐在沙发上,亲手给他脱鞋,拧来热毛巾让他擦脸,同时沏来参茶让他喝下,一切都在向马勇显示她冤枉了他而向他赔礼致歉,柔声地说:"马勇,这两天,你是不是生气了?"

马勇则像个大爷似的吊着个脸，仿佛还沉浸在愤然中，冷冷地说："你说呢？"

赵慧更加地柔声细语，柔声中添加了撒娇的妩媚："马勇，你别生气了嘛，啊。"

马勇不为所动，依旧冷着脸，突然一声大喝："跪下！"

赵慧不由得愣住了，继而气得眼睛瞪起来："你说什么！！你让我给你跪——"

马勇却扑通一声双膝朝赵慧跪下，嬉皮笑脸地说："我是说我给你跪下！"

赵慧又一愣，咯咯地笑起来，伸手去打马勇："你就给我闹吧！"

那个贫嘴而又赖皮的马勇又回来了，赵慧想死这个贫嘴又赖皮的马勇了。

赵慧把马勇从地上拉起来，拉回沙发上坐下，瞅着马勇，笑呵呵的，很是欣赏地说："你就这一点好，能逗人开心——来，亲我。"

马勇和赵慧亲一个嘴，笑着揽过她来："以后别惹领导生气了啊。"

赵慧依偎在马勇怀里："我没成心想惹你生气。"而后，她更亲昵地凑近马勇，道："我让我妈今晚把刚刚接走了，我让刚刚今晚就住在姥姥家别回来了，明天一早让我妈直接送他上幼儿园去，今晚，家里就咱俩。你这下不生气了吧？"

马勇这才想到这老半天在屋里也没看见那个泼他水的捣蛋儿子，他笑得更浓烈了，愈发像个首长似的说："好！小同志，干得不错嘛，年底评你当一个先进工作者——来，再跟领导亲个嘴。"

赵慧却没让马勇亲，她本能地皱起眉头认真地批评马勇："马勇，咱们玩笑归玩笑，但是以后你别拿上级领导啊，先进工作者啊，这种话题来乱开玩笑，这很不严肃，好吗？"

马勇则皱起眉头说："嗨嗨嗨，你又来了！这是在家里嘛，弄那么僵硬干什么？俞晓红刚才不都说你了吗？"

赵慧不说话了，她想起俞晓红确实说过她，她还想起了俞晓红告诫她女人应该风情万千的那些话，她不好意思地讪讪地说："我都已经成习惯了。"

马勇又亲昵地揽过赵慧来，教导她："以后在家别那么严肃，在家就应该轻松活泼愉快。我就要跟你很不严肃！来，你说：请领导和我亲嘴，领导辛苦了，请领导好好地亲。"

赵慧不说,这种不严肃的话赵慧还是觉得说不出口,但赵慧和马勇亲得叭叭地响。

马勇和赵慧亲吻了一小会儿,他的血液流速就开始变化,血脉开始贲张,他总是不能和赵慧最终……这让他总是饥渴和期盼着而且身体变得特别敏感,他已经闲置了太久,他决心今晚无论如何要把事儿干成,而且今晚看来已无障碍让他不成功,他亢奋地拉着赵慧从沙发上站起来要进卧室去。赵慧也眼神迷离了,每次都不能尽兴她也被撩拨和积累得特别焦渴,她顺从地让马勇把她拉起来,但她突然又想起来什么,用手挡开马勇,先让这事儿暂停下来。

赵慧认真地说:"马勇你先等等。马勇,我想问你件事儿——"

马勇着急地说:"又怎么了?完了你再问好不好!完了你问我银行卡的密码我都说!"

赵慧不理会马勇的调侃,她认真地很有些不好意思启口说:"就是,咱俩,每次,那个……就那个完了之后,你怎么不唱歌呢?我怎么从来没听见过你完了之后唱歌呢?"

马勇莫名其妙:"我唱歌?怎么今天全问我唱歌?"他想起张琪也问过他唱歌的事儿。

赵慧更加羞红了脸,羞涩地但急切想知道地说:"是不是,我不会来事儿?我,有点硬邦邦的?我不够性感?我,不够……骚?是不是我不能……不能让你尽兴?所以你就不够兴奋,你不够兴奋就不会睡不着觉,所以你就不唱歌,是吗?"

马勇更是莫名其妙,不知怎么回答:"这个,当然嘛,性生活的满意度嘛,都是看个人感觉……问题是,就算我尽兴,我干吗要唱歌呢?"

赵慧急了:"马勇你就跟我说实话嘛你别跟我绕圈子了!是不是我做得不够好所以你不唱歌?马勇你就跟我明说嘛!我改。我可以考虑改!"

马勇性急地一把抱过赵慧来,笑着说:"咱别说唱歌的事儿了,不能让领导等急了——"

赵慧又一次坚决地推开马勇,说:"不,你先等等!"

赵慧有些神秘和妩媚地对马勇一笑,而后走进卫生间去,关上了门。

马勇愈发莫名其妙看着她神神秘秘地离开,他猜不到她突然进卫生间去干什么,只有充满狐疑地等待着。

赵慧奔进卫生间来,从镶嵌在墙上的小收藏柜里拿出一个还未拆封的包装精美的盒子来,这是她在德国留学的表妹去年回国送给她的香奈儿化妆品,表妹送她的时候说这么一小盒要一千七百马克。她一直没有用,除了觉得把这么贵的东西涂在脸上简直就像烧钱一样,另外,主要的,她觉得她一个妇联领导干部,每天把自己描画得红红绿绿五彩缤纷,怎么去上班啊?同志们会怎么说啊?领导和组织上会怎么看她?所以她连盒子上的包装纸都没有撕去。但今晚,她决定使用这个德意志国家制造的用品让自己也资产阶级一把!她想起俞晓红几个小时前刚跟她说过的,那个法国的大妈即使病在床上也要爬起来先化好妆才开门面见归家的丈夫,那个故事现在还在她脑子里萦绕回荡挥之不去,还有俞晓红说的马勇为她款款深情歌唱的事儿,这像一根锐利的刺把赵慧刺疼了。赵慧急切地撕掉了包装纸,把那些粉啊霜啊水啊全拿出来,走到镜子前,在夜半时分,开始化妆。赵慧在自己脸上细细地涂着粉底、画着口红、描着蓝色的眼影,她心中的目标是《满城尽带黄金甲》中巩俐那个蓝眼红唇金灿灿的样儿,她要把自己造型成那样,而且最后也要把胸像巩俐那样挤出一道美国大峡谷来。

马勇坐在外面的沙发上等,时间在夜里一点一点地过去。他无聊地拿起茶几上一大沓报纸来看,从第一版看到了最后一版,最后连报纸中间夹缝里的什么交友什么卖家具卖手机卖灭鼠灵的广告都看了。而且马勇越坐越不舒服,内心燥热,下体一直硬硬地翘着,他努力想先平复下去,就像让麦子倒伏下去一样,但他做不到,从生理知识上马勇知道这是血全涌到那儿的结果所致。马勇在燥热和难受中忽然想到:如果人倒立起来,让血倒流,那儿没血了,是不是就倒伏了?马勇决定拿大顶让自己倒立,反正报纸也看完了也没什么可干的了,于是他起身走过去,双手撑地脚朝上靠在墙上,开始让黄河水倒流。马勇拿着大顶做着运动,这一招果然有些效果,他明显感觉到那儿的血开始像潮水一样渐渐地一点一点退去。马勇想这办法或许应该向所有在深夜睡不着的男人推广,因地制宜,简便易行。他一边继续运动驱血,同时眼睛朝下瞄着卫生间紧闭的门,期盼着赵慧快点儿出来,毕竟要最终解决这个问题不能光靠拿大顶。终于,马勇听见卫生间的门吱的一声响,开了,接着,从他倒立着的眼睛看过去,他看见赵慧的一双涂抹了豆蔻色指甲油的脚娉娉婷婷地朝他走过来。马勇忙喜滋滋地翻身过来,一望之下,笑容僵硬在脸上,他一时看傻了。

赵慧描画得蓝莹莹又红彤彤的,胸挤压得像半个圆茄子,对马勇嫣然地笑着,摇摆着腰肢朝他走过来。赵慧理解婀娜多姿风情万千就是这样的。

马勇傻愣愣地看着画成像波斯猫又扭摆成眼镜蛇的赵慧,不知说什么好。

赵慧扭啊扭地走过来,在沙发上坐下,又温柔亲昵地拉过马勇来,挨着他坐下,道:"马勇,我知道,我过去不够好,我缺少情趣,僵硬,尤其是,人家国外的妇女,都那么大岁数了,人家见丈夫还要化妆,人家在丈夫面前永远要保持一种风情,而我,在这方面,自从跟你熟了,就更一点都不讲究,一点风情都没有。马勇,我愿意改,我愿意为你改!"

马勇听不明白赵慧说的是什么,也不明白她突然变成这样是……便秘得厉害了?马勇隐约记得在一本医学书上看过有些女人要是便秘的时间太久是会精神失常的。马勇不禁很担忧地望着赵慧。

赵慧拼命地让自己妩媚,柔情蜜意地说:"马勇,我知道你爱唱歌。我知道你爱唱《两只蝴蝶》。我知道你兴奋了才会唱。我会让你兴奋的。我……我先给你唱,好吗?"

马勇更加担忧赵慧了,这种神态分明是便秘得厉害了。他想阻止赵慧让她睡觉去,但来不及了,赵慧已经为他歌唱了起来。

赵慧其实心里非常地紧张,她没有在半夜里唱过歌,她只在半夜里扯过呼,她竭力克制着紧张,不自然地笑着,声音透出颤抖来,含情脉脉地对着马勇唱道:"亲爱的,你慢慢飞,飞过丛林去找小溪水。亲爱的,来跳个舞……"

马勇快要崩溃地望着赵慧。

赵慧继续声音发抖地唱着:"我和你缠缠绵绵翩翩飞,飞越那红尘永相随,待到秋风起,秋叶落成堆,我和你一起枯萎也无悔——"

马勇终于崩溃了,抱着头叫起来:"啊哟,本·拉登啊,你快派人来把我暗杀了吧!"

赵慧吓了一跳,停止了歌唱:"怎么了?我是不是有点……有点不太自然?"

马勇拼命忍着笑:"我说了你别气,不是'有点',是特别!是简直!"

赵慧沮丧地说:"我就不会这些。"稍停,她又给自己打气道:"不过,我是第一次唱,我还不熟练,以后我慢慢会熟练的,会好的,我会让你喜欢的。"

马勇叫起来:"你还唱啊!"他又望着赵慧的脸笑道:"你赶紧把脸洗了吧,像个金丝猴!"

赵慧扭脸对着客厅墙上的镜子照照，羞臊不堪："刚才化妆的时候，我也觉得别扭。我这样要是去我们妇联，同志们非吓晕了不行。我以为你喜欢哩。"她又扭头朝墙上的镜子再看自己的造型，这回她别扭和难过得快要哭了。

马勇说："是啊，相比之下，我宁可喜欢你硬邦邦的，起码还自然一点。"

赵慧不说话了，她本来想好好超越一下俞晓红的结果却适得其反，情绪一下沮丧了起来。马勇也不说话了，赵慧的情绪传染给了他，他也感到了别扭和一丝沮丧。马勇发现那儿已经完全不淤血了，燥热也全然消退了去，反而有一股凉意正从尾椎骨顺着脊梁蹿上来。马勇，还有赵慧，两个人坐在沙发的两端，都挺不自然，都一时无话可说，尴尬地沉默着。

赵慧打破了沉默，她还想为王建军的事儿补偿一下马勇，故意很骚地说："挺晚的了，走，马勇，咱们上床去！"

马勇发涩地一笑，说："算了，我知道你已经没情绪了，其实我，我也没情绪了。"

赵慧也讪讪地发涩地一笑："这事儿就这样，一打岔，就没情绪了。"

马勇站起来说："我回去算了，回去睡。"

赵慧也顺势站起来说："也行，你回吧。要不在一张床上，别别扭扭的，俩人都睡不好。"

马勇很是沮丧，他想说临门一脚他又没踢进去，但马勇什么都没说，他想说出来会更加堵心，就缄默地走了。

马勇于是和张琪一样也毫无建树地结束了今晚的行动。

在这个晚上无比沮丧和伤心的还有王建军。

王建军下午从马勇家又重新回到包子铺来便一言不发，她拼命地干活，在那个硕大的面盆里揉着硕大的一团面，那盆面有四十多斤，她咬着牙，流着汗，发狠地揉着，像是要把所有的情绪都狠狠揉进面里去。

刘婉香对王建军的回归高兴死了，高兴得神经都不正常了，他一直站在王建军身边，给她擦汗，给她拿扇子扇凉，给她倒茶递水（尽管王建军不喝而且看都不看一眼），他甚至还买来两个芒果，剥了皮，拿醋泡着，准备泡几个小时后给王建军吃，他听说吃醋泡芒果可以治皮肤干燥，因为他看见王建军这些天在马勇家住着脸上皮肤有些发干，有点起皮了，他不知道要为她干些什么好。刘婉香一边为王建军干着这些,一边絮絮叨叨地对她表白着:"王建军你别伤心了,你又回来卖包子就对了。你想,狗尿苔(一种野地里的草生植物)能长到城楼上去吗?咱狗尿苔就得在庄稼地里长着。别人都嫌弃你,俺不嫌弃你,俺还对你好!俺比以前对你更好!你要是冷了,俺就是你的棉袄,你穿俺!你要是热了,俺就是你的扇子,你扇俺!你要是饿了,俺就是你的馒头和菜,你吃俺!你要是累了,俺就是你的板凳,你坐俺!俺会对你可好可好!你咋不说话?你说句话嘛!"

王建军开口说话了,她对刘婉香说:"你娘的臭脚!"

刘婉香一时没明白过来王建军用家乡的土语骂他:"你说啥?"

王建军痛苦地叫嚷道:"你叨叨叨叨没完没了地说你烦死我了你滚远点你娘个臭脚!"

刘婉香嘿嘿地笑了,王建军只要开口说话他就高兴,他怕她憋坏了,哪怕她骂他。

马勇从小街的拐角朝这边走过来,远远地,在夜色朦胧中,他胖大的身影像一个陀螺。

王建军还想朝刘婉香发泄心中的痛楚,一眼看见了马勇,哧溜一下便跑进包子铺的里间去,紧紧关上了门,不像以往看见马勇就欢天喜地迎上去。

马勇情绪不高地走过来,他已经走过了包子铺,向家走去,突然又站下,折返回来,他想起来觉得应该有必要跟王建军说两句,于是他又走进了包子铺,看见了刘婉香和搁在案板上的那一大盆面,他问:"小刘,小王呢?"

刘婉香此时已经完全抹去了对马勇一贯的仇恨和冷漠,通过这件事儿,证明马勇和王建军没有任何关系,而且王建军这么一闹,她跟马勇以后也彻底没戏了,刘婉香分外地欣喜,热情地招呼马勇:"马哥来了?马哥坐!"而后他朝包子铺紧闭门的里间努努嘴,说:"一见你来,就躲到里头去了,她臊了,怕你骂她哩!"

马勇笑了,推开里间的门走进去,里间没有开灯,借着从街上透进来的微弱昏黄的光亮,他看见王建军黑黢黢地缩在角落里,像个小鸡崽一样。马勇笑道:"王建军,你一个人躲到这儿干吗?走,跟我出去。外面亮畅,到外面去说话。"王建军声音低得像蚊子叫,平时她都是高腔大嗓嚷得一条街的人都听见,她低声得像嘟囔一样地说:"不,我不出去……"马勇哈哈地笑,走过去,一把就将王建军扛了起来。王建军在马勇的臂弯里挣扎着,马勇硬扛着她就从里间走到明亮的灯光下,把她放在凳子上,让她坐好,笑笑地望着她,调侃道:"你那阵儿说跟我通奸,说天天都跟我通奸,嚷得一条街的人都知道,你那个天王老子都不怕的劲儿上哪去了?你这阵儿怎么害臊了?"

王建军愈发羞臊,更低地勾着头,缩着脖子不说话。

马勇伸出手去,双手捧起王建军的脸,说:"头抬起来看着我!"而后,贴近王建军的脸,说:"小丫头,你听我说,这件事儿,已经过去了!往后,谁也不许再笑话你!我奶奶家就是农村的,我奶奶家有个堂婶,堂婶有个闺女,跟你一般儿大,也跟你这么野,跟男孩打架,男孩躲到厕所里去,她都敢追到男厕所去,跟男孩们接着打。老家的小孩里,我还就特喜欢我这小堂妹。我回老家去,小堂妹撵着我的屁股喊我哥。往后,你也是我妹子,来,你喊我哥,喊哥!"

王建军的脸被捧在马勇的双手里,热乎乎的,她脸热心跳地望着马勇,不好意思喊。

马勇继续捧着她的脸催促道:"喊呀,喊哥!"

王建军喊了,羞得更像蚊子叫:"……哥。"

马勇满意地笑了,他今晚总算圆满地处理好了一件事儿,他不想跟王建军以后就像冤家对头一样,他觉得这个卖大包子的山东小妞还是蛮可爱的。马勇满意地说:"太晚了,哥要回去睡了,你们也早点收摊睡吧。"他朝小街深处自己的家走去。

王建军伫立着,凝望着马勇走去的背影。

刘婉香对这个结果也很满意,凑到王建军身边来,说:"听见了吧,马哥说了,以后他就只是你哥。你该彻底死心了吧?"

王建军也对这个结果很满意,但她却有自己的角度,她说:"我凭啥死心?我就不死心!"

刘婉香一愣:"你不死心你还想咋?"

王建军幸福地说:"他都摸我脸了,他心里是喜欢我的!他要不喜欢我他摸我脸干么儿?像小孩儿,你喜欢他你才摸他的脸呀!他喜欢我,我就还要跟他好!"

刘婉香急了,急得不知说什么好,连连啐她:"呸!呸!呸!你瞎想八想!你,你,你刚才不是都已经喊他哥了吗?!"

王建军沉浸在自己的幸福里,心情很好,不计较刘婉香对她态度恶劣,喜洋洋地说:"你不懂,你跟女人连嘴都没亲过,你小毛孩儿啥都不懂。女人跟男人的关系就是这样,第一年喊师傅,第二年喊哥,第三年就喊孩儿他爹了,这叫一年师傅两年哥,三年娃娃背上驮!"

刘婉香气得火冒三丈,他又开始咬牙切齿地恨马勇了,这个马勇,这个狗日的,这个城里的写字骗人的狗记者,这个到处招猫逗狗早就该让政府把他骗了的鳖蛋,你说话就好好说话,你又摸她的脸干么儿?你要摸就把她扒光了彻底地摸,你也算一个流氓里的好汉,你这么轻摸一下轻摸一下的,你还玩一个节约用水,把她更撩拨得神经了,你这个王八鳖蛋的!刘婉香又想拿砖拍马勇了。

王建军则全然沉浸在自己的情感里,她凝望着马勇走去的方向,总结着经验教训,盘算着,自言自语,同时也是说给刘婉香听:"以后,我不能再像这次这样,想赖着他,老想赖着硬跟他好。以后,我要学习,我要进步,我要配得上他。往后,我不光是奶好,我还要有知识!我的奶好,再加上我有知识,而且我还要多多挣钱,我要让有一天,让他自个儿就觉得我特好,他自个儿就想娶我!"

刘婉香想杀了马勇!

王建军没有看到刘婉香脸上凶神恶煞的表情,她继续凝望着马勇家的方向,继续顺着自己思路往下说道:"刘婉香,往后,等我嫁给了马哥,我就不卖包子了。哪有记者老婆卖包子的?我就把这包子铺盘给你,我少算你一点钱好了。我知道你想让我给你当媳妇儿,这根本就没门儿!我不能嫁给你,往后,我是一个有文化的人,我跟你不是一个层次的。刘婉香,我看,你把张彩琴娶了好了,娶了她,往后你俩一块卖包子,好吗?"张彩琴是包子铺对面卖鸡蛋灌饼的河南丫头,一左一右的眼皮上都有一块斑点生长着,民间俗称萝卜花。张彩琴一直认为国家领导人都是住在天安门城楼上的,一到国庆节,城楼底下的人一喊,领导听见了,就从城楼里出来朝大家挥手了,平时领导都待在里头不出来。张彩琴还期盼着刘德华能来尝尝她的鸡蛋灌饼。王建军认为刘婉香和张彩琴挺合适的。

刘婉香愤怒无比地大喊一声,他实在听不下去了,痛苦地蹿进里间屋去,关上了门。

这是这个晚上,第三个男人在情感上受挫。

在第二天,在大家都毫无预料的时候,发生了一件突如其来的事情。

先是早上,刚起床光着身子的马勇在卫生间里对镜刷牙,这时候外面响起了咚咚的敲门声,声音急促得像是这里发生了血案警察来敲门,马勇急忙含着牙刷就跑出卫生间去开了门。敲门的竟是张琪！他急急地从门外进来，也不说话，径直绕过马勇，跑到墙角鞋柜边，蹲下便开始翻找。马勇慌忙跟过来，急切地问："怎么了？出什么事儿了？你找什么呢？"张琪依旧不说话，依旧急急地翻找，最后他从一大堆马勇和俞晓红的鞋里找出了一双马勇的旧运动鞋，捧在手里，笑了，说："对嘛，我就记得你有一双白的耐克运动鞋，我还跟你借过的，这不是找着了嘛，我没记错嘛！"

张琪急匆匆地跑来敲门原来是为了要找这双旧鞋！

随后张琪告诉马勇：他今天约好要再陪俞晓红去逛商场，这次他要充分树立他在俞晓红心目中的形象，估计这一天又要走很多的路，所以他必须要穿运动鞋去。他跟俞晓红约好的时间快到了，所以他很着急。

马勇不由气得胃疼，踹了张琪一脚："一双破鞋，你害得我差点中风！你不会自己去买一双啊？"

张琪理直气壮地说："买一双鞋不得又花钱嘛。"

半个小时以后，张琪便穿着擦亮了的运动鞋准时地敲响了俞晓梅家的门。

俞晓梅自己来开了门，见是张琪，原本热情的笑脸马上冷凝了下来。而后她挡着门一点都不客气地不让张琪进屋，她不愿意张琪做她的妹夫，一点都不愿意，她看不上这个矮小的家伙。俞晓梅认为男人还是胖大一点的比矮小的好，像马勇那样就好，起码和胖大的男人拥抱起来接触面积大、暖和，因此她认为仅在这一点上马勇就比张琪好。俞晓梅挡着门，冷笑着跟张琪说她知道他是来找晓红的，夜猫子进宅，无事不来嘛。但是，对不起，晓红今天有事儿，不能跟他出去！张琪小心翼翼地赔着笑说，那能不能等晓红忙完了事再和他出去？他可以等。俞晓梅断然地说："不行！绝不行！"像中国人民断然拒绝日本帝国主义的无耻行径一样。而后她历数俞晓红今天有许多许多的事情要做，忙到天黑也忙不完：俞晓红要帮她打扫房间，因为今天又是星期天了！她们要拖地，要换沙发套，完了要洗衣服，完了要洗窗帘，完了还要挂窗帘，完了还要赶紧去买电，因为据说电费马上又要涨……直到俞晓红在里间听到门口的响动出来看，看见张琪来了，俞晓梅还在喋喋不休地诉说着。最后，她当着妹妹的面对张琪下了逐客令："总之，我妹妹今天绝不可能跟你出去，你请走吧！"

俞晓红见俞晓梅一脸冷若冰霜毫不通融的样子，她也为难了。她住在姐姐家里，不愿意跟姐姐搞得冰火不能相容，她歉意地对张琪说："那，张琪，真是不好意思，咱们，以后再说吧，今天真是有点对不起你了。"

张琪长叹一声，说："我倒没什么，只是，有点可惜这双鞋了。"

俞晓红被张琪的话吸引了："什么鞋？鞋又怎么了？"

张琪伸出脚来，把脚上擦得锃亮的运动鞋亮给俞晓红看，无比诚恳地说："这是我今天一大早特意跑到超市去买的一双新运动鞋。我想今天要好好陪你去逛逛商场。我已经准备好要陪你从早上哪怕一直走到晚上的！"

俞晓红不禁被感动了，扭头对姐姐说："姐，我跟他去吧！家里的这些活儿下个星期天干也行。你看人家为陪我还专门买了双新鞋，这双鞋少说也得花五六百块——张琪，你买这鞋得六百多吧？"

张琪说："一千九。"

俞晓红对俞晓梅叫道："你看看！一千九哩！"

俞晓梅硬着心肠说："那也不行，不能去！"

俞晓红的犟脾气上来了，说："我的腿长在我自己身上，我就要去！"她说着，朝自己的卧室走去，她要去简单地化化妆，梳理一下，然后跟张琪出去。

俞晓梅无可奈何，她不怕天不怕地也不怕丈夫，她就怕这个小妹，怕是因为爱，她像妈一样地爱着呵护着这个小妹妹。俞晓梅怒不可遏地瞪着张琪："你这个骗子！一双鞋就把我妹妹骗走了！"

张琪点头哈腰地说："是是是，我以后改。"

俞晓红化好淡妆从卧室出来，她看着张琪脚上的鞋又有些诧异，说："这鞋我怎么看着有些眼熟啊？马勇有这么一双，不过没这新。"

张琪的心立刻揪紧了，竭力镇定，颤抖地笑着："都是一个牌子，所以，看上去差不多。"

张琪的微笑让俞晓红的狐疑消退了，她挽起张琪，跟他走了。

张琪为自己的智慧而十分地得意。

张琪陪着俞晓红在商场里从上午一直逛到了黄昏。到黄昏的时候，他觉得两只脚就像常说的如同灌了铅一样地沉重，酸疼酸疼的。但最让张琪感到累的还不是脚，而是脚上的鞋。在整个逛商场的过程中，他最少借尿急去了三次卫生间。在卫生间里，他拿一块捡来的破布，又吐上唾沫，在擦鞋。因为那鞋走着走着就脏了，一脏就显出原有的陈旧来了，一陈旧就看出这是马勇的鞋来了，如果让俞晓红认出这是马勇的鞋那就一切都完了，所以张琪必须要时刻提心吊胆地保持着这鞋子的锃亮和崭新。进厕所来的人，看着一个下巴上有几根稀疏鼠须的家伙，坐在马桶上，也不脱裤子，而是把鞋脱下来，蘸着唾沫在擦，都瞠目结舌，认为这是从精神病院跑出来的。好容易结束了逛商场，俞晓红和张琪出来坐在外面广场的长椅上休息，终于不用再走路，鞋子也不用再担心沾了太多路上的灰尘而显出脏和陈旧来，张琪的一颗心才放了下来，长长出了一口气。

夕阳的光辉映照着广场上来来往往的游人，城市开始了一天悠闲的时光。俞晓红把一瓶饮料递给张琪，说："你还真陪我差不多走了一天，累了吧？"

张琪的确累，身体和精神都累，但他依然要显示强壮地说："不累！小菜儿！"

俞晓红歉然地说："你别逞强，你肯定累了。我倒不怎么累，所以就一直逛，就忘了你了。女人逛商场逛一天都不累，因为兴致勃勃。男人逛一会儿就累，因为没兴趣。没兴趣的事情就累得快。所以你一定是累了。你喝点水吧。"

张琪讨好地说："不不不，我有兴趣！我觉得，一个好男人，就应该是你们女人的影子，你们走到哪里，我们就应该跟到哪里，好男人就应该活在女人的身影里，这叫如影随形！"这也是马勇教他的话，他此刻又对俞晓红谄媚地说出来了。

俞晓红扑哧一声笑了，说："假话！你跟马勇一样，张嘴就爱对女人说假话。你敢说你说的不是假话？"

张琪一时噎住了，不知如何回答，颇觉尴尬。

俞晓红却又对张琪嫣然一笑："不过我爱听。女人就这样，有些话，明知是假的，也爱听，所以女人永远是被同样的骗子骗。还有，这一点你也跟马勇一样，你也挺幽默的，这我也挺喜欢，我喜欢男人是鲜活的。"

张琪又眉开眼笑了，贫嘴地说："这是我强项！"说着，乘俞晓红高兴，就往她跟前凑，挨她坐得更近了些。他的手也悄悄地哆嗦地向俞晓红的后背伸去，想伺机搭在俞晓红的肩膀上，如果还有机会下手的话，就进一步搂住俞晓红。

俞晓红没有发现张琪手的小动作，她抬头去望被暮色染透的天空，抒发胸臆地说："我最喜欢傍晚了，暮色，晚风，一个人，或者和自己欣赏的人，一起静静地坐在这里，这就像一篇散文——张琪你说这像不像一篇散文的意境？"

张琪附和地说："是，是，像散文。"他的手依然在俞晓红背后蠢蠢欲动着，他几次想把手抬起来放在俞晓红的肩上但又不敢，他同时眼睛还瞄着俞晓红的脖子，那美丽的脖子如今就在他的眼前，他心不在焉地附和着俞晓红的话心思却全在这脖子上。他想：如果他现在猛地扑上去照脖子来一口俞晓红会怎么样？俞晓红会勃然大怒反手甩他一个耳光吗？也许会，也许不会。他想想，觉得没有把握，就决定先放弃脖子，还是把主攻目标放在先搂腰或是搂肩上。他想起在大学里男同学之间交流的如何拿下女生的步骤，叫做：一摸手，二摸肘，顺着胳膊往上走，这说的就是必须要循序渐进，一点一点来，不能孟浪行事。于是张琪的手又在俞晓红的身后哆哆嗦嗦地游动着，寻找着机会。

俞晓红还是没有发现张琪的企图，她继续心情很好地凝望着四周，继续抒发道："不过我不喜欢这么多人，这就像绝好一篇散文有了败笔，被破坏了。天地万物，人是最具破坏性的元素——张琪你说是不是？"

张琪又附和地说："是，是，我也最讨厌这么多人了。"他又心不在焉地回答着俞晓红的话，右手鼓足勇气抬起来，悄悄地紧张地向俞晓红的后背伸过去，并且这一次手触碰到了俞晓红的肩部，只要再抬一寸，就能够着——

俞晓红感到肩头被碰了一下，扭头看看张琪。

张琪顿时吓得缩回手，面红耳赤，尴尬得不知说什么好冲俞晓红讪讪地笑。

俞晓红也笑了，她抓起张琪的手一下就搭在自己的肩膀上，说："你瞎磨叽什么呀，你不就是想搂我一下吗，你实在想搂你就搂呗，别磨叽！"

张琪的手被俞晓红捉着搭在她肩上，无比尴尬，脸愈发胀得通红，"我，我，我……"他想解释一下他不是流氓，但结巴地说不出来。

俞晓红打断他，说："搂就搂，别解释。你不就想搂一下女人吗，这属于发育正常。人这一生啊，有无数想干的事情，都是因为惧怕、羞涩、犹豫和顾及什么而最后没干，到临死无限后悔。所以，你想干的事你就干，别犹豫，只要不危害社会和引起他人反感就行。至少，今天，现在，我对你搂我一下并不反感。"

张琪轻松了，继而，又鼓足勇气说："那么，我……我可以再深入一步吗？"

俞晓红说："不可以，我的感觉没到那一步。我的感觉到了，咱俩山崩地裂都可以。但是此刻,我的尺度就到这儿了。"

张琪多少有些沮丧,但今天能突破到这一步他已经很满足了,他搂着俞晓红,喜气洋洋地说:"我会努力的,我会让你对我有更多感觉的——"

突然一个声音尖利地在广场上响起:"抢钱了!抓抢劫犯啊——"

张琪本能地松开手,和俞晓红一起惊愕地抬头望去。

一个二十七八岁的青年男子捏着抢来的几张钱跑过来,跑过俞晓红和张琪身边,向前跑去。随后,一个姑娘,大概是被抢者,喊叫着追过来,追过俞晓红和张琪身边,向前追赶而去。青年男子绕着广场跑,那姑娘也绕着广场在后面追,并不停地高声叫喊。广场的游人都被搅动了起来,有许多的人愤怒地加入了追赶青年男子的行列。青年男人再次跑过俞晓红和张琪身边,向广场外的一条小街跑去。

俞晓红大喊道:"张琪,追他!"她毫不犹豫地跳起来,尾追青年男子而去。

张琪也呐喊了,跟广场上的众人一起呐喊抓强盗。他本来想把行动截止在呐喊上,但俞晓红让他追,他不能在自己爱的女人面前丢份儿,而且俞晓红已经追过去了,他也跳起来,紧随俞晓红而去。

青年男子手里捏着钱在小街上疾跑,跑到一个跪在街边向来往行人乞讨的孩童跟前,他站住了,不跑了,转过身来,望着向他追来的人。

被抢的姑娘第一个赶到,一把攥住那青年,对奔跑过来的众人道:"就是他!我在商场正买化妆品哩,他过来一把抢过我的钱就跑!"

张琪气喘吁吁地第二个赶到,也一把攥住青年男子:"好个王八蛋你!光天化日你敢抢钱!"俞晓红随后也喘着气赶到了,瞪着那也算英俊的青年说:"看你也人模狗样的,居然干这种事儿!"追赶的众人都纷纷赶到了,对这种光天化日之下的抢劫均怒不可遏,叫骂道:"打这王八蛋!""把他抢钱的那只手给他剁了!""把他腿敲折了……"一时嘈嘈杂杂,就有那年轻力壮的围上来要动手。

青年男子兀地仰天哈哈大笑,笑声洪亮,且动姿潇洒。

这人笑得奇特。先是俞晓红被他笑愣了,她愣愣地看着这突然仰天大笑的男人,一时竟然觉得那好有气概,她是被那笑震慑住了。

张琪和要动手的其他壮丁们也都一时被这青年笑愣了,一时都停了手。

青年男子笑着俯身把抢来的钱交给乞讨的小孩,道:"小弟弟,这钱给你,拿去买课本、买书包,买铅笔,去上学吧。"

孩童跪在地上,给青年男子磕了个头。

俞晓红、张琪以及众人望着这一幕,更加愣了。

青年男子姿态潇洒地又对俞晓红等发愣的众人深深一鞠躬,道:"各位好。各位都看见了,这就是我抢钱的目的。我以这样的行为想来恳求各位,请省下你们买一支口红的钱,抽一包香烟的钱,吃一次麦当劳肯德基的钱,总之,请省下你们奢侈一次的钱,来资助这些急需要帮助的可怜的人吧!你们都看到了,刚才这个孩子给我磕了头,他也会给你们磕头的,他们也会终身感激你们的!我代他们先谢谢各位了!"

青年男子再次潇洒地向俞晓红等深深鞠躬。

俞晓红嘴角一翘意外地笑了,她被吸引了,开始饶有兴致地打量这个行为另类的青年。张琪在一旁醒悟过来,义正词严地说:"那你也不能抢钱啊!抢劫是犯法的!"其他人也醒悟过来,又上前要扭送那青年去派出所,并唤那被抢的姑娘一块儿去做个证人。

青年男子又哈哈大笑,对被抢的姑娘和乞讨的孩童道:"好,结束了,谢谢大家吧。"

那被抢的姑娘和那乞讨的小孩竟然一起浮起笑脸,向众人鞠躬致谢,就像演员谢幕。青年男子给俩人各自发了五十元钱,那姑娘和那小孩一起离去了。

俞晓红、张琪以及众人看得更加惊愕住,像雾里看花,不明究底。

青年男子对众人又一笑,解释道:"这姑娘和这小弟弟是我雇来担任我的表演伙伴的。我这是街头行为艺术。我想以这种方式让大家印象强烈地记住我的话好去资助社会的弱者。我是从北京来的,我想让你们这个美丽的城市记住我。"

俞晓红不禁大笑,脱口高声赞赏地:"好!睿智!有创意!"

青年男子注意到了俞晓红,俞晓红在人群中清雅脱俗鹤立鸡群,他对她专门地一笑,说:"谢谢。"他转身走去。

众人明白过来这是一场戏剧,而且演戏的人都走了,也都纷纷议论着散去。

张琪凑近俞晓红,挽起她:"晓红,咱们再到那边去坐吧。"他还想继续刚才中断的游戏,他刚才已经成功地把手搭在俞晓红肩上了。俞晓红却脱开张琪:"先等等。"她向那青年男子追过去,拦住了他,微笑着说:"你好。可以聊聊吗?"

青年男子看一眼面容姣好的俞晓红,却淡淡地说:"对不起,我来这个城市,不是来搞风花雪月的。"

俞晓红一下噎住,愣愣地望着这个有点牛烘烘的青年,还没有男人这么跟她说过话!

张琪气恼地走过来像俞晓红的保护神一样地说:"你小子说什么呢?!就是你想搞风花雪月。你问问这位女士,她愿意跟你搞风花雪月吗?你以为你是人民币啊,全国人民都爱你?你自我感觉不要太好噢!"他又挽起俞晓红,说:"晓红,咱们走!"

俞晓红却不走,她又甩开张琪:"等等嘛!"她反而望着这个敢公然对她不屑的青年更加饶有兴致地笑了,说:"你这个人还真是有点特别。我反而一定要跟你聊。我叫俞晓红,是晚报的记者,我想采访你。"

青年男子一怔,那种高傲的矜持顿时抹去,露出了惊喜:"你就是晚报的记者俞晓红?!"

俞晓红说:"我是。你知道我吗?"

青年男子连连说:"知道知道!你是晚报的首席记者!我正想有机会能结识你呐!"

俞晓红说:"那好,我们彼此结识吧。我今天忘带名片了,你有名片吗?"

青年男子忙掏出名片来递给俞晓红。俞晓红看那名片,名片上只有一行字:脚印,你的朋友。俞晓红于是又多了一层莫名的好感,她天性喜欢这种浪漫的清雅脱俗的小味道。她笑吟吟地望着他说:"你叫脚印?好清雅的别名!你的真名是什么?"

那叫脚印的青年男子说:"那个无所谓,你要愿意,你叫我王二狗子也可以,或者,你愿意叫我卫生巾也行,这尤其便于女士们记住我。名字就是符号,能让人记住的就是好名字。"

俞晓红不禁哈哈大笑,脚印出乎意料的幽默再一次小小地击穿了她。

张琪这时感到了威胁,这小子是女人的百慕大啊,女人到这儿就得掉进去。于是张琪再次去拉俞晓红,催促地说:"走吧。跟他有什么好聊的,不就是一愤青嘛,故作时尚前卫!"

俞晓红却更加兴致勃勃地:"我想跟他聊聊,没准能出篇好文章哩!"她问脚印:"你愿意去哪里聊?"

脚印径直说:"你请我吃饭吧。餐厅包间是个聊天的好地方。咱们这就去吧。"

俞晓红又咯咯地笑："你好直接噢！好像，第一次见面，一般都是男士请女士吃饭。"

脚印说："我正好相反。为了不让女士老有依赖男人的想法，我愿意帮助你们女士独立成熟起来。再说，我也没钱。"

俞晓红的兴趣更浓烈了，打趣地说："那我请你吃饭，你请我干什么呢？"

脚印想想，说："你追了我半天，想必脚也酸了，我扛着你去餐厅吧。我估计你还没让男士扛在肩上在马路上走过吧？"

俞晓红又笑，说："确实没有。不过这大庭广众之下，你敢吗？"

脚印二话不说，扛起俞晓红就穿越马路走去。

俞晓红在脚印肩上尖声大叫摇晃着他："你这人太怪了！快放我下来！"

脚印不放手，扛着俞晓红，在车水马龙中大步前行。

俞晓红新鲜而又异常兴奋，在脚印的肩头咯咯地笑个不停，对张琪说："张琪，那对不起了，我就先跟他去聊聊吧。你要不自己先回吧，我明天给你打电话！"

张琪傻了，傻愣愣地站着，眼睁睁看着这个叫脚印的人扛着他的女友走去。好半天，他才想起来要给介绍人马勇打个电话。电话拨过去，马勇却关机。张琪愤然而又焦急，他只好给马勇发了个短信，企望他能看见短信速回电。张琪的短信全文是：

"马勇，你老婆在街上让一个男人扛着跑了，你管不管？！"

马勇正和赵慧在他家的床上。马勇的手机关机，家里座机的插头也拔了，这表明他此刻除了地震、失火、战争和蟑螂爬上床来之外，其余一概不予搭理。而且马勇和赵慧的性生活在屡受挫折后这次成功了，马勇和赵慧都嗷嗷叫，感谢生活的美好。激情之后，马勇翻身仰躺在床上，闭着眼满意舒爽地喘息。

赵慧亲昵地俯在马勇身上娇媚地说："我今天……好不好？"

马勇满意地说："好。你今天还真是不赖！"

赵慧羞涩地说："我……我看碟了，我是照那上头学的。"

马勇欣喜若狂，说："你也开始——过去我一让你看，让你也学习借鉴一下，你就说我是流氓，说我们文化界应该改名叫流氓界，你今天怎么变了？"

赵慧羞涩不语,停停,突然地冒出一句来:"反正,我不能让俞晓红把我比下去!"

马勇明白了,笑道:"哦,你是感到来自俞晓红的威胁了!"

赵慧脸红了,自然予以否认,抢白道:"才没有哩!"停停,她更加亲昵地贴紧马勇说:"马勇,我们结婚吧。结了婚,我……心就定了。"

马勇又笑道:"你看你看,你还说没感到俞晓红的威胁!好啊,我这流氓界单身流氓的日子我也正想要结束它了,我也想进劳教所想让你每天管着我了!"

赵慧呲马勇:"呸,我跟你说正经的。"而后她认真地说:"我想,结了婚,咱俩就住你这儿了,咱俩就在这儿结婚,我现在那套房子让我妈带着刚刚来住,让我儿子和你先有一个缓冲磨合期,别一结婚就住一块儿俩人一天到晚地掐。"

马勇对此由衷地赞成:"好!这样好!说真的,我现在还真有点怵你儿子。"

赵慧又说:"不过你这房子得好好重新装修一下,家具也得换,我……我不想有以前的痕迹。特别是这床得换,这床……你们以前睡过!"

马勇再次笑她:"你看你看,你绝对是感到俞晓红的威胁了!那好吧,我听你的,装修和家具我来负责,床一定换!你就负责到时候把自己挪到新床上来就行了。"

赵慧从床头柜上取过自己的包,从包里拿出一捆现金来给马勇:"这是十五万,给你。"

马勇捧着猛然而至的一捆巨款有点惊愕:"这干吗?"

赵慧说:"你哪有多余的钱装修换家具啊。我知道你离婚把钱都给俞晓红了。你拿去用。"

马勇不由被感动了,他在俞晓红之后选择赵慧是有他的道理的。赵慧僵硬,赵慧板正,赵慧不解风情,赵慧不浪漫,但赵慧实心眼儿,对人实实在在,不算计,一心一意要和他过日子。马勇和浪漫的俞晓红浪漫了七年,他累了,他想找一个跟他实实在在过日子的女人了。马勇捧着钱,以调侃来掩饰他的感激之情:"赵慧,你真是党和政府教育出来的好干部啊!"

赵慧嗔道:"你别给我要贫嘴了,你以后对我和儿子好就行。还有,除了要装修和换家具,俞晓红放在这儿的东西也得赶紧拿走,这你得再跟她说,要不我怎么在这儿结婚啊?"

马勇说:"这没问题。俞晓红和张琪,俩人一谈成,东西立马就搬走了。"

赵慧不说话了,下面的话她有一点难以启齿。她停停,乘着和马勇肌肤相贴亲密无间,抱住了马勇,把头羞臊地埋在马勇怀里,将话说了出来:"马勇,还有件事儿,你以后……以后你不要再和俞晓红来往好不好?你已经给她介绍了张琪,你让那两个人自己发展去,你不要再管俞晓红了,好吗?我……我不想让你和俞晓红再接触了嘛!"

马勇忍不住又笑了,揶揄赵慧道:"这就是你们女人!你看,你还说没觉得受到俞晓红的威胁。你说实话,你是不是觉得俞晓红还挺优秀的,你受到威胁了?"

赵慧羞红脸更紧地抱住马勇撒娇地说:"我就是受威胁了。我就要让你心里全是我而不能有一点别人,不管这个人是你过去的什么。离婚的男人就是人民币,不管你过去经过了多少人的手,你现在已经流通到我的手里了,你就是我的!"

马勇说:"好好好,那我这张人民币你就好好地捏着,别花出去了。"而后他抱紧赵慧贴近她耳朵说:"咱们继续开会吧,我又想开会了——"

赵慧说:"你说什么呀什么开会学习的?"

马勇笑道:"上次不是你跟你妈打电话说你要开会,让她把儿子接走,然后咱俩——?"

赵慧羞了,捶打马勇:"你不许说!"

马勇呵呵地笑:"好好好,咱不说,咱实干就行了!"他拥着赵慧俯身下去——

张琪就在这个时候来敲门了,他"咚咚咚咚咚"把马勇的门敲得像鼓。

马勇和赵慧惊吓得浑身一激灵,都从床上翻身坐起来。赵慧以为是警察来了,她紧张地问马勇:"婚前性行为公安局不抓吧?"马勇想笑,这妇联的姐们儿真是坐办公室都坐迂了,连这问题都问得出来!马勇顾不上回答,因为那门一直在急切地敲,敲得人心神不宁,他紧张地侧耳听了一会儿,笑了,又气又笑地对赵慧说:"是张琪这小子!他每次敲我的门都像得了前列腺肥大症尿不出尿来急的。"而后他扭头对门外高声喊:"张琪,敲什么敲!别敲了,我这正开会哩!"

赵慧羞臊地去捂马勇的嘴:"你说什么呢!他知道你说的是什么呀!"

马勇笑道:"张琪也是我们流氓界的,他听得懂我话的。不信你听,我这一说,他明白他就走了。"马勇让赵慧侧耳听,说一会儿就没动静了。

门外的张琪却继续敲门,依旧咚咚咚咚地像敲鼓。

马勇恨得咬牙切齿:"这小子今天是怎么了,是听不懂我的话还是成心捣乱?我去看看!"

马勇又让赵慧先在床上等着,而后他蹬上裤子,下床,去外屋,给张琪开了门。

张琪阴沉着脸进来,气哼哼地一屁股坐到沙发上。

马勇跟过来,压低声音狠狠地:"你干吗呀,我说话你不明白呀?赵慧在里边呐!"

张琪没好气硬邦邦地说:"我不管!就是伊丽莎白女王在里面,我也得来!"

马勇诧异地:"你怎么了?谁又惹你了?"他凑近张琪闻闻:"你喝酒了?"

张琪依旧没好气地说:"我喝汽油了!小心我喷出火来把你们家房子点了!"

马勇觉得事态有一点严重,于是也在沙发上坐下,挨着张琪坐,以充分的耐心说:"你好好说话!到底怎么了?"

张琪又严正地说:"马勇,我正式来告诉你:我不跟你们家俞晓红谈了!"

马勇苦笑地说:"又来了!我已经跟你说过 N 遍不要再说是我们家的俞晓红!而且,我不是给你们都弄得好了吗,你不是把我的鞋都借去跟她逛商场去了吗,怎么又不谈了?!"

张琪恨恨地说:"马勇,你给我介绍的这是什么破对象呀!"

马勇站起来一脸严肃地向张琪鞠躬:"我错了。我没能介绍武则天跟你认识,让你能做她老人家的面首,这是我的失误。但是,我也得能活在那个朝代呀。"

张琪愤怒地叫道:"马勇你好好说话!我跟你说正经的!"

马勇又坐下来,笑道:"你能有什么正经的啊。"他转而又换上了一副认真些的嘴脸,他怕把张琪真惹毛了,说:"好,那就说正经的,你跟我好好说说,你们之间又出什么事儿了?"

张琪于是说了今天发生的一切。

张琪愤愤然地连连拍着马勇的茶几,仿佛那就是俞晓红,他直想抽她:"就这样,你老婆,她就让那蒙事儿的所谓行为艺术家在大街上给扛着跑了！我一直打她手机，你猜怎么着？她关机！她跟那小子在一块儿她关机！她说她要做采访。什么采访啊？别一会儿两人采访到宾馆里去了！马勇你说这算什么呢？感情转换就这么快？就跟那抽风的股市一样，一会儿涨好几千点儿，一会儿又狂跌好几千个点儿！这种抽风的老婆我敢要吗？！马勇你说！"

马勇不说，马勇恶狠狠地瞪着张琪。

张琪说："马勇，你老婆犯错误了你恶狠狠地看我干什么？你想说什么你说呀！"

马勇厉声喝道："我说，我说我要抽你！"

张琪更加不服了，眼睛瞪得比马勇还大："你凭什么要抽我？！"

马勇说："亏你自己还是记者哩！你就不能理解，一个好记者，看到一条有价值的好新闻线索，那种亢奋，那种不顾一切要投入进去，要把它发掘出来，要把它报道出来，你不能理解那种心情吗？而且，俞晓红是什么？她是记者里的记者！她能干到晚报的首席记者不是盖的！跟个作风另类的行为艺术家跑了算什么，我告诉你，俞晓红有一回跟踪采访一个经济犯罪嫌疑人，那人走到哪里俞晓红跟到哪里，那人为了摆脱俞晓红就走到男厕所去，俞晓红就跟到男厕所里去，那人跟俞晓红说他要小便，让俞晓红走，俞晓红：'你尿你的，我又不是没见过！我没见过上帝的，我还没见过大众的吗？'俞晓红她就是这么个敬业的记者！关机算什么？她平时采访就是全神贯注，不让任何外来因素打搅她，她当然关机！"

张琪不说话了，眨巴着眼睛，望着马勇。

马勇再次瞪着张琪："张琪，你说，我该不该抽你？！"

张琪疑疑惑惑地说："那，俞晓红真是只为了采访报道而没有别的？"

马勇说："当然不是，她主要是为了乱搞男女关系去了。"

张琪想笑一下，他知道马勇说的是反话，他默了一会儿，一张口，却抽抽噎噎地哭了起来，悲戚地叫道："哥——"

马勇又痛苦地皱起眉："完了，又叫哥了，我的麻烦又来了！"

张琪抽噎着痛楚地说："哥，我真是……我现在真是有点陷进去了，感情拔不出来了。哥，你得帮我，我还是不放心，你得帮我去问问俞晓红，看她跟那人是不是有点什么了，这话我不方便问她。要是……要是她跟那人真有点什么了，你一定得帮我把她拽回来，啊，哥！"

马勇不说话，他想起了赵慧刚才叮嘱和要求他的，为难地回头看看卧室紧闭的门，沉默了片刻，对张琪道："张琪，你看，我已经给你和俞晓红俩人介绍了,我已经把你们两个牵在一块儿了,剩下的,就该你们俩自己往下发展了,我再往里掺和,不好。张琪,兄弟,这事儿,包括以后的事儿,你们都自己处理,自己去争取胜利吧。"他这话也是说给卧室里的赵慧听的,他一会儿还要跟她腻乎哩。

张琪顺着马勇的眼神疑惑地也回头看看卧室紧闭的门,狐疑地问:"是赵慧不让你再管俞晓红和我的事儿了?"

马勇忙掩饰地说:"没,没有,没有的事。"

张琪自然不信,冷嘲热讽地说:"行啊马勇,什么时候也开始变厌了,连朋友都不要了?你还是男的吗?明天我也给你去买条裙子穿!"

马勇被激怒地说:"笑话!我要厌了我还是马勇吗?我一个爷们我能听她娘们儿的?"

张琪说:"你要带种你就大声地说!"

马勇果然就大声地说:"我一个爷们儿我敢说敢当!"

张琪紧逼道:"那你帮我去找俞晓红解决这件事!"

马勇一横心,道:"好,我就去找俞晓红!"

张琪笑了,站起来:"我走了,不打搅你们开会了。"他向门口走去,走到门边,又回转身来,看看卧室紧闭的门,压低声音,笑道:"下次我来,你们改改词儿,别说开会,说讨论,开完会,接下来就是讨论嘛。"

马勇没好气地说:"废什么话,快滚!"

张琪大笑着出门离去。

马勇赶紧关上门,堆起笑脸走进卧室里去,他赶紧要跟赵慧去解释,他怕赵慧生气。

赵慧果然就生气了,赵慧生气的具体表现是:把马勇已经给她全部脱下的衣服又都全部穿上,把自己裹严实,连一寸旖旎的春光都不再让马勇瞅见,让马勇此刻最渴望做的事情戛然而止,让马勇干着急,同时,她冷冰冰地瞪着他。

马勇嬉皮笑脸地说:"怎么衣服都穿好了?别呀,咱再……再接着开会呀。"

赵慧根本不再理会马勇想再幽默一把来挽回气氛的调侃,伤楚地说:"马勇,我刚才都跟你白说了吗?我在你心里究竟算什么?"显然她都听见了马勇刚才在外屋和张琪的对话。

马勇的幽默再进行不下去了,他缄默着,默了很长的时间,开口道:"赵慧,你听我说,刚才我跟张琪说,俞晓红跟那人交往纯粹是为了工作,其实我心里也没底,我太了解俞晓红了,俞晓红是崇尚和追求浪漫的人,她容易被这种浪漫的行为所吸引,没准就掉进去了。"

赵慧却说:"这不是也很好嘛!俞晓红如果爱上了那个人,她跟他结婚了,不也会把东西从咱们这儿搬走,不是也不会再来打搅了吗?俞晓红最终是跟张琪结婚,还是跟其他的甲乙丙丁结婚,对咱们不都是一样的嘛!再说感情的事儿,人家有人家的自由,你管她呢!你不是刚才答应我不再管俞晓红的事情了吗?"

马勇急了,说:"不管怎么行!万一那人是个感情骗子呢?俞晓红不是就毁了嘛!再说我也得去帮张琪呀,我得把俞晓红交到知根知底的人手里!"

赵慧醋意地说:"看来俞晓红在你心里还占着很重的分量,比我还重,对吗?"

马勇噎住,急忙又浮起笑脸去哄赵慧,唱着屠洪刚的《霸王别姬》:"哪能呢!'我心中,你最重,我的情,向天冲!人世间有百媚千红,我独爱你那一种——'"

赵慧推开马勇:"你别来这个!马勇,我不是小心眼儿,我不能跟一个男人结了婚,我还得承受他的前妻时不时地回来拿她放在这儿的东西,我还得承受他前妻在他心里还占着很重的位置!反正俞晓红的问题得解决,不管她跟谁结婚,她得赶紧从我们的生活里走开!"说着,她拿起那十五万元现金往马勇怀里一放,斩钉截铁地说:"反正我得结婚,我不能再等了,你看着办吧!"

赵慧带着气出门离去。

马勇双手抱着偌大的一堆钱,没有一点幸福感地看着。

马勇一时不知道该怎么办了。

第 9 章

这一日,太阳红得非常不好了,天光只能看到隐约的一线,天空暗沉沉的，北方在春季里特别肆虐的风吹过来，搅起风沙弥漫，在城市的大街小巷横冲直撞着。在这个恶劣的天气里，脚印特意又开始了他的街头行为艺术。他穿着用碎布缝制成的缀满绿色枝叶的演出服装，装扮成一棵被伐倒的树，躺在人行道上。他的身后左右皆躺着被他雇来的充当表演者的民工和城市居民，这些人皆披着缀满枝叶的服装装扮成被伐倒的树木，在人行道上躺了长长一溜儿。

一块写着主题词的大标语牌竖立在旁边："假如地球上的树都被砍伐了！"

俞晓红站在脚印的旁边，在现场采访这次活动。她顶着风沙，拿着个小录音机，在采访街上来往的人们。她拦住了一个骑自行车的中年男子，问他："您好。请问您对这些人装扮成被砍伐的树，来提示大家要注意环境保护要爱护我们的地球，您对这种行为有什么看法？"

中年男子回头看看躺了一长溜的人，恍然大悟："哦，这装的是树啊！我还以为这帮哥们躺在马路边，等着哪个市长书记的车过来，好拦车告状哩。我没看法，爱躺躺呗。"

中年男子无动于衷地骑车离去。

俞晓红又拦住一个步行过来的青年男子，问他："您好。请问您对这些人在风沙弥漫中装扮成被砍伐的树木，来呼吁大家要保护环境，您有什么看法？"

青年男子说："一帮傻叉！这有用吗？这年头尽瞎鸡巴作秀的！"

青年男子更是不屑地离去。

俞晓红被噎得说不出话。稍停，她又拦住一个也是步行过来的老年男子，再次询问："大爷您好。我是晚报的记者。请问您对这些人在大风天里装扮成被砍伐的树木，来呼吁大家要保护我们的地球环境，您对此有什么看法？"

老大爷说："非常好，很让人感动！就是要大力呼吁禁止滥砍滥伐，要保护环境，要不，你看这风沙刮的！这些人都是演戏的？"

俞晓红笑着说："也算吧。是另外一种形式的演出，这叫行为艺术。"

老大爷于是更为赞赏，说这个戏演得好！比现在电视里演的那些戏好多了，现在电视里演的那些，都是亲嘴乱搞的，那些演戏的编戏的全都是王八蛋，要在毛主席那个时代，这些乌龟王八蛋早就让枪毙了！不枪毙也劳改了！老大爷带着对眼下电视剧和电影的痛恨嘟嘟囔囔地走了。

脚印从地上一跃而起，对大家道："收工了！"

一地的"树"顿时活了,纷纷从地上爬起,拍打着身上的尘土。

脚印朝俞晓红走过来,兴高采烈地说:"晓红姐,你看,还是有群众是理解和支持我这种行为的,像刚才那位大爷,他说:'非常好,很让人感动。'听听,人民群众都感动了! 晓红姐,你该给我写一篇人物专访了吧?"

俞晓红正色地:"我还得再深入观察。我要写人物专访是很严肃认真的。"

脚印笑嘻嘻地凑近俞晓红说:"没关系,我早有思想准备,要让你这位首席记者能大笔一挥绝不是件容易的事儿! 不过,晓红姐,我有信心——"

一个刚才扮"树"的民工过来打断了脚印的话:"老板,到饭口了,吃饭咋办?"

脚印说:"我不是都给你们发钱了嘛,拿钱自己吃去呀。"

民工说:"大风天的,从早上就躺在这儿,躺到这时候了,还不得管顿饭啊!"

刚才扮树的民工们和城市居民都围拢过来,围着脚印七嘴八舌地嚷嚷,一定要让他管饭。脚印只好摸兜去掏钱,只掏出来两张拾元的,他无奈之下转向俞晓红,涨红了脸,央求地说:"晓红姐……"

俞晓红望着他打趣地说:"怎么,又要让我这个穷记者替你这个老板出钱啊?"

脚印脸更涨得通红,不说话,一双好看的大眼睛巴巴地望着俞晓红。

俞晓红被这男孩的目光看得有一点心旌摇动,她赶紧稳住了,奇怪自己怎么会有这种异样的感觉,她对脚印一笑,说:"那好,去饭馆吧!"

脚印笑了,又浪漫地一把扛起俞晓红,扛在肩上:"走喽,吃饭去喽!"

民工们呼啦啦地跟着脚印和俞晓红去吃饭。

俞晓红又在脚印的肩头咯咯地笑,这是这个男孩第二次扛她,她又一次被那种飞起来的感觉而激荡了,再次兴奋不已,说:"你又扛我!快放我下来!"

脚印不放手。脚印是个聪明透顶的人,脚印的成熟、聪明和他的年龄不成正比,他看出俞晓红喜欢这样,于是他愈发张扬地扛着俞晓红向前走,而且他还故意晃动着双肩荡漾着俞晓红,他知道女人通常都是喜欢被男性捧着摇晃的,像小女孩喜欢被爸爸摇晃一样,这会让女人有一种被宝贝着的感觉。果然俞晓红就欢喜地尖声大叫,且骤然变小了,愈发像个小女孩似的笑个不停。

突然一只手从后面伸过来抓住了俞晓红，一把将她拽了下来——

是马勇！马勇脸色阴沉地瞪着俞晓红。马勇在今天的早上还决定听赵慧的话不再管俞晓红的事儿了，他上班的时候，去换衬衣，在衣柜抽屉的最下面看到了一粒纽扣，是从衬衣上掉下来的，马勇记得这粒纽扣还是俞晓红给他缝到衬衣上去的，那次他的一篇新闻稿获全省的好新闻二等奖，他要穿了这件衬衣去领奖，结果临时发现衬衣上掉了一粒扣子，俞晓红当时正病着，发烧，躺在床上，像敲锣一样地咳嗽，但她坚持要给他把扣子缝上。她坐起来，手抖着穿针引线，淌着虚汗，马勇现在都还记得她咳得要把肺都咳破的样子……马勇的心被这粒纽扣狠狠地抓了一下，他不顾一切地来找俞晓红了，结果他看见了这个当年给他缝扣子的女人在别的男人肩上咯咯地笑。

马勇阴沉着脸说：“喜欢让男人扛着啊？还笑得咯咯咯咯的，十公里外的人都听见了，还以为这片儿的鸡这个时间都约好了一起下蛋哩！”

俞晓红脸也不高兴地沉下来，抢白道：“你才是鸡！你才下蛋哩！你管我呢！”

马勇先不搭理俞晓红，转向脚印：“贵姓？”

脚印保持警惕地看着马勇，说：“我叫脚印。”

马勇知道他叫什么，张琪都告诉他了，他是故意要恶心一下这个扛他前妻的男人，说：“姓脚？是中国人的种吗？中国人还有姓脚的？”而后他径直道：“姓脚的，你是不是在泡这名妇女？”

俞晓红生气地说：“马勇你说什么呐！什么‘泡’？什么‘这名妇女’？！”

脚印也说：“先生，你别说得这么难听好不好！”

马勇不管，继续盯着脚印道：“因为你干的事儿很不漂亮。你听着，姓脚的，我现在也泡妞，因为我也发育正常，但我泡妞从来不泡她们的钱！我认为一个男人老想着从女人兜里往外掏钱，那是下三烂！你要是没钱，你哪怕去卖血，你哪怕用卖血的钱来请你的女人哪怕吃一碗面，我都承认你是个男人。”

脚印恼羞成怒了：“你谁呀？你是她的什么人呀？你凭什么对我说三道四的？”

马勇说：“我是她——”他一时不知道该说自己是俞晓红的什么人，语塞住。一时间，他脸憋得如大枣般的红紫。

俞晓红于是有一点小小的兴奋，她想看马勇怎么回答这个问题。她含着一丝很难察觉的笑望着马勇，结果看到了马勇尴尬难言的样子，她知道这个问题让马勇滞涩了，滞涩就说明她还在他心中盘踞着位置，他无法把她轻松地排遣出去，依旧还在乎她，无法把她择得干干净净，所以他在外人面前难以言说，于是俞晓红又很有一点小小的满足。俞晓红胜利地调侃地说："他是我前夫。是我不要他的。"

脚印嘲讽地说："前夫啊！你要是现夫，现在的丈夫，你还有点资格说我！"

马勇又被严重地噎住，无法说什么，狠狠地瞪了脚印一眼，抓起俞晓红："走！"

脚印一望之下，也抓住俞晓红："她凭什么要跟你走？她现在跟你没关系了！"

俞晓红故意气马勇说："对呀，我现在跟你没关系了，我凭啥跟你走？我不走！"她使劲地把马勇的手掰开，顺由脚印把她拽过去。

马勇彻底急了，一把又拽过俞晓红来，也把她扛到肩上，说："你不是喜欢让人扛着吗，那我就扛着你走，走！"他也扛着俞晓红大步走去。

俞晓红一时愣住，她绝没想到马勇也会把她扛起来！

又有人过来围住了马勇，这回不是脚印而是民工们，民工们围住马勇不让他把俞晓红扛走，因为俞晓红是他们中午的饭票！民工们围着马勇七嘴八舌地嚷嚷说俞晓红要是走了，他们吃饭咋办?！有人还要打马勇。饿急了的人是什么事情都能做出来的。

马勇于是一手扛着俞晓红，一手指着朝他追过来的脚印，说："吃饭找他呀！他是雇你们的老板不找他找谁？他有钱！看见他的手表了吗，那是劳力士的，名牌，光那手表少说也值一万多，把手表押在饭铺，够你们每人吃五碗饺子的！还能抢开了喝啤酒！快把他揪住别让他溜了！"

民工们又返身去截住脚印，果然就将下了他的手表，将他拽进餐厅里去了。

马勇哈哈地笑，他也不知道脚印的表是不是劳力士的，哈哈笑着扛着俞晓红甩开大步走去，任凭俞晓红使劲地捶他也不放手。

马勇一直把俞晓红扛到一家咖啡馆里才放下了她。

马勇放下俞晓红后，拿起背包套在自己头上，而后将头朝俞晓红伸过去。

俞晓红气呼呼地瞪眼道："你出啥洋相！你以为你出洋相我就不蹒

你了？"

马勇头缩在背包里瓮声瓮气地说："我不是出洋相，我是认真的。我把你硬抢到这里来，你现在肯定怒火万丈，所以你骂我打我吧。"

俞晓红却没有打马勇，她伸手取下马勇头上的背包，等马勇从包里伸出头来，小心翼翼忐忑不安地望去的时候，他看到的是俞晓红含着一丝笑意望着他的眼睛。

马勇奇怪且警惕地说："你怎么……和颜悦色的？我把你从那什么脚印身边硬抢了过来，你不生气啊？"

俞晓红压根不想谈脚印的问题，她只谈马勇的问题，她含着那一丝笑意道："马勇，你刚才，是不是急了？"

马勇不明白："什么我刚才急了？"

俞晓红说："就是你着急了。你本来可以不着急的，你可以无所谓，甚至你巴不得，但你却跑来在大街上硬硬把我抢走。你是不是挺在乎这个人把我拐走的？你有点急了对吧？"

马勇说："我当然急了。我是替张琪着急。我是介绍人！"他想起了张琪，急切地且夸大地说："对了，张琪都找过我八次了！他气死了！你说你怎么跟张琪解释吧！"

俞晓红也不想谈张琪的问题，她只想谈马勇的问题。她绕过马勇的发问，说："除过张琪，你自己呢？你自己心里就没有一点着急？"

马勇吞吞吐吐地说："要是光我自己，那当然……"

俞晓红兴趣盎然锲而不舍地追问："当然什么？"

马勇遮掩地说："我自己，当然，不着急了。"而后他嬉皮笑脸的劲儿又来了，嬉笑地说："我着什么急呀？要没张琪，你嫁谁我都高兴啊，你嫁给奥巴马，我替美国人民高兴，你嫁给本·拉登，我也替美国人民高兴，因为你挺厉害的，你肯定能把本·拉登管住，让他成为一个和平主义者。"

俞晓红又拿眼睛瞪他："马勇你正经一点好不好！"

马勇于是收敛一些，一脸认真的样子说："那么我就很正经告诉你：我不急。"

俞晓红心有不甘地说："你说的，是真心话？"

马勇说："当然是真心话。我有什么可急的。"

俞晓红兀地气了，马勇说他不着急让她无比愤怒，她怒不可遏地说："不急算了！狼心狗肺的东西！"她气冲冲地端起面前的咖啡喝了一口，又呸地吐到小碟里，找个借口冲马勇发泄道："马勇你硬把我拉到这儿来你给我喝的是什么破咖啡！你要请我喝咖啡你要点上档次的行不行！你没钱别上咖啡馆来冒充有情调行不行！你有钱吗？你没钱本妇女可以赏你几个！"

马勇也气了："哎,怎么说翻脸就翻脸啊?你真是属手榴弹的呀?出手就炸！"

俞晓红没好气地："我就是属手榴弹的,我就炸你！"

马勇也瞪起了眼："又来劲儿了是不是?！"

俞晓红眼瞪得比马勇更大："我就是来劲儿了,怎么样?！"

马勇咬牙道："俞晓红,我给你赋诗一首:远看是痔疮肿,近看俞晓红,既是痔疮肿,又是俞晓红。这首诗的标题就是俞晓红痔疮肿,我看你是痔疮犯了,你火大,你该吃牛黄清火丸了！"

俞晓红也咬牙反击道："马勇,我也给你赋诗一首:远看是癞狗,近看是马勇,既是癞皮狗,又是你马勇。这首诗的标题就是马勇是癞狗,你狗嘴里吐不出象牙！"

马勇也咬牙切齿地说："我再给你赋诗一首:远看臭尿盆儿,近看俞晓红儿,既是臭尿盆儿,又是俞晓红儿。这诗的标题就是俞晓红端尿盆,你臭气熏天！"

俞晓红气得呼呼的,啐了马勇一口,又决不示弱说："我也再给你赋诗一首:远看……远看……"她一时想不起有什么新词儿了,僵在那里。

马勇得意了,笑得呵呵的,说："没词儿了吧？兄弟,佩服朕的智商了吧？"

俞晓红气得站起来就走, 说从此再不跟马勇也包括再不跟张琪来往。马勇顿时慌了,赶紧拉住俞晓红,央告地说："别别别！都是开玩笑嘛！"俞晓红使劲挣脱着要走,并且发誓地说她说话算话,决不来往！马勇更加地慌了,紧紧拉住俞晓红不放手,且赶紧认错："哥们别走！是我痔疮犯了,我是癞狗！"俞晓红想笑,但绷住,拿眼瞪着马勇。马勇又补充道："我是尿盆！而且是你尿的尿盆！"俞晓红忍不住扑哧一声笑出了声。马勇乘机赶紧搀扶着俞晓红重新坐下,暂时安抚住了她。

马勇而后长长地出了一口气,感慨道："我这介绍人当的！"他又对俞晓红道："俞晓红,咱们别吵,咱们好好说正事儿。我想,你跟那什么行为艺术家交往,你纯粹是出于工作,你就想抓一篇好稿子,你没别的想法,是不是？"

俞晓红反感地问："是张琪让你来问我的？"

马勇含混地说："你就说是不是吧。"

俞晓红没好气地说："我就是有什么别的想法,又怎么了?"

马勇尽量语气委婉地说："俞晓红,那你这可就有点不对了。你现在是张琪的女朋友,我听张琪说,你都同意让他把手搭在你肩上了哩!"

俞晓红则锐利地说："我还跟你结婚了哩,我还同意让你把手搭在我更重要的地方了哩,要散还不是散了?"

马勇一时语塞,噎住,说不出话来。

俞晓红愤愤然地说："别说我现在跟那人没什么,就是真有点什么,我现在并没有正式决定选择张琪,我,也包括他,都有自由选择的权利。你看你俩那小肚鸡肠的样儿,大街上就来抢人,你们让我在我的采访对象面前很丢脸你知道吗?他这样心胸狭窄,让我往后跟他怎么交往?还有你,你马勇,你口口声声说你是男人,是爷们,你这像个爷们吗?"

马勇忍着懊恼,低着头,一声不吭,听俞晓红数落着他。

俞晓红真的走了,她让马勇,也让马勇转告张琪,对这个问题自己考虑去!

马勇独自坐着,越想越懊恼,他付了账,而后掏出手机来就给张琪打电话,把俞晓红撒向他的所有怒火又全都撒给了张琪,说："我说你小子以后别这么一惊一乍行不行?你以后别这么小肚鸡肠乱吃干醋行不行?俞晓红现在跟那愤青没什么,她就是想写稿子!你让俞晓红把我一顿臭损,你让我在俞晓红面前特丢人特没面子你知道吗?!我告诉你,你俩的事儿我到此为止真的再不管了,这是你在找老婆,你自己奔去,要不我的事儿都让你连累黄了!赵慧真的要跟我掰了!我跟你说,这事儿,你赶紧跟俞晓红道歉去,态度能怎么诚恳就怎么诚恳!见过点头哈腰没有?就得那样!赶紧跟俞同志点头哈腰去……"

马勇还要去跟赵慧乞罪和解释。

马勇去了赵慧的家,他先跟赵慧解释他确实是犯错误了,他没听组织上的话,又去管了一把俞晓红的事儿。然后他跟赵慧说他决心改正错误,他以后决不再管俞晓红的事情,如果再管——马勇拿出特地买来的一个南瓜用赵慧家的刀一刀劈下,说:有如此瓜!马勇的幽默和调侃没能改变赵慧的冷脸,她着实生气了。马勇无奈,只好把主攻目标放在陈勇刚身上,他知道把儿子哄转是俘虏妈妈的最好办法。

胖乎乎圆滚滚的陈勇刚正在专注地玩他的变形金刚,根本不搭理马勇。

马勇耐心地蹲在陈勇刚面前,说:"陈勇刚,咱们来谈谈心好吗?"

陈勇刚头也不抬地说:"走开,你很讨厌!"

马勇不生气,继续耐心地蹲在陈勇刚面前,说:"刚刚,马勇叔叔今晚想住在你家,马勇叔叔和妈妈睡大屋,你一个人睡小屋,行吗?"

陈勇刚断然地说:"不行!"

马勇说:"为什么不行?"

陈勇刚再次强调地指出:"因为你们要流氓!"

马勇掏出一块钱,放在陈勇刚面前,说:"那马勇叔叔把这个给你,你让叔叔和妈妈……要一次流氓行吗?"

陈勇刚看看那一元钱,又断然地说:"不行!"又低头去玩他的玩具。

马勇于是又加上了拾元钱,说:"那叔叔把这个也给你,行了吧?"

陈勇刚抬头看看那拾元钱,道:"不行!"他又去玩玩具了。

马勇加上了五十元钱,再次说:"那叔叔再把这个给你,这也不行吗?"

陈勇刚再次看看那钱,一双小胖手紧忙乎地把钱都塞进口袋里,说:"行!"

马勇没有笑而赵慧笑了。赵慧在厨房里做饭,眼睛却一直偷瞄着马勇和儿子的交谈。看到儿子如此的举止,赵慧忍不住笑了,从厨房里走出来,对马勇嗔怪道:"马勇,你怎么教孩子的?尽教这些乱七八糟的!"

马勇见计策成功,也笑了,站起来说:"你终于笑了?我以为你真不理我了呢!"

赵慧不搭理马勇,走向陈勇刚笑道:"儿子,妈妈就值这么点钱啊?你这么点钱就把妈妈卖了?没良心的!赶快把钱还给马勇叔叔。"

陈勇刚死死捂着口袋说:"我不给!他给我的!我还要买一个变形金刚!"

赵慧硬把钱抢过来塞给马勇,对儿子道:"马勇叔叔是逗你呐!"

陈勇刚顿时坐在地上放声干号,这个小坏蛋没有一点水分的哭喊把茶几上的茶杯都震撼得微微有些晃荡。赵慧拿他一点办法都没有。马勇这时从包里拿出一个新买的变形金刚,对陈勇刚晃着:"要吗?"陈勇刚的哭声戛然而止,像突然关了电门一样,跳起来扑过去抢到手里,顿时又眉开眼笑。

赵慧对马勇的这个举动心里备感温馨,她知道马勇是特地给她儿子买的。带孩子的女人进入再次婚恋的时候,总是首先看重男人对她孩子的态度。赵慧甜蜜地嗔怪马勇道:"你把我儿子都惯坏了。"

马勇嘴更甜地说:"他早晚都是我儿子嘛!"

赵慧对马勇的这句话更觉温馨了,更加柔声地嗔道:"就是嘴会说。"

马勇见今天的计策完全成功,他顺势亲昵地搂住了赵慧,凑近她耳边像呵痒似的说:"宝贝你不生气了吧?我就是帮着张琪去找俞晓红了解了一下情况。我已经跟张琪说了,就这一次,以后我再不管了,让张琪自己奔媳妇去。"

赵慧心里暖酥酥的,说:"我说了我不是小肚鸡肠,我不是不让你和俞晓红再见面了,我是想让你明白,我是很认真地对待咱俩的事儿的,我是不愿意再生什么枝节,再受伤害,我受过一次伤害了。"

马勇索性把赵慧抱了起来,亲了她一口:"我知道,我知道,再不会了!"

赵慧乘势软软地倒在了马勇怀里。

陈勇刚正玩着,抬头看见了马勇和妈妈的举动,生气地说:"不要脸!"想想,又补充说:"你们相当不要脸!"他今天上学老师刚教了他用"相当"这个词造句。

马勇和赵慧都哈哈地笑,俩人的身体分开了,把温情先收敛起来,去吃晚饭。在一家三人围坐桌旁吃饭的时候,陈勇刚不吃,他一直在低头专注玩着马勇新给他买的变形金刚,赵慧责骂恐吓均无济于事,对马勇说:"你管管你儿子吧!"她这一小半是无奈,一多半是跟马勇亲昵。于是马勇把玩具从陈勇刚手里夺了过来,说:"吃完饭再玩!"陈勇刚嘴一咧,又要高声干号,马勇眼一瞪,厉声地说:"要不我就把变形金刚掰碎了!"他把那玩具捏在手里作势就要掰。这一招吓住了陈勇刚,他咧开想干号的嘴就咧开在脸上,却再不敢号出声来,害怕地眼巴巴地看着马勇手里的玩具。马勇命令道:"吃饭!"陈勇刚赶紧吃饭,比小猫还乖。

马勇胜利了,不无得意地回头看了赵慧一眼,赵慧则无限欣赏和亲昵地看了他一眼,这一眼更激励了马勇,于是他拿着那变形金刚对陈勇刚晃着:"刚刚,那你同意叔叔今晚可以住在这儿、可以和妈妈……要流氓吗?"

赵慧笑看着儿子,看儿子怎么说。

陈勇刚本能地张口道:"不——"

马勇赶紧又拿玩具朝陈勇刚晃着，又作势要掰。

陈勇刚把"不行"咽了回去，想想，说："可以耍一会儿流氓，就一小会儿！"

马勇和赵慧大笑。赵慧笑着低声对马勇说："吃完饭，你好好洗洗，你闻你一身的汗味儿。"马勇兴奋不已，也低声地说："我知道，我知道！我一定洗得像豆腐一样白白嫩嫩——"

有人敲门。敲门声急急切切的。赵慧说可能是上门收水费的，收水费的那个老王每次都是这样敲门敲得想要来抢劫一样。马勇放下筷子起身去开了门。进来的不是收水费的老王而是张琪。张琪脸色阴沉着，跟赵慧打了个招呼，便急切地跟马勇说："马勇，我还得来找你这个介绍人啊！"

马勇闻言脸色骤然变了，紧张地说："张琪，你不会是和俞晓红又有什么事儿了来找我吧？"

张琪说："我还就是因为这来找你，你今晚还非得跟我再去一趟！"

马勇不禁紧张地回头看了赵慧一眼。而赵慧的脸色也变了，出于礼貌，她不好当着张琪的面说什么，只是冷冷地看着马勇，看他怎么办。马勇硬着头皮对张琪说："那你说说，又出什么事儿了啊？"

张琪说："马勇，你了解的可能不一定对，俞晓红和那人可能不一定是单纯的工作关系。本来晚上我跟俞晓红说要和她一起吃饭的，俞晓红却说晚上她要去维纳斯酒吧听那小子唱歌，说已经跟他约好了。那小子不光搞行为艺术，晚上还在酒吧驻唱，这都是眼下特时尚特能勾女人的行当。我就感觉，这里面不大对。当然这只是我的感觉，希望我的感觉是错的。马勇，你得跟我去酒吧，再去了解感觉一下。我要一个人去，要是有点什么事儿，我，我不知该怎么跟俞晓红说呀！"

马勇万分为难，他不禁又回头看了赵慧一眼，这一眼带着乞求的意思。赵慧不说什么，也不看马勇，脸色依旧冷冷的，她的神态是让马勇自己决定。

张琪着急地说："马勇，如果那小子不地道，如果那小子是个骗色骗财的人，你即使不为了我，你也不能看着俞晓红就这么陷进去，就这么毁了吧？"

马勇被这句话触动了，昨天在衣橱抽屉里看到那粒纽扣的情愫又在胸中汹涌地翻滚起来，他脱口说："好，我跟你去。"

赵慧脸色顿时阴沉下来，没好气地在陈勇刚头上拍了一下，厉声说：

"吃饭！"

陈勇刚正在好好地听话地吃饭，突然被妈妈无端地打了一下，嘴一咧，这回是真的涕泪俱下地哭了起来。

张琪有点莫名其妙，问赵慧："嫂子，你不愿意让马勇跟我去呀？怎么？"

赵慧冷淡地说："看你说的，他要走，我有什么权利不让他走呢？你也别喊我嫂子，我和马勇，也就是朋友，没到那一步。"

张琪更莫名其妙了，他狐疑地转向马勇。

马勇顾不上跟张琪细说，也不方便细说，他先去哄陈勇刚，把玩具塞给他，止住了小家伙的哭天抹泪，而后过去搂住了赵慧，说："我去一下就回来，晚上等我啊，咱儿子刚才不是都……都同意了嘛。"他强调地把陈勇刚说成是"咱儿子"，还朝赵慧亲昵地挤挤眼，暗示晚上红烛帐中春风化雨，想以此来笼络赵慧的感情。

赵慧却不吃马勇的这一套，挣脱开马勇说："你别回来了，太晚了，不方便。"

马勇被噎住，尴尬地站立着。马勇看看张琪，而张琪也正等待地看着他。马勇一横心，说："走！"便领着张琪走出赵慧家去。

马勇出门的时候，听到身后陈勇刚又哇地哭了，大约是赵慧又伤心气恼地在儿子头上打了一下。他狠着心肠没有回头，径直走了。

张琪的旧捷达车驶在夜色笼罩的大街上，张琪不无担心地问阴沉着脸大口抽烟的马勇："马勇，我刚才听赵慧那话里的语气，她好像不乐意你跟我来，这不会影响你们的感情吧？我知道，你下决心要再婚，也是很不容易碰上这对你来说合适的一个人，你们不会再黄了吧？"

马勇脸埋在团团烟雾里，他的话从这浓雾里苦涩地透出来："黄不黄的，随缘吧。反正我不能不管俞晓红的事！"

马勇和张琪走进酒吧的时候，晚场歌舞表演已经开始了。灯光暗沉，客人三三两两地散坐着。马勇和张琪目光四下寻找俞晓红。张琪先看见了，他指给马勇看。马勇顺着张琪的手势望去，果然看见俞晓红，坐在一隅，在专注地欣赏地听着台上歌手唱歌。脚印在台上唱着歌，声音透着好听的磁性，他唱的正是俞晓红爱听的《两只蝴蝶》。他眼睛只望着俞晓红，仿佛是整晚只为她而歌唱，他深情地唱着："我和你缠缠绵绵翩翩飞，飞越那红尘永相随……"

俞晓红则对脚印点头微笑，手在沙发扶手上击着节拍，十分惬意。

马勇和张琪顿时愤愤然。

张琪咬牙切齿地说："我给丫来个倒掌，给丫轰下台！"

马勇赶紧阻止张琪："千万别！要夸他。"

张琪很不理解："我还夸他？他把我老婆抢走了我还说你抢得好，我下贱不下贱啊！"

马勇老奸巨猾地说："你不懂！就得夸他，得使劲夸他！你想，如果我们起哄踩乎他，显得我们心胸狭隘，女人会把我们看轻了。像昨天，俞晓红就把你我都看轻了！相反，我们夸他，俞晓红一看，心里说：嚯，这张琪，心胸多宽广啊！女人都喜欢胸怀宽阔的男人，俞晓红从心里就开始钦佩你了，这反而是我们表现自己的好机会！这是恋爱心理学，懂了吗？"

张琪佩服地频频点头："懂了，懂了！那我就说他……唱得跟周杰伦一样！"

马勇不屑地说："看看，又没水准了吧！俞晓红喜欢费翔，知识女性都喜欢费翔，你跟什么样层次的女人谈恋爱你就得说什么样的话，懂了吗？"

张琪再次频频点头："懂了，懂了，我就说是如同费翔一般！"

脚印正好一曲歌罢，向台下众人鞠躬致意。场内无人鼓掌，酒吧是对艺术最冷漠的地方，冷漠的酒客们都漫不经心地各自喝酒聊天。连俞晓红也没鼓掌，她只是端起酒杯朝脚印晃了一下，微笑地致意。

猛然场内突兀地响起一串响亮的掌声，且经久不息。

场内的酒客们都惊讶地扭头望去，俞晓红也扭头望去，于是她看见了马勇和张琪！

马勇和张琪向台上的脚印使劲地鼓着掌，脸上洋溢着春风般的笑容。张琪边鼓掌边过来挨着俞晓红坐下，道："唱得太好了！就是费翔来唱，也就这意思了！"马勇也跟过来坐下，和张琪一唱一和地说："我都受感动了！我觉得这不像是在酒吧里，这有点像是在维也纳金色音乐大厅里听歌，能跟这样的朋友交往真是福气！——哎，兄弟，我强烈建议你一定得到中央台星光大道去试试！我真的认为你比那些参赛者都好！"他热情洋溢地朝台上的脚印喊。

台上的脚印有些犯傻，他发蒙地看着马勇，不明白这个前两天还跟他交手要打架的人为何突然对他如此青睐。但有人为他的艺术叫好，他毕竟要感激一下的。脚印于是朝马勇和张琪深深弯腰一鞠躬，然后下台到后面换衣服去了。

马勇得意地暗暗捅捅张琪，意思说：看，这傻叉还给咱俩鞠躬哩！

俞晓红却冷淡着脸，洞察地看着突入而至的马勇和张琪在一唱一和。

张琪被俞晓红冷冷的眼眸吓住了，一时不知道该怎么往下接马勇的话，他张着嘴，眨巴着眼，怔在那里。马勇见状着急地在底下拿脚暗暗踢张琪，张琪醒悟过来，赶紧道："是，是，是啊！是很让人感动。我觉得我不是在听歌，我仿佛是看见了一幅绝美的油画，寥廓的天空，彩霞满天，红光一片，哎呀那个，那个，反正是那个太好了！是吧马勇？"他不知道再怎么往下说了，求救地望着马勇。

马勇也不知道怎么往下接话了，他也张着嘴，眨巴着眼，也怔在那里了。

俞晓红冷淡着脸站起来，走了。

张琪于是跟马勇急了："马勇你咋不往下接着说呢？！你看俞晓红都气走了！"

马勇也急了，说："你把话说成那样我怎么往下接？什么唱歌都唱出油画来了，红光一片，我再往下说就该说原子弹爆炸了，你怎么说话的？"

张琪却埋怨道："是你先拔高的！这儿是维也纳金色音乐大厅吗？是下水道！"

马勇瞪眼道："你还说我——"他猛然顿住，脸上瞬间便浮起了笑容，张琪也赶紧在脸上挂起了笑，因为他们同时看见俞晓红端着两玻璃杯水走了回来。马勇和张琪立刻有说有笑，亲密无间，仿佛刚才什么口角都没有发生过。

俞晓红过来把两杯水放在两人面前，冷冷地说："都喝杯冰水吧，降降温。我看你们俩都烧得不轻啊，跑到这儿说胡话来了。"

马勇和张琪被戳穿，都讪讪地笑了。

俞晓红生气地说："你们想干吗啊？还俩人一起来？又是怕我和别的男人乱搞？"

张琪慌忙道："不不不，绝对不是来监视你的意思，我是，是，是……对了，我是来向你道歉的！"

马勇帮腔道："对，我们是特地来向你道歉的！"

俞晓红根本不相信："是吗？"她转向张琪，追问道："那你说你怎么错了？"

张琪异常尴尬和紧张，结巴起来，说："我，我，我这个，我……"

马勇见事情要坏,赶紧把话接过来:"这事儿我得说明真相,再不说我良心上过不去!其实要来道歉的主要是我,是我小肚鸡肠瞎乱猜疑你,而张琪,他在这件事上实际上做得非常大度!俞晓红,你去跟踪采访这位行为艺术家,你猜张琪是怎么跟我说的吗?张琪说:'太好了!这是一条特有价值的新闻线索!我绝对要好好支持俞晓红写成功这篇报道!'他还做我的工作,让我别猜疑。完了张琪还塞给我一千块钱,他说天凉了,俞晓红在风天雨地里采访,她身体单薄,他让我去给你买件羊绒毛衣,因为我知道你穿衣服的尺寸而他不知道。俞晓红你看,钱还在我这儿哩!"他说着,真从兜里掏出一沓钱来,朝俞晓红晃晃,又问张琪:"张琪,这是你给我的钱吧?"

　　张琪听马勇的这一大长篇话都听傻了,再看到那钱,更傻,大张着嘴:"啊,啊……"说不出一句囫囵的话来。

　　马勇急得暗暗在底下拿脚猛踢张琪。

　　张琪被马勇踢得醒悟过来,顺着马勇的话说:"啊……是,是我让他买毛衣!"

　　俞晓红依旧不大相信,狐疑地说:"是吗?你们有这么高风亮节吗?"

　　马勇信誓旦旦地说:"张琪当然是!我刚才说了小肚鸡肠的是我!是我小心眼跟张琪说,我说:'不对吧?不这么简单吧?你能保证俞晓红就不会产生什么别的想法?就算俞晓红她自己没什么想法,可现在这世上,这周围,那全是狼啊,都在那儿张大嘴等着,俞晓红是什么?那是一块肉啊——'"

　　俞晓红生气地说:"你才是一块肉哩!"

　　马勇立刻谄媚地说:"你是……是天鹅肉!"

　　俞晓红扑哧一声笑了,又冷着脸绷住:"天鹅肉也不行!"

　　马勇接着道:"反正我说,我说我不放心,我得到街上劫她去,我就去了,于是就出现了后来让你生气和反感的那一幕,责任完全在我!"

　　俞晓红半信半疑,望着口若悬河的马勇:"真是你说的这样吗?"

　　马勇发誓地说:"绝对是这样!张琪死活拦着我不让我去,后来都跟我打起来了。我都急了,我说,张琪,你我多年的朋友,为个俞晓红,你至于吗?就算俞晓红美貌如花,她不也就是个人嘛!你猜张琪怎么说?他说:'俞晓红根本就不是人——'"

　　俞晓红拧起眉头:"啊?!"

　　张琪急了:"马勇我什么时候这么说了?!"

马勇则坚决不改口:"你小子就这么说了!你就说俞晓红她不是人!你跟我说的是:'马勇,俞晓红她是我心目中的女神!'你敢说你不是这么肉麻地跟我说的?"

俞晓红一怔,随即咯咯地十分开心地笑了。

张琪也傻了,随即,也嘿嘿地傻笑起来。

马勇松了口气,把掏出来的那沓钱递向张琪:"给,张琪,这钱还给你!"

张琪又再次犯傻,不明白地望着马勇:"干,干吗?"

马勇急得再次暗暗朝张琪挤眼,然后道:"你自己给俞晓红买毛衣去。她穿多大尺寸的毛衣,她人就在这儿,你自己当面问她。"

张琪醒悟过来,接过钱,期期艾艾地说:"晓红,你,你穿多大尺寸的衣服?"

俞晓红相信了,很有一些感动,同时张琪在她面前那种期期艾艾战战兢兢的样儿也让她很有一些做女人的满足感,毛衣她不在乎,她要的是这种男人对她小心翼翼的呵护并且事事恭顺的满足感。俞晓红捂着嘴笑,说:"我不告诉你我的尺寸。我不让你给我买。"

张琪又不知道怎么办了,又回头求救地望着马勇。

马勇又替他解围道:"好了好了,回头我告诉你吧,完了你买了给她送去。女人嘴上说不要,你买了送给她,她也挺高兴的。"他说着,站起来,道:"我得去上个厕所。张琪,你不去?"

张琪便跟马勇一同朝卫生间走去。

马勇和张琪一前一后走进卫生间,马勇返身就将手伸向张琪,说:"拿来。"

张琪一时没明白过来:"什么拿来?"

马勇说:"钱。刚才我给你的钱!"

张琪耍赖地捂住口袋:"不给!是你自己给我的!"

马勇一把按住张琪,把他按在卫生间的水槽上让他动弹不得,然后硬硬地把刚才给他的钱又全数抢夺了过来,笑道:"这月我都没钱了!你自己拿钱买毛衣给俞晓红送去。既然说了就得真送。说真的,我还得给赵慧买件毛衣什么的,我还得哄我那位去。你刚才看见了吧,女人,就得这么哄!你记住,再牛叉的女人,只要哄到了位,全晕!"

张琪十分佩服地说:"马勇你真是高手!"又很不理解地说:"那过去

你怎么不这么跟俞晓红说话、不这么老哄着她让她高兴呢？"

马勇涩涩地说："过去，我的角色不是丈夫嘛。丈夫这玩意儿，只要当的时间长了，好多就不是玩意儿了。别说经常哄老婆高兴了，连跟老婆多说句话儿都不耐烦，这叫婚姻的疲倦期，好多夫妻就因此散了。所以说，张琪，你一定要接受我的教训，千万别学我，你一定要永远好好地跟俞晓红处，啊！"

张琪若有所思地频频点头。

马勇又叮嘱张琪道："我看啊，至少现在，俞晓红和那小子还没有什么，但那小子的狼子野心已经是昭然若揭，那小子绝对想泡俞晓红！你听着，趁着事态还没发展到那一步，除过俞晓红实在脱不开的采访工作关系，你得想办法让俞晓红和那小子分开，起码像今天晚上酒吧这种场合，你就不能让俞晓红和他泡在一块儿，你得防患于未然！明白吗？一会儿你一定得抢在他前头把俞晓红从酒吧带走！干脆，咱现在出去你就把俞晓红带走，然后跟吧台说俞晓红消费的酒水，还有咱俩刚才喝的那两杯饮料，全由那小子买单，让那小子等会儿过来只看到一张账单！"

张琪使劲地点头应诺，这完全符合他的战术思想。

马勇一挥手说："走，兄弟，行动！"

马勇领着张琪气昂昂地走出卫生间去。

马勇和张琪从卫生间走出来，脸上气昂昂的神色顿时消弭殆尽，委顿下来，他们远远地看到他们的计划还没开始就全然破产了：远处，大堂一隅的沙发上，俞晓红和换好衣服的脚印已经坐在了一起，两人热络地笑谈着，气氛火腾腾的，隔老远就能听见俞晓红咯咯咯咯的欢笑声。

张琪怒火满腔义愤填膺，说："马勇，我先出去找块砖！"

马勇忍着气，拍拍张琪："沉住气，沉住气，大度一点，你别一脸的美国和伊拉克。刚才我怎么跟你说的？别显得咱心胸狭窄又让俞晓红把你看轻了。走，跟我过去。"

马勇又领着张琪走去，步履沉着坚定。脚印听见了身后由远而近的脚步声，他回头，看见马勇和张琪向他走过来，他骤然紧张。自从上次和马勇短兵相接，他其实是很有些怕了马勇的，但此刻俞晓红坐在面前，他不能让这种害怕外露显得他太尿，于是他做出一副傲然不屑的样子，扭过脸去不搭理越走越近的马勇和张琪。

张琪不禁恨得咬牙，低声地骂："马勇，我真想拿砖拍他！"

马勇也恨，但他不说话，径直朝脚印走过去。脚印惧怕地站了起来，警惕防范地看着马勇。这气氛也影响了俞晓红,她也紧张地站起来,本能地横挡在马勇和脚印之间,怕他们打起来。马勇拨拉开俞晓红,走到脚印面前,脚印悄悄捏紧了拳头。马勇爆发地一把抱住脚印,热情如火地说:"哎呀,兄弟,你好你好你好!"他就像拥抱一个久别相逢的老友。

脚印一下有点发蒙,他被马勇猛然抱住而且被热情地揉搓着,一时懵懵地不知是怎么回事。

张琪也发傻了,他望着马勇,不知道马勇是哪根筋抽了。

俞晓红也陌生地看着马勇,她想,马勇是不是受刺激了?

马勇继续热情如火地拥抱着脚印,一脸诚恳和歉疚,说:"兄弟啊,那天是误会了,我那天非常不理智,对你很不礼貌,实在是对不起。今天在这儿又见到了你,我真是又高兴又愧疚,我真诚地向你道歉,对不起了兄弟!"

脚印回过神来,松了口气,笑了,也礼让地说:"啊,大哥,没关系没关系!"

俞晓红也松了口气,也欣慰地笑了,说:"马勇,张琪,你们这就对了,都是朋友,何必那么剑拔弩张的呢!我看你们今天见面挺亲热的,你们哥仨儿好好聊聊,我正好要去趟卫生间。"她离座向卫生间走去。

马勇一双手继续热情地抱着脚印,眼睛瞄着俞晓红走去的方向,嘴里不住地说:"哎呀,兄弟,真是对不起,那天我不知道怎么就撞了邪了,真是不好意思!"

脚印也热情地拥抱着马勇,连连说:"大哥你别这么自责,真的没关系——"

马勇看见俞晓红的身影拐进了卫生间,脸立刻阴冷了下来,拍拍脚印,让他放手,冷冷地说:"小子,她进卫生间了,演出到此结束!"

脚印又蒙了,发蒙地望着突然变脸的马勇:"大哥,你怎么——"

马勇厉声道:"谁是你哥!坐下!"

脚印开始惧怕,迟迟疑疑地在沙发上坐了下来。

马勇径直说道:"姓脚是吧?我说你这个姓脚的,"他强调地突出重音地说着"姓脚"这两个字,听上去就像在说男女性事,"我怎么看你有点像个骗子啊?"

张琪这时也回过味儿来,替马勇帮腔道:"不是有点,而十足就是个骗子!"

脚印胆怯地抗议说:"两位先生怎么这么说话呢?没风度了吧!"

马勇掏出一角钱塞进脚印口袋："你卖给我一毛钱风度,你来教我怎么说话!"

张琪马上又把一角钱从脚印兜里掏出来揣回马勇兜里,道："他自己连半毛钱风度都没有,他就是一配种的。"

脚印看着马勇和张琪一唱一和地糟蹋踩乎他,心里恼怒,但不敢言说。

马勇又说："现在的人,只要五官差不多长全了,没落下哪一样,就想出名当明星。可出名有很多条道儿,你可以去整容,一刀一刀地把整个脸都重削一遍,你还可以去变性,你还可以去参加什么超男选秀——"

张琪又帮腔道："你还可以到大街上去裸奔。"

马勇也接茬道："对,只要七十岁以上的妇女愿意看你。"

张琪再帮腔道："实在不行你自杀,人家诗人自杀是卧铁轨,你可以拿头撞火车,这更加壮丽!"

马勇笑了,觉得张琪说得精彩,他也接茬道："你有很多条道儿可以出名,但就是别利用女人往上爬。我已经警告过你,这很下三烂,为人所不齿!"

张琪又帮腔："这就相当于你被阉了,你不是男人,你很太监!"

脚印被马勇和张琪贬低奚落得要发疯了,他站起来,想反抗,又被马勇和张琪凶神恶煞的眼光逼视着坐下。

马勇正痛快淋漓地说着。猛然俞晓红从卫生间里出来朝这边走过来,他立刻换了脸色,低声地对脚印说："小子,俞晓红来了,你男人一点啊,别在女人面前叽叽歪歪的,要不我们兄弟俩一会儿出去拿砖拍死你!"然后他热情如火地又搂抱住脚印,更加情深意切地表演着："哎呀,兄弟,那天实在是太不好意思——"

俞晓红笑吟吟走过来说："还聊得挺热闹!你们聊得挺好的?"

马勇亲热地搂着脚印笑道："我们聊得挺好!"

脚印猛然一把推开马勇,愤愤然地说："一点都不好!他是装模作样!"

俞晓红的笑容在脸上凝住："怎么了?"

脚印冷笑一声："你的前夫,和他的这位朋友,刚才对我夹枪带棒地攻击,而且还凶神恶煞地恐吓我!我想,他们大概把我看做是他们的情敌了,所以才对我这么极不友善。"

俞晓红不禁恼了,回头瞪着马勇和张琪,责问："是这样吗?你们凭什么这么对待我的朋友?!"

马勇和张琪悻悻然,尴尬地避开俞晓红的目光,缄默着。

俞晓红着重地又瞪了马勇一眼,她知道这肯定是马勇挑头的,然后她转向脚印歉意地说:"脚印,对不起啊,他们还是在误解,所以对你这么不礼貌。我为他们对你的误解向你道歉。"

脚印说:"你不用替他们道歉,他们没误解我,我就是他们的情敌!"

俞晓红不由得怔住了。

马勇和张琪也一时怔住了:我靠,公然叫板啊!

脚印拉起俞晓红的手,勇敢地说:"晓红姐,我爱你。我说句很多男人都说过的特别俗的话,因为我实在不知道还有什么别的话可以说:我从见到你的那天起就爱上你了!我再不想隐瞒也再不想克制我对你的爱,晓红姐,希望你能接受我!"

俞晓红大大怔住,而且被这男孩猛烈的表白弄得慌乱了,一时不知说什么。

张琪脸色铁青,他看着马勇,要是马勇哪怕使个眼色,他就到外面找砖头了。

马勇的脸色也变青了,暗暗咬牙,但他没朝张琪使眼色,而是竭力克制着。他知道俞晓红的脾气,他不想把张琪的事情搅黄了。

脚印却挑战地转向马勇,他想在俞晓红面前表现得更加男人一些,说:"马先生,我爱你的前妻总没有错吧?我有这个权利吧?"

马勇再忍不住了,火嗖地一下蹿了出来,腾地站起:"真跟我叫板啊你!是,你爱俞晓红这没有错,苍蝇蚊子也可以爱她,你当然是有这个权利。但是,你问问她!"他怒火万丈地一指脚印身边的俞晓红,道:"你问问俞晓红,她敢答应你吗?!她现在是这位张琪先生的女朋友!她得对这位张琪先生的感情负责!她必须得跟他好!她要答应你她得先问问我答应不答应!你爱他,她却不答应你,你还死搅蛮缠,你知道这叫什么行为吗?这叫屎壳郎插花,你死不要脸啊!张琪,把你的女朋友带走!跟他废什么话!"

张琪应声过来拉俞晓红:"晓红,走吧,别搭理这小子的疯言疯语!"

俞晓红却生气地挣脱开张琪,生气地冲到马勇面前,道:"马勇,凭什么我想跟谁好必须得问你答应不答应?!我现在又是你什么人啊?"

马勇着急地说:"俞晓红,我之所以要这么管着你我是怕你上当受骗!你想嘛,你都三十多了,他才二十几,买黄瓜还得挑个嫩点儿的吧,买豆角也得挑嫩的呀,老的谁也不要啊,他能对你是真心的吗?他绝对是别有企图! 俞晓红你脑子别糊涂!"

俞晓红则更生气了,马勇把她比作老黄瓜老豆角,这犯了三十来岁青春开始渐渐逝去的女人的大忌, 俞晓红更加横眉瞪眼地说:"我不糊涂!我不就是老黄瓜老豆角了嘛,我不就是没人要了嘛,马勇你还没见过活生生的姐弟恋吧? 我现在就让你见一见!"她走到脚印面前,望着他,道:"你刚才说你爱我,好,我现在告诉你:我也爱你!"

脚印胜利地笑了,他胜利地笑着看了马勇和张琪一眼。

这一眼让马勇和张琪心如刀割。

马勇后悔死了,他为自己一时情急口不择言而无限懊悔,更为焦急地说:"俞晓红,什么黄瓜豆角的,刚才是我失言,你别生气!我相信你是一时赌气才这么说的,你是赌气说的吧?"

俞晓红却挽起脚印,对马勇嫣然一笑:"我没赌气。他年轻,热情奔放,富有活力,浪漫,有艺术气质,我很喜欢,我是真心的。"

俞晓红挽着脚印走出酒吧去了。

马勇和张琪一起傻了。

接下来的几天里,马勇要面对的是张琪的问题:张琪失踪了。办公室不见他的人影,手机也关机,马勇实在是担心起来,他知道张琪已经是陷入到感情里去了,怕他想不开做出什么偏激的事儿,譬如像他自己说的:拿头去撞火车? 马勇想如果张琪真拿头去撞了火车他的罪过可就大了,毕竟俞晓红是他介绍给张琪谈恋爱的!于是马勇就到张琪的宿舍门前去蹲守,盼着张琪万一还活着晚上回来睡觉他好堵住他挽救他。马勇在张琪的宿舍门前一连蹲了两天,到第三天的时候,他喜出望外地看见张琪回来了,头壳好好的,没有撞火车的痕迹。他赶紧迎上去,张琪却一闪身进了房间,他又赶紧去敲门,门却敲不开。他一遍遍地敲,屋里却像无人一样。

马勇心急如焚地想:难道张琪是回来自杀的? 他又改主意了回来摸电门了?

马勇于是继续锲而不舍地敲门,同时怀着一线希望对里面说话:"张琪,你开门!我知道你很痛苦,可你别一个人蒙在被子里哭啊,你起来跟人说说话也好受一点!再说我估计你也哭了好几天了,你歇会儿再哭,世界杯足球赛还有中场休息呢! 你起来开门先中场休息一下。"

门仍不开，里面也无人应声。

马勇于是又说："张琪你别哭个没完那么痛苦不堪，连门都不开！我跟你说，俞晓红那天晚上绝对是赌气那么说的，她不是真的！兄弟你不能泄气还得继续战斗啊，咱爷们绝对不能输给那小子啊！你硬气点儿起来开门！"

门还是不开，里面依旧无人应声，难道张琪已经摸完电门了？

马勇心都揪紧了，他硬着头皮说了一个段子，暗自期待张琪如果还没最后走上绝路听了之后哈哈一笑能回心转意："张琪，你听这个段子：有个城里人到乡下去上茅房，正拉着，手机从兜里滑出来掉到粪坑里去了，他心一凉，想，完了！这下手机没了。他低头一看，又乐了，手机正好掉在一堆屎上，屎托着手机没掉进去。他赶忙撅着屁股伸手去捡，突然那手机晃晃悠悠地沉到粪坑底下去了，再捡不着了。张琪你猜是怎么回事？原来这哥们把手机改震动了，而且这时候正好来了电话！哈哈哈！"马勇说完把耳朵贴到门上仔细倾听，却依然听不见里面笑声飞扬起来："张琪你怎么不笑啊？你别是——"马勇真急了，飞起一脚就要踹门。

门哗的一声开了，张琪穿戴一新地出现在门口，脸却像旧抹布一样皱着。

马勇大大喘了口气，打量着张琪："张琪，你没蒙在被窝里哭啊？"

张琪冷冷地说："我哭什么呀，我正在卫生间里梳洗哩。"

马勇这才注意到张琪的焕然一新，诧异地说："对了，你穿得像个新郎官似的你要干什么去呀？"

张琪从上衣兜里掏出张照片来递给马勇："看看，觉得怎么样？"

马勇不解地接过照片来看。照片上是个模样还算不错的女子，梳着赵薇那样的头，眼睫毛像章子怡那样假得厉害。马勇不明白张琪把这么个杂交高粱的照片给他看是什么意思，问："这谁啊？这是个卖淫的吗？"

张琪说："滚！什么卖淫的！这是我大姨前天给我介绍的对象，我决定今天去见见她，我今天要去相亲。"

马勇顿时头皮都要炸了，他生硬地笑起来："哥们你别闹你别闹！我知道你是赌气说的，你现在有对象你相的什么亲啊？！你是赌气的对吧？"

张琪却是少有的认真，不再跟马勇说"你们家的俞晓红"，丁点的玩笑都不再开，郑重地说："我没赌气，我考虑过了，我不再跟俞晓红谈了，我不玩了。"

马勇大大地傻了。

第 10 章

这一日,太阳红彤彤的红得不能再好了,国家和人民就像太阳一样的好,而马勇的心情却非常的不好。张琪执意要去相亲,马勇就死活跟着他,他千方百计要阻止张琪去相亲。张琪抽身而退,抛下俞晓红准备扬长而去,可俞晓红还自信满满地浑然不吝,她活在了危险里却还以为很多很多的宠爱都围绕着她,她轻率地抛弃又随意地捡起,她自认为她还有很多的机会来把玩,很多容貌姣好的女人最后就都玩进去了,千古中华就有了红颜薄命这个词儿。还有了黯然神伤这个词儿,还有了过了这个村就没有这个店这个词儿,马勇一想到这些就心情焦躁,他得拉住和阻止张琪,他需要一个能信任的他的继任者去终身保护俞晓红。所以马勇缠着张琪,张琪去咖啡馆相亲,马勇也跟去了咖啡馆,坐在张琪对面,乘着女方未到,在抓紧最后的时间劝说张琪放弃相亲。

马勇说:"张琪,算了吧,咱回去吧,相什么亲呢,就这女人——"他连连戳着张琪手里的照片,满脸的鄙夷,"就这柿饼子脸有什么好相的!"

张琪看着照片,不同意马勇的说法,他觉得也就是脸稍稍圆大一些,他认为马勇是故意损毁和贬低,辩驳道:"这哪是柿饼子脸?有双眼皮的柿饼吗?"

马勇夺过照片来,寒碜张琪道:"这还不是柿饼子脸?这即使不是柿饼脸,也是向日葵脸,这脸多肥沃啊!还有,你看这嘴也大,这要喝口水喷出来,就跟黄果树瀑布似的!张琪,你以后要和你这女朋友上街,人家看不见你女朋友,光看见一张血盆大口迎面走过来,你就不嫌恐怖?"

张琪不为所动:"我不嫌恐怖。黄果树瀑布也罢,我就喜欢大嘴。大嘴宽阔,以后亲嘴,接触的面积大,嘿嘿!"张琪无耻地笑。

马勇无奈,只好放过了脸和嘴,把攻击目标放在了其他部位上,说:"好,你不嫌脸大嘴大,那这颧骨呢?这颧骨多高啊!人家说:女人颧骨高,杀人不用刀!这以后要跟你打架,肯定心狠手辣!"

张琪依旧不为所动："这我也喜欢。没看过有部电影叫《温柔地杀你》吗？我就喜欢女的对我来点儿暴力。她爱我她才打我呢，她爱死了我她才杀我呢！"

马勇不禁恨恨地骂道："你怎么这么贱啊！"停停，他压下焦躁，继续道："好，就算你不挑长相，身体你总要考虑吧？你总不能挑个病秧子吧？从照片上看，这女的身体不好！"

张琪被马勇的这句话打动了："真的吗？她身体不好？你怎么看出来的？"

马勇像协和医院的大夫，指点着照片道："你看，她眼睑下垂，面色暗沉——"

张琪却没有看出暗沉来，他反复看着照片疑疑惑惑地说："面色暗沉吗？我怎么不觉得？"

马勇悄悄用手掌挡住一些阳光，把折射在照片上的光亮滤掉很多，使照片看上去要灰暗一些，而后说："这还不面色暗沉?！这都暗无天日了！那面色好气色好的，脸都像抹了猪油一样地放光！她像抹了猪油的吗？"

张琪又看了半天被马勇遮挡了光亮的照片，有些相信了，说："那倒是不像。"

马勇进一步道："对了嘛！面色暗沉，就说明她消化不好，消化不好就是胃不好，她有胃溃疡这是肯定的，发展下去就是胃穿孔。胃不好，肠子也就不好，肠胃肠胃，都连在一块的，她没准同时就有十二指肠溃疡，发展下去就是肠穿孔。肠子离胆也很近啊，肠不好胆也不好，胆结石，发展下去就是胆穿孔——"

张琪叫起来："她是筛子啊，哪儿哪儿都穿孔?！你再往下说肛门啊，肛门直接就穿孔！"

马勇急忙改口，他想不能把话说得太夸张了，要不张琪该不相信了，他说："张琪，我就是这么跟你一比喻。反正我提醒你，这女的身体不老好的。而俞晓红身体非常好！她除了有鸡眼什么病都没有！就这女的，除了年纪轻一点，哪点能比得上俞晓红?张琪你别自暴自弃嘛！俞晓红那天晚上十有八九那是赌气说的话，咱们再去跟她沟通沟通，再解释解释，再争取争取——"

张琪打断马勇，断然地说："我不沟通不解释也不争取了，我伤心了！马勇，你这媳妇儿，也太事儿妈了，我再不伺候了！我也老大不小了，我爹就我一个儿子,我得赶紧给我爹生个未来的省长什么的,让我爹自豪一下。"

马勇着急地说:"张琪我跟你说正经的你别开玩笑你也别赌气嘛——"

张琪正要回应马勇,突然看见了什么,站起来朝门口喊:"大姨!在这儿呢!"马勇扭头望去,猛然就有些呆愣,一种被小小震撼了一下的呆愣,他看见一个中年女人领着一个青年女子走进咖啡馆,听见张琪喊,就朝这边走来。使马勇有些呆愣的是那青年女子,显然她是照片上的人,但却比照片要出彩多了,照片没能照出她的身材来,那身材出奇地好,婀娜着,像一弯流水飘逸而来,这一处的好就映衬得其余各处都亮丽起来,连那照片上显得有些圆而大的脸盘看上去都俏丽了许多,马勇一时看得瞠目结舌。

张琪喜出望外,他压着激动说:"马勇,她就是有胃病什么的,我给她治!我认了!林黛玉还有心脏病哩!马勇你说我这对象比俞晓红差什么?你自己说!"

青年女子娉娉婷婷地走过来,越走越近,近在咫尺了。

马勇又近距离地看了一下,而后,彻底缄默了,他实在无话可说。

张琪朝马勇伸出手来:"我这辈子就是她了,祝我幸福吧!"

马勇看看张琪,并不伸手去握,站起来,向门口走。张琪一愣:"怎么你要走啊?你不坐了?"马勇不语,继续向门口走。他忽然非常非常地难过,一种彻底失去了什么和将要面临什么的伤悲,他好像已经能伸手触摸到俞晓红将来的命运多舛,他好像已经能近距离地呼吸到俞晓红即将倒霉的霉气,最让他难过的是,他已经预感到了但却无力去改变,只能眼睁睁地看着它发生。马勇向门口走去的时候,低着头,脸也侧过去,他不愿意让张琪看见他流泪了。

张琪却从马勇突然间变得蹒跚滞涩的步履中看出他在难过,作为多年的朋友,他充分理解那难过泛起的背后。他望着马勇的背影,脱口叫道:"马勇——"马勇慢慢站下,默立了一会儿,回过脸来,脸上一抹苍凉酸涩的神情。张琪说:"马勇——"他停住,又改口真诚地叫他:"哥,你也别管俞晓红了,反正你们也离了,你随她去吧,各人有各人的生活。你也抓紧顾你自己的生活吧,你老大不小了!"

马勇闻言神色更加苍凉,一言不发,缄默地走了。

马勇去了赵慧家。

从咖啡馆出来,他脑子就混沌一片,所有的思想都被抽离了,脑子里只剩下张琪的话,马勇被张琪的话牵引着,浑浑噩噩地,脚步下意识地向赵慧家挪去。

赵慧家的楼道里灯光昏黄,映得楼内明明暗暗的,晚风在明暗间飘走着。

马勇沉重滞涩地从楼梯走上来,走至赵慧家门前,停住,举手欲敲门,又迟疑地停住,犹豫着,停了很长时间,终于没有勇气敲,他返身想下楼去。

门却哗啦一声在马勇身后开了。

马勇回过身来,他看见赵慧站在门口,眼里有泪花闪现。赵慧含泪幽幽地对马勇说:"你现在都不用敲门,听脚步声,我就知道你来了。"

马勇望着赵慧一时不知说什么好。

赵慧又幽幽地说:"还要我请你你才进来吗?"

马勇被赵慧幽怨的眼神拽进门里去了。

赵慧让马勇坐在沙发上,让他把外衣脱了,而后站在马勇面前,看着他,满腔的怨怒,数落着:"你去啊,找俞晓红去啊,你还上我这来干吗?"她说着,却把一件塑料袋包装的衣物扔到马勇面前。马勇怔了一下,打开,是一件新买的毛背心,羊绒的,很贵。赵慧又数落地怨道:"天都这么凉了,毛背心也不穿,你不怕感冒啊?你还不快换上!"马勇捧着毛背心,异样地望着赵慧,他换上毛背心,一股暖暖的流从心里往外涌起。赵慧眼里又渐渐泛起泪花来,这回她是真伤心了,伤心自己对他如此的好而这浑蛋却老让她伤心。她并且抽噎起来,她抽抽噎噎地说:"我怎么这么贱骨头啊,好几次我都说再不见你了,我,我,我怎么这么贱骨头啊……"马勇揽过赵慧来:"别哭了,同志,今晚我们性交。"赵慧的眼泪果然猛地闸住,破涕为笑,狠劲地捶打马勇:"你这个不要脸的东西,你怎么说得这么不要脸啊!"马勇哈哈地笑。于是赵慧也娇羞地笑了。至此,情人之间,从发动战争到恢复和平,一个轮次结束。

赵慧又幸福地依偎在马勇怀里,但她此时还要再说马勇几句,这是女人们和男人吵架和好之后的惯性,所有的女人们这时候都还要再数落男人,就像战争结束之后还要再打扫战场一样,这是女人们在品味胜利。赵慧数落马勇道:"你别听我的话呀,你去找你的俞晓红去呀,你怎么又来找我了?"她这时的数落就更多的是娇嗔了。

马勇却没有幸福地应和她。赵慧提到俞晓红，这又让他心里酸涩起来。他酸涩地长叹一声："哎……都结束了。"

赵慧说："什么都结束了？"

马勇说："张琪自己另找对象了，俞晓红，还跟那人在那儿疯哩，以后也没我什么事儿了，我就是想管也管不着了。"

赵慧眼里露出欣喜，说："那好啊！那你就别管了呗！你就让俞晓红和那人成去呗。她成了，咱们也好过咱们的日子。马勇，我真是最后一次跟你说，我确实不是小心眼，我确实是不想咱们的关系到这个时候了再生出什么枝节来。你要是再这么频繁地跟俞晓红接近，我真的是再不理你了！"

马勇缄默不语，他搂着赵慧，心里在想俞晓红的事儿。

马勇想，晚上了，俞晓红和那个脚印在干什么呢？

当夜晚退去的时候，脚印在这个城市的街心公园里早早就开始了他又一次的行为艺术展演。这一次他赤裸着身子，只穿一件眼下最时尚的 C 字裤，一般 C 字裤都是眼下最胆大的前卫女性穿的，而他穿着，这让他几乎就是一丝不挂。身边插着一块牌子，上写着这次露天行为艺术的主题词："减少粉尘让阳光天天普照，阳光是人类的第二件衣服！"他的创意是以裸体来凸现阳光的照耀，来呼吁减少环境污染以洁净地球的阳光。

俞晓红认为这创意很好！

俞晓红于是又一次被脚印的创意吸引了来，挤在人群里拿个照相机对着脚印从各个角度拍照，并再次现场采访群众的观感。这个大男孩的数次创意以及实施都得到了醉意浪漫的俞晓红的激赏，她开始认真地考虑要给脚印写一篇很长的人物专访，并想去请求主编发在报纸头条。

观众也被空前地吸引，几乎百分之百是女观众，偶有几个男的，也是怕老婆被勾引而来暗中监视的。女观众里绝大多数是中年女人。中年女人们着迷于这个漂亮男孩的身体而对什么阳光啊污染啊则绝少注意，以至于脚印结束表演，跑过来，从人群中单独拉起俞晓红，笑着，向公园角落的换衣处跑去的时候，引起了女人们对俞晓红集体的嫉恨，俞晓红抢走了她们共同的性幻想目标，有个偏激的女人捡起块石头远远地朝俞晓红丢过来，这是最着迷脚印的一个大姐，她本来计划好要请脚印去吃拉面的，大姐是开拉面馆的。

俞晓红哈哈地笑，觉得这很好玩儿，她也不解释，就任由脚印拉着她在嫉恨和羡慕的一堆眼神里飞跑，她喜欢这种鹤立鸡群的被凸现的感觉。俞晓红历来是个卓尔不群的人。

公园的角落里用苇席临时搭起一个棚子，脚印用来做演出换衣服的场所。苇席棚内挂着脚印脱下来的衣服裤子。脚印赤裸着拉着俞晓红从外面跑进来，对俞晓红笑着。俞晓红止了笑，去了嬉闹，对脚印说："你这么光着身子拉着我跑进来，外面那一堆大老娘们以为我们要干什么呢，你快换了衣服咱出去吧，咱逗逗她们就行了。"说着，她取下挂在棚席上的衣服裤子，朝脚印丢过去。

脚印不语，也不换衣，而是过来双手搭在俞晓红肩上，深情地看着俞晓红，一张嘴唇慢慢凑过来，深情款款地，要亲吻俞晓红，他做这个显得很老练。

俞晓红则更老练地顺手拿起手中的照相机挡在俩人的嘴唇中间。

俞晓红保护着自己的唇不随便被男人亲，淡淡一笑道："老弟，这里已经没别人了，就像我前夫那天晚上说的：咱们的演出也到此结束。那天，我也就是想气气我前夫，当时脑子一热，话就那么出去了，请你不要误会。要是我确实让你误会了，我现在给你道歉。"

脚印拿起俞晓红的手放在自己赤裸的胸脯上，并握着这手在他健壮的整片胸脯上摩挲着，神情十分伤感："晓红姐，你这么说，你不怕伤了我这儿的心吗？"

俞晓红不为所动。作为一个漂亮的女人，她经历过不少未婚和已婚的男人以各种方式向她示爱，她抽回自己的手，又笑笑，说："老弟，别介，别跟你姐玩这套性感路线，我早不是还在青春期的小姑娘了，也不是外面那些大老娘们，看见小伙子的一身好肉，就晕，现在能让我晕的，是男人的深度。你这套让姐起不了性。快把衣服穿上，别费这个工夫了。"她说着，再次把脚印的衣裤扔给他。

脚印只好讪讪地穿衣服，脸上阴郁着，愈加伤悲。

俞晓红忽然觉得对这个大男孩有些太绝情了，缓和地说："怎么，不高兴了？"

脚印说："晓红姐，我是真爱上你了！"

本来想抚慰一下他的俞晓红又被这句爱的表白弄得笑起来，说："老弟啊，即使我本来想爱你，你这么一说，我马上就玩完。老弟你记住，以后别对女人把爱说得这么轻率，尤其别对那些已经三十出头的女人把爱说得这么轻率。三十出头的女人已经爱过并且知道爱是个什么王八蛋东西,她们已经不轻易相信这个字儿了,所以你对她们这么说只能起到相反效果,你明白吗?"

脚印发狠地说:"晓红姐,你信吗,我能为你去死!"

俞晓红愈加咯咯咯咯地笑起来,笑个不止。

脚印伤心凄婉地说:"你笑什么?你是笑我说得幼稚吗?"

俞晓红笑道:"不不,我不是笑你,我是想起另外一个男人,他也对我说过这种话,不过他说得比你绝,他说:'红姐,你信吗,我能为你去变性!'他说他作为男人不能得到我,他宁可去变性做一个女人,说从此就可以跟我做个姐妹,就可以每天不离我的身边了。你说,这种话能让人相信吗——"

脚印突然跃起,一头向捆扎支撑苇席棚的钢管撞过去,在结结实实的咚的一声之后,他慢慢倒下来,鲜血从额头上流出,他就这样流着血躺在地上,挣扎地对俞晓红说:"晓红姐,你,现在,相信,我可以,为你去死了吧?"

俞晓红傻了,话也噎了回去,她扑过去,抱住血不断从头上渗出来的脚印,着急地哭起来:"你,你,你干吗要这样啊……"她被撼动了。一瞬间,她觉得有点像抱着马勇,几年前,马勇那次骑自行车被拖拉机撞了,她冲过去,也是这样抱着他,哭得稀里哗啦的。

俞晓红疯了一样地打电话要救护车, 如同她上次抱着马勇打电话一样。

午后,马勇和赵慧正在超市里为了结婚而提前选购窗帘。买窗帘是赵慧提出来的,赵慧还提出来要买墩布,买碗,买电饭煲,买装调料的瓷罐,买电蚊拍,还要买几把筷子等等,这些将来居家过日子的东西都要提前买。赵慧并不是刻意要先买东西,而是刻意要把结婚的气氛提前铺张起来,好让马勇不要再三心二意。马勇没有反对的理由,因为结婚是他提出来并且期待的, 于是马勇便和赵慧去了超市开始像夫妻一样地采购。赵慧挽着马勇身子偎着马勇,此时她满心欢喜,一脸的幸福。马勇也笑着,淡淡的,笑里透着沉重,透着满腹的心事,从昨天起到现在,他还是丢不下俞晓红的事情,他满脑子都在想那个脚印现在到底把俞晓红怎么样了?——马勇的手机就在他心绪不宁的时候响了起来,他一听之下,心跳骤然加快,脸色也变了。

电话是杨永德从医院打来的。杨永德为了一个女人偷偷陪她来到医院。他站在医院门诊楼的走廊上，从一间治疗室敞开的门里，恰好就看见了俞晓红正怀抱一个男人，那男人闭目靠在俞晓红身上，医生和护士手忙脚乱地紧急给他头上包扎着，鲜血还丝丝缕缕地从额角的纱布里渗出来。俞晓红抱扶着他，面露关切、焦急和心疼。杨永德的第一个反应是转身要跑，他不能让俞晓红看见了他的隐秘！于是杨永德就转身快步离开治疗室，顺着走廊蹿去。刚走出了四五步，他突然站下，猛然觉得这不行！他想他不能就这样偷偷地走了。他想起刚才看见的俞晓红和那男孩粘在一起的架势，再发展下去，要悬！那男孩，杨永德就只看了他一眼，便强烈地不喜欢他。活得传统而规矩的杨永德强烈地不喜欢这类长相俊美举止前卫的时尚男孩，他觉得这种男孩天性就是女人的痛，对女人根本不负责任，一看就绝非善类。而且他一想到今后可能要和这种吃软饭的小粉头成为连襟就不寒而栗，他觉得要赶紧把小姨子跟这家伙分开，免得小姨子再进一步掉进去，一失足成千古恨！杨永德快速地想了想，觉得现在只有跟马勇打电话了。杨永德让马勇立刻要做的是：通知张琪，现在赶紧来医院把俞晓红拉走！杨永德的理由和逻辑是：未婚男友来拉女友回家，天经地义，谁也不能说什么。即使是俞晓红，她脾气再大，在医院当着那么多人的面，她也不好大吵大闹，只有跟着张琪走。杨永德宁可选择张琪当他的一担挑，他认为张琪起码是个老实人。

马勇在接听杨永德的电话之后，恨得咬牙切齿和更加焦虑之余，痛心地告诉杨永德：张琪这厮反水叛变了，他跟别的女孩去相亲去抱抱了，不可能去医院了。

杨永德急了，不假思索断然地命令马勇：那么，马勇，那你赶紧来吧！你现在放下一切事儿赶紧来！现在只有你能把晓红和那男的分开，要不就晚了！

马勇反问道：姐夫你怎么不过去把俞晓红拉走呢？你是她姐夫，姐夫阻止小姨子和坏人接触，教育小姨子认清敌我，这也是天经地义的！而且你就在医院，咫尺之间，这也就是顺手的事儿。

杨永德支支吾吾起来，他跟马勇说他不能去，他有不能说的理由让他不能现身，他让马勇看在过去同在俞家一起效力的分儿上不要问了，而且千万不要把他今天在医院的这事告诉那姐儿俩。然后杨永德再次叮嘱马勇，让他务必赶紧来，否则，山河破碎，香销玉殒，什么事儿都是可能发生的！杨永德说完匆匆挂了手机。

马勇心潮起伏，站在那儿缄默着。

赵慧审视地望着他，问："又是俞晓红的事情？"

马勇点点头。

赵慧紧张地说："你又要去吗？你不会又要去吧？！"

马勇又缄默了一会儿，然后，再次肯定地点点头。

赵慧顿时眼泪都淌了出来，她把选好的窗帘使劲又扔回货架上去，又把已经放进购物车里的电饭煲、碗、还有筷子，统统都拿出来又扔回超市，然后扭头不理马勇。

马勇看着她横眉怒目的样子，开口道："赵慧，我知道你很生气，很火，但你生气我也要说：我必须去！以后，有必要的话，我还会去找俞晓红。毕竟我跟她相爱过一场，她有事我不能不去，我必须要把她安排好了我才能安心。对你，我也会这样，假使我们俩有一天不成了，你不管什么时候，不管在什么地方，不管是什么事儿，你只要召唤我，千里万里我也都会去找你！我觉得做男人就应该这样。也有那种男人，跟女人睡了，过去都说是提起裤子就不认账，现在是裤子刚提了一半就不认账了，就紧忙乎着跟下一个女人说甜言蜜语去了，这种男人现在是大把大把的！我要是那种男人你还要我吗？你要是不原谅我，那就不原谅吧！"

马勇说完转身向超市出口处义无反顾地大步走去。

赵慧眼泪愣在了脸上，生气、伤心、顾影自怜，以及横眉怒目都愣在了脸上，愣愣地看着马勇离去。

马勇在坐着出租车向医院驶去的时候，脑子飞快地转，他觉得他一个人很难把俞晓红拉回家去，俞晓红那个犟种保不住就会当众跟他翻脸，反而更加一意孤行，他必须要想个另外的办法，双管齐下，才能把俞晓红从那个小狼狗身边拉开。现在都管围着大女人转的年轻男孩叫小狼狗。马勇必须要确保那小狼狗别把俞晓红吞噬了。马勇在车里冥思苦索，突然灵机一动，想到了俞晓梅，顿时觉得峰回路转，俞晓梅为了保护这个小妹让她去把什么人咬下一块肉来她都敢啊！马勇于是赶紧打电话，他遵守承诺没有出卖杨永德，而是说他一个朋友去医院看病恰好看见俞晓红和那个脚印鲜血淋漓地纠缠在一块，他突出了"鲜血淋漓"这个词儿，然后他向俞晓梅使劲夸大事态的严重性，严重到正像杨永德所说：山河破碎，香销玉殒，要死人的程度！马勇要让俞晓梅听得心惊肉跳。马勇凄惨地说："大姐呀，事情真的坏了！那男的，他具体什么情况现在没人知道，危险就危险在他这种神秘莫测上！我分析吧，姐，你说他有没有可能是个杀人犯呢? 在外面杀了人逃到我们这儿来了呢? 要不他就是个诈骗犯, 在外面骗了一圈儿躲到咱这儿来了? 再不, 他就是搞了不少女的, 不少女的现在都提着刀在满世界找他, 恨不得宰了他, 他到咱这儿躲情债来了?反正不管哪种情况, 晓红只要陷进去, 最后就是尸骨全无!姐呀, 反正情况我也跟你说了, 分析我也跟你分析了, 你要不来把俞晓红拉走, 把她和那男的分开, 最后万一出什么事儿, 你哭都晚了, 那真是山河破碎啊!"马勇在电话里听到俞晓梅又气又恨又着急, 嗷嗷地叫, 他暗自窃笑, 知道事情成了。他正要挂电话, 突然又想起来, 最后又跟俞晓梅交代说: "大姐, 这些都是我自己分析的, 我也没证据, 我就这么一说, 信不信你自己判断。你别跟晓红说是我跟你说的, 因为我现在也要去医院拉她回家, 她要知道是我说那男的是杀人犯, 是我让你来医院的, 她非跟我又急了, 我俩又得在医院吵起来! 反正, 大姐, 你要跟晓红说了, 我当面是绝不认账的!"俞晓梅承诺她绝不说, 绝不供出马勇来, 说她是一个国家干部(俞晓梅在红旗假肢厂做销售卖假肢), 不会出卖同志的!马勇满意地挂断了电话。

马勇在穿过大门来到走廊的时候, 他脸上的笑便抹去了, 心绪变得愤愤然, 他远远地看到俞晓红扶着包扎好的脚印从治疗室里慢慢挪出来。脚印虚弱得整个身子都偎依在俞晓红怀里, 而俞晓红正半抱半扶着他。马勇听见俞晓红问脚印:"你现在去哪里?我送你去。"脚印抓住俞晓红的手说:"去我住的酒店。但我要你一直陪着我, 别离开我!"俞晓红为难地不语。脚印更紧地攥着俞晓红的手说:"你要不来, 我不知道我下面会干什么!"他好看的大眼睛泪汪汪地看着俞晓红。马勇远远地看见俞晓红慌乱了, 她继续半抱半扶着脚印慢慢顺着医院走廊向前走来。这让马勇恨恨的, 他恨俞晓红被那小狼狗的眼眸一撩就乱了方寸, 同时他庆幸自己真是来得及时, 来对了, 要不然真不知道往下要出什么事儿。

马勇甩开大步迎着俞晓红就走去, 他还提着一个购物袋, 里面是他在医院门口的小超市刚买的东西, 他手上晃晃悠悠的, 像提着什么爆炸物或是利器。

俞晓红和脚印同时站住了, 不无紧张又充满戒备地望着突然出现的马勇。脚印眼皮本来是虚弱地耷拉着, 此刻睁得溜圆, 更是防范地望着马勇。

俞晓红疑惑地说:"你怎么来了? 你是恰好来医院的吗?"

马勇径直道:"不是。我是专门来找你们两个人的。"

俞晓红更紧张了,她认定马勇是来闹事的:"你要干啥?你咋知道我在这儿?"

马勇说:"这医院有我个朋友,他刚给我来电话,说看见你和一个男的血糊撕拉地在这儿包扎,我一猜就知道是你和他。我就来了。都出血了我能不来吗?"

俞晓红掩饰着紧张,她上去拉着马勇,想把马勇拉到医院僻静一些的地方,她不想在门诊部这儿跟马勇吵闹,这儿人来人往就像看猴一样,会让她难堪。俞晓红拽着马勇,同时倔强地说:"你是来跟我吵架的吗?你别在这儿跟我吵,咱出去找个地方!我告诉你,不管你是来跟我吵架,还是来所谓对我好言规劝想让我改变想法的,这对我一概都没有用,我就要跟这个人在一块儿,我要陪他!因为他受伤了!你还有什么要说的?"

马勇心里恨着,脸上却哈哈地笑,十分地和蔼可亲,说:"俞晓红你这么剑拔弩张地干什么呀!"他开始从购物袋里往外掏东西给俞晓红:"看,苹果,梨,香蕉,橙子,烧鸡,火腿肠,这还有蛋糕!"而后,他把满满一购物袋食品都塞到脚印怀里:"都给你!兄弟,别客气。"然后他对俞晓红道:"我是来干这个的!我听说你朋友受伤了,特地买点东西来看看。我那天最后对你朋友态度不太好,这也含有道歉的意思。"

俞晓红望着热情的马勇,很是狐疑,她拿不准这哥们是不是又在演戏。

脚印捧着食品袋,没有丝毫要感激的意思,他认准马勇是在演戏,他上过一次当了,他脸上冷冰冰的,不为所动。

马勇一脸真挚地继续说:"俞晓红,你就应该跟他在一块儿,你就应该陪着他!朋友受伤了,你不陪着这还叫朋友吗?说真的,你要不陪他我都得骂你!"

俞晓红有点感动了:"你今天怎么这么通情达理啊?"

脚印也有些拿不准了,含含糊糊地说:"那,谢谢了。"

马勇说:"谢什么呀!俞晓红,你快陪你朋友去吧。你们走吧。"

俞晓红简直有点不敢相信:"马勇,你来,就是只为说这一句话吗?"

马勇就推着俞晓红和脚印走,说:"啊呀你们就快走吧!他受伤不能这么老站在外面吹风,你赶快扶他回去躺着,陪他好好休息!你以为我还要留你们吃饭啊?这儿是医院,只有病毒灵没有宫保鸡丁!快走快走!"

俞晓红十分地感动了,觉得马勇真是进步了,真是不一样了,她说:"马勇——"又顿住,不知该怎么表达自己的意思,她想想,索性不说了。

她想回家后把那两盒东北的熊胆粉给马勇,那本来是俩人去办离婚证那天她准备最后给马勇的,马勇一直有慢性咽炎,但在民政局俩人又开始吵,又吵得天昏地暗日月无光,俞晓红恨死马勇了,觉得把熊胆粉给狗吃了都不给马勇这个混账东西吃,她又把药拿了回去锁在抽屉里了。现在俞晓红想把药给马勇这个东西送去。

脚印也不由得相信了,不无感动地说:"大哥,谢谢了!"

马勇从兜里掏出钱夹来,往外掏着钱,说:"你们打车有零钱吗?"

俞晓红笑了,说:"哎,哎,哥们儿,你也别太像十大杰出青年了,让祖国山河都为你动容!再见。"她搀扶着脚印沿走廊走去。马勇笑吟吟地看着,神闲气定,胸有成竹。

俞晓梅从医院外面兀地蹿了进来,她恰好就在马勇算好的时间里出现了。她蹿过来,一把拉住俞晓红,焦急地大叫:"晓红啊,你怎么这么糊涂啊,你怎么跟个杀人犯在一块啊?! 你不怕他把你也杀了!?"

俞晓红被喊愣了,对姐姐从天而降般地突然出现愕然不已,说:"杀人犯?! 你说谁是杀人犯?你说他是杀人犯吗?"脚印也愣了:"大姐,您是在说我吗?我是杀人犯?!"俞晓红生气地逼问俞晓梅:"姐,你听谁说他是杀人犯?"俞晓梅一时语塞,不知道怎么回答,情不自禁地将头转向马勇。

马勇见状急忙迎上去,大声地斥责俞晓梅:"大姐,你怎么能说晓红的朋友是杀人犯呢?你这不是连你妹妹一块都贬低了吗?! 你是听哪个混账王八蛋说的?"

俞晓梅更加愕住,愕然地望着这个居然骂他自己的前妹夫。

马勇暗暗朝俞晓梅挤眉弄眼。

俞晓梅想起了自己的承诺,对俞晓红说:"我,我是自己分析的。"

俞晓红没好气地问:"那你是怎么知道我在这儿的呀?你还跑到这儿来了!"

俞晓梅不由得又望向马勇。马勇急忙又向俞晓梅挤眉弄眼。俞晓梅于是又开始胡说八道:"我,我们单位有个人刚才在这儿看病,给我打电话,说看见你跟个男的一身是血在这儿,我就来了——嗨,你别管我怎么来的,反正我不能让你和这个来路不明的人在一块儿! 走,你跟我回家去!"说着,去拉俞晓红,要拉她走。

俞晓红挣脱着,着急地说:"姐,我朋友受伤了,我得陪他!"脚印跟随着俞晓红向俞晓梅哀恳道:"大姐,我受伤了,我想让晓红姐陪我!"

俞晓梅横不讲理地朝脚印一瞪眼道:"呸,你想得美! 你要是老山前线受伤了,我们姐俩一块儿陪你!可你算什么东西?你即使不是杀人犯你也是流氓犯!"她喊得地动山摇,方圆百米人皆听见,她而后又拉着妹妹就走:"走,回家!"

医院里就诊的人也被俞晓梅的高腔大嗓喊得围拢了过来,俞晓红着急死了,看着人渐渐围过来,竭力挣脱着,说:"姐,你至少得让我把他送回宾馆去吧!"

俞晓梅拉着俞晓红不放手,断然地说:"不行!"

医院就诊的人们越围越多,开始有人低声议论被俞晓红半抱半扶的脚印是个杀人犯,或者,是个流氓强奸犯,那议论声由低到高,渐渐在大厅里喧哗了起来。俞晓红面对众人的围观和议论既羞又臊,她再次恳求姐姐放手:"姐呀,那我怎么也得送送他呀——"

俞晓梅坚决不允,像拽一匹马似的死拽住俞晓红。

马勇暗自笑了。机会来了。马勇铺垫了那么久就为了等这个时机。马勇上前乘机道:"晓红,要不,你跟你姐走,我把你朋友送回去?"

俞晓红不信任地望着马勇,迟疑着。

马勇无比真挚地说:"你看,我已经买了东西来看他了,我已经表示我的诚意了,你还有什么不放心的?你先跟你姐回去再说呗!"

连脚印也慌乱着急地对俞晓红说:"红姐,我就先跟大哥去吧!"

俞晓红面对此情此景,只有放弃对马勇的狐疑,让俞晓梅拉着她顺着走廊快速走了。

马勇又笑了,这回他真正舒畅地笑了,走到脚印面前说:"情种,走吧。"

马勇打一辆出租车送脚印回宾馆去。脚印见车子真向宾馆开去,他放心了,坐在后座上,怀里还抱着马勇给他的那袋食品,虚弱地闭着眼休憩。

马勇见一切搞定,捅捅脚印,说:"哎,拿来。"

脚印虚弱地睁开眼,声音也很虚弱:"什么?"

马勇一把将那袋食品从脚印怀里夺过来:"拿来吧你!这花了我一百多块哩,我给你?我自己还吃哩!"他剥开一根香蕉吃起来。

脚印立刻睁大眼瞪着马勇,愤然地叫道:"你刚才又是演戏啊!你太狡猾了!"

马勇却一下抓住脚印愤怒之下露出的破绽,比脚印更响亮地叫道:"你声音洪亮,底气很足啊你!你不虚弱了?你不是演戏啊?!"

脚印一怔,自觉泄露,恨恨地缄默了。

马勇嘲笑地说:"穿帮了吧?小骗子的毛露出来了吧?"

脚印索性闭目不语,一副死猪不怕开水烫的样子。

马勇继续说道:"不过你也算个狠角色,我问过医生,医生说你这是自己拿头撞铁管撞的,你真是为骗人不惜流血牺牲啊!"

脚印彻底闭目缄默不语,任凭马勇怎么说,他想先到宾馆再说。

马勇看看死不开口的脚印,对司机道:"师傅,停车。"马勇伸手过去打开脚印一侧的车门,对脚印道:"你下车。"

脚印睁开眼,不能不说话了:"你要干吗?"

马勇和蔼地说:"你先下车,然后我有非常重要的话跟你说。"

脚印疑疑惑惑地下了车。

马勇又招呼他:"你过来。"

脚印疑疑惑惑地俯身过来。

马勇伸手从脚印兜里掏出钱包,在里面翻找着,只找出来拾元钱,讥讽地:"你泡姐都不带钱,真是个吃软饭的!你就剩这拾块钱了?你得抓紧骗人啊,要不你都没钱了!"他把拾元钱递给司机:"麻烦你把这一段的钱先结了。"

司机接过钱,看看表,道:"正好起步价。"

马勇把空了的钱包丢还给脚印。

脚印愕然地看着马勇这一系列的动作,说:"你要跟我说什么非常重要的话?"

马勇说:"这句重要的话就是:你自己走路回去吧。前面的钱你已经付了。"

脚印愤愤地叫起来:"你!——你不是亲口答应红姐要送我回去的吗?!"

马勇对此嗤之以鼻,说:"我靠,我的话你都信啊?就你这智商你还当骗子啊?你改行卖身吧,我看你条件还可以。"而后他对出租车司机说:"师傅,走,我去报社,你重新打表吧。"

出租车载着马勇疾驰而去。

脚印被甩在马路上,对着驶远的车呼天抢地怒骂着,他刚看了城市地图,从这里到他住的宾馆有十七公里。

马勇在车里得意地哈哈大笑。

俞晓梅把俞晓红硬拉回了家，俞晓红不搭理俞晓梅，睡觉去了。俞晓梅则很高兴，她总算及时堵住了一件危险的事情，没有让这个让她成天操心的小妹有可能遭受灭顶之灾。俞晓梅心情愉快地盘腿坐在沙发上看电视，电视声音让她压得很低。

杨永德又坐在一旁看报纸，道："你把电视声音开大一点好不好？我听不清。"

俞晓梅瞪他一眼，她故意不说是为了俞晓红睡觉，她故意要跟杨永德斗斗嘴，她每天必须要跟老公这样斗斗嘴心里才舒坦："我能听清就行了。你个男人跟女人抢什么电视啊？你没听人家说吗：电视是女人的炒瓜子，电视是女人的话梅糖，电视是女人的安眠药，电视是女人织毛衣的针，现在女人就靠电视活着。再说了，现在只有良家妇女才哪都不去就在家里看电视哩！我要是天天晚上都野出去，去跳舞，去打麻将，去勾野男人，把绿帽子给你戴得像喜马拉雅山一样的高，像中国人口一样的多，你才乐意是吧？我老老实实在家看电视你还不乐意你还跟我抢！"

杨永德嘟囔地说："我没说什么呀。我说一句你说八句！"

俞晓梅更加叨叨地说："你还嫌我说你了？你还嫌我说你了？！哎哟，杨永德，我说你，你应该感到幸福，你幸福死了你知道吗！女人回家要不说男人了，那是在外面有人了！她把话都跟外面的野男人说了。什么哥呀，我爱你呀，你是我的小青蛙呀，我是你的小野鸡呀，我给你织件毛衣吧——呸！不要脸！我要是这么天天到外面跟野男人去说你高兴啊？我在家说说你，你还不乐意你还不感到幸福！杨永德，你说，你幸福不幸福？"她带点撒娇地问。

杨永德愁眉苦脸地说："我幸福得想哭哩。"

俞晓梅立刻生气地瞪起眼："你说什么?！你再说一遍！"

杨永德赶紧示弱，息事宁人地说："好好，我不说了！"他继续去看报纸。

俞晓梅满足了，她已经和杨永德斗了嘴，准确地说，从头到尾都是她一个人在过嘴瘾，这是她每天的功课，她有这个心瘾。她过瘾了，心满意足地又继续去看电视。

有人敲门。

俞晓梅起身去开了门。马勇乐呵呵地闪身进来，嘴甜地跟俞晓梅和杨永德招呼："姐，姐夫。"俞晓梅眉开眼笑，她喜欢这个前妹夫，马勇每次来她都尤其高兴，她乐颠颠地去厨房给马勇冲咖啡了。杨永德则很是紧张,从报纸上抬起眼睛,指指厨房里俞晓梅的背影,示意马勇决不能乱说,否则明年的今天就是他老杨的祭日了。马勇朝杨永德挤挤眼,表示他明白,他不会让俞晓梅把杨永德掐死的。而后马勇走到厨房去,急切地问俞晓梅:"大姐,俞晓红她——"俞晓梅赶紧手指竖在嘴唇上嘘了一声,同时指指俞晓红卧室的门,示意俞晓红在里面,可能是睡了。

马勇不无担忧地压低声音道:"姐,她……没事吧?"

俞晓梅也低声道:"回来的路上跟我吵了一架,这阵儿累了,睡了。反正我把着门,我就是死活不让她出去。我把她手机也抢过来了,我给她关机,我就是不让她给那小子打。"她从兜里掏出俞晓红的手机得意地亮给马勇看。

马勇无声地窃笑,他倒不是在窃笑俞晓红不能打电话了,而是想起现在还在路上走着的那个小狼狗来了。马勇对俞晓梅竖起大拇指,说:"好!姐,干得好!你是一个女佐罗!"

俞晓梅却瞪着马勇道:"你别跟我说好听的,我还想骂你呐!你在医院把什么都推给我,你还说是我脑子进水了!你充好人你让我当恶人啊?你什么意思?"

马勇忙跟俞晓梅解释自己的计划,说:"姐,你看你糊涂吧,我要不哄着你妹妹和那小子,不把关系先搞缓和了,那小子能让我送他吗?你妹妹要是不看着我把那小子送走,她能放心吗?她要不放心,你能把她从医院拽回家来?那么个大活人要是死扛着不走你能拽动她?所以姐呀,就得我扮红脸你扮黑脸,咱俩就得这么分工才行!"

俞晓梅乐呵呵地笑了,无限喜爱地看着马勇:"小妹夫你还真贼啊,脑子好使!姐就是喜欢你!来,妹夫,喝咖啡!"她把沏好的咖啡殷勤地端到马勇面前。

马勇喝着咖啡,回头看看俞晓红的卧室,再次叮嘱俞晓梅道:"姐,你记住哦,尤其是今天晚上,那是绝对不能让那俩再凑到一块儿去!今天晚上是最最关键的一晚上!大姐,你想,那男的,刚为女的殉情自杀,女的呢,正是心潮澎湃的时候,女人这阵子正是感情最激动最脆弱的时刻,什么事儿都可能发生,而且以后就可能陷进去不能自拔了。所以,姐,你把她手机抢走,今晚死活不让她出门也不让她打电话这就对了!你今晚绝对把人看好了!"

杨永德拿着报纸走过来也插话道:"马勇说得对,男女私情,有这种情况发生!"

俞晓梅忧愁起来，说："可是，马勇，你说，过了今晚又怎么办呢？那小子要再给她来点洒狗血的事儿，晓红她能扛得住啊？俗话说，姑娘怕追，媳妇怕缠！姑娘追着追着就追到手了，媳妇缠着缠着就缠到被窝里去了！我还能天天看着晓红不让她出门吗？"

马勇也忧心忡忡地说："是得有个人能很好地占领她的感情，让她心无旁骛。"

俞晓梅绝对同意马勇的观点："那是！马勇你说得对！就像那要饭的，你得给他个肉包子，才能让他把手里的窝头扔了！可是谁来占领晓红的感情高地呢？谁是那包子呢？"她目光炯炯地看着马勇，说："妹夫，你上吧！"

马勇愁眉苦脸地笑起来："姐呀，你又胡说八道，你又跟我打镲！"

俞晓梅着急地说："我是跟你说真的！妹夫，就你找的那个对象哪点儿比晓红好？"

马勇心绪沉重起来。他想到早上跟赵慧已经是绝交般地争吵就心绪烦乱。他想，到这个时候了赵慧也没有一个电话打过来，当然他已经把话说绝了他也不可能打电话过去，看来这段感情十有八九要黄了。马勇心绪烦乱地说："好不好的吧，我看我跟她，也快没戏了。"

俞晓梅闻言十分地惊喜，惊喜地说："你俩吵架了？要吹了？"

马勇苦笑笑，缄默不语，他不想再提赵慧的事儿，他烦！而且伤楚。

俞晓梅大喜过望，高兴地说："哎呀，今天真是宋祖英唱的：今天是个好日子呀！妹夫，那你还犹豫什么呀？你乘机就跟她断了呗，你再跟晓红好呗！我和你姐夫坚决支持你！"

杨永德插话道："马勇，这一点我跟你姐观点一致，我希望你能和晓红复合！而且，你不是跟我说——"他突然紧急地抿住嘴，想到这是绝不能说的，说了俞晓梅会知道他今天在医院跟马勇通过话，改口道："我听说张琪也另找对象了，那么现在还有谁能来占据晓红的感情世界呢？"

俞晓梅简直高兴得不知说什么好，叫道："张琪也跟晓红吹了？"

马勇慌忙说："姐夫，姐，这不行。就是张琪不跟俞晓红谈了，我也不可能跟俞晓红怎么着。我们俩要是还能好，我们俩就不会离了。我们俩要是还能复合，我也不会给她介绍张琪，这绝对是不可能的！"

俞晓梅则万分激动，她紧紧攥住马勇的手，摇晃着："马勇啊，妹夫啊，老天有眼，你和晓红，你们俩又都是一个人了！妹夫你必须要跟晓红好！你总不会看着晓红毁了而不管吧？那要真是个心术不正的人，他缠着晓红,我刚才说了,媳妇怕缠,缠着缠着女人就顶不住了,晓红万一要陷进去,你能忍心看着她这一辈子就毁了呀?!妹夫啊,你现在跟晓红好,你已经不是谈情说爱了,你等于是在救晓红!"

杨永德也道:"对,你姐这话我同意,我就不信你马勇能不救晓红!"

马勇望着俞晓梅和杨永德,一时哑口无言。他不能说他不救俞晓红,即使是在路上碰到有难的旁人,他都会去伸一把援手,何况是跟他同床共枕了七年的俞晓红!但是,救俞晓红,一定要以身相许吗?马勇很为难。

俞晓梅不由分说地把俞晓红的手机塞给马勇:"给,你拿着!"

马勇不解地说:"你把俞晓红的手机给我干什么?"

俞晓梅断然地说:"你拿着晓红的手机,晓红明天就得去找你,你想躲她都不行,你明天就当面跟她说:你要再跟她好!你说也得说不说也得说!"她说着眼泪就淌了出来,望着马勇,凄惨地说:"马勇,妹夫啊,你就救救晓红吧!咋说她也曾经是你媳妇呀!"

马勇无话可说,望着手中俞晓红的手机,默了许久,说:"那,我想想吧。"

马勇要回去想,这事儿他要好好地回去想一想。

杨永德执意要送马勇。他把马勇送出门,送下台阶,送出楼道,送到通往小区外的甬道上,还要往前送。马勇拦住杨永德,说:"行了行了,姐夫,你别送了!我每回来,你从来都没送过我,今儿是怎么了?姐夫你别送了你回去吧!"

杨永德依旧执意要送:"再走走,咱俩再走走!"

马勇望着怪异的杨永德,忽然明白了:"哦!姐夫,我知道了。你放心,我绝不会跟你媳妇说的!不过,你得告诉我——"他诡秘地凑近杨永德,问他:"你去医院干什么?有啥不能让我姐知道的?你陪个女人去的?怎么,怀上了?哎哟姐夫,我姐天天让你找二奶,你还真不辜负组织上的期望——"

杨永德脸涨红了:"你胡说什么呀!没啥事,真的……不过你别跟她说!"

马勇笑道:"我不会说的!不过,姐夫,你悠着点儿,别玩出圈儿了。"

杨永德:"我当然知道!"停停,他严肃地对马勇说:"我出来送你,主要是还想跟你再说说晓红的事儿。马勇,刚才你姐说的你跟晓红……你要认真地考虑!"

马勇的笑意在脸上褪去,肃穆着,默默地前行。

杨永德说:"你知道我在家里不多说话,你姐那张嘴也容不得我说,可晓红的事儿我得说。上次我跟你说过晓红掉头发,半夜哭,可最近,有一天早上四点多我起来上厕所,迷迷糊糊的,我看见晓红——你知道我看见她在干什么吗?她一个人凌晨四点多在客厅喝酒!她喝二锅头!喝了小半瓶!她心里苦啊!她需要爱!马勇你一定得救救她别让什么人把她这一生都毁了!"

马勇呆了,他被杨永德的话震撼了,俞晓红喝二锅头?!在凌晨的四点?!马勇心里被这件事儿搅得七荤八素的。他跟俞晓红结婚这么多年,他从来没有见过她这么苦涩这么绝望过。马勇不敢想地想:如果在那个天未破晓人极其孤独寂寞的时刻,她手里拿的是一瓶敌敌畏呢?她也会喝了吗?马勇再不敢往下想了。

马勇嗫嚅地跟杨永德说他确实要走了,他确实要回去好好地、好好地想想!

马勇走到家里那条小街街口的时候,他看见了已经好多天不见的王建军。

王建军数日不见改变了许多,最大的改变是:她不卖包子了,而是拿本在街上小铺买来的方格稿纸,趴在门口的餐桌上,在一笔一画地苦苦写作。

刘婉香一个人在干活。他汗流浃背地在案板上和着大盆的面,眼睛瞟着王建军,嘴里嘟囔着:"面也不和了,馅也不调了,包子也不包了,整天就是写、写、写!你还想当作家啊?你个卖包子的要是也能当作家,那作家比驴都多了!"

王建军火了,她正为"兴高采烈"四个字想了半天也想不起来怎么写而焦躁着,刘婉香在耳朵边的叨叨叨更让她火冒三丈,她脱下一只鞋就朝刘婉香砸过去,怒目圆瞪,不再骂"你娘的臭脚"那种陈旧的话而改骂眼下的时尚词儿:"你娘的艾滋病!你再叨叨我打你!"

刘婉香不敢叨叨了,撅着嘴,继续揉面。

正在愁苦中的马勇看见了这一幕不禁为这个野丫头笑了,他信步走进包子铺来。王建军一抬头看见马勇,又是喜上眉梢,欢快地叫他:"马哥!"而后不等马勇应声,拉着马勇在餐桌旁坐下,又忙不迭给他端来包子和粥,让他吃。马勇情绪不高,俞晓红还在他脑子里盘旋着,无法抹去,他推辞道:"我不饿,我今天没胃口。"王建军硬要让马勇吃,说:"这包子和粥,我不卖我是专门给你留的!"她并且拿起一个包子,掰开,就送到马勇嘴里。马勇只好吃起来。王建军坐下来，坐在马勇对面看着他吃，满脸满眼都是爱意。

刘婉香在一旁看见，恨死了，面也不揉了，就瞪眼看着。

吃完了包子和粥，王建军把马勇拉起来："马哥，你跟我来！"她兴奋地拉着马勇到包子铺对面去。对面的墙壁上嵌着很大的一块水泥黑板，那是街道居委会搞的，用来发布告示和宣传时下的政策。王建军站在黑板底下，十分羞臊，红着脸说："马哥，你看看，这文章，写得……好不？"马勇不明白是怎么回事，便疑惑地去看黑板上用粉笔抄写的文章。那文章用很大的字体写着红色的标题：向刘婉香学习！马勇看那内容，大约是说刘婉香这个同志做好人好事，大家应该向他学习。马勇又看到了文章最后的署名，作者：王建军！马勇笑了："哦，小王，这是你写的呀！"

王建军更加羞臊扭捏了，但很兴奋，嘿嘿嘿嘿地低头笑，说："刘婉香那天主动打扫街道，还给树浇水，我看见了，我就写了一篇，我也不敢寄给报社，我这算球个啥呀，我就交给街道居委会，后来，就给我登在这黑板报上了。马哥，你看我，我……我写得咋样？"

马勇心里在笑，这当然写得不好，这都不能算是一篇文章，最多就是小学生写的表扬稿。但马勇热情地说："很好啊。写得很好！"

王建军高兴极了："真的呀？！"她拉着马勇的一只胳膊直摇晃，郑重地问："马哥，那你看我，我以后也能当记者不？"

马勇信口说："能啊。你好好写，慢慢就也成记者了。"

王建军发誓地说："我一定接着好好写！"

马勇不解地问："小王啊，你怎么突然对写稿子有兴趣了？"

王建军兴奋地望着马勇说："马哥，我告诉你吧——"她突然又顿住，害臊了，不好意思说了，含情脉脉地看着马勇："我……我以后再告诉你！"

马勇也不再问，他没有心思说太多的话，看看表："小王，太晚了，我回去了。"他沿着小街心事重重地向自己的家走去，他兜里还揣着俞晓红的手机，他必须要在明天一早作出决定。

王建军则依旧站立着，依旧含情地望着马勇走去，这成了她一个恒定的姿势。

刘婉香搓着手上的面走过来，故意要破坏王建军沉浸在款款深情中的心境，故意高腔大嗓地说："嗨，老板，面我和好了，你去调馅吧！"他很不愿意王建军含情脉脉地看马勇。

王建军却依旧看着马勇，头也不回："你去调馅。以后活全是你干了。"

刘婉香生气地说："活都是我干，那你以后干啥呀？"

王建军说："我以后一直要写文章了！"

刘婉香简直要笑死了，也简直要气死了，叫道："你以后一直要写文章了？！你哪怕说你以后要当村长这都比那靠点谱！你写写写，能写出钱来？！"

王建军不生气，马勇说她文章写得好并且也能当记者，她很高兴，她沉浸在自己的憧憬中，对刘婉香说："写不出钱来但能写出我男人来！过去马哥不要我，因为我是个卖包子的，跟他不配，我要写作，以后我也要当记者，我当了记者，我就跟他相配了，他肯定就要我了！你懂不懂？"

马勇听见了这句话。

马勇走远了，王建军和刘婉香的争吵在夜风中飘过来，他远远地听到了。马勇不禁又无声地笑了，笑过之后，且又感叹不已，觉得这个野丫头真是傻得天真可爱，他脑子在一瞬间再次闪过那个念头，觉得真娶了这个丫头做老婆也不错，至少生活会单纯许多，不累！但马勇很快就又想到俞晓红身上去了，一是俞晓红的事情迫在眉睫，将他的脑子塞得满满的，他不能不想，二是他忽然觉得俞晓红其实和王建军很像！这表面上完全是南辕北辙的两个人，在性情的某些点上却是非常的一致。俞晓红当年也是傻得蛮天真可爱的而且执拗，跟王建军一样的轴。马勇想起了当年，他和俞晓红刚结婚的时候，王建军现在是笨得不会写文章，连"兴高采烈"都不会写，而俞晓红当年是笨得不会缝衣服，连马勇的上衣扣子都不会缝。俞晓红娇生惯养，老妈和老姐都宝贝疙瘩一样地呵护着她，她出嫁前连针都没拿过。王建军是不会写文章偏要写，俞晓红则是不会缝扣子偏要缝！马勇想起那个冬天的晚上，很晚了，俞晓红采访回来，不睡觉，她要给马勇缝扣子。她先是一遍又一遍地穿针引线，她老不能将那线儿穿过那针眼儿里去，急得她眼泪汪汪的。好不容易穿过去了，她又不知怎么缝，又急得她眼泪汪汪的。连马勇在一旁看得都累了，他让俞晓红别缝了，送洗衣店去吧，连干洗带钉扣子，也就几块钱的事儿。俞晓红偏不，她说，是她在做马勇的媳妇而不是洗衣店在做，她一定要亲手给马勇缝好扣子，她要做马勇的好媳妇儿！俞晓红于是又一遍一遍锲而不舍地缝。最后，马勇看见了那扣子：扣子是缀连到衣服上去了，但那线，却一层一层缝得跟扣子一样厚，望上去，像趴在衣服上的一只大黑蝎子。俞晓红伤心不已地哭，为她没能做个马勇的好媳妇儿在哭……那哭声许多年过去了还是那样的清晰，把他的心揉搓得异常柔软。

马勇一夜没睡。

马勇回家后神差鬼使地把那件上衣又翻找了出来，挂在床头的衣架上。衣服许久不穿，已经旧了，但那扣子看上去还很新，金属的材质比棉线要残破和衰旧得慢，那扣子还缠着厚厚的线，还像一只大黑蝎子趴在衣服上，马勇心潮起伏地看了一夜。

到天亮的时候，马勇去上班，睁着布满血丝的眼睛，坐在办公桌前，捏着俞晓红的手机，他想：现在除了去挽救俞晓红，他还可能有第二个选择吗？马勇想不出来。于是马勇不再犹豫，拿起桌上的电话，毅然地给俞晓梅拨，拨通后，说："姐，我是马勇。我在报社我自己的办公室。你让——"他顿住，捏着话筒，缄默，心剧烈地跳，最后，他吐出话来："你让晓红来找我拿手机吧！"说完他放下电话，像终于跨出去了艰难的一步，闭着眼，长出了一口气。他准备等俞晓红来拿手机就告诉她：他要和她和好！马勇想，即使最后真要他以身相许，即使最后要复婚，即使复婚后又要吵得天昏地暗日月无光，马勇想他都必须这样做别无选择！马勇想就算他以后一辈子都不要有幸福的婚姻好了，就算他把将来一辈子的幸福都换作救俞晓红这一次好了，就算他像无数的英雄人物那样为了救群众而牺牲自己的性命好了。

马勇然后喝了一大口水，他想要压一压自己作出这个决定心里涌上来的悲凉。但马勇喝了一大口水后，惊异地发现心里并没有什么悲凉，相反，倒有一股温馨，细细柔柔地从心里涌起来，仿佛他很期待这个决定似的。马勇想到俞晓红给他缝扣子，夜深人静，她的身影沐在灯光里，低着头，裸露的脖颈像羊脂玉泛着青色的亮，那是一句古词：青灯竹影，红袖添香……马勇心里就会丝丝甜甜地荡漾起来。马勇奇怪自己怎么竟然会有这种感觉，奇怪自己竟然会有一点期待和向往——马勇突然停止了胡思乱想，并且下意识地把俞晓红的手机掖起来藏进兜里，因为他看见了张琪。

张琪走过来，沉重地一屁股坐在马勇旁边的椅子上，阴着脸不说话。

马勇不知道是应该庆幸还是应该怨恨张琪的临阵叛变，但他此时对这事的态度已经淡了，他语气淡淡地问："哥们儿，相亲相得怎么样？"

张琪还是不语，脸上开始显出忧伤来。

马勇注意到了张琪的忧伤，认真起来："你怎么了？"

张琪忧伤地说："完了。结束了。"

马勇一时还没明白："什么……结束了？"

张琪说："相亲。彻底结束了。"

马勇一惊，问："那是——她没看上你？"

张琪忧伤地摇摇头。

马勇惊讶地说："难道是你没看上她？"

张琪竟然忧伤地点点头。

马勇更是万分地不理解了："那我就不明白了，她又年轻，又漂亮，你凭什么看不上人家啊？"

张琪的忧伤变成了痛苦："她一开口说话，我对她的感觉就完了，我就觉得她比俞晓红差远了。马勇，我还是觉得俞晓红好！"

马勇怔住了，他万没想到张琪绕了一圈又绕回俞晓红这儿来了！

张琪痛苦万分地说："马勇，不跟你开玩笑，我看我是完了，我是有点陷进去不可自拔了。我跟那女的相亲，我理智上知道她也挺好的，我也知道我老姨给我张罗这个对象挺不容易的，我理智上知道我应该跟她好，但我感情上就是拗不过来！我处处拿她和俞晓红比，我越比，就觉得她处处都不如俞晓红，俞晓红现在成了挡在我心口的一堵墙，她让任何女的现在都走不到我的心里来了！马勇，你说我现在是不是不可救药了？"

马勇缄默不语，他不知怎么来接张琪的话。

张琪痛苦地恳求马勇，央求说："哥，我想我得继续和晓红好！我不能失去她！哥，你还得接着帮我！我也下决心了，你得帮我跟那小子死磕，我不信我们俩绑在一块儿还整不过他！我最后一定得娶了俞晓红！哥，你总是会帮我的吧？"

马勇傻了，这本来是他央求张琪去做的事情，但在他已经放弃准备自己另行开始的时候，张琪却来央求他了！马勇一时傻愣愣地坐着不知所以。马勇的手滑进兜里触到了俞晓红的手机，一桩迫在眉睫的事情让他更加心绪烦乱，他想：一会儿，他怎么把手机还给俞晓红？他刚答应过俞晓梅，他还要跟俞晓红说那些他想了一夜才决定的话吗？

俞晓红马上要来了。

第 11 章

张琪请赶到日报社来拿手机的俞晓红去"牛车水"海鲜酒楼吃午饭。

马勇给张琪在酒楼订好包间,把俞晓红的手机交给张琪,让他转交,然后马勇自己走了。马勇决定把机会还是让给张琪,让张琪按照原定计划将一切进行下去,自己在心底荡起的一丝涟漪,被他悄无声息严严实实地捂了下去,他像什么事儿都没发生过朝张琪笑着,让张琪加油,而后带着心底被划了的隐隐一丝痛,闪身走人。

张琪坐在包间里,按照马勇教他的,把俞晓红的手机笑吟吟地交给她。

俞晓红有些诧异,拿起自己手机,说:"我姐说,是马勇把我的手机拿走了,说马勇他有重要的话儿要当面跟我说,他人呢?"

张琪紧张、羞涩和拘束,但马勇教他的话他还是一字不敢忘,说:"马勇去采访了。临走,他让我把手机给你。他说那句重要的话也让我来当面跟你说,他说——当然这是他说的可不是我说的啊!"

俞晓红着急地说:"他说什么你说呀!"

张琪说:"他说:俞晓红你一定要跟张琪好,你要是不跟张琪好而去跟别人好那你就是傻叉——这可是他说你是傻叉的!"

俞晓红一怔,随即笑了:"就这句?"

张琪紧张地说:"就,就这句。"

俞晓红说:"他是这么说的?"

张琪说:"他是这么说的。"

俞晓红笑着鼻子里哼了一声:"这倒像是他的风格,狗嘴里吐不出象牙!"

张琪嘿嘿嘿嘿地笑了,他是在暗笑马勇果然是俞晓红肚里的蛔虫,马勇告诉他俞晓红只要听了这句话肯定笑,一笑气氛就融和了,他张琪的机会就来了。马勇所料果然如此,张琪胜利而轻松地笑了。

俞晓红却立刻又沉下脸来："他怎么还那么霸道,还规定我非得跟谁好?他还认为我是他的附属品啊?他要让我这么做我偏就不这么做!"

张琪顿时慌了,笑僵在脸上："别别别!马勇不是那意思,他……他只是希望!"

俞晓红却又望着张琪展颜一笑："你别那么紧张,我今天没生气,我开玩笑的。"

张琪却不敢笑,他小心翼翼地望着晴雨无定的俞晓红,本来马勇还教了他别的话的,但他不敢说了,他生怕哪一句说得不对又呛到了俞晓红的气管。

俞晓红接下来诚挚地说："张琪,那天的事儿,我得向你道歉。虽然那天我主要是跟马勇怄气,脑子一热,话就那么出去了,你当时肯定很受伤吧?我当天晚上就想跟你道歉来着。对不起啊张琪!"

张琪急忙摆手："没事没事!事儿都过去了。只要——"他顿住,偷眼望着俞晓红,脸涨得通红,鼓足勇气说："只要以后我俩相亲相爱,就行了!"

俞晓红闻言默不做声,默默转动着手中的手机。

张琪又小心翼翼地望着俞晓红："你,不愿意啊?"

俞晓红开口道："张琪,答应和一个人相亲相爱,对于我,这是很重的一个承诺。我上次就跟你说过,也许有一天,我会被你融化的,但现在,还没到那一天。所以我现在不能答应你。"

张琪急了,又结巴起来："那,那,那你要怎么样呢?"

俞晓红说,"我愿意和你继续交朋友,但是我也要坦率地告诉你,我的婚姻已经失败过一次了,我不想再失败了,所以我不会轻易地答应哪个人,张琪你也可以广泛地去选择,去比较。咱们这样约定好吗?"

张琪分外沮丧,但他无可奈何。张琪放在裤子兜里的手机开始震动起来。

张琪对俞晓红讪讪地笑道："晓红,我,我去趟卫生间。"

张琪起身匆匆向酒楼厕所走去,那是他向马勇报告的场所。

马勇正蹲在酒楼外面的街边上,边吃盒饭边接听手机。他问张琪他教他的那些话都说了吗,张琪说他都说了。马勇又特别地问张琪他设计的那个包袱张琪对俞晓红说了吗,他指的是特意要逗俞晓红笑的那句话,他把那比作相声里埋的包袱。张琪说他说了,连标点符号都说了。马勇又问包袱响了吗,张琪说包袱响了,俞晓红笑了。马勇得意地说,那事情就搞定了吧？张琪说狗屁！你说的比陈水扁说的都错！然后张琪便说了俞晓红最后自由开放式的态度。马勇缄默了。马勇问张琪他准备怎么回答，张琪心灰意懒地说："我还能怎么说呀，我只能说那咱俩就先这么松散型地勾搭着，到时候要感觉还行，再往一块儿姘！我只能顺着她说呗，她说我也可以多方选择那我就先四处撒网呗！"马勇让张琪正经点儿，说现在是关键时刻让他别耍贫嘴别吊儿郎当的，然后马勇痛骂张琪："你小子这么回答她你还想找媳妇儿!？你只能找抽！"张琪不理解，说："怎么着呢？这不正是贵前妻所希望的吗？"马勇说："张琪你真不了解女人！任何一个女人从心底里都不希望男人对她是三心二意的，尽管女人嘴上会那样说！俞晓红尤其是这样！张琪你尤其不懂俞晓红！"张琪悻悻然，着急地问马勇那又该怎么办。

第二章

马勇拿着手机思忖着，片刻，断然地说："你骂她！一会儿回去，你狠狠骂她！"

张琪大吃一惊："我骂她?！我……还敢狠狠骂她?！"

马勇坚持让张琪狠狠骂俞晓红，他说了他的新计划，那是一个凶猛的方案。

张琪不寒而栗，心儿咚咚地跳。但他已逼到悬崖，他只有听马勇的，一搏。

张琪从卫生间里出来，慢慢在俞晓红对面重新坐下。俞晓红一边挑着盘子里的青菜吃，一边说："张琪，我们就先这样相处可以吗？"

张琪深吸了一口气，猛然站了起来，指着俞晓红喝道："俞晓红，我看你真是像马勇说的……你是个傻叉！"

正在慢条斯理吃着的俞晓红像兔子似的惊愣住了。

张琪不等俞晓红开口，连珠炮似的说下去："俞晓红，你确实傻透了！你这么说，你在侮辱我你知道吗?！你因为第一次婚姻失败，你还要慎重地去广泛选择和比较，那是你的事儿是你的感情方式，你可以这样，但你别扯上我！你居然说我也可以三心二意，你以为你这是在给我自由吗？你在侮辱我！"

张琪闭上眼睛，心想：完了，完了！马勇这王八蛋教的这一套，俞晓红肯定翻了！

俞晓红惊愣地望着张琪，慢慢地，脸上露出笑意。

张琪惊异地睁开眼，看到俞晓红在笑，声音都发颤了地问："你笑了？你，你笑什么？"

俞晓红欣赏地笑道："我今天才发现，你还真是个男人！"

然后俞晓红明确地告诉张琪，尽管她还是坚持俩人可以自由选择，但她愿意今后和他多接触。

张琪心花怒放！

马勇再接再厉，又领着张琪去了俞晓梅家，进一步巩固张琪在俞家的地位。

俞晓梅气不打一处来，坐在沙发上，绷着脸，不理马勇和张琪。

马勇对俞晓梅赔着笑说："姐，你看我把人都领来了，你就赏个脸哪怕看他一眼，你就当在动物园里看只猴，你笑一笑！"

张琪自己首先对俞晓梅巴结谦卑地笑起来。

俞晓梅则不笑，依旧气鼓鼓地扭过脸去，不看张琪这只猴。

马勇锲而不舍地做俞晓梅的工作，说："我知道姐你看不上张琪，张琪呢，他是有毛病，也不招人喜欢，但现在不是要救晓红嘛，现在不是一时找不上个太合适的嘛，现在就是找个合适的小保姆还且得找哩，所以说，这货，你也只能先凑合着用了。姐，你得这么想：张琪，他怎么也得比那不知根底的小子要强一点吧？好比说，那是个杀人犯，而张琪，是个盗窃犯，盗窃犯比杀人犯总要好点儿吧？"

张琪生气地皱起眉对马勇叫道："我是盗窃犯啊——"

马勇急忙暗暗踹了张琪一脚。

张琪被踹醒，讪讪地对俞晓梅改口说："是，我是不好，但我比他好！"

马勇接着又说："姐，你再想，杀人犯得判死刑，盗窃犯呢，也就判几年，他还有改造和重新做人的机会。再说，盗窃犯也不一定对家里不好，他偷东西也是往家里划拉呀。姐，你就接纳了这个盗窃犯吧，你就当挽救一失足青年。"

张琪附和着马勇对俞晓梅谄媚地笑着："对，姐，你就挽救一下我吧。"

俞晓梅忍不住扑哧一声笑了："你们俩就像说相声似的！"

马勇乘势道："笑了！笑了！姐，你一笑才好看哩！你一笑就像杨贵妃，回眸一笑百媚生啊！"

张琪又附和马勇道："六宫粉黛无颜色啊！"

俞晓梅让马勇和张琪逗得愈发地笑，笑得咯咯咯咯的。

连杨永德在一旁看报纸都忍不住捂着嘴笑，他主要是笑这俩坏小子真敢胡咧啊,把他的胖老婆居然夸成了倾国倾城,杨贵妃的腰要胖成这么个葫芦样儿,皇上能要她吗?还六宫粉黛无颜色哩!

马勇和张琪则都松了一口气,这是他俩事先商量好的战术,就是要先把人逗乐,然后一把按住,就地拿下。两人心里都在恶心着自己,觉得这太恶心诡媚太无耻了,但脸上依旧堆着殷勤的笑。马勇进一步扩大这种气氛,虚张声势地说:"张琪,赶紧给姐倒水,别让咱姐噎着啊!"张琪心领神会,赶紧倒水,双手给俞晓梅捧过去:"姐,喝水,您慢点儿笑,别噎着!"

俞晓梅又被逗得大笑,把水接了过来,喝着。她这就算接纳张琪了。

马勇站起来,对张琪挤挤眼,按照事先约定好的,大声说:"张琪,我得去上班,得赶一篇稿子,你留在这儿陪姐说说话。"

张琪立刻回应,也大声说:"没问题,你走吧。"他转向俞晓梅,殷勤地说:"姐,我留在这儿陪您说话。我今天没稿子要赶。"

俞晓梅看看张琪,没说什么,算是默认。

马勇便笑笑地走了。

杨永德急忙站起来说:"马勇,我送送你!"他追了出去。

在楼道门口,杨永德拉住马勇:"马勇,你怎么最后又让张琪跟晓红——你怎么想的呀?"

马勇心里苦涩地对杨永德一笑,说:"姐夫,还是那句老话:一切都是缘分。是你的,就是你的,不是你的,你怎么着也不是你的……姐夫你回去吧,你也跟张琪说说话,你也多了解一下他,以后,你们是一家人。我走了。"

马勇义无反顾地走了。

马勇走去的时候同时想:这个家,他以后不再来了。这个家是张琪的了。

马勇最后的任务就是要帮助张琪彻底打退那个脚印!

脚印在这个城市到处张扬地留下痕迹,傍晚,他又在众目睽睽中站到了这个城市的中心广场上。夕阳映照着他,上身、双臂和脸都被涂抹成绿色,闭眼仰天站立,旁边竖立着一块牌子,上写他这次街头行为艺术的主题词句:不要让您喷出的烟尘污染了同样是绿色的春天,请您戒烟!

还是妇女多。女性的观众依旧占了七八成,又围着这个性感的男孩上下看。

俞晓红又来了，在前前后后地给脚印拍照并采访那些醉翁之意不在酒的女人。

马勇缩在人群后面，观察着。

表演结束，围观者议论着渐渐散去，真有几个女人过去跟脚印搭讪，而脚印一概推开她们，抓起上衣边穿着边朝俞晓红走过来，笑吟吟地说："晓红姐，我今天怎么样？"

俞晓红把卸妆的卫生纸递给脚印："效果不错，观众反映也好。"

脚印期待地说："那这么好的社会反响，红姐，你该给我写一篇了吧？"

俞晓红含笑地说："我已经在构思了。"

脚印欣喜若狂，一把扛起俞晓红，又扛在肩上，开始疯狂地轮转。俞晓红大呼小叫道："哎，哎，你快放我下来——"脚印不管，继续疯转。俞晓红咯咯咯咯地不停地笑。突然她不笑了，脚印也陡然停住了旋转，看着前面——

俞晓红和脚印同时看见了马勇。

马勇从人群中闪了出来，冷峻着脸，先朝脚印走过去。

脚印却并不惧怕，笑着对马勇说："又要假模假式跟我称兄道弟了吧？又要跟我拥抱了吧？蛋糕和水果在哪儿？拿出来吧！又要当着晓红姐的面作秀了吧？来啊，表演吧！"

马勇冷冷地说："你大爷的！"瞥他一眼，转向俞晓红，脸上毫不掩饰他的生气。他这次丝毫没有再作秀的表演，就怒目瞪着俞晓红。

俞晓红笑了。俞晓红喜欢看马勇为她生气。俞晓红笑吟吟地说："你怎么又来了？你好像挺生气哦？你好像总不放心我挺关心我的？"

马勇冷着脸说："你别自作多情。我问你，你手机怎么不开？"

俞晓红一愣："我手机没开吗？"她急忙掏出手机看，果然是没开机，她开了机，又笑吟吟地问马勇："你不会专门是为我开不开手机来的吧？"

马勇没好气地说："你以为我稀罕你呀？是张琪！他给你打了一下午电话。他死活打不通刚才就给我打，他让我来跟你说一声，他晚上要和你吃饭，餐厅雅座他都订好了。我跟你说啊俞晓红，你别又涮人家张琪——"马勇的手机响了起来，他停下说话掏出来接听，是张锦秀打来的。张锦秀劈头就责骂马勇，说马勇今天发在头版的一篇通讯，里面有两个重要的数据写错了，市委办公厅都来电话批评了！张锦秀臭骂马勇，让马勇现在立刻去买份日报，马上核对，赶紧写份更正稿，明天发头版！马勇心里恶狠狠地咒骂着张锦秀,抬头看见街那边有个报亭,对俞晓红说:"我去买份我们的日报,你等我啊,别走!"他拔腿向报亭跑去。

脚印趁机对俞晓红说:"你别跟他们去吃晚饭!今晚我要你和我在一起!"

俞晓红笑了,拍拍脚印的肩,那肩膀她刚在上面待过,说:"小老弟,不行!"她停停,又婉转一些地说:"至少今天不行。"

这给了脚印空隙和希望,他大胆地冲动地抓住俞晓红的双手,表白道:"晓红姐,你不能无视我对你的感情!我不能允许你现在心里还有别人的位置,哪怕只有一毫米的位置都不行,你知道吗?!"

俞晓红不笑了,正色地说:"我们可以交朋友,但我不会对任何人轻易地承诺我的爱,谁都不能强迫我和命令我。"

脚印却执著且激动地说:"我不管!你今天必须跟我走!你现在就跟我走!"

俞晓红想不笑的,却被这个大男孩的韩剧一样的示爱搞得笑起来,说:"小孩儿,跟我演《罗密欧与朱丽叶》啊?这对你老姐没用——"她话没说完,脚印不由分说,又扛起她便走。俞晓红不笑了,皱着眉头说:"你这个倒霉孩子!我告诉你啊,什么事情都应该有个度!你快把我放下来!"脚印不放手,继续扛着俞晓红走,他在赌,赌俞晓红会不会真跟他翻脸。俞晓红果然是无可奈何地苦笑着说:"你这个倒霉孩子,怎么这么黏人啊!快放我下来——"

猛然有一只手过来一把将俞晓红拽落于地。

俞晓红被拽了个趔趄,差点摔倒,她恼怒抬头地瞪着。

是买了报纸回来的马勇!他冷冷地甚至是恶狠狠地瞪着她。

马勇恨恨地说:"你还让这小子扛上瘾了你还不想下来了!你贱不贱啊?!"

俞晓红其实是想下来的,但她倔强地说:"我就不想下来!我就想跟他贱!你想怎么着?"

马勇更气了,恶狠狠地过来抓住俞晓红:"你跟我走!"

脚印壮胆过来拦阻马勇:"对不起,她得跟我走!"他说得很斯文。他不想在俞晓红面前显得没教养。

马勇则像个市井小民凶恶地咆哮道:"站住!你过来我他妈踹死你,你信不信!"

脚印胆虚地站住,吓了,不敢动了。

马勇拽着俞晓红就走。

马勇一直把俞晓红拽上出租车，驶到张琪说好要和她吃晚饭的酒楼，拽她进包间，把她硬按在椅子上坐下，厉声地说："这是张琪订好的包间，他一会儿就来，你就坐在这儿等他，哪都不许去！"

俞晓红腾地一下站起，倔犟且恼火地说："我就不！"

马勇一把又将俞晓红按在椅子上，无论俞晓红如何竭力挣扎着要起来，都被马勇死死按住，动弹不得，俞晓红气得狠狠瞪着马勇。马勇按着俞晓红，恶毒地说："你就那么想走啊？你就那么想去让人再扛着再那么转啊？你发骚啊你！你要是有需要——"

俞晓红扬手啪地给了马勇狠狠一个耳光。

俞晓红哭了，随着泪珠的滚落，她开始哽咽、抽泣，哆嗦地说："我是喜欢让人扛着，跑啊，转啊，可你知道是因为什么吗？"她顿住，那委屈伤悲的泪更加汹涌，哽咽的抽泣也变成了嘤嘤的哭，她爆发地冲马勇喊道："这都是因为你！！"然后她号啕大哭，悲恸不已。

马勇有些傻了，脑子一时有些发蒙，他还没见俞晓红这么悲伤过。

俞晓红哇哇地哭着，说马勇现在已经把什么都忘了！俞晓红越想越伤心，说那时候，我是多矜持的一个小姑娘啊！男人稍稍碰一下我，我都脸红，害羞，我根本不让男人碰我，是你！是你第一个把我扛起来的！在广场上，在大街上，在草地上，在河边，你扛着我跑啊转啊，转啊跑啊，那种感觉，就像你在扛着我飞！我喜欢那种飞的感觉……马勇你真的都忘干净了你个没良心的东西？！

马勇的记忆被很遥远地呼唤起来了，他隐隐地记起初恋时候的他是这样扛过俞晓红，在阳光映照的广场上、在夜色朦胧的大街上、在油菜花盛开一片金黄灿烂的田野上，在五彩斑斓的草原上，在渔舟唱晚的河堤上……也是这样奔跑着、旋转着，而俞晓红俯在马勇的肩头，也是幸福快乐得咯咯咯地笑，马勇遥远地想起俞晓红的笑在那些姹紫嫣红中穿越，像一根透明的丝线在天空飘飞……

俞晓红流泪伤心地说："可是后来，我们结婚以后，你那种浪漫的劲儿就再也没有了。我跟你上街，我跟你撒娇，我说：'马勇，我肚子疼，我走不动了。'其实我是想让你抱抱我背背我的。可你说：'肚子疼，放两个屁就好了。走不动，坐地上，一边放屁一边歇会儿！'后来我干脆就跟你明说了，我说：'马勇，你抱抱我，要不你背我！'可你说：'你三岁啊？你是不是拉完屎还要我给你擦屁股啊？'你说得真恶心！"

马勇望着俞晓红哭，嘟嘟囔囔地争辩道："后来我也背过你啊，就过年那一次——"

俞晓红更加伤心地叫起来："过年那次是我脚崴了你不得不背我！你背着我，你还不乐意，你还跟我嘟嘟囔囔的，你说：'快长快长快快长，长成一个肥婆娘，到了过年杀一刀，又腌腊肉又灌肠！'你说我是猪，说杀了我又腌腊肉又灌肠！呜呜呜呜……"

马勇哑口无言，悻悻然，那些话他确实说过。

俞晓红哭泣道："马勇，结了婚，你目的达到了就连一丁点也不想付出了？是不是男人都这样啊？！你自己跑出去和狐朋狗友聊天聊通宵，然后让我在家整夜整夜地因为等你睡不着觉！你要自由自在，你要无拘无束，可是你又要有个人给你做饭，给你等门，给你热被窝。那我是什么啊？我对你来说是什么？电饭锅、吸尘器还是热得快啊？结婚这么些年我有多孤独你知道吗？我委屈的时候我想找个人说说话都找不到！那时候，好多次，我都在想，我是你老婆吗？我根本不是你老婆！我就是你屋子里的一个部件，跟你的床头柜、洗碗机、马桶等，没什么两样！只要所有权是你的，其他你一概都不再管我了！马勇，你难道不是这样的吗？"

马勇更加哑口无言，这些勾当他都做过。

俞晓红也愈发伤楚地："是你让我飞起来的，你又扔下我不管了！可我是女人啊，我又没有七老八十！就是七老八十了，我也想能有个人能好好地爱我！我喜欢那种让人托着，飞起来的感觉！我还想再飞！呜呜呜呜……"

俞晓红趴在餐桌上又号啕大哭、悲伤不已。

马勇望着大哭的俞晓红，不知说什么好。桌上有一包餐巾纸，他拿起来，抽出几张，小心翼翼地捅捅俞晓红，朝她递过去，说："别哭了。一会儿张琪来了，你们，还吃饭哩，哭多了胃疼。"

俞晓红没好气地站起来："我不吃！你自己吃去吧！你好好吃，噎死你！"

俞晓红拿起自己的包哭着扬长而去。

马勇傻愣愣地坐着。

等张琪赶到酒楼来赴约会的时候，马勇已经快把自己灌醉了。

马勇喝得连脚趾都红了，见到张琪进包间来，他醉眼蒙眬地脱下袜子让张琪看他的脚，笑嘻嘻地说他这是毛主席的一句诗词：万山红遍，层林尽染！然后马勇又硬拉着张琪也喝，把同样也不胜酒力的张琪也喝成了万山红遍，层林尽染。

马勇赤红着脸无限感慨地说："张琪，我再给你说一遍，你千万千万别学我！"

张琪也绯红着脸说："是，是，你说了八百遍了，我记住了，我不学你，我得以你为教训！你是我们日报社的胡长清，全党须以你为鉴。"

马勇则又醉意蒙蒙反反复复地说："你得向我保证，你一定要对俞晓红好！"

张琪："是，我保证，我一定会对她好！就像你上次说的，只当我们男人是养狗的，我们一定要对我们养的狗好，嘿嘿！"他冲马勇嘿嘿地笑。

马勇则不笑，正色地说："我不跟你开玩笑，我是认真跟你说的！我知道你会对她好，但这不行，我当年，刚开始的时候，我也对她挺好的呀，婚姻中最重要最难的是持久，而持久中，最难的是永远保持浪漫和激情，要每一天，都像刚认识这个女人一样，要那样充满新鲜感，这是最难的！我要你就得这样！"

张琪为难地说："可浪漫，我不会啊！我不知道怎么浪漫啊！"

马勇强调地说："你可以学呀！你必须学会浪漫，因为俞晓红她喜欢！我也可以教你、帮你啊！"而后马勇异常激动起来，一股强烈的感伤在心里涌动，他竭力忍着，以至于眼里都有泪花闪动，道："张琪，总之，俞晓红，人，我是交给你了，你必须这一辈子都得对她充满激情，永远都得像初恋时候那么充满浪漫！你一分钟都不能冷落她！"

张琪说："行，行，我知道意思了。"

马勇却依旧醉意执拗地不放过张琪："不行！你得给我发誓！你发誓！"

马勇竖起一根指头指着张琪，逼他再次发誓。他手指头竖了半天，眼里更加迷蒙恍惚，没等张琪开口，他突然往餐桌上一趴，便睡了过去。

马勇头一次这样彻底地醉了。

翌日，阳光透进窗棂，俞晓红醒来，心情平复了些，昨日对马勇的宣泄，把积郁了许久的幽怨倾吐了出去，这让她在清晨的时候舒服了许多。她去上班，在暖暖的阳光的抚摸下，她甚至心情愉快地在电脑上敲着写脚印的人物专访，她已经答应了脚印最近要把这篇稿子拿出来见报。到快中午的时候，一个送快递的小伙子进来，递给她一束鲜花。鲜花让俞晓

跟我的前妻谈恋爱

红愉快的心境更浓郁了,她喜欢那种花下的情调,再没有比在阳光明媚的上午收到一束带水珠的玫瑰能让她更高兴的了。

旁边一女同事打趣地说:"嚯,送花啊!是哪国的情种啊?"

俞晓红寻找花束里的卡片之类,没有找到,也打趣地说:"没写名字。可能是俄罗斯的普京吧,我喜欢那小伙子!"

办公桌上的电话在两个女人的笑声中响了起来,俞晓红拿起话筒接听,她知道是谁送来的花了。

脚印的声音话筒里甜腻腻的:"晓红姐,已经是中午了,咱们一块吃饭吧!"

俞晓红先想到了张琪,一种承诺了什么的责任感让她心里先阻断了一下,她犹豫起来,说:"算了吧,我正赶稿子哩。"她说的不十分坚定,语气游移着。

脚印从俞晓红的游移中适时地嵌入了进来,这是个洞察力很强的男孩,他锲而不舍地说服着俞晓红跟他去吃饭,他甚至委屈地说:白叫这么多天姐了,弟弟要跟姐姐吃顿饭都不行吗?

俞晓红同意了。不是因为脚印的话,这种撒娇的大男孩的调情不能打动俞晓红,打动俞晓红的是花,那送来的花芬香着,还有几滴清冽的水在花瓣上,让她看着心旷神怡。看在花的分儿上俞晓红同意跟脚印去吃午饭。

俞晓红关了电脑,拿起那束花,嗅着,走出晚报社大楼。

在晚报社楼前的台阶上,俞晓红多少有些意外地站下了,她看见了张琪,张琪就等在台阶上,手里也拿着花,但只是一朵,他迎上去,把花递给俞晓红:"晓红,中午好。"

俞晓红笑了,举起手中的那一大束花对张琪晃晃,说:"我有了,比你的多!但是,还是谢谢你的花。"她礼貌地把张琪的那一小朵花接过来。

张琪却一侧身,手向后一摆,道:"还有这些!"

俞晓红向张琪的身后望去,一望之下,顿时愕然。

张琪身后是一座花的小山!一辆平板架子车,车上摆满了各种鲜花,且被精心布置过,各种盆栽鲜花被精心摆放成一座花山,像每年国庆节天安门广场上鲜花摆放的山,层层叠叠,错落有致,姹紫嫣红。缤纷的花丛中挂着一块纸牌子,上写着:祝俞晓红星期二快乐!

俞晓红震撼且欣喜若狂。有太多的男人给漂亮的俞晓红送过花,林林总总,但送来一座花山的,这是头一遭!俞晓红双手捂在胸前激动不已。

张琪趁机道："晓红,中午一块儿吃饭吧?"

俞晓红为难了,她看着手中脚印的花,迟疑地说："可是,我已经——"

张琪不由分说地打断她,他拉起架子车,拉起那座花的山,跟着俞晓红走,说："你必须得答应我。你要不答应,我就拉着这车花儿跟你走,你到哪儿我跟到哪儿。而且,明天我还来给你送,我还跟着你。"

俞晓红并不生气,反而极其新鲜亢奋地叫起来："你还来给我送这么多花啊?"

张琪一脸诚挚地说："对啊!我还得祝你星期三快乐,星期四快乐,星期五快乐……我得祝你天天快乐啊!晓红,我这个人笨,我是实心地希望你天天快乐。"

俞晓红望着张琪,她很有些被憨厚实在的人和他的花感动了,于是,率性的俞晓红从兜里掏出手机来,给脚印拨号,拨通后,说："脚印吗?实在是抱歉啊,我——"她顿住,看看张琪,去了最后的一丝犹豫,下决心道："我中午得赶稿子,实在是发稿催得紧,中午我就不过去了,抱歉啊。完了我们再联系吧。"

张琪心里偷笑了,那笑意在脸上不可抑制地透露出来,他赶紧绷住。

俞晓红想起来一个现实的问题,说："我们去吃饭,那这些花怎么办?扔了?"

张琪早有计划地指着马路对面说："看见了吗,对面是个街心花园,一会儿我以你的名义把花送给他们,让大家一块儿观赏,把你的快乐分享给大家,按老话说,这么做,你还能长寿,就跟现在好多人买了活鱼、活虾去放生一样,这里头有讲究!以后我天天来送。"

俞晓红又感动地叫起来："那你要花多少钱啊!"

张琪潇洒地一挥手,表示为了爱,一切皆是粪土!

俞晓红更为感动,她还为张琪的洒脱而感动,这正是她喜欢的风格。

"俞晓红!"晚报社办公室那位女同事从报社二楼的一扇窗户里探出头来大声喊她,"俞晓红,有读者打来找你的一个电话!你快来接一下!"

俞晓红对张琪道："那你快先把花送去吧。你等我啊。"她慌忙向报社跑去。

张琪看着俞晓红的身子闪进了晚报社楼里,拉起架子车就向街角跑。

而马勇就站在街角正等着他!

那个所谓的读者来电就是马勇打的，他必须要把俞晓红先调动开。张琪跑过来，把花连同架子车都交给马勇，说："给你！你去处理吧。"马勇接过架子车和花，关切地问他教的话张琪是不是都说了，俞晓红反应怎么样，马勇特别地问到，在俞晓红问这要花多少钱时，张琪是不是挥手了，马勇特别叮嘱张琪这个时候是一定要挥一下手的。

张琪激动地说他挥手了，他是像领导那样潇洒地把手一挥的，感动得俞晓红稀里哗啦的！

马勇放心地笑了，表彰张琪道："好！干得好！那你赶快去吧，再接再厉！"

马勇拉着满车的花，向不远处的一个花店走去。这花就是在那儿租的。马勇把花拉到门前，对花店老板说："老板，花我用完了，我退给你啊。"他说着，边动手把一盆盆的花往下搬。

花店老板不甘心地说："大哥你真要退啊？哪有买了花还退的呀？"

马勇正色地说："老板，咱可是说好要退的啊，说好是租的嘛！给你租金！"他从兜里摸出二十元钱来递给老板，又强调道："说好了，明天我还这么租，租金还这么多噢！"

老板嘟囔地说："大哥你一把都买下来不就完了嘛！"

马勇搬着花道："你说得轻巧！不用花钱啊？我们又不是富人！"

老板说："谈恋爱嘛，花钱就花钱呗！连歌里都唱了！'我送你九百九十九朵玫瑰，花到凋谢，人已憔悴——'你听听，一送就是九百九十九朵！"

马勇不屑地说："那是有病！你还不如送她九百九十九包卫生纸哩，恋爱谈完了结婚成家，天天都得用卫生纸，送卫生纸还实用！唯一的缺点，就是唱起来不大好听！"

老板也笑，且又不甘心地说："大哥你真会说笑。不过，我觉得你还是把花都买下来好，租花，多不好听啊，花有租的吗？再说，又不是你花钱，不是刚才跟你一块来租花的你那个朋友，是他谈恋爱嘛，你让他自己来埋单嘛！"

马勇又正色地说："我那哥们儿，他也是穷人！我也得替他把着点儿钱包！现在物价这么贵，不抠着点儿，我们工薪阶层泡妞，我们泡得起吗？现在谈恋爱，逛街、吃饭、看电影、送花，以后还得买房子，现在卖房子的，那哪是卖房子啊，那是入室抢劫啊！面对这样的物价，我们老百姓谈恋爱，就得处处想招儿啊！"

马勇走了。临走,他替张琪付了花店一个星期的租金。

张琪于是便一个星期天天来租,天天把一架子车的花送到俞晓红的晚报社楼下去,而后又由马勇送回花店去退租,日复一日。车上鲜花组成的花山日日不同、造型各异,插在花丛中的那块牌子标着不同的日期:星期四、星期五、星期六、星期日……祝俞晓红整整一个星期都快乐! 俞晓红眉开眼笑。她的笑姿也日日不同,或陶醉地笑,或惊讶地笑,或开怀地笑,这浪漫的鲜花攻势让她身心欢愉,脚印一时被远远地抛离和遗忘了。

马勇和张琪都得意非凡,弹冠相庆。

黄昏,已经很亲昵的张琪和俞晓红,和马勇一起吃完饭后,俩人向华灯初上的大街亲热地漫步。张琪还挽着俞晓红。这些时日,张琪已经是能够轻易地熟练地挽着俞晓红了。

马勇似乎是了结了一桩事情,返身独自回家。他不想打车,在街上的人群中走着,忽然就有一种落寞袭来,他想到了自己的孤零,想起他已经有好些天没有跟赵慧联系了,一阵迟疑和犹豫后,他拨了赵慧的电话。

电话没人接。

马勇更加的落寞,怅然。他不知赵慧怎么样了,她是有事还是故意不接电话?

马勇甚至怀念起陈勇刚来,怀念那个捣蛋孩子义愤填膺地向他泼水。马勇觉得那劈头盖脸沁凉沁凉的水都是一种温馨。马勇落寞得厉害了。

马勇在落寞中走回自家门前小街的时候,他又看到了王建军。

王建军依然不干活,而是又站在包子铺对面墙上的那块居委会的黑板下面,在无限得意和陶醉地看着黑板上的一篇新文章,这是她的第二篇创作。文章如今以斗大的红字标题辉映在墙上:《学习刘婉香拾金不昧! 》

几个去晚自习的小学生背着书包走过来。

王建军心情极好地叫住他们,指着那文章的最后落款,道:"念念这是啥字! "

小学生们齐声念道:"本报记者王建军! "

王建军得意地哈哈笑,而后,奖给每人一个包子。

心情很糟的马勇也不由得笑了,他走过去,说:"嚯,已经是本报记者王建军了! 还挺正式的呀! "

王建军回头看见了马勇,顿时羞臊起来,扭捏地说:"马哥你看我有进步不?"

马勇浏览了一遍,夸奖道:"有进步,有进步,文字通顺多了。"其实他觉得没进步,还是像一篇小学生写的表扬稿儿。

王建军却兴奋得涨红了脸,她娇羞地看着马勇,鼓足勇气说:"马哥,你上回问我为啥日后也要当记者,我为啥要这么苦练写文章?我告诉你吧,我……我是为了能配上你!我会好好地学,我会好好地努力,总有一天,你会看上我的!"

马勇怔住,不由得被感动了,一个小学毕业的卖包子的小姑娘,马勇心里酸酸的而又暖洋洋的。

王建军怜惜地望着马勇说:"马哥,我这两天在旁边看你,你都瘦了,你脸色都不好,你肯定有啥事不顺心。我就想,我现在要是你老婆,我肯定把你伺候得好好的,一点儿都不让你烦心!"

一个晚上都深感落寞和孤苦的马勇不光是感动,他甚至有一点被融化了,他再一次闪过那个念头,觉得真娶了这小姑娘也不错的!他情不自禁想抚摸一下王建军,突然他伸出去的手在半空中停住了——

马勇看见了赵慧!

不知什么时候走进小街来的赵慧站在不远处,她正幽幽地看着马勇。

第 12 章

赵慧朝马勇走过来,几天不见显得消瘦了许多的脸上是一种幽幽的表情。她过来拉着马勇就走,完全不顾在场的王建军和刘婉香惊愕的眼神。赵慧凶猛地拉着马勇回家去,马勇一路上都在愕然地问她这是怎么了她要干什么呀,而赵慧一概不作答。她凶猛地将马勇一直拉进了他的卧室,扑过来用嘴堵住了马勇的嘴。

云雨之后的赵慧哭了,她抽抽噎噎地伏在马勇身上说:"你把我弄了,你就想跑,你门儿都没有!"而后她恨恨地去咬马勇的耳垂,但咬得不重,轻轻的,像舔。

马勇笑了,原来赵慧这些天也和他一样的孤苦和落寞。

赵慧激情平复后,不自然地开口说:"这两天,我,我反复想,想你那天说的话……"她顿住,仿佛在琢磨在如何最后抉择。

马勇又不免紧张起来:"怎么样啊?还是对我去找俞晓红耿耿于怀?"

赵慧缄默了一阵,毅然地说:"不,我也想通了,在咱们结婚之前,你可以去找俞晓红,反正不把她的事情先解决了,咱们也结不了婚。你尽管去找她吧,该帮她的就得帮她,我不拦你。要是有什么地方需要我的,你就跟我说,我也帮她。"

马勇笑了:"这才对嘛!我就说嘛,我马勇的老伴儿哪能这么心胸狭隘!"

赵慧紧接着严正地说:"但是,结婚以后,我不许你再去找她,一次都不许!"

马勇又怔住了,怔怔地望着赵慧,这个要求让他一时难以回答。他脑子里本能地第一个闪过的念头是:万一俞晓红病了呢?他想万一俞晓红病得很重躺在床上,他却绝不能去看她,仿佛这个人在他的生活中从来没有出现过,他任凭她像一个泡沫一样消失了去,马勇想如果那样他会难过的。

赵慧缠绵地拉起马勇的手,带点哀恳地柔声道:"马勇,我说过,我在婚姻上是受过伤害的,我不想让我的第二次婚姻再失败,我再受不起伤害了,有那么一点点的可能性我都要防,你要说我是小心眼儿,我就是小心眼儿。结了婚,我这一辈子最亲的人就是两个了,一个是我儿子,一个就是你,我不能让有一点点的可能从我身边夺走一个。马勇,你能答应我吗?"

马勇不无感动,艰涩地说:"好吧,等把俞晓红的事儿搞定,我……再不见她。"

赵慧高兴地笑了,感触良多地说:"马勇,咱们赶紧结婚吧!我发现你这个人就是招女人,结了婚,我就好管着你了。马勇你别有想法啊,我是爱你我才管你的!"

马勇无奈地苦笑笑,说:"我也想早点儿结婚,可是,现在这样,怎么结啊?"他指的是俞晓红的鞋呀衣服呀还放在这儿,俞晓红还横在他的生活里。

赵慧却已有打算,兴致勃勃地说:"这我也想好了,我们可以先把房子装修的事儿弄起来,比如说可以先去挑选买地板砖啊,厕所里新的洁具啊,还有这要换的橱柜什么的,俞晓红一看咱们都开始准备要装房子了,她就会不好意思再拖了,没准这一来她就会把她的事儿早点定了。马勇,咱们先开始装修房子吧?"

马勇望着赵慧不禁笑了:"你还挺有谋略的啊,过去没发现。行啊,装就装吧。"

赵慧:"那行,钱反正我都给你了,你就拿钱先去买建材吧。"

马勇不吱声,起身,走到柜子前,打开抽屉,拿出用大牛皮纸信封装的那十五万,走回来,交给赵慧:"这钱你拿回去。"

赵慧愣住了:"干吗?你把钱还给我,你要跟我掰啊?"

马勇说:"你想到哪儿去了!我是爷们儿,家里的大事儿我得扛着,装修这么大一笔钱当然得归我筹划,你别管了,到时候你等着住房子就行了。"

赵慧还想把钱给马勇,说:"你离婚以后你哪还有什么钱啊——"

马勇坚决把钱给赵慧推回去:"再困难也是我来扛!你也是工薪阶层,你存几个钱也不容易。你要实在想给我,那这样吧,这钱,就算是我这个爹,后爹也是爹嘛,给我儿子存的,咱儿子以后上学,再以后还要找工作、成家,以后花钱的地方多了,这钱你给我,我再给你,你替咱儿子存上。"

赵慧很是感动,她含情地望着马勇,她又把马勇拉回床上,说:"来。"

马勇说:"来干什么呀?"

赵慧亲昵地说:"你说干什么?你饿了那么多天,就吃一个馒头,你能饱啊?"

马勇笑了:"那我可就又开吃了啊!"

王建军在溶溶的月色中眼泪汪汪地包包子。最让王建军难过和伤心的是,她的马哥已经心动了,她看出来了,但这美好的开端才刚裂开一道缝,转眼之间一切就烟消云散了。王建军伤心的泪水禁不住扑簌簌地落到包子上。

刘婉香端着一盆包子馅从包子铺里面心情愉快地走出来,马勇最后和赵慧走了,这让他倍感高兴。他看看王建军伤心的样儿,幸灾乐祸地说:"人家才是两口子!你就是成天写、写、写,就是《人民日报》那上头的字儿每天全是你写的,人家也不要你——"

王建军气得把个生包子啪地塞到刘婉香嘴里，又骂道："你娘的艾滋病！"

刘婉香还是不生气，他一高兴，索性把那生包子就咽下去了。

马勇遵赵慧之嘱去建材市场选地砖以及洁具准备装修房子了，他特地把张琪叫来陪他一起选购，他有话要跟他说。市场里熙熙攘攘的，张琪看着马勇在认真挑选着装修材料，心中有种异样的酸酸的感觉，他反而有话要先对马勇说。

张琪说："马勇你真准备要装修你的房子真要结婚了呀？"

马勇拿着一块褐色的地板砖打量着，说："难道我上这儿来，是来割痔疮的吗？"

张琪又说："你就这么……就这么把自己打发了？"

马勇说："你什么意思啊？"

张琪正色地："说真的，马勇——"他欲言又止，这个问题让他有些难以启口。

马勇看着张琪一脸严肃又难言的样子，催促道："有什么话你说呀！"

张琪又踌躇了一阵，开口说："马勇，咱哥俩儿说话，说轻说重你也别介意，这也是我个人的看法，我，我一直觉得赵慧她……她不是一个特理想的结婚对象，我从一开始就不理解你为什么要找她，我以为你只是玩玩的，可现在你还真是认真了！赵慧她，心眼儿小，不大气，思想观念也刻板，长相呀各方面条件我看也一般嘛，而且她还带个孩子，我看她比俞晓红差远了，我就不明白你……为什么呀你？"

马勇缄默不语了，张琪这个问题问到了他心底的深处，他被尖锐地刺疼了一下，他一直深深埋藏着的什么被张琪在浑然不觉中掀开了一下。

张琪试探地问："是不是——？"他想说马勇是不是已经和赵慧睡了，已经甩不掉了，就像现在流行话说的：已经砸手里了。现在都流行说上床容易下床难，说就像小偷行窃要先瞄好逃跑的门在哪儿。张琪不好明说，又进一步暗示马勇："哥，你是不是在桃色方面——"

马勇粗暴地打断他："什么都不是！"他明白张琪的意思，当然张琪是想错了，他语气粗暴是他不想谈这个问题，他不想触碰他心底的痛，说："我找赵慧自然有我的理由，这事儿不说了，现在要说的是你的事儿！"他转了话题，拿起两块地板砖对张琪敲敲，敲出当的一声，以正视听，严肃地说："我今天特地要让你跟我一块来这建材市场,我就是要让你亲眼看见,我不是在跟你说笑,我结婚成家的事儿已经正式摆上了议程,你和俞晓红的事儿,你得抓紧,你别误了我的大事儿你知道吗?"

张琪连连点头："我知道,我知道,我当然会抓紧!"他又不无得意和喜形于色地对马勇说："不过马勇你放心,在你的指导和教练之下,最近我和俞晓红,我们发展得很顺利!"张琪得意地告诉马勇,俞晓红这段时间总是跟他在一起,基本跟那小愤青不见面了,而且,早上的时候,俞晓红主动打电话给他说,她馋了,她晚上想吃水煮鱼了——张琪亢奋激动得像便秘之人终于通畅了,对马勇说："马勇你听听! 她已经主动跟我说她想吃什么了! 啊!"

马勇表扬张琪道："很好,继续操练!"

张琪发狠地说当然! 今晚吃过水煮鱼后他就要深入发展。

黄昏时分,已经穿戴整齐准备出门的俞晓红对着客厅墙上的镜子在描口红。叩门声就在她把唇膏抹到唇上去的时候响了起来,俞晓红喊："是张琪吗? 你等一下啊,我就好了。"她不停手,她已经有了一点想在张琪面前显示自己面容姣好的意思。十分钟后,俞晓红定好了妆,开门一望,却愣住了,来人不是说好来接她去吃晚饭的张琪,而是多日不见的脚印。

脚印站在门口,他一脸愤意地望着俞晓红。

俞晓红讶异地说："是你啊! ——来,来,你先进来。"

脚印径直过去一屁股坐在沙发上。

俞晓红门都忘关急切地跟过来："你怎么找到我姐姐家里来了? 有急事?"

脚印气哼哼地说："没急事我就不能找你啊?我不到这儿来堵你我能找得到你吗? 给你打电话你总有事儿,到你们报社找你,你不是去采访了,就是跟那个,那个你所谓现在的男朋友,我都不屑于评论那个人,你又跟他一块走了,那我怎么办? 你有没有想到过我啊?!"

俞晓红笑了："小屁孩儿你还吃醋了!"

脚印愤怒地叫起来："什么小孩子! 你尊重一下我的感情好不好?!"

俞晓红笑道："好,好,尊重你。"她走过去,从挎包里拿出一份报纸,过来,递给脚印,道："本来我想一会儿给你打电话,让你自己上街去买份报纸来看的,你既然来了,给你,这是我们晚报刚出的报纸。"

脚印狐疑地接过报纸来看，一看之下，本能地露出极大的欣喜。报纸在二版通栏登载着俞晓红写的报道脚印的大块文章，标题很醒目：《青春时代的一道青春闪电》，旁边是俞晓红拍的脚印的大幅照片：他裸赤着雄健的肌肉仰天傲视。

俞晓红说："你不是一直渴望有一天能这样辉煌一下吗？小屁孩，高兴了吧？"

脚印却捏着报纸默不做声，稍停，他居然将报纸撕了。

俞晓红惊愕地叫起来："你干吗呀？！"

脚印还是不做声，他眼睛里蓄满了泪，而后，眼泪成串地滚落。

俞晓红更惊愕了："你怎么了？你哭什么呀？"

脚印抽噎地说："是，本来我会很高兴的，可现在，跟我的感情比，这又算什么呀！我的感情都被你抽空了，我还要这个干什么呀！我还要这个干什么呀！！"他叫着，发疯地撕着报纸。

俞晓红慌忙捉住他，制止他的疯狂："你别这样！我已经跟你说过，我们可以交朋友，但其他，不行，至少现在不行！我现在还没有做好准备！因为在这之前我从来没有想过有一天我会跟一个年龄比我小这么多的——"

脚印猛然扑过去紧紧抱住俞晓红，跪着，头靠在俞晓红怀里，哭得更凄厉了。

俞晓红慌乱了，竭力想挣脱脚印："你这个倒霉孩子你别这样你快松手！"

脚印死不松手，哭泣地说："红姐，我没有你，我会死的！"

俞晓红在慌乱中又不由得笑了，道："老弟啊，你又来了！我已经跟你说过，这对你老姐不好使。这种话，在你之前，起码有一千万个男人这样对女人说过了，现在，具有小学以上文化的女人都不太信这种话了，你大姐我，恰好是具有小学以上文化的——"

脚印激烈地打断俞晓红叫道："可我跟那一千万个男人都不一样！别的男人是把你当做女人来爱的，可我，我不光是把你当做女人来爱的，我同时还把你当做妈妈一样来爱的！我从小就没有妈妈你知道吗？！我九岁妈妈就死了你知道吗？！你还嘲笑我！"

俞晓红有些被镇住了，她没想到这个青春的大男孩还有凄苦的一面，另外她被震动的是她自己也是早早妈妈就走了，她理解那种特想依靠点什么特想依偎点什么的情愫，她下意识地一时停止了挣脱，愣怔地任脚印依偎在她胸前。

脚印头紧紧偎在俞晓红怀里，哭泣不已，抽噎着说："因为很小就没有了母爱，我承认，我有恋母情结，而且，很恋！所以我对你有多重的爱：情人、妻子、母亲！这几种爱混合在一起，强烈到，强烈到我根本没办法控制我自己！我都不知道我自己会干出点什么来！所以我说，要是没有了你，我会去死，你难道不信吗？"

俞晓红又不无感动了，男人的示爱总是女人衣柜里最美丽的一件华服，女人衣柜里所有的衣服都是为了能赢得和披上这一件衣服而预备的。俞晓红发现自己又有一些被感动，于是更慌乱了，她想自己怎么能这样呢，她还想到张琪马上要来了，她慌乱地说："我，我相信。可是，你先松手好不好？"

脚印仍不松手，而是抱得更紧，泣道："我不松手。今天不松手，今生今世也不松手！小时候，有一次我病了，发烧，我妈妈整夜整夜给我用酒精擦身子让我退烧，那种凉凉的感觉让我非常非常舒服，我用手拉着我妈不放，就像我现在抱着你我不松手一样。我当时就想，我要一辈子对这个女人好！红姐，我也要一辈子对你好，很好很好！你，不相信我说的吗？"他泣不成声。

俞晓红不光是感动而是被撼动了，女人特有的母爱涌动了起来，眼眶里潮润了，她不禁伸出手去，有些颤抖地去抚摸脚印埋在她胸前的脑袋，去抚摸蓬乱的头发，嘴里道："你这个倒霉孩子，你怎么这样啊，你怎么，怎么这样啊——"突然她停住了，望着忘了关上的房门口，一时愣住在那里。

马勇和张琪站在敞开的门口，正愣愣地看着这一幕。

俞晓红怔怔地望着马勇和张琪，她一时忘了把手从脚印的头上拿开。

张琪回过神来，冷笑一声，转身对马勇道："马勇，昨天我对你说，我和俞晓红现在发展进行得很好，我现在正式向你纠正：我错了。我那是脑子里进硫酸了，我烧糊涂了。再见！"

张琪悲愤地转身奔出门去。

马勇也不无愤意，但此时他只能克制着对俞晓红道："俞晓红，你是和张琪约好晚上一起吃饭的，张琪让我也来，我希望你言而有信，我——"他顿住，一时不知再说什么好，大叫着张琪，急忙追赶过去。

俞晓红一时不知所措，像旗杆一样地站着。

马勇追上了张琪，他只好自己来陪张琪吃这顿和俞晓红约好的晚餐。

下雨了。雨不小，从饭馆的窗户望出去，可看见哗哗作响的雨帘。

张琪一脸悲愤地望着窗外的雨，脸阴沉得像要滴下水来，且紧咬着牙不语。

马勇小心翼翼地赔着笑："张琪，你脸上稍微舒展一下，你老绷着，小心面瘫。"

张琪怒气冲冲地说："马勇你给我介绍的这是什么破对象啊！"他停停，又强调地说："什么破对象！"

马勇依旧觍着脸笑，态度柔和地说，"你看你又说这种话，你又来了。"

张琪没好气地说："本来就是嘛！这还没结婚呢，这要结了婚，我怎么受得了啊！马勇，你知道我这个人，嘴上成天胡说八道，但我实际挺传统的，尽管我也知道目前是开放的现代社会，我也听人说过，说现在的夫妻之间都要想开一点，什么要想过得去，头上顶点绿，可我不行啊！我不像你马勇，能承受。"

马勇顿时不笑了，他沉下脸，骂起来："放你的狗屁！我就能头上顶点绿啊？"

张琪看马勇急了，不无交锋的胜利感，他抢白道："你看你看，你也不能承受吧！所以，马勇，我真不想跟你前妻再谈下去了！"

马勇赶紧先压下自己的情绪，重新又对张琪浮起了谄媚的笑："别，别，哥们儿，你先别这样断然，咱们再冷静地分析一下。"

张琪气哼哼地说："还有什么好分析的？我不跟你分析了！"

马勇一定要跟张琪分析，他耐心地亲切和蔼地笑着，道："张琪，首先，你承认不承认俞晓红长得挺漂亮？"

张琪仍旧吊着脸说："屁，蛤蟆似的！"

马勇不生气，他依旧还是笑眯眯地，说："你看你看，张琪你这就是赌气了。"他提起餐桌上的茶壶在杯里斟满茶水，端着给张琪递过去，笑着："你喝水。张琪，我给你介绍对象，反过来我还要巴结你，我觉得我才像蛤蟆呢。"

张琪也觉得对马勇过分了一些，脸色晴朗了些许，说："好，我承认俞晓红漂亮。"

马勇继续说:"俞晓红气质也好,这你也承认吧?"

张琪又冷着脸说:"我看她就是一般。"

马勇说:"张琪你又赌气说话! 你好好说, 到底是一般还是比较突出?"

张琪说:"好,就算她是比较突出吧。"

马勇又道:"俞晓红是名记者,职称是副高,副教授,她社会地位也很优秀吧?"

张琪说:"这我不否认。"

马勇说:"俞晓红自身的经济条件也不错, 除了报社的收入比较好,她还有存款,离婚的时候我把家里的钱全给她了,她用不着也不会为了钱去和男人交往,不像现在的美女老想轧男人的钱,最后让男人都烦她们,而俞晓红在这方面不会让男人烦,只会让男人觉得她挺可爱,这你也得承认吧?"

张琪不耐烦了,说:"我承认。可你说了这么多,你想说什么呀?"

马勇于是转回正题上来,正色地说:"我的意思就是说,张琪你想,像俞晓红这样一个各方面都很优秀的女人, 如果没有一帮的男人喜欢她,追求她,围着她转,是正常的吗? 张琪你别赌气,你客观地说! "

张琪想想,表示同意:"是,不正常。"但他又说:"可那又怎么样呢?"

马勇对张琪循循善诱道:"既然有那么多的男人喜欢她,其中肯定也不乏优秀者,人总是有那么一点点的虚荣心和猎奇心的吧?就像你张琪,如果有一帮女的成天围着你转, 其中还有好几个长得就像向日葵似的,你不是最喜欢那种向日葵似的大圆脸吗,要是那向日葵让你偶尔犯了一次晕,你情不自禁跟她出去溜达了一圈儿,最后你又溜达回家来了,这也是可以理解的吧?"

张琪对此激烈地表示反对:"狗的屁! 不同意! 她为什么就不能冰清玉洁呢? 她为什么就不能坚定地这辈子只爱一个人呢? 她为什么就不能对旁人目不斜视呢?"

马勇也激烈地说:"那是理论上! 现在的女人,你以为还像旧社会是养在深闺吗?现在的人,你想想每天接触异性的机会有多少啊!不像祝英台,她那个时候才有机会接触几个男人啊? 所以她的坚贞就比较容易做到。而现在,就说你张琪吧,你能知道你明天又会接触和认识哪个新的女人吗? 现在的人,不要说明天,就是早上起来,他都不知道下午和晚上又会认识谁。一年下来能新认识一大帮! 那十年呢? 二十年呢? 在那么多认识和接触异性的机会里,你总会觉得有比较出色比较顺眼和比较投缘的吧?都是凡胎俗人,只要有那么几分钟的时间稍稍一犯晕,祝英台就有可能背叛梁山伯跟别人好了。那漫长的婚姻里又有多少个几分钟啊!张琪啊,兄弟啊,过去都说婚姻是两个人之间的事儿,不对!现在每一家的婚姻都是全社会的事儿!现在每一家,除非那男的是歪瓜,那女的是裂枣,否则,每一家的老公和老婆,都要每时每刻跟外面一堆的男人和女人来战斗,来保卫家庭保卫婚姻!张琪,你除非这一辈子不找对象不结婚,你要找对象结婚,你就得面对这个问题!"

张琪愤愤地说:"什么问题?"

马勇尖锐地指出:"连祝英台都有可能给梁山伯戴绿帽子的问题!"

张琪更加义愤填膺和心惊肉跳:"我靠!"

马勇说:"你现在就得客观冷静地面对俞晓红今天的事儿。"

张琪闷声不响了,陷入痛苦的沉默。马勇等待地望着他,等他在痛苦中琢磨掂量反思,开口说话。张琪痛苦地开口道:"那……那我现在怎么办呢?"马勇正欲进一步告诉他,张琪的手机响了起来,他刚一接听,神情立刻紧绷,给马勇连比画带打手势,示意这是俞晓红来的电话。然后张琪听着电话脸上的表情越来越痛楚,越来越愤然,但他竭力压制着,最后,他勉强地挤出:"……好,好吧。"合上了手机。

马勇急切地问张琪:"俞晓红跟你说什么了?"

张琪在马勇的一再催问下,勉强地说:"她说……她说既然发生了这样的事情,那她再跟我一块去吃饭,大家都会觉得没什么意思了。她说,她现在要和那小子一块去吃饭。"

马勇急了:"她解释了是因为什么吗?"

张琪都快要哭了:"她什么都不解释,她只说了一句:抱歉。"

马勇苦笑地说:"这就是俞晓红,死倔,自尊心强得要命,她即使错了也不认错,她即使让别人误会了,她也不作解释,死清高!"

张琪哭兮兮地愤然叫道:"这是什么品种啊!法律上还有国家赔偿哩!国家错了国家都认错哩!"

马勇又急忙替俞晓红认错,对张琪点头哈腰地致歉:"对不起,对不起,俞晓红她就是这个品种,俞晓红她对不起你!"

张琪愤然地说:"这顿饭你埋单!反正是你们家的人对不起我!"

马勇又点头哈腰地说:"我埋单!我埋单!"

张琪的愤然减缓了一些,但依然痛苦着,说:"那我现在怎么办呢?她都要跟那小子去吃饭了！"

马勇指导他说："你现在唯一能做的,就是表现大度！"

张琪不明白："我怎么大度？"

窗外的雨继续下着,街上的行人都跑来跑去地拦出租车,马勇指着那淅淅沥沥的雨天说："这不,外头还在下雨,雨还不小,俞晓红不是要和那小子去吃饭吗,现在打车很不好打,你就开车送她去吃饭。送到地方,你立马就回来,你更是绝对不要问吃完饭后她还要跟那小子去干什么,你就彻底放开她的马跑！"

张琪怒不可遏地叫起来："我还开车送她去?！我怎么那么贱啊！"

马勇耐得住气,循循善诱地劝导张琪："这不是贱,这是爱,是男人的爱。这是爱情竞争。你记住,即使恋人都成夫妻了,也依然存在一个爱情竞争的问题。你越是大度,越是能够包容,越显得你胸怀宽阔,就像一条大河波浪宽,她就越觉得你好,你的爱情和婚姻就越牢固！"

张琪开始默不做声地考虑这个问题。但马勇不给他时间考虑,马勇把张琪拽起来,一直拽到他的捷达车跟前,逼着他现在马上开车就去。张琪拗马勇不过,只好上车去发动车子。马勇突然又想起来,让张琪先暂停,他冒着雨匆匆向街角的一家超市跑去,须臾,回来,手里拿着一把新买的雨伞,红色的,在泛起黑黢黢夜色的雨天里像一团火苗在烧。马勇过来把雨伞交给张琪, 解释说："俞晓红喜欢这种红色的牛角手柄的伞,她说举着这种伞,就像雨中举着一把火在烧,她喜欢这个调调。你把伞给她——哎,你知道怎么跟她说吗？"

张琪进步地说："我知道, 我不说这伞是你买的, 我就说是我给她买的。"

马勇笑了,道："你送完你还回这饭馆来,我等你啊,今天我陪你把这饭吃完。"

张琪驾车冒雨沿着大街驶去,飞溅起一路水花。

当张琪把车开到俞晓梅家楼门前的时候,恰好就看见俞晓红穿戴整齐和脚印刚出来站在门前房檐下拦车,那些出租车一辆辆地驶过却都满当当地载着客。俞晓红还好,她本来对和脚印出去吃饭就是一时赌气之下做出的决定,所以对能不能打上车懒洋洋地并不着急,但脚印却十分着急,他一心要赶紧把俞晓红带走,他怕俞晓红的姐姐一回来他努力筹备的今晚的计划就又全完了,所以他奔来跑去地拦车。就在这时俞晓红猛然看见张琪的破捷达在雨中不期而至,远远地像一粒子弹呼啸着射了过来,这很像警匪片里那些开着飞车要去玩儿命的镜头。俞晓红顿时神经绷紧,接着脚印也惊愕地愣在了雨中,俩人愣愣地看着张琪驾车过来停下,站在俩人的面前。

俞晓红神经紧绷高度戒备地望着张琪,她准备着张琪一有什么行动就立刻进行反击。俞晓红尤其在男人面前绝不示弱。

张琪手里拿着那伞,他看着俞晓红一脸阶级斗争的样子,事先准备好的话一时不知怎么开口说了,尴尬地望着俞晓红。

俞晓红声调冷硬地先开口了,倔强地说:"张琪,你如果是来兴师问罪的,那我只能告诉你,无可奉告。"

张琪在关键时刻及时记起了马勇的教导,他尽量显得笑容可掬地说:"我有那么心胸狭隘吗?我是特地来送你们去吃饭的。来,上车!"他打开那把火红的雨伞,给俞晓红撑在头上,遮住了雨,不由分说把俞晓红拉上了车,又而后,心里一万个不情愿地恶骂着,但脸上还是笑嘻嘻地把脚印也拉上了车,在俞晓红和脚印万分意外和愕然的目光里,开车箭一样地蹿出去,并且一路上只是微笑而无话,他怕一开口说话他就会控制不住,所以他一直对俞晓红微笑着,笑到肌肉僵硬两腮的肉一突一突地跳。张琪一直微笑着把俞晓红送到她要去的餐馆门口,然后把伞合起,交给俞晓红,道:"这是……这是我给你买的,你拿着,吃完饭要还下雨,你用得着。我走了。"而后他转身就走,临走,他还不忘对依旧愕然着的脚印也大度地点头一笑。

俞晓红手里拿着雨伞,看着张琪在雨中孤独地离去,她突然开口叫住他:"你等等!"而后她朝张琪走过去,望着他,不自然地说:"你……你不问我点什么吗?"

张琪说:"问什么?"

俞晓红明显想对张琪表示一点什么地说:"比如,你不问问我,我为什么跟他吃饭?我要跟他说什么?吃完饭后,我想要干什么?"

张琪牢记马勇的教导,依然笑容可掬地说:"晓红,我有这么心胸狭隘吗?我既然爱你,就要充分尊重你的生活空间。你快进去吧。我走了。"

张琪脸上笑眯眯地驾车离去,心里却如同刀绞。

马勇坐在餐馆里等着张琪。他饥肠辘辘,但坚持着只喝茶水,他要等着张琪回来再点菜开饭。等到张琪一脸恶狠狠地回来,对马勇叫道:"马勇！你知道我现在想干吗?！”

马勇小心地赔着笑说:“知道,你现在想抽我。”

张琪喝道:“对！你给我介绍的是什么破对象? 你把我害惨了！说好了今天这顿饭你埋单啊！”

马勇赔着笑把菜单递过去:“我埋单,我埋单！你随便点菜！”

张琪气呼呼地翻着菜单,看着那上面花花绿绿菜品的图片,说:“随便点菜才能花你多少钱? 这小馆子最贵的菜才是软炸虾仁,才二十八块五！”

马勇谄媚地笑着:“要不,那你点两份软炸虾仁?”

张琪瞪了马勇一眼,叫过服务员来,果然就点了两份软炸虾仁。

服务员不解:“先生,干吗点两份啊?”

张琪说:“一份我们吃,那一份,送给你吃。”

服务员笑了:“谢谢先生！”

马勇又气又笑,骂道:“你小子王八蛋真这么宰我撒气啊！”

张琪又点了宫保鸡丁、糖醋里脊、尖椒牛柳、爆炒腰花、蒸水蛋、麻辣肚丝、糟溜鱼片……几乎要把菜单的菜全点一遍,还要了一打啤酒十二瓶,气得马勇要拿脚踹张琪。直到张琪自己都笑了起来,才停止了恶作剧。酒过三巡之后,张琪已很有一些醉意,脸喝得红扑扑,而且又是眼泪汪汪快哭了,说:“马勇,我今天是真痛苦了！我是真爱上俞晓红了！我看见俞晓红走进那餐馆里去的时候我心里那个难受啊！马勇,你说,俞晓红跟那小子,现在是不是正办事呢?”

马勇心里直添堵,他不想谈这个话题,他觉得别扭,说:“你喝多了,胡说什么呀！”

张琪痛苦万分地说:“俞晓红肯定和那小子亲嘴了！绝对的！”

马勇又缄默了很长时间,最后,他在缄默中开口道:“张琪,你得这么想:就算是亲嘴了,那也没什么。”

张琪更受不了了,叫嚷道:“她都跟别人亲嘴了你还说没什么?！”

马勇平静地说:“对。她就是真和别人那样了,咱还要对她好,甚至更好。”

张琪真对马勇恼恨了,叫道:“马勇我现在真想抽你了！俞晓红现在要还是你老婆,你还会这么说吗?！你会吗!?”

马勇依旧平静着,又添了一份坚决,平静但坚决地说:“会。过去我不会,但现在我会。”

张琪愤怒地站起来，冷笑地说："好好好，我算看出来了，从头到尾你都在涮我，你跟我一句正经没有！俞晓红要是也这么对待你，你能这么轻松?！好，从此我再不跟你说了，我走！"说着，他拿起他的包要走。

马勇一把抓住张琪道："张琪你别走！咱们再聊聊嘛！"张琪挣脱着，坚决地说："不聊！你涮我我跟你还聊什么呀！我走！"

马勇彻底急了，面红耳赤地喊起来："是俞晓红曾经给我戴过绿帽子的问题！"

张琪闻言猛地愣住了，站下，回头，愣愣地看着马勇。

马勇站着，以张琪从未见过的痛苦与激动，浑身都有点颤抖地瞪着张琪，那是一种埋在心底的伤口迫不得已被划开，血重新潺潺地流淌出来，他瞪着张琪的眼睛张琪都觉得一瞬间变成了血红色的。

张琪被吓住了，走回来，结巴地说："哥、哥、哥、哥们儿，咱有事说事，咱千万别这么糟蹋自己，啊。"

马勇痛苦地说："这是真的！你不是说俞晓红没这么对待过我，我是跟你站着说话不腰疼吗?这么些年了我一直埋在心里我跟谁都没说过！"然后他痛楚愤恨地骂张琪："张琪你王八蛋！是你逼着我说出来的！"

张琪相信了。张琪相信了马勇之后也有了一种难以名状的悲凉，他万没想到马勇还遭遇过这种情感的杀戮。他完全理解马勇这么多年深埋心中一想起来依旧还会难以抑制的那种感觉，那就跟做完手术缝合后把剪刀或者纱布遗留到肚子里是一样的，那是一种永远的痛。他现在理解马勇为什么要和那么优秀的俞晓红离婚了。张琪愣愣地坐下来，问："那……那男的是谁啊？"

马勇不想说，他不想再深入触碰这道伤口，说："你知道是个男的就行了，你问那么细干什么！"

张琪却坚持要问，他迫切地想知道这个他和马勇共同的情敌是谁，他已经认定他和俞晓红也是一体的了，他坚持地说："你得说是谁。要不，就是你编的！"

马勇无奈，缄默了很长时间，他开口说："是……王俊民。"

张琪大大地吃了一惊，他太知道这个人了："是俞晓红她们晚报的老总王俊民?！"

马勇痛苦地点点头："对。他现在去进修了，目前不在他们报社。"

张琪愣了半晌，不可思议地说："从……什么时候开始的？"

马勇说："啥从什么时候开始的？"

张琪比画了一下自己的脑袋,小心翼翼地说:"就是,你刚才说的……帽子。"

马勇长叹一声,开始把伤口完全地撕开来,从头说起:"是从一个晚上开始的。王俊民你是见过的,儒雅,才华横溢,谈吐也好,又是一个男人最有魅力的中年,是俞晓红最欣赏的那一类型的男人。起初,他们两个就是相互被吸引,那个时候应该还没什么。那个时候,我发现俞晓红一说到王俊民,尤其一接到王俊民的电话,情绪就很好,就情不自禁在屋子哼哼,唱歌,唱那个《两只蝴蝶》,就那个'亲爱的你慢慢飞……'就那破歌儿。不是都说陷到感情里去的女人智商都低龄化吗,俞晓红那个时候就像六岁一样。她一接到王俊民的电话就出去。开始我忍着,后来,就是那个晚上,她又要出去,我就……我动手打了她。那是我第一次也是唯一的一次打她。我打她打得非常狠。我一边打我一边说,我说我非把你这只蝴蝶打扁了打成标本我看你再给我慢慢飞!俞晓红真够倔的,我打了她,她更要出去,而且,彻夜不归,到第二天中午才回来。我问她夜不归宿一晚上都干什么了,她直接就说她跟王俊民在一起睡觉了。我说:俞晓红你跟我说什么台词呢?你脸上青一块紫一块的你们怎么睡觉?!俞晓红说:睡觉需要用脸吗?然后她就提出离婚。然后,我们就离了。张琪,就是在那一个晚上,就这样,我把老婆打到别人的床上去了,把帽子戴上了,本来是我的所有,一下子,国有资产就这么流失了。"他说到最后苦笑不已,那是痛苦不堪无法言说只有化为一声苦笑。

张琪听得瞠目结舌,他看马勇也看得瞠目结舌。

马勇又是长长地一声叹息,道:"还有,一旦发生了这种结果,对于男人,就是在心里被划了很深的一道血口子,一辈子都是一道伤痕!你不是问我赵慧不如俞晓红我为什么还要挑她吗?也就是因为这道血口子!赵慧虽然小心眼儿,机关坐久了,观念和行为都有点刻板,但正因为她刻板她就绝不会有外遇!张琪,我是怕我这道血口子万一再来个人再给我划开啊!我是怕了!我挑的是一个放心啊!"

张琪感慨不已:"原来是这样。哥们儿,你也……也真是不容易!"

马勇感慨万千地说:"张琪,我是有过教训的,所以我跟你说,你千万别学我啊!尤其在事情还处在萌芽阶段、还没有到发生最坏结果的时候,我们一定要珍惜我们的女人!离婚以后,我老是在想,我要怎么做,我的女人才不会离开我呢?我告诉你张琪,做男人,只有一种角色,女人永远不会离开你,那就是父亲对于女儿!因为父亲对于女儿的爱就两个字:包容。天底下只有父亲能够包容女儿的一切。无论外面有多少男人在那里晃，无论外面有多少的诱惑，女人永远都不会离开父亲这个男人！所以我们就要像父亲爱女儿一样地去爱我们的女人！张琪，对俞晓红，我是没戏了，而你，和她才刚是新的开始，你要好好地把握啊！"

张琪很想承认马勇的话，很想接受马勇的话，但他又心有不甘，他犹豫地说："你说得也有道理，可她要老这么红杏出墙，动不动就跟别人出去，那谁——"

马勇着急地打断张琪，再次强调道："要包容，要包容！你得这么想，红杏出墙，那杏子，有时候让人摘一个两个去，那树不是还在你们家院子里长着吗——"突然马勇愣愣地看着餐馆门口。张琪疑惑地顺着马勇的视线扭头望去，也大大怔住。

不知何时进来的俞晓红正站在门口默默望着他们，她手里拿着那把雨伞。

张琪惊愕地严重结巴起来："你，你，你、你吃完饭了？这，这、这么快？"

俞晓红说："我根本就没和他吃饭，我饿着就回来了。我知道你们在这儿。"

张琪更加惊愕不已："为，为，为、为什么呀？"

俞晓红扬扬手中的伞，道："如果我说，我是因为这把伞才回来的，你们信吗？"

那火红的雨伞像火苗般耀着张琪和马勇的眼。

俞晓红对张琪说："你开车送我，还给我这把伞，虽然你什么都没说就走了，但你就像在我心里拴了一根绳子，绳子的那头捏在你手里，你一直在扯动着我，你扯得我在那儿坐立不安，我只有再回到你这儿来。过去你每天给我送一车一车的花，虽然那也很浪漫，但那更多的是好玩儿，跟这个比——"她又扬扬手中的雨伞，道："这才是浪漫！这是真正的男人的浪漫！说实在的，张琪，你今天让我感动了。"

张琪万没想到，不禁眉开眼笑地乐了，心里对马勇无比佩服。

马勇其实也没想到，他至少没想到会这样的立竿见影，马勇也很高兴，对张琪笑道："看看，张琪，这就是包容的结果！快，赶紧的，赶紧再点俩菜招呼俞晓红吃饭，人家还饿着哩！对了，俞晓红不喝啤酒，她喝干红，还特能喝，喝起来就跟往菜地浇水似的，这小馆子没干红，我看对面那超市有卖王朝干红的，怎么着，是我去买还是你去买？"

张琪一叠声地:"我去买!我去买!我们家的菜地当然是我去浇水了!"

张琪当仁不让地飞蹿出去。

俞晓红拿着雨伞过来,走到马勇面前,神情幽幽地看着他。

马勇又调笑地说:"俞晓红你今天表现不错,回头我给你发一块钱奖金。"

俞晓红正色地说:"你少贫。我问你,这伞,是你买的然后让张琪给我送去的吧?因为只有你才知道我喜欢这种牛角手柄的红伞。还有,那一车一车的花,也是你的设计吧?因为也只有你才知道我喜欢那种情调。"

马勇一概予以否认:"哪有的事儿!我哪有那么高尚!我要有那么高尚我早成十大杰出青年了。这都是人家张琪!人家张琪在费尽心思地琢磨你、研究你,所以才这么合你的心意,这是人家的一片心!"

俞晓红说:"好,就算这都是张琪自己琢磨出来的,那我刚才在门口听见,男人爱女人要像父亲爱女儿一样,这总是你说的吧?"

马勇再次予以否认:"这也是人家张琪的话!张琪早就说过这话。我是在重复他说的。张琪说这话是在开导我。我哪有那么热爱妇女啊,我要有那么热爱妇女我早调到妇联去了!"

俞晓红忧伤地说:"马勇,你干吗要否认呢?你干吗要用调侃来掩饰你的内心呢?我的意思是说,你其实是挺懂女人的呀,你为什么要直到现在,直到都没法挽回了,你才表现出来呢?"

马勇还想以调侃的笑来遮掩过去:"哈哈,看你说得还跟真的似的——"他顿住,笑容僵硬在脸上,他调侃不下去了,他心里一阵一阵的悲伤涌上来,他竭力压着。

俞晓红更为忧伤地说:"马勇你还记得吗,你打我的那次,那天晚上也在下雨,如果那次你也是赶过去给我送这么一把伞,我也是不会待在王俊民那里的,我……我也会跟你回家的。"俞晓红也噎住了,一滴清泪顺着眼眶流淌下来。

马勇心里狠狠地被刀剜了一下,那是比以往的痛楚更大的痛,痛得又不一样,更加刻骨铭心,马勇一阵强烈的冲动,张嘴想说什么,话到嘴边又猛然顿住——他隔窗看见张琪拎着两瓶干红正向这边快速跑来,张琪一脸幸福春光灿烂,快乐得像中了彩票,马勇把话咽了回去,又叹一声,涩涩地对俞晓红说:"都过去了,你好好跟张琪处吧。"

俞晓红也不再说什么,她收起那把雨伞,一抖,伞上的水珠洒落一地,像洒落一地的眼泪……

第 13 章

　　但俞晓红却并没有就此终止和脚印的往来,这让张琪和马勇继续苦恼着。

　　翌日,已是晚上十点多了,俞晓红对着镜子梳妆打扮,准备出门和脚印去搞活动,这让俞晓梅又气又急。从俞晓红刚开始描眉俞晓梅就开始叨叨,想阻止她出去,但这个倔强的妹妹根本不听她这个姐姐的。俞晓梅无奈和情急之下就给马勇打电话。在电话里,俞晓梅嚷得天摇地动,好像俞晓红立刻要跟那个脚印私奔似的, 紧张得马勇忙拉了张琪急急地赶来。等到他俩火急火燎赶到俞晓梅家的时候,正看到俞晓红在给她那张已描画得很是精致美妙的脸庞进行最后的修唇,那唇也已经画得鲜红欲滴,无比妖娆性感,这让马勇和张琪看着,心里都酸酸的不是滋味。

　　俞晓梅一眼看见马勇和张琪进门来,像看见了救星,忙道:“你们来得正好!晓红她十点多了还要出去,我拦都拦不住!她还要去见那……那小流氓去!那小流氓整天在街上光着把蛋都露出来了! ”

　　俞晓红见姐姐把马勇和张琪在快半夜的时候叫来了,而且姐姐还说得这么难听,本来就生气的她更加生气,冲俞晓梅嚷道:“姐,他不是小流氓他是行为艺术家!行为艺术他就这风格!他就得光着!那小孩儿,他没爹没妈,一个人在社会上闯不容易,他喊我姐,他依赖我,今天晚上他搞活动我得去帮他! ”

　　俞晓梅也高腔大嗓地说:“十点多钟了搞什么活动? 往被窝里活动吧!你帮他,男男女女,帮着帮着就帮到被窝里去了!晓红,你跟不明不白的人搞在一块儿,出了事你要后悔的! ”

　　俞晓红更气了:“姐你说得真恶心!”再然后她什么都不说了,继续去描口红,把那红唇描画得更加性感和妖娆,成心就要跟姐姐置气。

　　俞晓梅又气又急又无奈, 只好转向马勇和张琪求救, 说:“妹夫啊——"

马勇和张琪都对这个称谓猛然有些发蒙,俩人一时都尴尬着,不知怎么应答,不知是不是该由自己来应答。张琪更是尴尬,他求教地扭脸望着马勇,马勇被张琪求助的眼神记起了自己如今的角色,他急忙暗暗地踹了张琪一脚,示意他赶紧把这个称谓承接下来。张琪被马勇踹醒了,对俞晓梅谦卑地说:"啊,姐,我在这哩,有什么话您说!"

俞晓梅先瞪了马勇一眼,她是呼唤马勇的,但马勇却把这个称谓让给了张琪,俞晓梅没有办法,只有对着张琪说:"我这个妹妹我是管不了了,你管吧,你说她该不该去?"

张琪看看生气的俞晓梅,又看看同样生气的俞晓红,一时不知该怎么说,犯傻地站着。

马勇急得又暗暗踹了张琪一脚,让他赶紧说!

张琪再次被马勇踹醒,道:"那,那当然应该去!姐,晓红她应该去,工作嘛,我们既然都爱她,我们就应该信任她。"

俞晓红不禁笑了,张琪这话让她觉得很温暖,她微笑着在唇上描上了最后一笔。

张琪看见俞晓红灿烂地笑了,不禁心花怒放,他去拿起俞晓红放在沙发上的外套,想过去给她披上,进一步地献殷勤,却被俞晓梅一声断喝停住了脚步,心花怒放的笑容也僵硬在脸上。俞晓梅沉着脸说:"你说得轻松!这么晚了,你放心啊?"张琪看着母老虎一样的俞晓梅,一时不知说什么好了。马勇急忙又提醒地暗暗踹了张琪一脚。张琪再一次被马勇踹醒悟过来,说:"姐,我开车送她去!"马勇也乘势为张琪帮腔,也为俞晓红解围,接过张琪的话茬说:"是啊,姐,张琪开车送她去,我顺便也坐车一块去,你放心吧,出不了事儿!真要出事,你拿铁链子拴都拴不住。就像四川人说的:'趴在自家老公背上,都能朝野汉子飞个媚眼儿!'姐,我们送她去了啊。"

俞晓梅脸色和缓了些,不再那样气急败坏了,但还嘟囔地说:"没见过这样的,把老婆往人家被窝里送。"

俞晓红打扮停当,笑吟吟地对马勇和张琪说:"两位绅士,走吧。"

俞晓红心情很好地在马勇和张琪的护送下出门去参加脚印的活动,马勇和张琪心里都千刀万剐地恨着,但脸上都笑眯眯的,仿佛是受邀去参加国庆阅兵典礼,愿意得不得了,快乐得不得了。等送到了地方,张琪坚决执行马勇的教导,把俞晓红交到脚印手里,潇洒大度地转身就走,又是一句多余的话都不问;而马勇更是执行自己的计划,笑眯眯地向俞晓红和脚印挥手告别,也是转身就走。拐过了街角,俞晓红看不见他们了,张琪的脸便凶恶地拉了下来,对马勇说:"马勇,咱大度归大度,可不能老这样啊!那小子天天这么缠着俞晓红,像俞晓红她姐说的,姑娘怕追,媳妇怕缠,俞晓红她……这就是你那次说的,在漫长的时间里,只要有那么几分钟的工夫一犯迷糊,一不坚定……马勇你说这事儿怎么办呢?这是个事儿啊!"

马勇也觉得这是个事儿,也脸露凶光地说:"我得想办法把那小子彻底办了!"

马勇坚持地认为脚印是动机险恶的感情骗子,他更坚持地认为既然是骗子肯定就会在哪个犄角旮旯露出破绽来,他要做的就是在这些犄角旮旯处寻找脚印的破绽,然后戳穿他,让俞晓红看清他的嘴脸。

但脚印唯一露出的破绽就是炙热地爱俞晓红,火一样地要熔化了地爱俞晓红!

马勇焦急但一筹莫展。

就在马勇彻底无计可施的时候,他意外地碰到了一个似乎完全不搭界的线索,这线索竟然是来自街口卖包子的王建军!这一日,马勇心情沮丧地回家来,路过街角,他意外地看到王建军的包子铺前面挂着一块告示,上面写着:今天不营业!而在平日食客坐的餐桌前,马勇更是有些瞠目结舌地看到王建军和刘婉香都彻底换了装束。为了显示有文化有知识,两人在平日沾满面粉的眼窝上均戴起了近视眼镜,刘婉香还把鸡窝一样乱蓬蓬的头发梳理成分头,打着发蜡,让其油光发亮,像香港台湾那些鸡贼一样的大学生;而王建军除戴眼镜外,胸前还时髦地吊着个小手机,像现在时髦的女大学生那样。两人均看着一份电视台本,在排练演说台词儿。

王建军斯文地推了一下眼镜,深情地看着刘婉香,而后,声情并茂地念本上的台词:"小强,你喝了酸核奥抗口服液,你是不是感觉到吃饭也香了,睡觉也甜了,上课也有精神了,老师出再难的题也难不倒你了?"

刘婉香也同时斯文地推了一下眼镜(马勇估计这是电视广告导演同时要求这俩人这样表演的),看着王建军,也声情并茂地念台词,他别扭的山东醋熘普通话念得听上去就像咬牙切齿一样:"是的,小兰,你说得完全对!你呢?你喝了酸核奥抗口服液,你是不是觉得腿也不疼了,腰也不酸了,例假也正常了?"

王建军再次深情地看着刘婉香,再次声情并茂地念道:"是,小强,我的例假现在很正常。"她念"例假"的时候脸红扑扑的,很是羞臊,但这是本子上的词儿,她不能不念。

马勇憋不住哈哈大笑,捧腹笑得蹲在地上,乐不可支。

王建军和刘婉香猛然回头看见了马勇,王建军顿时羞臊死了,红着脸招呼马勇:"马哥!"她赶紧把眼镜摘下来,这让她看上去正常了许多。

马勇笑着走过来,问:"怎么回事啊? 你们这演的是什么呀?"

王建军告诉马勇她和刘婉香在排练准备后天演出广告,拍广告的老板说好演出一天一人给一百块钱,她扮演的是复旦大学的学生,而刘婉香,则扮演北大的!马勇看着刘婉香又要笑出声来:"你还北大的?! ——怎么不找真正的大学生呢?"刘婉香也羞臊地笑,他告诉马勇:大学生要的钱多,而他们这种打工的要的钱少。刘婉香说那拍广告的老板还找了好多民工哩,民工要钱更少,都演大学生!年纪大的民工,老板让都洗了脸,戴上眼镜,就演教授!

马勇听得愕然不已:"这是什么产品啊? 这老板是什么人啊敢这么造假?!"

王建军却钦佩地说:"这人现在特有名!报纸都宣传他!"她把一张产品广告宣传海报递给马勇。马勇一看,不由愕住——

海报上赫然竟是脚印赤裸着上身的大幅照片!

脚印竟然是这个什么"酸核奥抗口服液"的产品代言人,负责宣传推介这个产品。为了增加脚印这个代言人的社会声誉,每一份海报还奉送一份报纸的影印件。马勇打开一看,不禁苦笑不迭:影印件上正是俞晓红为脚印撰写的那篇标题为《青春时代的一道青春闪电》的大块人物专访文章,脚印的肖像照片也赫然登载于文章旁,那照片也是俞晓红为他照的。

马勇又喜又气又恨,喜的是终于捉住了这小子的把柄,他接近俞晓红的狼子野心昭然若揭!他又气又恨的是俞晓红那么聪明、那么心高气傲的人居然让这么个小骗子给利用了,而且俞晓红至今还蒙在鼓里乐陶陶地不以为然。马勇顾不上跟王建军和刘婉香说什么,拿了那海报和报纸影印件,返身就向街口走去,拦下一辆出租车直奔俞晓梅家。

一路又是下雨,在出租车开到俞晓梅家小树林的时候,夜雨涂染得夜色更加隆重,车灯在墨黑的夜中劈开两道雪亮的光柱,在哗哗作响的雨帘中穿透过去,映照着小树林湿漉漉的树木,突然马勇惊愕地看见了一个景象,他急令司机停车。

车灯映照的小树林里,竟然显出站在那里的杨永德来!杨永德竟然只穿个背心,站在大雨地里淋雨,他抱着光膀子,冻得簌簌发抖,直打喷嚏。

马勇急忙下车跑过去叫道:"姐夫你神经了?!你这是干吗呢?你这是要感冒的啊!"他说着,本能地把手中的雨伞给杨永德撑开来遮雨。

杨永德却又把雨伞扒拉开,打着喷嚏说:"你别给我打伞!我,我就是想感冒!"

马勇不禁瞠目结舌:"姐夫你真是神经了?!哪有故意给自己整感冒的?"

杨永德苦笑着说:"马勇,不怕你笑话,你,你是不知道啊,我这是,这是躲你姐哩!你姐怕我在外面有女人,几乎是,天天晚上让我……给她交公粮。她,她管外面的女人全都叫鬼子,她的名言是:决不给鬼子留下一粒粮食!我,我要是感冒了,我就能,能歇几天。"

马勇更加瞠目结舌,同时苦笑地说:"那……那我在这儿陪着你吧。我怕你淋大发了,一头栽在这儿,姐夫你老人家就英年早逝。你从此是不用再交公粮了,但你从此也不用再吃一粒粮食了。"他就陪着昔日的姐夫在雨中站着。突然马勇想起那天在医院杨永德神神秘秘给他打电话的事儿来,他笑了,凑近杨永德,也神秘地说:"姐夫,你可以啊,你都让我姐榨成这样了,你还有本事给别的中国妇女交余粮啊——哎,姐夫,那也是咱中国的妞吧?"

杨永德一个劲儿哆嗦地说:"不,不,不,不,不是你想的那么回事!"

至于是怎么回事,杨永德死活不说。

等马勇看到杨永德已经哆嗦得语不成声,喷嚏不断,感冒已经形成,忙把杨永德架回家去。杨永德回家后,痛并快乐地打着一连串的喷嚏,夸张地呻吟道:"哎哟,哎哟,哎哟,我感冒了。我晕。我头疼。我估计,我这一下子,我起码,我半个月,我缓不过来了。哎哟,哎哟……"俞晓梅心疼地搀扶着杨永德走进卧室里去,让他去睡觉了。

马勇看着,捂着嘴,以最大的力气,拼命忍着笑。

俞晓红讶异地看着马勇的样子:"你好像在笑啊?人感冒了,这很好笑吗?"

马勇费好大的劲儿才把笑憋了回去:"我,没笑。我就是想打喷嚏,我憋着。"

俞晓红转了话题,问:"你刚才在电话上跟我说,说什么脚印让王建军和刘婉香,还有好多民工,假扮大学生,你说这是欺诈,你多心了吧?行为艺术它就是这样的!行为艺术可以假扮任何人和任何事物来表达演出者想要表达的主题和思想。在美国,你只要愿意,你都可以扮演布什!"

马勇说:"这次他不是行为艺术,这次他是代言产品广告!你先看看这个吧。"马勇从采访包里拿出那卷海报和报纸复印件递给俞晓红,又补充道:"他让人拿着这些到大街上去广为散发,他这次是想欺诈想搂钱!"

俞晓红阅看海报和复印件,她也很感意外,不无震惊,一时沉默着。但一会儿她就另有了看法,她对脚印的好感使她不能相信那个情意绵绵望着她的大男孩是个骗子,出于女人的虚荣心,她也不能相信那个向她示爱的男人是骗子。俞晓红向马勇强调自己的想法提高了声音道:"也许他自己并不知情啊!也许是那些想卖产品的人这么设计这么干的呀!你说现在那些明星代言广告,事后屡屡都爆出商业欺诈行为,你说那些大腕们全都是事先就想欺诈老百姓啊?事先就想下个套骗全国人民啊?"

马勇见俞晓红还如此执迷不悟,更加火冒三丈,也气恨地提高嗓门道:"没准儿那些所谓的大腕明星就是合伙诈骗!那些明星为了钱而不要脸的大有人在!我说俞晓红,你怎么老是把那小骗子看成是天仙呢?你什么心理啊?你弱智啊?"

俞晓红反唇相讥地:"你为什么老把人看成是恶魔呢?你什么心理?你阴暗!"

马勇恨得咬牙切齿:"大姐,你不会是真看上那小侄子了吧?你情人眼里出西施啊?连他脚上的牛皮癣你都看成是在那桃花盛开的地方啊?"

俞晓红看着马勇气恨得要吃了她的样子,她反而舒展了开来,笑笑地望着马勇。她喜欢马勇为她气恨的样子。

马勇瞪着眼睛道:"你高兴地笑什么?像便秘了十天好不容易刚解完大手!"

俞晓红并不生气地轻轻呸了一口:"呸,流氓。"她这一口呸得相当轻盈,近似娇媚了。而后,她依旧笑笑地望着马勇,问:"马勇,要是我说,我对他就是情人眼里出西施了,你……是不是很生气啊?"

马勇生气地瞪着俞晓红,恨恨地拧着眉头。

俞晓红脸上的笑意更浓了:"是不是啊?你别不好意思承认啊。"

马勇突然一把捂住了脸,竭力忍着情感,须臾,仿佛是忍不住的样子，开始抽泣起来。俞晓红有些不高兴了，她不想看到马勇像演戏似的敷衍糊弄她的话题，她认为她的话题是认真和严肃的。俞晓红不高兴地说："马勇，行了，你别给我演戏啊。"但马勇不像演戏，他继续捂住脸抽泣，并且抽泣越来越大。俞晓红依旧不相信马勇，在过去俩人一起生活的岁月里，马勇是经常给她演戏的。俞晓红捶打着马勇说："行了行了，马勇，戏过了啊！"但马勇像真正地伤心了，真正地抑制不住地悲从心来。他抽泣着，连双肩都伤心得颤抖起来，并且真有泪水从他捂着眼部的指头缝里流出。这眼泪总是不会造假的！俞晓红看着那泪水惊愕了，继而她也被催发得眼眶湿润了，异常柔情地说："马勇你还真……真气哭了？"

马勇突然一把将手拿开，露出脸，恶狠狠地对俞晓红笑着："对，我气哭了，我气得眼睛里都直流茶水啊！我刚才是顺手抓了一把茶水抹到眼睛上的，你还当真了！我会生气？我会吃醋？你是谁啊？还是那句老话：你是人民币啊？你以为全国人民都爱你？"

俞晓红怒不可遏，马勇又一次演戏骗了她。她怒不可遏地叫道："马勇——"

马勇笑眯眯地说："朕在这儿哩！"

俞晓红怒火万丈地指着马勇："你——！你下这么大雨半夜跑来你专门是来羞辱我的呀？！你浑蛋！你就是吃醋你才想出这么一套来诋毁人家小男孩！你这么大的人你吃人家小男孩的醋你好意思不好意思？！"

马勇真正地生气了，这很伤他的自尊："我看你是不见棺材你不落泪啊！"

俞晓红说："你有本事你把棺材给我抬来，你让我无话可说啊！"

马勇也怒气冲冲地指着俞晓红，义正词严地告诉她：他会让她看到一切的！

马勇一摔门走了。

一间空旷的仓库作为广告拍摄场地，一些租来的灯把仓库照得雪亮。

王建军和刘婉香是广告的主要角色，是主要的出演者，俩人还是像排练那天那样戴着眼镜装扮成大学生的样子，拿着口服液产品坐在一张课桌旁，等待着开拍。旁边围着一圈由找来的民工装扮的大学生和教授，簇拥着处在中心位置的王建军和刘婉香，形成一个众知识精英们都在交流议论此产品的场面。民工们皆戴眼镜，且一律穿西装、打领带，但镜头摇到他们的下身，则显出五花八门来：有的穿着工地上污渍斑斑的工作裤,工作鞋上全沾着水泥和油污,那个出演教授的下身则穿着破烂的大裤衩子,穿着拖鞋,脚上和腿上都是灰和泥。所有的"学者"都紧张得要命,刘婉香和王建军更是紧张得发抖,等待着那迟迟都不下达的拍摄口令。

导演还在一旁跟摄像交代着镜头的景别:"你这回镜头就卡在他们的上半身,别往下摇,千万记住别往下摇啊,一摇穿帮了!"

摄像发着牢骚:"给他们把裤子也换上不就完了嘛!不就穿不了帮了嘛!"

导演说:"租裤子不是还得多花钱嘛!"而后他终于向王建军等一干人众发出了拍摄口令,喊:"预备——开始!"

刘婉香和王建军举起那花花绿绿的药瓶,喜气洋洋地齐声道:"酸核奥抗口服液,我们大学生的贴心宝!"所有上身笔挺下身邋遢的"学者精英们"皆相互竖起大拇指,附和着王建军和刘婉香高声唱诵。这些农民兄弟们都认为他们演得挺好的,已经把吃奶的劲儿都使出来放声地喊了,可以领钱了。

导演却吊着脸说:"他妈的停!"而后,没好气地骂道:"你们是一群猪啊?就这么一个镜头,拍了八百遍了,你们还演得都像肛裂了一样,一个个龇牙咧嘴的!"

摄像在一边说:"行了,行了,民工嘛,你还指望他们演得跟北京人艺一样?"

导演无奈地说:"那就这样吧。"他朝场内喊:"准备了,拍下一组镜头!"

脚印赤裸着上身,走到场地中心来了,下一组镜头就拍他。脚印是这个广告真正的男主角。化妆忙过来给脚印补妆和修饰,灯光在忙着重新布灯调光,场工在忙着铺移动轨……现场一片忙碌。

场地的后面,暗处,马勇和张琪站着,冷眼看着。张琪手里还拿着照相机。

马勇低声地说:"钢铁是怎样炼成的,广告是怎样拍成的,张琪,你这回都看明白了吧,这小子绝对是个骗子!"

张琪着急地说:"我早就知道这小王八蛋是骗子,还用得着看吗?问题是得让俞晓红知道他是个骗子呀,光咱俩知道有什么用啊!"

马勇说:"所以我今天要把你拽来呀,你得把这些都拍下来给俞晓红看啊!人家说陷到感情中去的女人智商是零,咱得把俞晓红拽出来啊!"

张琪发狠地说:"你放心吧,我把这小子的痔疮都给他拍出来!"

那边已经布置停当,要开拍了,导演又喊道:"预备——开始!"

脚印举着一瓶口服液,开始表演说台词:"我原先在进行行为艺术的时候,往往工作一天下来,浑身疲乏,腰酸腿疼,体力透支得很厉害,自从我服用了酸核奥抗口服液,嘿,你猜怎么着,每天再大再多的工作量,我也觉得身轻如燕,健步如飞,浑身就像早晨刚刚睡醒一样充满力量——"

突然一个五十来岁的中年妇女从人群中冲出来,跑到场地中央,一把抓住正表演的脚印,着急地喊:"你这个没脑子的孩子啊,你给我到处闯祸——"

现场乱了,导演冲过来:"你,你,你哪来的你?! 这正拍着哩! 你要干吗!?"

中年妇女没好气地冲导演嚷:"你说我干吗? 我来拉我儿子回家!"

那中年妇女还真是脚印的母亲!脚印一时惊愣住:"妈!——你怎么来了?!"

站在后面暗处的马勇和张琪也被这突如其来的情况弄得惊愣住了。

马勇压低声音愤然地叫道:"这小子原来有妈啊!他跟俞晓红说他没妈,从小他就是个孤儿,骗得俞晓红眼泪汪汪的!张琪你赶快都拍下来,完了给俞晓红看!"

张琪连续地拍着照,也咬牙切齿地骂:"真他妈是骗子!"

脚印的母亲要拽他回家,脚印竭力挣脱着:"妈! 我这儿正拍着广告哩!"母亲还是死命拽着儿子要走,说:"不拍了!傻儿子啊,这帮人都在骗你呐!这帮人,他们拿了人家的钱,要宣传这骗人的东西,然后就骗着你来拍,到时候出了事儿,他们全跑了,你跑不了,因为露脸的是你,你全兜着!儿子,你傻呀,人家把你卖了你都不知道!快走,不拍了,离这帮人远远的!"脚印急了,狠劲挣脱开母亲,把他妈摔了个趔趄,喊道:"妈!谁骗我啊?你说的这帮人,这导演,这摄像,这化妆,这些群众演员,他们全都是我找来给我打工的!我是这项目的总策划!我跟这产品的老板订了合约由我来负责这个项目的宣传推销!你让我走,我往哪走?我走得了吗?!"

那母亲闻言傻了,而后,更加焦急起来,更加拉着儿子要走,说:"儿子,就算是你在管事儿,妈总觉得……觉得这早晚要出事,咱不拍了,咱回家!"

脚印又一次狠狠甩开母亲,激动地喊道:"妈!你和爸要有本事,你们俩给我挣下个几百万，我就乖乖地跟你回家去，我乐得躺在家里当大少爷！你们俩没这个本事你还跑来跟我穷叨叨干什么！我，这些年，一个人在外面闯，妈，说句难听的，你儿子，多孙子的事儿都干了，就为了能成功！好不容易，报纸宣传我了，我有名了，有产品让我做代言人了，我到这一步我容易吗？！我走？我当然不走！我得接着干更大的！"他嚷得声震屋瓦，一仓库都嗡嗡地回响。而后，他突然想起来了，问母亲："对了，你怎么知道我在这儿拍广告？咱家离这儿那么老远的路，谁带你来的？你那些话都是谁教你这么跟我说的？"

俞晓红就在这时候从围观的人群里淡淡地笑着走了出来，向脚印走来。

脚印望着突然降临的俞晓红，傻了，怔立当场。

伶牙俐齿的脚印头一回说话结巴起来："是、是、是你查到我家的？是你把我妈接来的？"

俞晓红淡淡地轻蔑地一笑，冷冷地说："你接近我，你不就是想让媒体不断地报道你想让自己更红吗？你做到了。明后天吧，你就会在我们的报纸上看到我新写的一篇文章，主角当然还是你，但完全是另外一个角度了。"

脚印更傻了，连结巴的话都说不出来了。

马勇和张琪在后面看得瞠目结舌，继而又欣喜若狂，马勇不无激动无比自豪地说："张琪，你看看你看看，我媳妇儿——"他猛然顿住，意识到这么说不合适，改口道："你女朋友儿，关键时候她不含糊啊！我还以为她整个一糊涂蛋哩！"

马勇拉着张琪朝俞晓红挤过去，顾不上跟现场的王建军和刘婉香打招呼，对俞晓红夸奖地说："嘿，哥们，你不含糊啊！"

俞晓红对马勇和张琪的出现并不意外，脸上没显出丝毫诧异来，她早就料到马勇和张琪会躲在这里，她把脚印的母亲带到这儿来跟脚印相认，就带有一点特意要向这俩人展示自己睿智的一面。俞晓红不无得意地对马勇一笑："废话！这是本人的采访风格，包括必要的时候使用一点美人计。我从一开始就高屋建瓴设计好了这一切！你们俩以为我这个首席记者是浪得虚名啊？"

马勇和张琪都笑，俞晓红的话里带有吹嘘的成分，但马勇和张琪都不戳穿她。

俞晓红转向呆愣着的脚印，实际心里得意得要命，但表面上还做出一副惆怅的样子,仿佛对这样的结局无限伤感,这让已经绝望的脚印又萌发了一丝希望,但紧接着她的话却又刻薄至极,把刚萌起希望的脚印转瞬间又打入寒宫:"嗨,你这个倒霉孩子,我告诉你,起初,我还真对你有一点好感了,你肯定也以为你快得逞了,但你忘了你面对的是我!我告诉你啊,你记住,你以后泡妞,你想通过泡妞来达到你的目的,你得先把对象看好了,你胆子太大了,你连我都敢泡!一般都说是撞枪口上了,你泡我,你是撞原子弹上了你明白吗!"她以惆怅感伤的腔调说着这些刻薄的话,把脚印戏弄到家了。俞晓红对敢于欺骗她的男人从来都是无比刻薄的。

脚印被俞晓红噎得一句话都说不出来。

等马勇、张琪和俞晓红从仓库里走出来,准备回家,脚印从仓库里追出来,拉住俞晓红,把她拉到一边,急切地说:"红姐,你听我解释,你听我说——"

俞晓红脸上依旧笑眯眯的,笑眯眯地打断他:"你别说了,我替你说吧:你想说你这事儿你对不起我,但你是为了生计,你需要钱,你得生活。你还想说,尽管你在这事儿上利用了我,欺骗了我,但你是爱我的,你爱我的一颗心丝毫没有掺假,你会爱我到天荒地老,海枯石烂——你是不是想说这些?"

脚印又被噎住,这些话确实都是他想说的,睿智的俞晓红一句不落地替他说了。

俞晓红的脸在瞬间便阴沉了下来,冷冷地毫不客气地说:"连琼瑶现在都不写这种台词了!何况我从小学四年级起就不信这种台词了。还有新鲜的吗?没新鲜的快给我滚蛋!"

脚印呆若木鸡,怔立着。

导演从仓库里探出头来对脚印喊道:"哎!你他妈快来看看这一摊子现在怎么弄啊?!还往下拍吗?不拍了就赶紧给人结账!现在可有人怕你不结账开始抢机器了啊!这机器可是租的!"

脚印绝望地看看俞晓红,他只能顾眼前,拔腿慌忙地向仓库跑去。

马勇和张琪胜利地哈哈笑。张琪笑着说:"我去把车开过来!"他拔腿向停车处跑去,去开他那辆破捷达车。

俞晓红走到马勇面前,幽幽地望着他,正色地说:"马勇,知道我为什么最后没有陷进去还保持着一份清醒吗?"

马勇则继续嬉皮笑脸地说:"知道,你刚才不是说了吗,你老人家洞察秋毫,智勇双全。"

俞晓红正色地说:"滚,少贫啊。我告诉你,是因为我已经那样轰轰烈烈地爱过了一回,我很难再像当年那样轰轰烈烈没有脑子地爱上别人了!"俞晓红说这话含着一丝伤楚,目光迷离地望着马勇,幽黯的神情更浓郁了。

马勇心头被狠狠地撞了一下,他笑不出来了,缄默不语。

俞晓红神情伤楚地说:"而且,马勇,我还要告诉你,我要谢谢你,这件事情,从头到尾,你处理得很好。过去,要碰上这种事儿,你第一就是跟我急,然后就是跟我吵,跟我骂,最后就是跟我动手,而你过去越是对我这样我越是要拧着来,那现在就不知道结果会是什么样的了。可是这一次,你很有度量,很有耐心,而且,也处理得很有智慧,没有你,我也许不会保持着这么一份冷静,我觉得你……我觉得你现在越来越像个男人了。"

马勇的心再次像被刀剐似的疼起来,他再一次异常冲动地张口想对俞晓红说些什么,但他又再一次地住了口,他看见张琪的捷达车沿着仓库门前的道路朝这边开过来,马勇酸涩地笑笑:"还是那句话:都过去了。有些事,已经过去了,就是不可能再挽回了。你好好跟张琪处吧,他人真的不错!"

马勇走了,他没有坐张琪的车,他不再掺和打搅他们。

俞晓红从车的后视镜里看到在路上独自行走的马勇,觉得她的前夫就像一只在沼泽里孤独而行的水鸟。

马勇和赵慧的关系迅速进行着,赵慧不再给马勇和俞晓红之间留下任何一点缝隙,她毫不放松地紧紧拽拉着马勇,两人的关系已经进行到要给新装修的婚房买新洁具的地步了。

赵慧在建材市场看好了一具白色的坐便器,她拉着马勇来看,要敲定下来:"马勇,你看怎么样?白色的,有点小碎花儿,看着干干净净的,出水量也大,这还是虹吸式的。咱就买这个吧!"赵慧为买新家的用品跑了无数遍的建材市场,进行了无数遍的挑选、比较和研究,连马桶分虹吸式和直冲式如此专业的区分,如今她都一清二楚。赵慧得意和娇媚地望着马勇,希望这个即刻就要成为她丈夫的男人能夸她几句。

马勇却没有说话,沉默着,他反而有一种被赵慧硬硬剥离去了什么的感觉,这感觉让他很不舒服。他沉默了一会儿,小心翼翼地开口道:"慧慧,我跟你商量啊,我家现在那马桶,那也是俞晓红千挑万选才买回来的,那也用了没多长时间,那差不多也跟新的一样,那样子也挺好看的,所以,我的意思……马桶是不是就别换了?省下钱咱买别的。"

马勇恋旧的态度让赵慧十分扫兴,她坚持说:"马勇,我还是想换。我记得我跟你说过,结婚以后,我不愿意我们的新家有一点以前的痕迹。我不想用别人用过的东西。"

马勇苦笑道:"那……那我也是别人用过的呀!"

赵慧捶打马勇:"你坏!除了你,以前的旧东西必须全部都换掉!"

马勇苦笑不堪,对女人们的小心眼无可奈何,他只有同意。

赵慧便又催着马勇现在就去柜台交钱,让明天送回家去,下午就开始拆旧的装新的。马勇不理解,说这么着急干什么?等俞晓红把东西都搬走了再装修也不迟啊。俞晓红这些天还要来家里拿鞋拿衣服拿东西,家里装修搞得这么乱,让人家来了连个下脚的地方都没有,这样不太好吧?赵慧断然地说:这样很好!就是要搞得这么乱,这本来就是要做给她俞晓红看的!

马勇再次苦笑,并且再次对女人们的算计表示臣服,他乖乖去柜台交了钱,填写了送货的家庭地址,准备明天迎接新的马桶回家,并且就准备坐在这只新马桶上结婚了。

当晚,俞家却发生了一桩山崩地裂般的事件,致使马勇的计划全部泡汤。

杨永德女友的事情在当晚东窗事发,俞晓梅在杨永德的衣服兜里发现了那个女人写给杨永德的字条,她拿着字条怒不可遏地从卧室里冲了出来,一声断喝,把穿戴整齐正准备去单位开会的杨永德吓得一哆嗦,手中拿着的公文包也掉到地上。这声太过响亮的断喝把蓬乱着头发穿件睡衣的俞晓红也吓得从她的卧室跑出来,怨道:"哎呀姐呀,你喊这么大声像地震了一样!我正写稿子哩,一夜都没睡,你吓得我心脏病要犯!"俞晓梅于是竭力往下压着火气,竭力使自己能浮起笑容,这笑让她显得更加恐怖,她恐怖地对杨永德笑道:"好,好,杨永德,咱们尽量心平气和。杨永德,麻烦您告诉我,方晓玉是谁?这字条上写着:'午后两点,我等你,在我家。方晓玉'——杨永德,你不会跟我说,这是个男的在约你、约你去一块儿学习讨论怎样把祖国建设得更美好吧?"

杨永德闻言猛然惊愕住,怔立当场。

俞晓梅朝杨永德晃晃手中的那张字条,她依旧还笑着,但笑容已经在脸上快挂不住了,脸部的肌肉开始抖颤起来。

连俞晓红也愕然了,惊讶地望着平时老实巴交的姐夫。

杨永德见躲不过去了,伸头是一刀,缩头还是一刀,于是一横心,去了平时的怯懦,说:"是个女的。我在外面认识的。怎么着吧?"

俞晓梅这时候依旧以少有的好脾气压制和忍耐着,和颜悦色地说:"杨永德,你既然都承认了,你能不能告诉我们:那个方晓玉究竟是什么人?"

俞晓红也好奇地问:"是啊,姐夫,她是谁啊?你怎么也得给我姐一个解释吧!"

杨永德瓮声瓮气地说:"我不想说。我也不想解释。我解释了你们也不信。"

俞晓梅冷笑道:"你不想说,你是怕我们去撕了你那小宝贝吧?你还挺护着她的呀!杨永德,你这么上心,你那小宝贝儿肯定挺不错的吧?年方二八?樱桃小口?杨柳细腰?"

杨永德又一横心,顶嘴道:"对!年方二八,樱桃小口!"

俞晓梅忍着气又道:"她身材也挺好吧?也挺让你着迷的吧?"

杨永德说:"当然好啊,杨柳细腰嘛!"

俞晓梅忍不住了,山崩地裂地吼道:"杨永德,我们一块去死吧!"她朝杨永德猛扑过去,要跟杨永德拼命。俞晓红急忙死死抱住疯了一样的姐姐。

俞家就此陷入了暴风骤雨般的战争。俞晓梅不让杨永德去单位开会,杨永德焦急地说:"这会特重要!我不开会,我怎么也得跟领导说一声啊!"俞晓梅斩钉截铁地说:"你现在就是要到联合国去开会,你就是要去跟潘基文说一声,你也先给我玩蛋儿去!你就给我坐着!"俞晓梅让杨永德在家里坐着,不让杨永德吃饭,也不让杨永德睡觉,同时自己也不吃不睡,反复地不厌其烦地说着杨永德这桩罪恶滔天的无耻行径。她本来就能说,这下更如江河决堤,一泻千里。俞晓红开始绝对是站在姐姐一边的,和姐姐一起声讨着一直闷声不响的姐夫,到天快亮的时候,她再撑不住了,迷迷糊糊,头疼欲裂,而且异常焦急,她有几篇重要的稿子必须要在这几天里赶写出来,但家里乱成伊拉克战场了她又怎么能静下心来写?她必须要换个能写作又能好好睡觉的地方。但在这个城市里,她又能换到哪里去呢?除了姐姐,她在这个城市没有亲戚,作为记者,她跟谁都熟,但跟谁又都不熟。直到天亮,在姐姐还在说个不停的声浪里,疲惫至极和焦躁不堪的俞晓红也没想出来个合适的去处。

到天亮透的时候,俞晓红决定了:她要住到马勇那儿去!

那也是她的家,是她目前唯一能去的,也是她唯一可以理直气壮住下的地方!

就在天大亮的时候,建材市场的送货人员扛着赵慧挑选好的坐便器以及水龙头和软管等配套附件,鱼贯地进来,把东西放下,同时也把整洁的家开始搅得乱七八糟。须臾,俞晓红便进来了,她拎个大包,里面放着她的换洗衣服和电脑。

马勇抬头看是俞晓红,道:"又来拿你的鞋啊?"

俞晓红不说话,她看见了地上的那个新的坐便器和一片凌乱狼藉的家,惊异地问:"这干吗呀?"

马勇说:"装修房子。"

俞晓红更惊异了:"好好的房子装修它干什么?"

马勇说:"我要结婚了。"而后,他又嬉笑地补充道:"虽然是两台旧机器,但房子得有新气象——这是新娘子要求的。"

俞晓红没有笑,这触动了她的心弦,一股火气天然地就蹿上来,含着醋意恨恨地说:"装修就装修,至于把我刚装修好的马桶都敲掉重装吗?就这么不待见我?要把我的一切都彻底扫地出门吗?"

马勇这时候还在调侃,说:"这没办法,这就叫长江后浪推前浪,前浪死在沙滩上。"他看见了俞晓红拎来的大包,惊喜地说:"你拿这么大个包来,你是不是要把你这儿的鞋呀衣服啊,一次装一大包,一次装一大包,从此全拿走啊?太好了,太好了!你要拿不动,我帮你拿!"

俞晓红冷冷一笑:"你想得美啊!我要搬回来住。"她打开包,往外拿着衣物和电脑。她认真地把电脑放在了书桌上,那是她过去写作的地方。而后她又把一个橘黄色的茶杯从包里取出来放在了电脑旁,那是她过去边写作边喝茶的茶杯。

马勇一惊,这完全是俞晓红真要住下的意思,他急了:"什么?!我要在这儿结婚了你搬回来住!?"

俞晓红干脆地说:"你结不了!这房子也有我一份!"

马勇急得不知说什么好:"你,你……好好的,你为什么要搬回来住?!"

俞晓红于是说了姐夫外遇的事和姐姐快要疯癫的事,而后反问马勇:"你说我不回来住这儿我现在又能住哪?"

马勇哑口无言,杨永德的事情他是知道的,俞晓红没有撒谎,他也知道俞晓红在这个城市里除了姐姐家没地方可去,他也无奈,说:"那、那你要在这儿住多久?"

俞晓红说:"我也不知道。那得看那俩人闹到什么时候能平息了。"

马勇焦急地说:"那要老闹下去呢?"

俞晓红说:"那我也没办法。那我只能老住下去了。"

马勇恨得咬牙,但他这时候不能跟俞晓红发火,小心翼翼地说:"那你现在有没有可能和张琪——?"他顿住,他的意思很明显,但他不想把结婚的话赤裸裸地说出来,怕刺激俞晓红把她惹毛了。他更加小心地试探地说:"张琪有房子,尽管暂时是单位的宿舍,但也是房啊,何况张琪也准备买房,那样的话,你们……你不就有地方住了吗。"

俞晓红还是被马勇说毛了,她生气地说:"你胡说八道!我跟他感情没发展到那一步我现在跟他怎么结婚?我就为了一套房子就跟男人结婚啊?马勇你就想这么打发我啊?你浑蛋!"

马勇没办法了,他想起了赵慧,想起了赵慧还在殷殷期盼着,他更加焦灼了,脱口说:"那你住这儿,那我和赵慧——"他忙住了口,他怕这时候扯上赵慧会更深地刺激俞晓红,俞晓红被激怒或许就真的永远住下不走了。他改口道:"那我怎么办呢?我住哪儿去呢?"

俞晓红说:"你一个大男人总比我一个女人能想办法吧?你先到外面找地方住呗。"而后,她又朝马勇顽皮地一笑:"要不,咱俩一块儿住?"

马勇气呼呼地瞪着俞晓红,而后,无奈地接受了俞晓红的方案,掏出钥匙狠狠地扔过去:"给你!"

俞晓红接过钥匙,笑了,又扔给马勇:"不用。我不在乎你也有一把房门钥匙。"

第 14 章

马勇硬着头皮去跟赵慧解释,这事儿他是必须要面见赵慧的。马勇随身带着他的睡衣、拖鞋、牙膏、牙刷、漱口杯、洗脸毛巾以及电动剃须刀之类,他还带了一把棉签,他晚上睡觉要掏掏耳朵的,这些日子他严重上火,耳朵发痒。这些东西他用一只大塑料袋装了,拎着。他盘算着,赵慧听了他的解释如果不是特别生气,不是大动肝火的话,他就再硬着头皮提出在赵慧家住两天,就算他跟赵慧要赖了,因为他实在没地方可去,他实在不想再搬张行军床睡办公室了。马勇忐忑不安地对赵慧讲述了整个突发事情的经过,而后小心翼翼地说:"我也是没办法,我只能让她住那儿了。房子是暂时不能装了,婚,当然也没法结了。你——"他顿住,屏住呼吸看着赵慧脸上表情的变化,说:"你不生气吧?"

赵慧倒没有生气,至少是没有显出生气的样子来,她对马勇说:"我现在顾不上生气。"而后她呈现在马勇面前的脸部表情是思忖,她思忖着这件事情。片刻之后,她作出了决定,她毅然决然的样子使马勇第一次觉得她的确是一个领导干部。赵慧以领导干部的魄力果断地说:"婚还是要结的,而且要马上结!没房子,那就先在我这儿结婚!你就先做一个上门女婿吧!"

马勇大吃一惊:"在你家结婚?!你怎么又改主意了?你不是说你儿子——"他望了一眼旁边的陈勇刚,陈勇刚又在低头专注地玩他的玩具对马勇爱搭不理的,说:"你不是说刚刚还不能接受我吗?"

赵慧认为现在情况已经改变了,她并不认为俞晓红是什么因为姐姐和姐夫吵架才住到马勇那儿去的,她认为这只是俞晓红的表面借口,俞晓红真正的企图鬼才知道!反正现在四面八方的女人都在招惹马勇,已经不是头一回女人强势地住进马勇家里去了,上回就有王建军,简直不要脸!必须要尽快结婚!只有结了婚,一切才能安定。至于儿子的问题,赵慧又果断地决定:她让马勇从现在起就住到家里来,反正马勇也没地方住了,这些天,她就当着儿子的面,她就和马勇像夫妻一样地生活,就要这样强硬地和儿子磨合,等儿子不闹了,习惯了,也接受了,她和马勇马上去领结婚证!

赵慧对马勇说:"你先去洗个澡,晚上我们俩就在大床上睡,该干什么就干什么。"她说得很严肃,没有一点娇媚,像是在布置战斗。

马勇喜出望外但也继续忐忑不安着,他高兴的是他还没开口,住宿的事就轻易解决了,而且还有风花雪月在等着他;他忐忑的是陈勇刚这关怎么过,这个小东西会带给他怎样艰苦卓绝的战斗啊!但马勇有信心战胜陈勇刚,马勇粗鄙地想:我连这么个小崽子都搞不掂,我还怎么搞掂他妈?

最后的结果是陈勇刚搞掂了马勇。一年级的小学生陈勇刚让妈妈的计划彻底破产了。

陈勇刚先是双手死死搂定赵慧,又是死活不到他的小床去睡,他要跟妈妈睡在大床上。马勇焦急无奈站在大床边,谄媚巴结地对陈勇刚说:"刚刚,听话,叔叔都给你买玩具了,叔叔明天还给你买玩具,叔叔今天晚上要和妈妈在大床上睡,好吗?"陈勇刚顿时杀猪般的大叫起来:"不行!!"他绝情地说:"买一百个玩具也不行!"然后这个一年级的小坏蛋哭闹开来,喊叫得地动天摇,无论赵慧怎样地哄,怎样色厉内荏地吓唬,都无济于事。赵慧最后也火了,让马勇不要理这个小坏蛋,她硬把陈勇刚抱到另一间屋他的小床上去,而后和马勇关上了卧室的门。陈勇刚哭天喊地地跑过来像小狗一样使劲挠卧室的门。赵慧硬着心肠说:"不管他。让他哭去。他哭累了就不哭了。总是要过这一关的。"但陈勇刚永无休止不屈不挠地哭,而且,在快半夜的时候,他发起烧来,这个小犟种真哭得发烧了!孩子的发烧把妈妈的那一点坚持彻底摧毁了,赵慧抱着发烧的陈勇刚也哭了起来,这使马勇的一线期待也彻底完蛋了,他只有在夜半的寒风里和赵慧一起抱着陈勇刚去医院打吊针。在医院的急诊室里,药水滴滴答答地滴落着,赵慧抱着脸蛋儿烧得红扑扑的儿子,对马勇失败地长叹一声,说:"马勇,看来这不行,天一亮,你还是另外找地方去住吧。"

马勇眼睛困得都睁不开了,苦笑地说:"对。我要再住这儿我非让你儿子给折腾死。"

赵慧焦灼地说:"在我这儿结婚目前看来是不现实的。但婚是一定要赶快结的!你还得赶快想办法把俞晓红她姐姐和姐夫的事儿给平息了,好让俞晓红赶紧再搬回她姐姐家去住,咱们得在你那房子里结婚呐!我妈也都问了我好多回了,我们单位也有人在背后说,说我们俩也不结婚就这么姘着算怎么回事啊。我大小也是个领导干部,我还是妇联的,给妇女同志们做榜样哩,我不能老是和男人非法通奸啊,我这样子影响不好!"

马勇无法反驳赵慧的理由,只有连连点头道:"我想办法!我赶紧想办法!"

马勇于是在天亮以后拎着他的睡衣、拖鞋等一干物品又去了张琪的宿舍,张琪还在睡觉,马勇把张琪从他的床上拉下来,自己睡上去,让张琪去打地铺,马勇并说若干日内就这样睡了,等到俞晓红从他家里搬走再说。张琪愤怒地大呼小叫,马勇睡在张琪的床上,无赖地对张琪说:要想睡床，只有和他一起去想办法把俞晓红她姐姐和姐夫的事儿给平息了，这不光是关系到他马勇能搬回去的事儿，对张琪更是个机会！马勇说张琪你要是能出头把俞晓红她姐夫外遇的事儿给解决了，那俞晓红和她姐肯定特感谢你，肯定对你印象特好啊，这有利于你和俞晓红关系的进展啊！睡醒了就赶紧行动吧！

张琪对马勇的分析表示接受，他近日也迫切地感到和俞晓红的关系必须得赶紧往前进展！他央求马勇道："马勇，你还得接着在俞晓红面前多夸夸我啊！你得让她对我加深感觉啊！我现在跟她不冷不热不近不远的，我也着急我也难受啊！"

马勇认为这个忙他必须刻不容缓地帮，眼下张琪和俞晓红关系的快速进展直接影响到他和赵慧结婚的事情。马勇说："行，行，我明白，我明白！我一定吹你！"

马勇把被子蒙在头上说他要先睡一觉，睡醒了再去向俞晓红鼓吹张琪。

马勇睡醒了之后把俞晓红约到晚报社附近的咖啡馆去，开始实施对张琪的鼓吹。张琪则沐浴更衣，把自己捯饬得通体芬芳，并提前到咖啡馆去订了包厢，要了一桌子茶点，等着俞晓红的到来。

俞晓红来了，她没有嗅到张琪身上的芳香，只看到张琪人坐在这儿，她警惕戒备地对马勇说："干吗？想找个帮手来一块劝我搬走？我告诉你没门儿。"

马勇笑呵呵地说："哪能呢，你搬回来住我欢迎死了！"

张琪也帮腔地说："晓红，马勇要敢撵你走，我宰了他！"他谄媚地对俞晓红一笑。

俞晓红松弛下来，脱了外衣坐下，说："那平白无故约我来干吗？"

马勇说："就是想聊聊天儿。我的意思是说，你和张琪也接触这么长时间了，我这个介绍人不也得听听情况汇报吗？所以说咱们仨人一块说说话聊聊天。"

俞晓红说："那就说呗。"

马勇接着说："关于张琪的情况，我还想给你多介绍一点——"

俞晓红闻言不禁望向张琪，她这才注意到张琪把自己收拾得衣着光鲜头发锃亮，她并且还嗅到了张琪向她飘过来的梨花香。俞晓红不禁笑了起来，她一直对男人擦香水觉得挺好笑的。

张琪羞臊地涨红了脸，极尴尬地陪着俞晓红一起讪讪地笑，笑得像哭。

马勇心里暗暗骂着张琪，就这么一会儿工夫没给他叮嘱，这哥们儿就把自己捯饬成港台的小奶哥了。马勇赶紧转移话题，把俞晓红的注意力从张琪的形象拉到他的内涵上来，说："俞晓红，咱俩是文字记者，而张琪，是摄影记者，也搞文字，但主要是摄影，所以咱俩，尤其是你，对张琪的业务情况还不是太了解。我跟你说吧，张琪那摄影，那构图、那色调、那立意、那人物神态、那作品神韵，那都不能用水平来形容，那都到了一定的境界！俞晓红，在我国摄影界，你知道张琪是什么吗？"

俞晓红："是什么？是腕儿？大腕？"

马勇说："比大腕还大，是海腕儿！这么说吧，张琪是摄影界的斯皮尔伯格！"

张琪红着脸低头嘿嘿地笑。

俞晓红半信半疑地说："是吗？有这么厉害吗？"

马勇信誓旦旦地说："当然有这么厉害！张琪的厉害还在于他不光是拍照片，他一直在锤炼自己准备进军电影界！从拍照片到成为电影摄影师的，过去到现在都大有人在！像过去有部著名的电影叫《红旗谱》，那摄影师就是一拍照片的——张琪，那是谁啊？"

张琪说："那叫吴印咸，曾经当过中国摄影家协会的主席。"

马勇吹捧道："听听！连吴印咸都知道！业务知识多丰富啊！张琪对国内国外的电影摄影大师长期钻研，立志要赶超，像美国大片《美国往事》的摄影师，像美国片《拯救大兵瑞恩》的摄影师，像《辛德勒名单》、《勇敢的心》的摄影师，那一串一串的洋名字，我不要说记住，我念起来都头晕，可张琪说起来就跟说他们家舅舅一样，溜极了，熟得不得了！张琪你给俞晓红说说！"

张琪熟门熟路地说："《拯救大兵瑞恩》的摄影是詹努兹·卡明斯基，他也是《辛德勒名单》的摄影，《美国往事》的摄影是戴利·克里，《勇敢的心》的摄影是约翰·托尔。"

马勇真是有点佩服张琪了，张琪还真是说起来一套一套的，也难为他把这么绕口的名字都能记得住！马勇更加热烈地赞叹吹捧张琪道："听听，听听！这就跟念寻人启事一样，张口就能来！这业务要不钻研到那份儿上这能熟悉到这程度吗？我跟你说俞晓红，张琪不光是立志要做电影摄影大师，他还立志要做电影导演——"

张琪正不无得意但表面上却羞怯地笑着,闻言不由一惊,讶然地抬头望着马勇,脱口道:"我——?!"他想说自己并没有想过当导演,他倒是想过进摄制组当个摄影助理什么的。

马勇急忙在底下暗暗狠掐张琪,阻止他往下说这么没有一点胸怀壮志的实话,继续对俞晓红说道:"张琪就是立志要做电影导演!从摄影转行做导演的有的是,像张艺谋,就是一个。张琪以后要做了导演,就凭他对事业的认真钻研执著的劲儿,他肯定也不差!像现在,都是什么什么女郎,什么谋女郎,什么岩女郎,什么刚女郎,以后这全都没戏!以后,全都是琪女郎了!以后凡是你看到的漂亮姐儿,那都有可能是琪女郎一号,琪女郎二号,琪女郎八号,琪女郎六百零五号!俞晓红,张琪以后那就把事儿干大了——"

俞晓红冷冷冒出一句:"那绯闻也大了。现在尽都是和什么女郎闹绯闻的消息,就差没把孩子生摄影棚里了。"

马勇一下噎住也愣住了,愣愣地望着俞晓红,一时不知道怎么往下说了。

俞晓红继续冷冷地说:"马勇,你说了这么多,你以为我很在乎很向往吗?你以为是个女的都上赶着地想要嫁给这种毫无安全感的所谓成功者吗?至少我不稀罕。"

俞晓红说完,站起来走去。

马勇着急地站起来要跟过去:"你干什么去?!——你别走啊!"

俞晓红站下,回头道:"我上厕所。你要来参观吗?"

马勇又愣住,讪讪地坐下。

张琪等到俞晓红走远了,走进卫生间去,看不见了,他的火气迸发了,怒火万丈地叫道:"马勇!"马勇自知把事情搞砸了惭愧地应道:"到。"张琪怒不可遏地责问马勇:"你是怎么说我的!?"马勇委屈地说:"我在夸你啊!哥们儿,这不是你让我夸你的吗?"张琪愤怒地叫道:"我让你夸我,我让你说我要当导演了?我让你说我当了导演就能划拉一堆漂亮姐儿了?你说的让俞晓红以为我天生就是一个花心大萝卜,你这是夸我啊?"马勇说:"我是想说你风流倜傥,才华过人,我是想把你夸成一朵花儿嘛!"张琪说:"狗的屁!"马勇检讨地说:"好了,好了,别生气了,我下回注意,我下回改进,等俞晓红从厕所回来,我保证正确地夸你!"

俞晓红从厕所回来,她却看也不看马勇和张琪,径直离开咖啡馆,走了。

马勇鼓吹张琪想让他尽快搞定俞晓红的计划,第一次行动,破产。

马勇一方面进行着张琪这一条战线的工作,一方面积极进攻着杨永德这一条战线。

杨永德的难点在于他死活不说那个叫方晓玉的女人是什么人,无论俞晓梅如何撒泼,也无论俞晓红如何央求,杨永德都绝不吐口,让俞家姐妹的一腔怒火找不到一个具体的人可以去实施击打。马勇的首要任务就是要想尽一切办法,让杨永德说出那个搅起俞家漫天风暴的人来。马勇倒不是为了让俞晓梅好找到那个女人去出气,他是想切断杨永德和那个女人的关系,让俞家恢复平静,让俞晓红重新搬回去住。

马勇先去找了俞晓梅,先给蓬头垢面憔悴不堪的俞晓梅做工作,赔着笑脸说:"姐,你这么生气我很理解,毕竟我姐夫他干的不是好事,毕竟我姐夫他……他是把粮食捐给别人了,嘿嘿——"

在一旁陪着姐姐的俞晓红不明白:"马勇你说啥?啥粮食?我姐夫怎么给别人捐粮食?"

俞晓梅心里明白这话是什么意思,打断妹妹道:"你不懂你别问。"

马勇继续说:"尽管我姐夫是犯了错误的人——"

俞晓梅恶狠狠地打断马勇:"是犯罪!"

马勇笑嘻嘻地说:"对对对,是犯罪,绝对是犯罪!但要让这个犯罪的人跟那女的断了,光是这么跟他厉害不行——"

俞晓梅又恶狠狠地说:"我现在就想有把枪,我一枪把他打成太监,我让他再去日别人!"

俞晓红皱眉道:"姐,你别说得这么难听这么狠好不好!最后你不是还得跟他过日子!"

马勇附和着俞晓红说:"对对对,俞晓红说得对!对我姐夫,咱们换一个办法,咱们用柔情来感化他,咱们用关爱来让他回头。比如说,昨天我见我姐夫了,我看他光穿件 T 恤衫,这都到深秋了,天都凉了,他自己也不知道加件衣服。姐,正好,你就买件羊毛衫,薄的那种,你送给他,让他穿上,你再看他会是什么态度!"

俞晓梅恶狠狠地叫起来:"马勇,妹夫啊,你说得真好啊,我可真爱听啊!我是不是还要跟他说,我说杨永德啊,你搞破鞋搞得真好啊,你这是为国争光啊,来,我给你买件羊毛衫,你穿上继续搞!完了我是不是还要跟他说,我说杨永德啊,你搞的时候可要注意身体健康,一不注意得了病就搞不了了,你得要做到可持续性发展地搞啊——我怎么这么贱啊!!"末一句,她是暴跳如雷吶喊着说的,她真是气坏了。

马勇也生气了,站起来说:"那我也不管了,爱咋咋的吧!"

俞晓红也拿姐姐毫无办法,她只有眼巴巴地望着马勇气呼呼地走了。

马勇决计不想再管俞家的事,他甚至想,他就和赵慧在那房子里结婚!俞晓红要还赖着不搬走那就让她赖着去!就让她看着他和赵慧天天在屋里亲热!她总有一天会赖不下去的!但马勇临出门时的回头一瞥,却又在一瞬间冰消雪化了他对俞家的这种敌意。那回头一瞥,他看见了俞晓红的眼神。俞晓红眼巴巴地望着他!马勇熟悉俞晓红的那种眼神。那一年,俞晓红病了,发烧,半夜里,她口渴,想吃大街上二十四小时营业超市里卖的雪糕,但半夜里把睡了的马勇叫起来去买一根雪糕她说不出口,但她实在想吃,于是她也是这样可怜兮兮地望着马勇。马勇心底里最柔软的一块又一次被俞晓红的眼神碰疼了,就像那个晚上他毫不犹豫地起床冲进寒风里去为俞晓红买雪糕,这次他又不假思考地替俞家姐妹为杨永德去买羊毛衫了。马勇回家拿了五百块钱,他想给杨永德买件好的羊毛衫。他想既然是为了去对杨永德进行感情沟通,那就绝不能买处理的便宜货让杨永德不屑一顾,就得买好的!就得买名牌!在商场里,马勇看好了一件铁灰色的,中年男人穿了很是大方洒脱。马勇掏出那五百元来要付账,售货员却告诉他这一件要两千一百七十元,并告诉他这在品牌的羊毛衫里属于中低价位。马勇心惊肉跳,说这要在内蒙古农村,简直就是一群羊的价钱了!服务员平静地说,什么叫品牌?品牌就是一只羊的成本他就敢卖一群羊的价!先生您爱买不买。马勇几次想返身就走,不当这个冤大头,但都被俞晓红哀恳的眼神拽住了。马勇最后回家又取了钱来,哆嗦着,咬着牙,把那件羊毛衫买下了。

马勇而后去了杨永德的单位,把羊毛衫放在了杨永德的办公桌上。

马勇酸溜溜地说:"姐夫,你乱搞搞得好啊,这是你老婆给你买的。我姐她拉不下这个脸自己来,她让我给你送来的。天凉了,你也不回家就住在单位,我姐让你穿上别感冒了。"

杨永德惊讶地看着羊毛衫,问马勇:"咱们国家今天花的钱还是人民币吧?"

马勇说:"姐夫你这话什么意思?"

杨永德说:"就是说今天还是个正常的日子。在正常的日子里,她怎么会拿人民币给我买羊毛衫呢?除非国家宣布从今天起再买东西全不用人民币全改用大街上的砖头了——就这她也不会给我买羊毛衫,她会拿砖头拍我!"

马勇笑了,本来正肉疼的他不禁让杨永德给逗笑了,说:"姐夫你最近确实是会说话多了,看来你那位红颜知己对你的渗透和影响之深啊。"他收起笑容,按照事先想好的台词,一脸极其认真地说:"姐夫,不管你信不信,这羊毛衫真的是我姐给你买的。我姐恨不恨你?当然恨!但恨过之后,我姐这几天她也在想啊,她想你平时多么老实的一个人,究竟为什么会变成这样了呢?我姐想,她也有责任。她觉得她对你体贴不够,关心不够,她让你感觉不到家庭的温暖。这就是我一直说的,我一直觉得家庭就像养狗,你给它吃,给它喝,它睡眠不好,你给它买脑白金,你看它还往哪儿跑?家庭出事,都是没把那狗给伺候好!所以我姐就想改正她的错误,她想今后要好好地关心体贴你,这羊毛衫,就是她改正错误的具体表现。"他说着,代表俞晓梅又把羊毛衫往杨永德跟前推了推。

杨永德仍然存在些许狐疑,说:"你说的……是真的吗?"

马勇抓紧继续煽情道:"当然是真的!我姐今天早上让我把羊毛衫给你的时候,我姐她,她居然都哭了!她哭着跟我说,马勇啊,你一定得让杨永德把这羊毛衫穿上,这天还凉着哩,你让他别逞能万一再感冒了!她还说,这两天也没人管杨永德,也不知道他吃得怎么样,胃病犯没犯也不知道——哎哟,姐夫,我,我,我都说不下去了!"他一把捂住自己的双眼,佯作要捂住忍不住要流泪的眼睛,而那眼泪还真有丝丝缕缕从眼窝里渗出来,这是马勇又想起了这件两千多块钱的衣衫,他平时的衣服裤子几乎都是小摊上处理的,尤其是内衣,尤其是和俞晓红离婚以后,清一色全部都是处理品,他的裤衩是十块钱三条买的,那简直不叫布,尤其是洗过几次以后,那简直就是纱布了! 马勇想到自己此刻就穿着纱布一样的裤衩却给杨永德买两千多块钱的羊毛衫……一阵悲凉涌起,他的泪花就丝丝缕缕地渗透出来了。

杨永德看见马勇哭了,他完全相信了,抚摸着羊毛衫,眼窝里也有泪花闪现。

马勇也看见杨永德落泪了,他暗自高兴,知道自己的战术起作用了。他狠狠擦了一把眼睛,佯作是擦去了眼泪,开始小心翼翼地问杨永德最为关键的一句话:

"姐夫,你告诉我,那个,方晓玉,她是谁? "

杨永德望着马勇,他感动归感动,却半天不语。他还是不想说那个女人是谁。

马勇苦口婆心地规劝杨永德:"姐夫,将心比心,我姐这么对待你,你不说那女人的名字,你难道还想继续和她——?"他打住了,让杨永德自己思考掂量去。

杨永德长叹一声,他决定坦白一切。他让马勇回去告诉俞晓梅:明天,他会把方晓玉带回家去,大家当面锣对面鼓,一切都当面说清楚。

马勇真正舒心地笑了,他进攻杨永德的这一条战线,出击成功!

赵慧知道马勇居然花了两千多块钱为杨永德买羊毛衫来调解俞家的纠纷,她的脸阴沉下来,把前来告诉她消息的马勇推出门去,再一次不搭理马勇。赵慧决不是心疼那钱,让赵慧伤心气恼的是俞晓红迄今还在马勇心中占据着那么有分量的位置,两千多块眼都不眨地就甩出去了!马勇进不了赵家的门,他就尾随着上班的赵慧去她单位,舰着脸去献殷勤让赵慧消气。妇联正在进行每周一次的大扫除,马勇便撸胳膊挽袖子地帮赵慧干,把赵慧办公室的档案,以及旧报纸、杂志和书籍等,一摞一摞地搬来倒去,他还拿根鸡毛掸子爬高上低地打扫灰尘,弄得满头满脸是汗。

赵慧没好气地说:"我们单位打扫卫生,你跑来干什么?你放下!"

马勇继续殷勤地劳作,同时对赵慧赔着笑脸说:"我怎么能放下呢?我哪能让我媳妇累着呀?媳妇,你就歇着,这活儿你老公来干!"

赵慧并不买账,索性坐下来,阴着脸道:"那你爱干就干呗。"

马勇决心要把赵慧逗笑,他锲而不舍地边劳动边给赵慧讲笑话,说:"昨天我又听一笑话,特逗。说有一人死了,他家里人给他出殡,请来街上夜总会里一个音响师临时帮忙给放哀乐。那音响师一放音乐,死者家里人扑上去就把这音响师一顿好打,因为他把音乐放错了,他放的是《今天是个好日子》。打完,让他重放。他一放音乐,结果,又招来一顿好打。他又放错了。这回他放的是:《常回家看看》。"

马勇说完自己率先哈哈哈地笑起来。

但赵慧不笑,她脸上寒冷如冰。

赵慧异常严肃地开口指责马勇说:"马勇你觉得这段子很好笑是吧?无聊!这里是什么地方?国家政府机关!《今天是个好日子》和《常回家看看》,这都是激励人民奋发向上的革命歌曲!你在这个地方拿这两首革命歌曲来调侃,这很没有原则性,很不严肃你知道吗?"

马勇被噎住了,噎得说不出话来,缄默了片刻,讪讪地说:"赵慧,你要这么说,那就……没劲了。生活嘛,老百姓过日子嘛,非要都搞得那么原则,那么革命,那么硬邦邦的没有人味儿,那这革命谁会拥护啊?"

赵慧更为生气地瞪起眼:"哎,你拿原则性乱开玩笑你还强词夺理啊!"

马勇见赵慧气更大了,立刻息事宁人地说:"好,好,我错了,我以后使劲地革命!我改,我改!"而后,他小心翼翼地看着赵慧的脸色,说:"你,你不生气了吧?"

赵慧多少消了一点气,说:"行了行了,你也别干了,我们办公室的人一会儿都来了,到时候让人看见你在这儿晃算什么呀?你赶紧洗澡去吧。"

马勇如释重负地放下了手里的鸡毛掸子,说:"这一身汗出的!我是得去洗个澡。"

赵慧顺口问道:"你去街上的洗浴中心洗呀?"

马勇说:"去街上洗花那个钱干什么?去我家里洗呀。我家里安着有热水器哩。"

赵慧心里咯噔一下,立时警觉起来:"你家里不是俞晓红正住着吗?"

马勇说:"我就是去洗个澡,我又不干什么!"

赵慧不高兴了,道:"你不能……到街上去洗吗?你要怕花钱,我给你钱!"

马勇苦笑地说:"宝贝,这不是钱的问题!我还得去换身衣服。你看我这衣服都让汗泡湿了。我的换洗衣服都在那儿放着哩。我不去怎么换衣服啊?"

沉默了一会儿,赵慧说:"那好吧,你去吧。我这一忙完了,我去那儿找你。"

马勇不禁发愣地说:"你去干吗呀?"

赵慧噎了一会儿,说:"我,我,我去拿你换下来的脏衣服,我给你洗衣服啊!"

马勇更加地苦笑了,他不能戳穿赵慧的小心眼儿,否则俩人又要吵架。马勇装作无比乐意地说:"好好,我等你啊!"

马勇汗淋淋地走了。

俞晓红正在家里洗衣服,一双手湿漉漉的,揉搓着洗衣机洗不太干净的衣领和袖口。她听到响动,一回头,看见马勇用钥匙开门进来,不由得笑了，说："嚯，你不是怕跟我扯不清吗，今天怎么主动来了？挺稀罕啊！"马勇说："你别胡思乱想啊，我就是来这儿洗个澡，换身衣服，马上就走。"他一屁股坐在沙发上，开始宽衣解带准备进卫生间洗澡。他先脱去了鞋子，又脱去了上衣，露出在知识分子里就要算得健硕的上身，二头肌鼓凸凸的，这种男人有着条状肌肉的手臂常常会使妇女产生想要被拥搂住的欲念，这是俞晓红熟悉的身体，她已经很有些日子没再见过了。

俞晓红笑笑地看着马勇："你来我这儿洗澡，赤身裸体的，你不怕我有什么想法？"

马勇把长裤也脱去了，露出光腿来，说："你有想法也是白搭，最近我肠胃炎，不能近女色。"

俞晓红没有听懂："肠胃炎跟近不近女色有什么关系？"

马勇说："有关系啊。我肠胃不好，吃不了肉，消化不了。"

俞晓红听明白了，嗔骂道："又拐着弯儿地骂人！你说谁是肉？我是肉吗？"

马勇诏媚地对俞晓红笑道："你是天鹅肉！"

俞晓红咯咯地笑了，骂马勇："不要脸，滚。"她骂得娇媚而亲昵，一点都不气恼。俞晓红喜欢马勇这种赖了吧唧的含着幽默睿智的调侃。她衣服也不洗了，张扬着一双湿淋淋的手就凑过来，坐在差不多快脱光的马勇身边，纠缠地说："你先别洗澡，你先陪我说说话。我就愿意听你说话！"

马勇躲闪着恬不知耻的俞晓红："哎哎哎哎哎，我洗完澡我还有事儿哩——"

俞晓红不光恬不知耻而且还要赖，她要赖地说："我不管！你就得跟我说话！要不你一进卫生间，我就把电闸给你拉了，我让你没热水，洗不了澡！"

马勇正色地说："你别闹啊！我跟你说，赵慧马上过来。她来给我洗换下的衣服。"

马勇说完就脱得只剩下裤衩走进卫生间去了，关上了门。

俞晓红原本兴致勃勃的笑容顿时僵硬在脸上，脸刷地阴沉了下来。

卫生间的门开了一道缝儿，马勇的一只手从缝儿里伸出来，把他换下的裤衩扔出来，扔到沙发上，和他换下来的背心扔在一起，随后卫生间里响起了哗哗的水声，已经彻底赤身裸体的马勇开始洗澡了。

俞晓红恨恨地望着马勇扔过来的裤衩，这是一条新买的蓝底上印着水波条纹的平脚裤。俞晓红不由得心里酸酸涩涩的，她过去给马勇买内裤不会买这种样式的,她给马勇买的都是小三角裤,红色的,像一抹火焰在男人的胯间燃烧,她喜欢那种热烈的感觉。俞晓红想这裤衩肯定是赵慧给马勇买的,只有身为机关干部的赵慧才会给男人买这种老式的平脚裤。

马勇乐滋滋地在卫生间里洗刷着自己,还浑然不觉什么。

须臾,俞晓红来敲卫生间的门了,她的声音也随着敲门声传进来:"马勇——"

马勇在哗哗的水声里大声地问:"干吗呀?"

俞晓红的声音添进了一丝妩媚:"我洗衣服也出了一身的汗,我也想洗个澡。"

马勇笑了,俞晓红过去就是经常这样跟他玩闹,他继续洗着,并没有当回事,笑道:"你滚蛋。你别闹啊。"

俞晓红的声音认真起来:"谁跟你闹啊,我是跟你说正经的,我真的要洗澡。"

马勇也认真起来,收敛起笑容,道:"俞晓红你别开玩笑啊!"

俞晓红的声音越来越认真:"我没跟你开玩笑。我身上也黏糊糊的,难受死了,我得洗澡!"

马勇有点急了:"你别闹啊!赵慧马上就来!"

俞晓红在卫生间门外耍赖地说:"我管她来不来呢!我在我住的地方洗我的澡碍她什么事儿了?我就要洗澡!"

马勇真的急了,急得结巴起来:"那,那,那……那我洗完你再洗!"

俞晓红继续耍赖地说:"我不!我要和你一起洗。又不是没洗过。"

马勇叫起来:"你,你,你闹什么呀闹!你别胡闹了!"

俞晓红不依不饶地说:"我要洗澡我胡闹什么呀?我衣服都脱了,你看!"她将身子贴过来,卫生间的毛玻璃上出现了俞晓红赤裸的上半身,她真脱了衣服!隔着毛玻璃,那身段朦朦胧胧的,胸前的一抹曲线玲珑凸凹。

马勇急得大叫:"赵慧马上就来了!"

俞晓红得意地使坏地笑:"她来她的,我洗我的呗。马勇,你开门,我要进去。"

马勇恨恨地说:"俞晓红你今天是成心要跟我过不去是吗?!"

俞晓红则飘飘逸逸地说:"这是你自己这么认为,我没这么想。马勇你开门嘛,我要冻感冒了。"她的声音重又添进去了娇媚,娇娇媚媚地呼唤着马勇。

马勇恨得咬牙切齿，又大叫："我光着腚哩你非要进来你要不要脸？"

俞晓红依旧娇媚且耍赖地说："光着那有什么呀，我没见过施瓦辛格的，我还没见过你的吗？真是的，你让我进去嘛！"

马勇气得没辙，说："你就闹吧你！反正我不开门，你也进不来！"

俞晓红说："你不开没关系，我有卫生间门上的钥匙，我自己开门进去。"

随即门外响起哗啦啦钥匙响动的声音。

马勇顿时急得拼命大叫："你你你，你别胡来啊！"他赶紧关了水龙头，抓起一条浴巾来裹在身上，过去拉住门把手，道："我要出去了！你把衣服披上啊，你别耍流氓啊！"随即他一把捂住了眼睛，一拧门把手，走出了卫生间。走出来后，他继续捂住眼睛，大叫地问："你衣服穿好了没有？！"

俞晓红却伸过手来一把抓下马勇捂着眼睛的手，说："我干吗要穿上衣服？我就不穿！你装什么正经啊！"

马勇涨红了脸，躲躲闪闪地睁眼望去，却怔住了。

俞晓红衣服穿得好好的站在他面前，正朝他挤眉弄眼地笑。

俞晓红根本就没有脱衣服，她只是除下上衣在玻璃上晃了一下，就又穿回去了。

俞晓红看着马勇的窘样大笑起来，笑得乐不可支，笑弯了腰。

马勇受了俞晓红的愚弄，恨得牙痒痒的，但他不能跟她发火，因为赵慧快来了，他还光着身子只围了一条浴巾，他赶紧向卧室走去。

等马勇换好了衣服，安下心来，慢条斯理地走到客厅的沙发边，一看，他的心又悬了起来：他刚才脱下来扔在沙发上的裤衩不见了。再一看，俞晓红正在阳台上晾晒衣服。马勇急忙问道："俞晓红，我刚才脱下来扔在沙发上的裤衩，还有背心，怎么不见了？你是不是给我洗了？"

俞晓红晾晒着衣服说："是啊，我给你洗了，我一会儿给你晒上！你谢谢我吧！"

马勇一惊，急了，冲过去拧着通往阳台的玻璃门要上阳台，但拧了几下没拧动，门被反锁了。马勇急得叫道："俞晓红你赶快把我的裤衩给我！"

俞晓红依旧晾晒着衣服，明知故问慢悠悠地说："为什么呀？你说个理由先。"

马勇对她怒目圆瞪:"你装什么蒜呀!赵慧马上就要进来了!一会儿她看见了!"

俞晓红转过脸来,望着隔着玻璃门急得要命的马勇,还是慢悠悠地,说:"她看见就看见了呗,那又怎么了?"

马勇说:"你说怎么了!她看见你给我洗裤衩她会怎么想啊?!"

俞晓红脸上挂着使坏的笑:"她爱怎么想怎么想呗。她就往咱俩那方面想呗。"

马勇恶狠狠地说:"俞晓红你今天是成心要坏我的事儿是吗?!"

俞晓红赖赖地说:"你要这么说,也行。"

马勇气得怒指俞晓红:"你——"门在这时候被人敲响了,随后赵慧的声音和敲门声一道传进屋来:"马勇,是我,开门。"马勇急忙应一声:"哎,来了!"他转头压低声音对俞晓红喝道:"你快给我!"

俞晓红赖皮地笑着:"我不给。我马上给你晾上。我马上让你的大裤衩子,像一面旗帜,迎风飘扬!"

马勇恨得咬牙切齿,却也无可奈何。赵慧催促他开门的声音不断传来,马勇只好过去打开房门,迎接赵慧进来。

俞晓红这时候打开了阳台门,一脸热情地迎出来:"哎哟,赵慧,你来了!"

赵慧也立刻一脸热情地迎过去:"哎哟,晓红!我是专门来看你的!"

两个彼此心怀鬼胎的女人热情地拥抱,仿佛情同姐妹,这让忐忑不安的马勇一时竟忘了害怕和担忧,有些看傻了,他觉得自己真是不懂女人。

俞晓红亲热地说:"我正晾衣服哩,赵慧,你要没事你来跟我一块晾,帮把手?"

赵慧马上热情地说:"好啊,我帮你!"

俞晓红亲亲热热地牵着赵慧的手走进阳台去一起晾晒衣服。

马勇的裤衩即将呈现!

马勇绝望地捂住眼睛,并且双腿发软地蹲在地上。马勇悲凉地想,他和赵慧相好以来,一直就磕磕绊绊的,一路风雨交加,从来就没有消停过,刚刚才平息了,这又折进去了,而且马勇估计这次连转弯的余地都没有了,不知道怎么跟赵慧解释,俞晓红真是把他害惨了!马勇捂着眼睛等待了许久,却一点异样的响动都没有。马勇慢慢地拿下手,睁开眼,提心吊胆地望去。他意外地看到,阳台上,俞晓红和赵慧还在一起晾晒着衣服,并且最后一件衣服也晾晒完了,两人依旧愉快地说笑着,并且赵慧晾晒完最后一件衣服后,说:"晓红,我去上个卫生间。"客人提出要借用主人家的卫生间,那一般来说是表明彼此亲密无间并无隔阂。马勇狐疑地不敢相信地想:难道赵慧不在乎俞晓红给他洗裤衩吗?难道今天太阳真是从东南西北一起升起来了吗?

马勇看着赵慧走进卫生间并关上了门,他迫不及待地冲进阳台,搜寻地望去。阳台长长的绳子上晒满了俞晓红的女人衣裤,却独不见马勇换下来的裤衩背心。马勇转向一旁的俞晓红,急切地问:"我的裤衩呢?还有背心?"

本来还跟赵慧笑吟吟的俞晓红此刻沉下脸来,没好气地瞪着马勇。须臾,她从墙角拎过一个塑料袋扔给马勇,沉着脸道:"给你!都在里头!臭烘烘的,你以为我稀罕给你洗呢!"

马勇捧着塑料袋,愕然之后,放下心来,嘿嘿嘿嘿地笑了。

俞晓红依旧没好气地压低声音说:"我是考验你哩,我要看你会是什么态度,没想到你还真急了!你找的是仙女啊?你就怕成那样子?瞧你那点出息样儿!"

马勇不在乎俞晓红损他,他满心高兴着,又开始赖了吧唧地说:"我就说哩,怎么着咱俩也在一个炕上战斗了 N 年,我就想你不可能那么害我吧!"

然后马勇告诉俞晓红明天去她姐姐家等着,他会带着杨永德和方晓玉回家去。

翌日,马勇先见到了方晓玉。

一望之下,他瞠目结舌。在见面之前,马勇把木讷老实的杨永德可能会找的女人类型都想象遍了,胖的,瘦的,高的,矮的,温柔的,婉约的,热辣的,奔放的……他唯独没有想到会是这样一个女人!以至于杨永德向他介绍方晓玉,介绍他和她是怎么相识的、他为什么会愿意跟她在一起等等,马勇的脑子一直在嗡嗡响,他一切都听见了但一切都听不真切,他觉得仿佛是在梦里,觉得这仿佛都是极不真实的。最后,杨永德要求马勇等会儿见了俞晓梅的时候由马勇来介绍方晓玉,以及介绍他和方晓玉是什么样的关系,杨永德说他很难做到情绪平静,他怕他过于激动会和俞晓梅吵起来。

马勇答应了,他领着杨永德和方晓玉去见俞晓梅。

还有俞晓红。

当俞家姐妹见到方晓玉的时候，她们本来是紧张地提着气、剑拔弩张着、准备和这个自己送上门来的第三者进行拼斗的情绪，顿时灰飞烟灭了，她们跟马勇一样，也是一望之下，顿时瞠目结舌，这也是她们万没想到的一个女性。俞家两姐妹一时都愣怔得说不出话来。

方晓玉是一个老太太。一个优雅的、年过六旬的老太太。杨永德尊敬地称呼她为方大姐。方大姐气质极佳，透着浓郁的书卷气，她走进门来，笑吟吟地望着俞晓梅和俞晓红姐俩。

马勇按照叮嘱，替杨永德向俞家姐妹介绍道："我来介绍一下：方晓玉，方大姐，方老师。方老师是博士生导师，今年六十四了。我姐夫是每天去河边晨练的时候认识方老师的。我姐夫在家里苦闷，心里憋着话儿，忍不住想找个人说说，就向老大姐倾诉。方老师一是倾听，二是劝慰，三是开导，我姐夫觉得跟方老师在一块儿很愉悦很放松很舒服，时间长了，就跟老大姐成了忘年交。出了这档子事儿，我姐夫觉得解释不清，又怕我姐犯浑去找方老师闹，那就坏了！方老师的爱人也是博导，还是中科院的院士！我姐夫干脆就不解释，情况就是这样。——方老师，您坐！"马勇怀着本能的尊崇，谦恭地请方晓玉坐。另外他也觉得惭愧，为俞家姐妹这样伤害了方老师方大姐而惭愧，他此时下意识地依旧还把自己当做了这个家里的一员。

杨永德更是羞惭，嗫嚅地说："方大姐，实在是对不起您，把您牵扯到我们家的家丑里来——您，您快请坐！"

方晓玉笑道："我还有课，我就不坐了。"她朝俞晓梅走过去，笑吟吟地，举止中透着无法言说的温雅，道："小俞——是小俞吧？小俞，有几句话儿我想跟你说说。第一，我觉得现在最重要的是你们小夫妻之间应该沟通。第二，这个世界上，男人是不会抛弃女人的，女人也不会抛弃男人。因为在这个世界上男人离不开女人，女人也离不开男人。之所以还有人被抛弃，那是因为女人抛弃的是不像男人的男人，反过来说，男人抛弃的也是不像女人的女人。当然伤天害理良心泯灭的抛弃除外。第三，所以我们要记住我们的角色，我们是女人，我们要做得像个女人。希望你们夫妻和睦。我走了，再见。"

方晓玉向众人逐一点头致意后，走了，像一道流星倏地而来，又倏地离去。

俞晓梅却被这颗流星瞬间放出的光芒灼烧得呆若木鸡，傻傻地坐着。

俞晓红受不了了,她几乎是第一眼就被方晓玉征服了。方晓玉几乎是随着呼吸一起天然散发的优雅,是俞晓红最为推崇的女人的气质,女人只有文化积淀和修为到了一定的境界才有那种晶莹剔透般的散发。女人要做到漂亮其实不难,但要做到优雅难乎其难,这是俞晓红追求的做女人的境界,她想自己到了年老的时候,就应该是这样一个优雅的受人敬重的老太太。让俞晓红受不了的是,她姐姐,还有她自己,却把这么美好的东西玷污了。更让俞晓红受不了的,是方老师受了玷污以后,依旧那样优雅,那样包容,那样大度地对待她们,相形之下,这更让俞晓红觉得自己粗鄙得不得了,简直无地自容。俞晓红想方老师肯定在心里看轻她了!俞晓红不禁很有一点怨恨姐姐地说道:"姐呀!你真是的——"

杨永德则余气未消地阴沉着脸站着,瞪着老婆俞晓梅。

马勇开口道:"今天我得多说几句。姐,为什么我姐夫,他宁可到外面去,去跟这么一个六十多岁的老太太倾诉,他都不愿在家跟你说?这是为什么?姐,你刚才听见方老师的话了吧?她让你要记住你的角色,你是女人,你要做得像个女人!你觉得你像女人吗?"

俞晓梅还嘴硬着,嘟囔地说:"我怎么不是女人?难道我不是蹲着尿尿的我还是站着尿的吗——"

马勇更火了,打断俞晓梅的嘟囔厉声地说:"姐,你还强词夺理胡搅蛮缠!你在家里一贯蛮横,霸道!现在不少些个女的,妇女解放,好一点的,把自己解放成了武则天,歹毒一点的,把自己就解放成了慈禧太后,老想着要统治和驾驭男人!你就是其中的代表!你动不动就训斥我姐夫,你比塔利班都厉害!人家说女人是柔情似水,你呢?你就是水,你也是汽油,能把人烧死!你再看我姐夫,可怜死了,话都不敢说,要不是还能呼吸和偶尔敢小声地嘟囔两句,那就是一块金华火腿戳在家里!"

杨永德被马勇说得伤心酸楚,勾起太多的往事,眼泪不由得扑簌簌地滚出来。

马勇看到杨永德都哭了,同样身为男人,他愈发义愤填膺地说:"姐,你还有个毛病就是猜疑!你动不动就说让我姐夫去找二奶,说什么'杨永德啊,你找了二奶,你就算是找到组织了!你要找了二奶,我到政府去给你请功!'我姐夫要真找了二奶,姐,你绝对得把他掐死!幸亏我姐夫他没找,他要找了,他现在已经去世很多年了!"

杨永德更加伤心委屈,眼泪愈发汹涌地流淌出来。

马勇也更加同情地说道:"姐,你最狠的就是强制执行!——姐呀,你害得我姐夫,下大雨,他站到雨地里去浇,要把自己浇成感冒,来躲避交公粮,因为他实在实在实在是,他再没有粮食可交了呀!姐,你,你才是鬼子啊!"

杨永德再也忍不住,想起了那天站在雨地里浇,做男人做到这个份儿上,他不由得悲伤地放声大哭。

俞晓梅本来还想申辩几句的,看到杨永德哭,她从来没见过自己丈夫这样痛哭过,像个委屈至极的小孩哇哇地哭,她胆怯了,被吓住了,一句话都不敢说了。

俞晓红本来是想笑的,因为马勇说得实在好笑,原来交公粮是这么回事,她也是第一次听到,她实在忍不住想笑出来,但她看到姐夫竟然放声地哭了,一个大男人这样号啕地哭,她也是第一次看见,她也被吓住了,她的笑意退去了,不由得也帮着马勇说自己的姐姐道:"姐,我也觉得,你对我姐夫确实有些不像话——"

马勇却不领俞晓红的好,打断她的帮腔说:"你别说你姐,你也有很多的毛病!"

俞晓红被马勇的斥责弄得愣住了,随后瞪起眼道:"你说什么,我?!"

马勇拉开一副也要同时好好修理一下俞晓红的架势道:"这段时间,我光向你检讨我的不是了,今天我也得好好说说你!在不像个女人的这一点上,你和你姐,很多地方都是一个模子脱出来的!你也不像个女人!"

俞晓红愈发气恼瞪起眼道:"嘿,你还越说越来劲了!"

马勇指着俞晓红说:"你看你看,你看看你自己!我一说,你就给我横眉瞪眼!我说一句你能说八句!你说你像个女人吗?你嘴角这儿再叼根绳子,你就是一炸药包,一拉这绳儿,你能炸死八十个男人!"

俞晓红叫道:"我就炸死你——"

杨永德开口说话了,他觉得马勇刚才帮了他,他也应该帮马勇。杨永德还哭泣着,他带着哽咽的声调听上去就像声泪俱下的控诉,显得格外地有力量:"晓红,你别嚷嚷,马勇说你说得没错!你平时对马勇,确实够厉害的!你知道吗,马勇他也很痛苦!"

俞晓红本来还想跟马勇嚷的,一听姐夫这么声泪俱下地说她,姐夫从来是不说她这个小姨子的,素来都是很疼她的,俞晓红一听姐夫都这么说她,感觉事情确实是有些严重了,她讪讪地闭了嘴,不说了。

马勇有了杨永德的支持,愈发胆壮,滔滔不绝地说下去:"过去,你也是动不动就训斥我!我吃凉拌萝卜丝,嚼得响了点儿,你马上就朝我嚷,说'马勇！你吃饭嘴吧嗒得那么响你恶心不恶心，你简直就像喂猪！'这话儿你应该去骂萝卜，它天生就这么脆嚼起来它就得这么响！嚼着不响的那是敌敌畏，你嚼吗？我洗澡，浴缸里掉了几根头发，你又朝我嚷，说'马勇！你洗澡掉了一浴缸的头发你恶心死了，看上去就像猪鬃！'我那是猪鬃啊？是活人就得掉头发，不掉毛的那是麦当劳店门口那泥塑的大胖子，你嫁给他吗？过去在家里，你这种厉害得像个炸药包似的事儿多了！你想想你做的这些个事儿，你自己说你像个女人吗？"

俞晓红被马勇连珠炮般的控诉所震慑住，望着马勇，一时无语。

马勇继续道："现在的女人都知道自己做女人要有女人味儿，男人才喜欢。我前年采访过一个农村来的打工妹，她进城以后就嫌自己的胸小了，嫌自己不够女人味儿，她省吃俭用攒了一千块钱就要去隆胸。那隆胸的告诉她说你这些钱不够，说你打工挣钱不容易你就别隆了。那打工妹说：'我要隆！我钱不够，我上半年先隆一个，等我再攒够了钱，我下半年再来隆一个——'"

本来正抽泣的杨永德忍不住破涕为笑，哈哈地笑了起来。

俞晓梅正苦着脸听着马勇的训斥，听到这里，觉得实在是好笑，又见一直悲痛不已的丈夫终于笑了，心头一轻松，也忍不住笑了起来。

俞晓红刚想笑，却被马勇厉声地喝止："别笑！有什么好笑的！"马勇不无激动地说："现在就是连打工妹都知道要有女人味儿，但我讲这件事儿，是想说，女人味儿，不是隆胸，不是文眉描眼线垫鼻梁，不是往胳肢窝里猛喷香水跟浇地一样，不是敢越穿越少敢恨不得不穿，不是比赛着看谁更能把自家男人给治服了！女人味儿，是温柔，是体贴，是善解人意，是谦让，不是炸药包是棉花包儿！你们姐儿俩，平时买衣服买化妆品，保养皮肤做美容，拼命捯饬自己，拼命要让自己有多多的女人味儿，可你们都好好地想想，你们光这么做，够吗？"

俞晓红目光柔软地望着激动的马勇，马勇这么激动地说她，是平生第一次，过去马勇也跟她吵，有过比这更激烈的时候，甚至还动过手，但马勇讲道理，还讲得这么有语境这么幽默，这是第一次。俞晓红奇怪自己一点生气的意思都没有，仿佛马勇训的不是她而是在说一个不相干的旁人，马勇越激烈地说她，她反而越有一种熨帖的感觉。俞晓红目光柔软地望着激动的马勇想：离婚以来，马勇真是变了，变得深刻了，不再那么草莽了。俞晓红喜欢有深度的男人。

俞晓梅的注意力则全在自己的男人身上。她望着杨永德，怯怯地问：

"既然马勇都说了,我那么没有女人味儿,那么,不像个女人,你也,那么恨我,那你……你为什么还要回来呢?"

杨永德长叹一声,说:"说真的,我脑子都转了八百回了想着这次一定要跟你离!但我又想,你这个人吧,毛病虽然多,但心还是不坏。就凭你给我买的这件衣服,我想,我还是回来吧。"

杨永德说着脱下了外衣,露出穿在里面的那件铁灰色的羊毛衫。

俞晓梅顿时愕住了,她愕然地问:"你说这羊毛衫是我给你买的?!"

俞晓梅茫然不知的表情让杨永德也愣住了:"难道这羊毛衫不是你给我买的吗?!你不是还说——"他突然顿住,醒悟过来,将目光审视地投向马勇。

俞晓梅和俞晓红也一起将目光审视地转向马勇。

马勇躲闪着她们直逼的目光,狡辩地说:"你们别这么看我,不是我买的,是张琪!这是人家张琪花了一个月的工资给姐夫买的。他出差采访去了,让我把衣服给姐夫的。那番话也是他教给我让我给姐夫说的。张琪是一片好心为了你们这个家!姐,姐夫,你们要好好感谢人家张琪。尤其是你俞晓红,你要记住人家张琪的好,好好地跟他处!"

俞晓梅和杨永德都狐狐疑疑的,张琪居然是这样的一个优秀的人?!俞晓梅甚至很有一点愧疚了。

唯有俞晓红眼睛清亮亮的,她一点猜忌和狐疑都没有,她一看那羊毛衫就知道是马勇买的,马勇自己根本不会买衣服,马勇过去所有的衣服都是俞晓红给他买的,马勇所有的服装审美知识都是俞晓红灌输给他的,是俞晓红告诉他这种铁灰色、鸡心领的羊毛衫尤其是中青年男人穿上特别儒雅,过去俞晓红就老给马勇买这种毛衣,俞晓红一看那羊毛衫的颜色和式样就知道马勇是按照她教给他的审美给杨永德挑选的。俞晓红没有戳穿马勇,她心里暖洋洋地感动着,马勇对姐夫,对姐姐,对俞家,当然核心还是对她,这么多年了,离婚也有好几年了,他还有这一番心!俞晓红眼眶有一些湿润。

俞晓红一双眼睛亮汪汪地看着马勇。

第 15 章

姐姐和姐夫和好了,家里又恢复了平静,俞晓红要搬回去住了。一切都收拾好后,她忽然很有些伤感,她环顾着这所她曾经是女主人的房子,房子凌乱着,堆放着马勇和赵慧准备重新装修的建材,尤其是卫生间的门口,竖立着赵慧亲自挑选的新买的马桶以及洗脸盆储物柜之类,原先俞晓红亲手挑选的洁具并亲自监工安装上去的卫生间将被全部敲打掉而换上这些新的,她留在那儿的痕迹将被一丝一缕地剔除了去,俞晓红忽然有一种说不出的凄凉,一种被扫地出门的遗弃感使她把收拾好的旅行包拎起又放下。

马勇用钥匙开门进来,他拎着他的旅行包,他又重新搬回来了。马勇看着俞晓红脚边放着已经收拾好的旅行包,便问:"张琪还没来?他跟我说他要开车来接你。"

俞晓红掩饰着她倍觉凄凉的伤感,淡淡地说:"他刚来电话,一会儿就到。"

马勇说:"那你再等等吧。"他说完,在沙发上坐下来。俞晓红则看着马勇,那种凄凉的被遗弃的伤感更浓烈了,她忽然很想跟马勇说说话,一种很想靠近他不想被遗弃的感觉,那种感觉屡屡弱弱的。她情不自禁地跟过来,挨着马勇,也在沙发上坐下。马勇看着俞晓红反常异样的样子,问她:"你有话要跟我说啊?"俞晓红是有话要跟马勇说,但一张口,又哑然,她不知道该怎么说。

俞晓红在缄默了很久后开口说:"马勇,你昨天说我说了那么多,我……是不是真的很让人烦啊?"

马勇说:"你那股劲儿上来,是有点烦人。"

马勇尽量把话说得轻轻柔柔的,不像在批评,倒像是在抚慰。

俞晓红心里又暖暖的,这种暖洋洋的温馨更激发了她,一种强烈的想抓住什么不放手的感觉涌上来,她的脸先涨红了,她红着脸打破矜持地说："马勇，如果我说，我愿意改，我愿意为你改，你……你会怎么想？"她眼睛亮晶晶地看着马勇，等着他回答。

马勇的反应是一怔，他怔住了，他看见俞晓红亮晶晶像燃烧一样的眼睛，马勇的心里也波波浪浪地涌动起来。他急忙扭过脸去，避开俞晓红的眼神，看着地板说："你愿意改，好啊，你也应该改，但不是为我改，你应该为张琪改。你以后跟张琪相处，包括以后……以后你们在一块过日子，你别再那么浑了。至于，其他的，都过去了。过去的就过去了。"

俞晓红眼里的期盼暗淡下去了，她忽地站起来，拎起她的旅行包就走。

马勇一惊，叫道："你干吗走啊？张琪还没来哩！"

俞晓红的自尊受伤害了，她边向门口走边好没好气地说："我自己走！我谁都不靠！"

马勇急了，窜过去一把拉住她："你等等张琪啊！你看你又来劲了——"

张琪来了。张琪总是在不适宜的时候进来。他兴冲冲地推门，一眼就看见正拉扯在一起的马勇和俞晓红，他一下尴尬地站立在门边不动了，语气不自然地解释："门没锁……"

马勇也很不自然，说："锁了又怎么样，这是——"他拉过俞晓红来面对张琪，强调地说："这是你女朋友！"

马勇的举动让俞晓红更不高兴了，她甩开马勇，过去挽起张琪，冷冰冰地说："我们走吧！"

马勇苦笑看着俞晓红拂袖而去，他在沙发上慢慢坐下来，他忽然觉得特别特别地疲惫，心累……

张琪却在下午就来找马勇了，他连晚上都等不到，他更加地心急火燎和焦躁不安。他特地请马勇去"牛车水"吃晚饭，吃海鲜。坐在包厢里，等着服务员进来点餐，他又亲昵地喊马勇为"哥"，不无痛苦地说："哥，我问你，你现在心里是不是还想着跟俞晓红……再好？你是不是还有点舍不得她？哥，你得跟我说实话呀！你得给我个底呀！你不能涮我呀！我跟你说，哥，从昨天起我看见你们俩在一块儿，你们俩那个样儿，我心里就发毛，一直到现在，我这儿都七上八下的！所以你一定得跟我说实话！"

马勇看着张琪真是在意了，觉得自己必须要剖开心扉跟他说实话："好，我跟你说实话，我跟俞晓红夫妻一场，要说我跟她一点感情勾连都没有,那是假话。但要我跟她——就像你刚才说的,跟她再好,或者说白了,跟她复婚,我跟你说一句绝对绝对的实话:我迈不过去那个坎儿!"

张琪问:"什么坎儿?"

马勇说:"就是我跟你说过的她跟王俊民的事儿。就是那个晚上,下雨,俞晓红要去找王俊民,我打了她,然后她就走了,第二天她回来她说她已经和王俊民……睡了。也许从理智上我或许应该原谅她,但从情感上我死活迈不过去这道坎儿!这是男人的一道坎儿!我再跟你说得更白一点吧:我现在一想到要跟她再在一张床上睡觉,我就会——我就会觉得王俊民就站在床前,眼睛就直勾勾地看着我和俞晓红!我跟俞晓红,我已经有心理障碍了。而你跟俞晓红,你们是一张白纸,一切都是新的开始,你完全可以跟她好好发展!"

张琪穷追到底地问:"那……她为什么不跟王俊民结婚呢?"

马勇说:"王俊民有老婆,一直离不了婚。而且后来王俊民也去进修了,走了,现在也不在这儿了。俩人就凉下来了。我这么说,你相信了吧?"

张琪相信了,马勇说得很合乎逻辑,很是实话。张琪笑了。

服务员进来点餐,马勇好心地说:"张琪,别点太多了,晚上吃多了也不好,你也少花点钱。"张琪说:"好的。"他选择地看着菜单,最后对服务员说:"两碗打卤面。"马勇等着张琪再往下点,张琪却把菜单一合,对服务员说:"就两碗面吧。我们这哥们儿说了,晚上吃多了不好。"

马勇不禁叫起来:"哎,海鲜也不给吃了?!"

张琪无耻地说:"问题都解决了,我还浪费那个钱干什么?"

马勇笑骂道:"你小子真他妈势利眼啊!"

去了马勇这个心理上的负担,张琪便轻松愉快地继续和俞晓红恋爱。而俞晓红也不冷不热地和张琪相处着。张琪每天开车来接俞晓红上班,又每天送她下班回家,而且如果俞晓红不开口说话,他就绝不留在俞晓梅家吃晚饭,送她到门口就转身开车离去,就像首长的司机一样,尽心尽力为俞晓红服务。他日日如此,想以一种默默的不索取回报的奉献感动俞晓红。而俞晓红也基本不留张琪吃饭,送到家后也不说什么就让他独自离去,俞晓红甚至迄今都没有让张琪吻过她,就让他一无所获地奉献着。

俞晓梅看不下去了,有一天她不满地跟俞晓红说:"晓红,你到底跟人家张琪……你想怎么样啊?张琪那人我看也不错,他还给你姐夫买一件羊毛衫哩!"俞晓梅迄今都认为那羊毛衫是张琪买的,由此她开始对张琪颇有好感。

俞晓红其实是有一点被张琪感动了,但她矜持着,矜持是她这类漂亮女人的特性,另外俞晓红觉得她对张琪总也燃烧不起来。俞晓红长叹一声,对穷问不舍的姐姐说:"他追我也不容易,我尽量吧,我努力让我能爱上他。"

这一日,太阳在连续一个星期的阴霾后重又红扑扑地升起,太阳又红得很好。在清晨看见红太阳是一件愉快的事儿,张琪兴致勃勃地开车来接俞晓红上班,送到晚报社后,俞晓红笑微微地头一回亲昵地拍了拍张琪的脸颊,以示感谢,这让张琪心花怒放,认为自己锲而不舍的追求终于也像阴霾之后升起的太阳一样,有了希望,他心花怒放地开车走了,准备在俞晓红下班后再来接她,继续把革命进行到底。俞晓红也心情不坏地走进报社,走进她的办公室,脱下外衣,坐进椅子里,随手打开桌上的电脑,同时去冲泡咖啡,这是她一天工作的开始。

这时一个对俞晓红来说如石破天惊般的男中音在身后响起:"晓红——"

俞晓红闻声一下惊愕地站起回头望去,顿时怔住,只片刻,她的身子便颤抖起来。

俞晓红看见了久不见面的王俊民。

王俊民还是那样儒雅俊朗着,他笑吟吟地望着俞晓红,那熟到恰好的魅力随着他无声的笑天摇地动地飘散过来。

天摇地动是俞晓红的感觉,王俊民只是安静地站着,俞晓红呆呆地看着王俊民,准确地说,她下意识地在看王俊民的唇,她总是不知不觉地会去看王俊民的这个部分,那张有些阔而厚的唇是亲吻过她的,那些吻对于她的感觉曾经深达骨髓。她看着,她的唇仿佛又有了感觉,仿佛又被那阔而厚的一团炽热所含住所包裹了,于是她的嘴张着,却无声,好像被封闭住了,一句话都说不出来。

王俊民柔和地笑着,声音也同样地轻柔,说:"你还是那个老习惯,总是早早地第一个来上班,所以我今天也早早地来,坐在你办公室里,趁着这儿还没人来上班,来看看你。"

俞晓红听见仿佛不是自己的声音从自己的嗓子里发出来:"你……回来了?"她说得干巴巴的,微微弱弱的,像生病了。

王俊民说:"进修结束了,今天是我第一天回报社上班。"他说着,朝俞晓红走过来,双手温柔地搭在俞晓红的肩上,想抱她。

俞晓红浑身震颤了一下,尖利地脱口而出:"王俊民你别这样!"

王俊民马上把双手抽了回来,这就是一个成熟的中年男人的优秀之处了,决不像少年那样莽撞而自我,他们的手懂得什么时候该从女人身上拿开,懂得及时把手从女人身上拿开的男人是男人里的精品,这会让尤其是知识女性感觉被尊重和有安全感,于是她们会爱死了他。王俊民把手从俞晓红身上拿开了,但他的眼神和声音依旧热烈地拥抱着俞晓红,他看着俞晓红说:"我是想要告诉你:我离婚了。"

俞晓红更强烈地震颤了一下,如听到一声响雷,炸得她更像天摇地动了一样。

王俊民的声音从上到下炽热地拥抱着俞晓红:"这一年多快两年来,因为我前妻盯得很紧,我不敢跟你联系,但你要知道,我有多么多么地想你!"

俞晓红哭了。她想让自己不要哭的,但眼泪情不自禁扑簌簌地滚落下来。

俞晓红又听见不像自己的声音在抽噎地说:"你别给我说这个,我不想听,你走吧!"

王俊民走了,像他知道啥时候该把手从女人身上拿开一样。

俞晓红看着王俊民离去的背影哭着想:她终于坚强地抵抗住了王俊民!

但这种抵抗只坚持到了下班。下班的时候,王俊民又走进了俞晓红的办公室,随意地说:"一起去吃个饭吧?还去老地方好吗?"

俞晓红鬼使神差般地同意了,仿佛她一整天都在期待着这一刻,她脑子混乱成一团,她完全忘记了她此刻应该站在大楼前等着张琪,张琪说好要开车来接她的。

俞晓红坐了王俊民的车去了他俩以前经常去的蓝水饭庄。那老地方一切如旧,挂在包厢墙上鲜红的中国结还在老地方,结的一缕穗子曾经掉落了,还是俞晓红用一根细的红线绑上去的,如今那根红线依旧还有些歪扭地绑着,俞晓红看得泪眼迷蒙,恍如隔世。

王俊民的手慢慢伸过去,伺机地在桌上捉住了俞晓红的手。

俞晓红心里狠狠颤了一下,但她把手抽了回来,她表示距离地喊着王俊民"王总",以这样一个彬彬有礼的称谓来阻断王俊民的蠢蠢欲动,说:"王总你别这样。王总,我今天,答应和你一起出来吃饭,是想有个机会能跟你讲讲我的情况，毕竟咱们是一个单位，你又是我的领导，如果有些话不说清楚了，那以后也不好工作，我是想来告诉你，我已经有男朋友了——"

王俊民却打断她，径直地说："我知道。但我还是要跟你说：我要你做我的妻子！"

俞晓红脆弱的理智顿时崩溃，被王俊民的话撞击得七零八落，她以最后一点力气撑着自己，才没有让自己哭出来。

王俊民还在猛烈地撞击着俞晓红的心房，恳切地说："晓红，我是为你而离婚的。你知道我离婚真可以说是死了一回又活了过来。我如果不是因为爱你我不可能这么做！"

俞晓红还是哭了。她拼命勒紧自己的最后一道细线让王俊民在轻捻之间就割断了，她崩溃得一塌糊涂，眼泪像河水一样地涌出来。

王俊民继续哀恳地说："晓红，别辜负我，好吗？"

俞晓红不再喊"王总"，她抽噎地直接喊着这个让她失魂落魄的男人的名字，开口说："王俊民，两年了！两年了你连一点音信都没有，两年了我自己在疗我自己的伤，在我伤口已经就要愈合，就要忘掉过去开始我的新生活的时候，你突然冒出来，告诉我，你离婚了，你要娶我，你要我做你的老婆，你也太——！"她伤楚地哽咽住，说不下去了。

王俊民怜爱动情地又一把攥住了俞晓红的手。

俞晓红流泪使劲往后抽着自己的手，却怎么也抽不回来。

王俊民紧紧地攥着俞晓红的手不放，他原本是知道不要强人所难要适可而止的，是知道什么时候该把手从女人身上拿开的，但他更知道俞晓红这时候其实是希望他紧紧握住别放手的。

果然，俞晓红一双手瘫软在了王俊民的掌心里……

马勇和张琪闯进蓝水饭庄来。

张琪下班后如约去接俞晓红，却只接到了俞晓红打来的一个电话，俞晓红毫不隐瞒地告诉张琪她跟王俊民去吃饭了，她说对不起，她的声音干巴巴而又冷漠，这让张琪愣怔在晚报社大楼前半天都不能动弹。接着他看到了从大楼里出来的人纷纷瞧着他的暧昧的眼光，晚报社的人大约都知道俞晓红和他们老总的关系，这更让张琪倍觉屈辱心如刀割。他脸色惨白地去找马勇，告诉了马勇这一变故。他苦笑地对马勇说："马勇，狼来了，狼来了，这回狼是真来了！"马勇的脸色潮红着，跟张琪的惨白形成两极对照，他震惊，愕然，接着是愤怒，深深地愤怒。他愤怒而激动地斥骂着想退缩的张琪，说："俞晓红说什么也得是你媳妇儿！我跟你一块儿跟他死磕！这回，不光是你的事儿，也是我的事儿！这回是民族仇恨，咱俩是共同抗日！俞晓红她就是不嫁给你张琪，她哪怕去嫁给藏羚羊，她也不能嫁给他！走，他不是跟俞晓红去吃饭了吗，好，我就让他妈的——"马勇说了一句最最粗野的话，不顾老总和同仁们瞠目结舌的目光，更粗野地拉着张琪上路了。

走在蓝水饭庄长长的走廊上，一间间地找寻着王俊民和俞晓红所在的包厢，张琪紧张地问马勇："马勇，咱一会儿朝王俊民哪儿下手？头？肚子？还是……裆？"

马勇保持着清醒地说："不能打人！一打人就让俞晓红看扁了！上次我就是动手了，一巴掌就把老婆打没了，所以我反复说你要接受我的教训！这次绝不能动手！"

张琪没了主意地说："那又不能动手，那见了面，那，那，那怎么办呢？"

马勇目露凶光却诡秘地一笑，道："怎么办，好办！王总，总编辑，大知识分子，讲究的是饭前便后要洗手，说话不带脏字儿，喝茶是一点一点地品，喝酒是一点一点地抿，举止儒雅，行为端庄，那咱就跟他反着来，咱用劳动人民的作风跟他招呼，不用动手，一样把他干趴下！到时候你看我的！"

推开那间悬挂着大红中国结包厢的门，马勇和张琪正好看见王俊民紧紧攥着俞晓红的手。更让马勇和张琪怒火满腔的是，当俞晓红听到推门声扭头惊讶地看见了马勇和张琪，她本能地要抽回自己的手，抽了几次，却依然未能抽动：王俊民依旧攥着俞晓红的手不放！他看见了马勇和张琪，俩人眼中每一丝每一缕的火气他都看见了，但他依旧从从容容的，他甚至拿过桌上的一张纸巾，就当着马勇和张琪的面，怜爱地仔细地揩去俞晓红眼角的泪水，他从容地做完了这些，这才松开俞晓红的手。

张琪一时看得傻眼竟暂时忘了愤怒，他甚至想：这王八蛋倒真有些……爷们！

马勇对王俊民冷冷地一笑，说："好，你有种！"他挑战地也在餐桌旁坐下来，同时拉着张琪也坐下。

俞晓红尴尬地说："马勇，张琪，你们来干吗呀？你们快走吧！有些话，以后我会跟你们解释的！你们走吧！"

马勇坐着不动,又一把按住开始犹豫起来要走的张琪让他也坐着别动。他不看俞晓红,眼睛只直勾勾盯着王俊民,冷笑地开口道:"王总,我跟这位张琪先生,一个是俞晓红的过去时,一个是俞晓红的现在时,和俞晓红都有着千丝万缕扯不断理还乱的关系,你请她吃饭,却忘了我们两个,怎么说您也是有点疏漏了吧?怎么样王总,这顿饭,您再破费一点,把我们两个也包容进来一块热闹热闹,好吗?"

王俊民儒雅大度地笑着,说:"好啊,欢迎!"他顺手把餐桌上的菜单朝马勇推过来,道:"你再点几个菜。"

马勇把菜单推开:"菜无所谓,有碟花生米都行,爷们儿在一块,主要是酒要喝好。王总,说到喝酒,有些话我想跟您说到前头:我和张琪,虽说也是记者,但我们跟您这位总编辑不一样,我们哥俩长年跑基层,跟打工的种地的杀猪的放驴的混在一块儿,难免就沾了一些土气和匪气在身上,说得文雅一点,我们是有知识的劳动人民,说得粗一点,我们俩就是现在流行的那句话:天不怕,地不怕,就怕流氓有文化!我们俩就是有文化的流氓。所以我们俩喝酒,用基层劳动者的话来说,那叫喝大酒!像您这种红酒——"他拿过餐桌上的那瓶红酒,鄙夷地推到一边:"这是蹲着尿尿的娘们儿喝的!站着尿尿的,得喝这个——"他拉开背着的采访包的拉链,从包里拿出四瓶二锅头来,一起蹾在餐桌上,道:"王总,你要是爷们儿,咱喝这个!"

俞晓红看见如此壮观的白酒,急了,叫起来:"马勇你要干什么呀!"

马勇依旧不理会俞晓红,依旧逼视着王俊民:"王总,你是站着尿尿的吧?"

王俊民还是儒雅地一笑:"我好像是吧。那我就也试试喝点白的吧。"

马勇叫道:"好,爽快!"他拿过一瓶二锅头来,用牙咬开瓶盖,往王俊民、张琪和自己面前的玻璃杯里咕咚咚地倒满酒。当王俊民老实地端起酒杯要喝的时候,马勇又拦住他,刁难地说:"王总,酒不能这么喝,劳动人民喝酒,不能太斯文了,那得吆喝,得吆喝着喝——吆喝你会吧?"

王俊民说:"你说的是划拳喝酒吧?我会一点。"

马勇说:"好!太好了!但是,王总,我们划的可都是老百姓的拳,吆喝的都是老百姓的话,都是些粗的、荤的、下九流的,咱先说好,我先吆喝,如果您接不上来,您就算输了,您就得喝,酒场上的规矩,愿赌服输,喝死拉倒!王总,您敢吗?您要是不敢,您就跟俞晓红说句软话,您就求求女流之辈替您喝。王总,您看您是玩鹰呢还是娘们儿似的玩脂粉?"马勇恶狠狠地挑衅地望着王俊民。

王俊民竟然还是儒儒雅雅地一笑,说:"怎么能让女士喝白酒呢?这不好。那我还是自己来吧,我试试。"

马勇又叫了一声:"好!"他狠狠地朝张琪挤挤眼,意思是让张琪看着,看他整不死这孙子的!他开始跟王俊民斗拳喝酒。

接下来的情形却完全出乎马勇所料,让张琪和在一旁焦急看着的俞晓红也愕然不已:对于马勇所有粗的、荤的、下九流的话,斯斯文文的王俊民全部对答如流,接得纹丝合缝,譬如马勇从一到十地说酒令,道:"一张床——"王俊民立刻就接上:"俩人睡——"马勇说:"三拉灯——"王俊民说:"四盖被——"马勇再说:"五来六去——"王俊民又接:"七上八下——"马勇又说:"就(九)是舒服——"王俊民再接上:"实(十)在是美!"这粗鲁的描述男女做爱的酒令让王俊民像流水一样欢畅地就说上来了,让马勇瞠目结舌。

马勇输了。

于是马勇大杯大杯地喝酒。

马勇恶狠狠地再战,他说得更粗、更荤、更下九流,一心要把上流知识分子的王俊民打垮!

王俊民依旧是安静地儒雅地笑着,他接得比马勇还要粗、还要荤、还要下九流。

马勇再次瞠目结舌。

马勇又输了。

于是马勇又大杯大杯地喝酒。

最后的结果是:前来挑衅的马勇烂醉如泥,瘫倒在餐桌上。

俞晓红觉得个子不算太高的王俊民真是伟岸极了,他儒雅,却不迂腐;他时而也粗野,却又不低俗。你只会觉得他睿智,觉得他有力度,这就叫俗到极处便是雅,大雅!一个男人能修为到这样,那是知识、陶冶和历练所累积而成,俞晓红钦佩地看着王俊民。过去她就是由这样的钦佩开始而被王俊民吸引的。

王俊民并没有以胜利者的傲慢来鄙夷地对待马勇,他反而把醉得已经走不动路的马勇搀扶回家去了。走进马勇的家门,马勇便吐了王俊民一身,王俊民只是笑笑,对俞晓红说:"你留下照顾他吧。"他独自走了,把俞晓红留给了此时需要照顾的马勇。这是另一种形式的及时把手从女人身上拿开。

287

俞晓红只有更加钦佩地看着王俊民离去。送走了王俊民,她扭过脸来,恨恨地瞪着马勇和张琪。

马勇不省人事地躺在沙发上,他没有能看到俞晓红鄙视的目光,而张琪涨红着脸拿块热毛巾给马勇擦洗着污垢,他羞惭得都不敢抬头。

这场战斗,马勇和张琪输得一塌糊涂。

两天以后,马勇拉着张琪直接就闯进了晚报社去。

那一日马勇酒醒之后,哈哈一笑,笑得潇洒而又豪迈,他主要是笑给垂头丧气一脸沮丧的张琪看的,他打气地告诉张琪说这没什么,说一代名相曾国藩当年都让太平天国的李秀成挫败得好几次要自杀,人家还不是屡败屡战!马勇决心继续战斗。两天以后,马勇听说市里各大媒体的老总齐聚晚报社顶楼的旋转餐厅举行新春联谊酒会,老总们都带了夫人来参加,而王俊民就公然地带着俞晓红去了。马勇在市电视台当台长的同学打电话过来,说刚刚在餐厅门口看见了王俊民和俞晓红,一对俊男靓女,十分惹眼。市委宣传部张部长也来了,他也看见了王俊民旁边的俞晓红,悄悄把王俊民拉到一边,问他:"老王,这么漂亮的女士,是不是新找的夫人啊?"而王俊民这个狗娘养的——老同学很为马勇抱不平地说——居然在领导面前暧昧地笑,他既不承认也不否认,这就等于默认,他等于就是向领导公开说了他和俞晓红的关系,按规定,这一级的干部结婚是要和组织上打一声招呼的,这狗娘养的等于就是在变相地给领导打招呼!马勇和张琪听得咬牙切齿,马勇气得几乎要把手机都摔了,而后马勇没有片刻耽搁,拉着张琪就闯了过去。

走到晚报社门前,张琪又迟疑了,嗫嚅地对马勇说:"马勇,咱……不进去了吧。"

马勇愤然地说:"为什么不进去?你犹豫什么?你怕什么呀?俞晓红是你女朋友!你进去把你媳妇抢出来!我进去帮你一块抢!"

张琪不敢进去,找着借口说:"不是你教育我的吗,说男人碰到这种事儿要大度,要宽容——这不是那天你刚刚才跟我说的吗?"

马勇义愤填膺地说:"那是指一般情况下,现在是特殊情况,现在是俞晓红让这个王俊民弄得昏了头,她快把持不住自己了,现在必须要采取断然措施先把她拽回来!走,跟我进去!"

当马勇和张琪走进顶层旋转大厅的时候,他们看见王俊民和俞晓红正在舞台上合唱,唱的还是《夫妻双双把家还》!这更加燃烧起了马勇的斗志,他拽着张琪就向舞台挤过去。

俞晓红猛然看见了马勇和张琪,她的歌声在"夫妻恩爱苦也甜"这一句上戛然停住。

俞晓红其实是不想来参加这个都是领导夫妇们参加的联谊酒会的,这个场面对于她是有一点扭捏和不安的,对于和王俊民的关系,她非常的矛盾,她拿不准要不要和王俊民发展下去,她告诉王俊民她不想去,她尤其不想在现阶段让大家误会她和王俊民已经确立了什么。但俞晓红架不住王俊民轻轻的一句,他忧郁地看着她说:"晓红,这个晚上,我特别需要你在我身边。"她再不说什么就跟着他来了。王俊民总是在轻捻之间就能一再地揉碎了她。

俞晓红开始尝到了轻率和头脑发热的后果:她呆呆地看见显然是来闹事的马勇和张琪,她被吓住了,不知该怎么好了。

王俊民也看见了马勇和张琪, 他的歌声在下一句 "你我好比鸳鸯鸟——"上停止住,鸟儿折翅坠落,一贯儒雅沉稳不疾不徐的王俊民也一时紧张地怔住了。

四周的人这时都看出了异样,看出这两个突然出现的小记者是来闹事的,于是一切的喧哗在刹那间都消退了,众人都拥上来观望着。

马勇在四周静得可怕的注视下鼓励地拍拍张琪:"张琪,别怕,上!"

张琪以平生未曾有过的勇气硬着头皮走过去,对俞晓红说:"晓红,你跟别人上这儿来怎么也不告诉我一声?咱俩说好的,下班以后,我到你们晚报社去接你,你们记者部的人说你到这儿来了,现在时间也这么晚了,你姐在家里也不放心,你就别再玩儿了,回家吧!我送你回去。走吧!"

俞晓红很是尴尬, 根本就不知道该说什么, 她本能地扭头去看王俊民。

王俊民的修为和历练显现出功底来了,他在很短的尴尬和慌乱后便又恢复了儒雅和沉稳,他不露痕迹地上前一步,挡住了向前逼近的张琪,护在俞晓红身前,随后很有风度地一笑,开口道:"这位——是小张吧?小张同志,小俞她和我现在正代表我们晚报参加这个活动,这也可以说是工作,再等一会儿,等工作结束,我送她回去,你看好吗?"

张琪反倒不知怎么办好了,他本能地回头求助马勇。

马勇自己上阵了,他从人群里蹿出来,采取洒狗血的战术,不留一点余地,冷冷地对王俊民径直道:"王俊民,我看你有点儿不要脸哦。"

王俊民再有修为,再儒雅和沉稳,被马勇一下顶在墙角,也顿时僵硬住了。

马勇好不得意,他盯紧王俊民,继续穷追猛打,更加提高嗓门攻击下去:"王俊民,我看你是有点儿厚颜无耻哦!你明明知道,俞晓红现在是这位小张同志的女朋友,人家俩人正谈得好好的,你身为总编辑,利用你职务和权力的优势,都已经下班了,你把俞晓红叫到这里来,来所谓参加活动。今天是你们各大媒体老总的联谊会,她一个小记者够得着吗?你这是假公济私想借此达到你个人想泡她的目的!你一个大总编,你去抢一个小记者的女朋友,你要脸不要脸?"

王俊民脸阴沉着,阴得像要滴下水来,沉默不语。

围在四周的领导和夫人们也都惊讶和沉默地看着眼前的这一幕。

而俞晓红在众目睽睽之下尴尬至极,又无法言说,羞臊得眼泪都淌出来了。

马勇得意得不得了,痛快得不得了,多年萦绕于胸的郁闷被放肆地宣泄,他胜利地拍拍张琪,说:"张琪,现在带着你的女朋友走人。我想现在不会有人再跟你抢了,人家——"他更是胜利地瞄瞄沉默的王俊民,嘲讽地说:"怎么说人家也是领导,人家不像你我都是草民,胸无大志没有理想,咱也就是只能看到西红柿今天又涨了两分钱,人家考虑问题目光深远,孰轻孰重心里全都有数,人家不会因小失大。咱们放心走吧。"马勇这话也是旁敲侧击给俞晓红听的,暗示俞晓红不要犯傻,王俊民是不会为了她而放弃自己的政治前途的,他也就是玩玩,有几个做官的是英皇五世啊?

张琪于是按照马勇说的去拉俞晓红回家,他还是胆怯着,怯生生地拉起了俞晓红的手。

"你等等!"上来阻拦的意想不到竟然是王俊民,他拦住张琪,而后面向盯视着他的众人,不再那样儒雅,而是艰涩地一笑,很诚挚地说:"实在对不起大家,本来,这件事儿我是不想说的,至少是不想在这个场合说,但现在既然小马已经把话头挑开了,那我也就没什么顾忌了,我也就实话实说吧。首先,我要声明一点,现在这里没有什么大总编,也没有什么小记者,我和这位小张,张先生,我们就是两个男人,两条光棍儿。我承认,我今天把小俞叫到这儿来,有出于工作的原因,也有假公济私的成分,我想和她在一起,我愿意靠近她,因为我喜欢她我爱她!我爱俞晓红!总编辑就不能喜欢自己心里喜欢的女人吗?我愿意和这位小张同志公平竞争,来追求我们心里共同喜欢的女人!刚才小马说我考虑问题目光深远,无非就是说我得考虑我的政治前途吧。今天,我的直接领导,市委宣传部张部长也在这儿,我表个态:如果领导上因此认为我不够资格当这个总编辑,那我宁可辞官不做!人这一辈子,做官都是暂时的,再大的官你最后不是还得退休吗?而做人是永远的!如果一个人,心里藏着爱,而这辈子却顾及自己的官儿位而不敢去爱,缩头缩脑的,那还能算是做人吗?"说完,他坚决地甩下一切,坚决不管一旁的市委宣传部长如何惊愕地大眼瞪小眼地看着他,他转向俞晓红,不顾一切地拉起她的手,柔情地看着她,说:"晓红,实在是对不起,我实在是不想在这个场合说我爱你的,但我别无选择,我只有说了,请你原谅我吧。"

俞晓红的眼泪刷地涌了出来,王俊民再一次狠狠揉碎了她,这个男人总是能在看似已经不可能的地方十分恰好地等着她,魅力难挡!她更加无法言说,只是任王俊民攥着她的手,也任自己的眼泪汹涌地流着。

静默围观的众人的心开始被这眼泪浸润得柔软了起来,尤其是那些女人们,开始被感动,由她们带头,人群开始爆发出了掌声。有人开始为王俊民说话,王俊民的好友更是开始为他鸣不平,人群中嘈嘈切切地响起来:

"就是嘛,总编辑也是人嘛!"

"当领导的也有追求爱情的权利和自由嘛!不要动不动就说是利用职权搞腐败!"

"老王现在又没老婆,他当然可以去爱自己喜欢的人!"

马勇和张琪顿时傻了,他们怎么也想不到局面在瞬息之间竟会变成这样。

两天以后的傍晚,马勇请张琪在他们常去的小饭铺吃饭。这两天里,马勇没有给张琪打电话也不见张琪,张琪也不给马勇打电话也不见马勇,俩人都觉得事到如今事已至此必须要好好想想了。俩人分别想了两天,到傍晚,马勇觉得是应该跟张琪谈谈了。坐在小饭铺里,马勇给张琪斟满啤酒,端起杯,他原本想轻松地展开话题,但一张嘴,眼里先溢满了泪水,他这两天的痛苦是不言而喻的。他哽咽地说:"张琪,我确实,我确实是想帮你的,我确实,我确实是不想让俞晓红跟别人,尤其是不想跟他!我确实,确实是——"

张琪也痛苦不堪,说:"我知道,你确实是尽力了。问题是敌人确实是太强大了。"

马勇把杯中的酒一口吞下,借着酒劲儿把话吐出:"张琪,这事儿,就算了吧。"

张琪没有明白过来马勇的意思,问他:"什么这就算了?"

马勇把话说得更明白些,规劝张琪道:"你再找别人吧。上次你姑妈还是你姨妈给你介绍的那女的,我说人家不行,说她命相不好,有病,这也穿孔那也穿孔的,其实那女的,还行。我那都是胡说的。你再去找找人家,看还有戏没戏。"

张琪不干,更痛苦地说:"我谁都不找!都到这份儿上了,能说算了就算了吗?!"

马勇开始说俞晓红的坏话,从另一个角度再来规劝张琪:"张琪你别这样。其实俞晓红她有病,她胃不太好,胃食道逆流,小时候她还得过脑膜炎,因此有时候一到晚上她就迷糊,犯傻,上中学的时候她那脚让狗给咬了一口,留下老大一块疤,很不雅观,上大学的时候,蹦迪,摔一跤,把嘴唇摔豁了,缝了好几针,现在细看能看出疤来,也算是破了相了,对了,她还有脚气,你说她这么多的毛病,这等于就是一个残次品了,你还要她干什么呀——"

张琪依旧不干,而且他又哭了,打断马勇的喋喋不休,眼泪汪汪地说:"我就要她!她就是哪儿哪儿都穿孔,全身都穿孔,我也要她!"

马勇无可奈何了,望着张琪感叹道:"你还真是谈恋爱的人里的愚公啊,生命不息,追女人不止啊!"

但马勇还是要规劝张琪罢手,他知道越拖得久对张琪的伤害就越大。马勇颠来倒去地劝说着张琪,说得唾沫横飞。张琪抗拒着马勇的规劝,他也说得唾沫横飞,且激情满腔,但声音却是一声比一声地微弱,他嘴上激动着,决不罢休,但内心知道大势已去,再缠斗下去只能是黄粱一梦,他只是出于一个男人的尊严不能这么快服软罢了。马勇也看出来了,于是不再规劝,只是陪着张琪一杯一杯地喝酒,最后两人都醉眼和泪眼迷蒙地堆了一堆酒瓶在脚边。

在马勇和张琪准备打开第十三瓶啤酒的时候,俞晓红走进小饭馆来了。她走过来坐下,说:"我一猜就知道你们又在这儿。"然后她拿走那瓶酒,不让他们再喝了。

张琪脸赤红但清醒着,他本能地又激动地站起来,有一点喜出望外的样子,却被马勇冷冷地一把拉着他硬按着他坐下,马勇让张琪有点儿骨气别这么轻贱,而后他冷冰冰地看着俞晓红说:"你还来干什么?你那位大总编放心让你来跟我们这些草民阶级为伍吗?"

马勇的臭脸和嘲讽让俞晓红有一些尴尬,她说:"马勇你干吗呀?我们之间,即使现在什么关系都没有了,那总还是朋友关系吧?即使朋友关系也没有了,那总还是同胞关系吧?总还是人跟人的关系总不能是狼跟狗的关系吧?不至于一见面就这么凶神恶煞吧?"

马勇扭过头去不理俞晓红。

但是张琪还是绷不住了,他站起来,过意不去地对俞晓红道:"晓红你别理他,他就这么个狗脾气!晓红你来是不是有事啊?"

俞晓红说:"我来还真是有事。我接到一份群众举报来信,说新开盘销售的溪水庄园小区建筑质量有很大问题,坑害消费者,现在房地产开发是社会的一个重大问题,我想去采访做一个有点儿分量的报道。我听说那个开发公司有黑社会背景,我怕采访过程中出什么事儿,所以我来想请你们两个陪我一块儿去,算是,保驾护航吧。"

张琪刚想说话,被马勇一把按住,他又冷冷地嘲讽道:"不胜荣幸之至。但是,你跟你那位王大总编说一声,他一个电话,指派一堆你们晚报的男记者陪你去,那还不都是随便一个动作!你还用得着来找我们吗?"

俞晓红真生气了,厉声地说:"马勇你别这么夹枪带棒的!你别这么多废话!我就找你们俩了,你们俩爱去不去!"

俞晓红气呼呼地走了。

马勇和张琪也阴沉着脸坐着,半天,不做一声。

张琪最后小心翼翼地开口道:"这事儿……马勇你去吗?"

马勇铁青着脸说:"我不去!张琪你要去吗?"

张琪一瞪眼说:"我?姥姥!我更不去!"

但张琪和马勇在第二天都跟随俞晓红去了。

俞晓红是他俩心里共同永远剥离不去的一块疼痛。

张琪先陪着俞晓红去了那个告状的妇女家,他除了做俞晓红的保镖还兼做拍摄取证的摄影师。在那间到处都是裂缝的新买的住宅楼里,那位妇女和她七八岁的小女儿连连给俞晓红磕头,哭诉自己一个城市贫民攒钱和借钱买这套房子的不容易,更控诉这家开发商依仗着有深厚的背景恶不讲理,不退房不说,放话说随便她们告到哪家法院去,还威胁说再要纠缠就把她家孩子做了!听得俞晓红和张琪义愤填膺。尤其那小小的像一颗小豆芽般的小女孩,把头在水泥地上对俞晓红磕得咚咚响,磕得俞晓红心酸得眼泪汪汪,她简直受不了了,破口大骂说操他妈的她要不把这家器张跋扈的开发商扳倒她就操他妈的不姓俞了！这是俞晓红第一次说粗话。听得一旁的张琪对俞晓红更加钦佩，这种时刻这种情况就得这么说话！张琪怀着对俞晓红的无限钦佩在房子四处连连拍照，为俞晓红下一步的行动提供物证。

俞晓红望着忙出一头汗来的张琪感激地说："张琪，你今天能来，我……我谢谢你！"

张琪看着俞晓红脸又红了，他又开始了在俞晓红面前本能地羞涩和不自然，嗫嚅地说："你别谢，是我自个儿愿意来的，我，我巴不得来哩——"他羞涩得说不下去了，突然他想起了那天马勇说的话，小心翼翼地问："哦，对了，晓红，我，我……我能问你件事吗？你……是不是小时候这脚让狗咬过？你还有脚气？"

俞晓红很觉得奇怪："没有啊。我怎么会让狗咬了，还什么有脚气？你听谁说的？"

张琪愕然地睁大眼，随即明白这都是马勇在胡说八道，他哈哈地笑起来："我跟你说吧，这都是——"

马勇从门外期期艾艾地走了进来。

张琪看见了马勇，笑得更厉害了，对马勇笑道："你怎么也来了？你是不是让狗咬了？狗还给你传染上脚气，你跑到这儿找药治脚气来了？"

马勇一时没明白过来张琪说的是什么，皱着眉头说："你说什么乱七八糟的？"

俞晓红看见张琪憋着坏笑，于是明白这都是马勇乱说的，她望着马勇也不由笑了，也跟着张琪调侃地笑马勇："你不是说你坚决不来吗？"

马勇冷着脸，一脸的傲然不屑，说："你别自作多情啊，你以为我是为你来的啊？我是来找人家张琪的！"他转向张琪，又一脸认真地说："张琪，你完事了吗？完事了你赶紧回报社，张锦秀找你呐！"

张琪毫不留情地戳穿马勇："我刚跟那老更年期打电话请假的，她没找我，你别编了！"

马勇异常尴尬，掩饰地瞪起双眼厉声道："她又抽风了突然又想起来找你了！领导嘛，想什么时候就什么时候呗！"

张琪见马勇急了，忙笑呵呵地说："好，好，我照完了就走。"

俞晓红洞察秋毫地一笑，她知道马勇这是面子上放不下来，他不愿当众服软承认他是为了帮她而来的，但俞晓红并不戳穿马勇，她掏出一张名片来递给那妇人，说："大姐，回去我们就抓紧报道。这是我的名片，今天的事儿,要有人问起来,要有人找麻烦,你别怕,必要的时候,你把我的名片给他们看,就说这是我管的事儿,我叫俞晓红!"

妇人捧着名片感激万分地说:"谢谢,谢谢!"

马勇却一把从妇人手里拿过俞晓红的名片,又掏出自己的名片塞到妇人手里,说:"大姐,换一张,这是我的名片。我也是记者,我是日报的。今天的事儿,要有人问起来,要有人来找麻烦,必要的时候,你把我的名片给他们看,你就说是我来采访的,这事儿是我管的,有事儿让他们来找我,你记住了,我叫马勇。"

俞晓红有些意外地怔住,她没有想到马勇是这样地在乎她,她当然明白马勇这是在保护她,如果万一要出什么事儿,他这是想挡在她的身前。一股暖暖的像冬天里用热水烫脚的感觉,从她的脚心蹿起,细细密密地涌遍全身。俞晓红很舒服地笑了,望着马勇,甜甜地说:"马勇,你不是说我的事儿你再不管了吗?你不是说你再管你就是孙子吗?"

马勇再伪装不下去了,他没法再掩饰,他冷着脸说:"我犯贱呗,我孙子呗。"

俞晓红第二天一早就把连夜写就的一份稿子连同张琪拍的几张照片放到王俊民的办公桌上,说:"王总,这稿子你抓紧看一下吧,还有这几张想配合稿子一起发的照片。你要是觉得没什么问题,你就签发一下。这稿子,我想尽快见报。对了,我要特别说明一下,这家房地产开发公司有黑社会背景。"

王俊民轻蔑地说:"有黑社会背景怕他什么!在中国,什么样的黑社会能斗得过国家?共产党治理国家发展经济可能会很艰难,不容易,但要想捏死几个黑社会那是最轻易不过的事儿了。好,你放在这儿吧,我抓紧时间看,尽快签发。我们新闻媒体一曝光,政府和司法一介入,他立刻就得完蛋!不过,有一个问题——"他停住,声音柔和起来,望着俞晓红,柔情地说:"以后你能不能不叫我王总?"

俞晓红自然明白王俊民的意思,她一时无语,缄默着。

王俊民更加柔情地说:"晓红,我的心迹已经全部向你敞开了,你为什么还要跟我刻意地保持距离呢?你知道吗,你这样,我很难受。"

俞晓红打破沉默开口说道:"我已经跟你说过了,两年了,在我差不多要忘了过去,在我已经有了男朋友,在我要开始我的新的生活的时候,你突然冒出来,你说你爱我,你要我把现在已经开始了的这一切都全部抛弃掉来跟你在一起,你甚至都不给我一个好好考虑考虑、重新斟酌和再选择的时间过程,你狂风暴雨一样来势汹汹地要我接受你,你……你知道吗,你这样,倒是你弄得我很难受!"

王俊民连连歉意地说:"对不起,对不起。但是,我的年龄使我不能再等了。同时,我也不能太慢条斯理了,因为再拖延一点时间,我可能就会彻底失去你。晓红,我怕失去你!"

俞晓红又缄默了,无法再抗拒地说下去。王俊民再一次柔软地俘获了她,这个男人再一次在十分恰好的地方十分恰好地网住了她的心,男人说出这样的话来女人们是很难抗拒的。俞晓红脑子乱了。

王俊民随后从抽屉里拿出两页打满字的纸递给俞晓红,说:"你的稿子要让我签发,我这儿也有一份,你必须要看一下,这必须也要你签发才行。"

俞晓红脑子蒙蒙地问:"这是什么呀?"

王俊民说:"是我给组织上打的结婚报告。尽管现在已经不那么严格了,但我这一级干部要再婚,哪怕走走形式,也是要跟组织上打声招呼的。在报告上,我再婚的对象,我写的是你。当然,这必须要你同意。"

俞晓红蒙蒙地接过那报告,看着,心潮翻滚,竭力控制地紧咬着嘴唇,以至于她拿报告的手都有些抖起来。她曾经有一度是多么地盼望着这报告啊,只是她的自尊心让她不能去向王俊民乞求,她只是默默地期盼着。俞晓红没有想到,在她的期盼已经渐渐消退,已经成了昨日记忆的时候,这份报告天降一般地出现在她面前,就真真切切地捧在她手里,她只要拿过王俊民桌上的笔来写上她的名字,她曾经盼望过的那些,立刻春风化雨,梦想成真。

俞晓红最后把报告还给了王俊民,说她还要再考虑一下。她说她现在顾不上想别的,她要赶着去写这件事后续报告的稿子,写不出来她寝食不安,她现在满脑子都是那个七岁的向她磕头的小姑娘。她忽然很想对王俊民说她当初如果不和马勇天天闹的话,她如果当初结婚就马上要孩子的话,如果她生的也是个女孩的话,她的女儿如今也差不多这么大了!但俞晓红没有对王俊民说,她觉得这个话题是属于她和马勇之间的。

俞晓红转身走了。

马勇果然出事了。

马勇是在赵慧她们妇联的办公楼前出事的。当时马勇正在使劲拽住赵慧,在央求她原谅,因为马勇又去帮俞晓红,而且没日没夜地粘在这件事儿上,这让赵慧十分地气恼,她使劲地摆脱开马勇,要往单位楼里走,说:"我再不听你甜言蜜语地跟我说了!你说你这样都几回了?你一而再再而三,我怎么说你劝你求你都没有用,我在你心里还有没有一点位置?你那么不在乎我,你还来找我干什么!"

马勇嬉皮笑脸赖唧唧地拽着赵慧不放手:"看你说的!你在我心里重如泰山!"

赵慧瞪眼道:"死人了才说重如泰山!"

马勇马上又嬉皮笑脸地改口道:"好,好,那我修正我的说法,你在我心里重如……重如人民币好了!你看我这么爱钱的人,我把你看的比钱都重,可见我对你多么情深意长!"他一心想把赵慧重新逗笑了,还想按照他一贯的战略战术行事:只要把女人逗笑就能把女人拿下。

但赵慧却不笑,马勇已经把她说伤心了,她恨恨地说:"你别跟我要贫嘴!一完事了你就嬉皮笑脸说好话想糊弄我,我再不相信你说的了!"她愤然地甩开马勇,愤然地走进了单位楼里去,把马勇甩在空荡荡的大街上。

马勇无可奈何,讪讪地沿着行人寥寥的人行道向前走。

绑架就在这时候发生了。一辆轿车悄无声息地驶来,停在马勇身边,几个男人从车里下来,马勇起初以为是问路的,而他们果然就上前问了马勇,但他们问的是你是不是叫马勇,待验明正身后,马勇便被架上了车。他们的手法迅捷而又娴熟,马勇甚至来不及喊一声便已就范。

马勇一直被拉到了一幢不知坐落在哪里的别墅中,从窗外连片的玉米地看,马勇推断这是在郊外,玉米地边上倒是有一条公路,路上时而有车来往,这让马勇多少心安了一些:这还不是杀人毁尸的荒郊野岭。

绑架马勇的男人们松开了马勇,他们对马勇倒还客气,让马勇坐,还给马勇端来茶水,这又让马勇的胆子也稍稍壮了一点,他鼓足勇气站起来,心里害怕得要命,脸面上却强悍着,手指点着那些绑架者,虚张声势地叫嚷道:"你们到底要干什么?!——好家伙,你们胆子也太大了,你们连记者都敢绑架啊!我告诉你们,绑架记者跟绑架国家领导差不多是一个性质,都是死罪!虽说现在不实行枪毙了,现在是注射药水,虽说好受点儿了,但还是得死!归根结底你们得死!你们都是要死的人了你们知道吗?!趁着我现在还不是十分的火大,我还不是太生气,你们赶快跟我道歉,赶紧把我送回去,我可能一心软就把你们原谅了,就不追究这件事儿——"

一个三十左右的年轻人从里屋出来,让马勇虚张声势的吓唬戛然而止。这个早熟的年轻人脸色阴沉着,是那种深不可测的阴沉,这张脸让人看上去很有些威慑的力道。

马勇惊慌地叫起来:"你,你要干什么?!你是谁?"

那年轻人不说话,继续阴沉着脸,一步一步朝马勇走过来。

马勇吓死了,双手抱住脑袋,眼睛也惧怕地闭上了,尖厉地叫起来:"你要干什么?你要打我呀?怎么咱们中国黑社会,连话都不说上来就打啊?你们好歹先说几句话啊,咱可以商量啊,别打呀——"

但马勇抱着脑袋叫嚷了半天,他所等待降临的结果却没有发生:没有人打他。马勇见迟迟没有动静,松开手,小心地睁开眼睛望去,有些愣住。年轻人脸上依旧可怕,但他对马勇却谦和有礼,他给马勇的茶杯里又续了一些热水,然后双手给马勇奉上,说:"马老师,您喝茶。"

马勇没敢喝,小心翼翼地说:"你们——不打我啊?"

那年轻人脸上依旧没有笑容,但语调却很是柔和:"我们为什么要打马老师您呢?是不是马老师看我脸色不好看,以为我们很暴力?对不起,我这张脸受过刀伤,肌肉坏死,从此就不会笑了。另外,我的员工以这种方式把马老师请来,这也是迫不得已,马老师也因此可能有些误会了。如果马老师心里有气,那我给马老师赔罪了——"

年轻人竟然双膝给马勇跪下,认真地给马勇磕了个头。

马勇瞠目结舌,震撼得说不出话来,半天,才问:"你——你到底是谁?"

绑架马勇的其中一个壮汉上来介绍:"这是我们董事长。"

马勇于是更加震撼,这董事长,能屈能伸,够酷的!但马勇紧绷的神经也随之松懈下来,他明白了这些人不想跟他来硬的,于是马勇开始轻松地一笑,说:"哦,我明白了。那,拿出来吧。"

年轻的董事长却不明白马勇的话:"什么东西拿出来啊?"

马勇怀着向往,说:"钱啊!你们不是来硬的不成,那就来软的吗?黑社会不都是那样吗,一个皮箱拿出来,啪,打开,里面全是钱,要用钱来收买我,让我封口。好啊,那就拿出来吧!来收买我啊!多少?十万?二十万?拿出来也让我看看啊!"

董事长头一次露出了些许笑意,淡淡地一笑,说:"马老师真幽默。我办事从来不花钱。而且我刚才已经向马老师赔罪了。"

马勇十分失望,不满地嘟囔道:"连钱都没有,你们算什么黑社会啊,充什么大尾巴狼啊,黑社会有你们这样的吗?没劲,真没劲!——好,好,我已经没兴趣了,快点说吧,你们找我什么事儿?"

董事长拿出马勇的那张名片,亮给马勇看:"这是马老师的名片吧?"

马勇诧异地问:"这我不是给那个大姐的吗,怎么到你手里了?"

董事长淡淡地说:"这对我们并不难。"随后他关切地问:"马老师,我请您到这儿来,是想问问您:你们准备曝光的这篇稿子,是您在写,还是另外有人在写?据说当时在现场还有另外一位女记者?她是谁?稿子到底是她在写还是您亲自在写?"

马勇马上豪迈地一拍胸脯:"我亲自!从采访,到写稿,到发稿,全是我一个人!那女的,是我带的实习生,她除了会写检查什么都不会写,还写稿哩,她傻着哩,是个傻叉。有事找我!"

董事长说:"那好,既然这件事情是马老师一个人在操盘,那就恭请马老师停止。"

马勇说:"怎么个停止?"

董事长说:"停止写稿。如果已经写完了,那就请在电脑里把它删除。同时请马老师把有关资料交给我们,包括采访录音和拍的照片等等,谢谢了。"

马勇冷笑道:"你们没得甲流吧?还没烧糊涂吧?还认得男女厕所吧?脑子还有点意识吧?我现在就可以告诉你们,这篇稿子,连同照片,马上就要在晚报上全文发表,彻底曝光!媒体一曝光,政府和司法一介入,什么黑社会,黑社会敢跟国家抗衡吗?在美国也不能!还让我把采访录音和照片底版交给你们,可笑不可笑!你觉得这可能吗?"

董事长不火不躁,沉稳淡然地说:"可能的。我给马老师三天时间,三天以后,有劳马老师把东西给我们。"他再次对马勇说:"谢谢了。"

马勇表示他不吃这一套,说:"来劲了是不是?想威胁我?想把我扣在这儿?!"

董事长说:"不会。我已经说了三天以后。马老师如果不愿意再坐了,现在就可以走。"

马勇愣了一下,壮胆站起来,哆哆嗦嗦地就朝门外走,同时又开始了虚张声势的叫嚷,把声音拔得更为高亢:"我当然走!我看你们能把我怎么样!黑社会又怎么样?我根本不怕!靠,你大爷的!"

那不会笑的董事长在马勇的骂骂咧咧中谦和地向马勇弯腰鞠躬:

"马老师走好。"

马勇骂骂咧咧昂首挺胸很英雄好汉地走出别墅去。他走出来后，站下，偷偷向后看，见没有人跟出来，吓得撒腿就跑，像兔子似的，穿过玉米地，一路稀里哗啦地作响，一直跑到了公路上，杀猪般地呼叫拦车，最后以他的记者证总算拦住了一辆拉鸡的货车，马勇坐在鸡笼中间进了城，他没有回家也顾不上去单位，而是径直去了俞晓红的晚报社。

马勇在晚报社楼前打电话把俞晓红叫了出来，他不愿进去，他不愿见到王俊民。

俞晓红见到马勇如此狼狈的样子，惊讶地问："你从哪来呀？怎么搞成这样?!"

马勇喘着气，大致说了被绑架的情况，然后特别叮嘱俞晓红如果有人来问的话，让她千万别说稿子是她写的。马勇说他已经给那帮黑社会的说了这事儿从头到尾都是他在操盘，他一个人扛着就行了。

俞晓红又暖洋洋的，她望着马勇，眼里又涌起了绵绵情愫，说："哥们儿，谢谢你。我就知道，你会为我这么做的。"

马勇望着俞晓红柔情依依的眼神，心里颤了一下，但他旋即躲避开她目光的盯视，语气生硬地说："得了，得了，你别又自作多情了，我帮你，是想跟你套点儿近乎，让你赶紧把东西从我那屋里搬走，我得结婚生子啊，我儿子等着学电脑哩，都等不及了。"

俞晓红的柔情被马勇生生掐断，她气了，恨恨地说："马勇你少又来劲儿啊！你讨厌！"

马勇顾不上跟她掐，他还有急事要让她办，于是他赶紧息事宁人地说："你很可爱，你像金丝猴，二级国宝，好了吧？你赶紧给我办正事去！"

俞晓红没好气地说："我不管！"

马勇说："我说什么了你就不管？我还没说哩！"

俞晓红说："你说什么我都不管！"

马勇急了："这事儿你必须管！这事儿是你惹出来的你不管行吗?!我跟你说，你赶紧去跟你们总编说，让他赶紧签发稿子，这稿子明天，最迟后天必须见报！稿子一见报，全社会都知道了，他们还敢绑架威胁我吗？要不老这么焖着，我就危险了！"

俞晓红不语了，她心里知道必须这么做，但她嘴上不松口，依旧恨恨地瞪着马勇。马勇刚才的话伤着她了，特别是马勇说他儿子等着学电脑！

马勇底下的话却更加伤了俞晓红，他嘲讽地说："这事儿，你那位总编夫君不就是动动笔头吗，你可找了个好主儿啊！"

俞晓红更加气得横眉瞪眼，反唇相讥道："那当然是动动笔头就能搞定咯，我很幸福！"

这又轮到马勇气得横眉瞪眼了，这话又伤了马勇，马勇愈加嘲讽地说："咱那夫君，官儿做的大，听说钱也挣的不少，我听说，将来你们结婚，咱夫君准备把马桶都做成24K金的，将来你们俩拉屎都金碧辉煌的！"

俞晓红又反唇相讥道："确实是这样！钱多嘛！还有，我夫君，还跟造纸厂商量好了，让给我们家特制一批卫生纸，卫生纸里镶上金箔，也是24K金，将来我们俩拉完屎一擦屁股，更加金光闪闪的，我们愿意这么辉煌灿烂！"

马勇被噎住，恨得直想咬俞晓红，稍停，他想了想词儿，再次发起攻击："我听说，咱夫君，官大，钱多，样样都好，但就有一样：活儿不行。做领导的嘛，整天坐办公室，不运动，应酬又多，胡吃海塞，时不时还上夜总会爽一把，身子都给掏空了，说是个男人，实际是个废物，一见花就谢，一进门就哭——我说的可不是房门那个门哦！妇女们嫁给这种人基本就是守活寡。不过你也别伤心，这样也是好事，你从此可以把更多的精力用到工作和学习上去，和你夫君一起，争取更大的进步。"

俞晓红生生让马勇气笑了，马勇这浑蛋，居然扯到男女之事上去了！俞晓红于是笑吟吟地说："这就不劳你操心了。不过情况不是这样的，我夫君，虽说当领导很忙，但他很注意锻炼，天天跑步，做瑜伽，身体比小伙子都棒，再加上他细腻体贴温柔，那活儿干的吧，都到了艺术的境界了！我现在幸福的呀，我凌晨四点都恨不得爬起来到屋顶上去唱歌！我幸福得都快融化了！他比某些人强得都不是多几个百分点的事儿！"

马勇气得火冒三丈，被俞晓红噎得一句话都说不出来了。

俞晓红得意了："没话说了吧？"她咯咯地笑着朝报社楼里走。

马勇干气没辙，只有朝地上使劲地啐："呸！呸！呸！呸……"

俞晓红闻声回头，见马勇在啐她，她奔过来，捧住马勇的脸，照脸上狠狠地响亮地啐了一口："呸！"而后看着马勇一脸天女散花的模样，她得意非凡地走进楼里去了。

马勇摸着被俞晓红啐了一口的脸，一时木呆呆地站着。

俞晓红进楼里后却刻不容缓去了王俊民的办公室，她虽然跟马勇死掐，她虽然啐马勇，但她不能让马勇再受到绑架和威胁，她不能让马勇再

跟我的前妻谈恋爱

有一点闪失,所以她赶紧要去再落实一下发稿的事情。她估计王俊民已经签发了,但她还是要再敲实一下才能放心。

王俊民坐在他宽大的办公桌后,用缓慢但确定的语气说:"晓红,这稿子,不能发。"

俞晓红傻了,一贯伶牙俐齿的她甚至有些口吃起来:"为,为,为什么呀?"

王俊民说:"这家房地产公司的董事长,叫李晓西,你知道他的亲叔叔是谁吗?"

俞晓红问:"谁呀?"

王俊民强调地说:"就是咱们的市委李书记!李双河!"

俞晓红顿时更傻了,一时说不出话来。然后她急了,扑到王俊民面前急切地说:"那,那这稿子要是不能马上见报,要没什么能够制约他们,那,那,那采访的记者就有危险呐!"她没有说马勇,她知道对王俊民说马勇有危险不管用,于是她把危险拉到自己身上来,想以自己身处险境来打动王俊民,而且急切中她第一次亲昵地呼唤王俊民,说:"俊民,是我呀!我就有危险了呀!"

王俊民果然有一点被触动,他低头缄默着,不说话。

俞晓红进一步贴近他说:"俊民,新闻有舆论监督的责任,你有这个签发稿子的权力,何况现在是法制社会,王子犯法与民同罪,你别管什么书记不书记,你就签发了吧!"

王俊民依旧低头沉默不语。

俞晓红哀恳他:"俊民,就算是为了我!算我求你了,好吗?"

王俊民沉思良久后说了他最后的决定:"稿子不能发。"

俞晓红彻彻底底地傻了。

第 16 章

俞晓红只有阴沉着脸去跟马勇报告这一最糟的消息。

马勇的反应是气急败坏。马勇气昏了,不顾正站在行人熙熙攘攘的大街上,扯开嗓子就叫嚷起来:"我操!什么?!稿子不发了!?我靠,玩的这是什么国际花样啊你们?!"

俞晓红看着四周的行人都被马勇招惹了过来,提醒他:"你小点声!这是在街上!"

马勇疯了,不管不顾,继续高声嚷叫道:"我现在还管它在哪儿!我现在处境危险!稿子不发了,他们根本就不用再顾忌什么了,他们随时随地都可以废了我你知道吗?!没准过两天你再见我,我就剩一条腿了!我都能参加残奥会了你明白吗?!你还让我温柔地说话,我温柔得起来吗?!"

俞晓红的声音也高起来:"马勇你别嚷!我来就是要告诉你,你可以没有任何危险,如果他们再来找你,你就说稿子是我写的,整个事情都是我在操盘我在负责,跟你没有任何关系!事实也是这样。你就照实说!事情到了这个地步,我不想有任何人替我怎么着!真的,马勇,你别替我扛了!我惹的事儿,我自己去扛!"

马勇听得更加胀气,愈发高声地叫嚷起来:"你得了吧!你逞什么狗屁的能啊!你去扛?都说是肉包子打狗有去无回,你一女的,你是肉包子打流氓,你给流氓送夜宵去了!就算最后你还能活着,你以为你能完整地回来吗?!还你去扛——"他气得顿住,想想,越想越气,又愤恨地说:"俞晓红,你说你找的这个男人吧,什么东西啊!堂堂的总编辑,发篇稿子,在他不就是拿笔一绕的事儿吗,大不了不做这个官儿了嘛!你说,他都跟你这样了,都,都,都——都他妈跟你睡了,他又不管你了!什么狗屁男人——!"

俞晓红脸憋得通红,但在街上,她还是克制着,说:"马勇你别说得这么难听好不好!"

马勇火到了极点,不顾一切,口无遮拦地叫道:"我就这么说了!我说的都是事实!难道他没跟你睡?难道他睡了你他现在又管你了吗?!"

俞晓红克制不住地骂起来:"马勇你浑蛋!"

马勇冷笑地说:"我浑蛋?你傻蛋!你说你都傻到什么地步了,找这么一男的!最后你得到什么了?你还不如鸡婆哩,鸡婆跟男人睡了,还能换回俩钱儿来哩,还能挣个仨瓜俩枣的哩——"

俞晓红抡起胳膊使足劲狠狠抽了马勇一个耳光,把马勇的讥讽生生地抽停了。

马勇被抽得猛然捂着脸怔住,恶狠狠地瞪着俞晓红。而俞晓红因为太过用劲,剧烈地咳喘起来,胸腔剧烈地起伏着,她也恨恨地瞪着马勇。马勇气恨至极,咆哮道:"俞晓红,我要再管这件事儿,我要再替你扛着,我就不姓马!"俞晓红也朝马勇嚷叫:"我稀罕你替我扛!你赶快给我走得远远的!我不想再见到你!"马勇咬牙切齿地说:"俞晓红,我这辈子要再说我认识你,我就是一臭鸡蛋!"俞晓红咬牙切齿地说:"马勇,我这辈子要再说我认识你,我就是那下蛋的!"

马勇火冒三丈地扭头便大步走去。

俞晓红也火冒三丈地扭头朝相反的方向大步走去。

两人分道扬镳。

马勇在第三天的早晨又被架到了那栋窗外是一片玉米地的郊外别墅里。

那个没有笑容的年轻的董事长,马勇已经知道他叫李晓西,他依旧谦和地请马勇坐,给马勇倒茶。他坐在马勇对面,一只硕大的玻璃透明鱼缸摆在地上,五颜六色的金鱼在里面游弋着,李晓西不时把手伸进鱼缸,一尾一尾地捞起那金鱼,就在手掌心里把玩着,那鱼儿在他的掌心中挣扎地蹦跳,而后李晓西手一使劲,将一尾尾的金鱼捏得内脏迸裂,活活捏死。他做这一切自然而随意,就像人一边嗑瓜子一边看电视一样,同时李晓西还不忘语气谦和地提醒马勇喝茶。

马勇看得心惊肉跳,哪里还敢去喝李晓西的茶。

李晓西一边继续着他杀戮金鱼的游戏,一边十分有礼貌地问马勇:"马老师,我再问您一句:那稿子真是您在写吗?怎么我听说是另外一个女记者写的?您告诉我实情好吗?"

马勇紧张惧怕得心都不跳了,以至于他需要闭上眼睛定定神才能说话。他本来还想像上回那样虚张声势地恐吓他们一下,但他已经完全没有了上回的那点底气,但马勇不能说出俞晓红去,他嗫嚅地说:"那稿子是,是……是我写的。"

李晓西不大相信,他狐疑地审视着马勇:"真是马老师您一个人写的吗?"

马勇一横心,大声道:"是我一个人!从头到尾都是我一个人!"

李晓西于是说:"那好吧,我相信马老师了。现在三天已经过去,请马老师把稿子,采访的录音,还有照片,把所有的一切,都能交给我们,我们非常感谢马老师。"

马勇哆哆嗦嗦像蚊子一样低声地抗拒道："这个,我,我……我不能交给你们。"

李晓西并没有表现出特别的愤怒,他肌肉受伤不能言笑的脸上依然平静着,他只是稍稍有些惊讶和意外地看着马勇,那眼神里透出一股寒冷的锐利来。他就这样锐利地望着马勇,不说话,手底下又从鱼缸里捞起一尾金鱼来,在掌中把玩着,那金鱼仿佛知道死期将临在拼命地蹦跳挣扎。

马勇足以被吓得魂飞魄散了,他慌乱地说:"别别别!李董事长,你别这样!你,你,你们别打我!别把我怎么着!咱,咱……咱可以商量嘛!咱商量商量,商量商量,好吗?"

李晓西还是一句话不说,继续把玩着濒死的金鱼,望着马勇,让马勇自己说。

马勇赔着笑脸提出他的调解方案,说:"李董,您看,您是大老板,大公司,不缺这点儿钱,人家是孤儿寡母,人家存点钱买套房子太不容易了,而且还借了亲戚朋友还有银行的一大笔钱,人家都已经给我们记者跪下了!您看这样好不好:您把钱退给人家,她把房子还给您,我就把稿子从电脑上删了,把采访录音和照片都还给您,这事儿就算完了,您看这样行吗?"

董事长想都不想便冷冷地回绝了马勇:"马老师,我只是问您,您准备把东西给我吗?"

马勇噎住,无法再伪装地讪笑下去,稍停,他一横心,小声怯怕但肯定地说:"那,那,那我就不能把稿子还有照片和录音交给你了。我得继续下去。我得把这件事儿最后给它曝光。全国的新闻媒体很多,又不是只有晚报这一家可以发稿。再说,如果最后哪儿哪儿的报纸都不发,我还有网络,我可以发到网上去!"

李晓西不再多说一句话,他一使劲,将掌中的金鱼捏死,他几乎把那鱼捏碎了,而后把碎了的鱼肉丢进鱼缸里,语气依然沉稳平静和富有礼貌,对围在他身边的手下们说:"马老师既然有他的想法,那我走了,你们跟马老师再好好谈谈吧。"

李晓西站起来走进另一间屋子去。

手下们便来跟马勇继续谈。

谈的结果便是马勇被揍得鼻青脸肿,肋骨挫伤,全身都是淤青和红紫。他们没有像捏死金鱼那样地做了马勇,是仅仅给马勇一个切实的警告,目的是让马勇自己把东西送来。随后他们送马勇去了市里最好的医院,包下了最贵的病房单间,并且预付了足够多的医疗费,甚至把医院周围最好的餐馆的菜单都送到病房来,马勇可以随意免费叫餐,让马勇像贵族一样地疗伤。

张琪是先接获信息赶到医院来的,他看着遍体鳞伤的马勇,一边狠狠地吃着病房里堆积如山的菜肴和水果——马勇恶狠狠地按照菜单把各餐馆最贵的菜都点了个遍同时要了一个星期都吃不完的餐后水果——一边用油汪汪的手给马勇擦着额上和脸上因疼痛而渗出来的冷汗,以示抚慰。马勇看着张琪狼吞虎咽地吃着,他身上疼,嘴也烂了,他自己吃不下,他恶狠狠地要了这么多只是觉得他不能白白挨打。马勇让张琪慢点儿吃,说餐馆里有的是龙虾跟象拔蚌,吃完了咱再点。同时马勇提醒张琪这是医院,他是来看望病人不是上餐馆吃饭来了,马勇让张琪有点儿出息。而后马勇叮嘱张琪不要把这件事情告诉俞晓红。张琪闻言一大口龙虾肉停在了嘴里,歉意地跟马勇说:晚了,他已经给俞晓红打过电话了。

俞晓红踏进病房就开始眼泪汪汪,几天以前和马勇打架打得天昏地暗的怨仇在刹那间便灰飞烟灭,只剩下不加掩饰的心疼。她看着把头包得像个印度人的马勇,眼泪汪汪且气恨地不知说什么好,憋了半天,憋出来一句:"操他妈的!"

马勇本来疼得龇牙咧嘴,听见俞晓红骂人,扑哧一笑,这一笑又扯动了他的伤,更疼得他龇牙咧嘴,他咝咝地倒吸着冷气说:"你,你,你一个女人骂得这么粗野。"

俞晓红又粗野地骂道:"操他妈的!——告他们去!"

马勇摇头说:"没有用的。他们敢打记者,就说明他们有十分的把握,毫无顾忌。"

俞晓红察看着马勇的伤势,眼泪愈发汹涌地在眼窝里打转:"打成这个样子!你为什么要一个人死扛呢?你不是说你再不管我了吗?"

马勇又一笑,又疼得咧嘴:"我不是说了嘛,我犯贱呗。"

俞晓红眼泪克制不住汹涌地流淌出来,并且哭出了声音,嘤嘤地哭。

马勇不能动,张琪便过来抚慰俞晓红,说:"晓红,别哭了,马勇挨顿打,可把事儿给扛住了,也值!这事儿就算是过去了。"

马勇恨恨地说:"根本没过去!他们还让我交录音带和稿子,再给我两天时间。说两天后要再不交,那就根本不是光这么打我一顿的事儿了！"

俞晓红和张琪都惊愕地怔住,接着都愤怒和激动无比。

张琪说:"两天后他们再来,你就说是我干的!让他们来找我!我看他们还能把我打死!"

俞晓红则更激动地说:"什么去找你,让来找我!这事儿本来就是我干的!是我找你们俩的!马勇,你让他们来找我!"

马勇说:"你们俩都算了吧!首先,这事儿张琪你根本就扛不了,张琪你是摄影记者,这件事情主要是文字记者在采访在写稿,你去说是你干的人家信吗?咱们哥儿俩之间,我是文字记者当然是我来扛着!这没有选择的余地!俞晓红也不能出来扛!我一男的,就是挨打呗,最严重也就是胳膊骨折和肋骨什么的哪再断几根的事儿,俞晓红你一女的——反正你不能去!还是我扛着!我接着扛!反正稿子我不交出去!我本来胆小怕死,他这一打我,哥们我他妈还来劲儿了我!我就跟他们死磕了!"

俞晓红腾地站起来,说:"张琪,你在这儿先陪马勇,我先走!"

马勇看着俞晓红毅然决然的样子，心揪起来，急忙问:"你干什么去?!"

俞晓红说:"我再去找王俊民!我就不信他一点情意都不讲!我非让他把稿子发了!"

俞晓红激动地大步走出病房去。

在俞晓红急匆匆踏进晚报社大楼的时候,王俊民正在接一个重要的电话。

这是市委秘书长打来的电话。

王俊民因此不敢坐,尽管秘书长在电话那端看不见他,他依旧本能地站着在接听电话,像平时他面对秘书长本人一样。秘书长是亲自来询问稿子的事,王俊民十分确定地告诉秘书长这事儿他已经处理了,他请市委领导放心,这稿子绝对不会发!

秘书长从电话话筒里传来的声音很响亮,火气很大,透着一股上级领导对下属威严斥责不容置疑的口气:"这不光是稿子不能发的问题!王俊民啊,你要好好地检讨啊!你是怎么管理你的员工的?!你怎么能让你的记者去整这个事情呢?你们好大的胆子啊,直接整到双河书记的头上去了!你们是美国的报纸啊?你们是受布什领导的吗?太自由化了!那个采访写稿的记者要严肃处理!你告诉我,她叫什么名字?"

王俊民在这个问题上迟疑了一下,语气含混地说:"这个……秘书长,这个我们报社内部处理吧,我们来处理就行了。"他没有说俞晓红的名字。

秘书长严厉地催问道:"你告诉我她叫什么!"

王俊民依旧含混地想搪塞过去:"这个……还是我们自己处理吧,我们一定严肃处理!"

秘书长却不依不饶地说:"你是不想告诉我是吧?"

王俊民不敢再搪塞了,但他也不想说出俞晓红,捏着话筒缄默着。

秘书长更加严厉的声音从话筒传过来,在不大的屋里嗡嗡地响:"王俊民,我告诉你,你这个总编辑目前还是代理的,市委还没给你转正哩!就是给你转正了,要拿掉你,也是随时随地的事儿!你告诉我这个记者叫什么?这个人我要亲自处理!"

王俊民依旧缄默着,捏着话筒不吭声,他内心剧烈起伏波动着,有汗从额上渗了出来,而后,他说了,语气艰涩地开口告诉秘书长:"她叫……叫俞晓红,是我们记者部的记者。"

秘书长咔的一声挂断了电话。

王俊民脖子上也开始流汗,一瞬间,他像翻过了几座山那样的疲乏,他放下话筒,疲乏地转过身来,他想赶快坐下,一抬头,却愣怔地又站着了。

俞晓红正站在敞开的门口,以一种不敢相信的眼光震惊地望着他,望着这个爱她的男人,电话声音很响,她显然全听见了。

王俊民尴尬、羞惭,沉稳儒雅的风度荡然无存,他望着俞晓红一时不知说什么好。

俞晓红还是有一点想到顾及这位总编辑的面子:她关上了办公室的门,默默地走过来,在沙发上坐下,她不想让她和王俊民的谈话让别人听见。

王俊民忙跟过来,开始他的挽救工作,柔情地说:"晓红,你,你听我解释——"

俞晓红掐断了他的柔情,直截了当地说:"我是要听你解释,但是,请说实话,请说你最最真实的想法,哪怕这种想法真实到最卑鄙无耻的地步,也比你虚伪掩饰,或许还能让我保留对你的最后一点好感。最卑鄙的真实也比最漂亮的虚伪要可爱。"

王俊民顿了一下,他是个极聪明的人,他知道这个时候只有说实话,或许还能重新博得俞晓红的好感，于是他同意地说："好，我说实话，全部说实话。"

俞晓红抬头望着他，目光如锥："为什么？"

王俊民问："什么'为什么'？"

俞晓红讲得更明白些："你上次当着那么多人的面，你说，你宁可不做这个官儿，你也要爱我！你让我觉得你很男人，非常的男人！可是这次，你却为什么？"

王俊民回答道："好，我真实地告诉你。我上次会那样说，因为我知道我丢不了官。我是正当恋爱，没有任何把柄可以处理我，相反，我那样说，很多人会认为我是性情中人，敢爱敢恨，现在时代在进步，观念没那么保守了，大家会认为我这个领导很前卫，很人性化，反而会对我有好感。而这次不同，这次我如果硬顶，我是真的会丢官的。我不想丢官。"

俞晓红愣住了，她没想到王俊民回答得这么无耻，真实有时候真是十分丑陋的！俞晓红苦笑笑，酸楚地说："你就这么在乎做这个官儿吗？比……比在乎我还在乎吗？"

王俊民又说："好，我再完全真实地回答你。我如果不做这个官儿了，那我什么都没有了，地位，钱，尊重，社交，名誉，包括女人的爱，一切！我如果现在是个修自行车的，是个卖烧饼的，有稍稍上档次的女人会多看我一眼吗？我的专业就是做官，我只能是首先确保把我的专业干好，我没有也不可能有别的选择。"

俞晓红听完更加无言，而后，她只有苦笑，更加酸楚地说："好，谢谢你的真实。"

王俊民小心翼翼地问："晓红，你是不是对我很失望？非常失望？"

俞晓红想流泪，但她强硬地撑住了自己，没有让眼泪落下来，她已经不想再在这个男人面前流泪了。她冷冷地说："不，我只是真实地看见了你，就等于是看见一座大桥裂开了一道缝，我为什么要对大桥裂了一道缝感到失望呢？大桥还有塌了的哩！生活就是由各种真实的存在组成的，很正常，没什么大惊小怪的，我只是告诉自己以后别再走这座桥绕道走就行了。"

王俊民很难过，他哀求俞晓红："晓红，你别离开我——"

俞晓红根本听不见王俊民在说什么了，她只是沉浸在自己的情绪里，径直说自己的，她有一点是说给自己听的："我只是突然觉得很有点遗憾，我忽略了另外一个人。我曾经跟他在一起很久，到现在我才明白，我一直没有好好珍惜他。他不是官儿,没有人想过要提拔他当官,就他那样儿,我估计全国十三亿人有十二亿九千万人都当官了他也没戏,因此他也没别的想法,他的专业就只剩下做人了,他只能把人做好,这个人就是马勇!"

俞晓红说着站起来朝门外走。

王俊民急了,站起来,想去抓俞晓红:"晓红你去哪儿?"

俞晓红爆发了,她开始哭,激动得又开始眼泪汪汪,像刚才在医院里看到马勇一样,她哭着说:"我现在要去找他!他现在有危难,我要和他在一起,不管有什么事儿,我要和他一块儿挡一块儿扛!从现在起,我什么都不管了,一切我都不管,我要重新和他住在一块儿!他本来就是我的!"

俞晓红疯了一样地跑出门去。

俞晓红去了医院。

俞晓红疯狂地小跑着登上医院的数十级台阶,穿过医院长长的走廊。在走廊上,她猝不及防地撞倒了一个迎面走过来的人,她自己也摔倒了,她爬起来,甚至在疯狂中都想不到要向对方道歉,又小跑着向住院部冲去。待跑到马勇的病房门前,本来要冲进去的她却猛然站住了,像疾驰的汽车碰到前方的障碍猛然刹住车一样。

俞晓红看见了赵慧。

赵慧也在哭,她也哭兮兮地看着在病床上龇牙咧嘴的马勇。

病房里只有马勇,而没有了张琪,张琪大概是躲出去了,为赵慧和马勇的会面腾地方。马勇可能是没有想到赵慧会来,他惊讶地望着赵慧说:"你——你怎么来了?"

赵慧哭兮兮地说:"张琪给我打电话,我才知道,我……我就来了。"

马勇说:"你不是……你不是不理我了吗?"

赵慧不说话,她开始哭出了声音,眼泪汹涌地淌下来,她突然爆发地扑过去抱住马勇,更加响亮地呜呜呜呜地哭了起来。

马勇一时手足无措了,说:"这是在医院!你,你,你哭什么呀?你别哭!"

赵慧死死抱住马勇不放手,哭着说:"我就哭!你是我丈夫我怎么能不哭?你都这样了我怎么能不来?!我告诉你,我不是一个随便的女人,我不是随便跟男人睡觉的,我不是睡完了就完了的那种女人!呜呜呜……"

马勇感动了,也不无激动地抱住了赵慧。

隐在门外的俞晓红默默地转身走了,她神色黯然。

俞晓红再次穿过走廊和下楼走出医院的时候，她已不再小跑，方才的激动和疯狂消退了，她走得十分缓慢，一种气力用尽的虚弱的缓慢。她缓慢地走到大街上时，天已经黑了，夜灯亮了起来，开始有星儿在稀疏地点点滴滴地在远空闪烁。

俞晓红凄凉的背影在夜色里缓慢地走远。

赵慧开始接管和插手马勇的事情。

赵慧不能任由她未来的丈夫被人打死，她同时也不能仍由她未来的丈夫得罪了市委李书记而影响到她的前程。她是市委辖下的干部，一个市委书记足以影响和决定他辖下干部们一生的命运，因此赵慧要和马勇结婚就必须要平息这件事。赵慧一旦行动起来倒是很有些路数的，比马勇有路数得多。第二天，她就请来了市委办公室主任，这是李书记身边最贴近的人，她叫上马勇一起陪他吃饭。

主任姓贺，有些秃顶，倒也面善，赵慧殷勤地给贺主任酒杯里斟满酒，笑着央求他："贺主任，您就费心一下，安排我们家马勇见见双河书记，让他当面跟双河书记认个错。马勇已经知道他这件事情做错了，请双河书记看在他不知道那是他们家孩子的情况下，就原谅了他吧。贺主任您给安排一下！"

贺主任为难地说："这不好办呐。市委书记哪能随便安排跟人见面呢！"

赵慧不放弃，她必须办成这件事儿，她死死赖着贺主任，锲而不舍地说："贺主任，您是市委办公室主任，双河书记每天的工作日程都是您安排的。贺主任，您是我的老领导，您是看着我一点一点进步起来的，现在我遇到大难事了，我们家马勇，政治上不成熟，捅这么大个娄子，现在领导对他很有看法，那他政治前途就完了！而且双河书记的侄子现在还天天要找他，不依不饶的——贺主任，您要是都不管我，那我还能指望谁去呀！"

赵慧十年前大学刚毕业曾经在公路局工作过三个月，贺是当时的局长，赵慧因此就死死咬定贺是她的老领导，并且衍生出贺是看着她一步一步成长起来的，以此来勾连起贺主任的情感，赵慧并且眼圈也红了，显得跟老领导情之切切情深意长，官场办事是讲派系和根源的，赵慧当然明白这个。马勇在一旁看得头皮一阵阵地发麻，他低下头去不敢看赵慧的演出，他觉得很丢脸。

赵慧很不满意马勇的表现,她暗暗捅捅缩头缩脑的马勇,让他要好好配合自己。

马勇被捅醒悟过来,忙把带来的一兜礼品捧出来,尴尬和僵硬地对贺主任笑着,说:"主任,一点,一点心意——"

贺主任皱起了眉。领导碰到这种事情都是要先皱一下眉头表现出并不乐意收的样子,贺主任也按照惯例先皱起眉头说:"这干什么?拿回去,拿回去。"

马勇就顺势把礼品拿了回来,他本来就不想送,买这花了他两千多哩,他正好退回商场,

马勇的举动让赵慧简直要气死了,她狠狠挖了马勇一眼,将礼品夺过来,硬塞到贺的怀里,并且不再叫贺的职务,而是叫得更加亲昵,像个小女儿撒娇似的说:"贺伯伯,您一定得收下!这不是什么送礼,这是我们跟老领导您好长时间没见了,来看看老领导!您要是不收您就看不起我们当晚辈的!"赵慧说着,又暗暗踢了马勇一脚,让马勇也跟着她向领导撒娇。

马勇于是也抱起贺的一只膀子像个小儿子似的摇晃着:"贺伯伯,你就收下吧,你就收下吧……"

马勇恶心得只想吐。

从酒楼出来,马勇就和赵慧吵架。

马勇激动地说:"我他妈我真贱!我觉得我就跟狗似的!你说你给我安排的这事儿!"

赵慧伤心了,她也激动地说:"你还怨我了?我为谁啊?我是为我自己吗?!"

马勇语塞了,赵慧确实不是为了她自己,但马勇还是屈辱难消积愤难平,恨恨地说:"反正,我觉得我特孙子!太他妈孙子了!"

赵慧正色严肃地说:"马勇,我很严肃地跟你说,你以后政治上不能再这么幼稚了,尤其是我们结婚以后!我是坐机关的,现在就这样儿,不这样办不了事!我要是不顺应这些我怎么能生存?我跟你说马勇,双河书记你是一定要去见,这不光是能免除你现在的灾难,而且你记住你对领导的态度一定要谦恭,要扭转领导对你的印象,这对你以后很关键!而且,你以后这种吊儿郎当的劲儿一定要改,因为我们结婚以后,你影响的不是你一个人,而是我们这个家!你听见了吗?"

马勇嘲讽地说:"行,从明天起,我哪怕见了我们单位看库房的老倪,

我都说：哎哟领导，您亲自长痔疮啊！哎哟领导，您亲自前列腺发炎啊——"

赵慧真生气了，气恨地瞪着马勇："流氓劲儿！我跟你没法说！"她转身就要走。马勇急忙拉住她，嬉皮笑脸地说："别走别走，我错了，我错了！"他又说："咱不是说好，今晚上，你就住我那儿吗？"

赵慧挣脱地甩开马勇走去，她回家了。

马勇悻悻然地也独自回家去。下了出租车，路过街口包子铺的时候，马勇看到包子铺里面有灯光透出来，他突然想到应该去看看王建军，这段时间一堆的乱事，他已经很长时间没见那个愣头愣脑可爱的小山东了。马勇的脚步向亮着灯光的包子铺移去，他突然又停下，想起了明天将要来临和面对的事情，一切兴致顿时全无。贺收下了礼物，也收下了赵慧女儿般的撒娇，答应明天安排马勇和李双河书记见面。马勇一想到明天就要去见那个可以决定全市所有人命运也包括他命运的人，顿时心绪烦躁，忐忑不安，不知明天是祸是福。马勇想他还是早点回去睡觉，睡不着也要强迫自己睡，养养精神，同时要想想明天怎么跟市委书记说话。

马勇便掉转了脚步躁郁地回家去。

马勇不知道王建军此刻正躺在包子铺里间的铺上，盖着被子，她病了，咳嗽，在发烧。她想念马勇想得都发烧了。

只有刘婉香陪着她。刘婉香不时拿毛巾蘸了凉水给王建军搭在额头上给她降温，在其余的时间里，他便坐在床头，给王建军织毛衣。刘婉香这个大小伙子织毛衣织得很熟练，他是为了王建军苦苦练了一年练成高手的。刘婉香边织边说："再过两天毛衣我就给你织好了，你就赶紧穿上。你就是早上衣服穿得少，你才感冒的，我让你衣服多穿点你就是不听。"

王建军咳嗽着说："你给我织的啥毛衣呀，现在商场里，十来块钱就买一件，费这事儿！"

刘婉香却乐此不疲地织着，说："那不还得多花钱嘛。再说自个儿织的厚实，穿上暖和，不像商场里买的，薄薄的，舍不得多放毛线。以后，你穿的毛衣我都给你织，好不？"

王建军心里想着马勇，不愿跟他多说话，语气淡淡应付地说："行啊，你想织你就织呗。"

刘婉香笨，看不出来，他继续絮叨地说："织好了这件毛衣，我还想再买一斤毛线，我想给你再织几双毛袜子，让你冬天穿，我再给你织个手套——哎,对了,你想要啥颜色的?"

王建军不再搭理他了,她烦躁地翻过身去冲着墙躺着,不语,想着她的心事。刘婉香停下编织,关切地问她是咋了,是不是很难受?想喝水吗?要不要他背她上医院去?王建军一概不答,缄默着,眼泪却无声地扑簌簌地一滴一滴滚落出来。

看着眼泪,笨拙的刘婉香明白了,瓮声瓮气地说:"我知道你是为啥。"

刘婉香抚摸着毛衣伤楚地站了片刻,随后,他拿着毛衣站起来走出包子铺去。

刘婉香去找了马勇。

马勇正在卫生间里对着镜子在给青肿还未全消的脸上擦药,他擦完药就准备睡了,听见有人敲门,他走出卫生间穿过客厅去开了门,见刘婉香深更半夜站在门口,讶异地说:"刘婉香?! 这么晚了,你——什么事儿?"

刘婉香上去径直拉起马勇,说:"你跟我走。"

马勇更讶异了:"又干吗?上哪儿去?"

刘婉香瓮声瓮气地说:"她病了。她想让你去看她。"

刘婉香不由分说拉着马勇就去了包子铺,把马勇推进里面去,他自己在门口默默地蹲下,他不进去。蹲了片刻,他又开始织起毛衣来,他要把毛衣给王建军织完。

包子铺里,王建军看着从天而降般的马勇,激动得更加眼泪汪汪,完全忘了刘婉香,拉着马勇的手,哽咽地叫他:"马哥……"

刘婉香在外面听见了王建军的这一声忘情的呼唤,他难过得哭了起来。但他仍然蹲着不进去,他想他现在要进去的话王建军会不高兴的,她的病会重。于是刘婉香就让他的眼泪也无声地扑簌簌地一滴滴滚落在他正织的毛衣上。

马勇代替刘婉香坐在了王建军的床头,关切地说:"我为你做点儿啥?你有药吗?要不我去给你买点儿药?"

王建军拉着马勇的手不放,欢天喜地地说:"我啥都不要你做。你跟我说说话就行!"

马勇于是就跟王建军说话。

马勇跟王建军说话他每次都觉得就像溪水一样地没有抗力,柔顺,简单到幸福的程度。女人如水,俞晓红和赵慧也是水,但她们是长江与黄河,有着自己强大的流向,她们对于划向自己这条河的船都要强力地纳入她们的航道,马勇跟她们相处觉得很累。而他每每跟王建军在一起就有一种放松和休憩的感觉,这是一泓小溪,马勇可以随心所欲甚至放肆地说话,而不必担心小溪会像黄河、长江那样陡然掀起惊涛骇浪来淹没了他。王建军对于马勇的话是不懂,或者是不完全懂,马勇很喜欢这女人的不懂,因为不懂她就崇敬和顺从,从来不跟马勇顶嘴。马勇又一次享受到了跟王建军说话聊天那种简单的幸福,现在都市里的女人都太过强势和复杂,故而王建军的简单就尤为珍贵。马勇东拉西扯地说着,开始他还说说王建军的病什么的,后来他就完全说他自己的,他成了一种宣泄和倾吐,不吐不快,陶醉于此,直到他说到了方才和赵慧一起的行动,由此又想到明天要见的李双河,他的情绪陡然低落和沉重起来,他才不说了。

王建军望着突然沉默下来的马勇,关切地问:"马哥,你有心事啊?"

马勇勉强地笑笑:"我明天要见一个很重要的人,还不知是福是祸。"

王建军更关切了:"见谁呀?啥事啊?"

马勇不想跟她说太多,生硬地说:"这你就别问了。"

王建军毫不生气,立刻顺从地说:"行,我不问。"停停,她又小心翼翼地开口说:"马哥你有啥事要我帮你的不?你让我干啥都行!你让我干啥我干啥!"

马勇很温暖,同时颇有男人的小小得意和满足,这又是他在赵慧和俞晓红那儿得不到的。马勇望着一脸真挚热忱的王建军,想起傍晚跟赵慧的争吵,他突然很想问问王建军这个话题,他这是想从另一个女人身上得到另一种印证。马勇说:"小王啊,要是,从明天起,我不是记者了,我什么都不是了,我让开除了,我比你和刘婉香还不如,我连卖包子的工作都找不上,我也没钱,什么都没有,你还认我这个马哥吗?还有,假如说,为了我能继续当这个记者,继续保持这个所谓的社会地位,你会硬让我去干我特不想干的事儿吗?比如说,低三下四去给人送礼,热脸去贴人家的冷屁股,去当孙子吗?"

王建军抢着说:"我当然不会!你要啥都不是了,你就来跟我一块卖包子!要是包子也卖不成了,不让咱在城里待了,你跟我回乡下去,我啥都会干,我养着你!我肯定不会让你干你不想干的事!我既然喜欢一个人我为啥要让他活得不高兴呢?马哥,我要让你每天都高高兴兴的!"

马勇无限感慨,他想赵慧是决然说不出这种话来的!马勇感慨地脱口而出:"小王,你真可爱!我已经有对象了,要不然我——"

王建军听懂了,幸福地红了脸,双眸亮晶晶地看着马勇,希望她的马哥继续说下去。

马勇不说了,刹住了自己的情感,他必须走了,他必须要去睡觉养足精神准备打赢明天这生死一战,这是他现在首先要考虑的,他务必拿下李双河!

马勇沉重地想否则他就真有可能从此就卖包子了。

马勇还不想现在就和王建军一起卖包子。

马勇在太阳再次升起的时候准时见到了李双河。

马勇站在市委书记偌大的办公室里,他把带来的稿子恭恭敬敬地呈交上去,请李书记审阅,而后他等待着,紧张惧怕地哆嗦,脸上肌肉也一阵一阵疼挛地抽搐着。

李双河是个沉稳冷峻的人,脸上也一样没有笑容,他看着马勇的稿子,毫无表情。

马勇更加胆战心惊,他偷眼瞅着,看李双河将稿子看到了最后一页,他哆哆嗦嗦地开口道:"李,李书记,这稿子,是我写的,说是还有这个那个记者都参与了,其实没有,就是我一个人干的。李书记,这事儿,我,我,我错了,我实在是不知道这是您家族里的孩子,我……我保证把稿子从电脑里删了,把采访录音和照片什么的,都销毁了,保证不会流传到社会上去,我,我保证!"

李双河不语,审视地望着马勇,目光锐利得如锥。

马勇让市委书记盯视得愈发慌乱,更加态度诚恳和谦卑地认错:"李书记,我绝对认错,绝对确保不发生任何后果给您带来任何麻烦!但,但是——"他停住,深吸一口气,鼓起所有的胆子又嗫嚅地说:"李,李书记,我,我还想麻烦您一件事儿,您,能不能给您的侄子打个电话,让他把,把那位大姐购房的钱退给她?那大姐离婚了带个孩子,又下岗了,特不容易!还有,您,您再给您侄子说一声,让他别再对我怎么着了,不依不饶的,反正,他打也打了,骂也骂了……您看,行吗?"

李双河皱了皱眉,马勇不明白市委书记皱眉是什么意思,是不满意他的话吗?李双河没有回答马勇的话,而是依旧冷峻地直接开口问他:"你所说的、所写的这些,都是真的吗?"

马勇信誓旦旦地保证:"绝对是真的!"

李双河沉默了片刻,很书记地说道:"那这样吧,马勇同志,你先回去,这件事情,我再调查了解一下,好吧?"

马勇不走,哀恳地说:"李书记,您,您就先打这个电话吧。"

李双河又皱了一下眉头,但他的话倒还平静:"你让我再调查了解一下,好不好?"

马勇依旧不走,艰涩地对书记赔着笑,他索性拿起办公桌的电话话筒塞到李双河手里,加重语气哀道:"李书记,您,您就打这个电话吧!对您,就几句话的事儿,不耽误您。"

市委书记不高兴了,脸色愈加冷峻和阴冷:"你这个记者怎么这样啊?我已经说了我还要再调查了解一下!你总要让我调查了解一下吧?"

马勇硬着头皮说:"李书记,您,您,您别怪我说话不好听,现在大家都知道,说什么还要调查调查、了解了解、研究研究,那都是官话套话,说完了就完了,真要解决问题那得等到猴年马月去。说得更白一点,我今天只要离开您的办公室,下回我能不能再见到您都非常难说,更不要说还指望让您给我解决问题了。李书记,今天我好不容易见到您了,我就不怕得罪您了,我,我就——"他说着,又拿起电话话筒硬塞到李双河的手里,执拗地哀恳道:"您就打这个电话吧!"

李双河愈发地不高兴了,深深地皱起了眉头:"你这个小伙子有点咄咄逼人哦!"

马勇顿住,少顷,他一横心,道:"好,就算为了那个大姐和那个孩子吧,李书记,我今天给您跪下了!"

马勇上前一步给市委书记双膝跪下。

李双河怔住,而后火了,马勇原以为这最后的一跪能撼动市委书记的,但没想到却把领导跪火了。李双河一拍桌子,拍案而起,爆发地斥责马勇:"你胡闹!"

马勇被市委书记呵斥得浑身一震颤。

李双河气恼地说:"照你的意思我们就是那鱼肉百姓的秦始皇?我这儿是草菅人命的衙门了?!"

马勇望着震怒的书记,不知说什么好。

李双河越想越生气:"你居然还在这儿给我跪下!你把我当成什么了!你——"他气得又一拍桌子:"你给我出去!"

马勇被李双河的这一拍仿佛洞穿了他身体里的一股热流,他之前一直压抑和锁闭着,这周身涌起的热流撑着他慢慢地站起来,他慢慢走到李双河的办公桌前,突然扬起手臂,也照着市委书记的桌子狠狠地拍下去,也拍得山响。

李双河望着突然爆发的马勇一时愣住了,愕然地说:"哎,你还给我拍桌子——"

马勇豁出去了,一时间生死不顾,连连地拍着李双河的办公桌,拍得噼里啪啦响,所有这几天受到的屈辱都涌上来直冲上头,他不顾一切地高声叫嚷起来:"我就拍了你想怎么样!你的侄子那么欺负我,我这么来低三下四求你,你都——我今天就拍你的桌子了你想怎么样!(他又恶狠狠地连连地示威地拍着桌子)我就不出去你想怎么样!我今天就跟你叫板了你想怎么样!我豁出去了,你有权,不就是开除我的公职嘛,你还能把我抓进去吗?你再一手遮天,你还能判处我死刑吗?我死不了我就能看到你的下场!你以为就没人能治你了吗?只要贪污腐败,比你官大的,照样枪毙!哦,对了,现在不实行枪决了,现在实行注射死亡。李书记,注射死亡那种临死前的滋味儿,你设想过吗?你躺在那儿,旁边一人用针筒往里灌药水,那药水哧哧地响,你清楚地意识到你马上就要死了,你心里那个痛苦哟,你跟老百姓不一样啊,老百姓一无所有没什么牵挂的,你不同,你想着你贪污那么多钱还没怎么花哩你就要死了,你想着你搞的那些房子别墅啊你还没怎么住哩你就要死了,你想着你养的那些小蜜你还没怎么用哩你就要死了,你想着你弄的那些伟哥你还没怎么吃哩你就——"

李双河气得深皱着眉,脸色铁青,伸手去抓起桌上的电话要拨打。

马勇见状,忙道:"打电话叫保卫处是不是?用不着!我自己出去!我昂首挺胸地出去!"

马勇便做出一副昂首挺胸无所畏惧的样子走出市委书记的办公室去。

马勇昂首挺胸无所畏惧地从市委大楼里走出来,并且还潇洒地一步步从容走下高高的台阶,依旧视死如归大义凛然的样子。走下台阶后,他偷眼回头看看,发现并没有保卫处人追出来抓他,他的硬撑一下泄了,一下瘫坐在地上,他开始害怕,深深地害怕了,脸上是灾难将要降临的惶恐。他同时不知所措,呆愣了好半天儿,他想起来应该给谁打个电话,于是他掏出手机来打。他本能地打给了张琪,声音里带着嘶哑的哭腔,说:"张琪吗?我,马勇!我跟你说,我今天闯祸了,我把天捅了个窟窿,我把李双河骂了!……哪个李双河?你说还有哪个李双河?咱们市最大脑袋的那个!……具体你别问了,反正事情很严重,工作我肯定是没了,开除我那是分分钟的事儿,弄不好,再找个借口,说我大闹市委,没准儿就把我拘了!我就进去了!没准儿我待会儿一回家还没进门哩就让带走了!我现在只有给你打电话了,哥们儿,我再没别的人可以求的了!……张琪你听我说,要是我真进去了,我卧室床头柜抽屉里有个存折,上面有几万块钱,这是我本来这次想装修房子的,你都取出来,替我找找人,想想办法,哥们儿你得捞我呀!对了,这事儿你千万别让俞晓红知道,你也别再掺和进来,反正已经是这样了,我一个人扛到底吧……"

马勇打完电话瘫软地挪回家去,坐在家里等着,等着将要来临的一切。

中午的时候,赵慧就来了电话,说贺主任刚给她说的:马勇一走,李双河就立即给市公安局打了电话!

两天以后,公安局果然出动了,拿着铐子铐人来了,但铐的却不是马勇,而是李双河的侄子李晓西!

马勇整个傻了,他像看见了美国变成了中国的一个省似的万想不到。

马勇急忙跑到市局经侦支队去,去找他曾经采访过的一个姓纪的警官打问情况。

纪警官正色地说:"不行不行,这事儿还没结案,按照纪律,我们现在不能给你们新闻媒体提供任何消息,等结了案法院宣判了你们再报道吧。"

马勇央求地说:"我不是要采访写稿!咱们这么多年的关系了,你就给透露点儿嘛!"

纪警官被马勇纠缠不过,只好看看左右,见没有旁人,压低声音道:"是市委双河书记打电话给我们市局经侦支队,让我们调查了解他侄子的情况,说如果查明涉嫌犯罪,一定严办!还说谁敢包庇纵容求情替他开脱就一块儿办谁!我们是执行书记的指示——哎,这事儿你可千万先别写稿哦!"

马勇愣怔之后,破颜而笑。

马勇之后又听到了关于此事的若干种版本,一种版本是说,李书记公正清廉,刚直不阿,大义灭亲,为了党和人民的利益,把自己的亲侄子都办了,真是当代的包公!第二种版本说,实际情况是中纪委赴各省巡视组到了本市,告李晓西的匿名信很多,眼看火就要烧到李双河身上了,李双河连夜找李晓西谈话,劈头就问他:"晓西,叔这些年待你如何?"李晓西说："恩重如山！"没有李双河李晓西决然不会有今天。李双河说："那好，叔现在有难，叔要借你的人头一用！"李晓西不再说一句话，趴下给李双河磕了一个头，只说："请二叔照顾我老娘。"走了。李双河就把李晓西推了出去。李晓西所犯的是判处死刑的罪。李双河得到了中纪委巡视组高度的评价。此外还有第三种版本，说李双河和李晓西共同看上了一个女人，李晓西依仗其年轻，把那女子纳了，惹得李双河火大，冲冠一怒为红颜，自古英豪多肾亏，李双河说王八羔子的，天安门前你都敢超速啊，不办你办谁！于是铡了李晓西。此为第三种说法。据说第四种版本还正在创作中……凡此种种，马勇不知道哪是真哪是假，现在任何一件事都有很多说法和版本，现在整个社会都是假亦真来真亦假，现在几乎已经没有绝对的好人也没有绝对的坏人了，但不管哪种说法，对于马勇都是皆大欢喜的。

马勇还得到了日报社领导的表彰，张锦秀笑呵呵地拍着马勇的肩膀，说："马勇啊，干得不错！别看你和张琪平时吊儿郎当的，关键时候你们还真行！市委双河书记指示，你写的这篇稿子，晚报不发，由我们日报发，发头版头条！"

马勇坐在椅子上心花怒放，忘了张锦秀的狐臭，激动地说："那我得去当面谢谢李书记！"

张锦秀慌忙说："你快算了！书记专门说了，说以后你要有什么重大的事情，作为市委书记，他还欢迎你去向他反映，要没事，他不想再见你。双河书记说他不喜欢你这个人，说你是个二杆子，太浑！"

马勇愣怔之余，笑了，想起李双河那张脸来，还有些不寒而栗，说："正好，我也不想见他，我也不喜欢他那个人，脸上没点儿笑容，冷冰冰，那脸上要放块豆腐，能冻得半年都化不了，能当冻豆腐涮火锅！"

张锦秀从桌上拿出稿子的排版清样来，说："稿子清样排出来了，你看看文字上还有什么问题，没问题就拿去发稿了。马勇啊，你要火啊！你这稿子，明年的新闻大奖你肯定拿了！"

马勇喜滋滋地看着清样，忽然叫道："这作者署名不对，要改！"

张锦秀不知道马勇又抽什么风："这不是你写的吗？这署的就是你的名啊，还改啥呀？"

马勇正色地说："这稿子不是我写的，是我前妻，晚报的俞晓红写的！得署她的名！"

马勇在稿子清样上划去了自己的名字，郑重地写上：俞晓红！

俞晓红在第二天一早就拿着刚出的日报来找马勇了,她在街头报刊亭意外地看到了那篇文章,又再一眼看到了文章作者的署名,眼泪当即就汹涌地喷了出来,耳朵隆隆地响,她有耳鸣的毛病,一旦过于激动耳朵里就像跑火车一样。她拿着报纸就跑,不管卖报的在后面大呼小叫地要找给她钱,她耳鸣也听不见。她一口气跑到马勇家,马勇正在睡觉,被俞晓红满脸眼泪鼻涕地闯入惊吓得一时呆住。俞晓红看着现在怎么看怎么美好的马勇,耳鸣消失了,脑子清亮亮的,周身都是细细柔柔想要偎依和拥抱什么的感觉。她坐到马勇的床边去,拉起马勇的一只手,百感交集。她看见了马勇腿上弯曲的腿毛,这让她想起她当年第一次,她洗了澡,换好了睡衣,也是要上这张床在马勇身边躺下去,她那天也是第一眼就看见了马勇赤裸着的腿上的腿毛,如今她又是那种第一次想要在这张床上躺下去的感觉了,俞晓红万般情愫涌起,望着马勇唤道:"马勇……"

马勇乱了,心跳得咚咚响,他知道俞晓红接下来要说和要做什么,他赶紧制止她即将的感情喷发:"你什么都别说!哥们儿你打住!"

但俞晓红一定要说:"我要说!好多话我今天都要跟你说——"

马勇坚决不让她说下去,他赶忙套上裤子,遮没了他的腿毛,拉着俞晓红走了。

马勇拉着俞晓红去了养老院。

在养老院里,马勇领俞晓红去看了张琪一直赡养的郑老师。

那干瘦斯文躺在床上的老人给了俞晓红很大的震撼,老人已经不能说话,意识也模糊了,他只记得张琪。早晨他下床小便,磕绊了一下,倒在地上,脸上沾了一块灰,护士拿来毛巾要给他擦,老人却不让,他要等张琪来给他擦。他模糊但顽固的意识只记得张琪每隔三天或五天就要来给他擦澡,擦手擦脚擦身上连耳朵眼里都擦,整整七年了张琪一直都这样做,老人身上的灰垢和他的期盼都是留给张琪的。这让俞晓红无比感动,她的父母早逝,她一直为自己在有能力的今天不能有父母去孝敬而感到缺憾,一种想起来就酸楚的幽幽长长的缺憾,任何孝敬老人都能博得她尤其的好感。

从养老院里出来,马勇对俞晓红说:"我今天带你到这儿来,是要再一次实地让你看看,张琪他是个什么样的人。你也全都实实在在地看见了。我想再一次跟你说的是,张琪他不光是一个心眼儿爱你,他还良心好!我还是那句话,他对两姓旁人都能这样,那他对他爱的女人,还能错得了吗?所以我还要跟你强调地说:你这辈子选择跟张琪好,没错儿!

至于我，我是一定要跟赵慧结婚的，我得对她负责。你也看到了，我们装修房子的材料都买了，等把房子简单装修一下，再过一个多月吧，我们就结婚。"

随后马勇就走了，他打了一辆出租，却没有带上俞晓红一起走，他告诉俞晓红刚才在养老院里他给张琪打了电话，张琪马上就开车过来。

马勇让张琪单独接俞晓红走。

马勇和赵慧的婚事在磕磕绊绊地进行着。

对于马勇跟李双河大吵大闹，赵慧不能原谅马勇，她每每提起来都气恨不已，每每都要伤心地痛斥马勇："马勇你居然跟李书记那样大吵大闹！那是市委书记呀！幸亏李书记他没有计较！要是碰上别的心眼小的领导——你当时考虑过我吗？你图一时痛快我以后在机关单位怎么办呢？我以后还怎么工作？我以后还怎么进步啊？你怎么那么自私光顾你自己啊！"

马勇每每被赵慧数落得心里异常别扭，他每每会拿赵慧跟俞晓红以及王建军在这件事情的态度上进行比较，三个女人这时候就会在他的心里颠来倒去，但每次马勇最后都会息事宁人地跟赵慧赔罪认错："好，好，我错了，我以后再不了，我以后见了领导绝对当孙子！"谁都知道他即将和赵慧结婚，马勇不想让他的二次婚姻再黄了。

赵慧很生气，但她还是给马勇机会，身为给妇女们做出榜样的妇联领导，她更不愿意她的二婚发生变故让别人去议论纷纷。一个星期后，赵慧去广东出差，要去半个月，她特地让马勇住到她家里来，来照看她的儿子。站在旅客熙熙攘攘的火车站站台上，赵慧对马勇再次叮嘱道："马勇你这次一定要和我儿子搞好关系！我这次出差，没让我妈住过来管着刚刚，而是让你住到我家来管着我儿子，就是要让你管着他吃，管着他睡，管着他洗澡，管着他玩儿，就是要让你们爷俩通过这次建立起感情来，要不，你们俩老这么别别扭扭的，这结婚以后一家人日子怎么过啊？这叫婚前培训班！马勇，你可得好好待我儿子啊！"

马勇珍惜这次让他表现的机会，谄媚地说："你放心走吧，我绝对把你儿子当做太子来对待！"

马勇一心要和陈勇刚相处好，他决定要在赵慧回来之后就要让陈勇刚亲亲热热地喊他爸爸。于是在赵慧离去后，马勇便住到了赵慧家里去，买了一箱的方便面和火腿肠咸鸭蛋四川涪陵榨菜这些东西，因为赵慧叮嘱马勇不要带着儿子上街去吃饭,除了要节约钱以外,赵慧说一个家老上街去吃饭这哪还像个家啊!她叮嘱马勇必须要和儿子在家里吃饭。可是马勇不会做饭,他便带着这些半成品给陈勇刚做爸爸。

一年级的小学生陈勇刚是个美食家。陈勇刚不反对吃方便面,但陈勇刚要炒着吃。这让和全国人民一起都习惯了方便面是泡着吃的马勇有点不知所措。

马勇耐心地给陈勇刚做工作说:"陈勇刚,连奥巴马吃方便面都是泡着吃的。"

陈勇刚问:"谁是奥巴马?"

马勇说:"就是现在的美国总统啊!"

陈勇刚却理直气壮地说:"那他也不是小学生,他也不写作业,小学生写作业要有营养!"

一年级的小学生陈勇刚一点觉悟都没有,坚持地认为小学生每天上课写作业很辛苦必须要有营养,而不与美国总统一样泡着吃方便面,因为他的妈妈赵慧认为方便面没有营养,每次都是把方便面煮到半熟便捞出来,加上虾仁,加上肉丁,加上蘑菇笋干胡萝卜这些东西,做成炒面给儿子吃的。

马勇不会炒方便面。没有几个中国男人会炒方便面。马勇估计他要炒方便面只会把方便面炒成棉纱线。马勇一点辙儿都没有了,他如果不能让陈勇刚吃上饭而饿着肚子去上学是没有办法给赵慧交代的!马勇无奈和情急之下,便给俞晓红打了电话,厚着脸皮请求她过来给他这个继父帮忙做几天饭。马勇不知道俞晓红会不会炒方便面,但马勇知道俞晓红至少会做干煸豆角,俞晓红还会做清炒虾仁砂锅鱼头上汤娃娃菜等等许多。马勇本来不想求俞晓红的,这种事儿让俞晓红来做毕竟有些尴尬,但马勇想了半天也想不出还有第二个女人可以去求,他也想到过王建军,但王建军每天还要做包子卖,而且这种事儿是要关系相当熟络感情上也亲昵的女性来帮忙的,他和王建军并没有熟络到那一步。马勇也奇怪他一想到能帮忙的女人整个世界便只剩下了俞晓红。

俞晓红接到马勇的电话得意了,趾高气扬地说:"怎么着,求到我了?"

马勇低三下四地说:"是,是,求到你老人家了!"

俞晓红说:"那你喊我一声奶奶,我就给你儿子去当几天妈,买菜做饭。"

马勇立刻说:"奶奶!"

俞晓红咯咯地笑。于是马勇当爹,俞晓红就来给陈勇刚当妈了。

第 17 章

俞晓红到赵慧家来给马勇帮忙,她自己掏钱买来菜、买来米、买来鸡鸭鱼肉,又系着围裙忙着做,她干着这一切满心欢喜,她已经许久许久没有和马勇一起过这种家居的日子了,她满心欢喜却板着脸,想让马勇来哄她。她一副很不高兴很不乐意的样子说:"马勇你真的好意思,你把我叫到你老婆家里给你们做饭!将来你老婆要是跟你生第二胎,你是不是还要让我来帮忙给你们洗尿布啊?"

马勇果然不安了,瞧着俞晓红的脸色,小心地说:"你是不是不高兴了?"

俞晓红愈发地板起脸:"我就是不高兴!"

马勇于是赶紧哄她,神秘兮兮地说:"俞晓红,我给你看样好东西你就不生气了。"

马勇从兜里摸出一管彩色笔,撩起汗衫,在自己肚皮上画。少顷,画好了,转过身来,对俞晓红一拍肚皮,道:"当哩个当,俞晓红你看!"

俞晓红看了半天,看不明白:"你画的这是什么呀?"

马勇画了一个小人,手里拿一朵花儿,跪在肚脐眼儿旁边,不知要干什么。

马勇解释道:"这是中国足球队拿着玫瑰花向肚脐眼儿求婚。肚脐眼儿妩媚地回答说:我早知道你就会来找我的,因为只有咱俩最合适:都臭!"

俞晓红哈哈大笑,笑喷了,因为正在洗鱼,腾不出手来,就笑着用脚踢马勇:"马勇你真流氓,这种话儿你也想得出来!你还把肚脐眼儿露出来,真不要脸!"

马勇嬉笑地瞧着俞晓红:"你不生气了吧?"

俞晓红根本就没生气,现在就更不生气了,她对马勇嗔道:"你还跟从前一样,就会哄着让我给你干活!"

马勇看俞晓红高兴了,就搬个小板凳在厨房里放心地坐下,帮着俞晓红来择豆角、削土豆。俞晓红洗完了鱼,也拿个小板凳在马勇对面坐下,和马勇一起择豆角。她择着豆角,忽然涌起无限感慨,不无伤楚地说:"真是恍若隔世啊!我觉得好像又回到了过去,我下班回来,在厨房里做饭,而你在等着吃,我连做饭的围裙都是过去的那件,我今天把围裙都带来了,可就是咱们已经……"她凄凉地笑笑,有点说不下去了。马勇赶紧用调侃岔过这个伤感的话题去:"都过去了,都过去了,咱俩现在各自的情况不都……不都挺好的嘛。你就当过去的我是个痔疮,你英明地把我割了,从此你走上了健康幸福之路!"

俞晓红又惨淡地一笑,也岔过去不说了。少顷,她突然发现坐在对面的马勇有些异样,变得不一样了,她有点惊异地叫起来:"啊哟,马勇,我才发现噢,今天太阳真是从东南西北一起升起来了,你今天也进厨房帮我择豆角削土豆皮儿了!"

马勇一愣,也笑了,他过去真是什么家务活儿都不干的。马勇笑道:"真是的啊!一不留神我今天也成模范丈夫了!"

俞晓红说:"过去我一下班就在厨房烟熏火燎地做饭,你就在那儿看电视等着吃,像个大爷似的!马大爷今天怎么不当大爷了?"

马勇继续择着豆角,说:"过去咱是夫妻,我跟你客气什么呀。现在咱们角色换了,现在你是客人,你来帮我的忙,我还跷个二郎腿在那儿当大爷,我像话吗?"

俞晓红恨恨地说:"想起过去我就来气!过去你把我当牛当马使唤!你啥活都不干!"

马勇狡辩地说:"我也不是啥活儿都不干!你做饭,我还帮你打过酱油哩!打酱油的时候,我那次还帮你买过一包卫生巾哩!"

俞晓红对马勇的这种态度愈发气恨了:"油嘴滑舌!马勇你真是个无赖!"

马勇忙谄媚地向她赔罪,笑着说:"是,我无赖,我无赖,我是个大无赖!"俞晓红继续恨恨地说:"马勇你不光无赖你还懒得要命!你过去就是个好吃懒做的猪!你自己说你是不是?"马勇也继续一叠声承认:"是,是,我是猪,我是猪!"俞晓红余怒未消地说:"你说你是痔疮,我也觉得你确实有时候赖了吧唧的特让人可气,恨不得拿刀把你割了去!你说你过去是不是特让人可气?"马勇再次态度极好地说:"是,是,我让人可气,我是痔疮,我是内痔外痔加混合痔,我'痔(志)'在四方,谁见了我都恨不得把我剜了解气。"俞晓红扑哧一声笑了,很欣赏很感慨地说:"马勇你今天不光是开始做家务了,表现很好,而且态度格外地好!马勇你今天怎么这么乖呀?过去我要这样说你,你早跟我翻了!"马勇诚恳地说:"俞晓红,我刚才说了,现在咱俩的角色变了,今天你是作为朋友来帮我的忙,我应该感谢你!你想起过去的事,心里有气,你朝我撒点儿,你也应该,我要是态度还不好我说得过去吗?再说我过去也确实不对。"俞晓红更加地感慨,说:"看来有时候做夫妻还真不如做朋友!"马勇对此十分地赞同,说:"中国有句老话,说夫妻相处的最高境界是相敬如宾,什么叫'宾'? 就是宾朋,朋友! 有多少夫妻能做到像朋友相处呢? "

　　俞晓红对马勇今天的谈话,今天的忍让,今天的勤快,心里都感到很是舒服。俩人相敬如宾地一块干着家务活儿,都感觉似乎有一股暖洋洋热烘烘的气息在不大的空间里吹拂飘荡着,都感觉蛮温馨的。

　　俞晓红快乐地做好了饭,这是她感觉做得最快乐的一顿饭。俞晓红把最后一盘番茄牛肉端上餐桌,歉意地对马勇说:"马勇,对不起啊,好长时间不做饭,手也生了,这顿饭做的时间太长了,你饿坏了吧? 你快坐下吃吧!我先给你盛碗汤。"马勇看着殷勤谦和的俞晓红也惊异地叫起来:"啊哟哟,啊哟哟哟哟,俞晓红,你今天才是太阳从东南西北一起升起来了!过去你一喊我吃饭就像号子里吆喝犯人开饭一样。你今天不跟我吊脸,还要给我盛碗汤,你简直要吓死我!"俞晓红想起过去确实跟马勇没这么客气温软地说过话,也笑了,说:"过去,就像你刚才说的,老公和老婆,我跟你有啥客气的。今天我是作为朋友来你这儿做客和帮忙,这客气和礼貌的话自然就出来了。"马勇想起往事,也不禁忿忿地说:"过去,你一喊我吃饭我就胃疼!是,你做饭,你辛苦,你有功,你就像只狗似的朝我汪汪叫,你要让我知道幸福不会从天降,樱桃好吃树难栽,你要让我明白你在付出,你要让我记住你的恩情!可你知道我是怎么想的吗? 我想,我上外面馆子里花个二三十块钱吃的也不比这差。服务员跟我吊脸子?敢!我是吃饭又不是吃气!"俞晓红委屈地说:"马勇,我有那么可恶吗? 我不光是做饭,好多家务活儿都是我干的!我拖地,擦玻璃,打扫完房间又打扫客厅,厕所里的马桶盖都是我擦的! 这些你怎么都不说了? "马勇说:"你确实干了很多活儿,可是,俞晓红,你活儿也干了,力也出了,但你恶声恶气地朝人嚷嚷,你弄得人一点都不领你的情! 你说你出力还不讨好你何苦呐？"俞晓红讪讪地说："马勇，我朝你嚷嚷你是不是挺烦我的？我有时候是不是挺让人烦的？"马勇说："是！你说像你今天这样多好，你辛苦了，可你还温柔体贴，你还要先给我盛碗汤喝，俞晓红你今天都让我感动你知道吗？你让我感动！你这样对别人好别人也想对你好。你说你非要像个狗似的朝人嚷嚷，整天汪汪地叫唤，你自己说你烦人不烦人？"俞晓红晓得自己不对了，哀求马勇说："马勇，我知道我错了，我改。可你别老说我是个狗嘛，这多难听啊！"马勇坚持地说："你就是个狗嘛！你说我是猪我还不能说你是狗啊？你说你过去像不像个狗？"俞晓红这时候就有一点撒娇了，她带一点娇声又哀求地说："你非要说我是狗，那你说我是小狗嘛，我是小狗还不行吗？"马勇撇着嘴说："哟哟哟，小狗！你犯了错，一转眼你又把自己弄可爱了！什么东西一带小都变可爱，小苍蝇比苍蝇都听着要顺耳一点，俞晓红你可真会说！"俞晓红的娇声更浓烈了些，说："我就是小嘛，我就是比你小嘛，你就不能让着我一点！"马勇心里一颤，望着俞晓红娇嗔的样子，他心里最柔软的地方被俞晓红触碰到了，像羽毛在眼睑上轻拂，马勇的声音也轻柔了起来，说："好好，你是小狗，我让着你。"俞晓红感觉到了马勇声音的异样，脸一红，不再说了。马勇也不再说了。毕竟俩人现在都已经是各有归属。但俩人都再次感觉到有那种暖洋洋热烘烘的气息在不大的空间里吹拂荡漾着，都感觉蛮温馨的，也有一点不大自然。

马勇还是用他一贯的调侃来转移冲淡俩人间那种微妙的尴尬，说："俞晓红，那我们俩这猪啊狗啊的就来糟蹋粮食吧，我们来开吃吧？"

俞晓红也顺势地说："好，吃吧。马勇你真的先喝碗汤，先喝点汤好。"

马勇舀起一勺汤送到嘴边，突然自嘲地笑了，接着俞晓红也笑了起来，俩人共同都想起了陈勇刚，俩人都完全把今天的主角忘记了，都习惯地以为还是过去俩人的世界，有点沉浸于其中而遗忘了其他。俞晓红幽幽地说："马勇，我忘了你如今是有儿子的人了，你如今还得照顾你儿子。"马勇脸红了，神情不大自然，接着又用调侃来冲淡尴尬："啥儿子，那是别人制造的产品，我如今不过是帮着保养和维修一下。"

马勇扭头朝一直在自己屋里打电脑玩的陈勇刚喊："儿子，来吃饭了！"

俞晓红酸溜溜地说："马勇你知道你喊儿子的声音像什么吗？像猫叫，特诣媚！"

一年级的小学生陈勇刚被马勇的"猫叫"唤了出来，他饿了。陈勇刚看着一桌子的琳琅满目,由衷地笑了,表扬马勇和俞晓红道:"哇,牛逼!"接着又补充地表扬了一句:"特别牛逼!"陈勇刚的表扬完全是发自内心的。陈勇刚表扬完马勇和俞晓红后,便迫不及待地扑向一盘虾仁水蛋开吃,把鸡蛋拨拉到一边把虾仁挑出来吃。一年级的小学生陈勇刚喜欢吃虾仁而不喜欢吃鸡蛋,他毫无顾忌地展现他的爱好。

俞晓红哭笑不得地说:"马勇,这孩子得管教啊!这孩子给惯坏了!"

马勇也愤愤地说:"是该管教,一点礼貌都没有!"

俞晓红说:"洛克菲勒在他儿子五岁的时候就让儿子给他擦皮鞋,每次给儿子五美分,为的是从不大点儿起就培养小孩子自食其力的品德!"

马勇说:"对!中国的孔融三岁会让梨,你说孔融他爹又是怎么教育的呢?"

马勇和俞晓红共同的知识层面和视野使两人在这个问题上完全一致,都认为孩子必须要从小严格管教,这是人间正道。于是由马勇先去夺下陈勇刚手里正在挑虾仁吃的筷子,然后由俞晓红对陈勇刚说:"陈勇刚,你这样是不对的,首先你要有礼貌,叔叔和阿姨很辛苦地做好了饭,你要说谢谢;而且你吃饭不能这样挑挑拣拣;而且最重要的一点,你不能白吃,你必须要用自己的劳动来交换。"

马勇补充道:"而且你不能说'牛逼',小孩子不能说。如果你特别想说,你可以说牛叉。"

俞晓红对马勇一瞪眼道:"牛叉也不能说!马勇你怎么教孩子的?"

马勇抱歉地说:"对对对,牛叉也不能说,小孩子要讲文明。"

俞晓红再次强调地:"总之陈勇刚,你必须要用自己的劳动来交换叔叔和阿姨的付出!"

一年级的小学生陈勇刚考虑了一会儿,同意用劳动来交换。陈勇刚不耐烦地说:"那我吃完了饭,那我亲你们两个人一下就行了!"他的妈妈赵慧每次做好了饭喊儿子来吃,总是说:"儿子,别白吃,来,亲妈一下!"陈勇刚便去亲赵慧一下。这便是陈勇刚的劳动。陈勇刚经过考虑同意分别对马勇和俞晓红这样劳动一下。

马勇对陈勇刚瞪起眼说:"陈勇刚,我不是你妈,我不吃你这一套!你现在去拿碗给阿姨和叔叔盛饭。你要是不干,我就不让你吃饭,而且,我还要打你!我很厉害的,我能把你们老师都打一溜儿跟头!"

俞晓红悄声提醒和纠正马勇:"别说打老师。别破坏老师在孩子心目中的威信。"

马勇听从了俞晓红而改口道:"我能把警察打好几溜儿跟头!"

一年级的小学生陈勇刚眨巴着小眼睛望着敢打警察的马勇,他害怕了,他想哭,但不敢哭,他憋着哭泣,怯怯地去拿碗给马勇和俞晓红盛了饭端来。马勇又教导陈勇刚说:"陈勇刚,你还要说:叔叔阿姨辛苦了,叔叔阿姨请吃饭。"陈勇刚哭兮兮地复述道:"叔叔阿姨辛苦了,叔叔阿姨请吃饭吧。"吃完了饭,马勇又让陈勇刚去洗碗。陈勇刚从来没有洗过碗,一双小手忙忙乱乱,打碎了一把汤勺,同时让汤勺的瓷碴把手割破了一点皮,有血滴从小口子里渗透出来。陈勇刚看着流血的手哭出了声。马勇找块创可贴给陈勇刚贴好,然后让陈勇刚继续洗碗。陈勇刚放声大哭,无限心酸无限委屈无限痛苦地把洗洁精像瀑布似的往洗碗池里倒,因为马勇对陈勇刚强调必须要用洗洁精把碗洗干净。

俞晓红心软了,悄声说:"马勇,咱俩是不是戏过了?要不别让孩子洗了我去洗?"

马勇硬着心肠说:"不行。咱俩现在要是心一软,一切教育都前功尽弃!"

俞晓红也硬起心肠说:"对!教育孩子不能心软!"

在此后的日子里,马勇和俞晓红便齐心协力像南霸天似的对陈勇刚进行教育改造。

马勇和俞晓红还一块去参加陈勇刚的家长会,完全像一对爹妈相伴而行。

陈勇刚学校的家长会开得很别致,老师让这些一年级的小孩子来扮演他们的爸爸妈妈,来模仿爸爸妈妈平时的举动,试图以此来感受爸爸妈妈抚养他们的辛苦。同时让来参加家长会的父母们亲眼看到他们在孩子们心目中的形象,让家长们从中修正自己,发扬优点克服缺点,来体会如何更好地做家长。学校的目的是想开展一次别开生面的孩子和家长的互动。

第一组扮演爸爸的小男生模仿的是他爸爸一早起来上厕所,霸占着厕所不出来,小家伙模仿他爹脸憋得通红,嘴里还努着劲儿哼哼着,做拉屎状。而扮演妈妈的小女生站在一边,模仿着妈妈焦急万分地嚷道:"你快点儿出来!我上班都要迟到了!我还要尿尿哩!"小男生坚决不让茅坑,继续拉屎,而小女生则急得跺脚,最后憋不住了,拉过一个洗脸盆来,尿到盆里,算作了解决。小家伙们演的都是家里真实的事儿。

马勇攥着俞晓红的手,和所有的爸爸妈妈们一起笑得前仰后合。

陈勇刚和一个叫王萌萌的小女生搭档演出,王萌萌的爸爸叫王小义,她便喊陈勇刚王小义,模仿她的妈妈朝陈勇刚伸出一只手来,说:"王小义,拿出来!"陈勇刚扮演的爸爸问:"什么东西拿出来?"小女生说:"发工资了,把钱都拿来!"陈勇刚便从兜里佯装掏出一些钱来放到小女生手里,说:"给!"小女生佯装数了一下,立刻吊下脸来,厉声道:"咋才这么点钱?你把钱都给哪个狐狸精了?你老实说!"陈勇刚抗辩地说:"没有给哪个狐狸精!"小女生十分厉害地说:"你以为老娘不知道?你把钱都给刘闽佳了!那个小骚货——"

家长席里坐着一个梳着后背头的男子,他是王萌萌的爸爸,他开始还笑呵呵地看着女儿模仿,看到这儿,他的脸绿了。

马勇和俞晓红又一起随着所有的家长们再次笑得前仰后合。

老师赶紧冲上台去捂住小女生的嘴,不让她再往下说了,老师说:"哎哎哎,孩子们,这个可不能说!这个坏的可不能学!我们要学爸爸妈妈好的方面!"

于是陈勇刚和那个小女生又开始演爸爸妈妈好的方面。陈勇刚和小女生相互搂抱着坐在一起,陈勇刚摸着小女生的脸说:"妈妈,你干家务辛苦了,我爱你!"小女生也摸着陈勇刚的脸说:"爸爸,你在外面挣钱辛苦了,我也爱你!"陈勇刚说完了爱情,觉得还应该再说些什么,他想了想,又道:"妈妈,我们再生一个孩子吧!"小女生则严肃地说:"不行!我不能再给你生小孩!政府不让生了!"陈勇刚关于生小孩的想法十分固执,他纠缠着小女生:"那我还想再要个弟弟嘛!"他说的是他真实的想法。小女生则十分遵守国家的政策,依旧严肃地说:"不行!不能生!我们要听党的话!"陈勇刚没辙了,他又想了想,另外要求小女生道:"那你不给我生弟弟,那你给我生个变形金刚吧!"小女生觉得要生变形金刚的话倒还可以考虑,这并不违反听党的话,但她说:"我不喜欢变形金刚!我,我给你生个小白兔吧!"陈勇刚则坚持要变形金刚,说:"那你先给我生个小白兔,再给我生个变形金刚!"这两个六七岁的小家伙以他们的思维认真地商量着。

台下的爸爸妈妈们再一次笑得人仰马翻。

马勇和俞晓红笑得哈哈哈的,他们简直爱死陈勇刚了。

俞晓红笑着,突然渐渐停住了笑,随即,她忧伤起来,感叹地说:"马勇,要不是结婚以后咱们俩一直别别扭扭的我不敢要孩子,要是咱们现在没离婚,我儿子,没准现在也这么大了,也能给我表演了!"

马勇赶紧岔开这个伤心的话题,说:"不说这个,不说这个,看孩子表演!"

马勇和俞晓红把陈勇刚调教得很乖,陈勇刚熟练地学会了盛饭、端菜、洗碗,而且饭后还给马勇和俞晓红泡茶,马勇和俞晓红像地主和地主婆似的坐在沙发上,陈勇刚像杨白劳一样把茶给他们端上来,而且每天俞晓红买了菜进屋,陈勇刚便像个小狗似的,颠颠地拿了拖鞋跑过来给俞晓红换上,把俞晓红喜欢得不得了,给陈勇刚买了很多的玩具。俞晓红看着陈勇刚,无限舒畅地对马勇说:"马勇,女人能有个孩子每天调教着,看着他一点点地变化,就像你把一块泥巴,每天捏着,塑造着,看着它变成一个碗,变成一个盆,又变成一个精美的工艺品,那种感觉简直太舒服了,那种感觉简直太美丽了,特让你有成就感!而且,你是爹来我是娘,咱俩配合得也挺好!"

马勇看着勤劳的陈勇刚,看着自己和俞晓红的教育成果,也是满心欢畅,嬉笑着说:"那是!咱俩配合,天衣无缝。咱俩搭档,你是西瓜我是皮,你是糖醋我是鱼,你是肯德我是鸡。"

俞晓红没有笑。俞晓红又伤感起来,而且很是伤感,以至于眼眶都有些酸红,那个话题又一次强烈地凸现出来,而且这次她不光是感叹,而是酸红着眼眶看着陈勇刚,再次对马勇哽咽地说:"马勇,要不是结婚以后咱俩一直别别扭扭的我不敢要孩子,我儿子现在也有这么大了,我儿子现在也能给他妈妈我拿拖鞋了!"

马勇本来还想嬉皮笑脸地把话岔开去,他一张口,嬉笑在脸上凝固住,无法再说笑。马勇又开始胃酸起来,他一到这种状态就胃酸。马勇觉得有一种尖利的东西在胃壁上划过,划破了什么和涌流出来了什么,除了翻江倒海的酸胀,还有撕撕裂裂的疼。马勇还是想努力说点调侃的话把这种撕裂的酸疼遮掩过去,但他努力了几次,实在是说不出来了。伶牙俐齿的马勇一到这种时候嘴就很拙笨。

马勇只有无言地望着俞晓红,望着,他眼睛渐渐就很迷蒙起来。

俞晓红也无言地望着马勇,望着,她眼睛渐渐也很迷蒙。

有什么东西要从俩人的眼中喷薄欲出——

有人来敲门了,门被敲得咚咚响。马勇和俞晓红蓦地清醒,马勇忙去开了门,张琪走进来,手里拎着一塑料兜新买的菜蔬,对马勇和俞晓红神情尴尬地解释道:"给你们买点菜来,省得你们再买了,嘿嘿嘿。"他掩饰地笑着。

马勇完全清醒了,锐利地望着张琪:"你真是来给我们送菜的?"

张琪脸红了:"那当然——"

马勇戳穿他:"你算了吧。就咱俩这关系,你一撅屁股,我就知道你长的是内痔外痔还是混合痔。你是吃醋了!你不放心,你是怕我跟俞晓红这些天老待在一块儿,旧情复发,死灰复燃,我给你来一监守自盗,所以你要来监视一下。"

张琪被揭了老底,脸更红了:"胡说胡说你胡说——晓红,他胡说,你别听他的!"

马勇哈哈地笑:"俞晓红,今天饭也吃完了,你快跟张琪走吧,要不他就急了!"

张琪顺势对俞晓红浮起讨好的笑,说:"晓红,要真没事了,那咱们,走人?"

俞晓红方才涌起的热潮也退去了,她没有理由不跟张琪走,表情淡淡地拿起外衣,对厨房里还在继续努力洗碗的陈勇刚叮嘱道:"刚刚,你慢点儿洗,千万别把手再割了。阿姨走了啊,阿姨明天再来给你做饭。"

俞晓红和张琪走在街上,俞晓红光是默默地走路,她不说话,她不想说话。

张琪边走边小心翼翼地观察俞晓红的表情:"晓红你——你不高兴啊?"俞晓红淡笑笑,掩饰地说:"没有啊。"张琪锲而不舍,他很想让俞晓红跟他说话,说话是一夜情感起码的开始。张琪追问道:"那你怎么……不说话?你说点儿什么吧!"俞晓红淡淡地说:"我累了。"然后她坚决地不再说话,不给张琪今晚开启情感的机会,她今晚没有这个心情。张琪没有办法了,只有和俞晓红继续默默地向前走。

前面是个花店,张琪突然快步走进去,顺手拿起店老板刚给一位顾客包扎好的一大束花,匆匆说道:"对不起,我先用了,钱我马上付!"而后他快步走出来,当街对俞晓红单膝跪下,将大束鲜花捧上,说:"晓红,请你嫁给我!"他当街向俞晓红求婚了。

俞晓红猝不及防,她不能不说话了,慌乱地开口道:"张琪你干吗!在大街上——"

张琪继续跪在大街上,擎着鲜花,这是他的计谋,他想好就是要在公共场合让俞晓红没有了退路,她或许就会出于无法拒绝而答应了他,张琪想赌这一把。另外张琪也确实急了,他如果不能及早将她完全拿下,可能就会在一个小小的瞬间,俞晓红就花落旁家了!于是张琪长跪当街不起,把鲜花高高地擎到俞晓红面前,锲而不舍地恳求她:"晓红你嫁给我!"

围观的人越来越多,张琪不但不觉得难堪反而愈发高兴,这也是张琪计谋中的一部分:人越围得多俞晓红就越不好意思她就越得赶紧表态!围观的人都饶有兴致地看着这毕竟不是常见的一幕,老年人看看就走了,大多数的老人家表现出不屑来,认为这不符合中国人表达情感的含蓄,太过嚣张;而年轻人都留了下来,这是让他们亢奋和欣赏的场面,于是大街上就展开了一场年轻人的 Party。出于中国人希望花好月圆的习风和年轻人对于时尚的追逐,小伙子和姑娘们一起为张琪热烈鼓掌叫好,同时对俞晓红催促地齐声吆喝:

"收下!收下!收下!答应!答应!答应!"

场面一时鼎沸,蔚为壮观,气势磅礴。

俞晓红不能不表态了。她看着张琪,一瞬间她脑中浮现的是躺在养老院里的郑老师。

俞晓红接过了张琪手里的鲜花,这就明确地表达了她对张琪的赞同感,这让张琪欣喜若狂,也让四周呐喊助阵的人一时欢呼雀跃,但俞晓红还是留下了余地。对于张琪,她总是存着犹豫,或许是她之前经历得太过猛烈,她总觉得和张琪没有那种大河奔流汹涌澎湃撕心裂肺的燃烧,而她是极向往那种燃烧的,这些许的犹豫让俞晓红迟疑地说:"还是让我再考虑一下吧。"

但俞晓红基本上准备答应张琪了。

生活哪能有那样美好呢?你就是嫁给了普京,那哥们头发还稀少哩!俞晓红有一点心灰意懒地想。

赵慧要出差回来了,她给马勇打电话,说她晚上到家。

马勇于是急忙准备迎接赵慧的诸种事宜,其中最重要的就是要叮嘱好陈勇刚,他务必要让赵慧刚到家就对他有个好印象。马勇一下班就急急赶到赵慧家里来,进门就喊:"刚刚!陈勇刚——"

陈勇刚已经放学回来了,听到喊声,从他的小屋里跑出来,见是马勇,拧着小屁股噔噔噔地跑过去拿起马勇的拖鞋,又噔噔噔地跑过来给马勇放在脚边，而后向马勇一鞠躬，说："爹，你回来了，你辛苦了！"这都是马勇教他做的，如今一年级的小学生陈勇刚已经做得十分熟练和谄媚了。

马勇大爷似的坐在沙发上，享受着陈勇刚的服务，说："表现不错。我没白教你！"

陈勇刚又向马勇一鞠躬，说："我还不够，还要继续努力！"这也是马勇教他的。

马勇很满意，说："因为你表现得好，所以——"他从包里拿出又一个新买的变形金刚，陈勇刚眼睛顿时雪亮，喊着叫着要去夺，马勇却又把玩具拿回来，说："等等再给你！刚刚，我跟你说，你妈妈今天晚上就回来了，她回来，你不能跟她说我打你了，你也不能说你的手洗碗割破了，你要说不小心碰破的，懂吗？"

陈勇刚眼巴巴地看着玩具使劲点头。

马勇于是说："好。那咱们现在就练习一遍，我问你：我这两天打了你吗？"

陈勇刚老实地说："打了。"

马勇眼睛一瞪："嗯？！"

陈勇刚顿时想起马勇刚才叮嘱的，急忙改口："没打。"

马勇又问："手怎么烂了？"

陈勇刚说："我自己不小心碰烂的。"

马勇笑了，非常满意，表彰陈勇刚道："好，很好！你是中国十大杰出少年！给你，玩去吧！"马勇把玩具给陈勇刚去玩儿了。

赵慧披星戴月地出差回来了，她到家的时候，正是晚上十点，又到了人类容易想干点什么事儿的钟点。小别胜新婚的马勇和赵慧都有些浓烈得掰不开了，又顾不得停顿，直接去了卧室。马勇一把抱住赵慧进行了热吻，手底下又急切地去解赵慧的衣扣，马勇又说："赵慧我爱你！啊哟，你这扣子——"他顿住，突然发现事情有了变化，惊异地说："你这扣子今天怎么这么好解啊？"赵慧承接着马勇对她的宽衣解带，柔声地说："马勇我也爱你。我特地买了件扣子比较好解的衣服。"赵慧突然想起了什么，推开马勇，悄声笑着说："我先去看看儿子。一来我回家我没先去看他明天他该吃味儿了，要跟我闹；二来我得先哄得他睡觉了，免得一会儿进来捣乱。"马勇被提醒，完全赞同，说："你去吧。你把水桶脸盆什么的都先藏起来啊！然后你赶紧回来啊！"赵慧甜蜜地笑着走出卧室去了。

陈勇刚已经在他的小屋里睡了。赵慧轻手轻脚地进来,见到睡得脸蛋儿红扑扑的儿子,她伏下身去爱不够地亲着。陈勇刚被赵慧亲醒了,他睁眼看见了妈妈,叫起来:"妈妈!"小家伙热热地叫着并且张开手要妈妈抱。

赵慧不能立时走了,儿子牵绊住了她,赵慧想那就让马勇多等一会儿吧。她怜爱地抱住儿子,开始和儿子腻乎:"哟哟哟,儿子,快跟妈妈好好亲亲!"

陈勇刚却嘴一咧,哭了,无限委屈地告状道:"妈妈,马勇他打我!"

赵慧猛然愣住,笑容僵硬在脸上,急忙说:"儿子你先别哭!慢慢说,怎么回事?"

一年级的小学生陈勇刚愈发委屈地号啕大哭,哭哭啼啼地向妈妈报告马勇的滔天罪行:"马勇天天打我!他不让我吃饭!呜呜呜呜!他还让我洗碗!我手都烂了,妈妈你看!"陈勇刚抬起贴着创可贴的小胖手让赵慧看,这尤其让赵慧看得触目惊心,心疼死了。陈勇刚展示完了他的手,又继续控诉马勇:"马勇还教我说脏话,他不让我说牛逼他让我说牛叉!他教我学坏!我都学坏了!呜呜呜呜……"

赵慧搂着哭兮兮的儿子脸色一阵儿青一阵儿白。

马勇还在卧室的床上幸福地等待着。

马勇微醺似的眯着眼睛,心旷神怡。赵慧终于推门进来了。马勇听见响动睁开眼,坐起来,甜蜜地伸开双臂叫道:"慧慧——"猛然他顿住了,他看到赵慧的脸色是铁青铁青的。

赵慧铁青着脸怒视着马勇。

马勇的笑容僵硬在脸上,愣了:"赵慧你——你怎么了?"

赵慧气得哆嗦,怒不可遏地说:"马勇你真可以啊,那么小的孩子你就下手打他!"

马勇顿时明白是陈勇刚叛变了,小孩子的思维就是飘忽不定的,马勇懊悔他没有能事先想到这一点。马勇面对突变的形势着急地说:"赵慧,你听我解释——"

赵慧不听他解释:"还解释什么!都在那儿明摆着哩!那么小的孩子你就虐待他!"

马勇噎住,又一想,也好,既然话说开了,那双方就乘机对教育孩子的问题好好谈谈,否则结婚以后为了管这个孩子他和赵慧就得经常吵架。马勇于是严肃地说："赵慧，我一直就想跟你好好谈谈了，你太溺爱这孩子了。你的培养方式有问题。我这是在教育孩子，教育孩子不能心慈手软——"

赵慧却伤心而又悲愤地喝断马勇："你得了吧！敢情就因为这孩子不是你亲生的，你就趁我不在虐待他啊？！人家都说后爹心狠，我今天算领教了！我这才出差几天啊，孩子就这样了，手都烂了，我要是走几个月走半年走一年呢？我都怀疑我再回来见到的是不是骨灰盒！呜呜呜呜……"

赵慧像陈勇刚一样也悲伤地哭了起来。

马勇脑子蒙了，赵慧的思维和理解跟俞晓红不一样，马勇不知道怎么和赵慧沟通了。马勇愈发地着急，他决定放下争辩先把赵慧逗笑，决定按照他一贯的把女人逗笑就有机会把女人拿下的逻辑再次施展他的手段，于是马勇不再跟赵慧说孩子的事，他起身去了卫生间，少顷，从卫生间回来，马勇神秘兮兮地对赵慧笑着："赵慧你别生气了，我给你看样好东西。"

赵慧没好气地哭着说："什么好东西？！我不看！"

马勇偏要她看，他撩起他的汗衫，露出他圆滚滚的肚皮，在肚皮上，他又画了一个小人跪在肚脐眼旁边，手里拿着一朵玫瑰花，马勇说："谛哩个谛，赵慧你看！"

赵慧短暂地不哭了，她被马勇这怪异的举动引逗得看了半天，说："这是什么呀？"

马勇笑嘻嘻地说："这是中国足球队在向肚脐眼求婚。肚脐眼娇媚地说：我早知道你会来的，因为只有咱俩合适，都臭！——有意思吧？"

赵慧说："无聊！"停停，她愈加愤恨地强调道："无聊至极！无聊透顶！"

而后赵慧又哇哇地哭，这回她是悲愤地哭，悲愤她怎么找了这么个流氓加刽子手的主儿。

马勇没辙了。马勇彻底地没辙了。他这一套成功地把俞晓红逗得哈哈笑，但赵慧和俞晓红完全不一样，俩人完全不是一个品种，赵慧根本不吃这一套，用通常的话说：这人不识逗！马勇没辙地看着赵慧不知该怎么办了。

赵慧则不哭了，她开始冷静地思考，一边思考一边开始穿衣服，她不光扣好了被马勇解开的衣扣，连袜子都穿上了，把不该袒露的肌肤都在马勇面前严正地遮盖起来，让马勇看得阵阵地透心凉且阵阵地焦急，想着一会儿再给她解开可能就要费一点事儿了。马勇这时候还抱着幻想。但赵慧经过思考后,之前的娇柔已彻底不再,她又恢复了领导干部平日的严肃,严肃而有礼貌,是那种领导跟群众接触时彬彬有礼的举动,礼貌得让你感到既遥远又寒冷。赵慧便以这种礼貌对马勇说:"马勇同志,介绍人介绍我们认识,我觉得你是一个记者,文化素养社会阅历都还不错,觉得我们俩如果能结合将来在工作和生活中能取长补短相互帮助,但现在看来不是这样的,我们之间有比较多的分歧和比较大的距离。马勇同志,我们还是结束这种关系吧,请你现在走吧。"赵慧说着把衣领处最后一粒扣子也扣严实了,坚决不再让马勇同志看到不该让他看到的每一厘米春光。

马勇急了:"哟哟哟,刚才还哥哥妹妹哩,现在就同志了?!"

赵慧索性连同志都不叫了,她径直指着那打开的避孕套说:"你把你的那个东西拿走和别人去用吧!"赵慧这就是绝了她和马勇的一切后路,不再给马勇一点伸展和回旋的机会。

马勇只好带着他的避孕套讪讪地走了。

马勇带着避孕套又游荡在深夜的大街上,他居住的小区大门已经关了,他回不去了。马勇想到去火车站候车室过夜,但那里在这个时刻是乞丐和流浪汉睡觉的地方,马勇觉得去那里他也太惨了。这个城市也没有河,河还在郊区很远的地方,否则马勇可以去河边坐着。最后马勇只好坐在大街的马路牙子上等待天亮。马勇孤独地坐在马路牙子上觉得很是凄凉,觉得自己的生活一团糟,他把什么都搞乱了,把什么都丢失了,都错过了,那些他错过和丢失的东西都在永远地离他远去,留下他像一片枯叶散落在马路上。马勇凄凉地把那只已经打开的避孕套套在一片树叶上,他没有什么人可以去使用。

马勇在天亮以后去了妇联,他还想作最后的挽救。在妇联大楼前面他拦住来上班的赵慧,央求地说:"赵慧,慧慧,有分歧我们可以慢慢谈慢慢沟通嘛,你别这样冲动和轻率嘛!我跟你交往,不是玩玩就算的,我是很认真的,我是真心要跟你组建家庭的!你别这么绝情好不好?"

赵慧经过一夜的思考后更加地冷静,同时也更加地冷漠,她冷静而又冷漠地对马勇说:"马勇,我不是冲动和轻率,如果说我在你别的方面的缺陷上我还能够容忍,比如说你经常拿原则性的东西来调侃,在政治上很不严肃,还比如说你上次居然和李书记大吵大闹,在政治上你很不成熟,你太不成熟了,这些我都还能够容忍,我觉得时间长了我能给你纠正过来,但在这个问题上,我是绝对不能容忍了,因为你触碰了我的底线!"

赵慧说儿子就是她的底线,这是所有妈妈的底线。

赵慧甩下马勇坚决地走进妇联大楼里去了,留给他最后一个很干部的背影。

马勇和赵慧彻底吹了。

马勇和赵慧吹了,王建军高兴极了,像突然宣布银行的钱可以随便拿一样地高兴。

王建军满脸洋溢着掩饰不住的高兴和喜悦,乐颠颠地给马勇端来包子和汤,让马勇吃喝。马勇神情沮丧,嘴上都是燎泡,没有胃口,不想吃,他站起来,要回家去睡觉。他这两天都在家里蒙头睡觉。王建军却不放过他,她将马勇拉着坐下,自己也亲昵地坐在马勇身边,劝慰他:"哥——"她把"马"字省了只剩下了"哥",亲亲热热地说:"哥,你有啥不高兴的呀?那个婆娘,吹了才好哩!来,哥,你先喝汤。你一定要喝!我专门给你煮的汤!来,我喂你——"她端起汤碗,拿着勺子,亲热地要喂马勇喝汤。

孤寂中的马勇温暖地笑了,感慨地说:"还是你好啊!——我自己喝吧。"

王建军坚持要喂马勇,她在亲昵中又带上了撒娇,亲昵和撒娇地说:"不,我要喂你喝嘛!"她喂着马勇,笑在脸上浓浓地挂着。突然她的亲昵和笑容都僵住了,望着前方,神色黯然下来,一口勺子里的汤,抖抖的,洒在了桌上。

俞晓红来了。俞晓红匆匆地拐进小街,朝这边奔过来。俞晓红刚刚听说马勇和赵慧吹了,她突然就有一种莫名的高兴,一股似乎是期盼已久的亢奋在她周身抑制不住地燃烧起来,仿佛她一直在觊觎和等待着这个结果。俞晓红奇怪自己怎么会有这种感觉,她兴奋,而且紧张,一种紧迫感在催促着她,又仿佛她再不抓紧就会漏下去什么,这种混合的感觉是那样的强烈,搅得她坐立不安。她正上着班呢,不顾一切地穿上外套就朝马勇这儿奔来。跑进小街,她远远看见马勇正坐在包子铺里,便奔过来在马勇身边坐下,"马勇——"她很喜色地叫他,突然又停住,意识到自己这么一副情不自禁喜出望外的样子是很失态的,很有些浅薄,她忙绷住,去了笑容,换上一副替马勇感到忧伤的样子,忧伤地说:"马勇,我刚听说你和赵慧,你们吹了,这……这多不好啊。"

马勇神色黯然地嘟囔道：“没什么不好。吹就吹了呗。”

俞晓红从马勇嘴里进一步得到了证实，她好不欢喜，但脸上继续忧伤着。她看一眼旁边高度戒备地盯着她的王建军，先说：“小王，我想跟马勇单独说点事儿。”她要把这个对马勇痴情而又猛愣的小山东先搬走。

王建军实在不想走，她高度地紧张不安，怕在她离开的短短一瞬间她的马哥又会出现什么变故，但她不能走，她没有理由继续留在这里，她想留在马勇身边的理由说不出口，而且她有点怕俞晓红，自从上次捉奸的事情之后，她就有些怕这个智谋多端而又厉害的城里女人了，她只有讪讪地离开，走进她的包子铺里去了。

俞晓红凑近马勇，望着他，柔声地说：“那你下一步……有什么想法？”

马勇有些诧异地抬头望着声调突然变得异常温情的俞晓红。俞晓红目光炯炯地望着马勇，眼里又流溢着马勇在赵慧家里见过的那种情愫，而且这次她不再掩饰，就让那情愫层层叠叠地向马勇飘散过来。马勇望着俞晓红的样子，心底里又一颤，他被俞晓红点燃了，望着她的眼神再次迷蒙起来，他刚要张口，突然又将一切硬硬地戛然而止。

张琪背着他的摄影包匆匆地来了，他远远看见了马勇和俞晓红，奔过来坐下。

马勇把感情藏起，以打趣的口气说：“怎么，又不放心又来监视我们了？”

张琪尴尬地讪讪地笑：“哪里！我是跟晓红说好下午去郊外给她拍一组照片，这不我摄影包都背着嘛！我到晚报去接她，她走了，我估计她在这儿——哎，马勇，我刚跟赵慧打电话，她态度特冷淡，她说你们吹了！怎么你和赵慧，怎么你们就吹了呢？”

马勇又神色黯然淡漠地说：“就那么吹了呗。”他不想多说这个。

但张琪还想问个究竟，他是真的在乎和惋惜马勇和赵慧黄了，他甚至有一些着急地说：“什么就那么吹了！你说得倒轻松！你们挺好的呀，吹了多可惜呀，怎么就吹了呢？马勇，为什么呀？还能挽回不——”

俞晓红突然发火地打断张琪道：“张琪！吹就吹了呗，可惜什么呀，还挽回什么呀，又不是找的仙女！人家不愿意说你老问什么呀你问！”

张琪尴尬地怔住，他不明白俞晓红为什么突然就发火了，他没说什么呀？但张琪顺从地一笑，不作争辩，他总是顺从着俞晓红，张琪说：“好，好，我不问了。那，马勇，你节哀顺变，走，晓红，咱们去照相吧。”

俞晓红却不走,她一腔热血在周身奔涌着,冲击得她已经昏了头,她眼睛望着马勇,忽地就断然说道:"今天不照了,张琪你先走吧,我要和马勇说会儿话。"

张琪闻言怔住了,他看看俞晓红,又看看马勇,脸上显出紧张和愕然来。

马勇表情尴尬,他没想到俞晓红会当着张琪说这种话,他也怔住了。

俞晓红继续昏热地不管不顾着,她目光灼灼地望着马勇,她要听马勇怎么说。

张琪于是不看俞晓红只盯着马勇看,他也要看马勇怎么说。

马勇低着头,缄默着,他沉默了让俞晓红和张琪觉得有一个世纪那么长的时间,而后马勇也毅然地开口说话,但他喊的是王建军,叫道:"小王! 王建军! 你出来一下。"

王建军应声从包子铺里出来:"啥事儿?"

马勇让她也过来坐下,而后一只手亲热地搭上王建军的肩膀,对俞晓红和张琪道:"今天,正好你们俩也在,大家都是朋友,我给你们说一声:从今天起,小王就是我女朋友。其实我早就喜欢她了,只是过去不能表露,今天是正式当着大家的面说出来。"

俞晓红和张琪顿时都惊愕住了。

王建军不敢相信地说:"马哥,你说的……是真的? 你不是哄我吧?"

马勇不无真诚感慨地说:"真的! 我结了一次婚, 又谈了一次恋爱,我……我是真不想再找城里的知识妇女了,麻烦,太麻烦了!我现在就想找个农村女孩!农村人多好啊,好就好在她识字不多!识字不多就文化不高,文化不高就没那么多思考,没那么多思考就没那么多想法,没那么多想法就没那么多麻烦! 现在的老婆,只要不找你的麻烦,阿弥陀佛,那就是杨贵妃呀!现在到处都在说要绿色环保,我说句不恰当的比喻——"他感慨地拍着王建军,道:"这,就是绿色环保食品啊! 小王,我是真的要和你好!"

王建军激动地扑到马勇怀里,眼泪都激动地涌了出来:"哥!"

刘婉香正好从包子铺里面搓着手上粘的面出来,见状,如雷轰顶般地怔住。

张琪高兴地笑了,一连声地说:"好好好,马勇你选择得对!"

俞晓红的一腔热血渐渐凉却了,她平缓并且冷静下来,渐渐感觉到了自己的失态,她为此感到了羞臊,羞臊自己怎么会变得这样急不可耐,羞臊自己竟然也会这样的轻贱和没有出息,她的心被马勇的举动撕扯得一阵阵痛楚,但她再次高傲地自尊起来,竭力矜持着淡漠着若无其事着,语气淡然地对马勇和王建军说:"祝你们幸福。"而后她对张琪说:"张琪我们去照相吧。"

俞晓红走了,她也留给马勇一个背影。

王建军至此就开始和马勇谈恋爱了。

王建军改变了很多,她几乎从第二天就开始改变自己,一早起来,顾客还没有光临,她就坐在餐桌,戴着买来的一副眼镜,在看一本厚厚的书。书也是她刚买来的,她是挑书店里最厚的一本书买的。

刘婉香独自在案板上揉着面,脸色阴沉,嘟囔道:"眼睛又不近视,还戴个眼镜!"

王建军很有架势地扶扶眼镜,说:"你不懂!有知识好好学习的人都戴眼镜!我现在不一样了,我现在要好好学习要有知识!要不我咋能配上马哥呢?你快揉你的面吧!"

刘婉香说:"鸡巴毛!"但刘婉香这句骂娘的话王建军没有听见,他几乎是裹在嘴里含混嘟囔地说的,不敢让王建军听见,他到这时候还是怕她,因心疼而怕她。

王建军没有察觉,她的注意力全都系在马勇身上了,旁若无人。她一脸幸福地看着书,说:"刘婉香,你好好地干,我以后就不卖包子了,要不人家见了会说:'哎,马记者,咋你老婆是卖包子的呀!'那多不好。你好好干,到时候我把这包子铺给你,你当老板,啊!"

刘婉香连含混的骂都骂不出来了,他又哭了,眼泪大颗大颗滚出来,滴落到面盆里。

王建军依旧毫无察觉,她放下书,摘下眼镜揉着眼睛:"啊哟,眼睛酸死了!"

她的眼睛是要酸疼的,她看的那本厚如砖头的书名是:《欧洲革命史》。据说全中国只有不超过十个人看完过。

马勇从乡下采访回来,惊异地看着几天不见变化如此巨大的王建军,瞠目结舌。王建军戴着马勇从没见过的眼镜,扭捏地不好意思地看着马勇笑,向马勇报告自他走后她这些日子的情况,说:"哥,你走后,俺这些日子天天学习,看书,你看——"她走近一步扒开自己的眼睛让马勇看："我都近视了！"

马勇怔怔地不知说什么好,他一时忘记了只有几天的工夫眼睛是不会近视的。

王建军上前亲昵地挽起马勇,歪着脑袋问："哥,你喜欢不?"

马勇只有顺嘴道："啊,好,好。"

王建军极为幸福地笑了:她的努力没有白费! 她整个儿幸福地偎依在马勇身上。

马勇被王建军依偎着也感到了幸福,他兴致勃勃地说："我今天好好陪陪你。我还没陪你逛过街哩。咱们先去吃饭,吃完了,从从容容的,再去逛街。咱们去吃兰州拉面吧,我估计你就爱吃这个,你想吃拉面对不对?"

王建军却扶扶眼镜,说："不,哥,我要吃西餐!"

马勇又一次愣怔住了："怎么你——你要吃西餐?!"

王建军郑重地说："哥,你别以为我是从农村来的我就土,其实我洋气着哩!"

马勇于是便领着戴上了眼镜的王建军去吃西餐。

马勇特地要了牛排,牛排他按照最正宗的吃法要了五分熟的,因为王建军强调说她并不土,她很喜欢吃西餐而且也很会吃,马勇便一切以最为讲究的做法来吃这顿西餐,他怕他显得土了。

王建军用刀使劲割下一块牛排肉来塞进嘴里,一嚼,顿时噎住:那肉是生的呀! 她从来不知道西餐的肉竟然是生的! 这是她在沂蒙山长到二十一岁的生命经历所万万想不到的。那生肉沾着胡椒又腥又冲地冲击着她的口腔,使她想呕出来,但她自然不能呕,她不能让就坐在她对面的马勇看着她这个常吃西餐的洋气人儿把肉吐了, 于是她使劲嚼着那生肉,做出很享受的样子,使劲吞咽了下去。她觉得她就像生吞了一只老鼠。

马勇看王建军吃得很欢畅,这次他殷勤地亲自又割下一大块牛排肉来,放在王建军面前的盘子里,让她好好地吃。

王建军毛骨悚然地看着又来了一块肉,她觉得她活不了了。

谢天谢地! 马勇的手机响了,他拿起来接听,因为信号不好,他拿着手机到餐厅门口通畅一点的地方去接听。

王建军赶紧抓起那块肉,又将她盘子里剩余的牛排都一起抓起,用桌上的餐巾纸包了,悄悄扔到桌子底下去。

马勇通完电话回来,见王建军的盘子里空了,诧异地说："你吃完了?"

王建军一笑："我吃得快。"然后她陶醉地拍着自己的肚子，万分幸福地说："我吃饱了。哦唷，太好吃了，真是太好吃了！"

马勇便又领着吃饱喝足的王建军去逛街。

王建军跟马勇逛了一天的街，她饿得前胸贴后背。

到晚上回到包子铺的时候，王建军简直要饿死了。她一屁股坐在门前的板凳上，喊："刘婉香，赶快给我端包子和稀饭来！"

刘婉香赶紧屁颠屁颠地给她端来了包子和稀饭。

包子真好！稀饭真好！平平常常真好！王建军狼吞虎咽地吃着她平常吃的这食物，那种熟悉的顺滑的熨帖的温热和绵软一下滑进了她空旷了一天的胃，她舒服和陶醉得眼睛都眯缝起来了。

刘婉香拿把勺子站在王建军旁边，看着王建军喝粥。王建军喝一碗他就盛一碗，而且不时地问她："王建军你要点豆腐乳不？你要吃糖蒜不？你要吃腌黄瓜不？"

哎哟哟，包子真好！稀饭真好！平常真好！还有，刘婉香真好！王建军第一次感觉到了她和刘婉香在一起的幸福，那种幸福就是：放松！她在刘婉香面前完全不必像在马勇面前那样绷着，她可以像现在这样光着一只脚丫子，就这样踩在凳子上喝粥，白天跟马勇吃饭逛街时那种淑女样儿统统去她娘的蛋！那副眼镜她也摘下扔到一边去，那眼镜白天戴得她眼睛疼死了！她想吃包子就吃包子，想喝稀饭就喝稀饭，想吃豆腐乳就吃豆腐乳！如果她吃得太饱，肚子骨碌碌地响，那她尽可以在刘婉香面前放屁，刘婉香也是农民，没关系的。王建军于是就放了一个屁，噗的一声。

刘婉香嘿嘿嘿地笑，老话说，要喜欢一个人，那连她放屁都是香的。

王建军在刘婉香的服务下吃也吃了，喝也喝了，屁也放了，幸福得一塌糊涂。她想起明天还要继续和马勇恋爱，有一些沉重起来，说："好了，吃饱了，该学习了！"她又戴起让她眼睛生疼的眼镜，又拿起书来，她要跟马勇好，就必须要学习，以便能跟马勇说到一起去，以便能跟上马勇前进的步伐。

王建军又开始艰难地看那本《欧洲革命史》。

马勇带着王建军出入他经常出入的文化场合，和他的文化朋友们聚会聊天，他在小心翼翼地保护着王建军的自尊心，他不想让王建军感觉他和他的这个群体在轻视她这个进城打工的农民。

这一日，马勇跟俞晓红和张琪约好，大家在咖啡馆里聚会，一块坐坐。

俞晓红和张琪猛然看到戴着眼镜、拿着《欧洲革命史》走进咖啡馆来的王建军，都傻了，俩人大眼瞪小眼，惊愕得半天不能正常说话。

王建军走过来在早到一步的马勇身边坐下，扶扶眼镜，扬扬手里的厚书，对俞晓红和张琪解释道："我这些日子天天学习，看书，眼睛都看近视了！"

马勇嗔怪王建军出来玩儿还带着书："出来大家一块坐坐聊个天，还带着书干吗？"

王建军说："忘了放下了。我现在都习惯了，走哪儿都带着书，离不了。"她这也是说给俞晓红和张琪听的。她特别说给俞晓红听。

俞晓红从惊愕中醒悟过来，竭力忍着笑，说："好，好，爱学习就好。"而后她又竭力忍着笑眼睛斜斜地瞥着马勇，眼神里满是调侃：你看挑的这对象！

马勇尴尬而羞惭，他扭过脸去避而不看俞晓红调侃他的眼神。

大家点了咖啡来喝。张琪热情而关切地说："小王，你喝点儿什么？我们要的是咖啡，你可能喝不惯吧？我给你要瓶果汁？"

王建军急忙表白道："我喝咖啡！我可爱喝咖啡了！我就喝咖啡！"

王建军也喝咖啡。王建军一口咖啡入嘴——她赶紧捂嘴去了卫生间。

王建军趴在卫生间的洗手池里把那一口苦咖啡哇哇地吐了出来。

卫生间的女服务员上前问道："小姐，您怎么了？哪不舒服？"

王建军吐着，用手接捧着水龙头的水灌到嘴里漱着口，说："我哪都舒服，就是嘴苦死了！这就是咖啡呀？明明就是药嘛！还死贵死贵！一杯咖啡三十块钱，顶我卖六笼包子了……"她吐完，嘟囔完，转身向门口走，走到门口，突然想起来刚才那服务员对她的称谓，那服务员喊她"小姐"，王建军顿时怒不可遏，在她的意识里，小姐都是那些脱裤子卖大炕的，王建军于是又走回来，严正地斥责女服务员道："你刚才喊谁小姐呢？你妈才是小姐哩！"

女服务员愣住，委屈万分，她没说什么呀！

于是服务员跟王建军吵了起来，因为王建军无端地就骂她的妈妈，太不讲理。

王建军更加怒不可遏，认为这个服务员骂人还要跟她吵架，简直混账透顶。

于是王建军就和服务员打了起来。

最后的结果就是马勇、俞晓红和张琪听到厕所里噼噼啪啪的响动，冲进了卫生间来。马勇异常尴尬，无地自容，为自己的女友一个劲儿地向那女服务员赔礼道歉，又掏出钱来让她去医治胳膊上的一块淤青。王建军的劲儿真大！

俞晓红又是费了好大好大的力气才压住没有笑，她又调侃地眼睛斜斜地看着马勇。

马勇又是尴尬和恨恨地扭过脸去不看俞晓红对他的调笑。

王建军委屈死了，也恨死了，她觉得这咖啡馆简直就是一个烟瘴地，人太坏，咖啡太难喝！她又开始想念刘婉香和他的稀饭了。

马勇从此就不带王建军去那些文化场合，他和王建军去公园谈恋爱。

坐在公园里，看着湖畔和树丛中三三两两地坐拥在一起的男男女女，王建军依偎着马勇，亲昵地说："哥，你跟我说说话嘛。"

马勇说："说什么呀？"

王建军羞涩地指着四周的男女："那些人在一块说啥你就跟我说啥。"

马勇望望四周，笑了，说："这些人啊，这种时候，一般分两种情况，要是已经得手了的，那就什么都不说了，上来就直接切入主题，直接就是肢体动作，不浪费时间。要是还没得手的，那就得花点时间先打迂回战了，男的就得先跟女的说点儿甜言蜜语，来点儿情调，念点儿诗啊什么的。"

王建军很新奇地问："都念啥诗啊？"

马勇说："一般都是名人写的情诗，比如说，泰戈尔，他是印度的诗人。泰戈尔的诗，比较有影响比较流行的有一首，我给你背背啊：'世界上最远的距离，不是生与死的距离，而是我站在你的面前，你却不知道我爱你！世界上最远的距离，不是我站在你面前，你却不知道我爱你，而是爱到痴迷，却不能说我爱你！——'这诗目前在青年人中很流行。你听了这诗，感觉如何？你觉得美吗？"

王建军眨巴了半天眼睛，开口道："那叫泰……泰啥？"

马勇说："泰戈尔。"

王建军说:"他有名不?"

马勇说:"有名。"

王建军想了想,进一步作了一个比较:"他有张艺谋那么有名不?"

马勇有些发愣,这种比较倒是有些别致。马勇说:"差不多吧。他在印度那边也是家喻户晓的。"

王建军于是问:"那他是不是后来也不要他老婆了?人有名了都这样!"

马勇噎住,他没想到王建军听了诗的感觉竟是这个。噎了半天,马勇说:"这,这我不知道,人家印度那边没说。"马勇有一点索然寡味的疲倦,有一点不想再说下去了,但马勇理智地知道他不能冷落了王建军,他在和她谈恋爱呀!于是马勇强打精神地对王建军笑笑,说:"我说完了。该你说了。你说吧。"

王建军胆怯了,她在马勇面前总是胆怯和不自信的:"我不会说。你要笑话我。"

马勇鼓励她道:"我不笑话你。你随便说。你就……你就说你卖包子吧。"

这个话题让王建军有一点来劲,她开始兴致勃勃:"那行!说这个我行!哥,你不知道,这卖包子吧,同样十斤面,别人能蒸十二笼包子,我能蒸十三笼!为啥呢?就在这包子皮的大小上!你要用三个指头揪一坨面团儿来擀这包子皮;你要用两个指头揪,那包子皮就小了,包出来的包子就小了,那吃包子的人以后就不来买了;但你要用四个指头揪,那皮儿又大了,包出来的包子就大了,你就亏了;用三个指头揪正好,不大不小。就得这么算着掐着卖包子!哥,你想,我一天这么多卖个几笼包子,一天就能多挣个几块钱哩!十天就是几十!一百天就是几百!一年差不多就有小一千了!哥,你说我聪明不——"她兴冲冲地连说带比画着,又兴冲冲地回头想得到夸奖地看着马勇,猛然她却一下怔住了。

马勇靠在长椅上,头一垂一垂地打着盹,他睡着了。

王建军无比的伤心,她是认真地十分用心地说给她的马哥听的!王建军又一次不合时宜地想起了刘婉香,她想,她要是对刘婉香说这么多话,那得乐疯了他!

第 18 章

马勇在清晨的时候被猛烈急促的敲门声惊醒,急促不停的敲门声把他从床上拽了起来,披着睡衣去开了门。王建军站在门口,她焦灼万分,眼泪在眼窝里打滚,竭力忍着不哭,说:"马哥你快跟我去找找吧!刘婉香不见了!"

马勇也愕住:"怎么会……突然就不见了呢?"

王建军哭出声来了,告诉马勇:刘婉香留下一封信,他要自杀!

马勇和王建军几乎跑遍了所有的医院,看有没有在街上自杀的人被送来急救的。在天大亮的时候,果然在城建医院的急救室里发现了昏迷不醒的刘婉香。刘婉香口鼻中都插着输氧管,看上去奄奄一息。

王建军崩溃了,扑到刘婉香身上号啕大哭,一瞬间她好像明白了她的感情所系。这些年来其实一直都有一棵小小的树种植在她的心田里,曲曲弯弯地成长着,已经连成了她心的花园的一部分,只是她一直不以为然,而就要死去的刘婉香让她仿佛清醒了,她悲痛不已,趴在他身上哭天抹泪地喊叫道:"刘婉香,你咋这么傻呀?你咋就能不活了呢?!你要死了我咋办呢?剩我一个人,我又要和面,我又要擀皮,我又要包,我还要收钱,这么多的事儿,你让我一个人咋办呢?!我踢你!我踢死你!呜呜呜呜呜呜……刘婉香,我不让你死呀,你给我织的毛衣还没织完哩,你说要给我好好织件毛衣的!我的毛衣呢?你起来!你再给我织呀!呜呜呜呜呜呜……怪我,全怪我呀!我就是个农村的土妮儿,我就是个卖包子的,我装啥知识分子呀我装,我戴的啥眼镜啊,我喝的啥咖啡呀,我看啥那么老厚的书呀,我看了一个月了连第一页都没看懂,我还以为那是养猪的书哩!你以为就你心里难受?我更难受!呜呜呜呜呜呜……刘婉香,你别死呀!我不让你死!我只有跟你在一块儿我才自在,我只有跟你在一块儿我才是我自个儿!你是包子我是汤,边吃包子边喝汤,天底下,只有咱俩才相配!你别死,你快醒醒吧,你快好吧,等你好了咱俩好!呜呜呜……"她哭得要断气。

马勇不无尴尬地站在一旁,听着王建军口口声声说的都是背叛他的话,而且毫不遮掩,心里酸酸涩涩的。但马勇不能阻止王建军,他不能阻止他的爱人对一个垂死之人倾吐真言。马勇只能酸涩地听任王建军发泄地哭着,说着。

急救室的大夫听到号哭气急败坏地跑进来,呵斥道:"哭什么哭!屁大点个事儿也哭!"

大夫没好气地告诉王建军和马勇:刘婉香根本没有自杀!他不过是一个人喝了两瓶白酒,现在是醉得一塌糊涂,酒精中毒,输点氧,睡八个小时,全好!大夫没好气嘲讽地说:等好了再去喝去,有本事别喝得半夜躺在路边有本事躺到马路中间去啊!

王建军的哭泣顿时像关了水龙头戛然而止,一滴水都不流了,她破涕为笑。

马勇则苦笑不堪:刘婉香没有死,而他的爱人却好像要赔进去了。

马勇和王建军被大夫毫不客气地撵出了急救室,站在医院的走廊上,王建军不想回家,她不想跟马勇走,说:"我就留在这儿等他醒。"她对刘婉香的殷殷之情完全溢于言表。

马勇还试图挽回地说:"你需要我留下来陪你吗?我也留下来陪你好了。"

王建军却不语,几个小时之前马勇这样说她都会欢天喜地的,而此时她缄默着,默了片刻,王建军抬头望着马勇,开口道:"马哥,我想把话跟你再说清楚一点,刚才,我在病房说的,你都听见了,我不是因为他不活了,我害怕他死,我才说要跟他好,我不是哄哄他的,我是——"

马勇打断了她,他心里不无酸楚着却大度地说:"你不用解释,人往往是在失去的时候才明白自己要什么,我能理解。"

王建军无比歉疚,说:"马哥,我说了跟你好又不跟你好了,我没良心,我不要脸!"

马勇说:"别这么说,都是缘分。——哦,我去把刘婉香的医药费交了,我就走了。"

王建军急了:"那咋行哩!咋能让你掏钱!我俩有钱——"

马勇说:"你算了!你们俩挣点儿钱不容易。这些年,我白吃了你们多少包子啊,我掏这点儿钱还不应该吗?这钱,就算我这个当哥的,送给你们的一点祝福吧!"

王建军感激不尽，不再跟马勇争，稍停，她想起来，从背着的包里掏出那本厚厚的《欧洲革命史》来，递给马勇："马哥，我再不看了，难受死我了，给你看去吧。"

马勇接过看看，苦笑着说："我也不看。"

王建军说："那也别扔了呀！我花三十多块钱买的，得卖多少笼包子啊！"

马勇便把书拿在手里，走了。他谈了一场恋爱，就得到了这本《欧洲革命史》。

俞晓红和张琪请马勇在"牛车水"酒家吃饭，来安慰失恋的马勇。马勇笑眯眯地来了，显得比任何时候都轻松惬意，责怪俞晓红和张琪多事，他还用得着安慰吗？马勇若无其事地吃饭喝酒，结果那酒却越喝越凶猛，把起先想劝马勇喝一点酒解解愁闷的俞晓红和张琪吓住了，俩人一起上前来夺马勇手里的酒瓶，但都被马勇凶猛地挡了回去，他像灌水一样地把那些酒喝完了。喝得马勇脚步趔趔趄趄的，最后被俞晓红和张琪一边一个架着走出酒楼。

张琪看着马勇的样儿关切地说："哥们儿，你没事吧？"

俞晓红更是深深的一脸关切："你不能喝还抢着喝这么多！——你真没事？"

马勇眼睛已经迷离了，他迷离着眼睛依旧笑眯眯地说："没事！你俩不用安慰我，我不就是又吹了一个嘛！这正是我巴不得的。现在都说人有几大傻，其中一大傻就是泡妞泡成了老公，现在都说是上床容易下床难，一不留神就砸自己手里了，我正愁找不到个什么借口撤哩，这下子，正好，美军主动撤出阿富汗！"

张琪真诚地说："马勇，你别强作欢颜了，咱们兄弟，我还不了解你吗？兄弟，你放心，你给我介绍了晓红这么好的人，我俩踏破铁鞋，也一定要给你找个好的！是吧晓红？"他说着，顺手很自然地亲昵地搂住了俞晓红的腰。

马勇看在眼里，心里狠狠地被刺了一下，张琪搂住的是俞晓红最性感的地方，俞晓红的身段从腰这儿像个水葫芦一样地弯曲下来，流泻出一道美丽的弧，过去马勇就是常常把手搭在俞晓红这儿。马勇此时比任何时候都反感张琪搂着俞晓红的腰，他醉了的眼里情不自禁对张琪露出凶狠的目光来，那样子就像想捅了他。但马勇很快便以残存的理智控制了自己,他明白他不应该这样的,他又眯眯地笑了,笑着说:"好啊,你们俩就照巩俐那样的给我往来招呼吧。——好,不跟你俩闹了,再见!"马勇强撑着让自己保持着若无其事,转身去拦出租车,要走。

俞晓红一把拉住马勇,说:"你心里难受,你不能一个人走,我们送你。"

马勇笑嘻嘻地说:"送什么送啊!你怎么知道我心里难受?我这样子像难受的样儿吗?"

俞晓红看他一眼,嗔怪地说:"你还用跟我装吗?"她径直地命令张琪:"张琪,你去把车开来,我们送他回去。"

马勇拦住了张琪,认真地说:"不用送!真的不用送。"

俞晓红也认真地说:"一定要送!我不放心你一个人走。"

马勇不由抬高了嗓门,他这时的声音里已经透出了火气:"我说了不用送!"

俞晓红也抬高了嗓门,依旧固执坚持道:"一定要送!你这样子我怎么能放心——"

马勇爆发了,他怒吼起来:"不用送!你们要再这样一而再地可怜我,我骂人了啊!"

俞晓红和张琪被马勇的爆发怔住了,都闭上了嘴,不再说了。作为两个最了解马勇的人,她(他)俩知道,马勇一旦这样,就是心里头难过得狠了。

俞晓红望着难过成这样的马勇,她的心在一点点地碎去,她不能说什么,张琪就在旁边,她只能心碎地看着马勇,缄默着,想说的都溶成了眼泪,渐渐盈满眼眶。

马勇看见了俞晓红的泪眼,他的心也碎了,但他强硬地克制住,哈哈哈哈地又笑起来:"怎么着,你们还真可怜我啊?兄弟姐妹们,有点太可笑了吧?我要想再找个对象,那还不简单得跟写个'1'一样!我要是公开征婚,这马路上立刻就交通堵塞啊!那妇女们听到这消息都欢呼雀跃啊,都哗啦哗啦往这跑啊,就跟有狼在后面撵着!哈哈哈哈,再见!"

马勇晃着他新剃的光头哈哈大笑地走了。

马勇背对着俞晓红哈哈大笑的脸上开始汹涌地淌着眼泪。

月儿映在公园的湖面上,波光粼粼。

马勇独坐在湖边,他没有回家去,他需要找一个哭的地方,于是就来了。夜的公园没有人了,远处动物园里的豺狼虎豹在低低叫几声,更增添了夜的深沉。马勇头低着,脸埋在掌心里,尽管四周只有豺狼与虎豹,但马勇还是低低地哭,作为男人,他还是本能地觉得男人哭泣是羞臊的。因为在压制着,马勇的哭声闷闷的。但马勇的哭又是激烈的,他实际在撕心裂肺地哭,这种撕心裂肺因为压抑着不能尽然释放,致使马勇的脊背都被憋得剧烈抽搐着。

一双手搭在了那抽搐的背上,轻轻地拍拍,既是抚慰又是告诉他来人了。

马勇陡然被惊醒,抬头望去,他看见了俞晓红。

俞晓红凄楚地望着马勇。

马勇惊愕地问:"你怎么来了?!你怎么知道我在这儿?"

俞晓红凄楚地说:"我是怎么来的,我怎么就知道你在这儿,这重要吗?重要的是我来了,我觉得我今天必须要来,我觉得今天晚上有些话儿我必须要跟你说。"

马勇不再问了,他知道俞晓红肯定是一直跟着他的。

马勇控制不住地流着泪,也凄凉地笑笑:"说什么?来笑话我落到如此下场吗?我这样……挺屄的是吗?"

俞晓红说:"你到现在还嘴硬!你为什么不敢承认你伤心的真实想法?你为什么到现在还不敢对我说出来?"

马勇嘴硬地说:"我对你说啥?说我伤心了?说我对象吹了我伤心得要命?这好笑吗?"

俞晓红戳穿他,锐利地说:"你不要不承认,你伤心不是因为别的,你伤心是因为我!"

"嗤!"马勇嘴硬地反驳道,"又来了!你最大的毛病就是自我感觉良好——"

俞晓红却锐利地说下去:"你伤心是因为你现在无法挽回了!确实,张琪是你的哥们,铁哥儿们,你又是我和他的媒人,我和他的事情是你一手操办的,你觉得你无论如何也不能再破坏这桩婚姻,你就是再伤心,就像俗话说的,你就是打掉牙齿也只能往自己肚子咽了!"

马勇依旧嘴硬地遮掩道:"胡说什么呢你!你不但自我感觉良好你还自以为是你!"

俞晓红望着马勇,她无限伤楚,又说:"马勇,我今天来,就是想告诉你,张琪已经几次向我求婚了,他追我追得很辛苦,我也知道他爱我是爱得很真的,他也确实对我很好,他是个好人,我……我可以跟他结婚。但是我要告诉你:我不爱他。我可以跟他结婚可以跟他过日子但是我不爱他。婚姻不过就是一种形式。好多人在并没有爱的婚姻里也过了一辈子了,别人能过,我也能过……"她伤楚地哽咽住。

马勇还想嘴硬地再说什么,但张张嘴,却说不出来了。

俞晓红洞穿了马勇。

俞晓红自己则泪流满面,她停停,又继续说:"还有件事儿,我也想在今天跟你说明白。本来我是永远也不打算跟你说的。我知道这件事儿一直在你心里是道坎儿,就是你认定,那天晚上,你打了我,我跑出去,去找王俊民,你认定那天晚上我是和王俊民在一块儿睡觉了。但是我今天要告诉你,我没有!我从来就没有和王俊民睡过觉!我这辈子,到现在到目前为止,唯一睡过觉的男人,那就是你!那天晚上,我是在王俊民那儿,但我一直在哭,一整夜我都在哭,我就是想找个人好好地哭诉一下。第二天回来,我是告诉你我和王俊民睡觉了,那是因为你打我了,你那么狠心地打我,我就不告诉你实话,我是存心想气你来着,其实我根本就没有……"她伤心至极,实在实在是再说不下去了,她凄楚地放声哭起来。

俞晓红凄楚地哭着走了。

俞晓红彻底洞穿了马勇。

马勇也泪流满面,他望着俞晓红远去,再也忍不住,也放声哭起来。

马勇平生第一次哇哇大哭。

大街上,夜的城市空寂无人,一辆出租车载着哭声在空寂无人的街上驶过。

俞晓红坐在车里,她捂着嘴仍然使劲在哭,哭声像刀切割着这个城市。

此后的几日,太阳天天升起,但太阳又都红得不十分好,红得很勉强挂在天上。天色灰淡着,马勇的心情也和这太阳一样的灰淡,每天都浑浑噩噩地活着。但张琪的心情却很好,张琪和俞晓红的爱情进展顺利,俞晓红已经明确地告诉张琪她准备嫁给他,这让张琪每天都激动得发抖,盼着那最幸福一天的到来。但张琪在幸福之余也很焦急,俞晓红总是和他不冷不热的,迄今为止他还只牵过俞晓红的手,连肘部以上都未触及,这完全不像一对已经谈及婚嫁的恋人,张琪因此忐忑不安,他总觉得这样不冷不热下去结婚的承诺也没准儿最后要黄，至少是还不保险。张琪想和俞晓红搞得如火如荼一些，想和俞晓红的关系百尺竿头再进一步，再进最关键的一步，于是张琪又请马勇在"牛车水"大酒楼吃海鲜，相求马勇。

张琪殷勤地把螃蟹的蟹黄剥好端到马勇面前，说："哥，你吃。"

马勇没有伸手，充满警惕和狐疑，审视地望着张琪，说："前两天刚请我吃过饭，今天又请，而且，又喊我'哥'！张琪，青天白日太阳红，一切阴谋都是遮盖不住的，说，又想让我帮你干什么坏事？"

张琪对马勇巴结地笑着："没事没事！就是两天没见，又想哥了！想见见哥。"

马勇说："那好，咱俩也见着了，我正在办公室赶稿子哩，没工夫吃饭，我把你这螃蟹打包带走吧。"他果真就喊服务员过来把所有的螃蟹都打包，还把张琪要的老醋蜇头和白斩鸡也打包带走。

张琪急了，忙拉住马勇说："有事，有事！哥你再坐会儿，坐会儿！"

马勇笑了，说："我看你才是螃蟹，不使劲掰你你不露黄儿。"

张琪开始向马勇倾吐心声。张琪说他现在太爱俞晓红了，他已经爱得没有办法了，他此生如果没有了俞晓红他就……他如果不自杀的话也会得病的，他估计肝硬化糖尿病包括红斑狼疮他都可能会得，他听说这些病都是因为心情太糟而上身的，所以张琪说他一定要完全得到俞晓红！但张琪说他一到关键的时候就不知道怎么办了，他有一次手哆哆嗦嗦地都差不多要放到俞晓红的脖子上了，他听说脖子是女同志的敏感点，好多经验丰富的男同志都是把脖子作为切入点的，但俞晓红眼睛朝他犀利地一瞥，张琪又吓得把手抽回来了。张琪说俞晓红仪态万方，美丽高雅，但有点冷若冰霜，俞晓红属于冷美人，张琪说他面对俞晓红就像面对女皇一样而不知所措，他很痛苦。张琪痛苦地哀恳马勇道："哥，你就再帮帮我吧！你当时，你第一次，你是怎么……哥，你给我支个招儿！我实在是没办法了！"

马勇在公园湖畔的那种感觉又回来了，那些凄冷，酸楚，刺刺的反感，全涌到了他的心里，他理智地提醒自己不应该这样，他是媒人啊，他应该盼着张琪和俞晓红相好才对！但他做不到了，他发现自己的角色已经全然错位了！而且他心里的酸楚又影响到了他正吃饭的胃，他又胃酸起来，他心里一难受就胃酸，像胃食道逆流一样。马勇挑拣着老醋蜇头里的姜丝嚼了吃了，想以辛辣来压一压，但不管用，他的胃里愈发地酸起来,又像翻江倒海一般。马勇强忍着酸楚与涩苦沉默不语。

张琪依旧哀恳着马勇:"哥,你哪怕暗示我一下都行,我好歹也是副高职称我有领悟力!"

马勇不能不说话,他沉默了之后开口道:"好吧,我告诉你:俞晓红喜欢猛男。"

张琪不禁对此表示怀疑,说:"真的?"

马勇不耐烦地说:"假的!我诳你呐!我给你下套呐!"

张琪于是信了,问马勇:"有多猛?"

马勇说:"尽量地猛。"

张琪说:"尽量地猛是什么概念?"

马勇说:"就是说你别拖泥带水,你直接就冲,你直给!"

张琪说:"你的意思是说,我得像日本鬼子那样?"

马勇说:"比日本鬼子温柔点儿,你就照伪军那样处理吧。"

张琪笑了,是苦笑。张琪苦笑地说:"哥,我都急得要死了,你还跟我打镲!"

马勇也笑了,是那种憔悴的笑,毕竟这么说是有一点搞笑的,于是他也忍不住笑了。马勇憔悴地笑着说:"说伪军是有点跟你开玩笑,但意思相近。你看过电影《红高粱》吧?那里面,姜文演的那个轿夫一把就把巩俐演的那个新娘子扛起来,扛起来就往高粱地里走,走到高粱地里就啪地往地上一放,然后那女的就棒打都打不走,雷劈都劈不走,就跟那轿夫过了一辈子,这就叫男人的豪放和阳刚!男人的阳刚男人的那个劲儿把女人征服了。你就那个劲儿,那样就成,明白了吗?"

张琪明白了。张琪明白是明白了但依然不能够完全相信。张琪依然有些怀疑地说:"不对吧?俞晓红那么斯文优雅的人,她会喜欢粗猛的男人?"

马勇此时一脸的真诚,恳切地开导张琪说:"张琪,你还没结婚你不懂女人,尽管你可能也干过几次坏事但你没跟女人长期厮守过,你确实不太懂得女人。人都是有两面性的,女人尤其!很多看上去优雅斯文的女人,其实内心都特火热,特野,她渴望猛烈,甚至渴望那种特原始的粗猛,用书面语言来说,她渴望那种暴风骤雨般的情感撞击,用通俗的话说,她恨不得有个她喜欢的人把她撕了扯了嚼了吃了。之所以表面上斯文,那是社会环境约束的,她怕人家说你看这女的那么野那么浪啊,是环境的约束让她们把真实的内心掩盖起来了。所以张琪你看女人表达感情都是相反的,女人说你真讨厌,那就是喜欢你;女人说我不要嘛,那就是要,你给少了都不行。是环境让她们这么淑女这么假模假式的。张琪你彻底明白了吧?"

张琪眨巴着他的小眼睛思考地望着马勇,他觉得马勇说的确实有点道理,同时马勇满脸的真诚与恳切也让他相信了马勇所言不虚。张琪相信了之后说:"我明白了。我就照《红高粱》那样去处理,对吧?"

马勇提醒张琪:"你别真把俞晓红往高粱地里拽啊!"

张琪说:"那当然!高粱地都在郊区老远的。我主要是领会精神,因地制宜,灵活运用。"

马勇说:"对,就这意思。"

张琪感激地说:"哥,谢谢了啊!"

马勇又拍着张琪的瘦肩说:"不用谢。兄弟,行动吧。"

张琪当晚就行动了。

张琪行动的结果就是俞晓红在天刚亮的时候就迫不及待地来找马勇,她简直气坏了,把还睡觉的马勇从被窝里拽起来,气呼呼地说:"马勇,你给我介绍的那是什么对象啊?张琪他怎么那样啊?!"俞晓红说:昨天晚上,张琪请她吃饭,饭后,张琪说到他的宿舍去坐坐,她就去了;进到张琪的宿舍里,两人先坐在沙发上看电视,聊着;她渐渐发现张琪有些不对,他开始不说话了,眼睛直勾勾地盯着她,还喘着粗气,像憋着尿;突然张琪从沙发上蹿起来说:"俞晓红,别废话了,咱们操练吧!"一把就将她像扛面口袋一样地扛起来向床上扛去。她怒不可遏,推搡开张琪。谁知张琪还不罢手,继续把她往床上扛,嘴里还叨叨着红高粱什么的,非要和她进行操练。俞晓红就甩了张琪一个耳光,随后拂袖而去。俞晓红气呼呼且疑惑不解地说:"我平时看他也挺好的呀,也挺温文尔雅的呀,怎么到了那种时候就完全判若俩人?他是不是有性格分裂症啊?我听说有的人,据说还是大学教授,平时特儒雅,大家风范,但有夜游症,他自己都不知道也控制不住。马勇你给我介绍的什么对象你是怎么对我负责的?!"她气恨地瞪着马勇,而后,郑重地对马勇说:"马勇,我就是来跟你这个媒人说一声:我跟张琪吹了!"

马勇的反应是长长地舒了一口气,仿佛是一颗悬着的心徐徐地落了地,马勇觉得自己很有些卑劣,怎么能……仿佛是暗自窃喜似的?但马勇还是理智地觉得自己不应该这样,可行动已经完全不受理智约束,他心中暗自欣喜着,脸上却表现得愁苦不堪和焦虑不堪,仿佛对这样的结果无限地不能接受,愁苦和焦虑地说:"啊哟,我还真不了解张琪还有这一面。俞晓红,你别这么说吹就吹行吗?你和张琪,你们再好好谈谈再沟通沟通行吗?"

俞晓红断然地说:"不可能!你知道我这个人的,我对一个人印象和感觉一旦坏了,就很难再挽回了!何况这是婚姻,感觉是很重要的!"

马勇心中的暗喜愈发地澎湃。马勇心中愈发欣喜脸上就愈发地愁苦和焦虑,还添加进去了一丝无奈,愁苦焦虑又无奈地说:"那……那咱们先不说这个了,我给你放盘音乐听,你先消消气。"马勇从枕头下面拿出一盘萨克斯风吹奏的乐曲《回家》来,放进唱机里,那种天籁之声在屋里像水一般荡漾了起来,像晚风,像炊烟,像乡间小路上的薄雾缥缈,像老母亲伫立在晚风炊烟和薄雾缥缈中向你深深轻唤着,这曲子也是孩子胖胖的小手在你心头上的抚摸,俞晓红喜欢这曲子,如醉如痴地喜欢。这其实是马勇早已准备好要放给俞晓红听的,他其实算计到俞晓红一早会来找他的,他其实是处心积虑想要给俞晓红一个鲜明对比的。果然俞晓红就被乐曲牵拉住了,开始不再在马勇面前走来走去愤然地指责诉说,开始伫立着听,后来又坐下来听,脸上的愤然也一点一点地被抹平复了。

马勇观察着俞晓红的反应别有用心地说:"不气了吧?怎么样,还是我理解你到位吧?"

俞晓红伤楚地说:"理解到位又有什么用,都晚了!"

马勇一阵心颤,他刚想说什么又猛然刹住了口:张琪从敞开的门冲了进来。

张琪很是失魂落魄,头发和衣衫都蓬乱不堪,他顾不上先跟马勇打招呼,径直冲动地拉住俞晓红说:"晓红,我一晚上都在到处找你也不知你去哪里了,我估计你一早会上马勇这儿来。晓红,我到底哪里做错了怎么伤了你的感情你跟我说嘛,我可以改!你再给我一次机会好吗?"这时他才又扭头向马勇焦急地哀恳道:"马勇,你快帮我劝劝晓红!"

马勇假惺惺地说:"是啊,俞晓红,你就再给张琪一次机会吧!"

俞晓红对张琪说:"张琪,对不起,这不可能了。张琪,我们都是成年人了,我也不是个拘泥的人,我们把话说白了吧,昨天晚上你有那种想法我也可以理解,相反你要没那种想法我反而会觉得你发育不正常,你太监了,可你也不能那样啊!你看马勇,你听这音乐,马勇还知道给我放盘音乐还知道要铺垫情绪酝酿感情哩,他知道我喜欢这样,马勇知道我这个人特别讨厌粗鲁！张琪，我们是人不是动物啊！”

张琪震愕。张琪震愕地看着马勇像看见了一个基地组织分子。

张琪说："马勇，你昨天是怎么教我的?! 你成心的是吧！！"他浑身都哆嗦起来。

马勇脸变得苍白，说："兄弟，你听我解释————"

张琪不听马勇解释，他朝马勇走过来，打量着马勇的脸说："马勇，我就打你的脸好吗？"仿佛是跟马勇好好商量似的，而后，并不等马勇开口，就猛然挥拳捣在马勇的脸上，马勇向后跌倒，鼻血顿时蹿出。张琪又发疯地扑上去狠打马勇。俞晓红被这猛然的变故吓住了，惊慌地喊起来，并且扑过来揪张琪："张琪你干吗打人?! 你别打他！"俞晓红在这一瞬间平时的优雅完全没有了，她像头母豹子似的扑揪着张琪，并且喊叫的声音也高亢尖厉得像街头卖菜的。马勇抱着头厉声喝住俞晓红："俞晓红！你别拉他你让他打！你要拉他我跟你急啊！！"俞晓红被马勇少有的严厉断喝住，她发着愣，没等她进一步有所反应，马勇脸上严厉的表情也没进一步伸展开来便被张琪的又一狠拳封闭住，接着被更多涌出的鼻血遮盖了。

张琪痛苦得疯了，狠命地打马勇，但他疯得还尚存一些理智，指着马勇一个部位说："马勇，我不打你的这个设备，你还没有生孩子，我不想让你这辈子当不了爹。"对马勇身体的其他部位张琪毫不手软，疯打狠打，张琪打着把自己都打哭了，张琪流着眼泪痛骂马勇是个卑劣的人，是个王八蛋，是得了禽流感的鸡等。张琪此刻太恨马勇了，胡乱地骂，觉得怎样地痛骂和痛打马勇都不过分。俞晓红惊愕地看着人高马大的马勇被瘦小的张琪打得满地乱滚却坚决地不还手，真像个沙袋似的任张琪捶打，她不敢上前去阻拦，于焦灼之中百思不解。在她的记忆中，马勇何曾是这样的啊！马勇是个受了一丁点委屈都要立刻反击都立刻要找补回来的主儿。马勇有一次在家破天荒地做了一锅面条等着俞晓红回来吃，俞晓红回来没有看见面条，她先看见都快一点了马勇还坐在沙发上看电视，便没好气地骂马勇天天懒得都像个猪，马勇顿时觉得委屈了，马勇认为自己天天懒但今天并没有懒，马勇把俞晓红拉到面条锅跟前让她看同时让她道歉，俞晓红看见了面条但耍赖地不道歉，俞晓红说我是你老婆你就不能让让我啊，马勇说我凭什么要让你呀你比我多长了一条十二指肠还是怎么着啊，马勇过去拿了俞晓红一管挺贵的口红就往痰盂上画，声言俞晓红如果不道歉就用俞晓红的口红把家里的痰盂描画成俞晓红，逼得俞晓红实在心疼那进口的口红跟他道了歉，马勇就是这样一个跟他犀利的嘴一样决不饶人也决不吃亏的人。俞晓红不明白马勇今天这是怎么了。张琪在疯狂之中也渐渐地感觉到了马勇的反常，他停住了手，说："马勇你为什么不还手？你藐视我啊？"张琪豪迈地叫马勇站起来跟他打。张琪尽管瘦小但还想在俞晓红面前表现得很男人。

马勇从地上艰难地站了起来，他先跟俞晓红要了一点纸巾去处理鼻子，因为他的鼻子都被破裂而涌出的血堵严了，撕裂地疼，另外马勇的腿也很疼，张琪把他的腿像足球一样地踢，马勇从上到下都很疼。马勇浑身疼痛着，以平生从未有过的严肃认真和正经，耿耿地对张琪说："张琪，我不能还手，我承认，我在最后的关头骗了你，我对不起你，但是我别无选择，因为我爱俞晓红！我离开了她以后我才知道我真的很爱她，很爱！张琪，今天你只要不把我打死，只要给我留口气，我都不能放弃她！因为我已经失去过她一次我不能再失去她了！"马勇说完赶紧转过脸去看墙壁，他不敢去看俞晓红的脸，他不知道俞晓红是什么脸色反应。

俞晓红的反应是瞠目结舌，脑子一片空白，她呈现空白的脑子里只记住了马勇说他再也不能失去她这一句话，这一句在她脑子里轰隆隆地响，催发她又泪如雨下。

张琪看见了俞晓红的眼泪。张琪看见了俞晓红的眼泪便知道自己完了，一个女人能为另一个男人这样汹涌地流泪，这说明了一切。张琪凄楚地长叹一声，他想说点儿什么，又觉得说什么也说不清楚，便不说了。

张琪什么都没说地走了。

俞晓红爆发地扑过来抱住马勇，像要把马勇掐死似的死死地抱着。马勇也抱住了俞晓红，也像要把俞晓红掐死似的死死地抱着。两个人都像极不容易又找回了失去的东西，死死地抓住，都恨不得把对方揉搓碎了，融化了，化作自己身体的部分，比如肌肤，比如发丝，比如随时都在的呼吸，再也不会失去。俞晓红情不自禁哭出了声音，眼泪流淌得稀里哗啦的。马勇也哭了，眼泪也流得稀里哗啦的。

俞晓红流着眼泪说："马勇，你为什么现在才跟我说你爱我，说你只要还有口气你都不能再失去我？我以为你这辈子根本就不会说这种话的！"

马勇流着眼泪说："我偶尔也说点豪言壮语的正面语言的，蒋介石还说过要全民抗战哩，陈良宇还说过要把上海建设得更美好哩。"

俞晓红流着眼泪说："马勇我喜欢你这么对我说！我要你永远对我这么说！"

马勇流着眼泪说："我是不是说得有点酸呀？"

俞晓红流着眼泪说："是有点酸，但酸得特别美丽，像雪莱和拜伦的诗！"

马勇流着眼泪说："俞晓红，我给你提点意见行吗？"

俞晓红流着眼泪说："你说。只要你说得对我就改正。"

马勇接受了跟王建军交往的教训，流着眼泪说："你以后说话别这么特文化行不行？什么美丽得像诗一样，劳动人民都听不懂，人家会说你太矫情太做作。再说现在哪还有人看雪莱和拜伦的诗，现在连青蛙都改听二人转了，你以后说话常人化一些通俗一些行吗？"

俞晓红流着眼泪说："行。我听你的。我以后尽量常人化和通俗化。"

马勇不太那么汹涌地流泪了，开始抽抽噎噎地说："那我们现在干什么呢？"

俞晓红也抽抽噎噎地说："你说！你说干什么我就干什么，我全都听你的。"

马勇说："那我说点通俗的吧，俞晓红，我们现在来性交吧。"

俞晓红说："呸！虽然说别再说什么雪莱啊那些酸不溜丢的话，但你也不能说的这么粗俗这么直白啊，一点美感都没有！"

马勇说："那我换个文明的说法：俞晓红，我们现在上床去学习《欧洲革命史》吧？"

俞晓红破涕为笑，咯咯咯地笑，她同意这一说法："那我们就去学习《欧洲革命史》。"

于是俩人上床去……

马勇和俞晓红特意选在"牛车水"大酒楼举行复婚仪式，他们觉得这个地方真是千折百回，许多的事儿都是从这里开始、发展、转折，这儿有着太多淅淅沥沥的点点滴滴，他们特意选择这儿来作为俩人新的开始。

对于姐姐俞晓梅来说这是她最高兴的一天，她一脸的喜气洋洋，领着丈夫杨永德，以娘家主人身份，异常活跃地站在酒楼门前迎接和招呼前来参加婚礼的宾朋。她一边忙活着，一边还不忘抓紧叮嘱站在她旁边迎客的马勇和俞晓红："这回你们复婚以后，第一件事儿就是赶快生个孩子！有了孩子，就把你们拴在一块儿了，就分不开了！听见吗，婚礼完了，晚上回去，别闲着，抓紧制造——"

俞晓梅正说着，突然看着了什么，顿住她的话，融融的笑意也在脸上僵硬住。

马勇和俞晓红也看见了,正笑着,那笑也在脸上僵住。

张琪阴沉着脸向这边走来。

俞晓梅醒悟过来,本能地要保护妹妹和妹夫,她急忙率先跑过去拦住张琪,脸上堆起殷勤的笑,说:"张琪,张琪,你听大姐一句话,今天是马勇和晓红大喜的日子,你有什么话儿,咱们改日再说行吗?你先回去行吗?"

杨永德也忙过来帮着老婆一块化解危机:"是啊,张琪,咱们改日心平气和地说。"

张琪却断然拒绝:"别拦我,我还就得今天在这儿说!"他推开俞晓梅和杨永德,走过来,并且他看都不看马勇一眼,径直就走到俞晓红面前。

马勇一时紧张地盯着张琪。

俞晓红更紧张,她稳定一下情绪,向张琪伸出手去,说:"张琪,祝贺我们吧!"

张琪却不伸手,直截了当地说:"我不和你握手,我要亲你!我就在这儿亲你!"

马勇心里当的一声撞响,不禁气了,睁圆他的小眼瞪着张琪。

张琪则继续看也不看马勇小眼瞪圆的样子,他继续只看着俞晓红,等她说话。

俞晓红大为尴尬地说:"这……张琪,这不好吧?"

张琪坚决地说:"不,我跟你谈了这么长时间的恋爱,白担了这么久的名声,我连碰都没碰过你一下,不行,我今天一定要亲你!"

俞晓红无奈,扭头望着马勇。马勇心里翻江倒海着,咬着嘴唇缄默不语,而后,他想,亲就亲一下吧,又不是雪糕,亲不化的,于是马勇闭上眼睛,对老婆默许地点点头。

俞晓红也于是一横心,也闭上眼,仰起脸,朝张琪送过去,她的唇抹得红彤彤的。

张琪却只在俞晓红额头用唇轻轻触碰了一下。

随后张琪哈哈地笑了,走到闭着眼睛像受刑一样的马勇面前,伸手给了他一拳,说:"想什么呢,我这是亲我嫂子!瞧你那个小气劲儿!"

马勇一愣,也笑了,旋即很激动,张琪以这种形式宽谅了他并且释放了自己!

俞晓红也颇觉欣慰地笑了,她扑过去捧住张琪的脸狠狠亲了他一下。

张琪很感叹,他长长地感叹一声,道:"嗨,我也想开了,我就是你们俩的一个托儿,你们利用和通过我这个托儿,又重新谈了一把恋爱,我这个做兄弟的，能为你们俩的抹平裂痕起那么一点创可贴的作用，也行啊！"说着，他从兜里拿出一个非常厚的红包递过去，又道："两万块钱，再多了没有，我自己还娶媳妇哩，给！"

马勇慌忙推辞道："不行不行，兄弟，这绝对不行——"

张琪又瞪眼道："你又想什么呢？你以为是给你的？我这是给我嫂子的！"

张琪把红包硬塞给了马勇。

马勇不知说什么好，照例以调侃来遮掩他无限的感激和愧疚："请客官到上房饮酒！"

张琪则不进去，要走，充满真挚地说："我真的是不能进去喝这杯酒！老实说，我心里这伤口还没长好哩，我进去，触景生情，伤口又再裂开了。我得自个儿慢慢疗伤去。再见。"

张琪坚决地走了。

马勇俞晓红也不无感伤地望着这位兄弟离去……

马勇和俞晓红复婚的日子是甜蜜的。在复婚的第一个月里，马勇殷勤备至。清晨，当第一缕阳光透进卧室里来，当屋内一片灿烂的亮，当俞晓红在床上醒来，当她刚伸了一个幸福懒腰，马勇推门进来，手里端着个托盘，托盘里是面包、牛奶、鸡蛋、水果……这是他早早起来为俞晓红准备丰盛的早餐。而且他拦住要下床的俞晓红，从床边拿出一个特制的小桌子来，放在俞晓红的被子上，又将早点放在小桌上，让俞晓红像外国人一样，就在床上吃早点。

俞晓红幸福死了，开始像美国电影里那样甜蜜地吃着早点。

马勇给予俞晓红的幸福还在继续，他又从床边摸出一把吉他，开始弹奏，说："老婆，你吃着，我再给你弹奏一曲，这是我专门作词作曲，献给老婆之歌！"他便弹奏着唱起来："'我是一男的，混得还不错，老婆有一个，孩子正在做——'"

俞晓红笑着用搅咖啡的小勺捶打马勇："不要脸！"

马勇笑着继续歌唱："'野花虽然鲜，切忌不能贪，鲍鱼吃多了，也得肠胃炎——'"

俞晓红笑着点头赞许："唔，这个态度不错。"

马勇继续歌唱："'要好好地爱老婆，老婆就是仙，仙女嫁给我，哪能不爱怜——'"

俞晓红使劲笑着点头赞许："唔,这个认识很正确!"

马勇再继续弹唱:"'老婆说的话,句句心中记,老婆放个屁,也当是唱戏!'"

俞晓红乐不可支,笑得哈哈的,叫道:"马勇,你要笑死我!我都吃不进去了!"

马勇于是把早点连同小桌都端到一边,道:"吃不进去,那就先不吃,等一会儿再吃。"说着,他赖皮地猴上去,嬉笑地说:"老婆,咱们先来创造小孩吧。"

俞晓红叫起来:"昨天晚上你才——"

但马勇不管,马勇不管他昨晚才创造过又赖皮地说:"同志,太阳升起,又是一天了!"

俞晓红用手抵住要猴上来的马勇,笑道:"不行!"她用马勇刚才唱过的话来抵制流氓兮兮的马勇:"面对本仙女,切忌不能贪,鲍鱼吃多了,也得肠胃炎!"

马勇却喊道:"我管他哩,我哪怕得疝气哩!"说着他扑了上去。

俞晓红幸福得尖声大叫。

马勇和俞晓红的热烈在复婚六个月后渐渐淡然了下去,任何再炽热的事物都是要慢慢趋于淡然的。在六个月后的清晨,没有改变的是太阳,当第一缕阳光又透进卧室里来,当屋里又是一片灿烂的亮,当俞晓红又从床上醒来,当她又伸了一个懒腰,却不再看见马勇。俞晓红自己下床走出卧室去,看见早就起来的马勇正坐在餐桌前看报纸,毫无准备早餐的迹象,俞晓红问马勇:"早点呢?你弄早点了吗?"

马勇说:"喏!"他依旧看他的报纸,顺手拎过一袋超市卖的面包放到俞晓红面前。

俞晓红不由撅起嘴:"光是面包片啊?连个小菜都没有!"

马勇放下报纸,到处寻找,最后从橱柜里摸出一瓶豆腐乳放到俞晓红面前:"给。"

俞晓红想起了那些牛奶、蛋糕和水果,还有马勇的歌唱,不禁苦笑地说:"马勇,咱家的早点水平是越来越高了呀!"

马勇却继续看他的报纸说:"凑合着吃点吧,哪能老像慈禧太后那么过呀。"

俞晓红拿块面包片抹点豆腐乳,吃了半块,不好吃,她放下了,道:

"算了，不好吃，一会儿我到单位，上街喝碗豆腐脑算了。"她站起来，去梳洗，梳洗毕，又走到镜子前，对镜描眉，开始化妆。

马勇开始有一点急躁，看看表，催促地说："别那么捯饬了，快走吧！"

俞晓红却继续仔细地描画，认真地修妆，说："催什么催啊。再说，我弄得漂漂亮亮的，还不是你的无限荣光！"

马勇无奈，只能耐着性子等待着。

俞晓红画好了，娇媚地让马勇看："马勇，你看我好看不？"她希望得到马勇的赞扬。

马勇却不看，更不赞扬，摆着手道："行了，快走吧，人嘛，只要思想好就行了。"

俞晓红生气了，嘟起嘴道："你不耐烦了？你看都不想看我了？你再不喊我是仙女了？"

马勇见俞晓红生气了，急忙走过去对俞晓红又浮起殷勤的笑来，赶紧哄她："噢，仙女，仙女，仙女！"他自己都听出来说得虚伪极了。

俞晓红很不高兴。

马勇和俞晓红的热烈和甜蜜在复婚一年后更加地平常化了，当清晨的阳光又透进屋里，当屋里又开始一片灿烂的亮，当俞晓红又从床上醒来，她早已习惯不再懒在床上等着马勇端来早点，而是赶紧穿了衣服自己下楼去买早点了。到晚上下班回来做饭，俞晓红系个围裙在厨房里忙，坐在小板凳上削土豆皮和择豆角，她探头出去，看见马勇正坐在客厅的沙发上在专注地看电视，电视里正在直播足球赛。俞晓红想让马勇过来跟她一起做晚饭，两人在一块儿说说话，于是她柔声地喊："马勇，勇勇，你过来！"

马勇，也就是俞晓红的勇勇，他听见了，却不搭理，专注地看他的球赛。

俞晓红添加了一些妩媚，柔声而又妩媚地喊："勇勇，你过来嘛！"

她的勇勇却依旧看着电视不动窝，也不答应，视她的娇柔和妩媚而不见。

俞晓红生气了，把正在削的土豆重重一放，大声喝道："马勇！"马勇被喝得一愣怔，回头看俞晓红正横眉竖眼地瞪着他，慌了，也老实了，慌忙跑进厨房，赖皮地笑着："我来了！我来了！娘子有什么吩咐？"俞晓红生气地嘟着嘴："非得这么叫你你才过来呀？非得不给你个好脸你才动窝啊!"她生气地把土豆塞给他:"给我削土豆!你还吃不吃饭了?"马勇赶紧赔着笑道:"好好,我来削,我来削,我能把土豆给你削出花儿来,我把土豆给你削成鸭梨!"他也搬个小板凳坐下,开始削土豆。俞晓红又笑了,见马勇又老老实实在坐过来陪着她,她便又开心了,又从马勇手里拿过土豆来,嗔道:"贫嘴!不用你削。你就坐在这儿,跟我说话。"马勇不禁苦不堪言,他皱起眉,回头看看客厅里还没关上的电视,那球赛的阵阵喧嚣正传到厨房里来,他苦着脸对俞晓红央求道:"我以为你叫我干吗呢,不就是说话嘛,你让我看完球再——"俞晓红耍赖带撒娇地不想让马勇走,同时对马勇那么热衷地想看球而不想陪她说话又开始生气,生气地说:"不行!是我重要还是你那破足球重要?"马勇只好彻底放弃那缺德的却又勾他魂魄的足球,又赶紧对俞晓红浮起笑道:"你重要,你重要,你比长江都重要,你比黄河都重要,你比长江和黄河加在一块儿都重要,你是我心中的大海!"

俞晓红又甜甜地笑了:"又贫嘴!那你就这样好好跟我说话。"她喜欢听马勇这么说。

马勇瞧着俞晓红,开始没话找话说,他想着怎么把俞晓红说高兴了,没准儿她就会放了他让他去看电视,马勇谄媚地赞美俞晓红:"俞晓红,我发现你最近又漂亮了,你越来越漂亮了,你真漂亮,你太漂亮了——"

俞晓红却不高兴地打断马勇:"假的!这不是你发自内心的。我要你真心地跟我说话!"

马勇被噎住,他想想,脸上显出尽量的诚恳和真诚来,真切地说:"俞晓红,我跟你说件要紧的事,听说水费最近要涨价,咱得赶紧把家里的床单啊被罩啊沙发套啊,把这些要洗的赶紧都洗了。咱再问问你姐家有什么要洗的也赶紧拿来洗。咱再问问张琪有什么要洗的也赶紧拿来一块——"

俞晓红生气地打断他:"咱再问问布什他们家有什么要洗的也赶紧拿来一块洗!水费要涨价我早就知道了!马勇你跟我你没话找话说啊?"

马勇又让俞晓红噎住,一股火气慢慢地蹿上来,他压着,决心要再次把俞晓红逗笑,他深知要把俞晓红惹火了便家无宁日。他又想想,这回他换上了一脸的严肃,急切地说:"俞晓红,我再给你说件事儿,这回是真的!我听说啊,最近市里要出台一个文件,说咱们市里街上的公共厕所以后都要收费了,进去拉一次屎以后要收五毛钱,咱赶紧的呀,乘着他还没收费,咱赶紧到公共厕所去拉屎啊!"

俞晓红果然是笑了,但她被马勇逗得哭笑不得,而且马勇敷衍的态度让她很生气,骂道:"马勇你胡说八道什么呀!你跟我就没别的说了?"

马勇又被严重地噎住,心里那股火气像加了气压一样愈发地蹿上来,他仍然压制着,脸上坚持笑眯眯的,再次对俞晓红说笑:"那我再给你说件事儿,这绝对好玩!这是我有一次下乡采访听来的。我去采访那村子里吧,有个放驴的光棍,岁数老大没媳妇特饥渴。那一年全国都在放电影《庐山恋》,放驴的光棍看了电影就特喜欢那里面的女主角,那女主角脸圆圆的,那放驴的就叫她小包子,他喜欢得不得了,他身边没有人只有驴,他就抱着驴亲,边亲边说:'俺的小包子啊,俺把你爱死了呀!'——嘿嘿嘿嘿,好玩吧?"马勇自己先颇觉好玩地笑起来。

俞晓红却连哭笑不得都没有了,她冷着脸说:"马勇,这笑话你十年以前还跟我谈恋爱的时候就跟我说过八百遍了!一点都不好笑!马勇你敷衍我啊?这才多长时间啊,你就跟我没什么可说的了吗?"

马勇忍不住了,那火气就从嘴里蹿了出来,嘟囔道:"你让我陪你说话我就陪你说,我说了你又说我敷衍你,你这个人……怎么那么难伺候啊。"但他依旧还控制着没有大声嚷嚷。

俞晓红却伤心了,她不光生气她还开始伤心了,说:"哦,嫌我难伺候了?你都开始嫌我了?!马勇,你确实最近又开始了!你敷衍我,跟我没新鲜的话说,你对我这么快没激情了!还有,你又开始到外面打麻将到天亮才回来,你又开始成宿地不回家!"

马勇压着火气辩解道:"俞晓红,你讲点理行不行!那是我同学从西安大老远的来了,我陪他玩会儿,我也是打电话向你请示过的,你同意的!"

俞晓红却是更加地委屈和伤心:"我那是怕你同学说你老婆整天把你拴得死死的我才让你去的,我那是给你面子!其实我特想让你回家!那天晚上我还专门买了件新睡衣,是你说广告里那模特穿上那睡衣真好看,我才特地去商场买的,我想晚上穿上给你看的!结果你一夜都不回来!你要是心里有我你早就主动回家了!马勇你真不知好歹!"

马勇开始不控制了,火气不断猛烈地蹿上来他没法再控制,马勇也冷着脸道:"你要这么说,那我也得说说你了,你才是有点不知好歹,你才是最近又开始了!"

俞晓红呛呛道:"我怎么又开始了?我怎么又开始了?!"

马勇也扬高了他的嗓门大声道:"你逛起商场来又没完没了,又一点都不顾别人！我陪着你逛，烟瘾犯了我强忍着，就靠不停地吃辣椒往下压，我都快把我自己吃成辣子鸡丁了你知道吗？我都快把我自己吃成水煮鱼了你知道吗?！"

俞晓红说："是你自己说的我就是去逛太平间你也毫无怨言地陪着我！现在你又这么说！"

马勇说："我当初那么说是我有宽广的胸怀，可你为什么不能主动地替别人想想呢？你为什么要那么自私呢？"

俞晓红又快要哭了，愈发委屈得要命，带着哭腔说："我想让你陪着我嘛！我不想离开你嘛！我是因为爱你我才这样的嘛！你又挑我这挑我那的，你不是说作为一个男人要包容女人吗？你不是说你要像父亲爱女儿一样地爱我吗？你现在又是怎么做的?！"

马勇才不管俞晓红是不是又要哭，他自己还生气着哩！马勇生气地说："我还做得不够啊？我还不够包容啊？我成天想着法儿逗你开心让你高兴，我脚上鸡眼都犯了还给你学跳四小天鹅舞让你笑得哈哈的，我觉得我做的即使不像个父亲，我最起码也像个舅舅！我这个舅舅够不容易了！我难道做得还不够啊？"

俞晓红委屈地叫道："不够！就是不够！你要是爱我，你就要连我的缺点都一起爱！是你自己说的你要永远包容我的！我不管，你说了你就要做到！我就是要让你像父亲爱女儿一样地爱我！父亲爱女儿就会百分之百地包容！"

马勇也叫道："你说的那是杨振宁！凡人谁能做到?！凡人谁能百分之百地做到？除非他不是凡人，除非他长两个脑袋六个胃，连屁股他都长四瓣儿！"

俞晓红不禁又恨得咬牙切齿："马勇你又开始胡搅蛮缠蛮不讲理了！"

马勇冷笑着说："你才蛮不讲理哩！"

俞晓红伶牙俐齿连珠炮般地说："你蛮不讲理！你蛮不讲理！就是你蛮不讲理！"

马勇说不过俞晓红，气得哆嗦道："你——俞晓红，我跟你说，你这样特招人讨厌！"

俞晓红真哭了，马勇这样说她让她非常伤心，她哭出声音来，抽泣道："马勇，你既然讨厌我，那你为什么还要跟我复婚？难道你脑子让什么踢了吗？你当时脑子进水了吗？"

马勇见俞晓红哭，心软了一软，但俞晓红刺耳的话又让他恼怒起来，他恼怒地说:"对! 我脑子不是进水而是进硫酸了! 我脑子烧坏了! 我那是当时感冒却吃了避孕药,我糊涂了!"这是他以前跟俞晓红离婚时说过的,他又脑子热昏地搬出来说了。

俞晓红气得眼泪汪汪:"马勇你又说这种话! 马勇我警告你,你要再说,一跺脚我就走!"

马勇脑子全然热昏,又刻薄嘲讽地再次说他以前说过的话,又把话像砖头似的向俞晓红砸去:"你走你的! 临走别忘了带上你的太太口服液,你内分泌不太好!"

俞晓红伤心之至:"马勇你又这么说! 你无耻至极! 我们离婚!"

马勇依旧嘴硬地说:"离就离! 又不是没离过!"

俞晓红气得摔了一个碗。

马勇也气得摔了一个碗。

俞晓红气得又摔了一个盘子。

马勇气得也抓起一个盘子来摔,忽又停住,拿过厨房里的一个装啤酒的塑料方形大筐来,打开橱柜门,把所有的碗和碟子盘子都装进筐里,端起来就走,说:"咱别这么你摔一个我摔一个零敲碎打了,我都拿出去,一块儿都给它砸了,反正这日子也不过了,省得这屋里摔得一地的渣子,绊脚,这屋子我还想接着再娶媳妇哩! ——说定了,十天以后,我等你,咱们去办手续!"

马勇端着一筐的碟子盘子碗昂首挺胸地走出去。

俞晓红一屁股坐在地上,哇哇大哭起来。

十天以后,马勇准时在第一缕阳光又透进屋里来的时候,推门进来,和俞晓红去办离婚手续。俞晓红则早已起床,衣衫整齐,一切皆准备好,阴沉着脸坐在客厅的双人沙发上,等着马勇去离婚。

马勇强硬地说:"是在等我去离婚吗?"

俞晓红冷冰冰硬邦邦更为强硬地说:"当然! 十天了。说到做到!"

马勇说:"那咱们走?"

俞晓红霍地就站起来:"走吧!"

马勇却迟疑了,蹲下去,说:"我,我先系个鞋带。"他开始系鞋带。俞晓红就站在一旁,冷着脸看着,等着他系好鞋带。马勇慢慢地精细地系着鞋带,像绣花那样地精细,整个过程拖得缓慢而又悠长。

俞晓红嘲讽地说:"你系个鞋带要一个世纪那么长吗?"

马勇终于系好了鞋带,他缓慢站起来,却一下又坐到沙发上去,显出一脸的痛苦不堪来,深皱着眉说:"我昨晚睡觉硌了一下,现在腰疼,我,我先躺会儿。"他仰靠在沙发背上,闭上了眼睛,揉着腰,歇息。

俞晓红见马勇这个样儿,心里全明白了,她想笑,但忍住,继续冷着脸,也坐到双人沙发上去,头也仰靠在沙发背上,也说道:"我也腰疼,我也先躺一会儿。"

马勇于是也明白了,仰靠着沙发闭着眼,使劲忍着,不让自己笑出声来。

俞晓红恨恨地眯缝着眼睛斜视着马勇,瞪着他。

马勇终于忍不住扑哧一声笑出声来。

俞晓红也忍不住一笑,但赶紧绷住,她不能显出高兴来让马勇觉得她早就盼望着这样似的,于是她让那脸依旧冷着,恨恨地抓起沙发靠垫向马勇使劲砸过去:"讨厌!你讨厌死了你!"

马勇不伪装了,坐起来,说:"俞晓红,这十天里,我在想一个问题——"

俞晓红说:"我也在想一个问题!"

马勇说:"那你先说。"

俞晓红说:"你先说!"

马勇于是就先说:"我在想,我们重新走到了一起,中间发生了那么多的事儿,经历了那么多的坎坷,光眼泪就淌了得十多斤吧,多不容易啊,只有傻瓜才不珍惜哩!反正我不是傻瓜。"

俞晓红也抢着说:"我也不是傻瓜!"

马勇笑了,脸色缓和了许多,道:"那好,那我先检查我自己。我最近确实又进入了婚姻的麻木期。婚姻,两个人过日子,过着过着,就平淡和麻木了,因为麻木了就又开始放任自己,那些不好的毛病自觉不自觉地冒出来了,比如说不再那么关心你了啊等,有意无意就把你伤害了。这是我的错。我以后一定要特别注意这一点。好,我检查了我的错误,你呢?你刚才说你也在想一个问题,你想什么问题?"

俞晓红狡诈地说:"我想的问题就是……就是你刚才已经说了的:我在想你有什么错。"

马勇忍不住又扑哧一声笑了,俞晓红常常有这样要赖的小狡诈,他喜欢她这样,挺可爱的,但马勇赶紧又绷住脸,佯怒地说:"那你就一点没错?"

俞晓红狡辩地说:"我,当然,也有错了,但我的错误比你小!"

马勇说:"小也是错啊,我检查了,你也得检查你错在哪呀。"

俞晓红说:"我的错嘛,就是,有那么一小点点任性,有那么一小点点蛮不讲理,有那么一点点厉害,有那么一小点点过于追求婚姻的理想化,反正我的错误就是那么一小点点,比你的错误小多了!"

马勇又笑了:"啊哟,你检查错误还把自己说得那么可爱!"

俞晓红开始撒娇,撒娇地说:"我就是挺可爱的嘛!"

马勇笑得更浓烈了,为自己和俞晓红十天前的行为开解:"其实啊,夫妻吵架也正常,谁家夫妻不吵架呢?往远古说,孔子肯定也跟他老婆吵架,往现代说,本·拉登肯定也跟他老婆吵架!"

"但是别真吵!"俞晓红认真地说,"别往那种伤心伤肺的架势上去吵。而且,以后,每次吵完了,你要马上向我道歉——"

马勇叫起来:"哎,怎么光是我向你道歉啊?!"

俞晓红摇着马勇的膀子,开始无限地撒娇:"我比你小嘛,你就得让着我!"

马勇让俞晓红摇晃得酥了,笑得呵呵的,彻底缴械投降:"好好,让着你。我们俩真是一对儿刺猬,就是那婚姻的刺猬理论,不在一块儿了吧,想!在一块儿了吧,扎!又互相揎。就是老百姓说的:见不得又离不得。"

俞晓红嗔道:"就你这个刺猬最讨厌了,你老扎我!"

马勇又赖皮地朝俞晓红身上猴过去:"我再不扎你了,来,同志,咱搞一个——"

俞晓红却认真地抵制了马勇想和她亲吻的举动:"不,现在本同志没那个心情。"她愁眉苦脸地看着厨房说:"现在赶快走,上街买碗买碟买盘子去!盘子碟子碗都让你砸了,不买吃什么?还怎么接着过日子啊?"

马勇却诡秘地笑着:"不用买!"

马勇拉着满头雾水的俞晓红走出门去。

马勇一直拉着俞晓红来到街口包子铺前。

王建军还在包子铺里揉面擀包子皮,一切照旧,但她的肚子已经高高隆起,已经做了她丈夫的刘婉香在灶上烧火蒸包子,看到马勇和俞晓红过来,小夫妻放下手里的活,一起热情地迎过来。俞晓红被王建军的肚子所吸引,暂时忘了问马勇拉她到这儿来干什么,她瞧着那肚子羡慕地说:"啊哟,你都这么——几个月了?"

王建军说:"六个多月了。"而后她又奇怪地问:"怎么你们还不要孩子呢？"

俞晓红羞臊地回头看着马勇："问他！"

马勇向王建军解释道："本来你嫂子这阵子差不多就该也有五六个月了，可就在前几个月，她下去采访，一下得了附件炎，这工程就先停止了。现在她病好了，我们又准备要开工了，今年年底说什么我们这产品也要上市！"

俞晓红娇羞地去捶打马勇："马勇你不要脸！在大街上你胡说八道！"

马勇哈哈地笑，对刘婉香说："小刘，去把我放在你们这儿的东西拿来。"

刘婉香就笑吟吟地进包子铺里去抱出个塑料筐来，里面全是马勇要砸的那些盘子和碗。

俞晓红欣喜万分地说："你没砸呀？！"

马勇得意地说："我就知道咱俩离不了，这日子还得过。这要砸了，还不是要花钱买呀。"

俞晓红爱死马勇了，她就爱马勇这个贼了吧唧赖了吧唧的劲儿，她也不管是在大街上了，抱住马勇就像啃萝卜似的亲着，啃完了一边脸又啃另一边，啃不够。

马勇幸福地承接着俞晓红的亲吻，手里抱着那个筐，里面的盘子和碗叮叮当当地碰撞着，马勇总结道："结婚过日子，就像这盘子和碗，挤在一块儿，别碰太厉害，碰太厉害就碎了，但也别不碰，不碰那日子就过得沉闷了，就得这么经常在一块儿叮叮当当的，这么小吵小闹地过，那日子才有个意思。"

马勇和俞晓红一起抬着一筐叮叮当当作响的盘子和碗回家去。

他们就准备把日子这么小吵小闹地过下去了。

写于天津杨柳青唐郡小区
改于海南海口都市森林小区

（京）新登字083号

图书在版编目（CIP）数据

跟我的前妻谈恋爱/李唯著. —北京：中国青年出版社，2010.1

ISBN 978-7-5006-9137-2

Ⅰ.①跟…　Ⅱ.①李…　Ⅲ.①长篇小说－中国－当代　Ⅳ.① I247.5

中国版本图书馆CIP数据核字（2009）第233076号

责任编辑　曾玉立
平面设计　张清工作室
出版发行　中国青年出版社
社　址　北京东四十二条21号（邮编100708）
网　址　www.cyp.com.cn
门市部　010-84039659
编辑部　010-64010309
印　刷　三河市君旺印装厂印刷
经　销　新华书店
规　格　700×1000　1/16
印　张　23.25
插　页　2
字　数　350千字
版　次　2010年2月北京第1版
印　次　2010年2月河北第1次印刷
印　数　1-10000册
定　价　34.00元

本图书如有印装质量问题,请凭购书发票与质检部联系调换　联系电话：(010)84047104